VICTORIA AVEYARD

REALM BREAKER

Autorin
Die Schriftstellerin und studierte Drehbuchautorin Victoria Aveyard, geboren in Massachusetts, wuchs mit »Der Herr der Ringe«, »Star Wars«, »Indiana Jones«, »Harry Potter« und »LOST« auf. Ihre erste eigene Fantasywelt schuf Aveyard mit ihrer Romanserie »Die Farben des Blutes«, deren Bände alle auf Platz 1 der »New York Times«-Bestsellerliste standen, in 41 Sprachen übersetzt wurden und auch im deutschsprachigen Raum ein Bestsellerphänomen waren. Aveyards neue High-Fantasy-Saga »Realm Breaker« ist düsterer, tiefgründiger und erwachsener. Der erste Band »Das Reich der Asche« stieg ebenfalls auf Platz 1 der »New York Times«-Bestsellerliste ein. Sie lebt in Los Angeles.

Von Victoria Aveyard bereits erschienen
Das Reich der Asche · Das Reich der Klingen · Das Reich der Spindeln

VICTORIA AVEYARD

REALM BREAKER

DAS REICH DER ASCHE

Roman

Deutsch von Michaela Link

blanvalet

Die Originalausgabe erschien 2021 unter dem Titel »Realm Breaker«
bei HarperTeen, New York.

Der Verlag behält sich die Verwertung des urheberrechtlich
geschützten Inhalts dieses Werkes für Zwecke des Text- und
Data-Minings nach § 44 b UrhG ausdrücklich vor.
Jegliche unbefugte Nutzung ist hiermit ausgeschlossen.

Penguin Random House Verlagsgruppe FSC® N001967

1. Auflage 2025
Copyright der Originalausgabe © 2021 by Victoria Aveyard
Published by Arrangement with Victoria Aveyard
c/o NEW LEAF LITERARY & MEDIA, INC.,
110 West 40th Street, Suite 2201,
NEW YORK, NY 10018 USA
Dieses Werk wurde vermittelt durch die
Literarische Agentur Thomas Schlück GmbH, 30161 Hannover.
Copyright der deutschsprachigen Ausgabe © 2021 by Penhaligon
in der Penguin Random House Verlagsgruppe GmbH,
Neumarkter Straße 28, 81673 München
All rights reserved.
produktsicherheit@penguinrandomhouse.de
(Vorstehende Angaben sind zugleich
Pflichtinformationen nach GPSR)

Redaktion: Jennifer Jäger
Umschlaggestaltung: Anke Koopmann | Designomicon
Umschlagmotive: © Shutterstock/Oleksandra Klestova und Warm_Tail
Karte: Francesca Baraldi © & ™ 2021 Victoria Aveyard.
BL · Herstellung: fe
Satz: Buch-Werkstatt GmbH, Bad Aibling
Druck und Bindung: GGP Media GmbH, Pößneck
Printed in Germany
ISBN 978-3-7341-6422-4

www.blanvalet.de

Für die, die suchen und nie finden.

Prolog

Das ungesungene Lied

Kein lebender Sterblicher hatte je eine Spindel gesehen. Nur ein schwacher Nachhall war von ihnen geblieben und haftete erinnerten oder vergessenen Orten an, lebte in von Magie berührten Menschen fort und in Geschöpfen, die aus anderen Welten stammten. Seit einer Ewigkeit hatte keine Spindel mehr gebrannt, die letzte war schon seit tausend Jahren Geschichte. Die Übergänge waren verschlossen, die Pforten versperrt. Das Zeitalter der Übertritte gehörte der Vergangenheit an.

Die Welt von Allwacht war ganz für sich allein.

Und so muss es bleiben, dachte Andry Trelland. *Zu unserer aller Wohl.*

Während der Knappe die Rüstung seines Herrn richtete und die Gurte und Schnallen über Sir Grandel Tyrs breitem Rumpf stramm zog, ließ er sich von den ersten Regentropfen nicht beirren. Seine braunen Finger flogen über das vertraute Leder und den goldenen Stahl. Die Rüstung des Ritters glänzte frisch poliert, ihre Schulter- und Brustplatten nach dem Vorbild des brüllenden Löwen des Königreichs von Galland gestaltet.

Matt zog die Morgendämmerung herauf, kämpfte sich durch die dicht geballten Frühlingsregenwolken über den Vorbergen und dem dahinter aufragenden Gebirge. Die tief hängenden Wolken gaben einem das Gefühl, in einem Raum mit niedriger Decke zu stehen. Andry atmete ein und schmeckte feuchte Luft. Er spürte den Druck, der auf der Welt um ihn herum lastete.

In der Nähe schnauften ihre Pferde. Dreizehn waren nebeneinander angebunden und drängten sich zusammen, um sich zu wärmen. Andry wünschte, er könne sich zu ihnen gesellen. Die Gefährten des Reichs warteten auf der Lichtung am Fuße des Hügels. Einige von ihnen bewachten den Pilgerweg, der in die Bäume hineinführte, warteten auf ihren Feind. Einige patrouillierten am efeuüberwucherten Tempel, dessen weiße Säulen schimmerten wie die Knochen eines lange vergessenen Skeletts. Die darauf eingemeißelten Schriftzeichen vertraut, von Ältesten eingegraben – die gleichen Buchstaben, wie sie Andry im mythischen Iona gesehen hatte. Der Bau war uralt, älter als das alte Reich von Cor, erbaut für eine längst nicht mehr existierende Spindel. Sein Glockenturm stand stumm und schweigend. Wo die Spindel im Inneren einst hingeführt hatte, wusste Andry nicht. Niemand hatte je darüber berichtet, und er hatte nie den Mut aufgebracht, danach zu fragen. Trotzdem, er spürte sie wie einen fast verflogenen Duft, das Kräuseln einer verloren gegangenen Kraft.

Sir Grandel verzog die Lippen. Der hellhäutige Ritter schaute mit einem finsteren Stirnrunzeln erst in den Himmel, dann zum Tempel hinüber und zu den Kriegern unter ihnen.

»Unfassbar, dass ich zu dieser spindelverdammten Stunde wach bin«, zischte er, ohne sich die Mühe zu machen, leise zu sprechen.

Andry überging die Beschwerde seines Mentors.

»Alles fertig, Herr«, sagte er und trat einen Schritt zurück. Er begutachtete den Ritter, hielt Ausschau nach Mängeln oder Unvollkommenheiten, irgendetwas, das Sir Grandel in der bevorstehenden Schlacht beeinträchtigen könnte.

Der Ritter blähte die Brust. Andry war jetzt seit drei Jahren Sir Grandels Knappe. Sir Grandel war ein hochmütiger Mann, aber Andry kannte keinen Schwertkämpfer von gleichem Talent, der nicht ebenfalls zur Überheblichkeit neigte. Das war zu erwarten. Und es war alles in bester Ordnung, von den Zehenspitzen von Sir Grandels stählernen Stiefeln bis hin zu den Knöcheln seiner Panzerhandschuhe. Der schlachterprobte

Ritter war ein Muster an Kraft und Tapferkeit, der fleischgewordene Inbegriff der Löwengarde der Königin. Ein wahrlich furchterregender und bewegender Anblick.

Wie immer stellte Andry sich selbst in ebendieser Rüstung vor, den Löwen auf der Brust, den grünen Umhang über den Schultern, den Schild seines Vaters am Arm – und nicht im Salon seiner Mutter an die Wand gehängt. *Seit Jahren unbenutzt, staubbedeckt, halb zerbrochen.*

Der Knappe senkte den Kopf, scheuchte den Gedanken fort. »Ihr seid nun bereit.«

»Das auf jeden Fall«, antwortete der Ritter und legte die Finger in seinen Handschuhen um das Heft seines Schwertes. »Nachdem ich meine alternden Knochen zu viele Tage lang über die Wacht geschleppt habe. Wie lange sind wir jetzt unterwegs, Trelland?«

Andry antwortete, ohne nachzudenken. »Zwei Monate, Herr. Fast auf den Tag genau zwei Monate.«

Er kannte die Zahl so gut, wie er seine Finger kannte. Jeder Tag unterwegs war ein Abenteuer, ein Weg durch die Wildnis, durch Täler und Berge, in Königreiche, die je zu sehen er sich nie hätte träumen lassen. An der Seite ruhmvoller Krieger mit unglaublichen Fähigkeiten, allesamt Helden. Ihr Ritterzug näherte sich nun dem Ende, die nahe Schlacht warf ihre drohenden Schatten voraus. Andry fürchtete nicht den Kampf, sondern das, was danach kommen würde.

Die leichte, schnelle Reise heimwärts. Der Exerzierplatz, der Palast, die Mutter krank und der Vater tot. Nichts, auf das ich mich freuen könnte. Nur nochmals vier Jahre, um Sir Grandel auf dem Weg vom Thronsaal zum Weinkeller zu begleiten.

Der Ritter bemerkte das Unbehagen seines Knappen nicht und plapperte weiter. »Aufgerissene Spindeln und die Rückkehr verlorener Reiche. Alles nur Gewäsch. Die Jagd nach einem Kindermärchen«, brummte der Ritter, während er seine Handschuhe überprüfte. »Die Jagd nach Geistern um der Geister willen.«

Angesichts seiner kampfbereiten Gefährten schüttelte er den Kopf. Deren Tracht und Farbe waren so vielfältig wie die Juwelen in einer Krone. Für eine Weile ließ er den Blick seiner wässrig blauen Augen auf dem einen oder anderen ruhen.

Wie sein Ritter sah Andry die in unbeweglicher Anspannung dastehenden Gestalten in fremdartigen Rüstungen und mit noch fremdartigeren Gepflogenheiten. Auch wenn sie nun einen Monat lang mit den Gefährten des Reiches unterwegs gewesen waren, erschienen ihm einige von ihnen immer noch alles andere als vertraut. Undurchdringlich wie das Rätsel eines Zauberers, fern und unglaubwürdig wie ein Mythos. *Und doch stehen sie direkt vor mir.*

»Es sind keine Geister«, murmelte Andry, während er zusah, wie einer von ihnen den Umfang des Tempels abschritt. Sein Haar war blond und geflochten, seine Gestalt breit und von monströser Größe. Eigentlich bräuchte es zwei Männer, um das Großschwert an seiner Hüfte zu schwingen. *Dom*, dachte Andry, obwohl sein eigentlicher Name viel länger und schwieriger auszusprechen war. *Ein Prinz von Iona.* »Die Ältesten sind genauso Fleisch und Blut wie wir.«

Sie waren leicht von den anderen Kriegern zu unterscheiden. Die Ältesten waren Wesen für sich, sechs insgesamt, ein jeder wie eine prächtige Statue, unterschiedlich im Aussehen, aber trotzdem irgendwie alle gleich. So sehr von den sterblichen Wesen verschieden wie Vögel von Fischen. Kinder anderer Sterne, sagten die Legenden. Wesen eines anderen Reichs, erzählten die wenigen geschichtlichen Überlieferungen.

Unsterbliche, das wusste Andry.

Alterslos, schön, fern, unvergänglich – und verloren. Selbst nach einem Monat konnte er den Blick nicht von ihnen wenden.

Sie nannten sich selbst die Vedera, aber für den Rest der Wacht, für die Sterblichen, die sie nur aus uralten Überlieferungen und halbvergessenen Geschichten kannten, waren sie die Ältesten. Es gab nur wenige von ihnen, aber in Andry Trellands Augen waren sie nach wie vor mächtig.

Der Ältestenprinz schaute auf, als er von hinten wieder um den Tempel herumkam, und begegnete dem Blick des Knappen mit durchdringenden smaragdfarbenen Augen. Andry senkte schnell den Kopf, im Wissen, dass der Unsterbliche ihr Gespräch mithören konnte. Seine Wangen verfärbten sich rot. Sir Grandel zuckte mit keiner Wimper, die Augen unter seinem Helm hart wie Stein. »Bluten Unsterbliche denn, Knappe?«
»Das weiß ich nicht, Herr«, antwortete Andry. Der Ritter nahm nun auch die anderen in den Blick. Die Ältesten kamen aus jedem Winkel der Wacht, tauchten aus halb vergessenen Enklaven auf. Andry hatte sie sich auf die gleiche Weise eingeprägt, wie er sich sonst die Höflinge im Palast einprägte –, nicht nur, damit sich Sir Grandel in ihrer Gesellschaft nicht blamierte, sondern auch, um seine eigene Neugier zu befriedigen.

Die beiden weiblichen Ältesten boten einen ganz besonderen Anblick. Sie waren genauso Krieger wie alle Übrigen. Das war für die Sterblichen unter ihnen ein Schock gewesen, vor allem für die Ritter aus Galland. Andry fand die beiden Frauen immer noch faszinierend, wenn nicht gar ehrfurchtgebietend. Rowanna und Marigon kamen aus Sirandel tief im Burgwald, genau wie Arberin. Andry nahm an, dass alle drei enge Verwandte waren mit ihrem roten Haar, ihren bleichen, fuchsartigen Gesichtern und den purpurnen Kettenpanzern, die wie Schlangenhaut schillerten. Sie sahen aus wie ein Wald im Herbst, wenn Sonne und Schatten beständig miteinander wechseln.

Die Nour kamen aus Hizir, der Wüstenenklave im Großen Sand von Ibal. In Andrys Augen schienen sie sowohl Mann wie auch Frau zu sein. Sie trugen keinerlei Rüstung, sondern hatten sich mit meterweise gebundener Dämmerrosenseide eng umwickelt, mit einem Vermögen an kostbaren Steinen besetzt. Ihre Haut war golden, ihre Augen bronzefarben, mit schwarzem Kohlstift und blitzendem Purpur geschminkt, während ihr schwarzes Haar zu kunstvoll verschlungenen Zöpfen geflochten war.

Surim war der am weitesten Gereiste von allen Gefährten, Sterblichen wie Unsterblichen. Bronzehäutig und mit tief liegenden Augen, schien die Reise von Tarima bis hierher noch immer auf ihm zu lasten wie ein schwerer Mantel. Sein robustes Pony hatte ihn durch die gewaltige Temurijonsteppe getragen.

Dom war mehr Eichbaum und Geweih als sonst irgendetwas. Er trug Lederkleidung unter einem graugrünen Mantel, in den der große Hirsch seiner Enklave und seines Königs eingeprägt war. An den Händen hatte er weder Leder- noch Panzerhandschuhe. An einem Finger glitzerte ein Ring aus gehämmertem Silber. Sein Zuhause war Iona, versteckt in den schwer zugänglichen Gebirgstälern von Calidon, wo sich die Gefährten zuerst versammelt hatten. Andry erinnerte sich noch klar und deutlich an Iona: eine unsterbliche Stadt aus Nebel und Stein, von einer unsterblichen Herrin in einem langen grauen Gewand regiert.

Sir Grandels Stimme riss ihn aus seinen Erinnerungen.

»Und was ist mit den Corblutprinzen, den Abkömmlingen des alten Reiches?«, zischte er, seine Worte plötzlich rasiermesserscharf. »Spindelverweste womöglich, aber sterblich wie der Rest von uns.«

Andry Trelland war in einem Palast aufgewachsen. Den Tonfall des Neides kannte er bestens.

Cortael vom alten Cor stand allein da, die Stiefel in den geborstenen Stein der Pilgerstraße gestemmt. Er starrte unverwandt in die dunklen Schatten des Waldes, auf der Lauer wie ein Wolf. Auch er trug einen Mantel aus Iona, und von seiner stählernen Brustplatte hoben sich die Formen von Geweihen ab. Dunkelrotes Haar fiel ihm über die Schultern wie Blut in der Abenddämmerung. Er diente keinem der Reiche der Sterblichen, und das Alter hatte bereits schwache Falten über sein Gesicht gezogen. Man sah sie etwa auf seiner strengen Stirn oder in den Winkeln seiner schmalen Lippen. Andry schätzte ihn auf nicht ganz fünfunddreißig. Wie bei den Ältesten floss Spindelblut in seinen Adern – er war ein Sohn des Übertritts, dessen sterbliche Vorfahren unter den Sternen einer anderen Welt geboren waren.

Das Gleiche galt für sein Schwert. *Eine Spindelklinge.* Die blanke Waffe spiegelte den Himmel über ihnen, erfüllt von grauem Licht, mit Gravuren versehen, die kein lebendes Wesen zu lesen vermochte. Seine Gegenwart war wie das Summen von Blitzen.

»Das weiß ich genauso wenig«, murmelte Andry und riss den Blick von dem Schwert los.

Sir Grandel klopfte dem Knappen auf die Schulter. »Vielleicht finden wir es ja bald heraus«, sagte er und stapfte den Hügel hinunter. Seine schwere Rüstung klirrte bei jedem Schritt.

Was ich wahrlich nicht hoffe, dachte Andry, als sein Herr nun zu den anderen sterblichen Gefährten aufschloss und sich zu den Vettern Nord gesellte: zwei weitere Ritter Gallands. Edgar und Raymon Nord hatten die Ritterfahrt genauso satt wie Sir Grandel, und ihre müden Gesichter waren ein Abbild seines eigenen.

Bress der Bullenreiter schob sich dazwischen, ein übertrieben breites Lächeln unter seinem gehörnten Helm. Der Söldner nervte die Ritter, wann immer er konnte, sehr zu ihrem Verdruss und zu Andrys Entzücken.

»Auch wenn du selbst das Schwert nicht ziehen wirst, solltest du trotzdem vor der Schlacht zu den Göttern beten«, ertönte hinter ihm eine tiefe Stimme, durchdringend wie Donnerschläge.

Andry drehte sich um und sah einen weiteren Ritter zwischen den Bäumen hervortreten. Okran aus Kasa, dem strahlenden Königreich des Südens, neigte im Näherkommen grüßend den Kopf, unter einem Arm den Helm, den Speer in der anderen Hand. Über seiner perlweißen Rüstung ließ mit ausgebreiteten Flügeln und vorgestreckten, todbringenden Krallen der Adler von Kasa seinen Schrei ertönen. Okrans Lächeln war eine Sternschnuppe, ein kurzer Blitz vor dem Hintergrund seiner pechschwarzen Haut.

»Herr«, antwortete Andry und verbeugte sich. »Ich bezweifle, dass die Götter den Worten eines Knappen Gehör schenken.«

Okran zog eine Braue hoch. »Bringt dir Sir Grandel dergleichen bei?«

»Ich muss mich für ihn entschuldigen. Nach einer so langen Reise, nach mörderischen Wochen, in denen er die Hälfte des Reichs durchquert hat, ist er nun erschöpft.« Es gehörte zu den Pflichten eines Knappen, die Hinterlassenschaften seines Herrn wegzuräumen, ob das nun handgreifliche Dinge oder geäußerte Worte waren. »Er möchte weder Euch noch sonst irgendwen beleidigen.«

»Mach dir deshalb keine Gedanken, Knappe Trelland. Ich gehöre nicht zu den Leuten, die sich von Fliegengesumm stören lassen«, antwortete der Ritter aus dem Süden und winkte mit flinkfingriger Hand. »Zumindest nicht heute.«

Andry unterdrückte den unhöflichen Drang zu grinsen. »Nennt Ihr Sir Grandel eine Fliege?«

»Würdest du es ihm verraten, wenn ich es täte?«

Der Knappe antwortete nicht, und das war Antwort genug.

»Braver Junge«, kicherte der Kasaner, zog sich seinen Helm über den Kopf und richtete den Nasenschutz aus Amethyst. Ein Ritter des Adlers nahm Gestalt an, wie ein aus einem Traum tretender Held.

»Fürchtet Ihr Euch?« Die Worte waren aus Andry herausgesprudelt, ehe er sich hatte bremsen können. Okrans Gesichtszüge wurden weich, ein Ansporn für Andrys Entschlossenheit. »Fürchtet Ihr den Dieb und seinen Zauberer?«

Der Kasaner schwieg lange, seine Haltung träge und nachdenklich. Er warf einen Blick hinüber zum Tempel und zur Lichtung, mit Cortael am Waldrand. Regentropfen tanzten auf den Nadeln der Bäume, und die Schatten wechselten von schwarz zu grau. Alles schien ruhig, unaufdringlich.

»Die Gefahr ist die Spindel, nicht die Männer, die nach ihr suchen«, betonte er mit sanfter Stimme.

Sosehr er sich auch bemühte, Andry stellte fest, dass er sich die beiden einfach nicht vorstellen konnte. *Der Schwertdieb, der abtrünnige Zauberer.* Zwei Männer gegen die Gefährten: ein

Dutzend Krieger, die Hälfte von ihnen Älteste. *Es wird ein leichter Sieg, wir schlachten sie einfach ab*, schärfte er sich ein und zwang sich zu einem Nicken.

Der Kasaner reckte das Kinn. »Die Ältesten haben sich an die gekrönten Häupter der Sterblichen gewandt, und als Antwort auf ihren Ruf wurde ich ausgesandt, genau wie auch deine Ritter. Ich weiß kaum etwas über Corblut oder Spindelmagie, und das wenigste davon glaube ich. Ein gestohlenes Schwert, ein zerrissener Durchgang? Das alles scheint mir mehr eine Streitigkeit zwischen zwei Brüdern zu sein und kein Anlass zur Sorge für die großen Königreiche der Wacht.« Er lachte verächtlich und schüttelte den Kopf. »Aber ich stelle nicht infrage, was die Herrscherin der Ältesten gesagt oder wovor Cortael gewarnt hat. Meine Aufgabe ist es, mich dem entgegenstellen, was uns drohen könnte. Sich nicht um diese Sache zu kümmern wäre ein zu großes Risiko. Wenn niemand dem Ruf folgt, ist das das Schlechteste, was passieren kann.« Da war ein unentschlossenes Flackern in seinen warmen, dunklen Augen. »Im besten Fall retten wir die Welt, bevor sie auch nur erfährt, dass sie in Gefahr gewesen ist.«

»*Kore-garay-sida.*« Die Sprache des Volkes seiner Mutter fiel ihm leicht, sie war Andry als Kind gründlich beigebracht worden. Die Wörter waren Balsam auf seinen Lippen. *Die Götter wollen es so.*

Okran blinzelte überrascht. Dann legte sich ein Lächeln über seine Züge – breit und strahlend, überwältigend. »*Ambara-garay*«, beendete er das Gebet mit einem Neigen seines Helms. *Vertraue in die Götter.* »Du hast mir gar nicht gesagt, dass du Kasani sprichst, Knappe.«

»Meine Mutter hat es mir beigebracht, Herr«, antwortete Andry und richtete sich auf. Er war fast einen Meter achtzig groß, doch fühlte er sich in Okrans hagerem Schatten trotzdem klein. In Ascal aufgewachsen, war es Andry gewohnt, mit seiner dunkleren Haut aufzufallen, und er war stolz auf das Erbe, für das diese Haut stand. »Sie ist in Nkonabo geboren, eine Tochter von

Kin Kiane.« Die Familie seiner Mutter, ein altes Geschlecht, war sogar im Norden bekannt.

»Eine ehrwürdige Abstammung«, meinte Okran, immer noch grinsend. »Du solltest mich einmal in Benai besuchen, wenn alles erledigt ist und wir in unser Leben zurückgekehrt sind.«

Benai. Eine Stadt aus gehämmertem Gold und Amethyst, an die grünen Ufer des Nkon geschmiegt.

Die Heimat, die er nie gesehen hatte, nahm vor seinem geistigen Auge Gestalt an, die Geschichten seiner Mutter, ein Lied in seinem Kopf. Aber es durfte nicht von Dauer sein. Der Regen war kalt, die Realität ließ sich unmöglich ausblenden. Die Ritterschaft war noch drei oder vier Jahre weit weg. *Ein ganzes Leben,* das wusste Andry. *Und es gibt noch so viel anderes zu bedenken. Meine Stellung in Ascal, meine Zukunft, meine Ehre.* Ihm wurde schwer ums Herz. *Rittern steht es nicht frei, nach Gutdünken umherzuschweifen. Sie müssen die Schwachen beschützen und den Hilflosen helfen, und vor allem müssen sie ihrem Land und ihrer Königin dienen. Und nicht durch die Welt reisen, um sich schöne Städte anzusehen.*

Und außerdem muss ich an Mutter denken, so schwach und gebrechlich wie sie geworden ist.

Andry zwang sich zu einem Lächeln.»Wenn alles erledigt ist«, echote er und winkte Okran nach, der sich bereits hügelabwärts in Bewegung gesetzt hatte und leichtfüßig durch das jetzt feuchte Gras schritt.

Vertraue den Göttern.

Hier, in den Ausläufern der großen Berge von Allwacht, von Helden und Unsterblichen umgeben, spürte Andry die Gegenwart der Götter ganz ohne Frage. Wer sonst hätte einen Knappen auf eine solche Reise schicken können, den Sohn einer fremdländischen Adligen und eines niederen Ritters? Erbe keiner Burg, von keines Königs Geblüt.

Morgen werde ich nicht mehr der Junge von heute sein. Wenn alles erledigt ist.

Am Rand der Lichtung gesellte sich der unsterbliche Prinz

von Iona zu Cortael. Seine Ältestensinne waren konzentriert auf den Wald gerichtet. Selbst oben vom Hügel aus erkannte Andry den verbissenen Zug um die Kieferpartie des Unsterblichen.

»Ich kann sie hören«, sagte er, die Worte wie ein Peitschenknall. »Eine halbe Meile entfernt. Nur zwei, wie erwartet.«

»Wir sollten entsprechende Vorsichtsmaßnahmen treffen, wenn wir es mit einem Zauberer zu tun haben«, rief Bress. Vor dem Hintergrund des grauen Himmels blitzte die Axt über seiner Schulter wie ein Lächeln.

Die Sirandels fuhren herum und starrten ihn an, als hätten sie es mit einem Kind zu tun.

»Wir sind die Vorsichtsmaßnahme, Bullenreiter«, sagte Arberin leise, seine Stimme vom Akzent seiner unergründlichen Sprache gefärbt.

Der Söldner schob missmutig die Lippen vor.

»Der Rote ist ein Gauner, der sich überall einmischt, nicht mehr«, rief Cortael, ohne sich umzudrehen. »Umringt den Tempel, bleibt in Formation.« Der Corblut war ein geborener Anführer, der das Befehlen bestens gewohnt war. »Taristan wird versuchen, durch unsere Reihen zu schlüpfen und gewaltsam einen Übergang zu öffnen, ehe wir ihn aufhalten können.«

»Er wird scheitern«, dröhnte Dom und zog sein Großschwert aus der Scheide.

Zum Zeichen der Zustimmung schlug Okran mit dem Knauf seines Speers auf den Boden, und die Vettern Nord ließen ihre Schilde klappern. Sir Grandel richtete sich auf, seine Kiefer angespannt, die Schultern gestrafft. Die Unsterblichen schlossen sich ihnen an, ihre Bögen und Klingen in der Hand. Die Gefährten waren bereit.

Nun öffneten sich vollends die Schleusentore des Himmels, und der kalte, stetige Regen verwandelte sich in einen Wolkenbruch. Ein Schauder durchlief Andry, als die Nässe sein Rückgrat hinunterkroch und durch die Ritzen in seine Kleidung drang.

Der Straße zugewandt, hob Cortael die Spindelklinge. Regen prasselte aufs Schwert und verundeutlichte dessen vorzeitliche Gestalt. Wasser troff ihm übers Gesicht, aber er war wie ein Fels und trotzte dem Sturm. Andry wusste, dass Cortael ein Sterblicher war, doch in diesem Moment wirkte er alterslos. Ein Stückchen aus einem verlorenen Reich schien für einen kurzen Moment aufzublitzen, wie durch den Spalt einer sich schließenden Tür.

»Gefährten des Reichs«, verkündete Cortael mit weithin hallender Stimme.

Irgendwo auf den Bergen grollte der Donner. *Die Götter der Wacht schauen zu,* dachte Andry. Er spürte ihre Blicke.

Der Regen verdoppelte seine Heftigkeit, fiel in dichten Strömen und verwandelte das Gras in Schlamm.

Cortael zauderte nicht. »Diese Glocke hat seit tausend Jahren nicht geläutet«, sagte er. »Niemand hat seither einen Fuß in diesen Tempel gesetzt oder ist durch die Spindel gegangen. Mein Bruder beabsichtigt, der Erste zu sein. Er wird nicht der Erste sein. Er wird scheitern. Welche böse Absicht auch immer ihn hierhergetrieben haben mag, sie findet hier ein *Ende.*«

Das Schwert blitzte auf und reflektierte einen zuckenden Blitz. Cortael umfasste es noch fester.

»Die Macht von Corblut und Spindelklinge ist groß genug, um durch die Spindel zu schneiden. Es ist unsere Pflicht, meinen Bruder abzuhalten von diesem Verderben und das Reich und die Wacht zu retten.« Cortael sah die Gefährten der Reihe nach an. Andry erschauderte, als sein Blick auch über ihn hinwegglitt. »Heute kämpfen wir für morgen.«

Cortaels Entschlossenheit vermochte Andry Trelland die in ihm aufsteigende Angst nicht zu nehmen, doch sie gab ihm Kraft. Selbst wenn seine Pflicht nur darin bestand, zuzuschauen und das Blut wegzuwaschen, würde er mit keiner Wimper zucken. Er würde den Gefährten und der Wacht in jeder ihm möglichen Weise dienen. Selbst ein Knappe konnte stark sein.

»Diese Glocke hat seit tausend Jahren nicht geläutet«, wiederholte Cortael. Er sah wie ein Soldat aus, nicht wie ein Prinz. Ein sterblicher Mann ohne hohe Abstammung, nur mit einer Pflicht.
»Sie wird auch in den nächsten tausend Jahren nicht läuten.«
Wieder donnerte es, jetzt näher.
Und die Glocke läutete.
Die Gefährten zuckten zusammen wie ein einziges Wesen.
»Haltet die Stellung«, befahl Dom. Wind zerrte am goldenen Vorhang seines Haares. »Das ist das Werk des Roten. Eine Illusion!«
Der Klang der Glocke war zugleich hohl und voll, ein Ruf und eine Warnung. Andry konnte ihren Zorn und ihren Kummer wahrnehmen. Sie schien zwischen den Jahrhunderten, zwischen den Reichen hin und her zu hallen, vor und zurück. Da war eine Stimme in Andry, die ihm riet, so viel Abstand zwischen sich und die Glocke zu legen, wie er nur konnte. Aber seine Füße blieben wie angewurzelt, seine Fäuste geballt. *Ich werde mit keiner Wimper zucken.*

Sir Grandel bleckte die Zähne und schlug sich mit der Hand auf die Brust. Stahl klirrte auf Stahl. »Mit mir!«, rief er, der alte Schlachtruf der Löwengarde. Die Vettern Nord nahmen seinen Ruf auf.

Andry spürte es in der Brust.

Von oben auf dem Hügel machte Andry nun zwei Gestalten aus, die stetig den Weg heraufkamen, zwischen den Regentropfen kaum erkennbar. Der, den man den Roten nannte, trug seinen Namen zu Recht, war er doch in einen Umhang von der Farbe frisch vergossenen Blutes gehüllt. Er trug eine Kapuze, aber Andry konnte dennoch sein Gesicht sehen. Er war jung, glatt rasiert, mit bleicher weißer Haut, das Haar gelb wie Weizen. Seine Augen wirkten rot, selbst aus der Entfernung. Sie erbebten förmlich, als der Mann nun die Gefährten ins Auge fasste, sie alle von Kopf bis Fuß musterte. Sein Mund bewegte sich ohne einen Laut, und seine Lippen formten Wörter, die niemand hören konnte. *Der Zauberer.*

Der andere Mann trug keine Rüstung, sondern eine abgetragene Lederkluft und einen schlammfarbenen Umhang. Er war ein Abtrünniger, der Schatten zu der Sonne seines Bruders. Sein Gesicht war unter dem Helm nicht zu erkennen, aber die dunkelroten Locken lugten hervor.

Sein Schwert, der Zwilling von Cortaels eigener Klinge, steckte immer noch in der Scheide, die mit Juwelen in Rot und Lila besetzt war, ein Sonnenuntergang zwischen seinen Fingern. *Der Schwertdieb.*

Das also soll der Ruin des Reichs sein, dachte Andry verwirrt.

Cortael hielt sein Schwert hoch erhoben. »Du bist ein Narr, Taristan.«

Wieder läutete die Glocke, schwang im Turm hin und her.

Der andere Sohn des alten Reiches von Cor stand in aller Ruhe da und lauschte auf die Tempelglocke. Dann lächelte er, und sein breites Grinsen, das weiße Zähne präsentierte, war selbst unter seinem Helm zu sehen.

»Wie lange geht das schon so, Bruder?«

Cortael blieb unbeirrt.

»Seit deiner Geburt«, antwortete Taristan schließlich für ihn. »Ich wette, du hast dich gut amüsiert in deiner Kindheit und Jugend in Iona. Spindelgesegnet von deinem ersten Herzschlag an.« Obwohl sich Taristan unbeschwert gab, sein Tonfall beinahe vergnügt, merkte ihm der Knappe doch eine gewisse Anspannung an. Es war, wie einem wilden Köter zuzusehen, der prüfend einen dressierten Jagdhund abschätzt. »Und bis zu deinem letzten Atemzug.«

»Ich wünschte, ich könnte behaupten, es sei mir eine Freude, dich zu treffen, Bruder«, sagte Cortael.

Dom neben ihm blickte finster. »Gib zurück, was du genommen hast, Dieb.«

Mit flinken Fingern zog Taristan die Klinge an seiner Seite halb aus der Scheide und zeigte ein Stück des Schwertes. Selbst im Regen glänzte der Stahl, die hineingetriebenen Linien ein Spinnennetz.

Ein Grinsen zuckte um seine Lippen. »Du kannst gern versuchen, es dir zurückzuholen, wenn du willst, Domacridhan.« Der volle Name des Ältesten kam ihm reichlich unbeholfen über die Lippen, all sei er die Mühe nicht wert. Er wedelte mit dem in der Scheide steckenden Schwert und verhöhnte sie alle. »Wenn du genauso bist wie deine Verwandten in ihren Gruften, wirst du scheitern. Und wer bist du, mir mein Geburtsrecht vorzuenthalten? Auch wenn ich der Jüngere bin, der Nachrücker, ist es nur gerecht, dass wir jeder ein Schwert unserer Vorfahren aus unserem verlorenen Reich haben.«

»Die Sache wird nur im Verderben enden«, knurrte Cortael. »Ergib dich, dann muss ich dich nicht töten.«

Taristan stieß nur seinen Fuß nach vorn. Er bewegte sich mit der Anmut eines Tänzers, nicht der eines Kriegers. Cortael bewegte sich entsprechend zur Seite und streckte die Klinge nach der Kehle seines Bruders aus.

»Die Ältesten haben dich so aufgezogen, wie du bist, Cortael«, begann Taristan. »Ein Krieger, ein Gelehrter, ein Herr über Menschen und Unsterbliche zugleich. Der Erbe, der ein lang verlorenes Reich wiederaufbauen soll. Alles, um genau das zu tun, was ich getan habe: den Übertritt über die Spindeln wieder möglich zu machen. Die Reiche wieder zusammenzubringen. Ihren Bewohnern erlauben, in eine Heimat zurückzukehren, die sie seit Jahrhunderten nicht mehr gesehen haben.« Er sah Dom an. »Irre ich mich, Ältester?«

»Eine Spindel aufzureißen bedeutet, alle Reiche in Gefahr zu bringen. Du würdest die Welt um deiner eigenen Ziele willen zerstören«, knurrte Dom, und seine Gefasstheit schwand dahin.

Taristan trat vor, und seine Stiefel schmatzten im Schlamm. »Zerstörung für manche. Ruhm für andere.«

Der Mantel der unbewegten Ruhe glitt von dem Ältesten ab, so mühelos wie ein weggeworfener Umhang. »*Ungeheuer*«, wütete Dom, auch sein Schwert plötzlich emporgereckt.

Abermals grinste Taristan höhnisch. *Er genießt das Ganze*, begriff Andry voller Abscheu.

Dom fauchte. »Man darf eine Spindel nicht zwingen. Die Folgen ...«

»Spar dir deinen Atem, Dom«, unterbrach Cortael. »Er hat sein Schicksal gewählt.«

Taristan blieb wie angewurzelt stehen.

»Ich habe mein Schicksal gewählt?«, zischte er, und seine Stimme wurde weich und gefährlich, eine Klinge unter Seide. Zorn sammelte sich in ihm, so wie sich das Unwetter am Himmel zusammenzog.

Oben auf dem Hügel beschleunigte sich Andrys Herzschlag, und sein Atem ging schneller.

»Sie haben dich *genommen* und dich *ausgebildet* und dir *gesagt*, dass du etwas Besonderes wärest, ein wiedergekehrter Herrscher, Corblut und spindelgeboren«, kochte Taristan. »Der Letzte einer uralten Abstammungslinie, für Großes bestimmt. Du solltest das Alte Cor für dich reklamieren und es erobern, darüber herrschen. Was für ein ruhmreiches Schicksal für den erstgeborenen Sohn von Eltern, die wir nie gekannt haben.«

Mit einem Knurren hob er beide Hände an seinen Helm und riss ihn sich vom Kopf, sodass sein Gesicht sichtbar wurde.

Andry schnappte nach Luft, und ihm klappte die Kinnlade herunter.

Die beiden Brüder starrten einander an, einer das Spiegelbild des anderen.

Zwillinge.

Auch wenn Taristan abgerissen und Cortael königlich vornehm war, vermochte Andry sie kaum auseinanderzuhalten. Sie hatten das gleiche zarte Gesicht, den gleichen durchdringenden Blick, das strenge Kinn, die schmalen Lippen, die hohe Stirn und die seltsam distanzierte Art all jener von Spindelblut. Anders als die anderen Sterblichen, ähnlich nur einander.

Cortael wich erschüttert zurück. »Taristan«, sagte er, und seine Stimme wurde beinahe vom Regen verschluckt.

Der Schwertdieb zog mit einer langen, langsamen Bewegung seine eigene Spindelklinge aus der Scheide. Das Geräusch passte sich harmonisch in das Geläut der Glocke ein, ein hohes Atmen im Verein mit einem tiefen Dröhnen.

»Jeder Traum, den du je gehegt hast, war dir von anderen vorgegeben. Über jeden Weg, den du je beschritten hast, war die Entscheidung bereits gefallen«, sagte Taristan. Regen peitschte die Schwertklinge. »*Dein* Schicksal war vom Tag unserer Geburt an gewählt, Cortael. Nicht meins.«

»Also, was wählst du jetzt, Bruder?«

Taristan reckte das Kinn. »Ich wähle das Leben, das ich hätte leben sollen.«

Die teuflische Glocke läutete erneut, jetzt tiefer.

»Du hast mir die Möglichkeit einer Kapitulation eingeräumt.« Taristan verzog die Lippen. »Ich fürchte, ich kann in deinem Fall das Gleiche nicht tun. Ronin?«

Der Zauberer hob die Hände, weiß wie Schnee, die Innenflächen nach außen gedreht. Die Sirandels bewegten sich schneller, als es Andry für möglich gehalten hätte, und drei Pfeile sprangen von der Sehne. Sie waren gut gezielt, auf Herz, Kehle, ein Auge. Aber bloß Zentimeter von Ronins Gesicht entfernt brannten die Pfeile einfach weg. Weitere Pfeile flogen durch die Luft, auch sie schneller, als es Andry für möglich gehalten hätte. Wieder flammten die Pfeile in blendendem Rot auf, sogleich kaum mehr als Rauch im Regen.

Cortael hob sein Schwert in die Höhe, wollte Ronin mitten entzweispalten.

Taristan war schneller und parierte den Hieb mit dem Klirren von Stahl auf Stahl. »Was du im Palast gelernt hast«, zischte er, ihre so gleichen Gesichter eng beieinander, »habe ich im Dreck besser gelernt.«

Der Zauberer schlug die Handflächen zusammen, und da war auf einmal das Knirschen von Stein zu hören, ein weiteres Donnerwirbeln und dann das Zischen von Flüssigkeit auf etwas Heißem, wie Öl, das in einer Pfanne brutzelt. Nacktes Entsetzen durchfuhr Andry, als er zum Tempel schaute, einstmals verlassen, aber nun nicht mehr. Die Türen schwangen nach außen auf, von einem Dutzend weißer Hände aufgedrückt, die mit Asche und Ruß bedeckt waren. Darunter war die Haut aufgeplatzt und rissig, ließ Knochen oder nässende rote Wunden sehen. Andry konnte die Gesichter der Wesen nicht sehen, zu denen die Hände gehörten, dafür war er dankbar. Er konnte sich kaum ausmalen, wie grauenhaft sie sein mussten. Ein heißes Licht pulsierte aus dem Innern des Tempels, so strahlend, dass es das Auge blendete, als nun die Schatten aus der Tür gequollen kamen und über die Lichtung rasten.

Die Gefährten drehten sich zu dem Aufruhr um, fassungsloses Entsetzen auf ihren Gesichtern.

»Die Aschenländer«, stieß Rowanna von Sirandel hervor. Ihre goldenen Augen weiteten sich vor Angst, der gleichen Angst, die auch Andry empfand, auch wenn er keine Ahnung hatte, was sie damit meinte. Für einen Moment wandte sie ihren Blick vom Tempel ab und den Pferden oben auf dem Hügel zu. Ihre Gedanken waren unschwer zu erraten.

Sie wollte fliehen.

Unten knurrte Cortael in Taristans Gesicht, ihre Klingen ineinander verschränkt. »Die *Spindel*?«

Der andere Zwillingsbruder grinste anzüglich. »Schon zerrissen, die Übertritte haben bereits stattgefunden.« Er machte einen blitzschnellen Satz und stieß Cortael den Ellbogen ins Gesicht, sodass ein lautes Knacken zu hören war. Der große Herr über die Menschen wirbelte herum und stürzte zu Boden, aus seiner gebrochenen Nase spritzte eine Fontäne von scharlachrotem Blut. »Für was für einen *Idioten* hältst du mich eigentlich?«

Dom sprang in die Höhe und brüllte einen der Schlachtrufe der Ältesten. Er bewegte sich in einem eleganten Bogen durch die Luft, bis der Zauberer eine Hand hob, die ihn fast ohne jede Berührung beiseitestieß und ihn einige Meter weiter in den Morast warf.

Die abscheulichen lebenden Leichname der Spindel erzwangen sich zu Dutzenden ihren Weg aus dem Tempel, stolperten übereinander. Einige hatten bereits gebrochene Knochen und krochen auf zerschmetterten Gliedmaßen, die in öligen schwarzen Rüstungen klapperten. Sie waren wie sterbliche Menschen, dann aber auch wieder nicht, wie von innen nach außen gewendet. Die meisten umklammerten von Kämpfen zerschundene Waffen: verrostete Eisenschwerter und schartige Äxte, zersprungene Dolche, zersplitterte Speere. Zerbrochen, aber immer noch scharf, immer noch tödlich. Pfeile hagelten auf den wilden Haufen herab, die Sirandels mähten die erste Angriffswelle nieder, ließen den Feind fallen wie Weizen unter der Sichel. Diese Ersten konnten getötet werden, aber ihre Zahlen wurden nur immer größer und größer. Der unverkennbare Gestank von Rauch und verbranntem Fleisch begleitete sie, und ein heißer Wind wehte aus dem Innern des Tempels, von der Spindel her, und brachte Wolken aus Asche mit sich.

Andry konnte sich nicht rühren, konnte nicht atmen. Er konnte nur zusehen, wie die Leichen über die Gefährten herfielen, eine narbenüberzogene und blutige Armee aus einem verlorenen Reich. Lebten sie? Waren sie tot? Andry vermochte es nicht zu sagen. Aber sie bewegten sich in einem merkwürdigen Kreis um Taristan und Cortael herum. Als sei ihnen aufgetragen worden, die Brüder kämpfen zu lassen.

Okrans Speer tanzte und durchbohrte Kehlen, während er sich in eleganten Bögen bewegte. Die Ritter von Galland bildeten ein oft geübtes Dreieck und kämpften erbittert, ihre Schwerter rot und schwarz besudelt. Surim und die Nour waren nur verschwommene Flecken im Getümmel, in der Luft tanzende Kurzschwerter und Dolche. Sie hinterließen Zerstörung, wo immer sie hinkamen, schnitten sich eine Schneise durch die Leiber, während sie vorwärtsdrängten. Die Geschöpfe schrien und kämpften, ihre Stimmen unmenschlich, kreischend und brüchig, ihre Stimmbänder zerfetzt. Andry konnte kaum Gesichter erkennen – sie waren bis zur Unkenntlichkeit ausgebleicht, die Köpfe kahl und die Haut knochenfarben, rot vernarbt oder mit triefendem Öl überzogen. Asche blätterte von ihnen ab, und sie sahen aus wie weiß gebranntes Holz, von innen nach außen verschmort.

Der Plan war eigentlich zwei gegen zwölf, dachte Andry, während er versteinert dastand. *Aber nein, es sind zwölf gegen Dutzende. Hunderte.*

Die Pferde schnaubten und zerrten an ihren Stricken. Sie witterten die Gefahr, das Blut und vor allem die Spindel, die im Inneren des Tempels zischte und ihnen die Knochen mit gleißendem Entsetzen erfüllte.

Taristan und Cortael umlauerten einander. Cortaels Rüstung war zur Hälfte mit Schlamm überzogen. Blut rann ihm übers Kinn und über seine Brustplatte mit dem Geweih darauf. Ihre Klingen trafen aufeinander, trafen ihr Ziel. Ihrem so gleichen Gesicht zum Trotz hätten sie gar nicht unterschiedlicher kämpfen können. Cortael war ganz Geschicklichkeit und Kraft, wo Taristan ein wilder, streunender Kater war, immer in Bewegung, auf den Zehenspitzen herumwirbelnd, das Schwert in der einen Hand, den Dolch in der anderen, beide Waffen gleichermaßen in Gebrauch. Er zerschmetterte; er wich aus; er machte sich den Schlamm und den Regen zunutze. Er grinste und höhnte, spuckte seinem Bruder Blut ins Gesicht. Er rammte seinem Bruder das Schwert in die Schulter, durch den Leichtpanzer und das Kettenhemd hindurch. Cortaels Gesicht verzerrte sich vor Schmerz, doch er packte seinen Bruder um die Hüfte. Die Zwillinge stürzten zusammen auf den Boden, wälzten sich im Dreck.

Andry schaute zu, ohne zu blinzeln, an Ort und Stelle festgewurzelt. *Was kann ich tun? Was kann ich tun?* Seine Hände zitterten, er bebte am ganzen Leib. *Zieh ein Schwert, verdammt noch mal. Kämpfe. Es ist deine Pflicht. Du willst ein Ritter werden, und Ritter haben keine Angst. Ein Ritter würde nicht einfach dastehen und zuschauen. Ein Ritter würde diesen Hügel hinunterstürmen und sich ins Chaos stürzen, Schild und Schwert kampfbereit.*

Unter dem Hügel färbte sich der Schlamm rot vor Blut.

Und ein Ritter würde dabei sterben.

Arberin schrie als Erster. Ein Leichnam packte seinen roten Zopf und kletterte ihm auf den Rücken. Ein weiterer folgte. Und noch einer und noch einer, bis das schiere Gewicht von Leibern den Ältesten zu Boden gehen ließ. Ihre Klingen waren so viele. Weißer Stahl, schwarzes Eisen, schartig und alt. Aber noch immer scharf genug.

Sein Fleisch gab mühelos nach.

Rowanna und Marigon kämpften sich zu ihrem Verwandten durch. Sie erreichten einen immer noch blutenden Leichnam, dessen unsterbliches Leben ein Ende gefunden hatte.

Sir Grandel und die Vettern Nord verloren an Boden, ihr Dreieck rückte mit jeder verstreichenden Sekunde enger zusammen. Schwerter tanzten; Schilde schlugen gegeneinander; Panzerhandschuhe knallten auf Fleisch. Tote stapelten sich um sie herum, weiße Gliedmaßen und abgeschlagene Köpfe. Edgar stolperte als Erster und fiel wie durch Wasser, langsam, das Ende bereits verinnerlicht. Bis ihn Sir Grandel am Umhang packte und wieder hochzog.

»Mit mir!«, überschrie er den Lärm. Auf den Exerzierplätzen des Palastes bedeutete das: *Haltet Schritt, seid stark, legt euch noch mehr ins Zeug.* Heute bedeutete es lediglich: *Bleibt am Leben.*

Der Bullenreiter brüllte, seine Axt kreiste durch die Luft, um mit jedem Schwung neue Kehlen aufzuschlitzen. Rot und schwarz überzog es seine Rüstung, Blut und Öl. Aber der Söldner konnte sein hohes Tempo nicht aufrechthalten. Andry hätte am liebsten aufgeschrien, als nun der gehörnte Helm von Bress dem Bullenreiter unter der steigenden Flut der lebenden Leichen verschwand.

Die Sekunden kamen ihm vor wie Stunden und jeder Tod wie ein ganzes Leben.

Rowanna fiel als Nächste, halb in einer Pfütze untergetaucht, eine Axt im Rückgrat.

Der Hieb eines Hammers drückte Raymon Nords Brustpanzer ein. Das feuchte Röcheln seines ersterbenden Atems rasselte hörbar über das Schlachtfeld. Edgar beugte sich über ihn, sein Schwert vergessen, als er den Kopf seines Vetters umfasste. Sosehr sich Sir Grandel auch bemühte, die Geschöpfe fielen mit Messern und Zähnen über den am Boden knienden Ritter her. Andry hatte die Nords gekannt, seit er ein kleiner Junge gewesen war. Er hätte nie für möglich gehalten, dass er sie einmal sterben sehen würde – und das so jämmerlich.

Sir Grandel war schwer und ließ sich nicht so einfach niedermähen, wenngleich die Geschöpfe es versuchten. Er schaute von der Lichtung auf und fand Andrys Blick. Andry, immer noch oben auf der Anhöhe, sah seine eigenen Hände sich bewegen, sah, gedankenlos, wie sie ganz von sich aus gestikulierten, seinem Herrn zu verstehen geben suchten, die Schlacht doch Schlacht sein zu lassen. *Mit mir. Bleibt am Leben.* Zu jeder anderen Zeit hätte Sir Grandel ihn einen Feigling gescholten.

Jetzt gehorchte er und rannte los.

Das Gleiche tat Andry, plötzlich sein Schwert in der Faust. Sein Körper bewegte sich schneller als sein Denken, seine Füße schlitterten über den Schlamm. *Ich bin Knappe von Sir Grandel Tyr, einem Ritter der Löwengarde. Das hier ist meine Pflicht. Ich muss ihm helfen.* Alle anderen Gedanken traten in den Hintergrund, alle Furcht war vergessen. *Ich muss tapfer sein.*

»Mit mir!«, heulte Andry.

Sir Grandel kletterte den Hang hinauf, aber die Wesen folgten ihm, zerrten an seinen Gliedern und rissen ihn zurück. Er hob einen Panzerhandschuh, die Finger gespreizt. Nicht flehend nach Andry ausgestreckt. Bat nicht um Hilfe oder um Schutz. Seine Augen weiteten sich.

»LAUF, TRELLAND!«, brüllte der Ritter. »LAUF.«

Sir Grandel Tyrs letzter Befehl ging Andry bis ins Mark. Er erstarrte und schaute in den blutroten Rachen des Gemetzels unter ihm.

Ein lebender Leichnam entriss dem Ritter sein Schwert. Er kämpfte weiter, doch der Schlamm wollte seine Stiefel nicht mehr hergeben, und er rutschte aus, kippte nach vorn an den Hang, krallte die Finger in nasses Gras.

Tränen brannten in Andrys Augen. »Mit mir«, flüsterte er, seine Stimme eine Blume, die im Frost erstarb.

Er konnte nicht dastehen und zusehen, wie die Schwertkämpfer einer nach dem anderen fielen. Die Welt verschwamm vor ihm, schwarze Punkte breiteten sich über sein Gesichtsfeld aus, bis er nichts mehr sehen konnte. Der Gestank von Blut, Verwesung und Asche verschlang alles. *Ich muss wegrennen*, dachte er, während es ihm war, als wollten sich seine Beine unter ihm verflüssigen.

»Beweg dich«, zischte Andry sich zu und zwang sich, einen Schritt zurück zu machen. Er spürte, dass sein Vater zuschaute und auch Sir Grandel. Ritter, in der Schlacht gefallen, die ihre Pflicht getan und ihre Ehre nicht mit Füßen getreten hatten. Die Art Ritter, die er nie sein würde. Andry schob sein Schwert in die Scheide, und seine Finger fanden die Zügel seines Pferdes.

Die Nour lagen tot auf den Stufen des Tempels, ihre langen, gelenkigen Glieder über den Marmor ausgestreckt. Sie waren selbst noch im Tod ein herrlicher Anblick. Marigon weinte lauthals über der toten Rowanna, kämpfte aber weiter, in tödlichem Rhythmus. Sie heulte, warf ihr Haar durch die Lüfte, keine Füchsin, sondern eine Wölfin mit rotem Fell. Auch Surim und Dom waren noch am Leben und versuchten, sich zu Cortael durchzukämpfen.

Okrans Speer lag zerbrochen zu seinen Füßen, aber seinen Schild und sein Schwert hatte er noch. Die weiße Rüstung von Kasa färbte sich dunkelrot, der Adler mit den Farben frischen Tötens bemalt.

Andry band mit zitternden Händen seine Zügel los. Dann drehte er sich zu Okrans Pferd um. Er biss die Zähne zusammen und zwang seine Finger, sich zu rühren. Sie waren taub und steif vor Angst, als er nun das Pferd des Ritters losmachte. *Das zumindest kann ich tun.*

Cortael und Taristan kämpften im Auge eines blutigen Wirbelsturms. Der Schlamm unter ihren Füßen war aufgewühlt, aufgerissen wie ein Turniergelände. Cortael sah jetzt genauso aus wie sein Bruder; abgerissen und am Ende seiner Kräfte, hatte er nicht mehr die geringste Ähnlichkeit mit einem Prinzen oder einem Herrscher. Beide keuchten vor Erschöpfung, konnten sich kaum mehr auf den Beinen halten, jeder Hieb kam ein wenig langsamer, ein wenig schwächer als er vorangegangene.

Ronin stand vor den Tempeltüren, die Luft voller wirbelnder Asche. Er hielt die Arme ausgebreitet, die Handflächen nach oben gedreht, versunken in Anbetung eines Gottes, den Andry nicht kannte. Er legte den Kopf in den Nacken und schaute lächelnd zum Glockenturm auf. Der Turm läutete zur Antwort – wenn eine Glocke denn so etwas tun konnte.

Die beiden Spindelschwerter trafen aufeinander, während Blitze den Himmel überzogen, und jede Klinge leuchtete für einen Moment auf, violettweiß und gleißend.

Eins der Pferde wieherte schrill und bäumte sich auf, sodass der Strick zerriss. Alle gingen sie nun durch, und Andry fluchte. Leder glitt durch seine Finger. Andry packte fest zu und machte sich darauf gefasst, den Hügel hinuntergeschleift zu werden. Stattdessen kam ein Wiehern von Doms weißem Hengst, von den Händen des Knappen festgehalten.

Ein Schrei, auf Kasani herausgebrüllt, brach Andry erneut das Herz. Okran fiel, von mehreren Klingen durchbohrt. Er starb mit dem Blick gen Himmel, auf der Suche nach dem Adler, den Schwingen, die ihn heimbringen würden.

Auf der anderen Seite der Lichtung verlor Marigon erst eine ihrer Hände an eine Axt, dann auch ihren Kopf.

Surim und Dom brüllten auf, außerstande, sie zu erreichen, Inseln im blutigen Meer. Um Surim schlossen sich die Wogen zuerst. Er pfiff nach seinem Pferd, aber das Steppenpony war bereits mitten im Getümmel und suchte sich an seine Seite zu kämpfen. Doch bevor die Stute ihn erreichen konnte, wurde sie in Stücke gerissen. Es war auch Surims Ende.

Da war keine Stimme mehr in Andry, nicht einmal mehr Gedanken für ein Gebet.

In seinem Kreis schrie Cortael seinen Zorn heraus, und seine

Hiebe wurden wieder ergrimmter. Er schwang sein Schwert, schlug Taristan den Dolch aus der Hand, und die Klinge sank tief in den Schlamm. Mit einem weiteren Hieb unterlief er seine Deckung und rammte seinem Bruder die Spindelklinge tief in die Brust.

Andry stand wie erstarrt, einen Fuß im Steigbügel, wagte es nicht zu hoffen.

Die Armee der Leichen hielt ebenfalls inne, ihre blutigen Münder weit geöffnet. Auf den Stufen ließ Ronin die Hände sinken, seine scharlachroten Augen weit aufgerissen.

Taristan fiel auf die Knie. Die Klinge ragte ihm aus dem Rücken. Er keuchte entsetzt auf. Über ihm verfolgte Cortael ohne Freude oder Triumph das Geschehen. Die einzige Bewegung in seinem Gesicht kam von den Regentropfen, die ihn sauberwuschen.

»Du hast dir das selbst angetan, Bruder«, brachte er langsam hervor. »Aber trotzdem bitte ich dich um Vergebung.«

Sein Zwillingsbruder hustete und würgte, jedes Wort fiel ihm schwer.

»Es ist ... Es ist nicht deine Schuld, dass du als Erster geboren worden bist. Es ist nicht ... nicht deine Schuld, dass du auserwählt wurdest«, stammelte Taristan und starrte auf seine Wunde hinunter. Als er wieder aufschaute, waren seine schwarzen Augen hart und entschlossen. »Aber du unterschätzt mich immer noch, und das *ist* deine Schuld.«

Mit einem verächtlichen Grinsen zog er sich das Schwert aus der Brust, die Klinge glitschig und rot.

Andry traute seinen Augen nicht.

»Diese Glocken haben seit tausend Jahren nicht mehr für die Götter geläutet«, erklärte Taristan und stand wieder auf, ein Spindelschwert in jeder Hand. Überall um ihn herum gaben die Geschöpfe seltsame Laute von sich, wie das zirpende Gelächter von Insekten. »Und sie läuten auch heute nicht für eure Götter. Sie läuten für meine. Für Ihn. Für das, was wartet.«

Von Entsetzen erfüllt, taumelte Cortael auf seinen Fersen zurück. Er hob die Hand, streckte sie zwischen sie, schutzlos, der nicht existenten Gnade eines vergessenen Bruders ausgeliefert.

»Du wirst die ganze Wacht um einer Krone willen zerstören!«

»Ein König der Asche ist immer noch ein König«, krähte Taristan.

Mitten in all dem Morast aus Leibern erkämpfte sich Dom mühsam den Weg zu seinem Freund. *Er wird es nicht schaffen*, wusste Andry, während ihm die Sicht vor Augen verschwamm. *Er ist zu weit weg, immer noch zu weit weg.*

Taristan rammte Cortaels Spindelklinge in den Schlamm neben sich und griff stattdessen nach seinem eigenen Schwert. Cortael konnte nichts tun, um ihn aufzuhalten, als er nun die Waffe hob. Er konnte nirgendwohin, nirgends wegrennen. Seine Züge entglitten ihm, ein Prinz, zum Bettler erniedrigt.

»Bruder ...«

Die Klinge traf ihr Ziel, schnitt durch den Brustpanzer und das Kettenhemd direkt in Cortaels Herz. Der Erbe des alten Cor fiel auf die Knie, der Kopf sank ihm auf die Schultern.

Mithilfe eines seiner Stiefel zog Taristan das Schwert aus Cortaels Brust, dann ließ er den Toten zu Boden sacken.

»Und ein toter Mann ist immer noch tot«, zischte er höhnisch auf den Leichnam hinab.

Wieder hob er seine Waffe, bereit, die sterblichen Überreste seines Bruders in Stücke zu hacken.

Aber sein Schwert traf auf ein anderes, eine Klinge aus Iona in der Hand des letzten noch lebenden Gefährten.

»Lass ihn«, knurrte Dom, wild wie ein Tiger. Er stieß Taristan mühelos zurück.

Der Älteste baute sich zwischen seinem toten Freund und Taristan auf, die Beine für einen weiteren Kampf in den Boden gestemmt, wiewohl er bereits halb zerrissen war, von Feinden umzingelt und im Grunde längst geschlagen. Cortaels Schwert, blutverschmiert und nutzlos, stand immer noch aufrecht im Schlamm, ein Grabstein, der auf sie beide wartete.

Taristan lachte laut auf, amüsiert. »In den Geschichten heißt es, deinesgleichen sei tapfer, edelmütig, die fleischgewordene Größe. Sie sollten auch vermerken, dass ihr dumm seid.«

Doms Lippen zuckten, und sein eigenes Lächeln zeichnete sich auf seinen Zügen ab. Seine Augen, die Ältestenaugen eines Reichs der Unsterblichen, waren von einem strahlenden Grün. Sie wandten sich für einen Moment ab und blickten den Hügel hinauf zu dem Knappen, der fest im Sattel eines weißen Hengstes saß.

Andrys Herz tat einen Sprung, und er biss den Kiefer in grimmiger Entschlossenheit zusammen. Er nickte, nur ein einziges Mal.

Der Älteste pfiff, ein hoher, präziser Ton. Das Pferd schoss los und stürmte den Hügel hinunter. Nicht hinein in die Schlacht, sondern drum herum, vorbei an den Geschöpfen, den Leichen, den gefallenen Gefährten.

Mit einer Schnelligkeit, wie sie nur ein Unsterblicher für sich beanspruchen konnte, stürzte sich Dom auf Cortaels Schwert, sprang kopfüber nach vorn und zog die Klinge aus dem Schlamm. Er rollte sich ab, sprang sofort wieder hoch und legte seinen ganzen Schwung in die Bewegung, mit der er nun das Schwert wie einen Wurfspeer von sich schleuderte, weit in die Lüfte hinauf und über die Narbengesichter der Spindelarmee hinweg. Es segelte durch die Luft, ein von der Sehne abgeschossener Pfeil. Ein letzter Hauch von Sieg angesichts der Niederlage auf ganzer Linie.

Taristan brüllte auf, als nun die Klinge und der Hengst aufeinander zurasten.

Andrys Welt schrumpfte auf einen einzigen Punkt zusammen – auf den aufblitzenden Stahl der im glitschigen Gras vor ihm landenden Waffe. Er spürte das Pferd unter sich, ganz Muskeln und Angst. Der Knappe war im Reiten geübt, für den Kampf aus dem Sattel heraus ausgebildet. Er schwang sich zur Seite, hielt das Pferd dabei fest mit den Oberschenkeln umklammert und griff mit braunen Fingern zu.

Die Spindelklinge lag kalt in seiner Hand.

Die Armee brüllte auf, aber der Hengst setzte seinen Galopp unbeirrt fort. Andrys Puls hämmerte im Rhythmus der unter ihm schlagenden Hufe, ein schepperndes Erdbeben in seiner Brust. Sein Bewusstsein trübte sich, ein verschwommener Nebel, in dem jeder einzelne gefallene Gefährte kurz vor ihm aufschien, ihr Ende unauslöschlich in sein Gedächtnis gegraben. Keine Lieder würden über sie gesungen werden. Keine großen Geschichten erzählt.

Es war zu viel. All seine Gedanken zerbarsten in Stücke, formten sich neu und verschmolzen zu einem einzigen.

Wir haben versagt.

1

Die Tochter der Schmugglerin

Corayne

Meilenweit klare Sicht. Ein guter Tag für das Ende einer Reise. *Und ein guter Tag, um eine anzufangen.* Corayne liebte die Küste von Siscaria zu dieser Jahreszeit, in den Morgenstunden des frühen Sommers. Keine Frühlingsstürme, keine knisternden Gewitterwolken, kein Winternebel. Keine Farbenpracht, keine Schönheit. Keine Illusionen. Nichts als der leere blaue Horizont der Langen See.

Ihre lederne Umhängetasche wippte auf ihrer Hüfte, ihr Geschäftsbuch sicher darin verstaut. Das Buch mit den Listen und Seekarten war sein Gewicht in Gold wert, ganz besonders heute. Zielstrebig folgte sie der uralten Straße von Cor entlang der Steilküste, ließ sich von den flachen Pflastersteinen leiten, die nach Lemarta führten. Sie kannte den Weg so gut wie das Gesicht ihrer Mutter. Sandfarben und vom Wind geformt, von der Sonne nicht ausgebleicht, sondern durch sie vergoldet. Fast zwanzig Meter unter ihr krachte die Lange See gegen die Felsen und sprühte im Rhythmus der Wellen Gischt in die Höhe. Auf den Hügeln wuchsen Olivenbäume und Zypressen, und der sanft wehende Wind roch nach Salz und Orangen.

Ein guter Tag, dachte sie noch einmal.

Kastio, ihr Vormund, ging neben ihr her, von Jahrzehnten auf den Wellen wettergegerbt. Grauhaarig und mit wilden schwarzen Augenbrauen, war der alte Seemann aus Siscaria von den Fingerspitzen bis zu den Zehen dunkel gebräunt. Er bewegte sich reichlich merkwürdig vorwärts, denn er litt unter vom Alter abgenutzten Knien, und der Seemannsgang war ihm zur zweiten Natur geworden.

»Wieder irgendwelche Träume?«, fragte er und warf seiner Schutzbefohlenen einen Seitenblick zu. Er sah ihr mit seinen leuchtend blauen Augen forschend ins Gesicht. Sein Blick war scharf wie der eines Adlers.

Corayne schüttelte den Kopf und blinzelte mit müden Augen. »Ich bin nur aufgeregt«, antwortete sie und, um ihn zu beruhigen, zwang sie sich zu einem dünnen Lächeln. »Du weißt, dass ich in den Nächten bevor das Schiff zurückkehrt, kaum schlafen kann.«

Der alte Seemann gab sich damit zufrieden. Es war immer leicht, ihn abzuwimmeln.

Er braucht nichts über meine Träume zu wissen, und auch sonst niemand. Er würde bestimmt Mutter davon erzählen, und die würde mit ihrer Besorgnis alles nur noch unerträglicher machen.

Aber sie kommen trotzdem jede Nacht. Und irgendwie werden sie immer schlimmer.

Weiße Hände, umschattete Gesichter. Etwas, das sich in der Dunkelheit regt.

Die Erinnerung an den Traum ließ sie selbst im hellen Tageslicht frösteln, und sie beschleunigte ihre Schritte, als könnte sie dadurch ihren eigenen Gedanken davonlaufen.

Vor der Kaiserinnenküste waren mehrere Schiffe zum Hafen von Lemarta unterwegs. Sie mussten durch die Fahrrinne des Naturhafens der Stadt segeln, die von der Straße und den Wachtürmen von Siscaria aus stets gut zu sehen war. Die meisten der Türme waren Relikte aus dem Alt-Cor, halbe Ruinen aus von Stürmen ausgebleichtem Stein, nach Kaisern und Kaiserinnen längst vergangener Zeiten benannt. Sie ragten empor wie die letzten Zähne in einem halbleeren Kiefer. Die Türme, die noch standen, wurden von alten Soldaten oder von Matrosen bemannt, die nicht mehr zur See fahren konnten, Männer im November ihrer Jahre.

»Wie viele hast du heute Morgen gezählt, Reo?«, fragte Corayne, als sie am Turm von Balliscor vorbeiging. Im Fenster des Turms stand sein einziger Hüter, ein dahinsiechender alter Mann.

Er fuchtelte mit runzligen Fingern, seine Haut verschlissen wie altes Leder. »Nur zwei diesseits des Kaps. Blaugrüne Segel.«

Aquamarinfarbene Segel, korrigierte sie im Geiste, *mit dem Zeichen der goldenen Meerjungfrau von Tyriot versehen.* »Du übersiehst doch auch nichts, oder?«, fragte sie, ohne ihren Schritt zu verlangsamen.

Er kicherte matt. »Mein Gehör mag schwinden, aber meine Augen sind scharf wie eh und je.«

»Scharf wie eh und je!«, wiederholte Corayne und unterdrückte ein Grinsen.

Tatsächlich hatten nicht nur zwei tyriotische Galeeren Kap Antero passiert, sondern noch ein drittes Schiff, das im flachen Wasser in den Schatten der Klippen segelte. Schwer auszumachen für all jene, die nicht wussten, wo sie zu suchen hatten. Oder die dafür bezahlt wurden, anderswo hinzuschauen.

Der halbblinde Wächter von Balliscor bekam von Corayne keine Münzen zugesteckt, aber bei den Türmen von Macoras und Alcora gab es die üblichen Bestechungsgelder. *Ein gekauftes Bündnis ist gleichwohl ein geschlossenes Bündnis*, ging es ihr durch den Kopf, und sie hörte im Geiste die Stimme ihrer Mutter.

Auch der Torhüter an der Stadtmauer von Lemarta erhielt die gleiche Summe, obschon die Hafenstadt klein war, das Tor bereits offen stand und Corayne und Kastio hier wohlbekannt waren. *Zumindest jedenfalls ist meine Mutter hier wohlbekannt und in gleichem Maße wohlgeliebt wie wohlgefürchtet.*

Der Torhüter nahm das Geld entgegen und winkte die beiden auf vertraute Straßen, an deren Rändern es violett und orangefarben blühte. Die Blüten tränkten die Luft mit ihrem Parfüm und übertünchten die Gerüche eines geschäftigen Hafenortes, der mehr war als ein belebter Marktflecken und weniger als eine richtige Stadt. In Lemarta bestimmten die hellen Töne das Ortsbild, seine Steinbauten waren in den strahlenden Farben von Aufgang und Untergang der Sonne getüncht. An einem Sommermorgen waren die Marktstraßen mit Händlern und Stadtbürgern gleichermaßen bevölkert.

Corayne verteilte ihr Lächeln genauso wie ihr Geld: nur eine weitere Handelsware. Wie immer war da für sie eine Art Mauer zwischen ihr und dem Gedränge der Menschen, als schaue sie ihnen durch eine Glasscheibe zu. Bauern trieben ihre Maultiere von den Felsen an der Steilküste in den Ort herab, schleppten Gemüse, Obst und Getreide heran. Händler priesen ihre Waren in allen Sprachen rings um die Lange See an. Fromm ergebene Priester gingen in Reihen hintereinander her, ihre langen Gewänder in unterschiedlichen Tönen gefärbt, um ihre jeweilige Ordenszugehörigkeit anzuzeigen. Die Priester der Meira in ihren blauen Umhängen waren immer am zahlreichsten vertreten. Sie beteten die Göttin des Wassers an. Seeleute, die auf die Flut oder den richtigen Wind warteten, saßen bereits untätig in den Schankhöfen und tranken Wein in der Sonne.

Eine Hafenstadt war alles Mögliche, aber vor allem war sie ein Ort, an dem sich viele Wege kreuzten. Auch wenn Lemarta im Gesamt des großen Weltenplans reichlich unbedeutend war, war das Städtchen doch auch nichts, um verächtlich die Nase zu rümpfen. Ein guter Ort, um vor Anker zu gehen.

Aber nicht für mich, dachte Corayne, während sie ihren Schritt beschleunigte. *Ich bleibe hier keine Sekunde länger.*

Ein Labyrinth aus Treppen führte Corayne und Kastio zum Hafen hinunter und entließ sie an der steinernen Promenade direkt unten am Meer. Die höher steigende Sonne spiegelte sich glitzernd auf dem türkisfarbenen, seichten Wasser. Lemarta übersah von seiner Höhe aus den Hafen, die Häuser dicht an die Felsen gedrängt wie das Publikum in einem Amphitheater.

Die Schiffe aus Tyriot hatten erst vor Kurzem angelegt. Sie hatten zu beiden Seiten eines längeren Piers angelegt, der in das tiefere Wasser hinausragte. Es herrschte ein gewaltiges Durcheinander von Matrosen, die sich auf den beiden Galeeren und dem Pier drängten oder über die Landungsplanken geströmt kamen. Corayne fing tyrianische und kasanische Wortfetzen auf, Rufe, die von Deck zum Pier flogen, aber meist wurde Priori gesprochen, die rings um die Lange See verbreitete Handelssprache. Die Schiffsbesatzungen luden Kisten und lebende Tiere aus, die sodann von zwei siscarischen Hafenbeamten in Augenschein genommen wurden. Sie machten ein großes Gewese darum, alles für die Steuerunterlagen und Hafenzölle genaustens zu notieren. Ein halbes Dutzend in kostbare lila Waffenröcke gekleidete Soldaten begleitete die Beamten.

Nichts von außergewöhnlicher Qualität oder besonderem Interesse, registrierte Corayne, während sie die angelandete Ware begutachtete.

Kastio folgte ihrem Blick und musterte die Waren unter zusammengezogenen Augenbrauen. »Woher?«, fragte er.

Ihr Grinsen kam so schnell wie ihre Antwort. »Salz aus den Minen von Aegir«, sagte Corayne voller Selbstgewissheit. »Und ich wette mit dir um einen Becher Wein, dass dieses Olivenöl aus den Hainen von Orisi stammt.«

Der alte Seemann kicherte. »Wette abgelehnt – ich habe meine Lektion schon mehr als nur einmal gelernt«, gab er zurück. »Du hast echt ein Köpfchen für diese Geschäfte, das muss man dir lassen.«

Ihre Schritte stockten, und ihre Stimme bekam etwas Schneidendes. »Wollen wir's hoffen.«

Ein weiterer Hafenbeamter wartete am Ende des nächsten Piers, auch wenn der Ankerplatz dort leer war. Die Soldaten um ihn herum wirkten halb eingeschlafen, gänzlich desinteressiert. Corayne setzte ihr schönstes Lächeln auf, eine Hand in ihrer Umhängetasche, die Finger um den letzten und schwersten der heute darin aufbewahrten Beutel geschlossen. Sein Gewicht war beruhigend, wie der Schild eines Ritters.

Auch wenn sie das Gleiche schon ein Dutzend Mal getan hatte, zitterten ihre Finger immer noch. *Ein guter Tag, um eine Reise anzufangen*, schärfte sie sich erneut ein. *Ein guter Tag, um anzufangen.*

Hinter der Schulter des Beamten wurde ein Schiff sichtbar, das soeben in den Hafen einlief, plötzlich aus den Schatten der steilen Klippen herausglitt. Es gab keinen Zweifel, um welches

Schiff es sich handelte, die dunkelviolette Flagge der Galeere war ein deutliches Erkennungssignal. Coraynes Herz hämmerte wild.

»Meister Galeri«, rief sie. Kastio folgte dicht hinter ihr. Auch wenn sie beide nicht in kostbare Gewänder gehüllt waren – sie trugen leichte Sommerkittel, lederne Beinkleider und Stiefel –, kamen sie über den Pier geschritten wie Edelleute. »Es ist mir immer eine Freude, Euch zu sehen.«

Galeri neigte den Kopf. Der Beamte war fast dreimal so alt wie sie – an die fünfzig – und geradezu sensationell hässlich. Trotzdem war Galeri bei den Frauen von Lemarta beliebt, vorwiegend weil seine Taschen so dankbar für kleine Bestechungsgaben waren.

»*Domiana* Corayne, Ihr wisst, dass das Vergnügen ganz auf meiner Seite ist«, antwortete er und griff mit schwungvoller Gebärde nach ihrer ausgestreckten Hand. Der Beutel wanderte von ihren Fingern in seine und verschwand unter seinem Mantel. »Und einen schönen Morgen auch Euch, *Domo* Kastio«, fügte er hinzu und bedachte den alten Mann mit einem Nicken. Kastio funkelte ihn zur Antwort finster an. »Mal wieder das Übliche heute Morgen? Was macht die *Sturmgeboren*?«

»Sie hat mal wieder alles bestens gemacht.« Coraynes Grinsen war echt, als sie nun zu der gerade in den Hafen gleitenden Galeere hinüberblickte.

Die *Sturmgeboren* war größer als die tyriotischen Galeeren, anderthalbmal so lang und doppelt so prächtig, und direkt unter der Wasserlinie war sie mit einem Rammsporn versehen, der besser für die Schlacht als für den Handel geeignet war. Sie war ein schönes Schiff, mit für Reisen in kälteren Meeren dunkel gestrichenem Rumpf. Mit dem Saisonwechsel wurden die dunklen Farben dann von der Warmwassertarnung abgelöst: Meergrün mit Sandstreifen. Aber momentan war das Schiff ein Schatten, der im weindunklen Violett eines heimkehrenden siscarischen Schiffs einherkam. Die Besatzung war in bester Verfassung, das wusste Corayne, weil sie beobachtet hatte, wie sich die Ruder in perfektem Einklang bewegten, während sie das lange, flache Schiff auf den Pier zusteuerten.

Vorne am Bug war eine Gestalt nur als Silhouette zu erkennen, und sofort breitete sich Wärme in Coraynes Brust aus.

Sie drehte sich abrupt wieder zu Galeri um und zog ein Blatt aus ihrem Geschäftsbuch. Es war bereits mit dem Siegel einer Familie von Adel versehen. »Die Frachtliste, mal wieder das Übliche.« *Für Fracht, die noch gar nicht gelöscht worden ist.* »Ihr findet darauf die genauen Aufstellungen. Salz und Honig, geladen in Aegironos.«

Galeri beäugte das Blatt ohne jedes Interesse. »Wohin soll's gehen?«, fragte er und öffnete sein eigenes Buch mit Zetteln und Unterlagen. Hinter ihm machte sich einer der Soldaten daran, ins Hafenbecken zu pinkeln.

Corayne war klug genug, ihm keine Beachtung zu schenken. »Lecorra«, antwortete sie. Die Hauptstadt von Siscaria. Einst das Zentrum eines weithin bekannten Reiches, jetzt nur noch ein Schatten seiner früheren Herrscherpracht. »An Seine Exzellenz, Herzog Reccio ...«

»Das genügt schon«, murmelte Galeri. Auf Lieferungen an adelige Empfänger durften keine Steuern erhoben werden, und ihre Siegel ließen sich leicht kopieren oder entwenden, wenn man nur den Wunsch, die Fähigkeiten und den Mut dafür besaß.

Am Ende des Piers sprangen Männer vom Schiff herüber, und Taue wurden ihnen zugeworfen. Sie riefen durcheinander, ihre Stimmen ein Gewirr von Sprachen: Priori und Kasani und Treckisch und sogar die singende Sprache von Rhaschir war darunter. Die bunte Geräuschpalette wurde vervollständigt vom Zischen von Seil auf Holz und dem Schlagen von Segeln. Corayne hielt es kaum mehr aus, wollte vor Aufregung schier aus der Haut fahren.

Galeri machte eine leichte Verbeugung und grinste. Zwei seiner Zähne waren heller als die übrigen. *Elfenbein, gekauft oder Bestechung.* »Also gut, die Sache wäre geklärt. Wir werden natürlich Wache stehen, um Eure Lieferung für Seine Exzellenz zu überwachen.«

Es war die einzige Einladung, die Corayne brauchte. Sie trottete neben dem Beamten und seinen Soldaten her und zwang sich gewaltsam, nicht einfach loszurennen. In ihren jüngeren Jahren hätte sie das getan, wäre mit ausgestreckten Armen auf die *Sturmgeboren* zugeflogen. *Aber ich bin jetzt siebzehn Jahre alt, fast eine Frau, und außerdem für die Klarierung dieses Schiffs zuständig*, ermahnte sie sich. *Ich muss mich aufführen wie ein Mitglied der Schiffsbesatzung und nicht wie ein Kind, das sich an Röcke klammert.*

Nicht dass ich meine Mutter jemals einen Rock hätte tragen sehen.

»Willkommen zurück«, rief Corayne, zuerst auf Priori, dann in der Handvoll anderer Sprachen, die sie kannte, sowie in den beiden weiteren, in denen sie sich zumindest versuchen konnte. Rhaschiri überstieg immer noch ihre Fähigkeiten, während das Jüti ohnehin dafür berüchtigt war, dass es sich für Leute von außerhalb unmöglich erlernen ließ.

»Du hast geübt«, sagte Ehjer, das erste Besatzungsmitglied, dem sie begegnete. Er war an die zwei Meter zehn groß, und seine weiße Haut war mit Tätowierungen und Narben überzogen, die er sich im Schnee von Jüt hart erkämpft hatte. Sie kannte die Geschichten über die schlimmsten seiner Verletzungen – ein Bär, ein Scharmützel, eine Liebschaft, ein ganz besonders aufgebrachter Elch. *Oder hat es sich bei den beiden Letzteren womöglich gar um ein und dasselbe gehandelt?*, erwog sie, bevor er sie umarmte.

»Tut nicht so gönnerhaft, Ehjer; ich weiß, ich klinge *haarbløð*«, stieß sie hervor und mühte sich, in seinem Griff zu Atem zu kommen, während er herzlich lachte.

Während sich der Pier mit Menschen füllte, die ihr Wiedersehen feierten, waren die Laufplanken ein einziges Durcheinander von Matrosen und Kisten. Corayne bahnte sich einen Weg hindurch und hatte ein Auge auf sämtliche Neulinge, die unterwegs aufgelesen worden waren. Es gab immer ein paar, und sie waren leicht auszumachen. Die meisten hatten Blasen an den Händen und Sonnenbrand, da sie das Leben auf Deck nicht gewohnt waren. Die *Sturmgeboren* bildete ihre Besatzung am liebsten von Grund auf selbst aus.

Mutters Regel, wie so vieles andere.

Corayne fand sie, wo sie sie immer fand, halb über der Reling schwebend.

Meliz an-Amarat war weder riesenhaft noch klein, aber ihre Präsenz war gewaltig und forderte alle Aufmerksamkeit ein. Eine gute Eigenschaft für jeden Kapitän und jede Kapitänin eines Schiffs. Sie suchte den Hafen mit den Augen eines Habichts und dem Stolz eines Drachen ab: Auch wenn das Schiff sicher im Hafen lag, war ihre Aufgabe noch nicht getan. Sie war keine Kapitänin von der Sorte, die faul in ihrer Kajüte herumlungerte oder sich gleich zum nächsten Schank davonmachte, um sich volllaufen zu lassen, während die Besatzung die harte Arbeit zu verrichten hatte. Jede Kiste und jeder Jutesack hatten ihre wachsamen Augen zu passieren, um auf einer mentalen Strichliste abgehakt zu werden.

»Wie wehen die Winde?«, rief Corayne, während sie ihrer Mutter dabei zusah, wie sie über ihr Galeerenkönigreich regierte.

Meliz strahlte von Deck zu ihr herunter. Ihr Haar fiel ihr offen über die Schultern, schwarz wie eine Gewitterwolke. Die schwachen Lachfalten um ihren Mund herum hatte sie sich redlich verdient.

»Ganz wunderbar, denn sie bringen mich nach Hause«, antwortete sie mit einer Stimme, die runterging wie Öl.

Es waren Worte, die Corayne seit ihrer Kindheit kannte, als sie kaum alt genug gewesen war, um zu verstehen, wo ihre Mutter hinging, als sie nur mit einer Hand hatte winken können, während sie sich mit der anderen an Kastio geklammert hatte. *Aber jetzt war das nicht mehr so.*

Corayne spürte, wie ihr Lächeln erlahmte und schwer wurde. Ihre Freude begann von den Rändern her zu welken, zeigte

Verschleißerscheinungen, während ihre Nerven mürbe wurden. *Warte auf deinen Augenblick*, ermahnte sie sich. Versprach es sich selbst. *Nicht hier, noch nicht.*

Der Hafenbeamte ignorierte ihre Fracht, die überwiegend mit keinerlei Markierungen versehen war. Er würde die Deckel nicht gewaltsam hier im Hafen aufstemmen, sondern sie lassen, wie sie waren, unberührt, bis sie längst nicht mehr in der Zuständigkeit von Kapitänin an-Amarat und der *Sturmgeboren* waren. Selbstredend kannte Corayne den Inhalt der Kisten, schließlich war es ihre Aufgabe, Orte zu finden, wo man diesen Inhalt verkaufen oder eintauschen konnte. Es stand alles in ihrem Geschäftsbuch, irgendwo unter falschen Listen und echten Seekarten vergraben.

»Lass die da am Ende des Piers stehen«, sagte Corayne hastig und deutete auf eine Gruppe von Kisten. »Noch bevor der Morgen vorbei ist, legt ein Schiff aus Ibal neben uns an, und die Besatzung muss ihre Ladung schnellstens verfrachten.«

»Ach ja?«

Meliz kletterte von ihrem Thron aus Segeltuch und Meersalz aufs Deck herab, und ein Lächeln umzuckte ihre Lippen. Sie war stets zu einem Schmunzeln oder Lachen aufgelegt. Heute sah sie aus wie aus Bronze geschmiedet, ihre Haut von der Sonne verdunkelt, während die Freude über eine erfolgreiche Reise ihre Wangen rötete. Ihre mahagonifarbenen Augen funkelten, zusätzlich hervorgehoben durch den schwarzen Strich entlang ihrer Wimpern.

»Gib mir eine klare Antwort, Tochter.«

Corayne drückte die Schultern durch. Sie war im letzten Jahr gewachsen und konnte ihrer Mutter jetzt direkt in die Augen sehen. »Die Pelze gehen nach Qaliram.«

Meliz blinzelte, und ihre vollen dunklen Brauen schossen schwungvoll in die Höhe. Über ihrem linken Auge waren drei winzige Narben zu sehen, Glückstreffer eines Gegners, der nicht gut hatte zielen können.

Sie fasste ihre Tochter am Arm und drängte sie, ein paar

Schritte weiterzugehen. »Ich wusste nicht, dass die Ibaleter dort im Großen Sand Bedarf an Fuchs und Zobel haben.«

Corayne machte ihrer Mutter ihre Skepsis nicht zum Vorwurf. Der größte Teil von Ibal war Wüste. Pelze aus dem Norden würden dort mit Sicherheit keinen vorteilhaften Preis erzielen. Gleichwohl hatte sie ihre Gründe.

»Der Königshof dort hat eine Vorliebe für die Berge von Ibal entwickelt«, bemerkte sie leichthin, sehr mit sich zufrieden. »Und bei all dem Wüstenblut in ihren Adern, nun ja, es ist unwahrscheinlich, dass sie ohne unsere Hilfe schön warm bleiben. Ich habe meine Nachforschungen angestellt; es ist alles geregelt.«

»Ich nehme an, es wäre keine schlechte Sache, Kontakte mit der Königsfamilie von Ibal aufzunehmen.« Meliz senkte die Stimme. »Vor allem nach jenem *Missverständnis* in der Meerenge vergangenen Winter.«

Ein Missverständnis, das zu drei toten Seeleuten geführt hatte und um ein Haar mit der Versenkung der Sturmgeboren *geendet hatte.* Corayne schluckte den bitteren Geschmack von Angst und Scheitern hinunter. »Genau das habe ich auch gedacht.«

Meliz zog sie enger an sich. Nachdem sie fast zwei Monate lang allein zurückgelassen worden war, genoss Corayne ihre Aufmerksamkeit. Sie strich mit dem Kopf über die Schulter ihrer Mutter und hätte sie jetzt gerne richtig umarmt. Aber die Besatzung war überall um sie herum und widmete sich voller Hingabe allen jetzt anliegenden Arbeiten für das Schiff, während Galeri am Rand des Geschehens stand und zuschaute, eher neugierig als amtliche Aufsichtsperson.

»Du weißt, dass etwas von diesem Wüstenblut auch in deinen Adern fließt«, sagte Meliz. »Natürlich von meiner Seite her.«

Trotz der Wärme des Arms ihrer Mutter meldete sich in Coraynes Magen kaltes Unbehagen. »Unter anderem«, murmelte sie. Es gab viele Gespräche, die sie gerne mit ihrer Mutter führen wollte, *mein Stammbaum gehört ganz mit Sicherheit nicht dazu.*

Meliz musterte ihre Tochter erneut. Es war ein schlechtes Thema für die erste Unterhaltung nach der Heimkehr, und sie wechselte den Gesprächsgegenstand. »Na schön, was hast du sonst noch so für mich vorbereitet?«

Corayne holte Luft, sowohl erleichtert als auch getrieben vom Wunsch zu beeindrucken. Sie öffnete ihr Geschäftsbuch und präsentierte Blätter, die dicht an dicht mit in graziler Schrift sorgfältig festgehaltenen Notizen überzogen waren. »Die Madrentiner werden schon bald mit Galland im Krieg liegen, und sie zahlen für Waffenmaterial am besten.« Sie gestattete sich ein leises Lächeln. »Vor allem für treckischen Stahl ohne irgendwelche *Verwicklungen*.«

Das Metall war wertvoll und teuer, sowohl aufgrund seiner Strapazierfähigkeit als auch weil Treck den Export streng kontrollierte. Coraynes Begeisterung sprang sofort auf Meliz über.

»Und das alles hast du hier in Lemarta herausgefunden?«, meinte sie grübelnd und zog eine Braue hoch.

»Woher sollte ich es auch sonst haben?«, versetzte Corayne, und es überlief sie glühend. »Wir sind hier schließlich in einer richtigen Hafenstadt. Da taugt die eine so gut wie die andere. Seeleute reden viel.«

Seeleute reden viel; Reisende reden viel, Händler und Wachen und die Turmwächter reden viel. Sie reden laut und fortwährend – und meistens lügen sie. Prahlen mit Ländern, die sie nie besucht haben, oder mit Großtaten, die sie nie vollbringen werden. Aber die Wahrheit ist immer da, unter der Oberfläche, und wartet darauf, ausgesiebt zu werden, Goldkörnchen inmitten des Sandes.

Kapitänin an-Amarat kicherte in ihr Ohr, und ihr Atem war kühl. Ihre Mutter roch nach Meer; sie roch immer nach Meer.

»Hat denn auch irgendwer mit *dir* geredet?«, bohrte sie nach. Es war offensichtlich, worauf sie hinauswollte. Sie musterte den alten Seemann, der seine Tage damit zubrachte, über ihre Tochter zu wachen. »Kastio, wie hält meine Tochter es mit den Jungs?«

Ein plötzlicher Schauder der Verlegenheit lief Corayne über

den Rücken. Sie schlug ihr Geschäftsbuch mit beiden Händen zu, errötete und riss sich los. »Mutter«, zischte sie entrüstet.

Meliz lachte nur ungerührt. Sie war derlei verdrossene Reaktionen ihrer Tochter gewohnt.

»Ach, komm schon. Als ich so alt war wie du, hab ich deinen Vater kennengelernt«, erklärte sie, stemmte die Hand in ihre ausladende Hüfte, die Finger über ihren Schwertgürtel gespreizt. »Na ja gut, ein Jahr älter. Denn als ich so alt war wie du, hab ich den Kerl *vor* deinem Vater kennengelernt ...«

Corayne stopfte ihr Geschäftsbuch mit all den wertvollen Blättern darin in ihre Umhängetasche zurück. »Gut, gut, gut, ich würde sagen, das reicht jetzt. Da gibt es jede Menge Informationen, über die ich den Überblick behalten muss, und das jetzt ist es wahrlich nicht wert, in Erinnerung behalten zu werden.«

Erneut lachte Meliz auf und umfasste das Gesicht ihrer Tochter mit beiden Händen. Sie bewegte sich leicht schwankend, ihre Beine noch nicht wieder an festen Boden gewöhnt.

Auch wenn Corayne ihre Mutter liebte, fühlte sie sich in Meliz' Armen wie ein kleines Mädchen. Und sie konnte das nicht ausstehen.

»Du strahlst regelrecht, wenn du rot wirst«, sagte Meliz und legte so viel Aufrichtigkeit in ihre Worte, wie sie aufbringen konnte.

So sind sie, die Mütter, für sie sind ihre Kinder Sonne und Mond und das Tollste der Welt. Corayne gab sich keinerlei Illusionen hin; da war sie wie die Lange See an einem klaren Morgen. Wenn hier jemand strahlte, so war es Meliz an-Amarat selbst, diese wunderschöne, herrliche Frau. Meliz hatte den Liebreiz einer Königin, gleichwohl war sie von gemeiner Geburt, die Tochter eines Schmugglers aus der Wacht, ein Kind der See und der Meerenge sowie jedes Landes, auf das sie einen Fuß setzte. Sie war wie geschaffen für die Wellen des Meeres – das Einzige auf der Welt, das so stürmisch und verwegen war wie sie selbst.

Nicht wie ich. Corayne kannte sich gut genug, und wiewohl sie die Tochter ihrer Mutter war, konnte sie ihr doch nicht das

Wasser reichen. Ihrer beider Teint war gleich: goldene Haut, die im Sommer bronzefarben wurde, dazu schwarzes Haar, das im Licht der Sonne tiefrot schimmerte. Aber Corayne hatte schmale Lippen, eine Stupsnase und ein ernsteres Gesicht als ihre Mutter, die beständig lächelte wie der Sonnenschein. Und Coraynes Augen waren nicht weiter bemerkenswert, durch und durch schwarz, ohne Tiefe und leer wie eine sternlose Nacht. Undurchdringlich, distanziert. Coraynes Augen zeigten die wachsende Kluft, die sich zwischen ihr und der Welt aufgetan hatte.

Es störte sie nicht, solcherlei Gedanken zu hegen. *Es ist gut, seine Grenzen zu kennen.* Insbesondere in einer Welt, in der Frauen nicht nur waren, was sie tun konnten, sondern genauso auch das, wonach sie aussahen. Corayne würde niemals eine ganze Flottenpatrouille allein mit einem Wimpernklimpern überreden können. Aber das richtige Geldstück in der richtigen Hand, der richtige Zug an der richtigen Strippe – darauf verstand sich Corayne, und sie machte ihre Sache gut.

»Du bist als Lügnerin wahrhaft vollendet«, sagte das Mädchen und löste sich sanft von seiner Mutter.

»Ich habe jede Menge Übung«, antwortete Meliz. »Aber dich belüge ich natürlich nie.«

»Du und ich, wir wissen beide, dass zwischen dem und der Wahrheit Welten liegen«, entgegnete Corayne ohne eine Spur von Anklage in der Stimme. Es kostete sie all ihre Willenskraft, eine ruhige und gefasste Miene beizubehalten, die sich vom Lebenswandel ihrer Mutter nicht beeinträchtigen ließ – und von der Tatsache, dass ihr Vertrauen nie ganz auf Gegenseitigkeit beruhen konnte. »Aber ich weiß, dass du deine Gründe hast.«

Meliz war klug genug, nicht zu widersprechen. Im Eingeständnis ihrer Lügen lag immerhin eine Prise Wahrheit. »Ja, die habe ich«, murmelte sie. »Und dabei dreht es sich immer darum, dich zu beschützen, *immer*, mein liebstes Mädchen.«

Die Worte wollten ihr nicht aus der Kehle, sie saßen fest, aber Corayne zwang sie trotzdem heraus, während sich ihre Wangen heiß röteten. »Ich muss dich bitten ...«, setzte sie an.

Nur um vom sich nähernden Schritt der schweren Stiefel Galeris unterbrochen zu werden.

Mutter und Tochter fuhren zu ihm herum. Beide mit einem mühelos falschen Lächeln.

»Meister Galeri, Ihr beehrt uns mit Eurer Aufmerksamkeit«, sagte die Kapitänin und neigte dazu höflich den Kopf. Ihre Übereinkunft beruhte auf gegenseitiger Freundlichkeit, schließlich waren kleingeistige Männer schnell damit bei der Hand, sich von Frauen gekränkt zu fühlen, auch wenn das Ganze reine Einbildung war.

Galeri aalte sich in der strahlenden Sonne von Kapitänin an-Amarat. Er kam näher, ein ganzes Stück weiter, als er zuvor an Corayne herangetreten war. Meliz zuckte mit keiner Wimper, sie war die lüsternen Blicke der Männer gewohnt. Selbst frisch von einer Reise zurückgekehrt und in salzzerfressenen Schiffsklamotten, zog sie viele Blicke auf sich.

Corayne schluckte ihren Abscheu hinunter.

»Eure Tochter hat mir berichtet, dass Ihr aus Aegironos kommt«, bemerkte Galeri. Er deutete mit dem Daumen in Richtung der Kisten, die sich auf dem Pier stapelten. Das Holz war mit Runen versehen. »Seltsam, die Aegir markieren ihre Kisten normalerweise nicht mit den jütischen Wolfszeichen.«

Mit einem unterdrückten Seufzen machte Corayne sich daran, die in ihrer Tasche verbliebenen Geldstücke zu zählen, und fragte sich, ob sie noch genügend zusammenkratzen konnte, um Galeris Neugier zu befriedigen.

Das Lächeln ihrer Mutter wurde nur noch breiter. »Ich habe das ebenfalls seltsam gefunden.«

Corayne hatte ihre Mutter viele Male flirten sehen. *Das hier ist etwas anderes.*

Galeris Gesicht wurde lang, und ihm war leicht abzulesen, was in seinem Kopf vor sich ging. Seine Soldaten waren nur eine Handvoll, sie waren auf eine Auseinandersetzung nicht vorbereitet und weitestgehend nutzlos. Kapitänin an-Amarat wiederum hatte ihre ganze Besatzung hinter sich und ihr eigenes Schwert an der Hüfte. Sie konnte ihm den Garaus machen und sich mit der Strömung davonmachen, ehe die Hafenbeamten auf dem nächsten Pier auch nur bemerkt hatten, dass er tot war. Oder er konnte sich einfach mit dem bereits eingesteckten Geld begnügen und weiterziehen, um dann nach der nächsten Reise neue Summen einzustreichen. Seine Augen flackerten, nur für eine Sekunde, und zuckten zu Corayne hinüber – das Einzige auf der ganzen Welt, das er gegen Meliz an-Amarat in der Hand haben würde, sollte es hart auf hart kommen.

Corayne ballte die Faust, wiewohl sie keine Ahnung hatte, was sie damit anfangen könnte.

»Schön, Euch wieder im Hafen zu haben, Höllen-Mel«, presste Galeri hervor, und sein Grinsen war jetzt genauso breit wie ihres. Eine Schweißperle rollte ihm über den Schädel, als er beiseitetrat und sich vor den beiden Frauen verneigte.

Meliz sah dem Weggehenden nach, ihre Zähne gebleckt und die Lippen zu einem Lächeln verzogen, das wahrlich zum Fürchten war. Wenn sie an Land ging, legte sie die Frau ab, die sie draußen auf den Wellen war, wenn auch nicht immer gleich. Corayne bekam jene Frau nur selten zu sehen, die unerbittliche Kapitänin einer noch unerbittlicheren Besatzung, die über die Meere kreuzte und weder Gesetz noch Gefahr fürchtete. Diese Frau war nicht ihre Mutter, nicht Meliz an-Amarat. Diese Frau war die Höllen-Mel.

Hier, im Heimathafen der *Sturmgeboren*, in den die Galeere auf sanften Winden mühelos hineingetrieben kam und wo die einzigen Schwierigkeiten in neugierigen Hafenbeamten bestanden, hatte dieser Name keine besondere Bedeutung. Aber draußen auf den Meeren, über die ganze Wacht hinweg, trug das Schiff seinen Namen zu Recht und seine Kapitänin den ihren nicht minder.

Corayne hörte auch diese Geschichten erzählen.
Seeleute reden viel.
Und Mutter lügt.

2

Eine Stimme wie der Winter

Andry

Er hatte sein Kettenhemd vor einer Woche für etwas zu essen eingetauscht. Sein grün-goldener Überrock war kaum mehr als ein Lumpen, zerrissen und von Blut, Dreck und dem Staub der langen Heimreise überzogen. Andry Trelland kniete sich nieder, so gut er das vermochte, ohne zusammenzubrechen, und zitterte vor Erschöpfung an allen Gliedern. Es war weit nach Mitternacht in der Hauptstadt, und das wochenlange Reiten hatte ihn aufs Äußerste strapaziert. Noch nie hatte für ihn ein Steinboden so einladend ausgesehen.

Einzig die Angst vor dem Schlaf hielt ihm die Augen offen.

Die Albträume warten auf mich, dachte er. *Die Albträume und auch das Geflüster.* Die Träume verfolgten ihn seit dem Tempel, seit dem Gemetzel, aus dem er lebend hervorgegangen war, während so viele Helden den Tod gefunden hatten. *Rote Hände, weiße Gesichter, der Geruch von brennendem Fleisch.* Er blinzelte und versuchte, die Erinnerung mit Gewalt zu verdrängen. *Und jetzt ist da eine Stimme wie der Winter, die mich durchbohrt.*

Zwei Ritter der Löwengarde standen rechts und links des leeren Throns, und ihre goldenen Rüstungen schimmerten im Kerzenlicht. Andry kannte sie beide. Sir Eiros Edverg und Sir Hyle vom Vergoldeten Hügel. Sie waren Landsleute der gefallenen Ritter, deren Leichen jetzt irgendwo in den Vorbergen lagen, im Schlamm verloren. Sie starrten ihn an, sprachen aber nicht mit ihm, obwohl Andry Besorgnis auf beiden Gesichtern sah. Er blickte auf den Stein unter ihnen und folgte mit den Augen den Mustern der Kacheln, während er in brütendem Schweigen abwartete.

Andry kannte das Geräusch von einherschreitenden Männern in Rüstung. Sie klirrten und stampften in ihrem Stahl, kamen von der Privatresidenz der Königin in Richtung Thronsaal marschiert. Als die Tür zu ihren Gemächern aufschwang und eine Schar von Rittern in Rautenformation ausspuckte, biss Andry so fest die Zähne zusammen, dass sie fast klapperten. Seine Augen brannten, und ihm sank das Herz in die Hose. Er machte sich auf eine Welle neuen Schmerzes gefasst.

Die anderen sind gestorben, und zwar auf wahrhaft jämmerliche Weise. Das Mindeste, was du tun kannst, ist, standzuhalten und nicht von der Stelle zu weichen.

Es war kein Wunder, dass es so viele konkurrierende Bewerber gab, die um die Hand der Königin von Galland anhielten. Sie war jung und schön, neunzehn Jahre alt, mit zarten Knochen, porzellanbleicher Haut, aschblondem Haar und den silberblauen Augen ihres verstorbenen Vaters, Konrad III. Sie hatte auch sein Rückgrat aus Stahl geerbt. Auch wenn sie ohne Krone oder königliche Juwelen in ihrem langen Gewand und den Nachtkleidern klein wirkte, war sie doch von einer alles beherrschenden Präsenz. Sie beobachtete Andry durch die sich in den Reihen ihrer Löwengarde auftuenden Lücken eindringlich und ließ ihn auch nicht aus den Augen, als sie sich nun auf ihren Thron setzte.

Ihr langes Gewand aus grünem Samt fiel an ihr herab wie ein wunderschönes Abendkleid und sammelte sich um ihre Füße. Sie lehnte sich auf abgestützten Ellbogen nach vorn und legte die Fingerspitzen aneinander. Sie trug nur den Thronring, einen in Gold gefassten dunklen Smaragd, grob geschliffen und Hunderte von Jahren alt. In dem fahlen Licht wirkte er schwarz wie die Augen jener Geschöpfe und wie ein gähnender Abgrund.

»Euer Majestät«, murmelte Andry und senkte den Kopf.

Königin Erida musterte ihn durchdringend. Ihr Blick blieb an seinem Überrock hängen, und sie las die Flecken darauf, als würde sie in einem Buch lesen.

»Knappe Trelland, erheb dich bitte«, sagte sie, ihre Stimme war sanft, doch hallte sie in dem langgezogenen, kunstreich ausgeschmückten Raum wider. Der Blick ihrer blauen Augen wurde weicher, als sich Andry nun auf zitternden Beinen hochrappelte. »Die Straße ist dir nicht freundlich gesinnt gewesen. Benötigst du vielleicht einen Augenblick der Ruhe? Ein Mahl, ein Bad? Ich kann meinen Arzt rufen lassen.«

»Nein, Euer Majestät.« Andry blickte an sich herab. Er fühlte sich schmutzig von Kopf bis Fuß, in keiner Verfassung, um vor der Königin seines Landes zu stehen. »Das Blut ist nicht mein eigenes.«

Eine leise Bewegung durchlief die Ritter, und sie sahen einander mit wachsamen Augen an. Andry konnte ihre Gedanken erraten. Das Blut war das Blut ihrer Brüder, Ritter der Löwengarde, die niemals wieder nach Hause zurückkehren würden.

Erida ließ sich nicht beirren. »Bist du schon bei deiner Mutter gewesen?«, fragte sie und sah ihn immer noch an.

Der Knappe schüttelte den Kopf. Er blickte auf seine Stiefel hinunter. Sie waren mit Schlamm besudelt und stanken nach Pferd. »Es ist schon spät, sie wird jetzt schlafen, und sie braucht dringend, was immer sie an Ruhe finden kann.« Er musste an den trockenen Husten denken, der seine Mutter oft des Nachts weckte. »Ich kann bis morgen früh warten.«

Die Königin nickte. »Bist du in der Lage, mir zu berichten, was dir widerfahren ist?« Die Frage drang in Andry wie der Schnitt eines Messers. »Dir und unseren lieben Freunden?«

Weiße Gesichter, rote Hände, schwarze Rüstung, Messer, von denen Blut und Asche tropft, Rauch und Verwesung ...

Sein Mund bewegte sich, aber es kamen keine Wörter hervor; seine Lippen teilten sich und schlossen sich wieder. Andry hätte sich jetzt am liebsten umgedreht, um einfach wegzurennen. Seine Finger zitterten, und er zog sie weg, faltete die Hände hinterm Rücken in der typischen Pose eines Höflings. Er hob den Kopf, biss die Zähne zusammen und versuchte, stark zu sein.

Das Mindeste, was du tun kannst, ist, standzuhalten und nicht von der Stelle zu weichen, die Ermahnung brannte sich tief in ihn ein.

»Lasst uns allein«, sagte Erida plötzlich und sah die Ritter an, die sie umstanden. Die junge Frau war mit einem Mal so grimmig entschieden wie der Löwe auf ihrer Flagge, beide Hände um die Armlehnen ihres Throns geklammert. Sie trug den Thronring wie einen Schild.

Keiner aus der Löwengarde rührte sich. Sie waren alle wie vor den Kopf geschlagen.

Andry erging es genauso. Es gab nur sehr wenige Orte, an die sich die Königin ohne ihre getreuen Ritter begab, Wächter bis in den Tod. Sein Blick ging hin und her, wog den Willen der Königin und den Willen ihrer Krieger gegeneinander ab.

Sir Hyle stotterte, und sein rosa Gesicht wurde noch rosiger. »Euer Majestät ...«

»Der Junge steht schwer unter Schock. Er kann es jetzt nicht gebrauchen, dass neun Männer von Eurer Art vor ihm aufragen«, antwortete sie schnell und ohne auch nur mit der Wimper zu zucken. Ihre Aufmerksamkeit richtete sich wieder auf den Knappen, und ihre scharfen Augen bohrten sich förmlich in ihn. Traurigkeit legte sich über ihr blasses Gesicht. »Ich kenne Andry Trelland schon sein ganzes Leben lang. Er wird in wenigen Jahren ein Ritter an eurer Seite sein. Mich mit ihm allein zu lassen ist ganz genauso, wie mich mit irgendeinem von Euch allein zu lassen.«

Trotz allem, was er gesehen und gelitten hatte, schwoll Andry unwillkürlich das Herz vor Stolz, auch wenn es nur eine kurze Anwandlung war. *Ritter versagen nicht, und ich habe nun mal ganz bestimmt versagt*, ging es ihm durch den Kopf. Die Löwengarde musste der gleichen Ansicht sein. Sie alle zögerten, als hätten sie sich abgesprochen, rührten sich in ihren goldenen Rüstungen und grünen Umhängen nicht von der Stelle.

Erida ließ sich nicht beirren und duldete auch keinen Widerstand. Sie ballte die Hand mit dem Ring zur Faust. »Tut, was euch Eure Königin befiehlt«, sagte sie mit steinerner Miene.

Diesmal erhob Sir Hyle keine Widerrede. Stattdessen machte er eine kurze gezierte Verbeugung und bedeutete den verwirrten übrigen Rittern mit einer Drehung seiner behandschuhten Finger, ihm zu folgen. Sie stapften aus dem Raum, und ein misstönendes Lärmen von Stahl und Eisen und raschelndem Stoff erhob sich.

Erst als die Tür zu Eridas Gemächern sich hinter der Garde geschlossen hatte, ließ die Königin die Schultern sinken und beugte sich leicht vor. Sie wartete noch einen Moment, dann stieß sie tief und langsam den Atem aus. Sie schien gewissermaßen in sich selbst zurückzukehren, wieder zu einer Frau zu werden, die kaum mehr war als ein Kind, statt die Königin mit einer bereits vierjährigen Regentschaft zu sein.

Für einen Sekundenbruchteil sah Andry sie so, wie sie in ihrer noch ungekrönten Jugend gewesen war: eine Prinzessin von Geburt, aber noch ohne die Bürde einer Krone. *Sie ist gern gesegelt*, erinnerte er sich. Alle Kinder des Palastes, adlige Cousins und Cousinen, Pagen und junge Zofen, hatten sie regelmäßig hinaus in die Spiegelbucht begleitet. Sie hatten immer so getan, als würden sie selbst das Boot steuern, ihre Seemannsknoten üben und mit den Segeln hantieren. Aber nicht Erida. Sie saß am Ruder und zeigte, wo sie hinwollte, lenkte die echte Besatzung auf ihrer Fahrt übers Wasser.

Jetzt lenkte sie das Land, und sie zeigte auf ihn.

»Ich habe den Ruf der Ältesten befolgt«, sagte sie mit leiser, wunder Stimme. Ihre Augen nahmen einen seltsamen Glanz an, schimmerten im Kerzenlicht. Sie schob eine Hand in ihre Gewänder, und als sie sie wieder herauszog, hielt sie eine Pergamentrolle zwischen den Fingern.

Andry schluckte heftig. Er hätte dieses grässliche Stück Papier am liebsten verbrannt.

Sie entrollte es mit zitternden Händen und ließ ihre strahlenden Augen über die mit Tinte geschriebene Nachricht gleiten. Am Rand des Blattes prangte noch immer das uralte Siegel von Iona, in zerbrochenem grünen Wachs geprägt. Mittlerweile drehte sich ihm bei seinem Anblick der Magen um, und die Erinnerungen, die es weckte, waren sogar noch schlimmer.

Sir Grandel und die Vettern Nord, wie sie vor der Königin auf ihrem Thron knieten. Sie war prächtig anzusehen in ihrem königlichen Aufputz, die funkelnde Krone auf dem Kopf. Andry kniete mit ihnen, einige Meter weiter hinten, der einzige Knappe, der die Ritter in den Audienzsaal begleitet hatte. Aus welchem Grund wusste er nicht, aber er konnte es ahnen. Die Nords waren immer ein wenig ... selbstständiger als Sir Grandel gewesen, der für jede noch so kleine Aufgabe einen Knappen bei sich haben wollte. Wenn die Königin also einen Befehl für Sir Grandel Tyr hatte, wäre Andry Trelland ohne Frage gezwungen, ihm auf den Fersen zu folgen.

Der Knappe hielt den Kopf gesenkt und warf der Königin lediglich vom Rand seines Gesichtsfelds her flüchtige Blicke zu. Sie war genauso in Grün und Gold gewandet wie ihre Ritter, und sie hielt ein merkwürdiges Stück Pergament in den Händen.

Im nächsten Moment sah Andry das Siegel, das plumpe Abbild eines Hirsches tief hineingeprägt. Er zermarterte sich das Hirn, ging alle großen Herren und bedeutenden Familien durch, deren Wappen selbst einem Pagen bestens bekannt waren. Aber dieses Siegel war nicht darunter.

»Das hier ist ein Aufruf zur Hilfe«, erklärte die Königin und drehte den Brief um, sodass alle ihn sehen konnten.

Sir Edgar, in seiner knienden Haltung, wurde ganz bleich. »Wer würde es wagen, der Königin von Galland einen Aufruf zukommen zu lassen, der bedeutendsten Krone auf der ganzen Wacht? Ruhm und Glorie des wiedergeborenen alten Cor?«

Königin Erida neigte den Kopf. »Was wisst Ihr über die Ältesten?«

Die Ritter stotterten und wechselten verwirrte Blicke.

Sir Grandel lachte laut heraus und schüttelte sein braunes, von grauen Strähnen durchzogenes Haar. »Eine Geschichte für Kinder, Euer Majestät«, sagte er kichernd. »Ein Märchen.«

Andry wagte es aufzusehen. Die Königin lächelte nicht. Sie hatte die Lippen aufgeworfen, ihr Mund ein grimmiger Strich.

Das hier war kein Scherz.

»Unsterbliche – gnädige Herrin«, hörte Andry sich antworten. Seine Stimme zitterte. »Geboren aus den Spindeln, sind sie aus einem anderen Reich nach Allwacht gekommen. Aber sie sind hier gefangen geblieben, denn die Pforte zu ihrer Heimat hat sich nicht lange nach ihrer Ankunft wieder geschlossen. So sind die Ältesten in unserem Reich gestrandet, falls es sie denn überhaupt noch gibt.« Unmögliche Wesen, selten wie Einhörner, niemals mit eigenen Augen gesehen.

»Ein Märchen«, wiederholte Sir Grandel und warf seinem Knappen einen finsteren Blick zu.

Andrys Wangen röteten sich heiß, und er senkte wieder den Kopf. Es sah ihm gar nicht ähnlich, ungefragt zu sprechen, und er erwartete, sowohl von seinem Herrn als auch von der Königin scharf zurechtgewiesen zu werden.

Doch dieser Tadel blieb aus.

»Geschichten und Märchen haben alle ihre Wurzeln in der Wahrheit, Sir Grandel«, erklärte die Königin kühl. »Und ich würde gern die Wahrheit hinter dem hier herausfinden.« Das Kerzenlicht im Thronsaal fiel auf den Brief und ließ ihn aufleuchten. »Eine Frau, die sich die Herrscherin von Iona nennt, entbietet uns Grüße und bittet in aller Demut um Hilfe.«

Sir Grandel schnaubte spöttisch. »Hilfe? Was glaubt diese klapprige alte Hexe denn von Euch verlangen zu können?«

Andry hörte das Lächeln in Königin Eridas Stimme. »Möchtet Ihr es herausfinden?«

»Ich wollte, ich hätte diesen Hilfsaufruf und meine eigene Neugier damals einfach ignoriert«, murmelte sie jetzt und starrte immer noch finster auf das Briefblatt. Hätte sie auch nur einen Hauch von Spindelmagie in sich gehabt, wäre der Brief schon längst in Flammen aufgegangen.

»Wie hätte auch jemand wissen können, was passieren würde?«, flüsterte Andry. *Ich selbst hätte es bestimmt nicht zu ahnen vermocht. Auch wenn sie vor Gefahren und einem dem Reich drohenden Verhängnis gewarnt haben.* Es schien ihm ein ganzes Leben her, auch wenn erst wenige Monate vergangen waren.

Die Tage zogen vor seinem geistigen Auge dahin, ein verschwommener Nebel. Die Straße nach Iona, die großen Hallen ihrer uralten Stadt, der von Ältesten und Sterblichen gleichermaßen gebildete Rat. Dann der Zug von Helden, die in die Wildnis hinausmarschierten, allesamt todgeweiht.

Andry blinzelte heftig, um Augen und Kopf klarzubekommen.

Die Königin senkte den Blick und strich mit dem Daumen über den Smaragdring.

»Ich habe euch zu ihnen geschickt und mitten in die Gefahr hinein«, flüsterte sie. »Die Schuld an dem, was Sir Grandel und den Vettern Nord zugestoßen ist, liegt bei mir. Nimm diese Bürde nicht auf dich, Andry.« Ihr versagte die Stimme. »Lass mich sie tragen.«

Die Momente glitten vorbei wie Blätter in einer schnellen Strömung, aber Erida wartete mit der Geduld eines Felsens. Andry rang um Worte, doch sie ließen sich nur langsam und widerwillig aus seiner Kehle hervorstoßen.

»Die Ältesten in Iona, ihre Herrscherin – sie hat uns mitgeteilt, dass aus ihren Gewölben ein Schwert gestohlen worden sei«, brachte er mit Mühe heraus, und dann brach sich die Geschichte wie eine Sturzflut Bahn. Er versuchte, nicht mitgerissen und untergetaucht zu werden. »Eine Spindelklinge, geschmiedet in einem Reich jenseits der Wacht, getränkt mit der den Spindeln eigenen Macht. Der, der sie entwendet hat, ein Mann namens Taristan, ist ein Abkömmling des alten Cor, dem selbst Spindelblut in den Adern fließt. Mit der vereinten Kraft des Blutes und des Schwertes konnte er eine Spindel aufreißen, die seit langer Zeit geschlossen war, und gewaltsam eine Tür zwischen unserem Reich und einem anderen öffnen, hin zu dem, was auch immer dahinter liegt.«

Königin Eridas Augen weiteten sich, das Weiß darin wie eine von Blau verdunkelte Mondsichel.

»Er war auf dem Weg zu einem Ältestentempel in den Bergen, einige Meilen südlich der Tore von Trec. Der letzte bekannte Ort eines Spindelübertritts.« Andry biss die Zähne zusammen. »Dreizehn von uns sind ausgezogen, um ihn aufzuhalten.« Die erste Träne rollte auf seine Wange, heiß und zornentbrannt. »Und zwölf haben den Tod gefunden.« Seine Stimme hallte im Thronsaal wider, all sein Kummer und Ingrimm. Sein Verlust stieg die Säulen empor und flutete die Kronleuchter aus Schmiedeeisen und flackernden Kerzen. Andry ballte die Fäuste an den Seiten, und seine Entschlossenheit drohte zu schwinden. Aber er machte weiter, erzählte vom Gemetzel an seinen Gefährten, vom Versagen Cortaels, dem Geruch des Blutes der Unsterblichen und von einem Reich, wo alles verbrannt war und das eine Armee von leichenartigen Wesen ausgespien hatte. Vom roten Zauberer, vom Schwert durch Taristans Brust und von seinem anzüglichen Lächeln. Wie Sir Grandel gestolpert und gefallen war, um nie wieder aufzustehen. Wie er, der Knappe, nur hatte zuschauen und davonrennen können, mit kaum mehr als seiner nackten Haut.

Andry hätte eigentlich erwartet, dass mit seinen Erinnerungen auch das kalte Wispern zurückkam, aber da war nur seine eigene Stimme, die seinen Kopf erfüllte.

»Ich hätte kämpfen sollen«, zischte er und schaute finster auf seine ramponierten Stiefel hinunter. »Es war meine Pflicht.«

Erida schlug mit der Hand auf den Thron, ein laut klatschendes Geräusch, durchdringend wie ein Peitschenhieb. Als Andry aufschaute, sah er, dass sie ihn mit bebenden Nasenflügeln anstarrte.

»Du bist nach Hause gekommen. Du hast überlebt«, sagte sie mit fester Stimme. »Und was am wichtigsten ist, du hast mir eine sehr bedeutsame Nachricht überbracht.« Energisch stand sie auf, und ihr Gewand umfloss sie. Mit leichtfüßigen Bewegungen stieg sie vom Thronpodest herunter, um sich zu Andry auf die Steine zu gesellen. »Ich habe mehr Zeit damit verbracht, Diplomatie und Sprachen zu studieren als die alten Spindellegenden. Aber ich habe meine Geschichtslektion gelernt. Allwacht ist einst ein Reich der Übertritte gewesen, dem schreckliche Ungeheuer und das Wirken mächtiger Magie zu schaffen machten. Wir Sterblichen befanden uns in beständigem Kampf gegen Gefahren, mit denen wir es auf keinen Fall je wieder zu tun bekommen dürfen. Das darf nicht passieren. Wenn stimmt, was du sagst, wenn dieser Taristan seit langen Zeiten stillstehende Spindeln öffnen kann, dann ist er in der Tat sehr gefährlich, und er hat eine Armee zu seiner Verfügung.«

»Eine Armee von einer Art, wie sie keiner von uns je gesehen hat«, räumte Andry ein und fühlte wieder das Ziehen ihrer Hände. Die Geschöpfe von Taristans Armee kreischten in seinem Kopf, ihre Stimmen wie kratzendes Metall und brechende Knochen. »Ich weiß, es klingt unmöglich.«

»Ich habe dich nie als Lügner kennengelernt, Andry Trelland. Noch nicht einmal als wir beide Kinder waren und uns mit allerlei Flunkergeschichten Extraportionen Nachtisch von den Köchen ergaunert haben.« Sie holte tief Luft und senkte den Kopf. »Es tut mir leid, was du verloren hast.«

Obwohl er zwei Jahre jünger war als sie, war Andry viel größer als die Königin. Aber irgendwie war sie in der Lage, zu ihm aufzuschauen, ohne dabei klein zu wirken.

»Sie sind Eure königlichen Ritter gewesen, nicht meine«, entgegnete er.

»Das habe ich nicht gemeint«, murmelte die Königin leise und nahm ihn erneut prüfend in Augenschein. Andry sah in ihren Augen dasselbe kleine Mädchen wie einst. Stets von den anderen Kindern auf Abstand gehalten; immer eifrig mit dabei zu schmunzeln und zu lachen und zu spielen, aber doch auch isoliert. Für immer herausgehoben als Prinzessin, ohne die Freiheiten eines Pagen oder einer Zofe oder auch nur eines Dienstbotenkindes.

Das junge Mädchen verschwand, als sie nun die Kiefer zusammenbiss. »Du wirst mit niemandem über diese Angelegenheit sprechen, Knappe«, fügte sie noch hinzu und drehte sich wieder zu ihrem Thron um.

Ohne nachzudenken, folgte ihr Andry auf den Fersen, sein

Magen in wilder Aufruhr. *Wir sind einfach überrumpelt worden. Das darf nicht noch einmal passieren.*

»Die Menschen müssen gewarnt werden ...«

Erida zögerte keine Sekunde, und ihre Stimme war streng und unnachgiebig. Sie wusste, wie sie sich Gehör verschaffen konnte.

»Die Spindeln sind für die meisten nichts als Mythen, Legenden und Märchen, ebenso längst verschwunden wie die Ältesten oder die Einhörner oder irgendwelche anderen großen magischen Dinge, die aus anderen Reichen stammen. Davon zu reden, dass so eine Spindel wieder aufgetaucht, *aufgerissen* worden sei und dass es da einen Mann gibt, der sich ihrer bedient, als sei sie ein Speer, den er uns ins Herz rammt? Ein Mann, dem Verletzungen nichts ausmachen, an der Spitze einer Armee aus Leichen?« Sie warf Andry über ihre Schulter einen Blick zu, ihre Augen wie zwei Saphire. »Ich bin die Herrscherin über Galland, aber ich bin eben eine Königin, kein König. Ich muss vorsichtig mit dem sein, was ich sage, und damit, welche Waffen ich meinen Feinden an die Hand gebe. Ich werde niemandem Anlass geben, mich geistesschwach oder wahnsinnig zu nennen«, blaffte sie, sichtlich aus der Fassung gebracht. »Ich kann ohne Beweise nichts unternehmen. Und selbst dann würde es in meiner Hauptstadt für Panik sorgen. Und Panik in einer Stadt mit einer halben Million Seelen wird mehr Menschen töten als jede Armee, die durch die Wacht wandert. Ich muss wahrlich sehr vorsichtig sein.«

Ascal war eine aus allen Nähten platzende Metropole, die sich über all die vielen Inseln im Delta des Großen Löwen ausgebreitet hatte. Die Straßen waren überfüllt, die Märkte überlaufen, die Kanäle schmutzig und die Brücken einsturzgefährdet. Nach König Konrads Tod hatte es viele Unruhen gegeben: Widerstand gegen ein Mädchen, das Konrads Thron für sich beansprucht hatte. Brände in den Elendsvierteln, Überschwemmungen in den Häfen. Krankheiten. Missernten. Religiöser Aufruhr zwischen den Anhängern der ihren jeweiligen Lehren treu ergebenen Orden. Eine kriminelle Schattenwelt, dick wie Rauch über allem. *Nichts im Vergleich zu dem, was noch kommt,* das wusste Andry. *Nichts im Vergleich zu dem, was Taristan bewirken kann.*

Er knirschte mit den Zähnen. »Ich verstehe nicht«, war alles, was er herausbringen konnte, als er gegen die Mauern der Entschlossenheit der Königin prallte.

Mauern, die sich nicht bezwingen ließen.

»Es ist nicht an dir zu verstehen, Andry«, sagte sie und klopfte an die Tür zu ihren Gemächern. Sie schwang auf, und im Flur dahinter waren wartend die Ritter ihrer Löwengarde zu sehen. Starr und steif standen sie in ihren gepanzerten Reihen. »Du brauchst nur zu gehorchen.«

Mit der Königin von Galland konnte man nicht streiten.

Andry verbeugte sich tief und verkniff sich sämtliche Erwiderungen, die sich ihm auf die Zunge drängten. »Sehr wohl, Euer Majestät«, sagte er.

Sie hielt inne, und während sie einen letzten Blick auf den Knappen warf, gingen die Ritter um sie herum in Formation. »Danke, dass du nach Hause gekommen bist.« Ihr Gesicht war betrübt und zugleich fast zärtlich. »Zumindest wird deine Mutter keinen weiteren Ritter beerdigen müssen.«

Ich bin kein Ritter. Und werde nie einer sein.

Sein Herz schnürte sich in seiner Brust zusammen. »Eine kleine Gnade.«

»Mögen die Götter uns vor allem, was sich daraus entwickeln mag, beschützen«, murmelte Erida und wandte sich ab.

Die Tür schlug zu, und Andry rannte regelrecht aus dem Thronsaal hinaus, nichts anderes mehr im Sinn, als sich die Kleider vom Leib zu reißen und die letzten Wochen wegzuwaschen. Verärgerung verdrängte seinen Kummer lange genug, um ihn durch die Korridore des Neuen Palastes jagen zu lassen, und seine Füße führten ihn über die vertrauten Flure.

Die Götter haben ihre Chance gehabt.

Wenn sie schlief, sah Lady Valeri Trelland gar nicht krank aus. Sie war behaglich zugedeckt und trug eine Schlafmütze aus feiner Seide über ihrem Haar. Keinerlei Sorge war ihrem Gesicht abzulesen, die Haut um ihren Mund und ihre Augen herum war entspannt. Sie wirkte um Jahrzehnte jünger, immer noch eine Schönheit trotz der Krankheit, die sich durch ihren Körper fraß. Sie hatten ganz ähnliche Gesichter, Andry und seine Mutter. Zwar war ihre Haut dunkler, wie poliertes Ebenholz, aber sie hatten beide die gleichen hohen Wangenknochen, vollen Lippen, das dicke, gelockte schwarze Haar. Es war ein merkwürdiges Gefühl für den Knappen, wenn er in einen Spiegel schaute und seine Mutter sah. Und noch merkwürdiger war es zu sehen, was sie gewesen war, bevor die Krankheit gekommen war, die nun mit ihren klammen Händen nach der doch so hell in ihr lodernden Kerze griff.

Sie atmete rasselnd aus, und er zuckte zusammen, spürte ihren roh schneidenden Schmerz in der eigenen Kehle.

Schlaf, Mutter, sandte er ihr den stummen Befehl zu und zählte die Sekunden, während sich ihre Brust hob und senkte. Er bereitete sich auf einen Hustenanfall vor, aber keiner kam.

In ihrem Schlafgemach war es heiß und stickig, der Kamin bis oben mit brennenden Scheiten gefüllt. Andry schwitzte in seinen frischen Kleidern, rührte sich aber nicht von seinem Platz an der Wand weg, zwischen einem Wandteppich und einem schmalen Fenster eingekeilt.

Trotz des Feuers spürte er die Kälte, den eisigen Finger des Grauens, der ihm über den Rücken glitt.

Es muss versteckt werden.

Das Wispern sprach mit einer Stimme wie der Winter, dürr und knisternd. Es waren mehrere, die da flüsterten, eine Frau, ein Mann, ein Kind und ein altes Weib. Ein Schauder überlief ihn, als sich ihre Stimmen nun erneut erhoben, zu einem Geheul in seinem Schädel anwuchsen.

Es ist versteckt!, wollte er rufen, seine Kiefer fest zusammengebissen. Die Kälte strich ihm über die Rippen.

Es darf darüber nicht gesprochen werden.
Er knirschte mit den Zähnen. *Ich habe nicht darüber gesprochen. Niemandem gegenüber. Nicht einmal der Königin habe ich etwas gesagt,* antwortete er. Es kam ihm vor wie Wahnsinn. Und es konnte auch wirklich Wahnsinn *sein,* geboren aus Kummer und dem Schock des Gemetzels.

Die Stimmen hatten sich zuerst auf dem Weg nach Hause gemeldet, mit dem Hengst des Ältesten unter sich, das Spindelschwert an seinen Sattel gebunden. Er war fast vom Pferd gefallen, doch er war weitergeritten, hatte versucht, vor dem wegzurennen, was bereits in seinem Kopf gewesen war. Ganz gleich, wie schnell oder wie weit er ritt, er konnte es nicht hinter sich lassen.

In den Wisperstimmen waren Gelächter und Traurigkeit, beides in gleichem Maße. *Tu, wie geheißen,* zischten sie und ließen die Worte durch ihn hindurchdringen. *Halte es versteckt.*

Andry hätte die Stimmen am liebsten einfach weggekehrt, blieb aber so stehen, weiter gegen die Wand gedrückt. Er würde seine stumme Nachtwache nicht abbrechen, sondern weiter am Bett seiner kranken Mutter die Stellung halten.

Während die Spindelklinge unter ihrem Bett verborgen war, ein Geheimnis für alle außer Andry Trelland.

3

Zwischen Drache und Einhorn

Corayne

Nach zwei Gläsern Wein schwirrte Corayne der Kopf. Ihre Gedanken überschlugen sich, und sie träumte schon von den Ländern hinter Lemarta. Die Palisadenstädte von Jüt, Räuberland. Nkona und die Bucht der Wunder. Almasad, der prächtige Hafen von Ibal, Heimat der größten Flotte des Reiches. Sie schüttelte den Kopf und schob ihren Becher von sich, ließ ihn über ihren vertrauten schmierigen Tisch in einer Ecke der Seekönigin gleiten. Die Schankbar war schon lange vor der Zeit von Kapitänin an-Amarat so benannt worden, aber alle taten gern so, als sei das Lokal nach ihr getauft worden.

Und Meliz sah auch ganz danach aus. Den Rücken zur Wand, saß sie in die Ecke gerekelt, ihr Lächeln dem Raum zugewandt. Das Kerzenlicht schimmerte in ihrem Haar, krönte sie mit Rubinen. Kastio hockte an der Tür zur Straße, gleichermaßen umringt von Seeleuten und Stadtbürgern. Jetzt, wo die Kapitänin zurückgekehrt war, gab es für ihn keinen Grund mehr, für Corayne das Kindermädchen zu spielen. Er schwankte, seine blitzend blauen Augen halb geschlossen, ein halb leeres Glas in der Hand. Die Besatzung hatte ihren Weinbechern und Bierkrügen bereits reichlich zugesprochen. Ihre bronzefarbenen, sonnenverbrannten Leiber drängten sich in dem engen Schankraum zusammen, und ihre Stimmen erfüllten die Luft. Die meisten bräuchten dringend mal ein Bad. Doch Corayne machte das nichts aus. Stinkende Seeleute waren ihr lieber als ein weiterer Abend in Einsamkeit.

Sie unterzog sie einer genauen Inspektion. Die *Sturmgeboren* hatte unterwegs zwei neue Besatzungsmitglieder aufgelesen.

Weißgesichtige Zwillinge aus Jüt, kaum älter als sie selbst, aber groß und breitschultrig, Räuberblut in den Adern.

Zwei hinzugewonnen, vier verloren, dachte Corayne. Gesichter verschwammen vor ihren Augen, Besatzungsmitglieder, die sie nie wiedersehen würde.

Vier tot.

Sie atmete tief durch, und der Wein in ihrem Bauch wandelte sich in Mut. »Mutter ...«

»Lass die Kunde herumgehen, dass ich nach Ruderern suche«, ging Meliz dazwischen und ließ den Wein in ihrem Glas kreisen.

Ihre Aufforderung kam für Corayne überrumpelnd. Sie blinzelte verwirrt. »Es sind noch mindestens zwei Wochen, bis wir uns auf die nächste Fahrt vorbereiten müssen, und wir können, wenn nötig, auch mit ein paar Mann weniger ausfahren.«

Kurze Fahrten in sicherem Wasser, auf einfachen und schnellen Strecken entlang der Küste. Corayne kannte die Reiserouten der *Sturmgeboren* nur zu gut und plante nach bestem Vermögen um sie herum. *Die Sommerfahrten sind ziemlich gefahrlos. Gut, um dazuzulernen.*

Meliz entglitt ihr Grinsen, eine Maske, die von ihr abfiel. »Starker Rücken, guter Rudertakt, keine Sperenzchen.«

»Mit welchem Zielort? Für wann?« Planänderungen bedeuteten Fehler, größere Risiken. Und sie brachten ihre eigene Planung in Unordnung.

»Bist jetzt du *meine* Mutter?«, neckte Meliz, aber ihre Stimme war schneidend. »Sieh einfach zu, dass es gute Leute sind. Ich brauche keine blauäugigen Schwachköpfe, die auf Abenteuer aus sind und sich draußen auf der Langen See auf die Suche nach einem Märchen, einer Spindelgeschichte oder schlicht dem guten alten Ruhm begeben wollen.«

Corayne errötete. Sie senkte die Stimme. »Wohin willst du fahren, Mutter?«

»Solche Leute neigen dazu, rasch zu sterben, und sie sterben voller Enttäuschung«, murmelte Meliz und nahm einen guten Zug von ihrem Wein.

»Seit wann macht es dir etwas aus, Männer zu verlieren?«, blaffte Corayne, halb zu sich selbst gewandt. Die Worte hinterließen einen bitteren Geschmack in ihrem Mund, erschienen ihr ungerecht und unklug. Sobald sie ihre Lippen verlassen hatten, hätte sie sie am liebsten wieder zurückgerufen. »*Wohin* willst du fahren?«

»Es macht mir immer etwas aus, Corayne«, antwortete Meliz kalt. »Der Wind scheint mir günstig.«

»Der Wind wird auch in einem Monat noch günstig sein.«

Meliz blickte zu den Fenstern hin, in Richtung See, und Corayne fühlte sich verloren.

»Der *Dschaiah* von Rhaschir ist nun endlich verstorben, und er hat sechzehn Söhne hinterlassen, die Krieg um seinen Thron führen. Manche sagen, er sei an Altersschwäche oder Krankheit gestorben. Andere sprechen von Mord. So oder so, die Fehde im Land macht die Sache für uns einfacher. Es ist eine gute Gelegenheit.« Meliz sprach entschieden und schnell. Als müssten die Worte nur ausgesprochen werden, um wahr zu sein.

In einem bunten Wirbel aus Blau, Grün und Gelb breitete sich vor Coraynes geistigem Auge eine wettergegerbte Karte aus. Sie sah sie deutlich vor sich, die vertrauten Schifffahrtsstraßen und Küsten, Flüsse und Berge, Grenzen und Königreiche. Alles Orte, die sie nie mit eigenen Augen gesehen hatte, die sie aber trotzdem kannte; von denen sie gehört hatte, in die sie jedoch nie einen Fuß gesetzt hatte. Meile um Meile flog an ihr vorbei, als sie von Lemarta aus nach Rhaschir raste und das Land überflog, vom Tigergolf bis zum Allwald und hinauf zur Krone des Schnees – die großen Wunder ferner Länder. Sie versuchte, sich Dschirhali auszumalen, die große Hauptstadt von Rhaschir, eine Stadt aus hellgrünem Sandstein und poliertem Kupfer. Doch ihre Fantasie ließ Corayne im Stich.

»Es sind fast viertausend Meilen bis zu den Küsten von Rhaschir«, hauchte sie und öffnete die Augen. Doch sie sah immer noch nur die Landkarte vor sich. Ihre Mutter war bereits weit weg von ihr, längst nicht mehr zu erreichen. »Mit

dem richtigen Wind, einer günstigen Strömung, ohne Stürme, ohne *Schwierigkeiten* ... bist du im günstigen Fall einige Monate unterwegs.« Ihr stockte die Stimme. »Falls du überhaupt je zurückkehrst.«
Eine gefährliche Reise, viel weiter als alles, was wir geplant hatten.
Meliz rührte sich nicht. »Es ist eine gute Gelegenheit. Lass das Schiff bereit machen. Wir stechen in drei Tagen in See.«
So bald schon, fluchte Corayne und krallte die Finger in die Tischplatte. »Aber dann muss ich darum bitten ...«
»Lass es«, unterbrach sie Meliz ohne einen Wimpernschlag und hob wieder ihr Glas an die Lippen.
Verärgerung flammte in Coraynes Brust auf und verjagte ihre Angst. »Im Winter hast du gesagt ...«
»Im Winter habe ich gar nichts versprochen.«
Was sie sagte, war grausam endgültig, wie das Schließen einer Tür.
Corayne biss die Kiefer aufeinander und nahm ihre ganze Willenskraft zusammen, um die Hände auf dem Tisch zu halten und ihrer Mutter nicht den Wein aus der Hand zu schlagen. Irgendetwas brüllte in ihren Ohren und übertönte alle anderen Geräusche, bis da nur noch ihre Mutter und deren Weigerung waren.
Du hast gewusst, was sie antworten würde, machte sie sich klar. *Du hast es gewusst und dich darauf vorbereitet. Es ist nun an der Zeit, dass du es dir verdient hast.*
»Ich bin jetzt ein Jahr älter, als du warst, als du zur See gegangen bist.« Corayne gab sich alle Mühe, wie ein Teil der Besatzung zu wirken. Entschlossen, selbstbewusst, tüchtig. Alles Eigenschaften, die sie für so viele Menschen verkörperte. *Für so viele, nur nicht für Mutter.*
Meliz biss die Zähne zusammen. »Es ist damals nicht meine Entscheidung gewesen.«
Coraynes Antwort kam schnell, der Pfeil bereits eingelegt und auf sein Ziel gerichtet. »Ich bin auf dem Wasser nützlicher. Da höre ich mehr, kann handeln, kann lenken. Denk daran, wie

es um die *Sturmgeboren* bestellt war, ehe ich angefangen habe, dir beizuspringen. Alles planlos, unorganisiert, kaum genug Gewinn, um über die Runden zu kommen. Du hast die Hälfte der Fracht über Bord geworfen, weil du keine Käufer gefunden hast«, unterstrich Corayne und gab sich alle Mühe, nicht in einen Bettelton zu verfallen. Ihre Mutter rührte sich nicht, zuckte mit keiner Wimper, schien nicht einmal zuzuhören. »Ich kenne die Seekarten fast genauso gut wie Kireem oder Scirilla. Ich kann eine echte Hilfe sein, vor allem auf einer Reise, die so lang ist und die so weit weg führt.«

Du klingst dumm. Du klingst wie ein Kind, das um ein Spielzeug bettelt, das es sich verzweifelt wünscht. Sei vernünftig. Sei logisch. Sie kennt deinen Wert; sie kennt ihn und kann ihn nicht leugnen. Corayne atmete tief durch und ließ ihre Gedanken ganz leise werden, während sie zugleich umso lauter sprach.

»Mit mir an Bord werden sich deine Profite verdreifachen, mindestens.« Corayne ballte die Faust auf der Tischplatte. »Das garantiere ich dir. Und ich will nicht mal eine Bezahlung.«

Es gab noch mehr zu sagen, weitere Listen herunterzurattern, weitere unleugbare Wahrheiten, die ihre Mutter nicht würde wegwischen können. Aber Meliz starrte nur vor sich hin.

»Meine Entscheidung steht fest, Corayne. Nicht einmal die Götter können sie ändern«, sagte die Kapitänin, und der Klang ihre Stimme veränderte sich. Corayne konnte auch aus ihr nun ein leises Betteln heraushören. »Mein Liebes, du weißt nicht, worum du mich da bittest.«

Corayne zog ihre schwarzen Augen zusammen. »Oh, ich glaube, das weiß ich sehr wohl.«

Etwas zerbrach in Meliz, wie eine einstürzende Mauer.

»Ich bin gut in der Erfüllung meiner Aufgaben, Mutter«, sagte Corayne mit versteinerter Miene. »Und die bestehen darin, zuzuhören, nachzudenken, Verbindungen herzustellen und Dinge vorauszubestimmen. Meinst du denn, die Menschen hier würden nicht über dich und deine Schiffsbesatzung reden?«
Sie legte den Kopf schräg und deutete mit dem Kinn auf den

Rest des Raums, wo die anderen Gäste ihre lärmende Geselligkeit fortsetzten. »Über das, was du da draußen auf dem offenen Wasser so treibst?«

Meliz beugte sich so schnell vor, dass Corayne fast von ihrem Stuhl gefallen wäre.

»Wir sind Verbrecher, ja«, zischte die Kapitänin. »Wir umgehen die Gesetze der Krone. Wir laden, was andere nicht transportieren wollen oder können. Das ist nun mal das Wesen von Schmuggel. Er ist mit Gefahren verbunden. Du hast das dein Leben lang gewusst.« Auch diese Erklärung war zu erwarten gewesen, eine weitere Lüge von Meliz an-Amarat. »Mein Geschäft ist gefährlich, das stimmt«, fuhr die Kapitänin fort. »Ich bin jedes Mal in Gefahr, wenn wir in See stechen; das Gleiche gilt für alle anderen in diesem Raum. Und ich werde nicht auch noch dich zusammen mit uns Übrigen in Gefahr bringen.«

»Diese beiden jütischen Neuanwerbungen. Sie haben überlebt, nicht?«, fragte Corayne, ihre Stimme tonlos und unbeteiligt. Die bleichhäutigen Zwillinge an der Theke sahen so verschreckt aus wie Kaninchen in der Falle.

Meliz zog ein mürrisches Gesicht. »Sie haben sich uns in Gidastern angeschlossen. Auf der Flucht vor einem Clankrieg in irgendeinem gottverlassenen Hinterland.«

Weitere Lügen. Mit einem finsteren Blick fasste sie ihre Mutter ins Auge, in der Hoffnung, sie irgendwie durchschauen zu können. Wie auch in der Hoffnung, dass Meliz wusste, dass sie durchschaut worden war.

»Ihr habt auf dem Wachsamen Meer irgendein Schiff aufgetrieben, es geentert, ausgeplündert und versenkt, und die zwei haben es überlebt«, versetzte Corayne.

»Was ausnahmsweise einmal nicht der Wahrheit entspricht«, zischte Meliz zurück, spuckte die Worte fast aus. »Du mit all deinen Karten und Listen. Das bedeutet noch lange nicht, dass du weißt, wie sich die Welt da draußen in Wirklichkeit gestaltet. Die Jüti machen keine Raubzüge mehr. Irgendetwas stimmt da nicht im Wachsamen Meer. Die beiden Jungen waren auf der

Flucht, und ich habe ihnen einen Ort gegeben, wo sie hingehen konnten.«

LÜGEN, dachte Corayne und empfand jede einzelne wie ein Messer in der Brust.

»Du bist eine Schmugglerin«, antwortete sie und schlug mit der Hand auf den Tisch. »Du hast die Gesetze jedes Königreichs von hier bis zum Trichter von Rhaschira gebrochen. Und du bist eine *Piratin*, Kapitänin an-Amarat. Du wirst in der ganzen Wacht dafür gefürchtet, was du mit den Schiffen machst, die du kaperst und verschlingst.« Corayne rutschte ganz nach vorn, sodass sich ihre Nasen über dem Tisch beinahe berührten. Meliz' Maske hatte sich in Luft aufgelöst, und sie hatte ihr unbefangenes Grinsen verloren. »Gib dir keine Mühe, Scham und Schuldgefühle zu heucheln. Ich weiß, was du bist, Mutter, was du sein musst. Ich weiß es schon seit Langem. Und ob du es glaubst oder nicht, ich bin schon immer ein Teil davon gewesen, *mein Leben lang*.«

Am anderen Ende des Schanks zerbrach ein Glas, gefolgt von brüllendem Gelächter. Weder Mutter noch Tochter zuckten auch nur mit einer Wimper. Eine tiefe Kluft hatte sich zwischen ihnen aufgetan, nur von Schweigen und Sehnsucht gefüllt.

»Ich brauche das.« Unter der Last der Verzweiflung versagte Corayne schier die Stimme. »Ich muss fort von hier. Ich kann nicht mehr hierbleiben. Es ist, als würde mich die Welt überwuchern.« Sie griff nach den Händen ihrer Mutter, aber Meliz zog sie weg. »Es ist, wie lebendig begraben zu sein, Mama.«

Die Kapitänin stand auf, stand starr, ihr Weinglas in der Hand. Eine fremdartige Reglosigkeit. Und eine unheilverkündende. Das ruhige Wasser vor dem Sturm. Corayne wappnete sich, bereitete sich auf weitere Lügen und Ausreden vor.

Die Kapitänin gab sich weder mit dem einen noch mit dem anderen ab.

»Meine Antwort wird immer Nein bleiben.«

Sei vernünftig, schalt Corayne sich selbst, sogar noch als sie jetzt von ihrem Stuhl aufsprang, die Fäuste geballt. Die Piratenkapitänin bewegte sich nicht, ihr Blick unbeugsam, nicht zu Scherzen aufgelegt.

Aufkommende Verzweiflung brodelte unter Coraynes Haut. Sie kam sich vor wie eine brechende Welle, die sich gischtsprühend überschlug und gegen das Ufer krachte. *Sei vernünftig*, dachte sie noch einmal, doch diesmal war die Stimme leiser, drang wie aus der Ferne zu ihr. Sie bohrte die Fingernägel in ihre Handflächen. Der Schmerz half ihr, die Bodenhaftung nicht zu verlieren.

»Du hast nicht das Recht, an meiner statt Entscheidungen zu treffen«, sagte sie mit aller Selbstbeherrschung, die sie aufbringen konnte. »Es ist nicht so, als würde ich dich um Erlaubnis bitten. Wenn du mich nicht mitnimmst, werde ich einen anderen Kapitän finden. Jemanden, der meinen *Wert* erkennt.«

»Du wirst nichts dergleichen tun.« Meliz schleuderte ihr Weinglas davon, und es zerbarst auf dem Boden. Ihre Augen leuchteten von innen und drohten die ganze Welt niederzubrennen. Sie fasste ihre Tochter am Kragen, und das nicht gerade sanft. Die Besatzung schenkte alledem kaum Beachtung.

»Sieh dich um«, knurrte sie ihr ins Ohr. Corayne hielt still, außerstande, sich zu bewegen, vom Verhalten ihrer Mutter geschockt. »Das ist meine Besatzung. Sie sind Mörder, jeder und jede Einzelne von ihnen. *Schau* uns an, Corayne.«

Sie schlucke den Kloß in ihrer Kehle hinunter und tat wie geheißen.

Die Besatzung der *Sturmgeboren* war irgendwie eine Familie. Mit ihren vernarbten Händen, der von der Sonne versehrten Haut, dem ausgebleichten Haar, den sehnigen Muskeln glichen sie sich alle irgendwie. Eine Ähnlichkeit wie die von Bruder und Schwester, trotz ihrer unterschiedlichen Herkunft. Sie tranken vereint und kämpften vereint und schmiedeten gemeinsam ihre finsteren Pläne, unter einer einzigen Flagge, geeint vor dem Mast und unter dem Befehl ihrer Mutter. Corayne sah sie, wie sie sie schon immer gekannt hatte, laut, betrunken, treu. Aber die Warnung hallte in ihr wider. *Sie sind Mörder, jeder und jede Einzelne von ihnen.*

Nichts hatte sich verändert, und doch war nichts mehr wie früher.

Ihre Sicht trübte sich und verschwamm, und sie sah sie, so wie es die Welt tat, wie sie draußen auf dem Wasser waren. Keine Familie, keine Freunde. Sie kam sich vor wie ein Beutetier in einer Höhle von Löwen. Ein Messer glitzerte an Ehjers Hüfte, die Klinge so lang wie sein Unterarm. *Mit wie vielen Kehlen hat es schon kurzen Prozess gemacht?* Der große Rabauke aus Jüt hielt Händchen mit ihrem Steuermann, dem blonden Kireem, dem ein Auge fehlte. Die Götter mochten wissen, wobei er es verloren hatte. Wohin sie auch blickte, sah Corayne vertraute Gesichter, und doch waren sie ihr fremd, fern und gefährlich. Da war Symeon, jung und schön, seine Haut wie glatter schwarzer Stein, eine Axt gefährlich neben seine Füße gelehnt. Da war Brigitt, ein brüllender Löwe auf ihren porzellanweißen Hals tätowiert. Da war Gharira, Haut und wallendes Haar wie Bronze, immer im Kettenhemd, selbst auf See. Und so weiter und so fort. Sie alle strotzten vor Narben und Waffen, von der Wacht und ihren Meeren abgehärtet. Sie kannte sie nicht. Nicht richtig.

Wie viele Schiffe, Schiffe mitsamt ihrer Besatzung, wie viele, die meine Mutter tot hinter sich gelassen hat? Sie wollte danach fragen. Sie wollte es niemals erfahren. *Aber du hast es gewusst – hast gewusst, was sie sind,* schärfte Corayne sich ein. *Genau das ist es, was Mutter will, sie will dich verschrecken und verscheuchen, will dich an Land festsetzen, allein an einem ruhigen Ort am Rand der Welt. Eine Puppe auf einem Regal, mit nichts zu befürchten als den Staub, den sie ansammelt.* Sie biss sich auf die Unterlippe und zwang sich, ruhig zu bleiben und den Blick nicht abzuwenden. Der Raum war voller Ungeheuer mit Menschenhaut, ihre Krallen aus Stahl. Wenn Corayne nur genau genug hinschaute, würde sie womöglich auch das Blut auf ihrer aller Händen sehen. Auch auf ihren eigenen.

»Allesamt Mörder«, unterstrich Meliz noch einmal und hielt Corayne weiterhin unnachgiebig in ihrem Griff. »Wie ich auch. Aber du *nicht*.«

Corayne holte bebend Atem, und ihre Augen brannten. Sie schrieb es der verräucherten Luft zu. »Du meinst, du würdest dich keinen Illusionen hingeben, Corayne, aber da gibt es immer noch viele, die dich blenden. Leg sie ab. Sieh uns als das, was wir sind und was du niemals sein kannst.« Meliz sah sie eindringlich an, ihr Blick durch den Ring dunkler Farbe um ihre Augen herum nur noch intensiviert. Dann wurde ihre Stimme weicher. »Du hast nicht das Rückgrat dafür, mein liebstes Kind. Du bleibst hier.«

Noch nie hatte sich Corayne so allein gefühlt, so weit weg von der einzigen Familie, die sie kannte. *Du hast nicht das Rückgrat. Du gehörst nicht dazu.* Als Meliz ihren Kragen losließ, war es, als würde sie fallen, von einer unsichtbaren Flut davongerissen. Es war kalt und grausam und höchst ungerecht. Ihr Blut stand in Flammen.

»Mein Vater ist immerhin so gut gewesen, mich nur einmal im Stich zu lassen«, sagte Corayne kühl und mit gebleckten Zähnen. Entschlossen trat sie von Meliz weg. »Du hast es tausendmal getan.«

Corayne riss sich zusammen, bis sie die Klippen erreicht hatte, erst dann ließ sie sich gehen. Sie drehte sich im Kreis, überblickte den Horizont in alle Richtungen. Dort, über das Wasser hinaus. Irgendwo hinter den Hügeln mit ihren knorrigen Zypressenhainen, wo die alte Straße von Cor entlangführte. Sie wünschte sich nichts mehr, als zu den Rändern der Welt, die sie kannte, vorzustoßen, des Käfigs, aus dem ihre Mutter sie niemals entfliehen lassen würde. Die Lange See, normalerweise ein Freund, wurde ihr zur Qual, mit ihren endlosen Wellen unter dem Licht der Sterne.

Selbst jetzt noch stößt sie mich beiseite. Selbst jetzt, wo sie weiß, was für ein schreckliches Gefühl das ist.

Ich dachte, wenn überhaupt jemand, dann würde sie es verstehen. Aber Meliz konnte und wollte es nicht verstehen, würde es nie verstehen.

Und Corayne wusste tief in ihrem Innern, warum: Sie selbst war anders, sie war nicht genauso wie sie, sie stand abseits vom Rest. Unwürdig, nicht gewünscht.
Verloren.
Und es hatte seinen Grund. Etwas, das sie nicht ändern konnte.

»Kein Rückgrat«, zischte Corayne und trat mit dem Fuß in die Lehmstraße unter ihren Stiefeln.

Die Sterne blinkten am Himmel, verlässlich und sicher. Die Sternbilder waren ihre alten Gefährten aus unzähligen einsamen Nächten. Corayne war die Tochter einer Schmugglerin, eine *Piratentochter.* Sie kannte die Sterne so gut wie kaum jemand sonst und konnte sie schnell benennen. Das beruhigte sie.

Der Große Drache schaute auf die Küste von Siscaria hinab, und sein geöffnetes Maul drohte den strahlenden Nordstern zu verschlingen. Die Klippen entlang hinter ihr glitzerte Lemarta wie ein eigenes Sternbild, um den Hafen gescharte Lichter, die Corayne zur Rückkehr locken wollten. Stattdessen ging sie weiter, bis das alte weiße Häuschen am Hang auftauchte.

Dumm von mir, meinen Vater zu erwähnen. Jetzt wird Mutter zu allem Überdruss auch noch unaufhörlich über ihn reden und reden und reden wollen, den Mann, den wir kaum gekannt haben, ohne mir dabei irgendetwas Nützliches mitzuteilen, mit der alleinigen Folge, dass wir uns nur beide aufregen.

Corayne hatte immer gern einen Plan, ein Programm, eine Liste von Zielen. Jetzt hatte sie nichts dergleichen. Es machte sie nervös.

Lemarta ist nicht furchtbar, dachte sie und listete Dinge auf, die feststanden. *Und mein Los ist auch nicht so schlimm. Meine Mutter liebt mich* – das wusste sie in ihrem tiefsten Inneren. *Ich habe Glück. Allwacht ist groß, voller Gefahren und Risiken.*

Hunger, Krieg, Krankheiten, alle möglichen Nöte und Entbehrungen. Hier kann mir von alledem nichts etwas anhaben.

Das hier ist ein guter Ort, schärfte sie sich ein und schaute wieder zum Hafen zurück. *Ich sollte zufrieden sein.*

Und doch kann ich es nicht sein. Irgendetwas in mir will hier nicht Wurzeln schlagen.

Am Horizont stieg das Einhorn mit seinen blinkenden Sternen auf. Es kämpfte jedes Jahr gegen den Drachen, und beide jagten einander durch die Jahrhunderte. Drachen waren lange ausgestorben, aber es gab Überlieferungen, dass es hie und da über die Wacht verstreut immer noch versteckte Einhörner gab, tief verborgen in den bewachten Enklaven der legendären Ältesten oder durch entlegene Steppen und über ferne Sanddünen dahinjagend. Corayne glaubte diese Geschichten nicht, aber es war schön, darüber nachzugrübeln. *Und wenn ich hierbleibe, wie könnte ich das auch je mit Bestimmtheit wissen?*

Zwei Schatten auf der Straße rissen sie aus ihrem Jammer. Corayne fuhr zusammen und begriff, dass sie auf der Straße an den Klippen nicht mehr allein war.

Die Reisenden hatten sie schon fast erreicht, ihre Schritte waren unglaublich leise, sanfter als der Wind im Gras. Beide trugen Kapuzen und Umhänge, schwarz vorm Hintergrund der dunklen Nacht. Einer der beiden Schatten war klein und hager und ging mit schwingendem Schritt. Der andere, viel größer, verursachte überhaupt kein Geräusch. Seltsam für einen solchen Riesen.

Corayne stellte sich hin und wartete. Sie waren ihr bereits zu nah, um vor ihnen davonzulaufen, selbst wenn sie das gewollt hätte. Ihnen jetzt den Rücken zuzukehren würde ihr nicht helfen. Sie dachte an das Messer in ihrem Stiefel. Sie hatte noch nie Gebrauch davon gemacht, aber es war immerhin ein kleiner Trost.

»Guten Abend«, murmelte sie und trat beiseite, damit sie vorbeigehen konnten.

Stattdessen blieben sie stehen, Schulter an Schulter. Oder

wohl eher Schulter an Brust. Die eine Gestalt überragte die andere bei Weitem, mindestens einen Meter fünfundneunzig groß. Jetzt, wo sie näher gekommen waren, konnte Corayne erkennen, dass es sich dabei um einen Mann handelte, breit und gut gebaut. Er hatte die Körperhaltung eines Kriegers, starr und unbeugsam. Die Umrisse eines Schwerts lugten unter seinem Umhang hervor. Seine Kapuze verbarg fast sein ganzes Gesicht, trotzdem konnte sie da eine Narbe sehen, selbst noch in der blauen Dunkelheit. Sie zog sich über die Seite seines hellfarbigen Kinns, schartig, feucht und ... *noch immer nicht verheilt.*

Corayne drehte sich der Magen um. *Kein Rückgrat*, hallte es in ihrem Kopf wider.

»Der Hafen liegt hinter euch, Freunde«, sagte sie. »Das hier ist die Straße nach Tyriot.«

»Ich habe in Lemarta nichts zu suchen«, antwortete der Mann unter seiner Kapuze.

Angst drückte ihr die Luft ab. Sie bewegte sich als Erstes und machte einen Schritt zurück, aber er trat vor, um sie abzupassen, seine Bewegungen allzu geschmeidig, zu schnell. Die andere Gestalt verharrte weiterhin reglos wie eine am Straßenrand zusammengerollte Schlange, die darauf wartet anzugreifen.

»Nicht näher kommen!«, blaffte Corayne und riss den Dolch aus ihrem Stiefel. Sie wedelte damit zwischen den Reisenden herum.

Zu ihrem Entsetzen machte der Mann einen Satz auf sie zu, und Corayne umklammerte ihre Waffe fester, wollte kämpfen. Aber sie konnte sich keinen Zentimeter von der Stelle rühren. *Kein Rückgrat*, brüllte es in ihr, und sie machte sich auf seinen Angriff gefasst.

Stattdessen ließ sich der Mann vor ihr aufs Knie sinken, das Schwert plötzlich in seiner Hand, sodass die Spitze der vergoldeten Klinge auf die Erde zeigte. Corayne musterte das silberne Heft und den hochwertigen Stahl. Der Mann neigte den Kopf und schob seine Kapuze zurück. Ein goldener Vorhang aus blondem Haar und ein schönes Gesicht wurden sichtbar, das indes von vernarbtem Fleisch halb zerstört war. Der Saum seines Umhangs war mit einem seltsamen Muster verziert: ein mit silbernem Garn aufgesticktes Geweih.

»Ich bitte Euch um Vergebung und um Gnade, Corayne an-Amarat«, sagte er leise. Seine Augen glitzerten grün, aber er vermochte es nicht, ihr in die Augen zu schauen.

Corayne blinzelte verwundert, und ihr Blick ging zwischen den beiden Reisenden hin und her. Sie war hin und her gerissen zwischen Angst und Verblüffung.

Schließlich gab die kleinere Gestalt ein spöttisches Lachen von sich und ließ die untere Hälfte eines Frauengesichts sehen. Sie verschränkte die Arme vor der Brust. Auf jedem Finger war eine schwarze Linie tätowiert, die sich über die Knöchel bis zum Nagel erstreckte. Das Muster war ihr vertraut, trotzdem konnte Corayne es nicht einordnen.

»Habt Ihr das Mädchen zu Tode erschrecken wollen, oder seid Ihr einfach unfähig, auf eine vernünftige Weise mit Sterblichen in Kontakt zu treten?«, fragte die Frau mit gedehnter Stimme, ihr Blick auf den Rücken des Mannes gerichtet.

Sterbliche. Ihr wirbelte der Kopf.

Er biss die Zähne zusammen. »Ich muss Euch noch einmal um Vergebung bitten. Es liegt nicht in meiner Absicht, Euch zu töten.«

»Nun, das ist gut«, stotterte Corayne. Sie ließ die Hand sinken, sodass der Dolch nutzlos an ihrer Seite herabhing. »Wer seid Ihr?«, erkundigte sie sich.

Noch während sie fragte, hatte sie im Geiste auch schon die Antwort, erinnerte sich vage an Bruchstücke aus einer Geschichte für Kinder oder aus irgendeinem Seemannsgarn. *Ein Unsterblicher. Er ist einer der Ältesten. Geboren aus den toten Spindeln, alterslos und ohne Makel. Kinder eines verlorenen Reiches.*

Sie hatte noch nie einen von ihnen gesehen. Nicht einmal ihre *Mutter* hatte je einen gesehen.

Der Unsterbliche hob den Kopf, sodass die Sterne sein Gesicht nun vollends beleuchteten. Irgendetwas hatte die linke

Seite seines Gesichts zerschnitten – nein, *zerfetzt* – und von der Wange bis zum Hals tiefe, hässliche Kerben hineingeschlitzt. Sie konnte die Augen nicht abwenden, und er wich unter ihrem musternden Blick zurück.

Er schämt sich, wusste Corayne. Irgendwie nahm es ihr einen Teil ihrer Angst.

»Wer *seid* Ihr?«, fragte sie noch einmal.

Der Älteste atmete tief durch. »Mein Name ist Domacridhan von Iona, Neffe der Herrscherin selbst, Blut von Glorian dem Verlorenen. Ich bin der Letzte der Gefährten Eures Vaters, und ich ersuche Euch um Hilfe.«

Corayne klappte der Unterkiefer herunter, und Schockwellen pulsten durch sie hindurch. »Wie bitte?«

»Ich muss Euch eine Geschichte erzählen, gnädige Dame«, murmelte er. »Wenn Ihr so freundlich sein wolltet, sie Euch anzuhören.«

4

Unsterblicher Feigling

Domacridhan

Die Stute starb unter ihm, Schaum spritzte aus ihrem Maul. Ihre Schulter war scharlachrot, blutverkrustet. *Mein Blut*, wusste er. Seine Wunden waren trotz der vielen und langen Tage kaum verheilt. Er versuchte, nicht an sein Gesicht zu denken, aufgekratzt und geschunden von diesen *Dingern*, diesen Abscheulichkeiten. Eine Armee aus *Monstern*, aus einer Welt, die er kaum begriff. Er spürte noch immer ihre Finger, ihre abgebrochenen Fingernägel und die offen gelegten Knochen unter rostigen Rüstungen. Sie waren jetzt weit hinter ihm, Hunderte von Meilen entfernt. Und doch richtete Domacridhan den Blick zurück, seine smaragdfarbenen Augen geweitet.

Wie er hatte fliehen können, wie er eines der Pferde der Gefährten gefunden hatte, vermochte er nicht zu sagen. Es war alles nur ein verschwommenes Durcheinander aus Geräuschen und Farben und Gerüchen, seine Erinnerung ein Trümmerhaufen. So verstrichen die Tage, während er weiterritt, ein Königreich ins nächste überging, Hügel zu Ackerland und Wälder und dann wiederum zu Hügeln wurden, bis die Landschaft vertrauter erschien. Er überquerte die Berge des Monadhrion und des Monadhrian, des Sterns und der Sonne, hin zum verborgenen Tal. Es erstreckte sich vor ihm, erfüllt von Nebel und Eibenhainen, geteilt vom gewundenen silbernen Band des Avanars. Er kannte dieses Land, kannte es als sein Sohn und sein Prinz.

Calidon.
Iona.
Zuhause.

Nicht mehr weit, sagte er sich und sandte dem Pferd den stummen Befehl durchzuhalten. *Nicht mehr weit.*
Er hörte den Herzschlag der Stute, donnernd und stockend. Er trat ihr noch einmal in die Flanken.
Entweder ihr Herz oder dein eigenes.
Der Nebel verzog sich und enthüllte Iona, Stadt der Vedera, hoch oben auf ihrem Felsrücken, wo der Avanar in Lochlara mündete, den See der Morgenröte. Regen und Schnee hatten die Mauern der Burgstadt grau und braun verfärbt; dennoch war sie über all die Zeiten hinweg groß und prächtig geblieben. Sie war die Heimat von Tausenden von Unsterblichen, und Hunderte von ihnen waren, noch in Glorian geboren, älter als die Stadt Iona selbst. Tiarma, der Palast, ragte stolz unmittelbar an der Abbruchkante des Bergrückens auf, mit nichts als der steilen Felswand unter sich.

Die moosbedeckten Mauern der Stadt wurden gut verteidigt. Unerschütterlich und gleichmütig säumten Bogenschützen die Befestigungsmauern, in ihren waldgrünen Uniformen fast nicht zu erkennen. Sie wussten sofort, wer er war, selbst auf diese Entfernung war ihr Blick untrüglich scharf.

Ein Prinz von Iona kehrte zurück, blutverschmiert und allein.

Sein Pferd trug ihn den Berghang hinauf und durch die Tore, galoppierte bis zum Herrscherpalast. Dort stürzte es zu Boden, und Dom sprang von seinem Rücken. Die Stute atmete noch einige Male schwer und langsam und dann überhaupt nicht mehr. Ihr Herz schlug zum letzten Mal, und Dom zuckte zusammen.

Ohne ein Wort gingen die Wachen zu beiden Seiten ihres Prinzen in Aufstellung. Die meisten hatten goldenes Haar und grüne Augen, ihre Gesichter im dichten Nebel schneeweiß, in ihre Lederrüstungen das Wappen von Iona geprägt. Überhaupt war der große Hirsch überall – in den Wandreliefs, den Statuen, auf den Uniformröcken und den Rüstungen. Der Hirsch übersah alles, stolz und unnahbar, mit Augen, denen nichts entging.

Mein Versagen liegt offen vor ihm, dachte er.

Beschämt betrat Dom den Tíarma-Palast, schritt durch die gähnenden Eichenpforten hindurch. Irgendjemand drückte ihm ein Tuch in die Hand, und er wischte sich damit das getrocknete Blut vom Gesicht. Seine Wunden brannten und schmerzten, einige platzten sofort wieder auf. Ganz nach Art eines Unsterblichen schenkte er dem Schmerz nicht die geringste Beachtung. Aber er bemerkte, wie sich sein eigenes aufgerissenes Fleisch dabei anfühlte.

Ich muss aussehen wie ein Ungeheuer.

Dom kannte den Palast gut. Schließlich hatte er fünfhundert Jahre in den Mauern von Tíarma gelebt. Eilig schritt er an Gängen und Bögen vorbei, die zu den unterschiedlichen Flügeln des Palastes und der Festung führten. Der Festsaal, der Rosengarten in der Palastmitte, die Festungsmauern und die Wohnquartiere. Sie alle verschwammen vor seinem inneren Auge ineinander.

Nur ein einziges Mal hatte er auf diesen Steinen geweint. An dem Tag, an dem er zum Waisenkind geworden war und zum Mündel der Herrscherin.

Er gab sich alle Mühe, jetzt nicht ein zweites Mal zu weinen.

Cortael, mein Freund, ich habe dir gegenüber versagt. Ich habe Allwacht gegenüber versagt, Iona gegenüber. Und Glorian gegenüber nicht minder. Ich habe allem gegenüber versagt, was mir lieb und teuer ist.

Er erreichte den Thronsaal viel zu schnell. Die Türen waren doppelt so hoch wie er, aus Eschen- und Eichenholz geschnitzt, kunstvoll von unsterblichen Händen verziert. Die Embleme der vielen Enklaven durchzogen, ineinander verschlungen, das Holz, fließend wie Wasser. Da war der unerschrockene Tiger von Ghishan; der schwarze Panther von Barasa; ein am Himmel kreisender Habicht für Tarima; Hizirs geschmeidiger Hengst mit Sirandels schlauem Fuchs unter den Füßen; der Widder von Syrene mit seiner Krone aus gewundenen Hörnern; der auf die Hinterbeine aufgerichtete große Bär von Kovalinn; der Sandwolf von Salahae und Tirakrions Hai, Reihen von dolchscharfen

Zähnen im Maul. Zwei weitere Hirsche bäumten sich über den Tieren in die Höhe, die Brust nach vorn gereckt, das Geweih von unmöglicher Größe. Dom war vor Wochen aus diesen Türen getreten, mit Cortael an seiner Seite. Cortaels strenges Gesicht war voller Entschlossenheit gewesen, und sein Herz hatte noch geschlagen.

Ich wünschte, ich könnte in der Zeit zurückreisen. Ich wünschte, ich könnte sie warnen. Er knirschte mit den Zähnen. *Wenn ich doch nur wie die Sterblichen an etwas glauben könnte, denn dann würde ich ihre Seelen hier bei mir fühlen.*

Aber die unsterblichen Vedera glaubten nicht an Geister, und Dom stellte da keine Ausnahme dar. Als die Wachen die Türen aufstießen, betrat er den großen Saal allein, mit nichts und niemandem außer seiner Trauer.

Es war ein langer Weg bis zum Thron, über grünen, spiegelblank polierten Marmor. Auf beiden Seiten des Raums erhoben sich Säulen aus dem Boden und umrahmten Wandnischen und Statuen der Götter Glorians. Aber ihre Gottheiten waren weit entfernt, unerreichbar für alle Unsterblichen, die in der Wacht verblieben waren. Alle Gebete, die auf dieser Welt geflüstert wurden, blieben schon seit Tausenden Jahren ungehört.

Und trotzdem betete Dom.

Seine Tante und ihr Hofrat warteten am anderen Ende des Saals, wo sie auf einem erhöhten Podium saßen. Die beiden Männer, Cieran und Toracal, dienten als Stimme und Faust der Herrscherin. Der eine ein Gelehrter, der andere ein Krieger. Während Cierans Haar lang und von einem aschfarbenen Silberton war, hielt Toracal das seine kurz geschnitten, nur an den Schläfen zu kleinen Zöpfen aus Bronze und Grau geflochten. Sie trugen lange dunkelgrüne und silberne Gewänder über edler Seidenkleidung. Nicht einmal Toracal machte sich die Mühe, eine Rüstung anzulegen.

Das letzte Ratsmitglied war seine Cousine: Prinzessin Ridha, die Nachfolgerin der Herrscherin. Mit ihrem dunklen Haar und den dunklen Augen, breiten Schultern und kräftigen Knochen war sie das genaue Gegenteil ihrer Mutter. Wie immer trug sie ein Schwert an ihrer Seite.

Die Herrscherin selbst saß ruhig in ihrem weiten grauen Gewand da, dessen Säume mit juwelenbedeckten Blumen bestickt waren. Trotz der kühlen Temperaturen des Thronsaals gab sie sich nicht mit Fellen oder einem Umhang ab. Die meisten Herrscher der Enklaven trugen gerne Kronen, und ihre war schlicht, kaum mehr als Nadeln aus Quarz in ihrem blonden Haar. Ihre Augen waren hell und leuchtend, fast perlmuttfarben, und ihr Blick in weite Ferne gerichtet. Sie hatte das Licht fremder Sterne gesehen und war voller Erinnerungen an das verlorene Glorian.

Der frische Ast einer Esche lag quer über ihren Knien, seine grünen Blätter im weißen Morgenlicht silbern verfärbt. So wollte es der Brauch.

Ihr unerforschlicher Blick folgte Dom, als er näher kam, den Kopf gebeugt und außerstande, sie direkt anzusehen. *Sie durchschaut mich*, ging es ihm durch den Kopf, *wie sie mich schon mein ganzes Leben lang durchschaut hat.*

Er kniete vor ihrem Thron nieder, wenngleich seine schmerzenden Muskeln Protest einlegten. Nicht einmal ein Vedera war gegen Schmerz immun, ob körperlicher oder seelischer Natur.

»Ich werde dich nicht fragen, wie sie gestorben sind. Ich sehe, dass es schwer auf dir lastet, Neffe«, begann Isibel, die Herrscherin von Iona.

Dom versagte die Stimme. »Ich habe versagt, gnädige Herrin.«

»Du *lebst*«, zischte Ridha mit zusammengebissenen Zähnen. Trauer stand ihr ins Gesicht geschrieben.

Ich lebe, während andere gefallen sind, aus einem Grund, den ich nicht begreife. Die Bilder der Gefährten des Reichs flackerten vor seinem inneren Auge, und einige von ihnen verblassten bereits in seiner Erinnerung. Aber nicht die der Vedera und gewiss nicht das Cortaels, den Dom sein ganzes, sterbliches Lebens lang gekannt hatte.

Große Helden, in einem grausamen Gemetzel verloren, während Domacridhan weiterhin durch Allwacht wandelt.

Toracal beugte sich auf seinem Sitz vor und ließ seine blauen Augen forschend über den Prinzen schweifen. Er hatte Dom vor Jahrhunderten im Kampf mit Schwert und Bogen unterrichtet, ein rauer Soldat damals wie heute. Dom machte sich auf ein Verhör gefasst.

»Was ist mit der Spindel?«, wollte er wissen. Seine Stimme hallte im Thronsaal wider.

Es war, als würde er erneut von Schwertern durchbohrt und geschlagen werden. Scham überkam Dom, doch er trotzte dem Gefühl. »Bereits aufgerissen, als wir eintrafen, das Tor weit geöffnet. Es war eine Falle.«

Toracal schnappte nach Luft. »Und was ist herausgekommen?«

»Eine Armee, wie ich sie noch nie gesehen habe.« *Verbrannt und die Knochen gebrochen, aber noch immer am Leben. Wenn man sie überhaupt als lebendig bezeichnen konnte.* Ihre Hände zerfetzten ihn aufs Neue, schlitzten ihm den Leib auf, rissen seine Gefährten um ihn herum in Stücke. »Sie waren aus Fleisch und Blut, Menschen nicht ganz unähnlich, aber ...«

»Sie stammten nicht aus dieser Welt«, warf Cieran ein. Er suchte nach einer Erinnerung oder einem Fragment vergessenen Wissens. Seine Augen verdunkelten sich. Was immer er dabei gefunden hatte, es gefiel ihm nicht.

Die Herrscherin sah auf. »Diese Spindel führte zu den Aschenlanden, einer verbrannten und zerstörten Welt voller Schmerz und Raserei«, erklärte sie. Cierans und Toracals Gesichter erstarrten, ihre bleichen Wangen wurden weiß. »Ein Übertritt dorthin war bereits unmöglich, als die anderen noch geöffnet waren, denn diese Welt zerbrach und ihre Spindeln zerrissen. Übrig blieben halblebendige Wesen, von ihrer Qual in den Wahnsinn getrieben. Kaum mehr als Tiere, zerstörte Sterbliche, bis auf die Knochen gebrochen und verbrannt.«

»Es ist so, wie wir befürchtet haben«, murmelte Dom und

biss die Zähne zusammen, um sich einer noch schrecklicheren Wahrheit zu stellen. »Es ist nicht das Werk von Taristan vom alten Cor. Er ist nur ein Diener, das Werkzeug eines anderen.« Ihm stockte der Atem. »Das hier ist Entzweit. Das ist Er. Das ist das Lauernde.«

Allein schon die Namen waren wie etwas Böses in seinem Mund, verdorben und vergiftet, ungeeignet, um laut ausgesprochen zu werden. Die Reaktion der anderen war heftig. Cieran und Toracal rissen die Augen auf, während Ridha vor Schreck der Unterkiefer herunterklappte. *Sie glauben, ich sei wahnsinnig geworden.*

»Das Lauernde kann nicht in eine unzerstörte Welt übertreten«, sagte die Herrscherin leise, ihr Tonfall beschwichtigend. Doch in ihren Augen glänzte die Angst.

»Was nicht bedeutet, dass er nicht versuchen wird, sie zu zerstören«, zischte Dom. »Er hat vor, unsere Welt zu erobern.«

Die Herrscherin lehnte sich zurück. Die Eschenzweige zitterten in ihren bebenden Händen.

»Das Lauernde, der Zerrissene König von Entzweit, der Teufel des Abgrunds, der Gott zwischen den Sternen, die Rote Dunkelheit.« Sie holte keuchend Luft. Jeder seiner Namen sandte einen eisigen Schauder durch den Thronsaal. »Er ist ein Dämon, dessen einzige Liebe der Zerstörung gilt, und dessen Wesen nichts als der reine Abgrund ist.«

Mit purer Willenskraft zwang sich Dom, sich zu erheben. Seine Gedanken rasten, und er stellte sich weitere zerrissene Spindeln vor, weitere Armeen, weiteres Abschlachten und Blutvergießen, das sich über Allwacht ausbreitete. Aber er spürte auch Entschlossenheit in sich.

»Die Krieger dieser Welt, die Kämpfer der Vedera, können die Geschöpfe der Aschenlande und von Entzweit immer noch zurückschlagen, wie auch alles andere, was hindurchdringen mag«, sagte er und reckte das Kinn. »Aber wir müssen jetzt handeln. Cieran, schickt Nachricht an die anderen Enklaven. Toracal, Ridha, Eure Krieger …«

Isibel schürzte die Lippen.

Dom verstummte.

»Die Armee von Entzweit hat nicht viel zu bedeuten«, sagte sie und richtete den Blick dabei auf ihre Tochter. »Das Lauernde will *verschlingen*.« Ein weicherer Ausdruck trat in ihre Augen, als sich ihre Welt nun auf ihr einziges Kind verengte. »Die Spindeln sind Orte des Übertritts, aber sie bilden auch hohe Mauern zwischen den Welten. Finde genug von ihnen, reiße sie auf, und die Mauern stürzen unweigerlich ein. So hat *er* die Aschenlande erobert. Er hat deren Grenzen zerstört und die Welt an ihren Fundamenten aus den Angeln gehoben.« Sie umfasste den Ast fester, ihre Knöchel weiß wie Knochen. »Stellt euch das vor. Die Wacht und die Aschenlande, beide zerstört und dem Willen des Lauernden unterworfen.«

Ridha legte die Hand auf ihr Schwert. »Das wird nicht passieren.«

»Ich fürchte, das wird es«, antwortete ihre Mutter.

Flammende Hitze durchschoss Dom, trotz der Kühle des Saals. »Werft den Ast beiseite und greift nach dem Schwert«, verlangte er. »Ihr müsst die Enklaven benachrichtigen, genauso die Königreiche der Sterblichen. Ruft sie alle zusammen.«

Cieran atmete schwer aus. »Um was zu tun?«

Verzweifelt und zum Äußersten entschlossen, spürte Dom, wie seine Zähne aufeinanderschlugen und ihm ein Laut entfuhr, der fast schon ein Knurren war. »Um die Leichenarmee zu zerstören. Um die Spindel zu schließen. Um Taristan zu töten. Um das Lauernde in seine Hölle zurückzuwerfen. Um das alles zu *beenden*.«

Isibel erhob sich voller Anmut von ihrem Thron, und ihr Blick tanzte über Doms Wunden. Er erstarrte, als sie auf ihn zukam, die Hand nach ihm ausgestreckt. Mit dem Zeigefinger fuhr sie eine seiner Schnitte vom Haaransatz bis zum Kinn nach; er zog sich durch eine Seite seines Mundes und hatte seine Stirn in der Mitte aufgeschlitzt. Es war ein Wunder, dass er nicht eines seiner Augen verloren hatte.

»Es ist nicht unsere Art zu bluten«, flüsterte sie sichtlich bestürzt.

Eiseskälte erfüllte Domacridhan von Iona. Zum ersten Mal in seinem Leben empfand er Hass auf seinesgleichen. Es war sehr viel schlimmer, als er geglaubt hatte.

»Ihr habt Angst«, sagte er dumpf und funkelte sie anklagend an. »Ihr fürchtet Euch.«

Sie zuckte mit keiner Wimper. »Wir sind bereits geschlagen, mein Lieber. Und ich werde mein Volk nicht in den Tod schicken. Du wirst keinen Herrscher finden, der dazu bereit ist.«

Mögen die Götter dich verdammen, dachte er. Er ballte die Hände zu Fäusten. »Wir sterben, wenn wir nichts unternehmen. Wir sind Bewohner der Wacht genauso wie alle anderen.«

»Du weißt, dass wir das nicht sind«, betonte Isibel mit bekümmerter Stimme und schüttelte den Kopf. »Glorian wartet.«

Unwillkürlich stellte Dom fest, dass er die Sterblichen auf einmal beneidete. Sie tobten und schimpften und fluchten, verloren die Beherrschung und gaben sich blind ihren Gefühlen hin. Er wünschte, er könnte genauso sein.

»Glorian ist für uns *verloren*«, brachte er mit Mühe heraus.

Erneut streckte seine Tante die Hand nach ihm aus, aber Dom wich vor ihrer Berührung zurück wie ein bockiges Kind.

Er trat zu der geflügelten Statue Baleirs. Es hieß, der Kriegergott verleihe Mut und Tapferkeit. *Flöße diesen unsterblichen Feiglingen ein wenig davon ein,* fluchte er innerlich.

»Das Gleichgewicht der Spindeln ist höchst empfindlich. Unser Weg zurück ist verloren; sein Ort ist zerstört, und so sind wir dazu verdammt, unsere lange Ewigkeit hier zu verbringen.« Sie fuhr unbeirrt fort: »Aber solange Taristan auf seine Spindeln Jagd macht und sie aufreißt, wo er kann, werden die Grenzen durchlässiger. Weitere Spindeln werden auftauchen, sowohl neue als auch alte. Ich wünschte, es wäre anders, aber Allwacht wird zerfallen, und seine Spindeln werden brennen. Falls wir die Welt des Übertritts finden können – oder sogar Glorian selbst –, können wir *nach Hause* zurückkehren.«

Dom wirbelte vor Schreck herum. »Und die Wacht ihrem Schicksal überlassen?«

»Allwacht ist bereits verloren.« Ihre Züge verhärteten sich, wurden unnachgiebig wie Stein. »Du hast Glorian nie gesehen. Ich erwarte von dir nicht, dass du das verstehst«, setzte sie schwermütig hinzu und schritt zu ihrem Thron zurück.

Dom sah seine eigene Enttäuschung in Ridhas Augen gespiegelt, aber die Prinzessin bewahrte Stillschweigen, die Hände auf dem Schoß gefaltet. Langsam bewegte sie den Kopf, eins, zwei Zentimeter zu beiden Seiten. Ihre Botschaft war klar.

Tu es nicht.

Er schenkte ihr keine Beachtung. Seine Selbstbeherrschung brach zusammen.

»Was ich aber verstehe, ist, dass die Gefährten demnach umsonst abgeschlachtet worden sind.« Er wischte sich mit der Hand übers Gesicht, schabte Blut von seiner Haut und ließ es auf den Stein klatschen, feurig rote Sternchen spritzten auf grünen Marmor. »Und ich verstehe, dass Ihr ein Feigling seid, gnädige Herrin.«

Toracal fuhr mit gebleckten Zähnen in die Höhe, aber die Herrscherin bedeutete ihm mit einer Handbewegung, wieder Platz zu nehmen. Sie brauchte niemanden, der sie in ihrem eigenen Thronsaal verteidigte. »Es tut mir leid, dass du so denkst«, sagte sie sanft.

Stimmen und Erinnerungen tobten durch Doms Kopf und kämpften darum, gehört zu werden. Cortael, wie er mit brechenden Augen seinen letzten Atemzug tat. Die Vedera bereits gefallen. Taristans Gesicht, der rote Zauberer, die Armee aus Entzweit. Der Geschmack seines eigenen Blutes. Und dann, weiter zurück – Geschichten über Glorian, die legendären Helden, die die Wacht bereisten, diese mutigen, edlen Männer und Frauen. Ihre Größe, ihre Siege. Wie sie allen anderen Bewohnern dieser Welt an Kraft und Stärke überlegen waren. *Alles Lügen. Alles nichts. Alles verloren.*

Der Boden schien sich unter seinen Füßen zu bewegen, der

Marmor wie ein grünes Meer Wellen zu schlagen, als er nun vom Thron wegschritt, weg von der Herrscherin, weg von aller Hoffnung, die er für die Welt und für sich selbst gehegt hatte. Seine einzigen Gedanken galten Cortaels Zwillingsbruder und dem Verlangen, ihm sein elendes Lächeln mit dem Schwert aus dem Gesicht zu schneiden. *Ich hätte der Sache am Tempel ein Ende machen sollen. Entweder ihm oder mir ein Ende setzen. Dann hätte ich mir zumindest diesen Reinfall, diese Enttäuschung erspart.*

Isibel rief ihm nach, tausend Jahre Herrschermacht in ihrer Stimme. Und ein wenig Verzweiflung. »Was willst du schon tun, Domacridhan, Sohn meiner geliebten Schwester? Hast du etwa Corblut in deinen Adern? Oder die Spindelklinge in deinem Besitz?«

Dom schritt stumm weiter.

»Wenn nicht, bist du bereits besiegt!«, setzte sie hinzu. »Wir alle sind es. Wir müssen diese Welt ihrem Untergang überlassen.«

Der Prinz von Iona hielt nicht inne und schaute nicht zurück.

»Bessere Männer und Frauen als ich sind völlig umsonst gestorben«, sagte er. »Es ist nur gerecht, wenn ich das Gleiche tue.«

Später fand ihn Prinzessin Ridha in den Stallungen von Tíarma. Er erledigte energisch seine Arbeit, mistete Pferdeboxen aus und verteilte Heu, die Mistgabel in der Faust.

Es war leicht, sich in so einer stumpfsinnigen Tätigkeit zu verlieren, auch wenn sie mit so scheußlichen Gerüchen verbunden war. Er hatte sich nicht die Mühe gemacht, sich umzuziehen, sondern trug noch immer seinen zerfetzten Uniformrock und die ledernen Hosen. Selbst auf seinen Stiefeln klebte noch der Schlamm aus dem Tempel und vielleicht auch ein wenig geronnenes Blut. Sein Haar hatte sich gelöst, und blonde Strähnen klebten an der blutigen Hälfte seines Gesichtes. Ein bis zum letzten Tropfen entleerter Weinschlauch baumelte an seinem Gürtel. Dom fühlte sich genauso elend, wie er aussah, und er sah wahrhaftig elend aus.

Er spürte Ridhas Verurteilung, auch ohne sich zu ihr umzudrehen, daher sparte er sich die Mühe. Mit einem Grunzen spießte er einen Heuballen auf und warf ihn ohne Anstrengung in den Stall vor sich. Das Heu klatschte an die Steinwand und zerstob. In der Ecke blinzelte ein Hengst ungerührt.

»Du hast schon immer gewusst, wann du am besten den Mund hältst, Cousine«, sagte er höhnend und stieß erneut mit der Mistgabel zu. Er stellte sich vor, dass der nächste Ballen Taristan war und er ihm die Zinken in den Bauch rammte.

»Ich glaube, diese Lektion hast du verpasst«, antwortete sie. »Genau wie jene, bei der es um Feingefühl ging.«

Dom biss sich auf die Unterlippe, und wieder schmeckte er Blut. »Ich bin Soldat, Ridha. Ich kann mir den Luxus von Feingefühl nicht leisten.«

»Und nach was sehe ich aus?«

Seufzend drehte er sich zu der Frau um, die für ihn von allen Wesen auf der Welt einem Bruder oder einer Schwester am nächsten kam.

Ihr langes Kleid war verschwunden. Das Schwert trug sie noch immer an ihrer Seite, aber der Rest der Prinzessin hatte sich verändert. Sie hatte Seide gegen Stahl getauscht und juwelengeschmückte Locken gegen stramm geflochtene Zöpfe. Sie legte die Hände auf ihren Schwertgürtel und ließ sich von Dom in Augenschein nehmen. Ihr grüner Umhang von Iona fiel ihr über eine Schulter und verhüllte halb ihr Kettenhemd, den Brustpanzer und die Beinschienen. Ridha war die Erbin der Enklave, die Nachfolgerin der Herrscherin, und sie war so gut wie jeder andere im Kampf unterrichtet worden. Meist sogar besser. Ihre Rüstung stammte aus Meisterhand und war ihrer Gestalt perfekt angepasst. Sie bestand aus grün gefärbtem Stahl, war mit einem eingravierten Geweih geschmückt und glänzte im staubigen Licht der Stallungen.

Ein winziger Hoffnungsschimmer glomm in Doms Brust auf. Sein erster Impuls war, ihn zu ersticken.

»Wohin des Weges?«, fragte er vorsichtig.

»Du hast meine Mutter gehört: Sie will ihr Volk nicht in den

Tod schicken, ebenso wenig wie jeder andere Herrscher«, sagte sie und richtete sich die Panzerhandschuhe. Ihr schmales Lächeln nahm etwas Spitzbübisches an. »Ich hielt es für das Beste nachzuschauen, ob sie recht hat.«

Der Schimmer flammte immer heller und heller in ihm auf. Die Mistgabel fiel ihm aus den Händen, und Dom sprang auf seine Cousine zu, um sie zu umarmen. »Ridha ...«

Sie duckte sich unter seinem Arm weg. Selbst noch in voller Rüstung waren ihre Schritte leicht und flink. »Fass mich nicht an – du stinkst.«

Die kleine Stichelei störte Dom nicht im Geringsten. Sie hätte jetzt alles zu ihm sagen, alles von ihm verlangen können; eine gefährliche Erkenntnis. *Ich würde nackt durch die Straßen von Iona tanzen oder eine Sterbliche heiraten, nur damit sie mir hilft.* Aber Ridha verlangte keine Gegenleistung. Im tiefsten Herzen wusste Dom auch, dass sie das niemals tun würde.

»Ich werde zuerst nach Sirandel reiten«, erklärte die Prinzessin. Sie eilte schnellen Schrittes den Gang entlang, und Dom war gezwungen, ihr zu folgen. Mit geübtem Auge begutachtete sie die Pferde, suchte in jeder Box nach einem Ross, das schnell genug wäre, um ihren Anforderungen zu entsprechen. »Sie haben drei der ihren an diese Ungeheuer verloren. Und die Füchse können so heißblütig sein. Es hat wohl irgendwie mit dem roten Haar zu tun.«

Eilfertig trat der Prinz an die Wand mit dem Sattel- und Zaumzeug und wuchtete sich einen Sattel auf die Schulter. Das edle geölte Leder glänzte. »Ich werde mit Salahae den Anfang machen. Die Sandwölfe laufen nicht vor einem Kampf davon.«

Ridha riss ihm den Sattel weg. »Überlass die Enklaven mir. Ich traue deinen Überredungskünsten nicht.«

»Wenn du glaubst, ich würde hierbleiben, bist du wahnsinnig«, erklärte er und trat ihr in den Weg. Wieder wich sie ihm aus. Am unteren Ende des Gangs versammelten sich die Stallburschen, um ihr Gezänk zu verfolgen. Dom hörte sie flüstern, schenkte ihnen aber keine Beachtung.

»Das habe ich auch nicht gesagt«, erwiderte Ridha in tadelndem Tonfall. »Eine Armee aufzustellen, um gegen die Spindeln zu kämpfen, ist schon schwierig genug – vielleicht sogar unmöglich. Aber darüber hinaus geht es auch darum, sie wieder zu schließen, denn das müssen wir, wenn wir auch nur die geringste Hoffnung haben wollen, Allwacht zu halten.«

Ridhas Suche endete vor einer vertrauten Box, in der das Pferd ihrer Mutter wartete. Das Tier war pechschwarz, in den Wüsten von Ibal speziell für hohes Tempo gezüchtet. Eine Sandstute. Ridhas Augen blitzten grün auf – ein seltener Anblick –, dann wandte sie sich wieder ihrem Cousin zu. Sie nahm seine Hand.

»Du brauchst Corblut und eine Spindelklinge.«

Das Bild eines jungen Gesichts tauchte vor ihm auf, mit freundlichen und warmen Augen, einen grün-goldenen Uniformrock über seinem Kettenhemd. *Der Knappe. Andry Trelland. Ein Sohn von Ascal.*

»Die Klinge kann ich finden«, sagte Dom mit grimmiger Entschlossenheit. *Hoffe ich jedenfalls.*

Ridha legte ihre dunkle Stirn in Falten. »Wie das? Im Gewölbe haben sich nur zwei befunden, und Taristan hat sie beide geraubt. Die anderen Enklaven haben keine ...«

»Die Klinge kann ich finden«, wiederholte er, seine Stimme voll fester Entschlossenheit.

Ridha musterte ihn einen Moment lang forschend, dann nickte sie langsam. Dom konnte nur inständig hoffen, dass sie mit dem Vertrauen, das sie ihm da schenkte, auch recht hatte.

»Aber das Blut«, seufzte er und lehnte sich an die Wand. Er fuhr sich mit der Hand übers Gesicht und vergaß zum ersten Mal seit Verlassen des Tempels seine Wunden. Er vergaß sie nicht lange. Sein Gesicht brannte sofort schmerzhaft, und er fluchte leise. »Cortael war der Letzte in der Linie seines Blutes. Alle anderen, *falls* es denn andere gibt ... Wir verfügen über keinerlei Möglichkeit, sie aufzuspüren. Es wird Monate dauern, *Jahre*, um einen anderen Zweig seines Stammbaums zu finden.

Die Söhne und Töchter des alten Cor sind nahezu völlig ausgestorben.«

»Söhne und Töchter«, grübelte Ridha und verzog die Lippen zum Anflug eines Grinsens. Sie trat in die Box der Sandstute und strich mit der Hand über die Kruppe des Tieres. Das Pferd stieß zur Begrüßung ein leises Wiehern aus. »Ihre Zahl ist gering, das stimmt. Aber Cortaels Abstammungslinie soll zu Ende sein? Es gibt Dinge, die er nicht einmal dir verraten hat, Cousin.«

Trotz der ernsten Umstände gönnte sich Dom ein seltenes Grinsen. »Oh, glaub mir, ich weiß von deinem Techtelmechtel mit dem Sterblichen. Wie übrigens halb Iona.«

»Ich bin nicht die einzige Frau, ob Vedera oder Sterbliche, die mit Cortael vom alten Cor das Lager geteilt hat.« Sie lachte, doch es klang flach und dumpf. Cortaels Tod war eine Last, die nicht nur Dom zu tragen hatte. Er konnte das nur zu deutlich sehen: Die Bürde des Verlusts hing ihr seltsam schief auf den Schultern, wie eine schlecht sitzende Rüstung. Sie war sie nicht gewohnt. Die wenigsten Vedera waren dergleichen gewohnt. Die meisten von ihnen wussten nicht, wie es war, zu sterben oder seine Geliebten an den Tod zu verlieren.

Er zuckte zusammen, als sie die nicht gezeichnete Seite seines Gesichts berührte. Ridhas Finger waren kühl und sanft trotz der Schwielen von Jahrhunderten. Erneut packte ihn der Kummer, nicht seiner eigenen Notlage wegen, sondern im Gedanken an seine Cousine, die allein durch die Wacht würde reiten müssen.

»Fasse Mut, Domacridhan«, sagte sie, weil sie seine Betrübnis falsch deutete. »Die Vedera sind nicht die Einzigen, die die Abstammungslinien des alten Cor zurückverfolgen.«

Ridha, die bei Gelehrten und Diplomaten in die Schule gegangen war, war in der Bibliothek stets schneller gewesen als er. Er sah ihr lange Sekunden in die Augen, bevor die Woge der Erkenntnis über ihm zusammenschlug. Angewidert rümpfte er die Nase und angesichts dessen, was sie da andeutete, meldete sich ein flaues Gefühl in seinem Bauch und sein Magen krampfte sich zusammen.

»Das ist doch idiotisch«, protestierte er.

Sie hielt ungerührt die Stellung, den Rücken der Stute zugewandt. »Nun ja, dann ist es eine gute Sache, dass wir keine Idioten sind. Zumindest jedenfalls bin ich keine Idiotin.«

»Das mache ich nicht.« Er schüttelte seinen goldblonden Kopf. »Ich traue ihnen nicht.«

Ihre Lider flackerten entnervt.

»Wir wussten nichts von Taristan, und sieh dir nur an, wo uns das hingeführt hat«, murmelte sie zähneknirschend. »Du kannst jede Schriftrolle in der Bibliothek durchstöbern, du kannst Cieran den Schädel aufbrechen und in dessen Inhalt wühlen, aber du wirst auf diese Weise niemals rechtzeitig ein anderes Corblut finden. Und du wirst auch Cortaels Kind nicht ausfindig machen. Dafür hat er selbst gesorgt.«

Wieder krampfte sich Doms Magen zusammen.

»Ein Kind«, stieß er ungläubig hervor. *Ein Bastard*, begriff er. *Cortael war unverheiratet gewesen – oder etwa nicht? Gibt es noch mehr, was ich nicht über meinen Freund gewusst habe? Mehr, was er nicht erzählte, entweder aus allzu großer Scham oder wegen allzu geringem Vertrauen?* Obwohl der Sterbliche tot und verloren war, zum Verwesen im Schlamm liegen gelassen, verspürte Dom eine neue Welle der Traurigkeit und zudem zornige Verbitterung.

»Lass das – wir haben keine Zeit zum Trübsal blasen«, sagte Ridha mit scharfer Stimme.

Er verzog gequält die Stirn. »Es stimmt nicht, dass ich Trübsal blase.«

»Du tust das jetzt schon seit *Jahren*«, blaffte sie. »Cortael hatte sich bereits weit durch den Weinkeller gearbeitet, als er es mir eines Abends erzählt hat. Und als es passiert ist, war er selbst noch kaum mehr als ein Kind.«

»Ich wünschte, ich hätte es gewusst.« Ein weiteres Mal wollte Dom an Geister glauben.

Ridha biss sich auf die Unterlippe. »Du weißt doch, wie er … war«, sagte sie und hatte sichtliche Mühe, in der Vergangenheitsform von ihm zu sprechen.»Ein Mensch, der sich für einen Vedera gehalten und getan hat, was immer er konnte, um auch den Rest von uns davon zu überzeugen. Es kam für ihn nicht infrage, derartige Fehltritte, wie sie für Sterbliche typisch sind, einzugestehen. Er hat sich so sehr gewünscht, wie wir zu sein.«

In der Tat, Dom wusste das nur zu gut. Schon als Junge hatte Cortael gegen seine eigene Natur angekämpft. Er hatte versucht, Wunden oder Kälte oder Hunger keinerlei Beachtung zu schenken. Hatte sich geweigert zu schlafen, weil Vedera oft keine Müdigkeit verspürten. Sein Vederisch war ebenso gut gewesen wie das jedes anderen in der Enklave. Sogar geträumt hatte er in ihrer Sprache – das wusste Dom von ihm selbst. *Wir waren Brüder, von seiner Sterblichkeit einmal abgesehen. Wäre da nur sein Blut nicht gewesen, sein verdammtes Blut, das schließlich sein Ende bedeutet hat.*

»Mehr weiß ich nicht darüber.« Ridha legte ihm die Hand auf den Arm und riss ihn aus seinen Erinnerungen. »Aber sei versichert, *sie* wissen mit Sicherheit mehr.«

Wie ein Kind, das gescholten wird, um es dazu zu bewegen, etwas Gesundes zu essen, willigte Dom schließlich ein. »Na schön. Dann mache ich das.« *Angesichts der geringen Erfolgsaussichten bin ich jetzt schon vollkommen erschöpft.*

Sie zog eine Braue schräg und musterte ihn, so wie sie einen Heranwachsenden von hundert Jahren begutachten würde, der sich gerade zum ersten Mal auf den Übungshof begibt. »Hast du irgendeine Vorstellung, wo du anfangen willst?«

Dom richtete sich zu seiner vollen, bedrohlichen Größe auf. Seine Körpermasse füllte die ganze Tür der Pferdebox. »Ich glaube schon, dass ich irgendjemanden von den Meuchelmördern aufspüren und eine Antwort aus ihm herausprügeln kann, besten Dank.«

»Gut, aber vielleicht solltest du zuerst mal einem Heiler einen Besuch abstatten«, entgegnete sie und zupfte angewidert an seinem Hemd. Dann rümpfte sie die Nase. »Und wasch dich mal ordentlich.«

Er antwortete mit einem schiefen Lächeln und trat zur Seite, sodass sie sich ihrer Sandstute widmen konnte. In Windeseile hatte Ridha sie gesattelt und reitfertig gemacht. Viel zu schnell für Doms Geschmack, selbst in der gegenwärtigen Situation. Er sah seiner Cousine die ganze Zeit über zu, und sie erwiderte seinen Blick, bedingungslos entschlossen. Er fragte nicht nach, ob sie nicht vielleicht auf einen geheimen Befehl ihrer Mutter hin davonritt, all deren Beteuerungen im Thronsaal ungeachtet. Oder ob, was sie da machte, Ungehorsam war, wenn nicht gar Verrat. Wie auch immer sie ausfiel, er wollte die Antwort nicht wissen.

»Ich wünsch dir einen guten Ritt, Cousine«, sagte er. All die Schrecklichkeiten der Welt, alles, was er erst Tage zuvor selbst erlebt hatte, wurde in seinen Gedanken wach und wollte sich mit seinen widerwärtigen Händen und Kiefern über die liebe Ridha hermachen. *Sie wird nicht fallen, so wie all die anderen. Ich werde nicht noch jemanden verlieren*, versprach er sich.

Aber du wirst nicht bei ihr sein, antwortete seine eigene Stimme. Sie durchlief ihn wie ein kalter Schauder.

Ridha bemerkte es entweder nicht, oder sie war so freundlich, seine Angst nicht anzusprechen. Sie schwang sich mühelos in den Sattel mit der Geweihverzierung, und die Sandstute trat unter ihr ungeduldig von einem Huf auf den anderen. Sie konnte es offensichtlich gar nicht erwarten loszugaloppieren.

»Ich reite immer gut«, gab sie zurück, und ihre dunklen Augen strahlten bei der Aussicht auf ihre Reise. Und ihrer großen Aufgabe.

Wieder wünschte Dom, er hätte sich jetzt auf die Weise der Sterblichen ausdrücken können. Hätte seine Cousine umarmen und ihr sagen können, wie viel ihm ihr Glaube und ihr Handeln bedeuteten. Gefühle wallten in ihm auf, schnürten ihm die Kehle zusammen und drohten, ihn zu ersticken. »Danke«, war alles, was er herausbrachte.

Ihre Antwort war so schneidend wie ihr Schwert. Er hätte auch nichts Geringeres erwartet. »Danke mir nicht dafür, dass ich tue, was recht ist. Selbst wenn es zugleich ziemlich dumm ist.«

Dom neigte den Kopf, trat aus dem Stall und machte den Weg für sie frei.

Aber sie verharrte mit einem Fuß im Steigbügel, ihre Augen am Hals des Pferdes, während ihr Blick unstet hin und her ging. »Ich wusste nicht, dass er einen Zwillingsbruder hatte«, murmelte sie fast unhörbar. »Ich wusste es nicht – meine Mutter hat sie voneinander getrennt.«

»Ich wusste es auch nicht«, antwortete Domacridhan. Wie Ridha mühte er sich verzweifelt zu verstehen, scheiterte aber. »Er auch nicht, bis dieses Ungeheuer aus dem Nebel aufgetaucht ist.«

»Ich bin mir sicher, sie hat geglaubt, es sei das Richtige. Ziehe den einen groß, schütze ihn. Schaffe nur einen einzelnen Erben für das alte Cor. Lass keinen Raum für Konflikte. Um der Wacht willen.«

Auch wenn Dom jetzt nickte, konnte er ihr doch nicht zustimmen. Nicht im Herzen. Die Herrscherin hatte es für sich selbst getan, für Glorian. Und für nichts und niemanden sonst.

Mit stählernem Willen sprang Ridha in den Sattel. Sie sah zu ihm herab, grimmige, stolze Kriegerin mit Haut und Haar. »Möge Ecthaid mit dir sein.« Der Gott der Straße, der Reisen, der verlorenen und wiedergefundenen Dinge.

Er nickte zu ihr hinauf. »Und sei Baleir mit dir.«

Auf Baleirs Schwingen ritt sie nach Westen.

Nachdem er sich umgezogen und sich den Dreck vom Leib gewaschen hatte, ritt Domacridhan von Iona gen Süden. Niemand hielt ihn auf, und niemand sagte ihm Lebewohl.

5

Handel mit dem Sturm

Sorasa

Ihr Schwert war noch im Gasthaus am Hafen, zusammen mit ihrer übrigen Ausrüstung unter einem losen Dielenbrett versteckt. Sie brauchte nur ihren Dolch. Seine Bronzeklinge leuchtete matt im dunklen Schlafzimmer eines mächtigen Großkaufmanns. Sie stand geduldig über ihm und zählte seine Atemzüge. Er schlief unruhig, hatte ein Doppelkinn wie ein fetter Hund, und sein Atem rasselte durch gelbe Zähne. Seine Frau schlummerte im Bett neben ihm, eine dunkelhaarige Schönheit und fast noch ein Kind. Sorasa schätzte sie auf sechzehn. Wahrscheinlich die dritte oder vierte Frau des Kaufmanns.
Ich tu dir einen Gefallen, Mädchen.
Dann schlitzte sie ihm die Kehle auf, und ihre vielbeschäftigte Klinge vollzog den Schnitt ganz mühelos.
Aus seinen Lippen drang ein Gurgeln. Sie legte ihm die Hand auf den Mund und drehte ihn auf die Seite, damit das Blut nicht zu seiner Frau hinüberfloss und sie weckte. Sobald der ihr wohlvertraute Prozess des Verblutens abgeschlossen und der Kaufmann tot war, schnitt sie ihm das linke Ohr und den linken Zeigefinger ab und warf beides auf den Boden. Das Markenzeichen von Sorasa Sarn für alle, die wussten, wonach sie Ausschau halten mussten. Es machte unmissverständlich klar, dass sie und niemand anderes diesen Meuchelmord begangen hatte.
Die junge Ehefrau des Kaufmanns schlief seelenruhig weiter.
Das stetige Tropfen des Blutes war lauter als Sorasas Schritte, als sie zum Balkon zurückging, ihre Peitsche entrollte und sich auf die Mauer am anderen Ende des Hofs hinüberschwang.

Sie hockte sich auf den blassrosa Stein und stützte sich mit den Händen ab, um nicht das Gleichgewicht zu verlieren. Die Obstbäume des Gartens verbargen sie gut, während sie ihren Augen die nötige Zeit ließ, um sich an das grelle Mittagslicht zu gewöhnen. Die Hitze hatte die Wachen des Kaufmanns träge gemacht, und gerade drehten sie ihre Runden auf der anderen Seite des Hofs. Sie nutzte die Gelegenheit, sich in das menschenleere Gässchen unter sich fallen zu lassen. Hier gab es nur wenig Schatten.

Die unbarmherzig herabbrennende Sonne stand hoch oben am Himmel. Es war ein trockener Sommer an der Langen See, eigentlich untypisch für die Jahreszeit, und selbst in den wohlhabendsten Straßen von Byllskos war die Luft voller Staub. Die Hauptstadt von Tyriot, die gewöhnlich durch den vom Meer her wehenden Wind gekühlt wurde, brannte in der Hitze. Aber Sorasa litt kaum unter dem heißen Wetter. Ihr Leben hatte in den Wüsten von Ibal begonnen, und ihre Mutter stammte aus dem Allwald, ein Kind von Rhaschir. Sorasa war sowohl für die trockene Grausamkeit der Wüste als auch für die drückend schwülheiße Luft des Dschungels geboren. *Diese Leute hier wissen gar nicht, was Sonne ist*, dachte sie, als sie die gewundenen Gassen hinunter in Richtung Hafen lief.

Sie ging gemessenen Schrittes und in exakt gleichmäßigem Tempo. Zwischen den Wänden der Häuser, alle mit Blick auf den berühmten Hafen, blitzte immer wieder das blaue Wasser der Meerengen von Tyri auf. Nur der Palast des Seeprinzen erhob sich höher als die anderen Gebäude, seine rosafarbenen Türme und rotgekachelten Dächer ein Farbrausch wie ein Strauß Cor-Rosen.

Sorasa ließ ihren Blick über den großen Hafen von Tyriot schweifen, dessen berühmte Piers in die Meerenge hineinragten wie die Arme eines Tintenfischs. Eine Handelsgaleere würde sie fortbringen. Von Sorasa Sarn würde keine Spur zurückbleiben.

Zumindest keine, die ich nicht absichtlich hinterlassen habe, dachte sie und verzog zufrieden die Lippen.

Wie ein Schatten bewegte sie sich hinunter in den Tempelbezirk, zog Schlangenlinien an Schreinen mit Kupppeldach und den Göttern gewidmeten Türmen vorbei. In Anbetung versunkene Priester drehten ihre Mittagsrunden, gefolgt von Bauern und Seeleuten, die die Hände nach dem Segen der Götter von Allwacht ausstreckten.

Das Haus des Kaufmanns lag schon ein ganzes Stück hinter ihr, als der Alarm ertönte, ein erstickter Aufschrei von Wachen, die nach den Stadtwächtern riefen. Irgendwo zwischen den Villen blies eine Trompete. Sorasa musste grinsen, als das Trompetensignal plötzlich durch das Glockengeläut übertönt wurde, das von Meiras Hand herabdrang – ein hoch aufragender Turm, der ganz der Göttin der Meere gehörte. Seeleute sehnten sich nach Meiras Barmherzigkeit, Fischer nach ihren Gaben.

Sorasa sehnte sich lediglich nach der Glocke und der Menschenmenge, denn sie waren wie eine Mauer zwischen ihr und dem Toten in seinem Bett.

Die Menge bewegte sich in einem steten Strom; die meisten folgten Meiras blauen Priestern die zentrale Durchgangsstraße hinunter, die Byllskos in zwei Teile zerschnitt. Sie würden bald den Hafen erreicht haben, und noch dazu war Markttag.

Das perfekte Chaos, um sich ohne Mühe darin zu verlieren, dachte Sorasa. *Alles genau nach Plan.*

Sie bahnte sich trittsicher ihren Weg durch die Massen, ließ sich von der Meute und ihrem Gestank nicht stören. Byllskos war eine geschäftige Stadt voller Leben, aber verglichen mit Almasad und Qaliram in Ibal, wo Sorasa den größten Teil ihrer dreißig Jahre auf der Wacht zugebracht hatte, war Byllskos ein Dorf. Inzwischen vermisste sie die Straßen aus gebranntem Ziegelstein und die bunten, weitläufigen Märkte, die gemusterte Seide, den Himmel, blau wie Türkis, den Duft von wohlriechenden Blüten und Gewürzbazaren, den großen Tempel der heiligen Lasreen und den Schatten des Palmenwegs. Aber alles verblasste gegenüber der Erinnerung an die Sandsteinzitadelle auf den Klippen der Steilküste, mit dem versteckten Tor und dem peitschenden Salzwind, dem einzigen Zuhause, das sie je gekannt hatte, ihre Heimat von Kindesbeinen an.

Sie spürte die Veränderung in der Luft über sich, einen Sekundenbruchteil bevor eine Hand sie umklammerte, mit eisernem Griff den Muskel zwischen ihrem Hals und ihrer Schulter umpackt hielt. Finger krallten sich bohrend in ihre Haut, und stechender Schmerz durchzuckte sie.

Indem sie sich schnell bückte und herumfuhr, entwand sich Sorasa geschickt aus dem ihr wohlbekannten Klammergriff, gegen den sie sich schon vor Jahren zu wehren gelernt hatte. Mit gebleckten Zähnen funkelte sie ihren Angreifer böse an.

Doch er griff gar nicht an.

»Garion«, zischte sie. Um sie herum dünnte sich die Prozession von frommen Gottesfürchtigen mehr und mehr aus.

Wie sie hatte sich der Mann eine Kapuze übergezogen, aber Sorasa brauchte sein Gesicht nicht deutlich zu sehen, um ihn zu erkennen. Garion war größer als sie, seine Haut selbst im Schatten hellweiß. Trotzdem fiel ihm eine Locke schlammbraunen Haares über seine dunklen Augen, wie sie es schon getan hatte, als er noch ein Junge war. Anders als ihre schlichten erdfarbenen Kleider, über die ein Auge leicht hinwegglitt, waren sein Uniformrock und sein Umhang grellbunt. Scharlachrot mit eingesticktem Silber ließ sich unmöglich ignorieren. Er grinste höhnisch.

»Ich hätte dich nicht für eine Diebin gehalten, Sarn«, zischte er auf Ibaletisch. Obwohl er das Ibaletische schon als junger Mensch gelernt hatte, war es doch nicht seine Muttersprache, und er sprach immer noch mit einem seltsamen Akzent.

Sorasa machte eine wegwerfende Handbewegung. Die schwarzen Tätowierungen auf ihren Fingern entsprachen genau den seinen.

»Vielleicht müsstest du deinen moralischen Kompass mal anpassen«, antwortete sie. »Ich habe dir das Töten eines Mannes vorweggenommen, und es ist der Diebstahl, der dich daran stört?«

Garion schob verdrießlich die Lippen vor. »Bei den Spindeln, Sorasa«, fluchte er. »Es gibt Regeln. Ein Auftrag der Gilde wird immer nur einer einzelnen Person erteilt.«

Grundsätze wie dieser hatten sich tiefer in sie eingegraben als jede Tätowierung oder Narbe. Sorasa hätte jetzt am liebsten die Augen verdreht, aber sie hatte schon vor langer Zeit gelernt, ihren Gesichtsausdruck zu kontrollieren und Gefühle zu verbergen.

Stattdessen drehte sie sich auf dem Absatz um und eilte davon. »Neid steht dir nicht gut zu Gesicht.«

Wie erwartet, folgte er ihr schnell. Es erinnerte sie an andere Zeiten. Aber diese Zeiten waren lange vorüber, und sie ballte die eine Hand zur Faust, während sie die andere um den Dolch an ihrer Hüfte schloss. Sollte er eine Waffe ziehen, war sie bereit.

»Ich soll neidisch sein? Sicher nicht«, sagte Garion mit zusammengebissenen Zähnen. Die beiden bahnten sich geschickt einen Weg durch die dichter werdende Menge, als sie wieder zu der Schar von Meiras gläubigen Anbetern aufschlossen. »Du bist benannt und mit dem Zeichen versehen worden. Keine noch so große Menge Blut wird umschreiben, was bereits geschrieben ist.«

Die lange Tätowierung auf ihren Rippen juckte plötzlich, die letzte Zeichnung noch kein Jahr alt. Im Gegensatz zu den vielen anderen Segnungen und Trophäen hatte man sie ihr gegen ihren Willen verpasst.

»Danke, dass du mir sagst, was ich schon weiß«, antwortete sie und warf Garion einen Blick zu, der so vernichtend war, dass er eigentlich auf der Stelle hätte tot umfallen müssen. »Geh zurück in die Zitadelle. Geh in deinem Käfig auf und ab, bis dir ein weiterer leichter Mord in den Schoß fällt. Und auch diesen werde ich dir rauben.«

Wiewohl ihr Gesicht reglos blieb, lachte Sorasa insgeheim. Sie würde nicht erwähnen, dass sie nicht nur schon über seinen nächsten Mordauftrag Bescheid wusste, sie wusste auch genau, wie sie ihm dabei zuvorkommen würde.

»Sei vorsichtig, Sarn«, warnte er sie. Sie hörte ein Zittern des Bedauerns in seiner Stimme. *Er ist schon immer fürchterlich schlecht darin gewesen, seine Absichten zu verbergen. So sind die Männer nun mal.* »Fürst Merkurius ...«

Sorasa ging weiter, ohne innezuhalten. Ihre Wangen überlief es warm. Sie fürchtete wenige Menschen auf der ganzen Wacht. Fürst Merkurius war der oberste Name auf einer sehr kurzen Liste.

»Geh nach Hause, Garion«, blaffte sie, ihre Stimme schneidend genug, um Blut fließen zu lassen. Sie wünschte sich sehnlich, ihren einstigen Freund und Verbündeten loszuwerden. Diese Straße ging man besser allein.

Er fuhr sich mit der Hand über den Bart und zog sich frustriert die Kapuze vom Kopf. Schweißperlen standen auf seiner bleichen Stirn, und seine Wangen waren von einem frischen Sonnenbrand gerötet. *Ein Junge aus dem Norden, selbst jetzt noch,* ging es Sorasa durch den Kopf. Jahrzehnte in der Wüste hatten seine Haut nicht zu verändern vermocht.

»Das ist eine Warnung«, sagte er mit verbissener Miene und zog seinen Umhang auf. An seinem Gürtel glitzerte ein Dolch wie ihr eigener, mit einem Griff aus schwarzem Leder über abgenutzter Bronze. Er hatte auch ein Schwert bei sich, dem seine Hand für ihren Geschmack viel zu nah war. Sie bedauerte den Umstand, dass ihr eigenes Schwert in einem schäbigen Zimmer versteckt war.

Eine halbe Meile bis zum Gasthaus, dachte sie. *Du bist schneller als er.*

Ihre Hand bewegte sich verstohlen davon, Finger schlossen sich um vertrautes Leder. Es war wie ein erweiterter Teil ihres Körpers.

»Möchtest du die Sache denn hier erledigen?« Sie deutete mit dem Kopf auf die Menge aus Priestern und Gläubigen. »Ich weiß, es macht dir nichts aus, aber ich ziehe es vor, kein Publikum zu haben.«

Garions Blick wanderte von ihrem Gesicht hin zum Dolch,

wog beides gegeneinander ab. Sie beobachtete seine Körpersignale ganz genau. Er war noch immer so dünn, wie sie ihn in Erinnerung hatte. Das Schwert an seiner Hüfte war schlank, eine leichte Klinge aus gutem Stahl. Er war kein Raufbold wie so manche der Männer und Frauen, mit denen sie beide damals trainiert hatten. Nein, Garion war ein eleganter Schwertkämpfer, der Typ Meuchler, mit dem man sich präsentierte, der sich auf der Straße Duelle lieferte. Um eine Botschaft auszusenden. Mit Sorasa war das ganz anders: ein Messer im Schatten, Gift an einem Becherrand. Ihre Muskeln spannten sich an, während ihr blitzschnell ihre Möglichkeiten durch den Kopf wirbelten. *Kniekehle. Den Muskel durchtrennen und dann im Fallen die Kehle. Dann rennst du weg, noch bevor er im Dreck gelandet ist.*

Sie wusste, dass Garion sie auf die gleiche Weise beobachtete. Sie starrten einander noch für einen weiteren Moment an, zwei halb eingerollte Schlangen mit gebleckten Giftzähnen.

Garion blinzelte als Erster. Er bewegte sich behutsam zurück, die Hände geöffnet. Die Wolke der Anspannung, die zwischen ihnen hing, löste sich auf. »Du solltest besser verschwinden, Sarn«, sagte er.

Sie legte den Kopf in den Nacken und richtete den Blick der Sonne am Himmel entgegen. Nun nicht mehr im Schatten ihrer Kapuze, war ihr Gesicht jetzt offen zu sehen. Ihre schwarz umrahmten Augen reflektierten das Licht der Sonne, sodass sie blitzten wie flüssiges Kupfer. *Tigeraugen*, hatten die anderen immer gesagt, als sie noch ein kleines Mädchen gewesen war. Garions Blicke kamen ihr vor wie Finger auf ihrer Haut. Sie ließ ihn sehen, wie sehr sich das lange letzte Jahr in ihr Fleisch gegraben hatte. Sie hatte Ringe unter den Augen, wie blaue Flecken, ihre Wangenknochen traten spitzer hervor, ihre dunkle Stirn war verkniffen. Sie hatte die Kiefer fest zusammengebissen, reglos und abweisend. Sorasa war von Kindesbeinen an ein Raubtier in Menschengestalt gewesen. Und nie war es ihr stärker anzusehen gewesen als jetzt.

Sein Adamsapfel hüpfte auf und ab, als er zurücktrat. »Nur wenige von uns bekommen die Möglichkeit, einfach wegzugehen.«

»Nur wenige wollen diese Möglichkeit, Garion«, erwiderte sie und hob die Hand zum Abschied.

Die Menge hatte ihn sofort verschlungen.

Ich werde den Gestank dieser Kaschemme nie wieder aus meinen Kleidern herausbekommen, dachte sie trübsinnig, als sie das urintriefende Gasthaus hinter sich ließ. Ihr Bündel hing an ihrer Seite, Schwert und Peitsche rechts und links an ihrer Hüfte, beide gut unter ihrem alten Reiseumhang versteckt. Heute verströmte er einen merkwürdigen Geruch, nach Salz und Vieh und Gartenfrüchten, und das alles überdeckt vom Fischgestank. Sie sehnte sich nach den Tagen zurück, als sie ihr kleines, ruhiges und sauberes Zimmer in der Zitadelle als sichere Zuflucht gehabt hatte, mit kühlen Steinmauern, einem hohen Fenster und der Stille von Jahrhunderten, um ihr Gesellschaft zu leisten. Hier war es anders.

Umso besser, das wusste sie. *Zwietracht ist ein besserer Schutzschild als ein Schild aus Stahl.*

Eine bunte Mischung aus Matrosen, Kaufleuten, Bettlern und Reisenden bevölkerte die Straßen des Hafenviertels und zwang sie, ihre Schritte zu verlangsamen. Das Schreien und Brüllen von Tieren und der Aufruhr stampfender Hufe verdoppelten das übliche Chaos. Es war gerade Marktzeit für die Herden aus den umliegenden Gebieten, und die Marktplätze um den Hafen herum waren zu Pferchen umfunktioniert worden, die Tausende schnaubender, bockender, schwitzender Stiere und Kühe beherbergten, die allesamt darauf warteten, gekauft und in anderen Ländern entlang der Langen See weiterverkauft zu werden.

Sie dachte an die Wachen und Wächter oben auf dem Hügel, die immer noch die Straßen nach einem heimtückischen Mörder durchsuchten. Die das Gesicht eines jeden Mannes und eines jeden Knaben genaustens in Augenschein nahmen, der einen Fuß in das Viertel setzte.

Mit einem Lächeln schlug sie ihre Kapuze zurück, sodass vier ineinander verflochtene schwarze Zöpfe sichtbar wurden. Ein Kribbeln lief ihr über den Rücken, weil sie so ungeschützt durch die Straßen ging, aber sie genoss das Gefühl der Sonne im Gesicht.

Zum zweiten Mal an diesem Tag packte sie jemand an der Schulter.

Wieder bückte sie sich schnell und versuchte, sich zu entwinden, in Erwartung Garions, eines einfältigen Matrosen oder eines Wachpostens mit besonders scharfen Augen. Aber die gut einstudierte Bewegung vermochte den Griff des Mannes nicht zu lockern, genauso wenig wie der nachfolgende gut platzierte Hieb in seinen Magen. Sein Leib war unter ihrer Hand wie Stein, und das lag nicht an einer etwaigen Rüstung oder einem Kettenhemd. Ihr Angreifer ragte hoch über ihr auf, offenbar doppelt so groß wie sie und mit der Haltung eines Mannes, der wusste, wie man kämpft.

Du bist zweifellos nicht Garion.

Sorasa reagierte, wie man es sie gelehrt hatte. Eine Hand fuhr an den Verschluss an ihrem Hals, die andere in einen Beutel an ihrem Gürtel. Eine schnelle Handbewegung, und schon stob zu ihren Füßen eine Wolke aus beißendem blauem Rauch in die Höhe wie ein schützender Mantel, während der Umhang ihr von den Schultern fiel.

Sie kniff die Augen zusammen und hielt den Atem an, während sie die Straße entlangrannte. Der Mann hustete heftig hinter ihr, ihr Umhang hing ihm lose in der Hand.

Er rief etwas in einer Sprache, die sie nicht kannte, was wahrhaft selten vorkam.

Ihr Herzschlag beschleunigte sich, und heißes Blut schoss ihr durch die Adern. Ihre Instinkte leisteten ihr gute Dienste, genauso wie ihre mehrtägige Erkundung von Byllskos zur Erfüllung ihres Auftrags. Der Plan der Stadt entrollte sich vor ihrem inneren Auge, und sie flog eine Gasse entlang, die vom Haupthafen abzweigte, nur um nach einem scharfen Knick sogleich wieder auf die nächste belebte Straße einzubiegen. Sorasa zwang ihre Atmung, sich dem rasenden Tempo ihres Laufs anzupassen. Nachdem sie sich vergewissert hatte, dass vor ihr die Luft rein war und sie die Geschwindigkeit ihrer Schritte abgeschätzt hatte, wagte sie, sich umzuschauen.

Für einen Moment dachte sie, ein Stier sei aus seinem Stall entkommen.

Eine Wolke aus Staub und ihm zäh anhaftenden blauen Rauchs folgte dem Mann, während er ihr armeschwingend hinterherrannte. Ein dunkelgrüner Umhang flatterte hinter ihm wie eine Fahne. Die Sonne glitzerte auf seinem goldenen Haar. Er war kein Stadtwächter aus Byllskos, kein Wachmann einer Villa. Das erkannte sie sogar aus der Ferne.

Die Liste von Personen, vor denen Sorasa Angst hatte, verlängerte sich um einen weiteren Posten.

Männer und Frauen stolperten rechts und links von ihr davon, als sie zwischen ihnen hindurchsprang und dabei den einen oder die andere zu Boden warf. Sie rannte weiter, und ihre rechte Faust kribbelte vom Schmerz des Schlages, den sie ihrem Verfolger verpasst hatte. Sie schaute noch einmal zurück, und kaltes Entsetzen kribbelte ihr über den Rücken. Obwohl sie einiges an Vorsprung gehabt hatte und sehr schnell war, holte er doch zusehends auf.

Ein Gedanke nahm in ihrem Kopf Gestalt an. Zum ersten Mal seit sie in Byllskos eingetroffen war, lief ihr eine Schweißperle den Nacken hinunter.

Das ist eine Warnung, hatte Garion gesagt. Das erste Donnergrollen vor einem Gewitter.

War dieser Mann der Blitz? Fürst Merkurius' endgültige Strafe?

Nicht wenn ich es verhindern kann.

Sorasa warf sich erneut herum, schwang sich abrupt und flink in eine andere Gasse, in der es von weniger ehrenwerten

Straßenverkäufern wimmelte, deren Waren gestohlen oder bloßer Ramsch waren. Sie wich dem Trubel aus, eine Tänzerin in all dem Durcheinander, sprang über Schalen mit halbverfaultem Obst, durch herabhängende Stoffbahnen und um feilschende Männer und Frauen herum. Hinter ihr schloss sich die von ihr durchteilte Menge wieder, von ihrem schnellen und geschickten Vorbeirennen völlig ungestört. Halb hoffte Sorasa, dass das Markttreiben sie verbergen oder ihren Verfolger verlangsamen würde.

Doch weder das eine noch das andere war der Fall.

Er rempelte sich den Weg frei, ließ zusammengestürzte Verkaufsstände hinter sich zurück. Einige Frauen schlugen nach ihm, aber ihre Hiebe prallten von seiner breiten Brust und den stämmigen Schultern ab. Zu Sorasas Überraschung blinzelte er die Frauen nur verwirrt an. Seine Verwirrung war nicht von Dauer.

Durch das Gedränge der Gasse hindurch fand sein Blick den ihren, und sie erhaschte ein kurzes Aufblitzen von Weiß, als er die Zähne zusammenbiss.

Ein rauschhaftes Wallen des Blutes flutete ihre Adern, ein herrliches Gefühl. Trotz ihrer Angst spürte Sorasa, wie ihr Herz in freudiger Erwartung zu singen begann. Seit ihrem letzten echten Kampf war ein ganzes Jahr vergangen.

Sie kletterte auf einen Stapel von Kisten, sprang von Verkaufsstand zu Verkaufsstand, balancierte über Pfosten und Bretter und schenkte den Rufen der Händler unter ihr keine Beachtung. Ihre Größe war ein Vorteil, den sie gut zu nutzen wusste.

Aber der Mann sprang wie ein Tier auf die Kisten und folgte ihr, während Bretter unter ihm splitterten.

»Verdammt«, fluchte sie. *Ein so großer Mann sollte eigentlich nicht so mühelos umherhüpfen können.*

Sorasa machte den nächsten Satz und landete auf einem gefährlich unter ihr schwankenden Pfosten. Am Stand unten schrie ein Mann, der angestoßenes Obst verkaufte, und schüttelte die Faust. Sie beachtete ihn nicht und verfluchte Fürst

Merkurius und was immer er unternommen hatte, um dafür zu sorgen, dass Sorasa Sarn eines qualvollen Todes starb.

Mit einer schnellen Handbewegung zog sie ihre Kapuze wieder hoch und verdeckte ihr Haar. Dieser andere Meuchelmörder, der es auf sie abgesehen hatte, war jetzt nur noch einen Verkaufsstand von ihr entfernt, den einen Fuß auf einem schmalen Brett, der andere gegen die nächste Hauswand gestemmt. An irgendeinem anderen Ort hätte er komisch ausgesehen. Jetzt war er nichts als erschreckend. Er sah sie ergrimmt an, seine grünen Augen sprühten vor Zorn. Auf diese Entfernung konnte Sorasa erkennen, dass sein kurzer Bart genauso golden war wie sein offen herabhängendes Haar. Er wirkte keinen Tag älter als dreißig. Aber sein Gesicht war auf der einen Seite von Narben überzogen, als sei es regelrecht zerfetzt worden. *Wovon nur?*, fragte sie sich, und ihr Magen krampfte sich zusammen.

Das Schwert und der Dolch hingen an ihrer Seite und bettelten um ihre Aufmerksamkeit wie Kinder, die an der Hand ihrer Mutter zogen. Stattdessen wanderten ihre Finger zu ihrer zusammengerollten Peitsche, ganz Leder und rasende Rache.

»Ich würde mich gerne mit Euch unterreden«, stieß ihr Verfolger in Priori hervor, der allgemeinen Verkehrssprache, die in ihrer gegenwärtigen Situation sehr gespreizt und seltsam förmlich klang. Sie versuchte ohne Erfolg, seinen Akzent einzuordnen.

Während ihr das Herz immer schneller in der Brust donnerte, zeigte er keinerlei Zeichen von Anstrengung. Nicht ein einziges Haar war nicht dort, wo es hingehörte.

»Gerade sprichst du ja mit mir«, antwortete sie und stemmte beide Füße auf das Holz unter ihr, um einen festen Stand zu haben. Ihre Zehen wackelten erwartungsvoll. Die Peitsche löste sich und kam aus ihrem Versteck herausgekrochen wie eine giftige Schlange.

Unter ihnen brüllte der Obstverkäufer weiter irgendetwas auf Tyri, aber außer ihm blieb niemand stehen, um das Spektakel zu verfolgen. Die Gassen von Byllskos waren mit Idioten gefüllt. Zwei weitere von der Sorte spielten da kaum eine Rolle.

Der Mann ihr gegenüber blinzelte nicht einmal und verfolgte jedes Zucken ihrer Muskeln. »Ich würde es vorziehen, unsere Unterredung anderswo zu führen.«

Sie zuckte die Achseln, umklammerte den geflochtenen Peitschengriff noch fester und schob die Schlaufe über ihr Handgelenk. »Welch ein Jammer.«

Der Mann streckte die Hand aus, die Handfläche so groß wie ein Teller, die bleiche Haut voller Schwielen und Narben aus Übungskämpfen. *Er muss in der Zitadelle gewonnen haben, obwohl ich ihn noch nie gesehen habe. Ist er ein spezieller Liebling von Merkurius, sein Hündchen, das er abgesondert von allen anderen abgerichtet hat, ein Drache, der auf jeden losgelassen werden kann, der Merkurius in die Quere kommt?*

»Ich bin nicht hier, um Euch etwas anzutun«, beteuerte er.

Sorasa gab ein tiefes, kehliges Schnauben von sich. »Diesen Spruch kenne ich.«

Er ballte die Hände zu Fäusten. »Aber wenn ich es muss, dann soll es so sein.«

Der Wind fuhr unter seinen Umhang und ließ das schwere Langschwert an seiner Hüfte zum Vorschein kommen. Er war kein Schwertkämpfer wie Garion. Diese fürchterliche Klinge war nicht dazu gedacht, auch Gebrauch von ihr zu machen. Es wäre auch schwierig gewesen, sie in einer derart unsicheren, gefährdeten Position zu ziehen. Selbst für die geschicktesten Schwertkämpfer auf der ganzen Wacht wäre sie jetzt praktisch nutzlos.

Sorasa bleckte die Zähne zu einem grimmigen Lächeln. »Dann versuch doch mal dein Glück bei mir.«

»Also gut.«

Trotz ihrer jahrzehntelangen Übung, die sie reaktionsschnell und flink wie eine Eidechse gemacht hatte, war Merkurius' Hund irgendwie noch schneller. Seine Reflexe, seine Reaktionen, sein Instinkt. Er war ein wahrer Sturm, ein Gewitter. Ihre einzige Chance bestand darin, das Kommende vorauszusehen und sich als Erste zu bewegen.

Die Peitsche schlang sich um eine Wäscheleine, als sie emporsprang, kurz bevor seine Füße das Brett verließen, auf dem er stand. In der Absicht, sie um den Bauch herum zu fassen zu bekommen, machte er einen Satz nach vorn. Aber statt über ihn hinwegzuspringen, wirbelte sie herum und nutzte ihren Schwung und die Peitsche, um sich von der Hauswand abzustoßen. Der veränderte Winkel genügte, um ihm um Haaresbreite auszuweichen, sodass er heftig gegen ihren Pfosten krachte.

Das Holz brach durch, zerbarst unter seinem Gewicht. Der Obstverkäufer schrie auf, als der fast zwei Meter große Attentäter durch seinen Stand krachte und einen Haufen fleckig verfärbter Orangen zerquetschte.

Sorasa schnitt die Wäscheleine durch und umklammerte fest die Peitsche, während sie auf die Gasse hinunterfiel. Mit einer oft geübten Rolle federte sie die Wucht des Sturzes ab und sprang sofort wieder auf. Um sie herum flatterte ein Haufen Kleider auf den Boden. Sie schnappte sich einen mit Flicken besetzten aquamarinblauen Umhang aus dem Haufen und warf ihn sich um die Schultern.

Als sie zurückschaute und um ihre neue Kapuze herumspähte, sah sie einen blonden Kopf über der Menge in die Höhe ragen. Ihr Verfolger versuchte, sich zu ihr hindurchzuzwängen. Die Menge stemmte sich dagegen, versammelte sich um ihn, um ihn zurückzudrängen. Der Obstbesitzer bewarf ihn sogar mit zermatschten Orangen. Er schenkte alledem kaum Beachtung und suchte das Gässchen ab wie ein Jagdhund, der eine Fährte aufnimmt.

Sorasa ließ ihm keine Gelegenheit dazu und schlüpfte schnell zurück auf die Hauptstraße, ihre Schritte ruhig und ohne Hast. Einfach einer von vielen Menschen auf den Straßen von Byllskos.

Die Viehauktionen wurden in unverminderter Geschäftigkeit fortgesetzt und zogen ein dichtes Gedränge von Menschen wie Tieren an. Händler blieben stehen, um sich einen Überblick zu verschaffen. Am Wagen eines Bauern tauschte Sorasa den gestohlenen Umhang gegen eine lange fleckige Weste und einen Hut ein. Beide Kleidungsstücke verbargen ihr Gesicht und ihre Waffen gut, auch wenn sie jetzt noch schlimmer aussah als ein Bauer. *Ich rieche auch schlimmer*, dachte sie und verzog die Lippen.

Eine ihrer ersten und besten Lektionen, die sie in der Gilde gelernt hatte, handelte nicht von Waffen. Nicht von Klingen, nicht von Gift. Nicht von Tarnungen. Und es ging dabei auch nicht um Sprachen. Natürlich kannte sie sich in all diesen Bereichen hervorragend aus. Dieses Wissen war für ihr Tun so notwendig wie Regen und Sonne für ein Weizenfeld. Aber das wichtigste Element, das Entscheidende, um einen Auftrag erfüllen zu können, war die richtige Gelegenheit.

Es war kein glücklicher Zufall gewesen, dass Sorasa den Großkaufmann im Schlaf erwischt hatte, während seine Wachen weit weg und allzu langsam gewesen waren. Nein, sie hatte diesen Moment ganz bewusst gewählt. Und sie würde hier und jetzt wieder ihre Wahl treffen. Merkurius' Meuchler würde sich nicht so leicht abschütteln lassen. Er würde sie in wenigen Minuten wieder ausfindig gemacht haben, wenn er sich ihr nicht gar jetzt schon an die Fersen geheftet hatte. Sie gönnte sich keinen Seufzer der Erleichterung, keinen Moment der Entspannung, während sie weiterging, ließ sie in ihrer Wachsamkeit nicht nach. So dumm war Sorasa Sarn nicht.

Ihr Herzschlag verlangsamte sich, ihre Muskeln schöpften neue Kräfte, und sie bekam den Kopf wieder frei.

Die richtige Gelegenheit lag vor ihr.

Mit einem Lächeln um die Lippen näherte sie sich einem Gehege voller schwarzer Stiere. Sie glänzten vor Schweiß, dicht an dicht gedrängt wie Fässer im Frachtraum einer Handelsgaleere. Sie konnten sich kaum bewegen, nicht einmal um die stechenden Mücken zu vertreiben. Die Tiere befanden sich neben der Koppel, auf der die Auktionen stattfanden, bereit, dort für die Händler trottend ihre Runden zu ziehen. Mit bedächtigen Bewegungen lehnte sie sich gegen das Gatter zum Bullengehege, das sich zum schmutzigen Marktplatz hin öffnete. Es war lediglich mit einem Holzriegel verschlossen, der sich leicht zurückziehen ließ. Sie begutachtete das verschlossene Tor und nahm ihren Hut ab, sodass alle auf der Straße offen ihr Gesicht sehen konnten.

Der Köder ist ausgelegt, die Falle gestellt.

Sie stieß die Hand in ihr Bündel, holte einen Pfirsich hervor und biss gierig in sein übersüßes Fruchtfleisch.

Es war nicht schwer, ihn ausfindig zu machen. Der Meuchler überragte die meisten Menschen aus der Menge der Marktbesucher. Nur die Seeleute und Händler aus Kasa, von denen es hier wenige gab, konnten es an Größe mit ihm aufnehmen. Er war sogar größer als Garion und außerdem bleicher. Sie vermutete, dass er aus dem hohen Norden kam – aus Calidon oder vielleicht Jüt. Mit seinem weißen Gesicht, der hohen Gestalt und dem goldenen Haar hatte er ganz das Aussehen eines jütischen Räubers aus dem Schnee.

Er stürmte mit langen Schritten und außergewöhnlicher Zielstrebigkeit in ihre Richtung und kam rasch näher.

Sie genoss den Obstgeschmack auf der Zunge, schleuderte den Pfirsich beiseite, zog den Riegel zurück und warf das Gatter zum Gehege mit den Stieren weit auf. Ein Mann in der Nähe packte sie am Arm, aber sie schüttelte seinen Griff ab, ohne überhaupt nachzudenken, und schleuderte ihn mit einem Mund voller ausgebrochener Zähne in den Dreck.

Drei Meter von ihr entfernt weiteten sich die Augen des Meuchelmörders.

Sorasa ließ ihre Peitsche über den Pferch knallen.

Die Herde brach vorwärts, schwer wie eine Gewitterwolke, mit Hufen und Hörnern wie einschlagende Blitze. Unaufhörlich quollen immer neue Tiere aus dem Gatter, die massigen Flanken und Schultern rempelten gegen die Umzäunung und drohten, sie niederzubrechen. Sie rollten in einer schwarzen Flut auf den Meuchler zu, bockten mit jedem Knall der Peitsche, schäumend vor wilder Raserei. *Die richtige Gelegenheit,* dachte sie befriedigt.

Sie erwartete, dass er die Flucht ergreifen würde. Oder dass er versuchte auszuweichen. Oder einfach niedergetrampelt würde, seine Knochen unter hundert stampfenden Hufen zerschmettert. Stattdessen stemmte der Meuchler seine Füße in den Boden und streckte die Hände aus. Es war ein wahrhaft lächerlicher Anblick, aber Sorasa verschlug es den Atem.

Mit weiß hervortretenden Knöcheln schlossen sich seine Hände um die Hörner des ersten Stiers, und er bohrte seine Absätze tief in den Dreck. Grunzend schleuderte er das gewaltige Tier von sich, sodass es ausgestreckt auf der Seite landete. Sein Kopf baumelte grotesk, das Genick gebrochen. Sorasa sah mit weit geöffnetem Mund zu, als der Rest der Herde zu beiden Seiten um ihn herum in wildem Tempo davontrampelte, wie eine tosende Welle um einen Pfeiler im Meer. Er stand fest und furchtlos da. Die ganze Zeit über hielt er seinen Blick unverwandt auf sie gerichtet, und ein lebhaftes grünes Feuer leuchtete in seinen Augen.

Ältester, schrie es durch ihr Hirn, als sie plötzlich begriff. *Unsterblicher.*

Sie rannte, wie sie noch nie in ihrem Leben gerannt war. Durch Gassen, über Dächer, zwischen Mauern hindurch, die so eng beieinanderstanden, dass nicht einmal die Strahlen der Sonne bis zum Boden hindurchdrangen. Die schützenden Wolken stiegen in allen Farben von ihr auf, lösten sich wie Mantel um Mantel von ihren Schultern. Sie tat alles, um ihn zu verwirren, um ihn zu verlangsamen, um sich noch eine weitere Sekunde Gnadenfrist zu verschaffen, bevor er sie in die Finger bekam.

Sie schlug einen Kreis und versuchte, zu den Piers zu gelangen, aber er war immer in der Nähe und hielt sie von ihrem Schiff fern, von überhaupt *jedem* Schiff. Ihr Beutel, ihre Trickkiste, war fast leer, ihr Pulver verschossen, während blauer, weißer und grüner Rauch durch die Straßen von Byllskos zog. Sie wagte es nicht, auch den schwarzen Rauch einzusetzen.

Unerbittlich, unbesiegbar. Die wenigen Dinge, die sie über die Ältesten wusste, stiegen in ihrer Erinnerung auf, etwas, das sie vor langer, langer Zeit gelernt hatte. *Unglaubliche Wesen, Kinder einer lange verlorenen Welt.*

Vor Erschöpfung brannte ihr ganzer Leib. Sie riss sich die Hände an Holz und Backstein auf, und ihre Finger waren voller Splitter. Sie verspürte kaum Schmerzen, so sehr hatte ihre Ausbildung sie abgehärtet. Und das, was sie noch spürte, wurde von Angst und ihrer rauschhaften Aufregung ausgeblendet. Sie kletterte, sie sprang, sie überschlug sich und wirbelte herum. Obstkarren und Weinfässer zerbarsten hinter ihr. Priester verfluchten sie, als sie durch ihre Reihen sprengte. Sie spielte sogar mit dem Gedanken, zurück zur Villa des von ihr ermordeten Kaufmanns zu rennen, zu den Stadtwächtern und Hauswachen, die einen guten Schutzschild zwischen ihr und dem unsterblichen Ungeheuer abzugeben versprachen.

Kein Mitglied der Gilde hatte je einen Unsterblichen getötet. Niemand war so dämlich gewesen, das zu versuchen. Nur wenige hatten überhaupt je einen gesehen. *Wie ist es Fürst Merkurius gelungen, einen von ihnen dazu zu bringen, für ihn zu arbeiten?*

Sie zermarterte sich das Hirn nach irgendetwas, was von Nutzen sein könnte, nach all den geraunten Gerüchten, die sie über die Ältesten aufgeschnappt hatte, über deren Stärken, ihre Schwächen. Die Meister und Meisterinnen der Gilde hatten kein sonderliches Interesse an legendären Völkerschaften oder den Geschöpfen aus verloren gegangenen Spindeln. Niemand führte je einen Mordauftrag aus, der einem Drachen galt. Die Pfade der Meuchelmörder der Gilde kreuzten sich nicht mit denen der unsterblichen Geister, die immer noch irgendwo in der Wacht spukten.

Bis schließlich Merkurius irgendwie genau so einen ausschickt, um mich zu töten, schärfte sie sich nicht ohne Sarkasmus ein.

Sie war schneller, kleiner; sie kannte sich in der Stadt aus. Aber all diese Vorteile brachten ihr nur wenige Minuten.

Und diese Minuten waren schnell aufgebraucht.

Er fiel allzu schnell über sie her, unaufhaltsam wie ein Bergrutsch. Sie zückte ihr Schwert, bevor er es tun konnte, und versetzte ihm hinterrücks einen unerwarteten Hieb. Beim nächsten Zustoßen traf sie auf Stahl, und sein Langschwert stemmte sich gegen ihre Klinge.

Wieder wünschte sie sich, Garion sei bei ihr, und sei es auch nur, um ihn zu opfern. *Aber ich bin allein. Das ist der Weg, den ich gewählt habe.* Er ließ sich nicht von ihr wegdrücken, seine Klinge am Heft mit ihrer gekreuzt. So zu verharren war alles, was sie tun konnte, um ihn abzuwehren, und ihre Arme und Beine schrien vor Anstrengung unter dem Druck. Es bestand keinerlei Hoffnung, ihn zu besiegen, und so versuchte sie es erst gar nicht. Als er den Mund öffnete, um etwas zu sagen, spuckte sie ihm ins Gesicht.

»Bei den Spindeln ...«, fluchte er und fuhr angewidert zurück. Er hatte doch tatsächlich so viel Manieren – und war so dumm –, sich den Speichel wegzuwischen.

Sie trat ihm eine wirbelnde Fuhre Staub in die Augen und stürzte sich auf ihn, schlang sich um seinen Leib, bis sie auf seinem Rücken war. Sie hob den Dolch und zielte auf die Stelle, an der Hals und Schulter zusammentrafen, um Muskeln und Schlagadern zu durchtrennen. *Um zu töten, und das schnell.* Sie presste ihm den Arm um die Kehle und drückte fest zu. Auf diese Weise hatte Sorasa bereits mehr Männer erwürgt, als sie zählen konnte. Zu ihrem Entzücken spürte sie, dass er nach Luft rang. *Selbst Unsterbliche müssen atmen.*

Er bewegte sich, als sie zustach, und der Hieb glitt an ihm ab. Blut strömte ihm aus der Schulter, aber es war nicht genug.

Er packte sie am Kragen, zog sie von sich weg und warf sie mit Leichtigkeit von sich. Sie knallte heftig an eine Hauswand. Auch sie blutete, ihr Gesicht vom Backstein wundgeschrammt. Auf den Straßen hallten die Pfiffe und Trompeten der Wächter wider. Mit der panisch durch die Straßen tobenden Stierherde und dem toten Kaufmann hatten sie mehr als alle Hände voll zu tun.

»Wir haben ganz schön für Aufregung gesorgt, Ihr und ich«, keuchte Sorasa und richtete den Blick auf die Straße hinaus. Ihr ganzer Körper schrie vor Schmerz.

Die Gasse hallte um sie herum wider. Der Älteste bedachte sie mit einem spöttischen Grinsen und begutachtete das Blut an seiner Schulter. »Was Ihr da macht, ist töricht«, sagte er zähneknirschend. Auch sein Mund war voller Blut.

Verletzt meldete sich Sorasas Stolz zu Wort. Sie rang nach Luft.

»Ich verspreche, dass ich Euch nichts antun werde.« Erneut streckte der Älteste die Hand nach ihr aus. »Kommt mit, Sterbliche.«

Der Tod war für Sorasa Sarn ein gern gesehener Freund. Sie und die Göttin Lasreen hatten viele Jahre Hand in Hand verbracht; eng aneinander gebunden, folgte immer eine dicht der anderen, so wie der Abenddämmerung die Nacht folgt. Sorasa hatte sich ihr noch nie so nahe gefühlt.

Das Bild von Fürst Merkurius stieg vor ihrem geistigen Auge auf, weiß und schrecklich, seine Zähne scharf, sein Blick in die Ferne gerichtet. Es sah ihm so ähnlich, ihr auf diese Weise den Tod zu bringen. Einen Tod, dem sie nicht davonlaufen und den sie nicht austricksen konnte.

Es war gut, dass Sorasa nicht an unverrückbar feststehende Wahrheiten glaubte. Es gab immer nur Gelegenheiten, und die richtige Gelegenheit konnte stets gefunden werden.

»Kommt, Sterbliche«, wiederholte der Älteste. Seine Finger zuckten.

»Nein«, sagte sie und lachte, als sie ein letztes Mal davonrannte. Ihr Schwert lag vergessen im Straßendreck.

Sie ließ sich hart auf den Stuhl fallen und streckte den einen Fuß über den Kneipentisch. Der andere blieb unruhig am Boden, vor nervöser Energie zitternd. *Ich sehe aus wie ein totales Wrack*, dachte sie, als sie bemerkte, wie das Barmädchen zögerte. Sie war voller Dreck und Blut, einer ihrer Zöpfe war aufgegangen, und ihr Haar wallte ihr wie ein schwarzer Vorhang über die Schulter. Aus einem Schnitt in ihrer Lippe quoll Blut. Sie leckte es weg. Mit einem irren Grinsen im Gesicht hob

Sorasa zwei Finger in die Höhe, und das Schankmädchen eilte herbei, um sie zu bedienen.

Sorasa war nicht der einzige Gast in der Hafenschenke, der reichlich erledigt aussah. Daneben gab es auch noch einige übel geschundene Männer, deren Anblick den Verdacht aufkommen ließ, dass sie eine Begegnung mit Sorasas Stieren gehabt hatten. Der Rest waren Seeleute, die halbtot in ihrem Bier lagen. Sie erkannte ibaletische Seeleute der Sturmflotte in ihren dunkelblauen Matrosenanzügen aus Seide, nun allerdings reichlich ramponiert und verwahrlost. Die Männer bemerkten sie ebenfalls und winkten mit den Fingern, um eine Schwester aus Ibal zu begrüßen.

Sie erwiderte die Geste nicht.

Zwei Humpen wurden vor sie hingestellt, und im nächsten Moment öffnete sich die Tür und Licht drang in den dunklen Schankraum. Die Seeleute zuckten zusammen und fluchten, aber der Unsterbliche schenkte ihnen keine Beachtung. Er stand für einen Augenblick einfach da, von den Strahlen der Sonne umrahmt, und sein Schatten fiel bis zu Sorasa hin.

Sie rührte sich nicht von der Stelle, als er den Schankraum durchquerte und sich setzte.

Ohne ein Wort schob sie den einen Zinnhumpen über die wurmstichige Tischplatte. Verwirrt starrte er auf den überschwappenden Bierkrug. Dann packte er ihn mit seltsam steifen Bewegungen und nahm einen Schluck.

Sorasa sagte kein Wort, ihre Miene blieb ausdruckslos. Ihr Puls hämmerte ihr in den Ohren.

Der Älteste schaute auf den Humpen hinunter und starrte in seine goldenen Tiefen. Er legte die Stirn in Falten, setzte den Humpen dann erneut an die Lippen und leerte ihn in einem Zug. Eine Sekunde lang überkam Sorasa ein Triumphgefühl, das sie sich jedoch nicht anmerken ließ. Es schwand dahin, als der Mann sie starr ansah. In dem schwachen Licht wurden seine Pupillen ganz groß, bis das Schwarz das Grün seiner Augen fast auffraß.

»Habt Ihr gewusst, dass die Vedera gegen fast alle Gifte immun sind?«, fragte er bedächtig.

Die Vedera. Sie prägte sich den fremden Begriff ein und atmete auch noch den letzten Rest ihrer Hoffnung aus. »Was für eine Verschwendung von Arsen.«

Eine Stimme in ihrem Hinterkopf flüsterte ihr zu, nach ihrem Dolch zu greifen, nach ihrer Peitsche, nach den letzten Pülverchen in ihrem Beutel. Noch ein Gift, noch ein Schnitt, noch eine Gelegenheit. Was auch immer sie vielleicht zu retten vermochte, selbst jetzt. Es war, als hätte sich unter ihren Füßen ein Loch aufgetan.

Ich muss mich entscheiden, ob ich springen oder fallen will.

Ihr tat alles weh. Sie nahm einen tiefen Zug von dem wie Spülwasser mit Pisse schmeckenden Bier und wünschte, es wäre guter *ibarischer* Schnaps gewesen. Mit dem scharfen, bittersüßen Brennen der Heimat auf ihren Lippen sterben. *Denn ich werde hier sterben, durch seine Hand und Merkurius' langen Arm,* dachte sie. Es war fast schon eine Erleichterung, sich das einzugestehen.

Der Älteste schaute ihr forschend ins Gesicht, und sein Blick blieb an den Tätowierungen hängen, die an ihrem Hals hinaufkrochen. Sorasa ließ ihn schauen. Er kannte nicht, so wie sie, jede Tätowierung, ihre Bedeutung und ihr Gewicht innerhalb der Gilde.

»Dreimal habt Ihr heute versucht, mich umzubringen«, murmelte er, als sei er darüber erstaunt.

Sie nahm noch einen Schluck. »Ich würde sagen, das zählt alles als ein einziger Versuch.«

»Dann seid Ihr dreifach nahe dran gewesen, mit Eurem Tun zu reüssieren.«

»*Zu reüssieren*«, wiederholte sie spöttisch und äffte seinen gestelzten Tonfall nach. *Als befänden wir uns hier an einem Königshof und nicht in einer heruntergekommenen Kaschemme.* »Gut, und was jetzt, Ältester? Wie wollt Ihr es hinter Euch bringen?«

Er blinzelte verwundert, wälzte ihre Frage im Kopf hin und

her, so schlicht und einfach sie doch gewesen war. Sie musste an ein Kind der Gilde denken, wie es sich durch einen Lernstoff kämpft, den es nicht versteht. Er biss die Zähne zusammen und lehnte sich auf seinem Stuhl zurück. Sorasa hätte fast schon erwartet, dass das Ding unter seiner Körpermasse zusammenbrach. Langsam legte er beide Handflächen auf den Tisch, wie zur Bezeugung friedlicher Absichten. *Er behandelt mich wie ein verängstigtes Tier,* dachte sie und schmeckte Zorn auf der Zunge.

»Ich habe es Euch schon einmal mitgeteilt, es liegt nicht in meiner Absicht, Euch etwas anzutun.«

Er griff an seine Seite und warf seinen Umhang zurück. Sie machte sich darauf gefasst, das Lied eines aus der Scheide gezogenen Schwertes zu hören. Stattdessen holte er eine vertraute Klinge hervor.

Ihre eigene.

Das Schwert war dünn und gut austariert, ein zweikantiger Streifen Stahl mit einem Heft von gehämmerter Bronze. Es war in der Waffenschmiede der Zitadelle gefertigt worden, ein Kind der Gilde genau wie sie selbst. Es gab keine Wappen, kein Abzeichen, keine Juwelen, keine eingravierten Wörter. Nicht gerade eine Kostbarkeit. Es leistete ihr gute Dienste.

Sie nahm es mit festem Griff entgegen und gab dabei acht, den Ältesten nicht aus den Augen zu lassen.

»Ich mache mir wenig Sorgen um Euer Wohlergehen, was immer kommen mag«, sagte er.

Als das Schwert wieder in ihrem Besitz war, fühlte sich Sorasa seltsam leicht. »Sagt Ihr das zu allen sterblichen Frauen oder nur zu mir?«

Etwas glitt über seine Züge, wie ein Schatten, eine Düsternis. »Ich spreche nicht mit vielen Sterblichen«, stieß er hervor.

»Das merke ich.«

Das Schankmädchen brachte ihnen beiden je einen neuen Humpen und hätte das schale Bier fast verschüttet. Sie ließ ihren Blick zwischen der Meuchelmörderin und dem Unsterblichen hin und her gehen, ein Lamm unter Wölfen. Sorasa gab ihr einen Silbergroschen und winkte sie weg.

Beim Anblick der Münze zuckte er zusammen, zog seinen eigenen Geldbeutel hervor und knallte ihn auf den Tisch. Sorasa war sofort hellwach und schob alle Gedanken an Bier und Tod beiseite. Obwohl sein Beutel klein war, war er doch prallvoll gefüllt mit Gold, das gelb in dem Ledersäckchen funkelte. Das schwache Licht im Schankraum tanzte über die Münzen.

»Ich will Informationen. Ich bin bereit, dafür zu zahlen«, sagte der Älteste mit schneidender Stimme und zog ein Stück gehämmertes Gold hervor. Die Münze war perfekt gerundet und trug das Abzeichen eines Hirsches. Es war keine Währung irgendeines Königreiches, das Sorasa gekannt hätte, aber Gold war Gold. »Ist das genug?«

Zu ihrer Verblüffung konnte Sorasa ängstliche Beklommenheit aus der Stimme des Ältesten heraushören. Sie hätte fast laut aufgelacht, als ihr die Erkenntnis dämmerte. *Er hat keine Ahnung, was er da tut. Er ist gar kein Meuchelmörder, weder für Fürst Merkurius noch für irgendjemanden sonst. Ganz gleich, wie stark er auch sein mag. Dieser spindelgeborene Schwachkopf hat einfach großes Glück gehabt, dass ihn bisher noch kein Straßenbettler übers Ohr gehauen hat.*

Die günstige Gelegenheit sang in Sorasas Blut, eine Stimme, vertrauter als jede Mutter, die sie je gehabt hätte. Beide Hände auf den Tisch gestemmt, ahmte Sorasa seine Haltung nach und beugte sich vor. Sie griff nach der Münze.

»Wie kann ich einen Preis festlegen, wenn ich nicht weiß, was Ihr dafür verlangt?«, fragte sie. *Das Gold ist nicht besonders aufbereitet, aber edel, aus einer reinen Ader. Leuchtend gelb. Eine seltene Sorte.*

Der Älteste zögerte nicht. »Ich suche nach Sterblichen von Corblut, Abkömmlinge des alten Reiches. Mir wurde gesagt, die Amhara kennen diese Menschen oder könnten sie ausfindig machen.«

Ihr Gesicht blieb ausdruckslos, als sie sich daranmachte, die

Münzen aus dem Beutel zu zählen. Er schaute zu, hielt sie aber nicht auf, als eine, zwei, drei Münzen auf den Tisch glitten. Auch dachte er gar nicht daran, das Geld zu verstecken. Sie waren die gefährlichsten Gegenstände in der Schenke – vielleicht in der ganzen Stadt.

Die Amhara. Ihre Kehle schnürte sich zu, aber ihr Gesicht blieb eine Maske. Sie biss in eine der Münzen und beurteilte die Nachgiebigkeit des Metalls. Er zog die Nase kraus.

»Die Söhne und Töchter des alten Cor sind wenig an der Zahl und weit verstreut«, erklärte sie mit der Münze im Mund. »Selbst die Amhara verlieren sie zusehends aus dem Blick.«

»Ich suche nach jemandem ganz Speziellem.«

Sorasa nahm drei weitere Münzen aus der Börse.

»Ein Kind.«

Noch eine Münze.

»Den Bastard von Prinz Cortael und einer unbekannten Frau.«

Noch eine.

»Er ist kein Prinz irgendeines Königreichs, das seit Menschengedenken existiert hätte«, antwortete sie.

Natürlich kenne ich ihn. Ein weiterer sterblicher Abkömmling des alten Reichs, von den Spindeln und aus einer vergessenen Welt. Ein Prinz auf dem Papier, und das auch nur für sehr wenige. Trotzdem hat es schon entsprechende Mordaufträge gegeben. Alle sind kläglich gescheitert. Wieder musterte sie den Krieger aus dem Volk der Ältesten. *Und jetzt begreife ich auch den Grund dafür.*

Mit einem Feixen im Gesicht stapelte sie die Münzen fein säuberlich vor sich auf. »Seit *Menschen*gedenken natürlich«, unterstrich sie. »Was uns Sterbliche betrifft.«

Verärgerung zuckte über die Züge des Ältesten – was selten vorkam. »Eure Unwissenheit in Bezug auf vergangene Zeitalter schert mich nicht. Könnt Ihr mir helfen oder nicht?«

Dieses Mal stieß sie regelrecht mit der Hand in den Beutel und schnappte nach den Münzen.

Der Älteste verzog finster das Gesicht.

Es ist nicht das Gold, was ihn bekümmert, schoss es ihr durch den Kopf, während sie seine Züge musterte. *Irgendetwas anderes nährt seinen Zorn.*

»Der Vater ist tot«, knirschte er. Seine Stimme klang seltsam erstickt. *Aha*, dachte sie. *Er trauert um den Gefallenen.* »Ihr habt von ihm keinen Ärger zu befürchten.«

»Es ist nicht ihr Vater, um den Ihr Euch sorgen solltet«, murmelte sie. *Es ist die Piratin.*

»Eine Tochter also«, hauchte der Älteste atemlos. Als hätte er etwas Wichtiges bewerkstelligt, indem er dieses winzige bisschen an Information abgeluchst hatte. Er griff nach dem Geldbeutel. »Also schön, Meuchlerin. Das ist jetzt mehr als genug an Bezahlung.«

»Wie Ihr wohl wisst«, meinte sie spöttisch, »kann ich das Mädchen für Euch finden. Und ich habe einen Preis dafür bestimmt.«

»Gut«, antwortete er mit einem eiligen, verzweifelten Grinsen.

Sterblich oder unsterblich, es spielte keine Rolle. Sorasa durchschaute ihn trotzdem. Sein Lächeln hatte die Unschuld eines Kindes, trotz all der Jahrhunderte, die er gesehen hatte. Es brachte Sorasa zur Verzweiflung.

Zumindest würde er sich als nützlich erweisen.

Das Lächeln verschwand, als sie ihm ihren Preis nannte.

Aber er stimmte trotzdem zu.

6

Im Blut

Corayne

Die Geschichte des Ältesten und der Meuchelmörderin wusch wie eine gewaltige Welle über sie hinweg.

Corayne zerlegte sie in ihre Einzelteile, während er sprach, wie sie es auch mit ihren Listen und Kalkulationen machte. So konnte sie abwägen, was er sagte, ohne von seinem Bericht über Enklaven und ferne Städte, aberwitzige Großtaten und magische Spindeln völlig eingeschüchtert und überwältigt zu werden. Bis das alles in ihrem Kopf irgendwann einigermaßen Sinn zu ergeben begann. Ihre Schlussfolgerungen nahmen immer deutlichere Gestalt an, jede einzelne ungeheuerlicher als die vorangegangene.

Der Vater, den ich nie gekannt habe, ist tot. Eine Pforte in eine andere Welt ist aufgerissen worden. Die Wacht befindet sich in ernster Gefahr. Und aus irgendeinem Grund denken diese beiden Irren, ich könne etwas dagegen unternehmen.

Die eine Hälfte von ihr hatte Angst. Der Rest lachte.

Mit zusammengebissenen Zähnen ließ sie den Blick über das seltsame Paar schweifen. Domacridhan kniete noch immer auf dem Boden, den goldenen Kopf gesenkt, während Sorasa auf und ab ging und die Straße zurück zum Hafen versperrte. Corayne wünschte sich sehnlichst, Kastio hätte sie nach Hause begleitet oder, besser noch, ihre Mutter. Sie würde sich diesen Unsinn nicht bieten lassen, von niemandem. Nicht einmal von einem Ältesten, zeitlos und unergründlich. Nicht einmal von einer Frau aus den Reihen der Amhara-Meuchelmörder, deren Fähigkeiten als legendär galten. *Aber Kastio ist nicht hier. Mutter ist nicht hier. Da bin nur ich.*

Ihr Herz hämmerte wild in ihrer Brust, auch wenn sie ihren Körper reglos und ihr Gesicht ausdruckslos hielt.

»Wir haben uns auf die Bedingungen geeinigt, Sorasa und ich«, sagte Domacridhan, als er zum Ende seiner Geschichte kam. Er hob den Kopf und sah Corayne so verzweifelt an, dass ihr ein Kribbeln über die Haut lief. »Und sie hat mich hierhergeführt, nach Lemarta. Zu *Euch*, dem einzigen Menschen, der uns helfen und die ganze Welt retten kann.«

Corayne blinzelte die beiden abwechselnd verwundert an. Der Unsterbliche und die Meuchlerin blinzelten ebenfalls.

»Euch beiden noch einen schönen Abend und gute Reise«, sagte sie höflich. Ihre Finger zitterten, als sie sich auf dem Absatz umdrehte und in Richtung des kleinen weißen Häuschens davonging.

Aber der Älteste hatte sich bereits in Bewegung gesetzt und folgte Corayne den überwucherten Pfad hinauf. Er gab keinerlei Laut von sich, als er sie auf dem Treppenabsatz vorm Haus einholte.

Sie starrte ihn finster und stur an, übertünchte ihr Unbehagen mit Verärgerung. *Besser Ärger zeigen als Angst oder Zweifel.*

Die zerstörte Hälfte seines Gesichtes hob sich deutlich ab, vom Mond beleuchtet, der gerade über den Hügeln aufging.

Der Älteste spürte das Licht auf seinem Gesicht, wandte den Kopf ab und verbarg seine Narben. »Vielleicht habt Ihr noch nicht verstanden ...«

Ihre Stimme wurde hart. »Ich bin sterblich, nicht dumm.«

»Ich habe nicht behauptet, dass Ihr dumm wäret«, sagte er schnell.

Ihre Hand fand den Riegel der Tür und riss sie auf. »Meine Antwort auf sämtliche idiotischen Fragen, die Ihr zu stellen wünscht, lautet *Nein*.«

Mit zwei Fingern und wenig Mühe zog er die Tür wieder zu. Wie seine Narben glitzerten auch seine Augen im Mondlicht.

»Die Wacht wird fallen, wenn Ihr sie nicht rettet.«

Der drängende Unterton in seiner Stimme war ihr nicht unvertraut. Corayne hörte ihn in Lemarta ständig. Gescheiterte Kaufleute beim Handeln, die ihre dürftige Ware irgendwie loswerden wollen. Ein Trunkener mit leeren Taschen, der in einer Schenke um ein weiteres Glas Bier bettelt. Ein Möchtegernmatrose, der um einen Platz auf einem Schiff fleht, um sein Glück hinterm Horizont zu suchen. Das hier war kein Wollen, sondern dringliches Brauchen. Von Angst getriebene Not.

»Die Wacht fällt«, murmelte sie, ihre Hand immer noch auf dem Türriegel, »wegen eines Mannes mit einem magischen Schwert und eines Schurken aus einem Kindermärchen? ›Dem Lauernden?‹« Corayne schüttelte den Kopf und stieß ein lautes Lachen aus. »Ihr solltet nach Lemarta zurückkehren und Euch dort einen Dummkopf suchen, der an solche Dinge glaubt.«

Von der Straße her lachte die Meuchlerin. »Ich persönlich nehme ihm seine Geschichte auch nicht ab.«

Dom bleckte die Zähne und warf einen grimmigen Blick über seine Schulter zu ihr. »Ich erwarte nicht, dass Sterbliche glauben, wovon wir Vedera wissen, dass es wahr ist: die uralten Gefahren einer langen Geschichte, zu lang, als dass ihr davon Kenntnis haben könntet. Der Zerrissene König wird diese Welt verschlingen, wenn man ihm die Gelegenheit dazu gibt. Das Lauernde lauert und wartet nicht noch länger.« Er legte sich seine breite weiße Hand auf die Brust, presste sie auf sein Herz. Ein Ring aus edlem Silber blinkte an einem seiner Finger. »Ich schwöre es bei Iona, gnädige Dame.«

Corayne umfasste den Riegel noch fester, aber sie öffnete die Tür nicht noch einmal. Etwas anderes zog sie in seinen Bann, da war ein Sog aus der Tiefe, der sie wie angewurzelt verharren ließ. »Ich bin keine Dame«, zischte sie.

Zu ihrer Bestürzung füllten sich Doms Augen mit smaragdfarbener Kümmernis. Der Älteste sah sie voller Mitleid an, voller Bedauern. Corayne hätte ihm am liebsten beides aus dem Gesicht geprügelt.

»Ich weiß nicht, was Eure Mutter Euch erzählt hat, junge

Frau«, begann er zögerlich. Ihr Blut wallte bei der Erwähnung ihrer Mutter. »Aber genau das seid Ihr. Euer Vater war ...«

Es legte sich wie ein roter Nebel über Coraynes Gesichtsfeld, und das glatte Metall des Türriegels löste sich aus ihrem Griff. Stattdessen hob sie die Hand und deutete mit dem Zeigefinger, um ihn dem Ältesten sodann unvermittelt in die Brust zu stoßen. Seine Augen weiteten sich, verwirrt wie die eines neugeborenen Kätzchens.

»Ich weiß genau, wer mein Vater war«, blaffte sie, alle Sorge um sich selbst und ihre offenen Gemütsäußerungen plötzlich wie weggeblasen. »Er war Cortael, ein Sohn des alten Cor, einer aus der uralten Linie. Seine Vorfahren waren Spindelgeborene, Kinder einer verlorenen Welt. Es floss Spindelblut in seinen Adern, Corblut – genau wie auch in meinen.«

Spindelblut. Spindelgeboren. Sie hatte diese Wörter noch nie laut ausgesprochen, sondern sie immer nur von ihrer Mutter gehört, hatte sie nur in ihrem Mark und in ihrem Herzen gekannt und in der fernen Sehnsucht, die sie in sich beherbergte. Sie jetzt auszusprechen, seinen Namen, sein Geburtsrecht, was er war und wozu sie das machte – es kam ihr falsch vor. Wie ein Verrat an ihr selbst und ganz besonders an ihrer Mutter. Dem einzigen Elternteil, den sie kannte, dem einzigen Elternteil, der ein Mitspracherecht dabei hatte, zu welchem Menschen sie wurde. *Aber es ist in mir, ob ich es will oder nicht.* Ihr stockte der Atem, und es strömte heiß in ihre Wangen, ein schroffer Kontrast zu der kühlen Luft ringsum.

»*Nichts* davon macht mich zu seiner Tochter«, kochte sie. »Und erst recht nicht zu einer Dame.«

Oder zu einer Prinzessin oder einer Elfenkönigin oder zu irgendeiner anderen Heldin in einer Geschichte für Kinder und Narren.

»Mir war nicht klar, dass Ihr so viel über ihn wisst.« Die Traurigkeit in Doms Augen war so groß, dass nur seine wachsende Frustration ihr gleichkam. Erneut wünschte sich Corayne, ihm beide Gefühle gewaltsam entreißen zu können. Nichts von alledem wollte sie von diesem Fremden auf ihrer Türschwelle.

Ich weiß es, seit ich genug Verstand hatte, um davon zu wissen. Zumindest war Mutter so freundlich, in Bezug auf ihn nicht zu lügen, dachte sie, und sie meinte es ernst.

»Ich habe keine Verwendung für Illusionen und falsche Hoffnungen. Euer Freund hat beides vereint«, sagte sie. Und es war die bittere Wahrheit, mit der sie ihr Leben lang gelebt hatte. »Aber wie dem auch sei. Gebt mir einfach das Gold und verschwindet von meiner Tür.«

Dom zog die Stirn kraus. »Gold?« Wieder richtete er den Blick zu Sorasa zurück, diesmal voller Verwirrung. »Ihr Sterblichen fragt ständig nach Geldstücken.«

Die Frau stieß ein leises, kehliges Schnauben aus. »Wir Sterblichen leben in der realen Welt.« Sie entfernte sich nicht von ihrem Platz auf dem Weg und hielt etliche Meter Abstand zu den beiden. »Offensichtlich hat der Mann doch wohl Geld für seinen Bastard mitgeschickt«, erklärte Sorasa mit bedächtiger Stimme.

Der Älteste errötete im gleichen Maße, wie sich sein Blick verfinsterte. »Ich habe Euch nichts von ihm zu geben, gnädige Dame.«

Corayne zuckte die Achseln.

Aber die Worte der Meuchelmörderin gaben ihr zu denken. Sie erschauderte, als die Frau die Augen zusammenzog, die, von Linien aus schwarzem Pulver umrahmt, ohnehin bereits dunkel waren. Sorasa sah nach Lemarta zurück, zu den Lichtern der Stadt und des Hafens. Sie glänzten golden auf dem Wasser und hoben die dunklen Umrisse der Schiffe hervor, die dort vor Anker lagen. Die *Sturmgeboren* war eines davon, zwischen all den Fischerbooten ein wahrer Leviathan.

»Kein Wunder, dass Kapitänin an-Amarat das beste Räuberschiff auf der Langen See ihr Eigen nennt«, sinnierte die Meuchelmörderin. »Sie hatte Gold aus Cor, das sie auf den Wellen auf Kurs gebracht hat.«

Wieder stieg Angst in Corayne auf. »Ihr kennt meine Mutter?«

»Ich kenne ihren Ruf«, antwortete sie. »Er ist ziemlich fürchterlich.«

»Dann kann ich Euch zu ihr bringen. Euch beide«, sagte Corayne schnell. Es war genauso ein Angebot wie eine Drohung. »Sie hat Euren Prinzen besser gekannt als ich. Zumindest ist sie ihm persönlich begegnet. Sie kann Euch mehr helfen als ich.« *Helfen, diesen Ort zu verlassen und nie wieder zurückzukehren.*

Dom schüttelte den Kopf. »Ihr seid es, die wir brauchen.«

»›Wir‹?«, murmelte Sorasa leise.

Der Älteste überging ihre Bemerkung. »Ihr habt es in Eurem Blut, Corayne, ob Ihr es wisst oder nicht«, erklärte er.

Vielleicht ist er ja so schwer von Begriff, dass sein Hirn für Gedanken genauso unempfänglich ist wie sein Körper für Schläge, überlegte Corayne verärgert. »Ich interessiere mich weder für Euch noch für Eure Mission oder für das Versagen meines Vaters. Ich will nichts von alledem hören«, zischte sie.

Endlich schwieg er, und die einzigen Geräusche waren die Wellen des Meeres und der Wind in den Hügeln. Dom senkte den Blick auf seine Füße. Vielleicht war es eine optische Täuschung im Mondlicht, aber seine leuchtenden Augen wirkten feucht.

Ihrer Frustration ungeachtet wurde Corayne ein wenig weicher. Sie konnte all das Elend, das von ihm ausging, schon fast auf der Zunge schmecken. »Euer Verlust tut mir leid«, fügte sie mit sanfter Stimme hinzu. Zögernd berührte sie ihn am Arm.

Er fiel unter ihren Fingern förmlich in sich zusammen und verlor endgültig die Fassung. *Wissen Unsterbliche überhaupt, wie man trauert?*, fragte sich Corayne. Sie fasste Dom erneut ins Auge, ein Mann wie ein Berg, den Kopf in qualvoller Kapitulation geneigt. *Ich glaube es nicht.*

»Es tut mir leid«, wiederholte sie und sah dann zu Sorasa.

Die Frau winkte ab und hielt ihren Blick ohne jeden Ausdruck auf die Straße gerichtet. »Mit diesem ganzen Drama habe ich nichts zu tun.«

Diesmal hinderte Dom Corayne nicht daran, die Tür zu entriegeln. Sie öffnete sich weit, und Dunkelheit quoll aus dem kleinen Häuschen. Er stand entschlossen und nachdenklich da und sah zu, wie Corayne einen Schritt vortrat.

»Ihr sagt, Ihr wollt nichts mit uns zu tun haben, nichts mit Eurem Vater«, begann er mit leiser, rauer Stimme. »Aber tut nicht so, als sei es *das*, was Ihr wollt.«

Gegen ihren Willen erstarrte Corayne auf der Türschwelle. Sie schaute geradeaus, in die Schatten des vertrauten alten Häuschens. Aus dem Augenwinkel sah sie, wie Dom seine Kapuze hochzog, und sein vernarbtes Gesicht und seine smaragdgrünen Augen verschwanden in der Dunkelheit.

»Euer Blut ist geboren aus den Spindeln, aus fernen Welten und verlorenen Sternen. Ihr wollt den Horizont, Corayne vom alten Cor. Ihr wollt ihn tief in Euren Knochen«, erklärte er und wandte sich wieder Richtung Weg, der Meuchelmörderin zu. »Und sie wird Euch niemals erlauben, ihn Euch zu erobern.«

Corayne schnappte heftig nach Luft, und ein Dutzend Erwiderungen lagen ihr auf der Zunge. Sie erstarben rasch, von einer schwierigen Wahrheit in Stücke gerissen.

»Euer Vater war genauso.«

Kein Rückgrat.

Die beiden Wörter trafen sie wie eine Welle, zogen sie nach unten.

Aber Corayne weigerte sich zu ertrinken. Und sie weigerte sich, auch nur eine Sekunde länger eingesperrt zu sein, ein Vogel, dazu bestimmt, zu fliegen und nicht auf einer Klippe dahinzukümmern mit nichts als dem Wind als Gesellschaft.

Sie schaute zu den beiden hinunter, lediglich für einen kurzen Moment. Dom drehte sich um, und ihre Blicke trafen sich, sein Gesicht erfüllt von leuchtender, schmerzlicher Hoffnung. Corayne spürte es ebenfalls, die Hoffnung, von der sie geglaubt hatte, sie sei mit der Weigerung ihrer Mutter gestorben. Sie erblühte von Neuem, wund und schneidend, an den Rändern blutend, aber hartnäckig lebendig.

»Gebt mir drei Tage«, blaffte sie und schlug die Tür zu.

Der dritte Tag kam.

Am Küchentisch beschäftigte sich Corayne mit den nötigen Vorkehrungen, ihr Gesicht zur Maske erstarrt. Dunkle Schatten umränderten ihre Augen, Zeugnis für eine weitere weitgehend schlaflose Nacht. Die hastigen Vorbereitungen für die Reise ihrer Mutter und ihre halb erinnerten Träume hatten sie so sehr in Beschlag genommen, dass sie kaum ein Auge zugetan hatte.

Sie betrachtete ihre zerknitterte, vollgekritzelte Karte der bekannten Länder der Wacht, auf deren Ränder sie ihr Geschäftsbuch und den Kompass gelegt hatte, damit sie sich nicht zusammenrollte. Die Lange See durchschnitt die Wacht in der Mitte in zwei Teile; ein gewundenes Band aus blauem Wasser, das sich zwischen den beiden Kontinenten im Norden und im Süden erstreckte. Im Westen öffnete sich die Lange See hin zum Ozean der Nacht und im Osten zum Meer der Morgenröte. So wurde die bekannte Welt an den Rändern von Nacht und Morgendämmerung umrahmt.

Ihre tintendunklen Finger strichen über das Wachtgebirge, die Frontlinie, die die grünen Felder von Galland von den nördlichen Ländern und der Steppe trennte. Ihr Blick fand eine Ansammlung von Hügeln in der Nähe des Grünen Löwen, der Fluss dazwischen kaum mehr als eine Kritzellinie. Der in die Karte gegrabene Punkt war nicht weiter gekennzeichnet, aber sie wusste – das heißt, ihr war davon *berichtet* worden –, dass sich dort ein vergessener Tempel befand. *Ein Tempel und eine Spindel, beide zerrissen und zerstört. Unmöglich, das zu glauben.* Sie drückte den Finger auf die Stelle und starrte auf den Punkt auf der Karte, wo ihr Vater gestorben war.

Wo die Welt womöglich begonnen hatte zu zerfallen.

Als würde ich das wirklich glauben.

Nebenan erwachte Meliz laut und vernehmlich und stolperte lärmend auf ihren Seemannsbeinen in ihrem Schlafzimmer umher, als würde noch immer das Meer unter ihr rollen. Um dann in den Hauptraum des Häuschens gepoltert zu kommen. Ohne viel Sinn und Verstand streunte sie aufgescheucht durch die Küche, schaute in Schränke, zog die Vorhänge zurecht und fummelte am Kupferkessel im Herd herum. *Wie ein Kind, das um Aufmerksamkeit bettelt*, dachte Corayne.

Sie weigerte sich, ihr diese Genugtuung zu geben, und überprüfte noch einmal ihre Papiere.

»Kastio ist spät dran«, bemerkte Meliz unvermittelt und nahm den Kessel vom Feuer. Das Wasser und die Zitronenscheiben darin schwappten auf und ab, noch heiß von den brennenden Kohlen. Sie goss sich eine Tasse ein und gab dann eine Prise leuchtend oranges Pulver aus einer gemahlenen Wurzel hinzu. Ein kostbarer Import aus Rhaschir, sein Gewicht in Gold wert. *Sie muss es gestern Abend noch schlimmer getrieben haben als sonst, wenn sie heute Morgen ein solches Heilmittel braucht.*

Corayne starrte die Tasse an, während ihre Mutter sie mit großen Schlucken leerte. »Er hat noch ein paar Minuten Zeit«, antwortete sie und schaute aus dem Fenster zu dem kleinen Schuppen hinaus, der an das Häuschen angebaut war. Dieser Schuppen war seit mehr als einem Jahrzehnt Kastios Zuhause.

»Du bleibst schön in seiner Nähe, während ich fort bin.« Meliz nahm auch noch den letzten kleinen Schluck aus der Tasse. »Die Straßen sind in diesen Zeiten gefährlich, selbst hier in der Gegend«, fügte sie hinzu und schmatzte mit den Lippen. »Langboote aus Jüt verschwinden, vor der Saphirbucht kommt es zu Sommerstürmen.« Sie schüttelte den Kopf. »Die Welt kommt einem ganz verdreht vor.«

Selbst in unserem vergessenen Winkel der Welt. Aus allen Richtungen der Wacht waren seltsame Vorkommnisse vermeldet worden, für das Geschäft sowohl gute wie auch schlechte. *Zufall – oder das sich entfaltende Chaos?*

»Alles erledigt«, presste Corayne heraus, faltete ihre Papiere und räumte sie weg. Nach drei Tagen harter Arbeit und viel zu großen Ausgaben war die *Sturmgeboren* jetzt mit Wasser und Proviant versorgt und bereit für die lange Reise nach Rhaschir. Corayne hatte die notwendigen Papiere für die Fahrt durch den von der ibaletischen Marine bewachten Wachtsund beschafft. Sie hatte Briefe an die Verbündeten der Höllen-Mel überall an den Küsten der Langen See verschickt und all jenen Gold versprochen, die eventuell ein Hindernis darstellen könnten. Es war alles bereit.

Da war nur noch eine Sache.

»Nimm mich mit«, platzte es aus Corayne heraus. Sie klammerte sich an eine allerletzte Hoffnung.

Nimm mich mit oder verliere mich, hätte sie gern gesagt. *Verliere mich an diesen seltsamen Weg, auf den ich mich begeben habe, wohin auch immer er mich bringen mag.*

Die meiste Zeit hatte Meliz an-Amarat Sommeraugen, voller Wärme. Mahagonibraun mit bernsteinfarbenen und bronzenen Einsprengseln. Aber jetzt waren ihre Augen kalt und dunkel, stilles Wasser unter fallendem Schnee.

Und ihre Stimme war eisiger Stahl.

»Das werde ich nicht.«

Die Straße nach Lemarta entfaltete sich vor ihrem Blick. Die Morgendämmerung hatte gerade erst eingesetzt und färbte die Gewässer der Langen See rosa und golden. Meliz ging ein kleines Stück voraus und ließ Kastio und Corayne hinter sich hertrotten. Der alte Mann gähnte sich die letzten Überbleibsel des Schlafs aus dem Leib, und seine Knie knackten und knarrten. Corayne hatte ihre übliche weite Bluse samt Kniehose angezogen, dazu die weichen Lederstiefel, von Jahren des Gebrauchs abgenutzt. Es war warm draußen, und sie brauchte eigentlich weder Umhang noch Mantel, aber es baumelte trotzdem einer von ihren Schultern. Die Handschuhe befanden sich bereits in seinen tiefen Taschen, weggesteckt und seit dem Winter nicht mehr benutzt.

Im Gehen zwang sie ihr Frühstück hinunter, biss verärgert in ein fettiges Fladenbrot mit Butter, Knoblauch und Tomatenmus. Ihr langer schwarzer Zopf hing ihr über die eine Schulter, dick wie ein Segeltau. Ihre Augen waren groß, ihr Blick konzentriert.

Sie wollte diesen Tag so gut wie möglich in Erinnerung behalten. Es würde der letzte in der einzigen Heimat sein, die sie je gehabt hatte.

Sonnenstrahlen krochen über den Hafen, zu schnell für Coraynes Geschmack. Es war ein weiterer klarer Tag mit stetigem Wind und gleichmäßigen Strömungen. *Ein guter Tag, um eine Reise anzufangen.* Der wolkenlose blaue Himmel brach Corayne schier das Herz.

Kapitänin an-Amarat ging über den Pier auf die *Sturmgeboren* zu, ihre Hände geöffnet und leer, ihr Rücken dem Hafen und ihr Gesicht den Wellen zugewandt. Ihr langer zerlumpter Mantel hing an ihrer üppigen Gestalt herab. Er hatte Schlitze an beiden Seiten, sodass darunter ihre Gamaschen und die Stiefel sichtbar waren. Ihre Kleider waren salzverkrustet, Veteranen von hundert Reisen durch die Gewässer der Wacht. Ihr Haar war an ihren Schläfen leicht ergraut, wenige Strähnen, die wie gesponnenes Silber glitzerten. Sie trug keinen Hut und schielte mit zusammengekniffenen Augen in den Sonnenaufgang hinein. Sie sah aus wie immer vor einer Reise. Völlig frei und schwerelos. Ohne Verantwortung. Treuepflichten niemandem gegenüber außer der See.

So etwas konnte ein Kind kaum je einmal bei seinen Eltern sehen. Für Corayne war es ein vertrauter Anblick.

Sie war allzu bald an der Seite ihrer Mutter angelangt. Fast schon spürte sie den Impuls, sich direkt vom Pier ins Wasser zu stürzen. Stattdessen riss sie sich zusammen.

Meliz drehte sich um und sah ihre Tochter von der Seite an. Ihr Gesicht war glatt, ihre Haut von der Sonne bronzegolden. »Ich bin in einigen Monaten wieder zurück, genau wie du gesagt hast. Mit genug Geld und Schätzen, dass wir hundert Jahre davon leben können.«

»Das haben wir auch jetzt schon«, zischte Corayne. Sie wusste, wie viel Gold im Garten des Häuschens vergraben war, in den Kellergewölben einer Großbank lag oder sonst wo an den Küsten der Langen See verteilt war. Das Geld aus den Raubzügen ihrer Mutter, das Geld der Schande ihres Vaters. Geld war es nicht, was die *Sturmgeboren* in See stechen ließ, nicht mehr. »Was du da willst und was du da tust, kennt kein Ende. Du genießt das Leben, das du dir erwählt hast, und du wirst es für niemanden aufgeben. Nicht einmal für mich.«

Es war keine Anklage, sondern eine reine Feststellung.

Meliz biss die Zähne zusammen. »Was nicht bedeutet, dass ich mir ein solches Leben auch für dich wünsche.«

»Du hast nicht das Recht zu entscheiden, was aus mir wird oder was ich will«, versetzte Corayne. All ihre Listen, all ihre gesammelten Begründungen lösten sich in Luft auf und hinterließen eine einzige Wahrheit. Sie atmete tief aus. »Du weißt, dass ich nicht so bin wie du.« *Du hast nicht das Rückgrat.* »Und du hast recht, aber anders als du denkst. In meinem Herzen, in meinem Blut – da ist etwas in mir, das nicht einfach stillsitzen kann.« *Spindelblut, Corblut. Ob ich es will oder nicht.* »Du weißt, was das ist.«

Die Augen ihrer Mutter blitzten auf, und sie stieß einen langen, frustrierten Seufzer aus. »*Jetzt* willst du über deinen Vater sprechen?«, schnaubte sie und warf die Hände in die Höhe.

Ihre Mutter war nicht dasselbe wie sie. In ihren Adern floss kein Spindelblut. Sie konnte es nicht verstehen. Aber auch sie war eine rastlose Natur. Sie wusste, was es bedeutete, sich schmerzlich nach Veränderung und nach der Ferne zu sehnen, nach vorn zu schauen und niemals zurück.

»Es sind nur ein paar Monate. Das verspreche ich dir«, sagte Meliz schließlich, und in Coraynes Innerem schlug eine Tür zu. Eine Brücke stürzte ein. Ein Gewitter brach los. Ein Faden löste sich.

Und eine andere Tür klaffte weit auf.

»*Leb wohl*«, stieß Corayne mit zusammengebissenen Zähnen hervor, während ihr Tränen in den Augen brannten.

Meliz hatte bereits nach ihrer Hand gegriffen und zog ihre Tochter fest an sich. In den Käfig ihrer Arme. »Leb wohl, mein Mädchen«, sagte sie und drückte ihr einen Kuss auf die Schläfe.

»Behalte deine Füße am Ufer und dein Gesicht dem Meer zugewandt.«

Corayne atmete tief ein und füllte noch ein letztes Mal die Lungen mit dem Duft ihrer Mutter. »Wie wehen die Winde?«, flüsterte sie in deren Mantel hinein.

Ihre Mutter hauchte einen leisen Seufzer aus. »Ganz wunderbar, denn sie bringen mich nach Hause.«

Die *Sturmgeboren* verschwand am Horizont, ihre Segel von den Strahlen der Sonne verschluckt. Corayne hielt den Blick unverwandt auf das Meer gerichtet und legte sich die Hand über die Augen, um nicht zu sehr geblendet zu werden. Mit der steigenden Sonne stieg auch die Hitze, und eine Schweißperle rollte an ihrem Hals hinunter, verschwand unter dem Kragen ihres langen Umhangs. Sie biss sich auf die Unterlippe.

»Kastio«, sagte sie mit schneidender Stimme.

Der alte Seemann neben ihr drehte den Kopf. »Hm?«

Sie deutete auf die Straßen der Stadt, die gewunden den Hang hinaufführten. Schon jetzt war Lemarta voller Lärm. »Ich habe gehört, dass Doma Martia gerade einige gute Fässer mit tyriotischem Rotwein erhalten hat.«

»Scheint mir noch ein wenig früh am Tag für eine Kostprobe von Martias Wein«, antwortete Kastio. »Selbst für mich.«

Die Münze war kalt in ihrer Hand, blinkendes Silber zwischen ihren Fingern. Genug, um viele stramm befüllte Gläser zu bezahlen. Corayne hielt ihrem Vormund den Groschen hin.

»Ich will von dir wissen, wie er ist.«

Kastio musterte finster das Geld, streckte aber trotzdem die Hand aus. »Das ist Bestechung.«

Sie lächelte schwach. »Bitte, nur für ein paar Stunden. Ich muss allein sein.«

Früher einmal war der alte Mann ein Offizier in der siscarischen Marine gewesen, davor ein Ruderer und vor ganz langer Zeit ein Schiffsjunge, wenngleich Corayne große Schwierigkeiten hatte, sich ihn ohne graue Haare und Falten vorzustellen.

Sie erinnerte sich an all seine Geschichten. Große Seeschlachten, die Kriege mit Galland und Tyriot. Wie hell die Sterne mitten auf dem Ozean zu leuchten schienen. Wie endlos einem die Welt vorkam, wenn das Land am Horizont verschwand. Alles Dinge, die sie selbst erleben wollte. Und noch viel mehr.

Er musterte sie so lange, dass Corayne nervös wurde. Ganz gleich, wie alt oder betrunken er sein mochte, Kastio war kein Idiot. Es hatte seinen Grund, dass er mit der Aufgabe betraut worden war, sie in seine Obhut zu nehmen.

»Es war falsch von ihr, dich nicht mitzunehmen, Corrie«, murmelte er und tätschelte ihre Schulter.

Corayne starrte ihm hinterher, als er mit seinem unsicheren Gang davontrottete. Ihr Blick verfolgte ihn durch die dichter werdende Menge am Rand des Hafenbereichs, bis er den gewundenen Weg zur Meereskönigin und zu Martias Weinkeller hinaufstieg. Erst als er hinter einer Ecke verschwand, atmete sie tief aus und besah prüfend den Hafen.

Da ist kein Schiff, das mich mitnehmen würde, kein Kapitän, der es sich mit meiner Mutter verscherzen will, einer Frau so stur wie ein Esel. Sie schritt über die Planken der Piere, und das Holz unter ihren Füßen hallte vom Gewicht ihrer Schritte wider. Der Umhang legte sich erdrückend schwer um ihre Schultern, viel zu dick für die Jahreszeit. Perfekt zum Reisen.

Sie lässt mir keine andere Wahl.

Das Holz der Planken wechselte zu Stein, als sie vom Pier auf den langgestreckten Marktplatz am Kai trat. Corayne blickte sich suchend um und betrachtete die vertrauten Gesichter der Bewohner von Lemarta, die ihren alltäglichen Besorgungen nachgingen. Der Herzschlag in ihrer Brust beschleunigte sich, hämmerte einen wilden Rhythmus.

Corayne an-Amarat mochte es, Pläne zu schmieden. Und ihr erster Plan war über das Meer davongeschwommen, ohne einen Blick zu ihr zurückzuwerfen. Gut, dass sie einen zweiten hatte.

Die plötzliche Stimme klang lieblich an ihrem Ohr, ein sanftes Zischen.

»Drei Tage«, flüsterte eine Frau.

Corayne zuckte mit keiner Wimper und drehte sich zu Sorasa Sarn um. Hinter Sorasa nahm sie in einer dunklen Wandnische am Rand des Platzes ein Aufblitzen von Gold und Grün wahr.

»Drei Tage«, antwortete Corayne.

Die Meuchelmörderin trug heute keinen Kapuzenumhang. Zum ersten Mal konnte Corayne sie von oben bis unten sehen. Sie ließ den Blick über Sorasas schlanke Gestalt wandern, die selbst unter ihrem leichten sandfarbenen Mantel flink und wendig wirkte. Die Amhara konnte nicht älter als dreißig sein und hatte pechschwarzes Haar und eine Haut wie aus leuchtendem Topas, golden und strahlend. Und auch wenn ihre Kleider fast alles verbargen, konnte Corayne doch einige der Tätowierungen der Meuchelmörderin sehen und begutachtete sie – die Linien auf den Fingern, die Schlange hinterm Ohr, der unverkennbare Flügel eines Adlers und der Stachel eines Skorpions, der an ihrem Hals hervorlugte. Jede einzelne Tätowierung war ein Kunstwerk, eine Meisterleistung aus Tinte, ein Zeugnis ihrer Fähigkeiten und ihrer Amhara-Ausbildung. Sie fesselten Coraynes Aufmerksamkeit mehr als Sorasas Dolch oder ihr Schwert.

Sorasa schnaubte. »Es ist später noch Zeit für genaue Begutachtungen, Spindelverdammte. Wir wollen Ihre unsterbliche Verdrießlichkeit doch nicht warten lassen, nicht wahr?« Sie deutete mit dem Daumen über ihre Schulter. In der Mauernische trat Dom von einem Fuß auf den anderen.

»Auf keinen Fall«, sagte Corayne. »Wollt Ihr mich jetzt die ganze Zeit über Spindelverdammte nennen oder nur heute?«

»Ich hab mich noch nicht endgültig entschieden.«

Die Meuchlerin schritt in straffem Tempo über den Platz, und Corayne folgte ihr dicht auf den Fersen. Sie versuchte, ihre Schritte gleichmäßig zu halten und zu gehen, statt zu rennen. Noch immer summte ihr Herz, sowohl vor banger Nervosität als auch vor Freude. *Kastio wird wissen, dass ich von zu Hause davongelaufen bin. Mutter wird monatelang fort sein. Und selbst wenn sie irgendwie erfahren sollte, dass ich verschwunden bin, wird sie auf keinen Fall kehrtmachen. Nicht um meinetwillen.*

»Es ist gut, dass sie dich hier zurückgelassen hat«, murmelte Sorasa unvermittelt. Ihre Worte überraschten Corayne. »Du bist so besser dran.«

Corayne zuckte zusammen. »Warum das?«

»Bürgerkriege in Rhaschir sind totlangweilig«, meinte Sorasa gedehnt.

Corayne erbleichte, während sie Sorasa in die schattigen Winkel des Marktes folgte.

Die Dunkelheit trug wenig dazu bei zu verbergen, wie fehl am Platz Dom im sonnigen, bronzegebräunten Siscaria war. Er verbeugte sich tief und zog dabei seinen mit dem Geweih bestickten grünen Umhang zur Seite. Das Schwert an seiner Hüfte sah noch lächerlicher aus als er selbst. Zu groß, zu sperrig, kein Vergleich zu den leichten Säbeln oder Messern, die die meisten Seeleute bevorzugten.

»Gnädige Dame Corayne«, sagte er. Sie verzog das Gesicht.

»Ich bitte um Entschuldigung«, fügte er rasch hinzu.

»Ich begegne Euch gerade zum zweiten Mal, und ich habe bereits jetzt den Überblick darüber verloren, wie viele Male Ihr Euch bei mir entschuldigt habt, Domacridhan aus Iona«, entgegnete Corayne und verschränkte die Arme vor der Brust. Aus dem Augenwinkel sah sie Sorasas Lippen zucken.

Dom schwieg. Sie konnte sehen, wie der Drang, sich schon wieder zu entschuldigen, in die Züge seines erhaben schönen Gesichtes geschrieben stand.

»Nun gut«, seufzte Corayne. »Ihr habt gesagt, dass Ihr mich braucht, um die Welt zu retten.«

Er hob den Blick und sah ihr in die Augen. »So ist es.«

Corayne haderte mit sich, ob sie das dumm oder schlicht unmöglich finden sollte. Aber in einem anderen Punkt waren sich beide Stimmen in ihr völlig einig. *Das hier ist die beste Möglichkeit, von hier wegzukommen. Bis zum Horizont und darüber hin-*

aus. Bis ich den Menschen gefunden habe, der ich in meinem tiefsten Inneren bin, der ich wirklich bin.

»Und wie ... retten wir die Welt?«, fragte sie. Laut ausgesprochen klang es einfach lächerlich.

Dom lächelte. Ein echtes, ehrliches Lächeln. Sein Grinsen war eine Naturgewalt, mit der man rechnen musste, breit und weiß, seine Zähne beunruhigend gerade. Corayne fragte sich, ob wohl alle Ältesten auf eine solche fast schon anstößige Weise schön waren. Es erschien ihr unnatürlich.

»Zwei Dinge sind notwendig, um eine Spindel aufzureißen, und dieselben Dinge braucht man auch, um sie wieder zu schließen«, erklärte er und hob dazu zwei seiner langen Finger. »Spindelblut – und eine Spindelklinge.«

»Dann bin ich wohl das Blut.« Corayne schaute an sich hinunter, von ihrem abgetragenen Umhang bis zu den alten Stiefeln. *Was immer* sie sein sollte, sie sah mit Sicherheit nicht so aus. »Und wo ist die Klinge?«

Dom zögerte nicht.

»Am königlichen Hof von Ascal.«

7

Die Königin der Löwen

Erida

Die Liste der Namen wurde immer länger und länger. Erida wünschte, sie könnte sie verbrennen oder zerreißen, aber stattdessen saß sie ruhig da und verfluchte insgeheim jeden Freier, der um ihre Hand anhielt. *Es war zu erwarten*, schärfte sie sich ein. Sie war neunzehn, reich, schön, gut erzogen, gebildet und verfügte über alle Talente einer Frau von echtem Adel. *Nicht dass meine persönlichen Vorzüge und Leistungen viel bedeuten würden. Es ist die Krone, die sie wollen, die Krone, die all die hoffnungsfrohen Anträge anlockt. Nicht meine auffallend blauen Augen oder mein scharfer Verstand. Für sie könnte ich genauso gut ein Baumstumpf sein.*

Seit ihrer Krönung mit fünfzehn hatte die Königin von Galland nun vier Jahre regiert. Sie hatte sich bestens an ihre Pflichten und an die Erwartungen gewöhnt, die der Thron mit sich brachte. *Aber das macht deren Erfüllung nicht leichter*, dachte sie und nahm auf ihrem Sitz Haltung an.

Obwohl sie erst eine Stunde im Ratssaal verbracht hatte, tat ihr bereits alles weh – ihr Rücken wurde von einem reich beschnitzten Stuhl und dem drückenden Schnürwerk ihres grünen Samtgewandes so gerade gehalten, als hätte sie einen Stock verschluckt. Die niedrige Decke des runden Turmsaals machte die Sache auch nicht besser, weil die drückende Hitze des Nachmittags nirgendwohin abziehen konnte. Zumindest musste sie heute keine Krone oder sonstigen Kopfschmuck tragen und brauchte nicht unter der Last von schwerem Gold- oder Silbergeschmeide zu leiden. Ihr aschblondes Haar fiel ihr offen und wellig über die weißen, bleichen Schultern. Hinter ihr standen zwei Ritter der Löwenwache in ihren zeremoniellen goldenen Rüstungen und leuchtend grünen Umhängen. Wie sie die Hitze ertragen konnten, wusste sie nicht.

Selbst jetzt im Hochsommer hielt Erida ihre königlichen Ratssitzungen immer in einem der hohen Türme des Bergfrieds ab, dem festungsartigen Herz des Neuen Palastes. Der runde Raum war streng und grau wie das Haar eines gealterten Wächters. Die Fenster des Saals waren weit aufgerissen worden, um den vom Wasser her wehenden Wind einzulassen. Der Palast war eine Insel im Delta des Großen Löwen, zu allen Seiten von Flussarmen und Kanälen umgeben. Schleusentore sorgten dafür, dass das Wasser um den Palast herum sauber und leer war, aber im übrigen Flussdelta wimmelte es von Galeeren, Koggen und anderen Handelsschiffen, Lastkähnen und den Schiffen der Flotte, die alle kamen und gingen, in beide Richtungen die ausgedehnte Hauptstadt durchschifften.

Die Mitglieder ihres Rats hatten wie Erida selbst ihre Plätze am Tisch eingenommen und lauschten in verzückter Aufmerksamkeit. Nur Ardath stand über den Tisch gebeugt, während er mit gequältem Keuchen den nächsten Brief vorlas. Alle paar Sekunden machte er eine Pause, um zu husten. Der alte Mann lebte weit draußen am Klippenrand des Todes, und das jetzt schon seit einem ganzen Jahrzehnt. Erida war es müde geworden, sich um seinen Gesundheitszustand Sorgen zu machen.

»Und so habe ich, in aller Demut, die Ehre ...«, keuchte er und hustete abermals. Erida zuckte zusammen und spürte ein Kratzen in ihrer eigenen Kehle. »... Eurer Majestät meine Hand für den Bund der Ehe darzureichen, um unser Leben und unsere Zukunft zu vereinen. Ich flehe Euch an, zeigt Euch meinem Antrag gewogen. Mögen sie alle von den Toren bis zum Garten von uns singen. Der Eure bis in den Tod, Oscovko Trecovic, Fürst der Grenzen, Blutprinz von Trec ... und so weiter mit all den anderen Titeln, die dieser schlammverspritzte Troll so gern ins Land hinausposaunt«, beendete Ardath seinen Vortrag und ließ den Brief auf den Ratstisch fallen.

Eine passende Beschreibung, dachte Erida. Sie war Prinz Oscovko nur ein einziges Mal begegnet, und das reichte auch. *Von oben bis unten voller Scheiße, nachdem er in den Latrinengraben eines Feldlagers gerutscht und dort unten eingenickt war.* Ob er gutaussehend war, hatte sie unter all den Schichten von übelriechendem Schmutz und angesichts seiner heftigen Weinfahne nicht zu erkennen vermocht.

Behände griff Dornwand nach dem Brief. Er war ein dünner, kleiner Mann, noch kleiner als Erida selbst, mit ergrauendem Haar und einem roten Bart, so wild und flammend wie die Armeen, die er befehligte. Sogar im Ratssaal bestand er darauf, eine Rüstung zu tragen, als könnten die Leute am Tisch jederzeit zu den Waffen greifen und sich an Ort und Stelle ein Scharmützel liefern. Er beäugte mit zusammengekniffenen Augen das unordentliche Gekritzel des Briefs, dann das Siegel und die Unterschrift.

Von ihrem Platz aus konnte Erida mühelos das Zeichen des gekrönten weißen Wolfs erkennen, das Siegel der Königsfamilie von Trec. Sie konnte auch die verschiedenen Rechtschreibfehler und durchgestrichenen Buchstaben und Wörter sehen, die die Seite verschandelten, ebenso wie mehrere tintige Fingerabdrücke.

»Vom Prinzen mit eigener Hand verfasst«, schlussfolgerte Erida und verzog die Lippen.

»In der Tat, so ist es«, versicherte Dornwand griesgrämig.

Er schob Harrsing den Brief hinüber, einer altgedienten Veteranin, die schon sehr viele Jahre am Königshof verbracht hatte. Sie bedachte das Schreiben mit einem verächtlichen Grinsen. Bella Harrsing war genauso alt wie Ardath, auch wenn sie sich viel besser gehalten hatte.

Zumindest kann sie atmen, ohne sich gleich die halbe Lunge aus dem Leib zu husten.

»Macht Euch gar nicht erst die Mühe, seinen Namen auf die Liste zu setzen«, sagte Harrsing. Sie weigerte sich, das Papier auch nur zu berühren.

Auf der anderen Seite des Tisches stieß Derrick, eine wahre Festung von Mann, ein missbilligendes Schnauben aus. »Ihr macht Euch für dieses *Kleinkind* stark, das in der Saphirbucht noch immer seine Buchstaben zu kritzeln lernt, gleichwohl zieht Ihr den Sohn eines Königs vor unserer eigenen Türschwelle gar nicht erst in Betracht?«

Harrsing musterte ihn und seine geröteten rundlichen Wangen mit unverhohlenem Abscheu. »Ich wette, Andaliz an-Amsir beherrscht das Alphabet besser als diese tölpelhafte Nervensäge oder selbst *Ihr*, mein Herr. Und er ist ebenfalls ein Prinz, und zwar aus einem uns viel *nützlicheren* Land.«

Das Gezänk der beiden fand kein Ende und war der Königin wohlvertraut. Auch wenn es für Erida war, als schlage sie sich selbst einen Nagel in den Schädel, ließ sie Harrsing und Derrick sich weiter streiten, als seien sie zwei rivalisierende Geschwister. *Je länger sie streiten, umso länger kann ich das Ende dieses abscheulichen Verfahrens hinauszögern, in dem es nur darum geht, mich zu verkaufen wie eine preisgekrönte Kuh*, überlegte sie. *Und umso mehr Zeit habe ich, um nachzudenken.*

Es waren Wochen vergangen, seit Andry Trelland ganz allein nach Ascal zurückgekehrt war und vom Verhängnis der Spindeln und von einem Eroberer aus dem Nichts berichtet hatte. *Taristan vom alten Cor. Spindelblut und Spingelklinge. Mit einer tollwütigen Armee, die in den Bergen versteckt ist, grauenvollen Ungeheuern, die seinem Willen gehorchen.*

Sie saß schweigend da, und ihr Gesicht war reglos und unerforschlich. Wie eine Waage prüfte sie das Gewicht der Worte des Knappen, so wie sie es seither an jedem Morgen und an jedem Abend getan hatte. *Hat Trelland die Wahrheit gesagt? Taucht da ein Teufel am Horizont auf, um uns alle lebend zu verschlingen?*

Sie konnte es nicht mit Bestimmtheit wissen.

Die Lüge ist die richtige Entscheidung, die bessere Wahl. Für mich und mein Königreich.

Harrsing und Derrick setzten ihr Geplänkel fort und spielten ihre jeweils erwählten Heiratskandidaten gegeneinander aus. In Wahrheit ließ sowohl der Gedanke an Oscovko als auch der an den kleinen ibaletischen Prinzen Erida verzweifeln, wie es ihr im Übrigen auch mit jedem anderen Namen auf dieser vermaledeiten Liste erging.

Konegin, der sich auf dem Stuhl rechts von ihr lümmelte, wahrte genauso sein Schweigen wie die Königin. Er war ein Cousin von Eridas Vater mit den durchdringenden blauen Augen und dem nachdenklichen Wesen der Königsfamilie. *Und deren Ehrgeiz,* ging es Erida durch den Kopf. Während alle anderen ihren Sitz im Kronrat hatten, um die Königin zu beraten, nach Maßgabe ihres jeweiligen Wertes handverlesen, hatte sie Konegin erwählt, damit sie einen möglichen Thronräuber im Auge behalten konnte.

Er beobachtete Harrsing und Derrick, wie man unten im Garten ein Spiel Racquetball verfolgen würde. Seine Augen wanderten zwischen ihnen hin und her, während sie sich gegenseitig ihre Spitzen und Seitenhiebe an den Kopf warfen. Mit seinem blonden Haar, dem auffällig stechenden Blick und seinem hervortretenden bärtigen Kinn hatte Konegin eine allzu große Ähnlichkeit mit Eridas Vater. Er kleidete sich sogar wie er, in schlichter, aber feiner grüner Seide und einer Kette aus Gold und Silber von Schulter zu Schulter, an der vom einen Ende bis zum anderen handgeschmiedete Löwen brüllten. Es erfüllte sie mit Schmerz um einen Mann, der seit vier Jahren tot war.

»Setzt den Namen auf die Liste«, entschied Konegin schließlich, seine Stimme brüsk und endgültig.

Derrick klappte sofort den Mund zu, was Erida nicht entging. Aber Harrsing richtete sich auf, um zu widersprechen, ein hirnrissiges Unterfangen, wenn man es mit Konegin zu tun hatte.

Erida fiel ihr widerstrebend ins Wort. »Tut, was mein Vetter sagt.«

Ardath tauchte pflichtschuldig seine Feder in ein Tintenfass und kritzelte den Namen des Prinzen von Trec auf die lange

Pergamentrolle, die über Eridas Schicksal entscheiden würde. Sie hatte das Gefühl, als würde ihr jeder Buchstabe in die eigene Haut geritzt.

»Aber wir müssen seinen Rang beachten«, fügte sie mit strenger Stimme hinzu.

»Er ist ein zweitgeborener Sohn, ja, aber das würde unsere nördliche Grenze sichern«, begann Dornwand. Er hatte immer seine Kriegskarten dabei und deutete schnell auf die Pforten von Trec, einen offenen Durchbruch im Wachtgebirge, das den Nordkontinent in zwei Hälften teilte.

Erida widerstand dem Drang, ihrem Oberbefehlshaber der Truppen zu sagen, dass sie in Sachen Geografie besser beschlagen war als er. Stattdessen stand sie auf und trat mit langsamen Schritten zu der riesigen, prächtigen, äußerst sorgfältig gemalten Karte von Allwacht, die an der Wand hing. Sie füllte ihr gesamtes Gesichtsfeld, und jetzt stand sie so nahe davor, dass sie nur noch Galland sehen konnte, ihr angestammtes Erbe und ihr Schicksal. Sie übersah die vertrauten Flüsse und Städte, die auf dem gewölbten Gemälde außerordentlich detailreich ausgestaltet waren. Ascal selbst ragte im Zentrum auf, die Stadtmauern aus gelbem Stein mit echtem Blattgold und Bernstein hervorgehoben. Selbst die Bäume der großen Wälder der Wacht waren eingezeichnet. Die Wandkarte war das Werk eines Meisterkartografen und Meistermalers, der sich wirbelnder Farben und kleiner Steinchen bedient hatte, um seine gemalte Welt zu schaffen.

»Unsere Armee ist fünfmal so groß wie ihre, nach einer vorsichtigen Zählung. Falls die Schlächter von Trec den Wunsch verspüren, ihr Glück an den Pforten auf die Probe zu stellen, dann sollen sie das ruhig. Aber ich werde mich nicht mit einem Königreich vermählen, das mich mehr braucht, als ich es brauche.« Sie streckte die Hand aus, um mit den Fingern über die Karte zu streichen. »Und wie Ihr seht«, fügte sie hinzu, »hat Trec selbst eine reichlich unvorteilhafte Grenze. Das Land ist eingekeilt zwischen der Pracht Gallands und den Wölfen von Jüt, vom Kaiser von Temur gar nicht zu reden.« Sie zeigte nacheinander auf jede der genannten Nationen, von den frostigen Ödlanden bis hin zur westlichen Steppe.

Dornwand lehnte sich nachdenklich auf seinem Sitz zurück. »Bhur hat seit zwei Jahrzehnten keinen Eroberungszug mehr unternommen. Das Temurijon blüht und gedeiht in Frieden. Seine Armeen schützen die bereits gezogenen Grenzen, mehr nicht.«

Im Augenblick, ja. Der durch die Macht des Temurijon gesicherte, nun schon seit Jahrzehnten anhaltende Frieden im Westen hatte beinahe legendären Status. *Mit Blut erkauft,* das wusste Erida. *Aber das ist der Preis für Frieden und Wohlstand.*

»Der Kaiser wird nicht ewig leben, und ich bin viel jünger als er«, antwortete sie, während sie zu ihrem Stuhl zurückging. »Ich bin nicht willens, mich auf die friedlichen Absichten seiner Söhne zu verlassen, denen es vielleicht ebenso sehr nach Eroberungen dürstet wie ihren Vater in seiner Jugend. Und ich werde kein Bündnis eingehen, das meine Soldaten über die Berge entsendet, damit sie für einen anderen Thron kämpfen und sterben, um treckische Kehlen vor temurischen Klingen zu retten.«

Die alte Harrsing reckte den Kopf in die Höhe. Der apfelgroße Smaragd an ihrem Hals glitzerte. Sie war nicht nur ein durchtriebenes Ratsmitglied, sondern auch die wohlhabendste Frau in Galland. Nach der Königin natürlich. »Wohl gesprochen, Euer Majestät.«

»In der Tat, Ihr habt da einen besseren Blick als die meisten meiner Generäle«, bemerkte Dornwand. Sein Blick verweilte auf der kleineren Karte, die er immer noch in der Hand hielt. »Obwohl ich zugeben muss, dass ich mir ein Kräftemessen der Ritter Gallands mit den Ungezählten von Temurijon durchaus gewünscht hätte. Was für ein Krieg das doch wäre.« Sein Ton war sehnsüchtig, fast träumerisch.

»Was für ein Krieg«, wiederholte Erida.

Sie sah es vor ihrem geistigen Auge, so klar wie der helle Tag. Die Ungezählten, die große Armee des Kaisers Bhur und der Steppen von Temurijon waren auf dem Schlachtfeld bisher ungeschlagen. Und seit Jahrzehnten hatte niemand mehr versucht, es mit ihnen aufzunehmen. Sie fragte sich, ob die berittenen Bogenschützen immer noch so furchterregend waren, ob galländischer Stahl einem solchen Sturm würde standhalten können, sollte er ausbrechen. Und welcher Art das Reich wäre, das sich aus einem solchen Zusammenstoß schließlich erheben würde. *Mit mir selbst an seiner Spitze, allein, ohne dass sich jemand mit mir messen könnte. Ohne die Notwendigkeit, dass es da noch jemanden gibt.*

»Unsere Armeen sind bereit, es mit jedem Königreich auf der Wacht aufzunehmen und es im Kampf zu besiegen«, sagte Konegin mit schneidender Stimme. »Und jeder kriegerische Konflikt mit dem Temurijon würde sich lange vorher abzeichnen. Es hat keinen Zweck, sich jetzt mit dieser Frage zu beschäftigen. Vor uns liegt eine andere Aufgabe.«

»Gut, dass Ihr Sorge tragt, dass wir nicht abschweifen, Vetter«, murmelte Erida, während sie in Wirklichkeit das Gegenteil empfand. Er schenkte ihr dafür ein falsches Lächeln. »Oscovko bleibt also im Rennen. Gibt es noch weitere Namen hinzuzufügen? Oder welche, die gestrichen werden sollten?« Sie tat ihr Bestes, ihre Stimme nicht hoffnungsvoll klingen zu lassen.

»Herzog Reccio von Siscaria hat seinen Sohn vorgeschlagen und ein Porträt von seinem Sprössling mitgeschickt«, schnaufte Ardath. »Ich weiß, Ihr würdet es vorziehen, keinen so nahen Verwandten zu ehelichen, gleichwohl habe ich den Namen mit den anderen auf die Liste setzen lassen. Außerdem hat eine Clanführerin aus Jüt ein Bärenfell übersandt und im beigefügten Brief ihre Heiratsabsichten kundgetan.« Er zog ein zerknittertes Blatt aus seiner Mappe und reichte es der Königin.

»*Ihre* Absichten?« Dornwand fuhr entsetzt zurück.

Erida nahm es gelassen. Während es dem niederen Volk der meisten Königreiche freistand, sich zu vermählen, mit wem sie wollten – ob Mann oder Frau, ob irgendetwas dazwischen oder nichts von beidem –, war eine herrschende Königin an die

Möglichkeit gebunden, Kinder zu bekommen.«Sie wäre nicht die Erste. Und die Jüter gebären ihre Erben nicht, sie erwählen sie. Von mir kann ich das nicht behaupten.« Der Brief bestand nicht aus Pergamentpapier, sondern aus einem Stück grob behandelter Haut. *Tierhaut, hoffe ich.* Es standen nur drei Wörter darauf, in die Haut hineingestochen. *Du, ich, zusammen.*

»Ich sehe, wir verwenden hier den Ausdruck *Brief* im weitesten Sinne«, murmelte sie, als sie das Blatt beiseitelegte. Rings um den Tisch erhob sich leises Lachen. »Lasst das Fell an meinen Landsitz im Burgwald schicken und einen Dankesbrief an die Frau aus Jüt.«

»Zumindest der Kronprinz von Madrence hat die Hoffnung inzwischen aufgegeben«, warf Harrsing ein. Sie griff sich an ihre Halskette. Ihre Haut war dünn wie Papier, fast durchscheinend, und die blauen Adern darunter schimmerten durch. »Orleon vermählt sich zum Monatsende mit einer Prinzessin aus Siscaria. Wir können seinen Namen streichen.«

Der kleine Sieg war freilich nicht ungetrübt. Erida biss die Zähne zusammen, so sehr widerstrebte es ihr zu sagen, was sie jetzt sagen musste. »Kann ich mich ihm nicht irgendwie noch für ein Weilchen schmackhaft machen? Ich würde unseren Soldaten gern genug Zeit geben, sich entlang der madrentinischen Grenze zusammenzuziehen. Sobald der Heiratsvorwand dann vom Tisch ist, beginnen wir unseren Vorstoß Richtung Meer. Und ich würde lieber nicht sowohl gegen Madrence als auch gegen Siscaria in den Krieg ziehen müssen, solange es nicht notwendig ist.«

»Ich kann es versuchen.« Harrsing neigte den Kopf. »Ich werde den Hof von Partepalas über Euer ... erneutes Interesse in Kenntnis setzen.«

Dornwand kratzte sich den Bart. »Ich werde das Gleiche tun und zudem unsere Feldlager in der Nähe von Rouleine in Alarmbereitschaft versetzen.«

»Gut«, sagte Erida. Die dritte Legion war bereits vor Ort an den Festungen und Burgen der unruhigen Grenze stationiert.

Noch vor Herbstanfang sind zwanzigtausend Mann kampfbereit.
»Wie lange werden unsere Truppen brauchen?«

»Die erste Legion ist vor zwei Wochen von der Hauptstadt Richtung Grenze entsandt worden.« Der alte Soldat lehnte sich auf seinem Stuhl zurück, stieß den Atem aus und zählte die Tage an den Fingern ab. »Bei strammem Ritt über die alten Straßen von Cor und ohne Zwischenfälle würde ich sagen, dass Ritter und Kavallerie in weniger als vier Wochen eintreffen. Die Infanterie – Schwerter, Piken, Bogenschützen und was immer wir an Bauern dazu bringen können, zur Axt zu greifen – bräuchte dann noch einmal zwei Monate.«

Die Königin nickte. »Dann verschafft uns drei Monate Zeit, Bella.«

»Ja, Euer Majestät.«

»Ich bin lieber der Köder als der Preis«, erklärte Erida. *Wenn ich schon an einem Haken baumeln muss, möchte ich das gern zu meinen Bedingungen tun und außerdem so, dass es meinen eigenen Zwecken dient.* »Gut, wenn es keine weiteren Bewerber mehr zu besprechen gibt ...«

»Da sind noch jede Menge«, stieß Konegin zähneknirschend hervor.

Gespräche über den Krieg verliehen ihr immer zusätzlichen Mut. Erida stemmte die Hand auf den Tisch. Sie beugte sich zu ihrem älteren Verwandten vor, sorgfältig darauf bedacht, ihr Temperament im Zaum zu halten. *Auch wenn Frauen ein größeres Recht auf Verärgerung haben als Männer.*

»Aber keine, die für mich oder Galland irgendwie von Reiz wären«, ließ sie ihn wissen. Zu ihrer Freude fiel er in seinen Sitz zurück und gab klein bei. »Wenn ich schon heiraten muss, werde ich es zum Wohle meiner Krone tun. Um meinen Thron zu stärken, statt ihn zu verkaufen. Wir sind die Erben des alten Cor, das rechtmäßige Reich, der Ruhm der Wacht. Findet mir einen Gemahl, der dieses Schicksals würdig ist, des Traums meines Vaters und Großvaters. Findet mir einen wahrhaftigen Meisterkrieger.«

Eine hohe Messlatte, schwer zu meistern. Vielleicht unmöglich. Und genau darauf hatte sie es angelegt. Das zu treffende Ziel auf der Scheibe so klein zu machen, dass jeder es verfehlen musste. Falls die Mitglieder des Kronrats Eridas wahre Absichten ahnten, so gab es niemanden, der das laut sagte oder es sich anmerken ließ. Sie würden ihre Königin, so jung sie war, nicht der Lüge bezichtigen. *Und ich lüge ja auch nicht,* versicherte sie sich. *Sollte es wirklich einen solchen Mann geben, werde ich ihn heiraten und mich seiner wie eines Schwertes bedienen, das ich nicht tragen kann. Um mir mit seiner Hilfe ein Reich zu erkämpfen wie in den alten Tagen, vom einen Rand der Karte bis zum anderen, um alle unter dem Löwen zu einen. Unter mir.*

»Da gibt es noch die Beerdigungen, um die wir uns kümmern müssen«, bemerkte Ardath leise und riss Erida aus ihren Gedankenspielen heraus. »Auch wenn wir noch nichts Genaueres in Erfahrung gebracht haben. Es ist möglich, dass die sterblichen Überreste nie gefunden werden.«

Erida nickte. Sie hatte die Reiter selbst ausgewählt, aus den Reihen der Löwengarde. Damit sie nach den Leichen Tyrs und der Vettern Nord suchten. *Und nach der Armee des Verderbens, sollte es sie denn wirklich geben.*

»Ob ein Leichnam da ist oder nicht, sie werden in allen Ehren beerdigt, mit Glanz und Gloria, wie sie es sich zu Lebzeiten verdient haben. Sir Grandel, Sir Raymon und Sir Edgar werden uns noch lange im Gedächtnis bleiben«, verkündete sie, und es war die Wahrheit. Die Ritter hatten sie seit ihrer Krönung bewacht und vor ihr schon ihren Vater. Wenngleich sie ihren Verlust nicht beweinte, bekümmerte es sie trotzdem, sie verloren zu haben.

Konegin nickte zustimmend, aber sein Blick war aufmerksam. »Was ist mit dem Knappen?«

Bei der Erwähnung Andry Trellands durchzuckte es die Königin wie ein Blitz, der ihr über den Rücken und bis in die Fingerspitzen lief. *Wenn eintritt, was er gesagt hat, wenn es das, was er in den Hügeln gesehen hat, wirklich gibt, wenn eine Spindel aufgerissen ist, wenn die Geschichten und Märchen wahr sind …*

Aber Erida zwang sich zu einem gleichgültigen Achselzucken. »Ohne Frage wird ihn ein anderer Ritter in seine Dienste nehmen. Er ist ein feiner junger Kerl; es sollte für ihn kein Problem sein, eine Anstellung zu finden.«

»Hat er denn nichts über seine Pläne gesagt, als er zurückgekehrt ist? Mitten in der Nacht, blutverschmiert und ganz allein?«, beharrte Konegin. Jetzt war es an ihm, sich über den Tisch nach vorn zu beugen. »Noch einmal, ich frage, was hat er Euch erzählt?«

Obschon ihr all ihre Instinkte sagten, dass es die Etikette verlangte, sich jetzt zurückzulehnen und sich kleinzumachen, ein bescheidenes Lächeln aufzusetzen und ihren Vetter mit ihrer weiblichen Zurückhaltung zu besänftigen, tat Erida genau das nicht. Sie ballte die Hand zur Faust, sodass sich der große Thronring daran nur schwer übersehen ließ. Der grob geschliffene Smaragd glänzte hell.

»Andry Trellands Worte waren für meine Ohren bestimmt und für meine Ohren allein«, versetzte sie. Nach Wochen des ständigen Gefragtwerdens konnte sie die Sätze im Schlaf herbeten. »Überwiegend wirres Zeug. Der Junge war durch das Gemetzel, dem sein Herr und die anderen zum Opfer gefallen sind, zutiefst zerrüttet. Aber die Einzelheiten sind bekannt. Das habe ich alles schon berichtet.«

»Von einer Räuberhorde aus Jüt abgeschlachtet, ja. Alle ermordet, bis auf den Knappen.« Die Lüge hatte sich angeboten und ließ sich gut glauben. »Auf der Suche nach etwas, wovon wir nichts wissen, begleitet von einer Schar von Kriegern ohne Namen, mit Absichten, die wir nicht ergründen können«, blaffte Konegin und schlug mit der Hand auf den Tisch. Harrsing zuckte auf ihrem Stuhl zusammen. »Irgendeine greise Älteste, so eine spindelverdammte Hexe, bittet um Hilfe, und Ihr schickt, ohne Fragen zu stellen, drei Ritter aus, ohne Euch mit uns zu beraten, ohne uns zu sagen, warum. Und jetzt müssen wir ihre leeren Gräber füllen!« Der Cousin ihres Vaters fuhr sich mit der Hand durchs Haar, sodass ihm die goldenen Strähnen vom Kopf abstanden. Mit durchdringendem Blick sah Erida zu, wie er sich mühte, seine Fassung wiederzufinden. »Euer Majestät«, fügte er leise hinzu, ein höflicher Nachschub, aber zugleich auch eine Warnung.

Die Königin verkniff sich eine Antwort. Sie spürte Flammen in der Kehle, und es war nicht angemessen, diesem Feuer hier freien Lauf zu lassen, mit all dem Zunder ringsum, der einen lodernden Brand zu entfesseln vermochte.

Die gute Harrsing war so freundlich, an der Stelle ihrer Königin das Wort zu ergreifen. »Wir haben seit einer Generation von den Ältesten weder gehört noch einen gesehen«, sagte sie spröde. »Verratet mir, mein Herr, hättet Ihr nicht genau das Gleiche getan? Hättet Ihr nicht auch Männer ausgeschickt, um dem Ruf eines Ältestenherrschers zu folgen?«

Erida zog die Augen zusammen. Sie kannte ihren Vetter gut genug, um zu erraten, was er wohl getan hätte.

Er wäre selbst gegangen. Hätte ein Gefolge von Rittern und seine eigenen Soldaten mitgenommen, einen Wagen voller Geschenke, eine Prozession von Dienstboten und zwei Herolde, um laut seine Titel und seine Abstammungslinie zu verkünden. »Macht Platz für Fürst Rian Konegin, Enkelsohn von Konrad dem Großen, König von Galland.« *Er hätte ein Spektakel für das gemeine Volk und die Unsterblichen gleichermaßen geliefert, hätte sich einem Kaiser des alten Cor so ähnlich gemacht, wie ihm irgend möglich,* dachte Erida. Sie biss die Zähne zusammen. *Und wäre ich nicht an diesen Thron gekettet, hätte ich das Gleiche getan.*

Konegin ließ sich nicht beirren. Er sah Derrick und Dornwand an, heischte um Unterstützung. »Ich würde den Knappen gern kommen lassen und mir seine Geschichte selbst anhören.«

Nach vier Jahren Regentschaft konnte es Königin Erida an Schauspielkunst mit jedem Pantomimen auf den Bühnen in den Straßen von Ascal aufnehmen. All ihre Kraft schwand dahin, als sie den Kopf tief beugte, ihre Schultern herabsacken ließ und die Augen schloss. Sie strich sich mit der Hand übers Gesicht.

»Trellands Pein ist eine Bürde, die ich zu tragen habe, Fürst Konegin. Ich ganz allein«, sagte sie mit matter Stimme. »Das ist der Preis der Krone.«
Einer Krone, die du niemals wirst beanspruchen können. Es genügte, um selbst Konegin abzuspeisen, der sich zurückzog wie eine geschlagene Armee.
Erida ließ die Hand sinken und mit ihr ihre mitleidsvolle Maske. Ihr Gesicht wurde kalt, als sie vom Tisch aufstand und damit den versammelten Kronrat entließ.

»Konegin hat seinen Sohn noch immer nicht als Freier um Eure Hand präsentiert.«
Nur Bella Harrsing war zurückgeblieben. Selbst Eridas Löwengarde hatte sich auf den Flur zurückgezogen, was ihrer Königin die Möglichkeit zu einer Privataudienz mit der alten Dame gab. Die beiden Frauen standen an dem größten Fenster im Raum und schauten über den Fluss, der träge in die Spiegelbucht strömte. Grünes Süßwasser vermischte sich wirbelnd mit dem dunkleren Salzwasser. Dem anderen Ufer vorgelagert, erstreckte sich der berühmte Garten von Ascal auf seiner Insel, die Bäume und Blumen mit peinlicher Sorgfalt gepflegt. Trotz der Hitze schlenderten Adelige und wohlhabende Händler aus der Hauptstadt über die Wiesen und Wege des Gartens, ihre kreischenden Kinder im Schlepptau.
Versonnen betrachtete Erida das Grün auf der anderen Seite des Wassers. Dort hatte sie als Kind gespielt, von einem Kreis von Rittern umringt. Als einzige Erbin des Königs war ihr Leben kostbarer gewesen als jeder Schatz. *Ich habe mir nie auch nur die Knie aufgeschürft. Es war immer jemand da, der mich aufgefangen hat.*
Mit einem Seufzer drehte sie sich zu ihrer Beraterin um. Die gewohnten Kopfschmerzen pochten hinter ihren Schläfen.
»Weil Konegin mein Land mit Gewalt nehmen will, nicht durch Heirat. Er würde lieber selbst auf dem Thron sitzen, als in Ruhe und Frieden sein Enkelkind dort Platz nehmen zu lassen«,

meinte sie in einem Tonfall, als sei es das Offensichtlichste auf der Welt. »Er würde mir Herry nur aufdrängen, wenn ihm keine andere Wahl mehr bliebe.«

Heralt Konegin, der Prinz der Kröten. Ein passender Spitzname für Eridas boshaften, vierschrötigen, quakenden Verwandten, der kaum etwas anderes tat, als zu saufen und mit vernebelten Augen vor sich hin zu starren. Bei dem Gedanken, dass man ihr einen solchen Menschen aufzwingen könnte, krampfte sich ihr der Magen zusammen.

»Es gibt immer noch als Lebenspartner geeignete Bewerber«, sagte Harrsing und führte Erida mit sanftem Druck vom Fenster weg. Die Königin ließ es geschehen. »Leicht zu beherrschen, reich an Land, Gold und Armeen. Gute Männer, die Euch und Euren Thron beschützen werden.«

Mich beschützen. Erida hätte sich am liebsten übergeben. *Es gibt keinen Mann auf der ganzen Wacht, der meine Krone nicht an sich reißen würde, wenn er könnte, genauso wie es auch keinen gibt, der es wert wäre, seinetwegen das Risiko einzugehen, sie zu verlieren.*

»Ich entscheide selbst, wer geeignet ist, Bella. Und bisher habe ich noch keinen gesehen«, versetzte sie. Die alte Frau geleitete sie an den Tisch zurück und stützte sich dabei schwer auf den Arm der Königin. Obwohl es um ihren Gesundheitszustand mit Sicherheit besser bestellt war als um Ardaths, ließ sich das auf Bella lastende Alter doch nicht leugnen. Bei dem Gedanken daran, sie womöglich zu verlieren, zuckte Erida zusammen. Sie zwang sich stattdessen zu einem Lächeln. »Nein, nicht einmal Euer kleiner Prinz aus Ibalet ist so jemand«, sagte sie und zwinkerte der alten Frau zu. »Der, wie Ihr so oft zu erwähnen vergesst, Euer *Enkel* ist.«

Harrsing zuckte mit einem schiefen Lächeln die Achseln. »Ich gehe einfach davon aus, dass das allgemein bekannt ist.«

»Das ist es tatsächlich«, meinte Erida.

Die Kartenwand des Ratssaals blitzte im wechselnden Licht, das von den Wellen des Flussdeltas reflektiert wurde. Die Karte schien zu tanzen, die Linien von Flüssen und Küsten und Königreichen verbogen und wandelten sich. Erida ließ den Blick darauf ruhen, und für einen Moment konnte sie überhaupt keine Königreiche mehr sehen. Nur ihr eigenes, bis in jeden Winkel der Wacht. Mit erhobenem Kopf blieb sie vor dem Gemälde stehen.

»Vor seinem Tod hat mein Vater seine Wünsche kundgetan«, sagte sie. »Es ist leicht, sich an sie zu erinnern. Es waren lediglich zwei.«

Harrsing neigte den Kopf. »Erida von Galland wählt ihren Gemahl selbst. Es darf ihr niemand aufgezwungen werden.«

Wieder verspürte Erida einen Schmerz in der Brust, und sie wünschte, ihr Vater wäre noch am Leben. Seine Erlasse waren von großem Gewicht, selbst noch im Tod, aber sie würden sie nicht auf ewig schützen. Und auch wenn Erida Königin war, war sie doch in erster Linie Frau, jedenfalls in den Augen der meisten. *Nicht vertrauenswürdig, untauglich, zu schwach, um zu herrschen. Die Geschichte weidet sich an Frauen, die in eine hohe Position gehoben und dann von Männern erniedrigt wurden, die nach ihrer Macht gegriffen haben. Ich werde keine von ihnen sein. Ich werde nicht verlieren, was mein Vater mir gegeben hat.*

Ich werde es größer machen.

Auf der Karte erglänzte die goldene Stadt Ascal.

»Mein Vater hat auch gesagt, Galland sei Ruhm und Pracht der Wacht, das wiedergeborene alte Cor, ein Reich, das neu zu errichten ist.« Die Straßen des alten Cor, die gerade und verlässlich waren, hoben sich deutlich von der übrigen Karte ab, Einlegearbeiten aus kostbaren Steinen. Sie verbanden die großen Städte der Wacht miteinander, breiteten sich über die alten Grenzen aus. »Ich habe nicht vor, ihn zu enttäuschen.«

Bella Harrsing lächelte zustimmend. »Der Kronrat ist ganz auf Eurer Seite.«

Bis er es nicht mehr ist, so viel wusste Erida. *Bis seine Mitglieder jemand anderen finden, hinter dem sie lieber stehen würden.* Selbst Bella Harrsing, die sie von Geburt an kannte und die vor ihr ihrem Vater gedient hatte – selbst sie würde Erida im Stich lassen, falls es sich als nötig erweisen sollte. Falls sich eine bessere Gelegenheit ergab.

»Dieser arme Knappe«, fuhr Harrsing fort und zog Erida von der Karte und dem Ratstisch weg. »Ich bekomme ihn einfach nicht aus dem Kopf. Zusehen zu müssen, wie seine Herren von diesen Tieren aus dem Norden abgeschlachtet werden.«

Ein saurer Geschmack erfüllte Eridas Mund. Für gewöhnlich war Harrsing mit ihren kleinen Nadelstichen wesentlich zurückhaltender. *Mit wem hat der Junge gesprochen?*

»Eine Tragödie, gewiss«, pflichtete sie ihr artig und gesenkten Blickes bei.

Ermordete Helden, zerrissene Spindeln, ein Wahnsinniger mit einer Armee. Die ganze Welt in Gefahr. Erida grübelte erneut über sein abgehetztes und wirres Gerede nach. *Wahrheit oder Wahnsinn?* Sie konnte es immer noch nicht sagen.

Im Saal warteten die Löwengarde, Eridas Hofdamen und Zofen. Alle erhoben sich, willig, ihrer jungen Königin zu dienen. In ihren vielfarbigen Gewändern und wallenden Röcken erinnerten sie an einen Schwarm, in dem sich alle Fische wie ein einziges Wesen bewegen. Hin zu ihrer Nahrung. Weg von einem fressenden Räuber. Beides zugleich.

»Benachrichtigt die Dame Trelland und ihren Sohn«, trug Erida ihren Zofen auf. »Ich möchte die beiden gern besuchen und unseren gefallenen Rittern meine Hochachtung erweisen.«

Harrsing stupste sie leise an die Schulter. »Nach den Bittgesuchen.«

»Natürlich.« Erida seufzte. Sie war jetzt schon müde.

Ich wünschte, ich könnte diese ganze Tradition abschaffen, nutzlos wie sie ist. Der Tag der Bittgesuche bedeutete lange Stunden auf dem Thron, während sie sich die Beschwerden und Forderungen von Adligen, Händlern, Soldaten und Bauern anhören musste. Zumeist bedeutete es einfach, die Augen offen zu halten, sich ihre Sorgen anzuhören und Ausflüchte zu machen, so gut sie es vermochte.

»Wie viele stellen sich als neue Bewerber um meine Hand vor?«, fragte sie erschöpft und hakte sich bei der alten Frau unter. Der Rekord stand gegenwärtig bei zwölf Männern an einem Tag.

»Nur ein Einziger. Ich habe mir sagen lassen, er sei recht attraktiv.«

Erida schnaubte verächtlich. Ein unfroher Laut, der tief aus ihrer Kehle kam. »Erzählt mir etwas Nützliches.«

Alle Gedanken an Andry Trelland traten in den Hintergrund, überschattet von den Anforderungen der Krone.

»Nun gut, bringen wir es hinter uns.«

8

Unter dem blauen Stern

Andry

Das Wasser dampfte heiß über dem Feuer in ihrer kleinen Wohnstube. Er hätte Diener rufen können, um ihm Tee aus den Küchen zu bringen, aber Andry zog es vor, den Tee selbst zuzubereiten. Er wusste, was die Hofdame Valeri, seine Mutter, bevorzugte, und sie mochte ihren Tee gern brühheiß. So hübsch und ansprechend ihre Wohnräume auch waren, sie waren kein Vergleich zu den riesigen Palastküchen. Außerdem richtete Andry seinen Blick gern aufs Wasser, während er wartete, bis es kochte. Es gab ihm etwas zum Nachdenken, etwas anderes als Blut und Gemetzel. Etwas, das ihn von dem kalten, knisternden Flüstern ablenkte, das in den tiefsten Winkeln seines Geistes auf ihn wartete.

Er starrte in den Topf über dem Feuer, und träge Bläschen stiegen an die Oberfläche. Kräuter wirbelten in einer inneren Strömung darin umher, friedlich und berechenbar. Andry versuchte, sich in dem Muster zu verlieren. Trotzdem konnte er den Schreien der gefallenen Helden nicht entrinnen. Er riss den Blick vom Topf los und schaute ins Feuer, versuchte, ihre Schreie aus seinem Hirn zu verdrängen. Aber die Kohlen knisterten und brannten, von Flammen geborsten, zu Asche zerfallend.

Weiße Hände, rote Augen, Haut wie verkohltes Holz.

»Ambara-garay«, sagte eine schwache Stimme. *Habe Vertrauen in die Götter.* Seine Mutter legte ihm die Hand auf die Schulter, und Andry drehte sich um und tauchte aus seinem Tagalbtraum auf.

Sie stand über ihm, ihr Lächeln dünn, aber strahlend. Ohne

nachzudenken, packte Andry ihre Finger und küsste sie, dann sprang er auf.

»Setz dich, Mama«, drängte er und hob sie förmlich in seinen Stuhl neben dem Kamin.

Valeri Trelland protestierte nicht. Sie war eine große Frau, gertenschlank, und als sie Platz nahm, rollte sie sich regelrecht zusammen. Andry zog ihr den Schal fest um die schmalen Schultern, darauf bedacht, dass sie gut zugedeckt war und es bequem hatte. Trotz ihrer Krankheit, trotz der Kälte, die in ihrer Brust zu leben schien, war Valeri eine ausnehmende Schönheit. Sie galt nicht umsonst als das Juwel ihrer Familie. Das sah Andry selbst noch an ihren schlimmsten Tagen. Da schien ein Licht in ihrer Haut zu leuchten, als sei ein dunkler Granat mit den Strahlen der Sonne gefüllt. Ihr Haar war inzwischen kurz, straff um ihren Kopf geflochten, die Spitzen mit goldenen Ringen besetzt. In ihrem ausgezehrten Gesicht wirkten die Augen viel größer. Sie waren von dem seltenen Grünton jungen Weizens, ein Grün, das noch zögert, der späteren Goldfarbe zu weichen. Andry beneidete sie um ihre Augen. Seine eigenen waren schlammbraun. *Die Augen meines Vaters.* Aber der Rest von ihm, mit dem schwarzen Haar und den hohen Wangenknochen, ähnelte ganz Valeri.

»Bitte schön«, sagte er, während er mit sicheren, schnellen Bewegungen ihre Teetasse für sie richtete. *Zitrone, Zimt, Nelken, Süßsalz, Honig.* Der Segen des Sommers in der Hauptstadt von Galland, wenn die ganze Wacht, von Rhaschir bis zum Schnee von Jüt, hier vorbeizuziehen schien.

Valeri nahm ihm die Tasse aus der Hand, atmete tief ein und lächelte. Das feuchte Rasseln in ihrer Brust löste sich ein wenig. Andry zog sich einen zweiten Stuhl ans Feuer und nahm Platz, zufrieden damit, ihr zuzusehen, wie sie an ihrem Tee nippte.

Andry und seine Familie hatten nie in einem eigenen Haus gelebt. Sein Vater war Ritter im Dienst des Königs gewesen, seine Mutter eine Hofdame der alten Königin und später Eridas. Sein Zuhause waren diese Räumlichkeiten im Neuen Palast, die man ihnen großzügig zum Wohnen überlassen hatte, obwohl sein Vater inzwischen schon lange tot war und seine Mutter zu krank, um noch im Palast zu dienen. Manchmal fragte er sich, ob die Verwalter der Königin sie beide vielleicht einfach vergessen hatten. Der Neue Palast von Ascal war ein monströser, mit Mauern umgebener Bau auf seiner eigenen Insel, eine Stadt für sich, wo Tausende in den Diensten der Königin lebten und arbeiteten und treu deren Wünsche erfüllten. Da war es leicht, unter so vielen Leuten einen Knappen und seine kränkliche Mutter zu übersehen. Früher, als er noch in den Diensten von Sir Grandel gestanden hatte, hatte Andry in der Kaserne geschlafen oder in den Quartieren der Löwengarde, ganz in der Nähe seines Herrn, für den Fall, dass Sir Grandel seine Dienste benötigte. *Jetzt nicht mehr.* Er trauerte der schmalen Pritsche in einem Raum voller Jungen verschiedenen Alters und Geruchs nicht nach. Aber die Umstände, unter denen er zurückgekehrt war, um seine Mutter zu pflegen, waren ein Preis, den er lieber nicht gezahlt hätte.

Der Palast um sie herum war zweihundert Jahre alt, aus hellgrauem und gelbem Stein errichtet. Zusammen mit der Mehrheit der Höflinge der Königin lebten sie im Ostflügel, einem langen Korridor voller Wohnungen, mit Innenhöfen dazwischen. Ihre eigenen Räumlichkeiten befanden sich im Sockel eines Turms und waren leicht gerundet, die Fenster schmal wie zusammengezogene Augen. Bunte Bildteppiche schmückten ihre Wände, Szenen von Jagden und Turnieren, Schlachten und Festlichkeiten. Früher hatten sie Andry in freudige Erregung versetzt, und er hatte es gar nicht erwarten können, sein Leben als Ritter zu beginnen. Jetzt waren die einst leuchtenden Fäden matt und dumpf geworden, die dargestellten Szenen unecht. *Da ist kein Blut*, dachte er und ließ seinen Blick auf dem gewebten Wandbild der Schlacht der Laternen verweilen. Darauf wurde gezeigt, wie die gepanzerten Legionen von Galland über die Städte Larsias herfielen, ihre große, grün-goldene Flagge hoch erhoben. Obwohl Schwerter und Speere in silbernem Garn glitzerten, waren sie sauber und unbefleckt, und die Larsianer fielen auf die Knie, um sich zu ergeben.

Diese Möglichkeit hat man uns gar nicht erst gelassen. Diese Armee oder dieser Mann haben keine Gnade gekannt. Andry kniff die Augen zusammen und wandte den Blick ab, während vor seinem geistigen Auge Taristans verfluchtes Bild aufstieg. *Corblut in seinen Adern, eine Spindelklinge in der Faust. Gefertigt aus Stein, gefertigt aus Feuer, gefertigt aus sterblichem Fleisch. Rotes Blut, schwarze Rüstung, weiße Hände, weiße Asche, weiß glühender Schmerz und Zorn und Verlust ...*

»Wie sieht es mit deinen Bittgesuchen aus?«

Andry blinzelte hektisch und versuchte, einen klaren Kopf zu bekommen. Die Stimme seiner Mutter vertrieb das heiße Brennen in seinen Augen. »Entschuldigung – wie bitte?«

Sie legte ihre zerbrechliche Hand auf seine. Das Licht des Feuers tanzte auf dem Gesicht seiner Mutter und ließ ihre strahlenden Augen noch heller erscheinen.

»Deine Bittgesuche, *madero*«, wiederholte Valeri mit sanfter Stimme. *Mein Lieber.* »Du hast Bittgesuche an Fürsten und Ritter geschickt, in deren Dienst du gern treten würdest. Das hast du mir letzte Woche erzählt.«

»Oh, j-ja«, stotterte Andry, sobald er seine Stimme wiedergefunden hatte. Er bereitete sich innerlich auf eine weitere hartnäckige Befragung vor. »Ja, in der Tat, ich habe mich in den Kasernen und bei Hof umgehört. Auch ein paar Briefe verschickt«, fügte er hinzu, und die Halbwahrheit gab ihm einen schalen Geschmack im Mund. Es verstieß gegen den Ehrenkodex eines Ritters zu lügen, aber angesichts der Verfassung seiner Mutter und während diese *Dinger* immer noch hinter dem Horizont hervorquollen, war es für ihn in weite Ferne gerückt, nach einem anderen Herrn zu suchen, in dessen Knappendienste er treten könnte. *Ich habe Briefe geschrieben, ja, aber nicht um einen Gönner zu finden.*

Valeri leerte ihre Tasse. »Irgendetwas Vielversprechendes darunter?«

Sofort stand Andry auf, um eine weitere Tasse für seine Mutter zuzubereiten. Er stellte sich mit dem Rücken zu ihr, damit sie die Falschheiten nicht sah, die ihm ins Gesicht geschrieben standen. *Ich bin kein guter Lügner.*

»Ein paar wenige«, sagte er und rührte Honig in die Tasse. »Konegins Sohn ist gerade zum Ritter geschlagen worden und würde dringend einen Knappen brauchen.«

»Wenn mich mein Gedächtnis nicht trügt, gibt es da noch erheblich mehr, was dieser Junge dringend bräuchte«, murmelte Valeri und kicherte vor sich hin.

Andry drehte sich mit einem schiefen Lächeln wieder zu ihr um. »Trinken«, wies er sie an und drückte ihr die Tasse in die Hände. »Heute kommt der Arzt. Der Leibarzt der Königin persönlich.«

Ein seltsamer Ausdruck glitt über Valeris Züge, verschwand aber schnell wieder. »Ach, das ist nicht nötig«, seufzte sie. »Sie braucht sich wegen mir keine Umstände zu machen.«

Verärgerung durchfuhr Andry. Er drückte die Teetasse sanft zurück an ihren Mund. Selbst noch während sie schluckte, vernahm Andry die Rauheit ihrer Kehle. Er machte sich auf einen weiteren Hustenanfall gefasst, doch es kam keiner. Reglose Stille breitete sich über sie aus, und sie musterte ihn mit seltsamem Blick.

»Er ist an einer Universität in Ibal ausgebildet worden«, erklärte er. Der Nordkontinent war nicht gerade für seine Heilkünste bekannt. »Dr. Bahi ist keiner von diesen dummen galländischen Aderlassern oder abergläubischen Mondheilern ...«

Valeri winkte ab, plötzlich hellwach und konzentriert. Sie sah ihn durchdringend an. »Warum kümmert sich die Königin von Galland so um mich?«

»Du warst die Hofdame ihrer Mutter«, meinte er und wäre dabei fast zusammengezuckt. *Ich werde die Wahrheit nicht so weit verdrehen, bis sie zerbricht.* »Du hast die Königin gekannt, als sie noch ein kleines Mädchen gewesen ist. Erida ist eine mitfühlende junge Frau.«

»Du kennst die Geschichten und Überlieferungen besser als ich. Hast du jemals von jemandem auf dem Thron von Galland gehört, der mitfühlend gewesen wäre?«, gab Valeri zurück. Ihr Blick huschte zu den Bildteppichen an den Wänden hinüber, zu dem Schwert und dem Schild seines Vaters, die beide immer noch am Stein hingen. Eine tiefe, lange Kerbe teilte den Schild in zwei Hälften und verschandelte das Wappen mit dem blauen Trelland-Stern. Sie stammte nicht von einem Übungskampf auf dem Exerzierplatz. »Wurde dieser Schatten des alten Reichs aus Mitleid oder aus Blut geschmiedet?«

Andry zuckte heftig zusammen. Auf keinen Fall wollte er an seinen Vater denken, wie er mit zerschmetterten Gliedern auf irgendeinem Schlachtfeld in Madrence lag, geopfert und weggeworfen wie wertloser Plunder. »Mutter, bitte.«

Aber sie stand zitternd auf, und Andry konnte sie nicht zwingen, sich wieder hinzusetzen. Das Feuer knisterte hinter ihr und färbte ihre Umrisse rubinrot und golden.

»Ich bin als Braut aus einem fernen Land an den Königshof von Ascal gekommen, aufgrund meiner Haut und meiner Stimme anders als fast alle anderen um mich herum. Nicht durch närrische Dummheit habe ich mir hier hohe Wertschätzung erworben, und ich werde nicht zulassen, dass man meinen Sohn zum Narren macht«, erklärte sie. Sie legte ihm die Hände auf die Wangen und drehte sein Gesicht so, dass er sie ansehen musste. »Was will Erida von dir?«

Andry stockte der Atem. Er zögerte, nicht willens, einer Frau, die auch so schon eine schwere Last zu tragen hatte, eine solche Bürde aufzuhalsen. Valeri starrte ihn an. Das Herdfeuer spiegelte sich in ihren Augen, und sie war wieder jung, schön, vor Leben sprühend, es ließ sich unmöglich leugnen.

Königin Erida hatte ihn erst vor einer Woche aufgesucht, um ihm ihre Aufwartung zu machen. Und um unauffällig, vorsichtig und geschickt zu versuchen, ihm weitere Einzelheiten über das Blutbad an den Gefährten zu entlocken. Es gab kaum etwas zu sagen, ohne dass ein gewisses Schwert ins Spiel kam. Und das Geflüster in seinem Kopf war klar und deutlich wie der Klang einer Glocke.

Kein Wort über das Schwert. Oder stell dich dem Ende der Welt.

»Sie hat mich jetzt zweimal aufgesucht, und beide Male habe ich ihr genauso viel erzählt, wie ich auch dir berichtet habe«, erklärte Andry. Vor Anspannung hatte er immer noch die Schultern hochgezogen. Er versuchte, etwas von der Kraft seiner Mutter in sich selbst hineinzuzwingen. Es schien ebenso unmöglich, wie nasse Kohlen zum Brennen zu bringen. »Was ich in den Bergen gesehen habe. Was Sir Grandel und dem Rest zugestoßen ist. Die Spindel aufgerissen, die Armee, Taristan und sein Zauberer.« Ihre Augen wurden schmal. Andry verdrängte das Gefühl, durchschaut zu werden, dass sie in ihm las wie in einem Buch. »Ich habe ihr vom Verhängnis erzählt, das der Wacht droht.«

»Und sie hat dir nicht geglaubt.« Es war keine Frage.

»Ich weiß es nicht. Ich kann es nicht sagen. Mit Sicherheit jedenfalls hat sie daraufhin nicht das Geringste unternommen.« Er schüttelte den Kopf. »Und so hat sie die Geschichte um die Räuberhorde aus Jüt zusammenfabuliert und dem Hof gegenüber behauptet, es sei ein Hinterhalt gewesen. Alles, worum sie mich gebeten hat, habe ich ihr bereits gegeben.«

Valeri umfasste ihren Sohn noch fester.

»Schließt das auch das Schwert ein, das du unter meinem Bett versteckt hast?«, murmelte sie.

Ein Ruck durchfuhr Andry, und er wandte den Blick zu der Tür, die in ihr Schlafgemach führte. Er knirschte mit den Zähnen und machte sich auf den Ansturm des Geflüsters gefasst. Aber die Stimmen schwiegen.

Mit einem sanften Tätscheln zog ihn Valeri zu sich zurück. »Ich bin nicht dumm, *madero*.«

Andry biss die Zähne zusammen und umfasste ihre Hände. Mit zitternden Beinen erhob er sich, sodass er sie überragte. Er war erheblich größer als seine Mutter. Alles, was er an Angst in sich verspürte, tief in seinem Bauch zusammengeballt, sah er in ihr widergespiegelt. Er wusste nicht, was schwerer zu ertragen war.

»Ich habe ihr nichts von der Spindelklinge erzählt. Ich habe niemandem davon erzählt«, beteuerte er mit leiser Stimme.

Sie gab ein trockenes Schnauben von sich. »Nicht einmal mir.« Langsam zog Andry Valeris Hände von sich weg, hielt ihre Finger indes umklammert. Sie waren so dünn und klein, so ausgezehrt wie der Rest von ihr.

»Sie hat Cortael vom alten Cor gehört, dem Sterblichen von Spindelblut, einem Abkömmling des untergegangenen Reichs. Er ist mit all den anderen im Dreck gestorben, und das Schwert ... ist das Einzige, was zu retten mir gelungen ist.«

»Es ist eine hervorragende Klinge, da bin ich mir sicher«, stieß sie hervor. »Aber warum hast du sie nicht Erida gegeben? Oder den Ältesten zurückgebracht?«

Der Knappe konnte nur den Kopf schütteln, kaum zu einer Antwort fähig. Die Wahrheit klang dumm, selbst für ihn selbst. Aber Valeri ließ nicht locker. Ihre auf ihn gerichteten Augen waren wie zwei Monde.

»Etwas in mir, eine Stimme, die ich nicht kenne, sagt mir, dass ich das nicht tun soll. Dass ich warten müsse. Kannst du dem irgendeinen Sinn abgewinnen?«

Valeri blickte ins Feuer, sah lange dem Spiel der Flammen zu. Sie atmete schwer und keuchend. »Vielleicht sind es die Götter der Wacht, die Götter von Kasa, die zu dir sprechen«, sagte sie schließlich. »Oder es ist einfach dein eigener guter Instinkt.«

Aber die Stimme ist nicht meine eigene.

»Ich träume jede Nacht davon«, sagte er tonlos. Er hatte in sich eine Mauer errichtet und versuchte, die Erinnerungen von sich fernzuhalten. »Dieses Schwert, der rote Stahl. Sir Grandel und die Vettern Nord. Sie alle niedergemetzelt, selbst die Ältesten, wiewohl sie Unsterbliche waren. Vor dem Ansturm dieser Armee ist alles gefallen, vor diesem Mann, den ich vor mir sehe, wann immer ich die Augen schließe.« Andry ließ ihre Finger los und fuhr sich dann mit der Hand übers Gesicht. Ein Gefühl der Benommenheit breitete sich in ihm aus. »Hat Vater je von Schlachten wie dieser erzählt? Ich kann mich nicht erinnern.«

Ich war erst sechs Jahre alt, als er starb, gefallen in einem Kampf, der nichts bedeutete, eine Schlacht um kaum mehr als eine Biegung im Fluss, ein kleines Glitzern für Gallands Krone.

Valeri schüttelte den Kopf, ohne zu zögern. »Sie waren nie wie diese«, sagte sie rasch und schaute zu dem Schild an der Wand hinüber. »Nie.«

Andry folgte ihrem Blick. Der blaue Stern mit der Schramme in der Mitte war ihm so vertraut wie seine eigenen Hände. Er war das Kennzeichen seines Vaters, und seines Vaters allein, nicht durch eine lange Abstammungslinie ererbt, sondern erworben durch bedingungslose Treue gegenüber der Krone, durch Hingabe an den verstorbenen König und durch das höchste Opfer auf einem fernen Schlachtfeld. Andry kannte den Stern besser als das Gesicht seines Vaters, von dem ihm nur ein gelegentliches flüchtiges Aufblitzen verblieben war. Ein fröhliches Lächeln, wallendes kastanienbraunes Haar, lange Arme, die sich ihm immer entgegenstreckten, um ihn hochzuheben, oder die seine Mutter näher heranzogen. Sir Tedros Trelland war eine nebelhafte Erinnerung in seinem Kopf, flüchtig und nicht festzuhalten.

Auch sein Grab ist leer, weil sein Leichnam nie aus dem Matsch des Schlachtfeldes geborgen wurde. Jetzt dürften – wenn überhaupt – nur noch Knochen von ihm übrig sein.

»Glaubst du mir?«, flüsterte Andry, ebenso an seine Mutter wie an den Schild gerichtet. Der blaue Stern schien zu leuchten. »Glaubst du, was ich gesehen habe? Was ich gehört habe?« Er atmete erbebend durch. »Was ich *immer noch* höre?«

Valeri fasste ihn fest an den Schultern und sah mit großen Augen zu ihrem Sohn auf.

»Ja, das tue ich.«

Ihr Glaube an ihn legte sich um Andry wie eine Ritterrüstung.

»Dann müssen wir Vorkehrungen treffen.« Entschlossen trat er einen Schritt von ihr weg, löste sich aus ihren Händen. *Noch weitere Vorkehrungen, denn einige sind bereits getroffen.* Seine Briefe waren unterwegs, über die Straße und unter Segeln, reisten per Kurier und per Schiff. Die meisten gingen nach Kasa.

Auf einen hatte er bereits eine Antwort erhalten. »Und du musst reisebereit sein.«

Valeri machte ein langes Gesicht. Andry wünschte, er hätte ihr die Krankheit einfach aus der Brust reißen können.

»*Madero*, du weißt, ich kann unmöglich ...«

»Ich will es nicht hören, Mama.« Schon jetzt sah er sie auf dem Deck des Schiffs vor sich, hörte ihren trockenen Husten, während sie flohen und die Lange See zwischen sich und die spindelgeborene Armee legten. »Wir gehen zusammen oder gar nicht.«

Da war keine Furcht in Valeri Trelland, einer Dame aus einem alten Geschlecht von Kin Kiane. Sie legte sich die Hand flach auf die Brust, um ihre Atmung zu beruhigen.

»Dann gehen wir.«

Der Hügel der Helden badete in den Strahlen der Sonne, grün und golden wie die Flagge von Galland. Er bildete eine weitere Insel im Flussdelta und war ummauert wie der Palast. Unzählige Gräber und Grabsteine reihten sich in endloser Folge: Ritter und hohe Herren, die für Galland gefallen waren. Die Gräber der Könige krönten den Hügel, mit großen Standbildern und blühenden Bäumen markiert. Dass die Hauptstadt Ascal das Zuhause von mehr als einer halben Million Menschen war, schien im Anbetracht der stillen grünen Wiesen vollkommen absurd.

Andry hatte den Schatten des Hügels jeden Morgen von den Exerzierplätzen im Neuen Palast aus gesehen, die Umrisse der Steine streckten sich wie Finger in den Himmel. Jetzt tasteten sie sich nach ihm, weißer Marmor und schwarzer Granit, ihr Griff unzerstörbar. *Mit mir!*, zischten sie in tausend ineinander verwobenen Stimmen. *Mit mir*, stöhnte Sir Grandel und starb ein weiteres Mal.

Er schritt eilig vorwärts, sein Atem ging stoßweise und schnell, und der Puls donnerte ihm in den Ohren. Schweiß tropfte ihm durch sein kurzgeschorenes Haar. Er versuchte, nicht an Grandels Leichnam zu denken, sondern an seinen Grabstein. Er wartete bereits, rechts und links von ihm die Steine für die beiden Nords, umringt von einem Wald aus Gräbern für tote Ritter. Die Beerdigung würde eine große Sache werden, ein Staatsakt, dem selbst die Königin beiwohnte. Irgendwie hatte die Planung Wochen gedauert, obgleich die Särge leer sein würden.

Er durchschritt die Friedhofstore gemeinsam mit den übrigen Knappen, Knaben von edler Geburt, die in den Diensten der großen Ritter des Königreichs standen. Die Ritter selbst waren alle zu Pferd, gekleidet in glänzende Rüstungen mit bunten Umhängen. Hinter den Knappen gingen die Pagen, einige erst sieben Jahre alt. Sie trugen leichte Uniformröcke für den Sommer, jeweils in den Farben ihrer Ritter. Andry blickte hinter sich und sah zwei der Pagen, die sich schweigend umherschubsten. Ob im Scherz oder aus Rivalität wusste er nicht. Die meisten Knappen legten solche kindischen Verhaltensweisen irgendwann ab.

Die meisten.

Ein Ellbogen bohrte sich in Andrys Rippen. Er spürte es kaum. Es gab so viele andere Dinge, über die er nachdenken musste – seine Mutter aus Ascal fortzubringen, die Leichenarmee an der Grenze, die leeren Gräber vor ihm, das versteckte Schwert, die zerrissene Spindel, das Flüstern, das ihn jeden Morgen begrüßte.

»Ich rede mit dir, Trelland«, sagte jemand schroff. Wieder traf ihn der Ellbogen.

Andry biss die Zähne zusammen. Er brauchte nicht hinzuschauen, um zu wissen, dass es Davel Trone war, den alle Jungen wegen seines Namens, seines gelben Haars und vor allem seiner sauertöpfischen Wesensart Zitrone nannten. Wie auch alle übrigen Knappen trug Zitrone sein Haar kurzgeschnitten, aber es wuchs so schnell wie grässliches Unkraut.

»Ich habe es verdient zu wissen, was passiert ist, genauso wie du«, zischte Zitrone. Sein blasses Gesicht war mit Sommersprossen übersät. Sein roter Waffenrock flatterte im Wind, das

Falkenwappen der Familie Nord in auffälligem Silber eingestickt. Andrys eigenen Rock zierte das vierteilige Wappen von Sir Grandel, Felder in Grau und Himmelblau. »Ich war Sir Edgars Knappe. Ich habe das Recht, es zu wissen.«

Andry schwieg. Selbst der dumme Zitrone kannte die Geschichte, die auf den Fluren des Palastes die Runde machte, und die Falschheiten, die die Königin in die Welt gesetzt hatte: jütische Räuber, ein Massaker in den Hügeln an der Grenze. Auch andere Gerüchte machten inzwischen die Runde. Das beliebteste war ein treckischer Hinterhalt, und um den Eindruck zu erwecken, dass die Jüter dahintersteckten, hätten sich die Soldaten mit Pelzen verkleidet und Äxte statt Schwerter genommen.

»Du hast das Recht, *still* zu sein, Zitrone«, widersprach er. »Erweise unseren Herren ein wenig Respekt.«

Zitrone bleckte die Zähne. Sie waren genauso gelb wie sein Haar. »Mal wieder ganz unser Andry, zu gut für den Rest von uns.«

Er zuckte mit keiner Wimper. Eine vertraute Stichelei, die ihn schon von seinen frühesten Tagen als Page an begleitete, und leicht zu ignorieren. *Und letztlich ein Kompliment, auch wenn Zitrone zu dumm ist, um es zu begreifen.*

»Ist das der Grund, warum du noch am Leben bist? Zu gut für ein Heulen der jütischen Wölfe?« Auch wenn Zitrone einen Kopf kleiner war als Andry, war er doch erheblich breiter gebaut, und er nutzte seine Körperfülle zu seinem Vorteil, drängte sich an Andry vorbei und stieß ihn zur Seite. Er erhob die Stimme, sodass auch die anderen Knappen ihn hören konnten. »Du würdest mich nicht hier auf dem Hügel sehen, mein Herr tot, während ich immer noch quicklebendig durch die Wacht wandele. So viel steht fest. Ich kann mir diese Schande gar nicht vorstellen.«

Andry lief noch dunkler an als Zitrones Waffenrock. Das entging Zitrone nicht, und er grinste hämisch, um ihn zu einer Reaktion zu provozieren.

Ich spüre diese Schande jeden Tag!, hätte er gern zurückgebrüllt. Aber er schwieg still, die Zähne fest zusammengebissen, während seine Füße weiter im Gleichschritt mit den anderen marschierten. *Er hat nie eine wahre Schlacht erlebt. Keiner der Knappen hat das,* so viel wusste Andry und ließ den Blick über seine Kameraden schweifen. Obwohl sie zusammen marschierten, kam es ihm so vor, als seien die anderen ganz weit weg von ihm. *Sie wissen nicht, wie es ist.*

Zitrone funkelte ihn böse an, seine Augen wie zwei Dolche.

Er ist nur neidisch. Ich bin mit den Rittern geritten, während er zurückgeblieben ist.

Der Neid beruht auf Gegenseitigkeit.

Wieder rempelte Zitrone ihn an, und wieder reagierte Andry nicht.

Es gibt schlimmere Dinge auf dieser Welt als dich, Davel Trone, und diese Dinge haben es auf uns alle abgesehen.

Ihr Zug erreichte den Teil des Hügels, der den Rittern der Löwengarde vorbehalten war, Männern, die ihr Leben damit verbracht hatten, die Königsfamilie von Galland zu schützen: Sir Tibald Brock, Sir Otton aus dem Burgwald. Dame Konrada Kain, die einzige Frau, die in der Löwengarde gedient hatte; sie war bei der Verteidigung ihres Königs in der Schlacht der Laternen gefallen. Andry fragte sich, ob ihre Geister jetzt wohl hier waren, um ihre Brüder in Empfang zu nehmen und sie in das Reich der Götter zu geleiten.

Aber die Geister von Sir Grandel und den Vettern Nord sind weit entfernt, wenn es sie denn überhaupt gibt.

Ein Pavillon übersah die Gräber, die Stühle darin waren leer, von einem schattenspendenden Baldachin aus grüner Seide überspannt. Die Königin und ihr Gefolge waren noch nicht eingetroffen.

Sobald die Ritter abgesessen hatten, beeilten sich die Knappen, nach Zügeln zu greifen und Pferde zu versorgen, sodass deren Herren ihrem Rang entsprechend Aufstellung nehmen konnten. Die Pagen traten zur Seite, um niemandem in die

Quere zu kommen, an den Rand des Geschehens verbannt. Die einzigen Knappen, die niemandem mehr zu dienen hatten, waren Andry, Zitrone und Karl Daspold, Knappe von Sir Raymon Nord. Karl war genauso freundlich, wie Zitrone gemein und grausam war, und jetzt stellte er sich zwischen die beiden anderen. Ein Hund folgte ihm auf Schritt und Tritt, ein struppiger gelber Jagdhund. Mit traurigen Augen schaute er auf und wartete auf einen Herrn, der nicht zurückkehren würde.

Drei Wagen brachten die leeren Särge herauf, jeder einzelne mit Seide behangen. Rote, mit dem silbernen Falken verzierte Seide für die beiden Nords, vier Rechtecke in Grau und Himmelblau für Sir Grandel. Eine Abordnung Soldaten aus der Palastgarnison eskortierte jeden Wagen, während sie an ihre Plätze neben den Pavillon gerollt wurden. Andry schätzte, dass sich schon jetzt, vor der Ankunft der Königin, fast hundert Männer und Knaben versammelt hatten, um den Toten die letzte Ehre zu erweisen. *Das hätte Sir Grandel gefallen*, wusste er. Sir Grandel war regelrecht aufgeblüht, wenn man ihm Beachtung geschenkt hatte.

Die Königin traf mit einem düster klingenden Trompetensignal ein. Andry ließ den Blick über ihr Gefolge gleiten – Konegin und sein trollhafter Sohn waren leicht zu erkennen, und Dornwand erkannten sogar die Pagen. Als Oberbefehlshaber von Gallands großer Armee lebte er in einer herrschaftlichen Zimmerflucht in der Palastkaserne und stattete den Exerzierplätzen häufig seinen Besuch ab. Ritter und Knappen wetteiferten miteinander darin, sich unter seinen Augen gegenseitig blutig zu schlagen, um seine Aufmerksamkeit auf sich zu lenken.

In diesem Moment wollte Andry nur vergessen und übersehen werden. Er senkte den Blick und hoffte inständig, dass all die übrigen bedeutenden Herren und Damen an ihm vorbeigingen, ohne ihn zu beachten.

Die Königin ließ sich im Gegensatz zu ihm unmöglich ignorieren. Als sie von ihrem Pferd absaß, knieten alle nieder. Andry schaute durch halbgeschlossene Lider unter seinen Wimpern auf und erhaschte einen Blick auf Erida von Galland. Erneut biss er die Zähne zusammen, diesmal vor Frustration.

Die Löwengarde umringte sie, die Rüstungen der Männer strahlend wie die Sonne, ihre Umhänge flatterten im warmen Wind. Andry sah die Gesichter Sir Grandels und der Nords unter jedem Helm, ihre Augen blicklos, dunkel, tot. *Und wir werden alle tot sein, wenn wir nichts unternehmen.*

Licht spiegelte sich auf dem Stahl und tauchte die Königin in einen wahrhaft himmlischen Schimmer. Ihr Gewand war wolkengrau, in Galland die königliche Farbe der Trauer. Sie verlieh ihrer bleichen Haut die Blässe von Mondlicht. Ein roter Juwel hing an ihrem Hals, ein Rubin, der wie frisch entfachtes Feuer leuchtete. Als sie über ihre Ritter hinwegschaute, blieb der durchdringende Blick ihrer blauen Augen auf Andry hängen, und sie starrte ihm eine ganze Weile lang direkt ins Gesicht.

Trotz der Sommerhitze spürte Andry, wie es ihm wie ein kalter Finger über den Rücken strich. Erneut senkte er den Kopf, bis er nur noch seine eigenen Füße und das Gras dazwischen sah. Die Halme wogten im Wind wie die Wellen des Meeres. Andry stellte sich seine Mutter auf einem Schiff vor, ihr Gesicht gen Südosten gewandt.

Wir werden zur Familie meiner Mutter reisen. Von Ascal fährt ein Schiff nach Nkonabo. Bei ihrer Verwandtschaft aus dem Geschlecht von Kin Kiane sollte sie sicher sein, und von dort kann ich dann nach Norden zurückkehren.

Andry Trelland war schon einmal nach Iona geritten, und er erinnerte sich an den Weg zu der Stadt der Unsterblichen. *Den Fluss hinauf, vorbei an Granitfelsen und dem Eibenwald, weit oben im Tal.* Er schluckte vor Angst vor dem, was getan werden musste. Seine Mutter, krank und allein, verlassen, während er an den Ort zurückkehrte, von dem her dem Rest der Welt das Verhängnis drohte? Es kam ihm wie der Gipfel der Torheit vor.

Aber was könnte ich sonst tun?, dachte er, und sein Magen krampfte sich zusammen.

Ich kann den Ältesten davon Bericht erstatten, was uns in den Hügeln widerfahren ist, was da aus dem Tempel kommt. Gewiss werden sie verteidigen, was Erida nicht verteidigen will.
Und dort werden sie wissen, was mit der Spindelklinge zu geschehen hat.

Die Trauerfeier begann, aber Andry bekam kaum etwas davon mit. Wieder erhob sich das Getuschel in ihm, allzu vertraut, das Einzige, was ihn seit dem Gemetzel am Tempel unverändert begleitete. Ohne es eigentlich zu wollen, richtete er den Blick erneut auf Erida. Das Getuschel wurde deutlicher.

Schweig still, halte dich auf Abstand, heulten zu viele Stimmen auf einmal, schrill und durchdringend wie Eis. *Halte das Schwert im Dunkeln; verbirg sein Leuchten.*

Der Sommerwind wehte kalt und fuhr in die Flaggen von Galland. Der Löwe schien in den Himmel aufzuspringen. Im Pavillon zogen die Königin und ihre Damen ihre Gewänder fester um sich. Ein Frösteln überzog Andry bis hinunter in die Zehen.

Spindelblut und Spindelklinge.

Diesmal waren die Stimmen wie eine einzige: schneidend wie die einer alten Frau, wie ein Messer, das durch Seide dringt. Es hätte Andry beinahe in die Knie gehen lassen. Der Schock war wie ein Tritt in den Bauch, aber Andry konnte nicht reagieren, nicht hier, vor Hunderten von Blicken. Vor der Königin, die ihn noch immer mit ihren saphirfarbenen Augen musterte.

Noch während er die Stimme mit größter Willensanstrengung unterdrückte, die Hände an den Seiten zu Fäusten geballt, gab sich Andry zugleich alle Mühe, sich ihre Worte genau einzuprägen. Doch die Stimme war wie Rauch, der ihm durch die Finger glitt, unmöglich zu greifen. Sie verschwand mit dem einen Windhauch, um sich mit dem nächsten wieder aufzublähen.

Wieder stieg die Stimme kräuselnd auf, scheinbar überall um ihn herum.

Eine neue Hand kommt, das Bündnis geschlossen.

9

Kinder des Übertritts

Domacridhan

Domacridhan sah so viel von Cortael in ihr. Unter all dem Einfluss ihrer Mutter floss Corblut in ihren Adern, so prägend und unverzichtbar für Coraynes Wesen wie Wurzeln für einen Baum. Und genauso verschlungen und durcheinander. Sie kämpfte damit, rang mit dem, was sie nicht verstand.

Cortael ist in seiner Jugend genauso gewesen, dachte Dom und erinnerte sich an seinen Freund in seinen jungen Jahren. *Rastlos und immer auf der Suche, voller Sehnsucht nach einem Ort, an den er hingehörte, und gleichzeitig zögernd, irgendwo vor Anker zu gehen.* So war es für das alte Cor typisch gewesen: Menschen der Reisen und Übertritte, der Fahrten und Eroberungen, von einer Welt in die nächste unterwegs. Es lag ihnen in den Knochen und im Blut, im Stahl und in den Seelen.

Und sie versteht es nicht, denn da ist niemand gewesen, der es ihr hätte erklären können.

In den Ställen von Lemarta sah er zu, wie Corayne feilschte und den Preis für drei Pferde aushandelte. Der Pferdehändler konnte es gar nicht erwarten, sie beide wieder loszuwerden – sein Blick ging immer wieder zu Dom hinüber, der hinter ihr stand, und zu dem Schwert an seiner Seite. Dom ließ die Musterung schweigend über sich ergehen und versuchte, nicht mehr Aufmerksamkeit auf sich zu ziehen als notwendig.

Sie handelte den Kaufmann mühelos herunter, bis er schließlich für die Hälfte des zuerst geforderten Preises im wahrsten Sinne des Wortes die Zügel aus der Hand gab.

Es waren zwei Hengste und eine Stute, mit vollständigem Zaumzeug und gefüllten Satteltaschen. Alles gewöhnliche

Braune mit schwarzen Mähnen. Dom dachte an das prächtige Pferd, das in Iona unter ihm gestorben war. Es war, als würde er einen Falken mit Spatzen vergleichen, aber er beschwerte sich nicht. Die Pferde würden ihren Zweck erfüllen, und ihr Ziel befand sich nur wenige Tagesritte entfernt.

Corayne trug ein breites Grinsen im Gesicht, als sie die Pferde von den Ställen in der Nähe des Westtores führten. Die Sonne stand hoch am Himmel, und die Schatten unter ihnen waren kurz.

»Ich könnte Euch nicht vielleicht dazu überreden, mit mir zusammenzuarbeiten, sobald die ganze Sache einmal erledigt ist?«, fragte sie.

In ihrer Stimme schwang ein Lachen mit, aber er verstand nicht, warum.

»Ich vermag Euren Worten nicht recht zu folgen«, antwortete er gestelzt.

Sie zuckte die Achseln. »Man kann mit Händlern leichter feilschen, wenn sie Angst haben, und Ihr scheint ihnen Angst zu machen.«

Dom fühlte sich auf einmal seltsam verlegen. »Ich bin furchterregend?« Er wurde blass im Gesicht und sah an sich hinunter.

Nun gut, Schwert, Dolche, Messer, Bogen und mein Köcher, aber das ist ja nicht viel, dachte er, während er im Geiste eine Inventarliste seiner Waffen anlegte. Er blickte auf seine Stiefel aus poliertem Leder, auf seine sorgfältig maßgeschneiderte Reithose und den Uniformrock, dann begutachtete er seinen Gürtel, seinen Umhang, seine gehämmerten Armschienen, die von den Handflächen bis hinauf zu den Ellbogen geschnürt waren. Alles, was er am Leib trug, war mit dem Zeichen des Geweihs versehen, in gedämpften Farben eingearbeitet, grün und grau und goldbraun, gleich den nebligen Tälern von Iona. Sein kostbarer Stahlpanzer und sein Kettenhemd, sein meisterlich gewebtes Seidenzeug und die Waffenröcke lagen vergessen in Tíarma. *Ich sehe aus wie ein Bettler, nicht wie ein Prinz.*

Sie sieht noch schlimmer aus. Coraynes lose sitzender Kittel war am Saum ausgefranst, ihre Reithose voller Flecken, die keine noch so gründliche Wäsche entfernen würde, und ihre Stiefel hatten Risse oben an den Knien und waren zerknittert wie die alternde Haut eines Sterblichen. Sie hatte ihren dunkelblauen Umhang in ihr Gepäck gestopft, weil sie ihn in der Hitze nicht brauchte. Sie trug keine Waffen bei sich außer einem alten Dolch, und ihre Augen wirkten seltsam offen, als wollten sie jeden Schritt vorwärts förmlich aufsaugen. Er wusste zwar, wie jung sie noch war, kaum mehr als ein Kind, aber an seiner Seite wirkte sie dennoch allzu klein und schwach. Das war bei den meisten Sterblichen der Fall.

»Oh«, war alles, was ihm einfiel. Wieder blickte er an sich hinab und versuchte zu verstehen, welchen Eindruck er auf die Augen eines Sterblichen machte. Es schien ihm ein unmögliches Unterfangen, wie von einer unbekannten Sprache in die andere zu übersetzen. »Es liegt nicht in meiner Absicht.«

Worte, die mir allmählich unangenehm vertraut werden.

Corayne machte es nichts aus. »Egal, bleibt so. Dieser finstere Blick wird uns unterwegs gute Dienste leisten.«

»Mein Blick ist nicht finster«, widersprach Dom und blickte finster. Er unternahm einen Versuch mit seinen Mundwinkeln und zog die Lippen zu etwas hoch, von dem er hoffte, dass es kein ganz so unheilverkündender Gesichtsausdruck war. »Erwartet Ihr, dass wir Schwierigkeiten bekommen?«

Die Straße, die Richtung Westen aus Lemarta hinausführte, schlängelte sich landeinwärts, und der Wald aus Zypressen verdichtete sich bergauf. Dom sah meilenweit über die Steilküste und die Lange See hinaus. Selbst die *Sturmgeboren* entging seinem Blick nicht, ein schwarzer Punkt mit purpurnen Segeln, der sich munter in immer tiefere Gewässer begab. Wenn irgendeine Gefahr vor ihnen lag, dann würde er sie schon aus weiter Ferne spüren. Aber so weit südlich, in den verschlafenen Landschaften von Siscaria, machte er sich wenig Sorgen. Es waren lange Jahrhunderte vergangen, seit das alte Cor über diese Gestade geherrscht hatte.

»Ich nehme nicht an, dass Euch Räuber und Wegelagerer viel zu schaffen machen«, räumte Corayne ein. Sie blickte nicht über das Wasser hinaus, sondern auf die Straße, die sich von den Klippen wegschlängelte. Die blassrosa Steine verschwanden, und die Straße ging in einen Weg aus festgetretener Erde über, der von den Rädern von Wagen und Fuhrwerken zerfurcht war.

Dom konnte sich nicht vorstellen, welcher Idiot von Wegelagerer wohl versuchen würde, es mit seiner Klinge aufzunehmen, aber andererseits waren Sterbliche eben auch nicht besonders intelligent. »Weil ich so einschüchternd bin?«

Sie nickte zufrieden. Ihre Augen waren immer noch schwarz, selbst in der hellsten Mittagssonne. *Sie hat Cortaels Augen.*

»Selbst dann, wenn Ihr versucht, es nicht zu sein.«

»Warum kann ich dann nicht einfach einen Schiffskapitän so einschüchtern, dass er uns direkt nach Ascal bringt?«, sinnierte er und richtete den Blick zurück nach Lemarta. Fischerboote hüpften wie Juwelen im flachen Wasser. »Warum machen wir uns überhaupt die Mühe, zuvor erst einmal bis zur Hauptstadt von Siscaria zu reiten?«

Corayne schnaubte. Vorsichtig brachte sie die Stute zum Stehen, die sie am Zügel führte. »Ganz einfach. So furchterregend Ihr sein mögt – meine Mutter wird in den hiesigen Gewässern noch mehr gefürchtet.« Mit einem Seufzer hievte sie sich in den Sattel. Sterbliche waren schwerfällige Wesen, aber sie stellte sich dabei ganz besonders unbeholfen an.

Sie ist es nicht gewohnt, zu Pferd zu reisen, begriff Dom, und alles in ihm schnürte sich zusammen. *Dadurch wird die Reise umso länger dauern.*

»Wir versuchen unser Glück in Lecorra«, erklärte Corayne und umfasste die Zügel mit der rechten Hand. »Der Hafen der Hauptstadt ist zehnmal so groß wie der Hafen hier.« Über die Schulter warf sie einen grimmigen Blick zurück in Richtung Lemarta. »Außerdem kennt man mich dort nicht so gut wie hier.«

Sarns Stimme war ein Zischen. »Ich ziehe Pferde ohnehin Schiffen vor.«

»Bei den Spindeln«, fluchte Corayne und zuckte zusammen, als Sorasa unvermittelt unter den Bäumen hervorgestapft kam. Dom ging ihr plötzliches Erscheinen nicht so nahe. Er wusste, dass Sorasa Sarn ihnen den ganzen Weg vom Stadttor bis hierher gefolgt war, nachdem sie sich dort von ihnen getrennt hatte, um angesichts der Tatsache, dass die Stadt von Soldaten bewacht wurde, »Probleme zu vermeiden«. Die Aktion war ihm dumm erschienen. Die Meuchelmörderin war über die Stadtmauer geklettert und hatte sich fortan in den Schatten gehalten, wo sie, wie Dom annahm, offenbar kein Sterblicher sehen konnte. Für sein Auge freilich stach sie deutlich zwischen den Blättern und Baumstümpfen hervor, so unübersehbar wie eine zweite Sonne am Himmel. Zumindest bewegte sie sich gut durch den Wald, mit leichtfüßigem Schritt, statt mit der geballten Eleganz einer Kuh mit einem gebrochenen Bein durch das Unterholz zu brechen, wie sonst für Sterbliche typisch. Ihre Geräuschlosigkeit war ihre beste Eigenschaft. *Vielleicht ihre einzig gute.*

»Ihr braucht nicht mitzukommen, wenn es Euch solche Unannehmlichkeiten bereitet«, antwortete Dom, der noch immer die Zügel der beiden anderen Pferde fest in den Händen hielt. »Ich habe Corayne gefunden. Die Aufgabe gehört ab hier mir und ihr. Ihr werdet bezahlt, wenn wir sie erfüllen, darauf gebe ich Euch mein Wort.«

Unter ihrer Kapuze verzog Sorasa ihre vollen Lippen. *Das ist eine missbilligende Miene,* begriff Dom.

»Ich habe schon vor langer Zeit gelernt, den Versprechungen von Männern nicht zu vertrauen. Selbst wenn sie unsterblich sind«, entgegnete sie. »Ich muss meine Verdienstinteressen schützen, und deshalb habe ich die Absicht, die Sache wie vereinbart zu Ende zu bringen. Unsere Vereinbarung war, dass ich bis Ascal mitkomme. Ich werde Euch keinen Anlass geben, das Versprochene zurückzunehmen.«

Dom wollte nicht noch mehr Ballast um sich haben, der ihr Vorwärtskommen verlangsamte oder womöglich sogar eine Gefahr für ihr Leben darstellte. Sorasa Sarn war schlimmer als ein Söldner, er hatte sich ihre Dienste zum Höchstpreis erkauft, und sie kannte keine Loyalität gegenüber Corayne oder der Wacht, die ihr beide herzlich egal waren. Es wäre am besten, sie zurückzulassen. *Noch besser, sie an Ort und Stelle umzubringen. Die Welt würde wegen des Verlusts einer Meuchelmörderin nicht trauern. Und der Tag wird kommen, wo es heißt, entweder sie oder ich, auf Leben und Tod, wenn wir dann nicht ohnehin schon tot sind.*

Sie erwiderte seinen Blick, und ihre leuchtend kupferfarbenen Augen hielten ihn in ihrem Bann. Er gab nicht klein bei, wandte sich nicht ab. Er hegte keinerlei Zweifel, dass sie wusste, was er dachte.

»Na schön«, blaffte Dom und gab als Erster nach. Er warf ihr die Zügel zu.

Sie fing sie auf und schwang sich in den Sattel. Sie schien auf dem Rücken eines Pferdes regelrecht zu Hause zu sein. Dann bedachte sie den Hengst unter sich mit einem verächtlichen Lachen und musterte seine Flanken wie ein Metzger, der ein minderwertiges Stück Fleisch begutachtet.

»Ihr übernehmt die Führung, Sarn. Ich nehme an, Ihr kennt den Weg nach Lecorra.« Es gefiel Dom nicht besonders, die Amhara-Meuchelmörderin nicht auch so zu nennen, aber es kam ihm im Moment allzu grob vor.

Zu seiner Überraschung widersprach sie nicht und lenkte ihr Pferd mit einem leichten Zucken ihrer Fersen auf die Straße. *Zumindest unterrichtet die Amhara-Gilde ihre Mitglieder gut in den Reitkünsten.* Corayne fiel hinter ihr zurück, während sie ihre Stute einige Male zögerlich in die Flanken trat, um sie zu einem ordentlichen Trab anzutreiben. Mit einem Seufzen setzte sich Dom ans Ende ihrer seltsamen Truppe – ein so gar nicht zusammenpassendes Trio, wie es die Wacht noch nie gesehen hatte.

Nicht anders haben all unsere Sorgen begonnen. Eine Reihe von Pferden auf der Straße, eine zu erfüllende Mission vor ihnen, während das Schicksal von Allwacht auf des Messers Schneide steht. Er schob seinen Kummer beiseite und richtete den Blick auf das vor ihm reitende Mädchen. Sie schwankte mit den Bewegungen des Pferdes vor und zurück und fand allmählich einen Rhythmus. Aus seinem Blickwinkel sah er nicht ihre Augen, ebenso wenig das strenge Gesicht ihres Vaters. Sie war schwarzhaarig und klein, vom Äußeren her Cortael so ungleich wie überhaupt möglich. *Sie wird das Schicksal ihres Vaters nicht teilen.* Das war ein Versprechen. An die Wacht, an das verlorene Glorian, an Corayne – und auch Dom selbst gegenüber.

Aber dann drehte sie den Kopf, um auf die Lange See hinauszuschauen. Die Sonne hob ihre Umrisse dunkel hervor, und da war er wieder, ein Geist, wo Dom doch nicht an Geister glaubte. *Cortael.* Er war in ihren Augen, in der Art, wie sie das Gesicht in den Wind hielt und den Horizont absuchte. Sie war beständig in Bewegung, so beharrlich wie die Wellen und die Sterne, die über den Himmel kreisten.

Dom neigte den Kopf. Er versuchte, an seine Cousine Ridha zu denken, die gerade eine Enklave nach der anderen abritt. An Taristan und seinen abscheulichen Zauberer, ihre Armee, daran, wie sie aus einer Spindel quoll. An seine Tante, wie sie sich in ihren großen Sälen verkroch. An alles außer an Cortaels grauen Leichnam, hier, direkt neben seiner Tochter, zerfetzt und aufgespießt.

Es gelang ihm nicht.

Bei Einbruch der Nacht waren sie so weit ins Landesinnere vorgedrungen, dass Dom die Wellen kaum mehr hörte. *Zumindest ist Sarn keine quasselnde Nervensäge,* dachte er. Die Meuchlerin ritt in beseligendem Schweigen voraus, drehte sich nie um, zog sich nie die Kapuze vom Kopf. Gelegentlich fuhr ihre Hand in eine ihrer vielen versteckten Taschen oder Beutel, und dann hörte er sie an etwas knabbern, vielleicht Nüssen oder Samenkörnern. *Gutes Essen für einen Sterblichen, der leicht und schnell reisen will,* das wusste Dom. Corayne tauchte die

Hand auf die gleiche Weise in ihre Satteltaschen und gönnte sich eine Mahlzeit aus Fladenbrot, zerlaufenem Käse und dünnen geräucherten Stückchen Fleisch. Auch sie war gut auf ihre Reise vorbereitet.

Dom verspürte keinen vergleichbaren Drang, etwas zu sich zu nehmen. Die Vedera bekamen nicht so oft Hunger. Sie brauchten auch nur halb so viel Schlaf wie Sterbliche.

Schon bald hing Corayne schlaff im Sattel, und ihr Atemrhythmus verlangsamte sich, ging tief und gleichmäßig. Mit einem sanften Tritt in die Flanken drängte Dom sein Pferd neben ihres, bereit, sie aufzufangen, sollte sie aus dem Sattel kippen. Ein- oder zweimal flatterten ihre Lider, und ihre träumenden Augen zuckten auf.

»Wir sollten unser Nachtlager aufschlagen, damit sie richtig schlafen kann«, murmelte Sarn, und für sterbliche Ohren war ihre Stimme kaum mehr als ein Flüstern. »Die Pferde brauchen ebenfalls Ruhe.«

Dom runzelte die Stirn und zupfte an der vernarbten Seite seines Gesichts. Es brannte. »Sie schläft jetzt. Die Pferde können wir antreiben«, entschied er. »Oder seid vielleicht Ihr es, die gern Rast machen würde? Ich gestehe, ich habe nicht die Absicht, auch Euch im Sattel aufrecht zu halten.«

»Wenn Ihr mich anfasst, schlage ich Euch die Hände ab«, sagte sie trocken und hielt den Blick weiter der Straße zugewandt.

»Ihr Sterblichen habt einen so ganz anderen Sinn für Humor als wir.«

Sie warf ihm einen finsteren Blick über die Schulter zu, wie er ihn schon von Byllskos her kannte. Als sie ihm beinahe eine Klinge durch die Schulter gerammt hätte. Und als sie eine Herde halb wahnsinniger Stiere auf ihn gehetzt hatte.

»Vorerst einmal behalte ich meine Hände«, flüsterte er zurück.

Corayne schniefte im Schlaf, ihr volles Gewicht auf seinen Arm gelehnt, der sie im Gleichgewicht hielt. Im schwachen

Licht und mit ihrer hochgezogenen Kapuze konnte Dom ihren Vater in ihrem Gesicht sehen. Er dachte an Cortael mit siebzehn, zu Hause in Iona, als er darauf bestanden hatte, nur so viel Ruhezeit wie ein Unsterblicher zu brauchen. In den nächsten Wochen hatte er meist entweder seine Lehrmeister bedroht oder war auf dem Übungsplatz eingeschlafen, das Schwert noch immer in seiner Hand. Ihn dann zu wecken war Doms Aufgabe gewesen, weil er mit den folgenden Gemütsausbrüchen am besten fertigwurde.

Die Erinnerung bekam einen bitteren Beigeschmack. Der Junge, den er damals ausgebildet hatte, war ein toter Mann. Ein Samen, der aufgegangen und gediehen war, um dann in voller Blüte zu sterben. An ihn zu denken war, wie an einer kaum verschorften Wunde zu zupfen, wenn man das geronnene Blut wegkratzte, um neues fließen zu lassen.

»Wir schlagen unser Lager vor dieser Anhöhe dort auf«, sagte er bestimmt und zeigte auf einen Hügel, der schwarz vor dem Hintergrund der dunkelblauen Nacht aufragte. *Wird das deinen Vipernmund zum Schweigen bringen?*

»Wir machen erst oben auf dem Gipfel Halt«, blaffte sie zurück. Doms bitterer Schmerz der Erinnerung wich entnervter Frustration, als sie weitersprach: »Ich lasse mich nicht unten auf dem flachen Gelände erwischen.«

»Da gibt es nichts und niemand, was Euch erwischen könnte«, flüsterte Dom verärgert.

Aber an den Rändern seines Bewusstseins lauerte unruhiger Zweifel. *Es wird uns niemand verfolgen. Der verfluchte Sterbliche und sein roter Priester wissen nichts von Corayne und können die Wacht auch nicht nach jedem einzelnen Zweig des Corblut-Stammbaums absuchen.* Er ließ den Blick über den Zypressenwald gleiten und versuchte, in den Schatten zu lesen. *Hoffe ich zumindest.*

»Ich werde Wache halten«, erklärte er.

Wieder loderten ihre leuchtenden Augen grimmig auf, Flammen im Sternenlicht.

»Das beruhigt mich nicht unbedingt.«

Darauf können wir uns gerne einigen. Wieder dachte Dom daran, dass er dieses eine Mal einen geschworenen Eid brechen sollte, um Sorasa Sarn tot in einem Graben liegen zu lassen.

Im Norden erhob sich das Cortethgebirge als ein gezacktes dunkles Band, selbst für seine Augen nur undeutlich wahrnehmbar. So weit im Sommer hatte sich der Schnee lediglich auf den höchsten Gipfeln gehalten. Der Corteth, die Zähne von Cor, war Dutzende von Meilen entfernt, auf der anderen Seite des Impera, des Kaiserflusses. Er wand sich durch das Tal, floss in Westrichtung nach Lecorra, um dann in die Lange See zu münden. Sie würden den Fluss, der zugleich auch der Urquell des alten Cor gewesen war, bald erreichen und überqueren. Dom wusste nicht, welche Legenden die Sterblichen sich noch erzählten oder ob in ihren Geschichten ein Körnchen Wahrheit übrig geblieben war, aber in Iona wussten sie vieles sicherer. Die corgeborenen Sterblichen aus einer anderen Welt waren zuerst irgendwo in diesem goldenen Tal nach Allwacht gekommen, waren durch eine Spindel getreten, um ihr Reich zu errichten.

Die Anhöhe war von Bäumen überwachsen, die der kleinen Gruppe eine gute Deckung vor etwaigen Blicken von der Straße unten her boten. Sie hatten kein Lagerfeuer gemacht – Sarn hatte es nicht erlaubt –, aber die Luft war ohnehin warm genug. Die Amhara schlief auf eine seltsame Weise, den Rücken an die Wurzeln eines Baums gelehnt, ihr Gesicht nach vorn gerichtet, sodass sie nur die Augen zu öffnen brauchte, um Dom auf der anderen Seite ihres dürftigen Lagers auszumachen. Und genau das machte sie auch alle zwanzig Minuten, und ihre Augen glühten auf wie brennende Kohlen, bevor sie sich wieder schlossen. Dom sah sie jedes Mal kopfschüttelnd an.

Corayne lag mit ihrem Umhang zugedeckt zwischen ihnen. Sie war gerade lange genug aufgewacht, um aus dem Sattel zu purzeln und sich ein weiches Plätzchen Gras zu suchen.

Jetzt, wo seine beiden Reisegefährtinnen schliefen, erlaubte

Dom sich endlich, etwas Nahrung zu sich zu nehmen, und sei es nur, um die Zeit totzuschlagen. Es dauerte nicht lange, bis ein Kaninchen in ihren Kreis gehoppelt kam, mit schnuppernd zuckender Nase und leuchtenden Augen. Völlig lautlos brach ihm Dom das Genick und häutete es mit einigen schnellen Schnitten seines Messers. Ohne ein Feuer zur Hand begnügte er sich damit, es roh zu verzehren, und aß als Letztes die Leber.

Langsam hob Corayne den Kopf, ihre Augen groß und fasziniert.

»Wird Euch davon denn nicht übel?«, flüsterte sie.

Er wischte sich die Finger am Fell des Kaninchens ab. »Uns wird nie übel«, ließ er sie wissen.

Corayne richtete sich langsam auf, und ihr Umhang bildete ein Häufchen um ihre Beine herum. »Ihr schlaft auch nicht«, fügte sie hinzu und stützte das Kinn auf die Hand. Dom fühlte sich wie eine Pflanze, die untersucht wurde, oder ein Blatt mit Rätseln, die es zu lösen galt. Irgendwie war es nicht unangenehm. Ihre Neugier hatte eine gewisse Unschuld.

»Wir schlafen schon, aber nicht oft«, antwortete er. »Wir brauchen nicht so viel Schlaf wie Sterbliche.«

»Und Ihr altert nicht.«

»In gewisser Weise durchaus.«

Er dachte an Toracal mit seinen grauen Haarsträhnen, die er sich im Laufe der Jahrtausende redlich verdient hatte. Seine Tante mit den Falten auf der Stirn, in den Augenwinkeln, um den Mund herum und auf ihren Händen. *Die Vedera werden von jenen unsterblich genannt, die sich ein über so viele Jahrtausende hinweg währendes Leben nicht vorstellen können, ein Leben, dessen Länge das Vorstellungsvermögen der Sterblichen übersteigt. Der Tod meidet uns zwar, aber er ist kein Fremder.*

Es gab schließlich Stahl auf der Welt, Klingen, die sie verletzen und töten konnten. Ihm schien die Unsterblichkeit so viel weniger gewiss, nachdem er so viele aus seinen eigenen Reihen vor dem Tempel hatte sterben sehen, ihr Blut nicht unterscheidbar von den Sterblichen, die auf dem Boden der Wacht wandelten. *Und meine Narben sind Beweis genug für unsere Verwundbarkeit, so gering sie auch sein mag.*

»Gut, dass es nicht allzu viele von Euch gibt«, sagte Corayne leise.

Dom schaute auf, nicht verwirrt, sondern überrascht. »Wie meinen?«

Sie strich sich eine Locke aus den Augen. »Sonst hätte euresgleichen die Welt erobert.« Ihre Antwort war direkt und unverblümt.

»Das entspricht einer typisch sterblichen Denkweise«, entgegnete Dom und meinte es auch so. Die Menschen der Wacht zu unterjochen kam ihm dumm vor, so jung und unreif er auch war. Sterbliche kamen und gingen wie Sommerweizen. Königreiche wurden geboren und starben. Alle, die er in seinem ersten Jahrhundert gekannt hatte, waren jetzt Staub, kaum mehr als Schatten in seinem langen Gedächtnis. *Warum sollte man sich die Mühe machen, die Hand nach etwas auszustrecken, das schon wieder verschwunden sein könnte, ehe man es zu fassen bekommen hat?*

Trotz alledem gab es da auch Geschichten über die Vedera, Berichte über Unsterbliche, die an der Seite der Menschen der Wacht oder auch gegen sie gekämpft hatten. Um des Ruhmes willen, einfach aus Spaß oder auch ohne überhaupt irgendeinen Grund. Dom konnte es sich im Augenblick weder für sich selbst noch für sein Volk vorstellen. Bei den seltenen Gelegenheiten, in denen es nötig war, verteidigten sie ihre Häuser, mehr aber auch nicht. *Sie sind jetzt zu Feiglingen geworden und verstecken sich in ihren Enklaven. Bereit, diese Welt um sie herum zerfallen zu lassen.*

Corayne sah ihn aufmerksam an. Sie hatte eine Art, ohne Worte zu drängen.

»Mein Volk konzentriert sich ganz darauf, einen Weg zurück nach Hause zu finden«, ließ er sie wissen. »Aber wir haben den Weg verloren, die Spindel ist geschlossen, und selbst der Ort, wo sie sich befunden hat, ist vor langer Zeit zerstört worden.«

»Zerstört?«, griff sie auf und legte den Kopf schief.

»Die Stelle, an der meine Leute damals hier eingetroffen sind, befindet sich inzwischen auf dem Grund der Langen See, von den Wellen verschluckt«, antwortete er leise und versuchte, sich einen Ort vorzustellen, an dem er nie gewesen war. »Jeden Tag hoffen wir auf eine neue Pforte, eine neue Spindel. Auf einen Weg, der uns zurück nach Glorian führt.« Die letzten Spinnweben des Schlafs schienen von Corayne abzufallen, und sie beugte sich interessiert heran. Ihr in Unordnung geratener Zopf fiel ihr über die linke Schulter und glänzte fast schon blau im Sternenlicht. »Euer Reich muss wirklich prächtig sein.«

»Davon gehe ich aus.« Wieder zuckte Dom die Achseln. »Ich bin ein Wachtgeborener, nach den Maßstäben meines Volkes immer noch ein Jungspund, immer noch dabei, die Welt kennenzulernen, in der wir jetzt leben. Und alles, was ich über meine eigene Welt weiß, kommt von anderen.«

Er verspürte die vertraute Anwandlung von Bedauern, wie jedes Mal, wenn er an die Welt dachte, die er nicht kannte, das Zuhause, das er vielleicht niemals kennenlernen würde. Es war durchtränkt mit dem bitteren Neid auf all jene, die Glorian noch kennengelernt hatten und sich an seine Sterne erinnerten.

»Diese anderen sind ganz, während ich es nicht bin.«

»Das dürften wir wohl gemeinsam haben«, sagte Corayne leise. Sie kauerte sich zusammen, winkelte die Knie an und schlang die Arme um sich, auch wenn die Luft selbst für Sterbliche immer noch warm war.

Dom kniff die Augen zusammen. Er fühlte sich um Welten von ihr weg, wie durch eine Glasscheibe getrennt. »Inwiefern?«

Sie senkte den Blick und sah ins Gras hinunter. »Ich weiß über meinen Vater, über sein Blut und darüber, woher wir kommen und als was wir geboren wurden, auch nur, was andere mir erzählen.« Sie zupfte nervös an einem Blatt. »Und sie haben mir wenig erzählt.«

Sie will mich ausfragen, begriff Dom und nahm Corayne genau in Augenschein.

Der neugierige Glanz leuchtete noch immer in ihren Augen. Da war auch Hunger, ein Durst auf Antworten, die sie nirgendwo sonst bekommen konnte, und der starke Wille, sie zu finden. Dom fühlte sich an Gelehrte zu Hause in der Enklave erinnert, die die Archive nach einer Schriftrolle oder einem alten Buch durchforschten, nach Informationen über die Spindeln, nach jedem Raunen des verlorenen Glorian. *Aber ich bin kein Bücherregal, das darauf wartet, durchkämmt zu werden.*

Sie strich wie ein Kind mit den Händen durchs Gras. Eine Geste, die ihn berührte.

Diese Wunde wird niemals heilen, wenn du sie immer wieder neu aufreißt, gemahnte er sich. Aber irgendwie wollte Dom genau das tun. Er wollte sich die Erinnerung an Cortael bewahren und Corayne etwas geben, woran auch sie sich erinnern konnte.

Tu es nicht, dachte er. *Schließ die Tür zu jenen Jahrzehnten und lass sie im Laufe der Jahrhunderte zu Staub zerfallen. So halten wir Vedera es, das ist unsere einzige Verteidigung gegen Jahre voller Erinnerungen.*

»Ihr seid Spindelblut. Corblut«, sagte er brüsk, um ihr *irgendetwas* zu geben. »Eure Vorfahren waren Reisende aus einer anderen Welt, sterblich wie die Menschen der Wacht, aber anders als sie. Manch einer sagt auch, die Cors seien nicht aus einem anderen Reich geboren, sondern die Kinder der Spindeln selbst. Aber euresgleichen ist zusammen mit dem alten Cor untergegangen und eure Blutlinie im Laufe der Jahrhunderte immer weiter dahingeschwunden.« Ihre Augen glänzten im Licht der Sterne und trieben ihn an weiterzureden. »Euer Blut macht Euch rastlos; es macht Euch ehrgeizig; es erfüllt Euch mit einem sehnlichen *Wollen,* so tief, dass Ihr dieses Bedürfnis kaum in Worte fassen könnt.«

Ihre schwarzen Augen schienen sich noch weiter zu verdunkeln. Er konnte ihre Ungeduld riechen.

»Ich habe Eurem Vater vor Jahrzehnten das Gleiche gesagt.« Die Wunde öffnete sich abermals, ein Riss durch sein Herz.

Dom zuckte zusammen und unterdrückte den Schmerz, sprach weiter. »Wenn er mal wieder auf seine typische Weise frustriert getobt hat, ein sterblicher Knabe unter lebenden Statuen, der sein eigenes Fleisch nicht in Stein verwandeln konnte, wie sehr er es auch versucht hat.« Ihm stockte der Atem. »Es tut mir leid, dass Ihr ohne jemanden heranwachsen musstet, der Euer Blut gekannt hat, der wusste, wonach es ihm verlangt. Wozu es Euch macht«, fügte er leise hinzu.

Diesmal tadelte sie ihn nicht dafür, dass er sich bei ihr entschuldigte. Stattdessen verhärteten sich ihre Züge, und ihre Augen waren wie Fenster mit geschlossenen Läden. Wonach auch immer sie Ausschau hielt, sie fand es nicht.

»Und was ist mit meinem Vater, der von Unsterblichen aufgezogen wurde, die nicht einmal ahnten, wie es ist, in einem sterblichen Körper zu stecken?«, hakte sie nach. »Wenn Ihr mich bemitleidet, müsst Ihr auch ihn bemitleiden.«

Der Stich ging tief, eine Nadel aus weiß glühendem Schmerz. Dom fuhr zusammen und wandte den Blick ab. Er hörte, wie Corayne aufstand, und ihre Füße raschelten wie ein rauer Wind im Gras.

»Älteste schlafen nicht, essen nicht, altern nicht«, stieß sie hervor. »Aber Ihr blutet. Könnt ihr lieben? Habt Ihr es meinen Vater gelehrt? Denn mich hat er nicht geliebt.«

»Es gibt in allen Welten kein einziges Geschöpf, das nicht lieben kann«, antwortete Dom hitzig. Sein vorzeitliches Temperament loderte flackernd auf. Es erfüllte ihn, höhlte ihn aus. Zorn war immer noch ein fremdes Gefühl und übte eine zersetzende Wirkung auf seinen Organismus aus. Ohne es wahrzunehmen, stapfte er über den grasbewachsenen Hügel, bis er über Corayne aufragte, hoch wie ein Berg.

Sie ließ sich nicht einschüchtern.

»Und ich habe Euren Vater ohne Frage geliebt«, versicherte er. »Wie einen Bruder, wie einen Sohn. Ich war bei seinen ersten Schritten dabei, bei seinem ersten Zahn, seinen ersten Worten, undeutlich wie sie waren. Hab den ersten Blutstropfen aus seiner ersten Wunde fallen sehen.« Innerlich brüllte er auf, als er das alles erneut vor sich sah. »Und auch seinen letzten.«

Corayne presste die Lippen zusammen, bis ihr Mund nicht mehr sichtbar war; endlich fielen ihr keine neuen Fragen mehr ein. Sarns offene Augen hinter ihr waren wie zwei brennende Kerzen.

»Schlaft weiter, gnädige Dame«, flüsterte er und wandte Corayne seinen breiten Rücken zu.

Sie kam dieser Aufforderung gerne nach und legte sich mit einem verärgerten Schnauben nieder, das nur allzu sterblich klang. Schnell wurde sie ruhig, ihre Augen fest geschlossen, aber Dom hörte ihr Herz hektisch pochen und ihre Atmung war ungleichmäßig. Weiter hinten auf der Lichtung schlug Sarns Herz in einem langsamen, stetigen Takt. Ihre Augen schlossen sich nicht wieder.

Er fühlte sich versucht, sie spöttisch anzugrinsen, aber ein seltsamer Geruch ließ ihn jäh erstarren.

Rauch.

Er verharrte ganz still, den Kopf in die Luft erhoben. Da war Rauch, irgendwo in der Nähe, und sein Duft umwirbelte ihn wie ein geisterhafter Wind. Er sah den Rauch nicht, aber er roch das beißende Brennen und schmeckte ihn. Es war kein Holzrauch, kein Buschfeuer. Nichts Gewöhnliches.

Aber es war nicht unvertraut.

Verkohlendes Fleisch, Hände, bis auf die Knochen gebrochen, Haut, die zu Asche zerfällt.

Kaltes Entsetzen jagte ihm über den Rücken.

Sarn war bereits aufgesprungen, hatte sich die Kapuze heruntergerissen, den ganzen Körper angespannt. Sie starrte ihn grimmig an und las die Angst, die über seine Züge huschte.

»Corayne, aufstehen. Sarn, die Pferde«, blaffte er und war bereits an Coraynes Seite. Er packte sie an den Schultern und hatte sie schon hochgezogen, ehe sie auch nur die Augen öffnete.

Die Amhara eilte widerspruchslos zu den Tieren hinüber, erstarrte jedoch, als sie den Rand der kleinen Lichtung erreichte.

Das Schwert an ihrer Seite löste sich singend aus der Scheide. Sie umfasste es fester und hob die Klinge hoch über den Kopf. Der Stahl war wie ein am Himmel schwebender Raubvogel, im Begriff, sich zum Angriff herabzustürzen.

Dom hörte, dass die Pferde seelenruhig weiterschliefen, als sei alles in Ordnung. Der Geruch von verbranntem Fleisch wurde stärker, bis sich Corayne mit tränenden Augen die Hand über die Nase legte.

»Was ist das?«, fragte sie mit zitternder Stimme. Dom antwortete nicht, sondern trat vor sie hin, die Hand immer noch auf ihrem Arm.

Weiterhin das Schwert hoch erhoben, trat Sarn einige sorgsam abgemessene Schritte zurück, darauf bedacht, nicht zu stolpern. Ihr Blick war konzentriert nach vorn gerichtet, in die Schatten hinein, die über die knorrigen Zypressen flackerten. Dom brauchte sich nicht an ihrer Stelle zu befinden, um zu wissen, was sie sah.

Die Frage war nur, um wie viele es sich handelte.

Corayne unterdrückte ein ängstliches Aufkeuchen, als Dom sein eigenes Schwert zog. Scharfe Kanten zerschnitten die Luft. Er vermisste seine Rüstung, aber er würde sich mit Leder begnügen müssen. Solange es standhielt.

Wie hat er uns gefunden? Woher wusste er es? Dom fluchte und suchte die Bäume nach dem Zauberer in dem langen scharlachroten Gewand und nach Taristan ab. In Doms Vorstellung war er immer noch überströmt von Cortaels Blut und lachte, während ihm das Blut über die Lippen schäumte, mit der Spindelklinge in der Hand, das höhnischste Lachen auf der ganzen Welt.

Die Leichen, die verderbten Geschöpfe aus Entzweit und den Aschenlanden, wanden sich mit ihren schwerfälligen Schritten den Hügel hinauf. Ausgebleichte weiße Gesichter ohne jeden Rest von Farbe, verbrannt bis auf die Knochen, ihre Lippen aufgeplatzt und rissig, ihre Rüstungen schwarz und von fettigem Öl verschmiert, wie Hähnchen frisch aus der Bratpfanne. Beim

Anblick ihrer Waffen – rostige Messer, geborstene Schwerter, schartige Äxte und zersplitterte Schilde – wäre Dom fast auf die Knie gesunken. Allein durch die Gnade Baleirs blieb er stehen, auch wenn jedes Stück von ihm klein beigeben wollte. Coraynes Arm in seiner Hand fühlte sich kalt an. Sie konnten davonlaufen, aber ohne die Pferde könnte es sein, dass sie am Fuß des Hügels in einen Hinterhalt ihrer Feinde tappten.

Der erste Leichnam kam mit einem lippenlosen Lächeln durch die Bäume und grinste Sarn und ihr Schwert heimtückisch an. Er taumelte auf verrenkten Gliedmaßen heran, folgte zielstrebig seinem Weg. Die Amhara bewegte sich rechtzeitig von ihm weg, blieb auf Abstand, während sie sich über die Lichtung zurückzog, ihre Augen groß, aber unerschrocken. Die beiden roten Flecken, die ihre Wangen überzogen, waren das einzige sichtbare Anzeichen für ihre Angst. Noch immer schlug ihr Herz langsam, als schlafe sie.

Sechs weitere folgten, und neue schattenhafte Gestalten glitten durch die Bäume. Sie rochen wie ein Haufen verbrannter Leichen, ein verwesendes Inferno.

»Ältester«, zischte sie durch zusammengebissene Zähne. »Können sie getötet werden?«

Den widrigen Umständen zum Trotz spürte Dom, wie sich seine Lippen zu einem grimmigen Lächeln verzogen.

»Ja.«

Sarn blieb stehen, stemmte die Füße in den Boden. »Gut.«

Ganz tödliche Eleganz, bewegte sie sich in einem mordenden Bogen. Ihr Schwert durchschnitt die Luft, während es sich schräg herabsausend Bahn brach.

Dom konzentrierte sich auf die Leichen und auf Corayne, behielt beide am Rand seines Wahrnehmungsfeldes. Das Mädchen hinter sich und die Geschöpfe vor sich, machte er ein paar weit ausholende Schritte auf die Angreifer zu. Sein Schwert hielt er mit beiden Händen umklammert und ließ es im Licht der Sterne aufblitzen. Er trieb es durch das erste Wesen, schwang die Klinge durch die Luft wie ein Holzfäller seine Axt. Sie schnitt den Leichnam glatt in zwei Hälften, durchtrennte den Körper an der Taille, mit der Mühelosigkeit, mit der Stahl durch Wasser gleitet.

Waren sie schon immer so zerbrechlich?, wunderte er sich und fuhr auf dem Absatz herum, um den Nächsten niederzumähen.

Ihrer Meuchlerausbildung zum Trotz stolperte Sarn an seiner Seite, hätte fast das Gleichgewicht verloren, als sie schwungvoll ihr Schwert durch einen Aschenländer rammte. Sie stieß einen verblüfften Aufschrei aus und hielt kurz inne, um den Leichensoldaten genauer ins Auge zu fassen.

Dom tat das Gleiche und vermochte kaum seinen Augen zu trauen.

Statt den Aschenländer von der Schulter bis zur Hüfte zu spalten und durch Fleisch zu schlitzen, hatte sich ihr Schwert wie durch Nebel bewegt. An den Rändern kräuselte sich das Geschöpf zu weißen, schwarzen und geisterhaft blauen Schwaden. Der Rest löste sich auf wie der Rauch einer ausgeblasenen Kerze, der im Nichts verweht.

Sarn reagierte nicht weiter darauf, sondern richtete ihre Konzentration sofort auf den nächsten Aschenländer und dann den übernächsten, während immer neue durch die Bäume strömten. Sie waren jetzt schneller, stürzten heran, angetrieben von Sarns Angriff. Sie verlor das Gleichgewicht nicht noch einmal.

Dom stutzte und blickte zu den beiden zurück, die er bereits erledigt hatte. Aber statt toter Körper war da Rauch, der sich über dem Boden kräuselte und im Gras verschwand.

Corayne starrte mit weit geöffnetem Mund auf die Szenerie, die sich ihr bot.

Einer der Aschenländer stieß einen gequälten Schrei aus, der Klang seiner Stimme unmenschlich. Dom reagierte blitzschnell und hob sein Schwert, um einen Hieb des Verfluchten zu parieren. Doch stattdessen glitt seine Klinge durch das in Rost aufgegangene Eisen der Leichenrüstung, und ein weiterer Aschenländer löste sich in nichts auf.

Bei den anderen war es genauso, sie zerstoben mit jedem

Hieb. Im Kampf gegen Stahl verwandelten sich ihre eigenen Waffen in Staub, bis nichts mehr auf der Lichtung blieb als sie drei und der verwehende Geruch nach Feuer.

Zwischen den Bäumen dösten die Pferde ruhig weiter.

Dom wirbelte im Kreis herum, auf der Suche nach weiteren Aschenländern. Auf der Suche nach dem Zaubertrick, der das alles bewirkt hatte. Er erwartete, dass Taristan über sie herfiel, erwartete, dass der Zauberer Blitze regnen ließ. Er glaubte, die Glocke wieder zu hören, wie sie für den Tempel und die Gefallenen läutete. Aber da war nichts als der Wind in den Zypressen. Sein Atem ging schwer und stoßweise, nicht vor Anstrengung, sondern vor reiner Verblüffung.

Corayne klatschte schwer zu Boden, ihr Gesicht knochenbleich.

Bevor Dom sie erreichte, trat ihm Sarn in den Weg. Der Skorpion an ihrem Hals sah aus, als stünde er im Begriff, sich auf Dom zu stürzen.

»Was zum Henker war das, verdammt?«, knurrte sie.

Die Welt drehte sich um ihn herum.

Dom öffnete den Mund, um etwas zu erwidern. Stattdessen erbrach er zur Antwort Kaninchenleber.

10

Jütische Talismane

Corayne

Sie blinzelte. Die Luft war wieder warm, und das Blut floss ihr heiß durch die Adern. Das Gras war weich unter ihren Fingern. Sie empfand lähmende Angst, und sie spähte suchend in die Dunkelheit, hielt Ausschau nach der nächsten wandelnden Leiche.

Das ist dein Schicksal.

Die seltsame Stimme hallte wie eine Glocke in ihrem Schädel wider. Corayne zuckte zusammen, als die Worte zerbrachen und zersplitterten, durch sie hindurchströmten und sie umwickelten. Die Stimme war menschlich und doch auch wieder nicht, etwas mehr als das, aber auch etwas weniger. Und so *kalt*, dass sie eine kribbelnde Gänsehaut überlief.

Es wartet nicht, fuhr die Stimme fort und verhallte ohne Echo, hinterließ kaum eine Erinnerung.

Die weißgesichtigen Dämonen waren ebenfalls verschwunden. Der Geruch von Rauch und verbranntem Fleisch hatte sich zusammen mit ihren Körpern verzogen.

Ein Traum. Sie werden schlimmer, dachte sie. Sie atmete tief durch. Die frische Luft in ihren Lungen war belebend. *Ich habe geschlafen und von diesen Geschöpfen geträumt. Rot und schrecklich und gierig waren sie, ihre Glieder gebrochen.*

Aber da war Dom vor ihr, der sich krümmte und etwas ins Gras spuckte. Er wischte sich mit dem Handrücken über den Mund, und sein Gesicht war fast so leichenblass wie die Geschöpfe. Mit verzogenem Gesicht sah ihn Sorasa an, ihr Schwert in der Hand, ihr Körper immer noch in angespannter Kampfbereitschaft. Sie sah zu Corayne, und ihr Blick war hart.

Kein Traum.
»Beruhig dich«, sagte die Meuchelmörderin mit strenger Stimme. »Atme langsam durch die Nase ein und dann durch den Mund aus. Und Ihr auch«, setzte sie hinzu und klopfte Dom mit der flachen Seite ihrer Schwertklinge auf den Rücken. Er warf ihr einen finsteren Blick zu und erbrach sich noch einmal.
Corayne tat wie geheißen und füllte ihre Lungen mit Luft.
Kein Traum.
Der Tumult in ihrem Magen ließ langsam nach und hinterließ die kalte Wahrheit.
Kein Traum.
»Das also ist aus der Spindel gekommen«, sagte Corayne laut. Sie nahm sich zusammen und stand auf, während ihre Beine unter ihr zitterten. »Das ist es, wogegen Ihr am Tempel gekämpft habt. Zusammen mit meinem Vater.«
Dom straffte sich. »Es ist, wie ich bereits gesagt habe.« Sein Gesicht wurde finsterer, falls das denn überhaupt möglich war. »Sie stammen aus den Aschenlanden, einer verbrannten Welt, durch Entzwei zerborsten, von der Hölle des Lauernden verzehrt. Sie dienen Ihm, und sie dienen Eurem Onkel, Taristan.«
Sorasa ging um ihn herum und begutachtete im schwachen Licht der Nacht ihre Klinge. Der Stahl war fleckenlos sauber. Sie verzog die Lippen.
»Ich nehme an, an Eurem Tempel sind sie nicht einfach zu Rauchschwaden geworden«, sagte sie und warf dem Ältesten einen bösen Blick zu. »Sonst hätte ich Euch fürchterlich überschätzt.«
»Ganz gewiss nicht«, knurrte er und zeigte auf sein vernarbtes Gesicht.
Corayne versuchte, nicht daran zu denken, wie solche Wunden wohl entstanden, mit gieriger Leichtigkeit durch sein marmornes Fleisch gegraben. Sie spürte sie auf ihrer eigenen Haut. Messer und Nägel, die sie in Stücke rissen. Ein saurer Geschmack durchzog ihren Mund, und fast hätte auch sie sich übergeben.

»Das waren Visionen oder vielleicht Schatten. Ein Abbild dessen, was aus der Spindel kommt«, murmelte Dom, ohne sonderlich überzeugt zu klingen. »Vielleicht das Werk von Taristans Zauberer oder des Lauernden selbst. Sie wissen, dass es Euch gibt.« Er ballte seine freie Hand zur Faust. »Sie sind auf der Suche nach Euch.«

Corayne schluckte, aber der Kloß des Entsetzens steckte ihr fest in der Kehle. Und da war auch die sonderbare neue Wahrheit, die sich nicht verdrängen ließ. *Alles, wovon der Älteste gesprochen hat – die Spindel, mein mörderischer Onkel, die Leichenarmee –, all das gibt es wirklich. Und sie machen Jagd auf mich.*

»Wir sollten uns gleich wieder auf den Weg machen«, presste sie hinter zusammengebissenen Zähnen hervor. Sie las ihre spärlichen Habseligkeiten zusammen, auch wenn es reine Ablenkung war. »Harmlos oder nicht, wenn diese Dinger uns einmal finden können, können sie es auch ein zweites Mal. Es ist nur eine Frage der Zeit, bis uns die echte Gefahr dahinter eingeholt hat.«

»Zumindest hat hier irgendjemand ein wenig Verstand im Kopf«, murmelte Sorasa und schritt zu den Pferden hinüber.

Der Älteste öffnete den Mund, um Einspruch zu erheben, aber Corayne ließ ihm keine Gelegenheit dazu. Es war auch so schon schwer genug zu versuchen, die Welt zu retten – ohne dass die beiden einander an die Kehle gingen.

»Ich habe von ihnen geträumt«, sagte sie schnell, ihren Umhang über dem Arm. »Schon bevor Ihr mich in Lemarta ausfindig gemacht habt.«

Dom warf gerade Sorasas Schatten zwischen den Bäumen ein verächtliches Grinsen zu, wandte sich aber sofort wieder um. Seine Miene hellte sich etwas auf, und ein wenig Farbe kehrte in seine Wangen zurück. »Von den Aschenländern?«

Statt eines Fröstelns verspürte Corayne einen übersüßen Hauch von Wärme, wie ein der Fäulnis überlassener Sommertag. Das seltsame Gefühl setzte sich in ihrer Kehle fest. Corayne schluckte.

»Weiße Gesichter, verbrannte Haut«, flüsterte sie und versuchte, sich an die Träume zu erinnern, die sie seit Wochen plagten. Es kam ihr seltsam vor, laut darüber zu sprechen. »Und da ist noch etwas gewesen. Ich konnte es nicht sehen, aber ich konnte fühlen, dass da ... etwas war. Etwas Fremdes, das mich beobachtet hat«, berichtete sie. »Ein großer Schatten auf der Jagd, lauernd.«

»Das Lauernde«, murmelte Dom. »Ihr träumt von Ihm.«

Wieder spürte sie die Hitze. »Ich habe gedacht, das hier sei ebenfalls ein Traum.«

»Die Armee Eures Onkels ist kein Traum und auch kein Albtraum.« Dom schob sein Schwert zurück in die Scheide. »Sie sind wirklich. Und sie werden die Wacht verschlingen, wenn sie die Gelegenheit dazu bekommen.«

Unter den Schatten der Bäume hatte sich Sorasa darangemacht, die Pferde loszubinden, doch jetzt stockte sie in ihrem Tun. Sie warf einen Blick auf die Lichtung zurück. Corayne fühlte sich an einen Wolf im Wald erinnert, unsichtbar bis auf seine glänzenden Augen.

»Was für ein spindelverdammter Auftrag«, zischte die Meuchelmörderin und band das erste Pferd los. Während Dom eine drohende Haltung einnahm, war Corayne klug genug, nicht zu reagieren, schließlich kannte sie ihre Mutter.

Meliz an-Amarat war ganz genauso; sie beklagte sich gerne über schwierige Reisen oder komplizierte Aufträge, die sie erledigen musste. Doch eigentlich mochte sie sie deshalb umso mehr. Sie liebte die Gefahr, das Risiko. Die Gelegenheit, sich tausendfach zu beweisen. Corayne vermutete, dass auch Sorasa in ihrer Unternehmung eine Chance für sich sah. Selbst unter Meuchelmördern zählte es sicherlich eine ganze Menge, die Welt zu retten. Von den Summen, die ein Ältestenprinz zu zahlen vermochte, gar nicht erst zu reden.

Das erste Pferd schob sich in schläfrigem Tempo über die Lichtung, entweder durch die besondere Anziehungskraft des Ältesten angelockt oder einfach weil sich das Tier an ihn erinnerte. Sorasa führte die beiden anderen Pferde hinter sich her. Sie hatte ihre Kapuze wieder hochgezogen. Nur ihre angespannte Mundpartie war zu sehen; die Zähne fest zusammengebissen, verkniff sie sich, was immer sie sonst noch hatte sagen wollen. Corayne ließ sich von ihr die Zügel ihrer Stute geben und versuchte, das gleichzeitig heiße und kalte Gefühl in ihr zu ignorieren, das Lauernde und das Flüsternde, die von innen an ihr zerrten. Wer sich dahinter tatsächlich verbarg, wusste sie nicht.

Womöglich werde ich sterben, bevor ich das herausfinde.

Corayne atmete erleichtert aus. An Deck eines Schiffes fühlte sie sich besser. Von Planken und Segeln verstand sie mehr als von Pferden. Und von der noch immer auslaufbereit im Hafen liegenden Galeere bot sich ihr ein großartiger Ausblick.

Sie lehnte sich gegen die hölzerne Reling und ließ den Blick über die uralte Stadt Lecorra schweifen. Sie war ein bunter Klecks von in die Sonne getauchten Farben, der in der Sommerhitze verschwamm. Die Stadt breitete sich von ihrem Zentrum am Nordufer des Impera wie ein halbiertes Sonnenrad fächerförmig nach Osten und Westen aus. Jenseits der Stadtmauern erstreckten sich Bauernhöfe und Felder über das Land. Die herrschaftliche Villa des Königs von Siscaria und die Tempel lagen auf dem einzigen Hügel der Stadt, von einer grünen Insel aus Pappeln und Zypressen umringt. Die antiken Ruinen von Cor waren in der Stadt leicht auszumachen, ihre ausgebleichten Mauern und Säulen hoben sich unverkennbar vor dem Hintergrund der neueren Bauwerke mit ihren Kacheln in Gold und Rosa, Buttergelb und Ziegelrot ab. Bleich und geborsten ragten die Statuen und Tempel in den Himmel empor. Es war, als sei der Rest der Stadt Moos, das im Skelett eines Riesen wuchs. Corayne sog alles in sich auf, erfreute sich am verbliebenen Schatten des alten Cor. Ihr Körper summte als Antwort auf die empfangenen Eindrücke und rief nach etwas, das lange vergangen war.

Ich spüre meine Ahnen hier, so fern sie auch sind, staunte sie, als sie ihre Empfindungen endlich benennen konnte. *Ich spüre die Schatten dessen, was einst gewesen ist.*

Im Hafen hatten sich Dutzende von Galeeren, Koggen, Balinger, Fischerboote und Kriegsschiffe versammelt. Segel flatterten in einem bunten Regenbogen, denn es waren die Flaggen sämtlicher Königreiche der Langen See und auch der Länder jenseits davon gehisst. Corayne entdeckte etwa ein jütisches Langboot, das die Friedensflagge aufgezogen und neben einer Kriegsgaleere aus Rhaschir angelegt hatte. Von dem Dutzend Schiffen der ibaletischen Marine gar nicht erst zu reden. Sie kontrollierten den Wachtsund und patrouillierten beständig an dieser schmalsten Stelle der Langen See hin und her, um Zölle von allen zu erheben, die die Meerenge passierten. Sie wusste all die vielen Flaggen und Schiffe zuzuordnen und beim Namen zu nennen, so wie sie es mit den Sternen vermochte. Es war ein Trost, Dinge aufzulisten und zu verstehen, während es so vieles gab, das sie nicht mehr einordnen konnte.

Die Schiffe ergeben selbst dann noch Sinn, wenn es nichts anderes mehr tut.

Die *Sturmgeboren* musste inzwischen schon auf halbem Weg durch die Lange See sein, aber Corayne hielt trotzdem Ausschau nach ihrer Mutter. *Ob sie wohl weiß, dass ich verschwunden bin? Wird Kastio sie irgendwie darüber in Kenntnis setzen, dass ich davongelaufen bin? Wird sie umkehren, um nach mir zu suchen?* Der Gedanke erfüllte sie mit Schrecken. Aber dann stieg eine andere Angst in ihr auf, zersetzend wie Rost auf einer Klinge: *Was, wenn sie es nicht tut?*

Ihre Knöchel auf der Reling wurden weiß. Sie konnte nicht entscheiden, was schlimmer wäre.

Unter ihr strömte der Impera dahin. Sein Wasser blitzte silbern auf und spiegelte einen Himmel wider, der vor Hitze ganz weiß war.

Um sie herum lief die Mannschaft der Galeere eilig umher und bereitete sich darauf vor, in Richtung Ascal auszulaufen.

Die Seeleute riefen sich in einem Durcheinander von Sprachen Kommandos zu, die Corayne sehr gut kannte. Sie waren tauglich Kerle, nicht so erfahren wie die Besatzung ihrer Mutter, aber ausreichend für ein Passagierschiff. Wenn sie die Augen schloss, konnte sie so tun, als sei dieses Schiff die *Sturmgeboren*, als stünde ihre Mutter am Ruder und als würde der Hafen von Lemarta auf sie herabschauen. Corayne würde bald wieder von Bord gehen, um den anderen zuzuwinken, wenn sie auf große Fahrt gingen, während sie selbst an Land festsaß, zum Warten verdammt.

Aber ihre Augen blieben offen. Jene Tage waren Vergangenheit.

Erst als sie den Wind auf den Zähnen spürte, wurde ihr bewusst, dass sie lächelte. Trotz all ihrer Ängste und des drohenden Unheils, das vor ihnen lag, entspannte sie sich. *So fühlt sich also Freiheit an.*

»Du siehst aus wie ein Pferd, das über den Zaun seines Gatters gesprungen ist«, bemerkte Sorasa mit ausdrucksloser Stimme.

Die Amhara stand einige Schritte entfernt an der Reling, irgendwie zugleich wachsam und desinteressiert. Auch wenn sie ihre Kapuze zurückgeworfen hatte, war ihre Miene undeutbar und gleichgültig wie Stein. Aber der Rest von ihr erzählte eine Geschichte, die leicht und unbeschwert war, von ihren behandschuhten Händen bis hin zu ihrem um die Kehle fest verschnürten Gewand. Ihr Schwert war unter dem Umhang verborgen, und ihre Messer waren unsichtbar weggesteckt. Auch jeder Zentimeter tätowierte Haut war bedeckt, und sie trug ihr schwarzes Haar offen. Nach so langer Zeit in einem Zopf wellte es sich. Ihre Augen waren wieder umrändert und schwer von schwarzem Pulver, zu dem sich ein einzelner goldener Strich gesellte. Sie machte den Eindruck einer einfachen Frau aus Ibalet, abgesehen von ihren kupfernen Augen wenig bemerkenswert, auf einem Schiff voller Reisender leicht zu übersehen.

Corayne gab sich alle Mühe, ihre Aufregung und Nervosität

zu unterdrücken und mit einer ähnlichen Leichtigkeit wie Sorasa eine Maske aufzusetzen. Sie zwang sich zu einem Achselzucken. »Ich will das hier sehen«, antwortete sie und deutete auf die Stadt Lecorra. »Solange ich noch kann.«

Sorasas Maske verrutschte ein klein wenig, und der Hauch eines Schattens glitt über ihre Züge. Es war keine Angst, aber etwas in der Richtung. Eine wachsame Vorsicht, eine Katze mit gesträubtem Fell, die Spannung in der Luft vor einem Gewitter. Die Amhara hatte die Wesen aus den Aschenlanden genauso deutlich gesehen wie Corayne und Dom, ob sie es zugab oder nicht. Der Vorfall hatte sie nervös gemacht.

Corayne spürte es ebenfalls, unter jedem Atemzug. Die Aschenländer, das Lauernde, ihr Onkel auf der Jagd nach ihr. Sie kannte Taristans Gesicht nicht, aber in ihrer Vorstellung waren ihre Augen die gleichen, seine und ihre. Ein leeres Schwarz, hungrig und verzehrend.

»Habt Ihr je schon einmal so etwas gesehen wie ... *sie*?«, murmelte Corayne. Eine Frau, die in der Amhara-Gilde erzogen worden war, eine geborene Mörderin, wusste bestimmt mehr über die Welt als eine an das Land gefesselte Piratentochter.

Die Meuchlerin erwiderte Coraynes Blick, und der Ausdruck in ihren Augen war hart. »Ich habe viele Dinge gesehen, die den meisten Angst machen würden«, antwortete sie. »Ungeheuer und Menschen. Meistens Menschen.«

Corayne dachte an die Nacht auf dem Hügel außerhalb von Lemarta zurück, wie Sorasa in der Dunkelheit ausgesehen hatte, nachdem die Geschöpfe in Rauch aufgegangen waren. Die Gefahr war überwunden gewesen, hatte vor allem ja überhaupt nie wirklich existiert. Und doch hatte Sorasa sich gefürchtet.

»Das ist also ein Nein«, meinte Corayne in spöttischem Tonfall.

»Du befindest dich weit weg von deinem sicheren Hafen, Corayne an-Amarat.« Ihr Atem war kühl, ihre Augen schmale Schlitze. Corayne fühlte sich durchschaut, ein Gefühl, das sie nicht mochte. »Und du hast noch einen weiten Weg vor dir.«

Sie biss die Zähne zusammen und wandte den Blick von der Stadt ab. Wieder einmal betrachtete sie Sorasas Hals und erinnerte sich an den Skorpion, schwarz wie Öl, seinen gekrümmten Stachel zum Angriff erhoben. *War die Tätowierung eine Belohnung oder eine Strafe?* Corayne unterdrückte den Drang, sie danach zu fragen.

»Ihr seid ebenfalls weit weg von zu Hause, Sorasa.«

Die Sonne leuchtete in Sorasas Haar, ließ jede schwarze Welle leuchten. Jetzt, wo der Himmel hell war und sie die Kapuze heruntergezogen hatte, sah Corayne auf ihrer nackten Haut alte Narben. Kleine, lange verheilte Verletzungen von einer Klinge oder einer Faust. Sie kündeten von harten Jahren an einem Ort, den Corayne niemals kennenlernen würde. Ihre Neugier flammte auf, doch sie konnte nicht gestillt werden. Es war etwas, was ihr zumindest die Laune trübte und sie verärgerte, wie wenn man sich einem Rätsel gegenübersieht, das man nicht lösen kann.

Die Meuchelmörderin bewegte sich ein Stückchen zur Seite. »Vielleicht solltest du mal nach Dom sehen. Sicherstellen, dass er nicht dort unten verfault ist oder wieder hat kotzen müssen«, sagte sie und deutete Richtung Frachtraum. Der Älteste war nicht so geschickt darin, sich zu tarnen, und würde ihre Reise nach Ascal daher in einer winzigen Kajüte unter Deck verbringen, die im Grunde ein schäbiges Loch war.

Corayne schloss die Finger umso fester um die Reling, umklammerte das Holz. Sie blieb entschlossen an Ort und Stelle stehen und weigerte sich, sich verjagen zu lassen.

»Es gefällt mir nicht, wie er mich ansieht«, murmelte sie. »Er sieht meinen Vater in mir. Er sieht Tod. Er sieht Scheitern.« Corayne spürte auf ihren Schultern das erdrückende Gewicht eines Menschen, den sie nie persönlich kennengelernt hatte.

Sorasa warf einen finsteren Blick gen Himmel. Wenn es eins gab, was Corayne wusste, dann war es die Tatsache, dass die Meuchlerin den Unsterblichen hasste. »Ich vermute mal, ein spindelverdammter Ältester ist dergleichen Dinge nicht gewohnt.«

»Ich glaube, er sieht auch meinen Onkel«, fügte Corayne hinzu. Sie stieß die Worte mit Nachdruck hervor, in der Hoffnung, mit ihnen auch ihre Schuldgefühle loszuwerden. Ihre Wangen wurden flammend heiß. »Ich wusste nicht, dass ich den beiden so ähnlich sehe.«

Die Meuchlerin antwortete nicht, sondern musterte sie sorgfältig. *Sie sucht nach dem Gesicht eines gefallenen Prinzen und dem eines sich erhebenden Ungeheuers.*

»Ich gehöre nirgendwohin«, flüsterte Corayne mit leiser Stimme.

Zu ihrer Überraschung erschien ein Lächeln auf Sorasas Lippen. »Es gibt viele Leute, die so sind«, antwortete sie. »Und nirgendwo ist immer noch irgendwo.«

»Das ist töricht.«

»Nun ja, wenn du nicht an einen Ort gehörst, gehören wir beide ja vielleicht zusammen? Wir, die wir nirgendwo hingehören?«, stellte Sorasa in den Raum. Ihre kupferfarbenen Augen schimmerten, und das vom Fluss gespiegelte Licht tanzte darin.

Trotz des unangenehmen Gefühls in ihrer Magengrube musste Corayne ebenfalls lächeln. »Vielleicht«, wiederholte sie.

»Ich habe meine Eltern nie kennengelernt«, fuhr Sorasa fort. »Ich weiß nur, woher sie kamen. Ich könnte dir weder ihre Namen nennen noch sagen, wer sie waren oder ob sie noch leben oder tot sind.« Sie sprach mit ruhiger, emotionsloser Stimme ohne jede Wärme und Herzlichkeit. Eine Tatsachenfeststellung, mehr nicht. Nicht einmal ein Geheimnis, das zu hüten sich gelohnt hätte.

Corayne nickte. Sie spürte den Schlüssel im Schloss. Sie brauchte ihn lediglich umzudrehen, um eine Tür zu öffnen, die ihr einen Zugang zu Sorasa gab, zu den Amhara und ihren Gepflogenheiten. »Dann ist die Gilde Eure Familie?«, fragte sie und trat einen Schritt näher an sie heran.

Sorasa zog einen ihrer Mundwinkel hoch, und ihr Grinsen wurde grausam. Leise murmelte sie etwas auf Ibaletisch, so schnell und wild, dass Corayne es nicht verstand. Dann wechselte die Amhara wieder in klar verständliches Priori über, ihre Stimme so scharf wie ein Dolch.

»Nein«, knurrte sie, »ist sie nicht.«

Der Schlüssel zersprang in tausend Teile.

Keine von beiden ergriff noch einmal das Wort, bis das Schiff ablegte und das leuchtende Wasser des Impera sie aus der Stadt hinaustrug. Lecorra wurde von Stadtmauern und vorgelagerten Randbezirken abgelöst, dann folgte Ackerland und schließlich Wälder und karg bewachsene Hügel. Einige kleine Städtchen schmiegten sich ans Flussufer, mit verschlafenen Straßen und Tonziegeln auf den Dächern. Corayne blickte Richtung Bug, um hinter jeder Flussbiegung über das Land hinauszuschauen, das neu in Sicht kam. Sorasa wich ihr nicht von der Seite, machte sich aber nicht die Mühe zu verbergen, wie sehr sie die Aufgabe nervte, die sie da übernommen hatte.

Andere Reisende sammelten sich in ihren jeweiligen Gruppen auf Deck. Die meisten dieser Truppen bestanden aus Kaufleuten, daneben gab es auch zwei siscarische Höflinge in der Livree eines Herzogs und eine Truppe von Schaustellern, die allesamt sehr schlecht im Jonglieren waren. Sie drängten sich zusammen, darauf bedacht, sich aus dem Frachtraum fernzuhalten, weil die Ruderbänke unten so sehr stanken. Corayne dachte an Dom, in eine winzige Kabine eingepfercht, wo seine Schultern an beide Wände stießen, während er all die Gerüche dort unten aushielt.

Die anderen Reisenden waren für sie nicht sonderlich interessant, nicht, solange das Schiff mit hoher Geschwindigkeit auf das offene Meer zuglitt. Aber Sorasa beobachtete ihre Mitreisenden aufmerksam und unterzog jeden an Bord einer genauen Inspektion, so wie ein Tierhändler ein preisgekröntes Schwein begutachtet. Corayne ließ ihren Blick dann und wann zu der Meuchelmörderin gleiten, um zu sehen, ob sie nicht irgendetwas in Erfahrung bringen konnte, doch vergebens.

Kurz vor Einbruch der Dunkelheit richtete sich Sorasa plötzlich auf und stieß sich von der Reling ab, den Blick auf eine Passagierin gerichtet.

Eine alte Frau näherte sich von der anderen Seite des Decks. Das Rollen des Schiffes unter ihr machte ihre Schritte ungleichmäßig. Ihr Haar war wild und grau und teils geflochten, teils mit Federn, vergilbten Knochen und getrocknetem Lavendel geschmückt. Sie hielt einen Korb in der Hand und lächelte mit einem Mund voller Zahnlücken, während sie irgendetwas auf Jüti krächzte. Corayne verstand bloß wenige Wörter, und das reichte aus.

»*Pyrte gaeres. Khyrma. Velja.*«
Hübsche Mädchen. Talismane. Wünsche.

Sie war eine Händlerin, die leere Versprechungen feilbot, die wertlosen Tand verkaufte, den sie als zauberkräftige Amulette und wunderbringendes Hexenwerk ausgab. Ein glattpolierter Flussstein, einige nutzlose, mit menschlichem Haar zusammengeknotete Kräuter. *Firlefanz.*

»*Jys kiva*«, antwortete Corayne in der Sprache der Frau, wenngleich mit miserabler Aussprache. Aber die Botschaft war deutlich. *Kein Interesse.*

Die Alte grinste noch breiter und kam unbeirrt näher. Ihre Finger waren von Alter und Arbeit so knotig, dass sie wie zerbrochene Zweige aussahen. »Kein Preis, kein Preis«, sagte sie und wechselte in Priori, das sie mit einem starken Akzent sprach. »Ein Geschenk aus dem Eis.« Der Korb klapperte in ihren Händen.

Sorasa trat zwischen das alte Weib und Corayne, wie eine ältere Schwester, die die arglose jüngere vor einem Schwindler beschützt. »Kein Bedarf, *Gaeda*«, erklärte sie. *Großmutter.* Ihr Tonfall war seltsam sanft, ohne beim Rest des Schiffes Aufmerksamkeit zu erregen. »Geh zurück zu deiner Bank.«

Die Alte hörte nicht auf zu lächeln. Ihre Haut war bleich und fleckig, und tiefe Runzeln zogen sich durch ihr Gesicht. Alles bis auf ihre Augen schien völlig ausgeblichen, bar jeglicher Farbe. Doch ihre Augen waren von einem leuchtenden Blau, wie das Herz eines Blitzes. Corayne starrte sie an und spürte, wie sich in ihrem Hinterkopf etwas leise Vertrautes regte. Aber sie bekam es nicht zu fassen, wieder und wieder entglitt ihr die Empfindung.

»Schon in Ordnung, Sorasa«, murmelte sie und hielt der alten Frau die Hand hin.

Die Jütin senkte den Kopf und zog ein verwachsenes Knäuel blaugrauer Zweige aus ihrem Korb. Sie waren mit Zwirn und Darmfäden zusammengebunden, und es hingen kleine Knochenkugeln oder Perlen daran. »Die Götter mögen Euch segnen und die Spindeln Euch bewahren«, betete sie und hielt Corayne ihr Geschenk hin.

Bevor Corayne danach griff, hatte Sorasa es ihr bereits vor der Nase weggeschnappt. Mit ihren Handschuhen hielt sie die Zweige zwischen Daumen und Zeigefinger und beschnupperte sie flach atmend. Dann berührte sie das Holz mit der Zunge. Einen Augenblick später nickte sie. »Gott segne dich«, sagte sie und scheuchte die Alte mit einem Wink der Hand weg.

Diesmal erhob die greise Jütin keine Widerrede, sondern schlurfte davon, ihren Korb fest an sich gedrückt. Sie ging über das Deck nach hinten und verteilte ähnliche Nichtigkeiten an die anderen Reisenden.

»Das Ding ist nicht vergiftet«, erklärte Sorasa und warf Corayne die Zweige an die Brust.

Sie fing sie mit unsicheren Händen auf und begutachtete ungläubig das verknäulte Stückchen Unrat. »Ich bezweifle, dass eine gebrechliche alte Frau versuchen würde, mich zu vergiften.«

»Alte Frauen haben mehr Ursache zu töten als die meisten Menschen.«

Corayne drehte die Zweige in den Händen und verzog die Lippen zu einem Lächeln. »Gehört der Wachdienst mit zu Eurer Aufgabe?«

Die Meuchelmörderin trat wieder an die Reling zurück und stützte sich mit den Ellbogen darauf. Dann hielt sie das Gesicht der untergehenden Sonne entgegen und genoss deren warme Strahlen. »Mir wurde der Auftrag zugeteilt, dich ausfindig zu machen und lebend nach Ascal zu bringen.«

Lebend. Wieder verspürte Corayne ein Frösteln, das nichts mit der Temperatur zu tun hatte. *Ich bin irgendwie gekennzeichnet. Da ist etwas in meinem Blut, das mich zugleich segnet und verdammt.*

»Und die Bezahlung?«, fragte sie weiter und sei es auch nur, um etwas zu sagen. »Ich hoffe doch sehr, Ihr habt einen Preis ausgehandelt, der selbst für einen Ältestenprinzen außerordentlich hoch ist.«

»Das habe ich fürwahr.«

Wie viel?, hätte sich Corayne gern erkundigt. Stattdessen knirschte sie mit den Zähnen und schloss die Faust um den jütischen Talisman. Die Kugeln tanzten. Es waren keine Perlen, merkte sie jetzt, als sie sie sich genauer ansah, sondern menschliche Fingerknochen, ein jeder davon so geschnitzt, dass er wie ein Totenschädel aussah.

Einige Tage später verließ Dom seine winzige Kabine und füllte seine Lungen mit frischer Luft. Zu Coraynes Überraschung wirkte er völlig sauber und makellos, auch wenn er eine Woche mit schwitzenden Ruderern zusammengesperrt gewesen war, mit schlechter Luft, verdorbenem Wasser und kaum etwas zu essen. Das Zwielicht legte sich sanft über das Meer, und der Himmel über dem Wasser verdunkelte sich von Rosa zu Purpur. Er atmete tief durch und zog seine Kapuze hoch, als er sich zu Corayne an die Reling gesellte.

Corayne hingegen kam sich inzwischen ganz schmutzig vor, und ihr war leicht übel. Ihr Magen war immer noch in Aufruhr vom hohen Wellengang auf dem offenen Meer, obgleich sie sich inzwischen in den ruhigen Gewässern der Spiegelbucht befanden. Offensichtlich hatte ihre Mutter Corayne weder ihre Seemannsbeine noch ihren starken Magen vererbt. Aber jetzt vergaß Corayne ihre Beschwerden sehr schnell.

Die Lichter von Ascal tauchten am Horizont auf, ein Sternbild, das zum Leben erwacht. Die große Hauptstadt von Galland erstreckte sich zu beiden Seiten des Flussdeltas und über die vielen Inseln in der Mündung des Großen Löwen. Brücken und Tore spannten sich über die Wasserwege wie mit Fackeljuwelen geschmückte Halsketten, und wo das Süßwasser des Flusses auf das Salz der See traf, kräuselten sich die Spiegelungen der Lichter im Wasser. Corayne versuchte, nicht mit offenem Mund hinüberzustarren.

»Die Stadt ist riesig«, stieß sie hervor. »Ich hätte nie für möglich gehalten, dass eine Stadt so groß sein kann.«

Dom nickte neben ihr. »In der Tat.« Er sah grimmig unter seiner Kapuze hervor, und seine typische mürrische Miene stand ihm wieder einmal allzu deutlich ins Gesicht geschrieben. Ascal war für ihn kein Wunder, sondern ein Hindernis, das es zu überwinden galt. Etwas, das man fürchten musste. Und das machte Corayne ebenfalls Angst.

»Auch Ascal ist einst eine Stadt von Cor gewesen«, ergänzte sie und spürte die Wahrheit ihrer Worte tief unter ihrer Haut. Unter Ascal waren Ruinen, die Knochen eines seit tausend Jahren untergegangenen Reiches. »Woher weiß ich das eigentlich?«

Sie erwartete, dass der Älteste eine Antwort hatte, aber ihm fehlten die Worte, und sein Gesicht wirkte müde und abgespannt.

Sorasa warf ihnen beiden einen schiefen Blick zu, dann deutete sie in Richtung Ufer. »Die Stadt wurde dutzendmal zerstört und wieder aufgebaut, an einem Dutzend verschiedener Orte. Was einst Lascalla war, ist jetzt Ascal, die Hauptstadt von Galland, die große Erbin des alten Cor.« Sie spuckte ins Wasser. »Zumindest denken sie das hier gern.«

Tempelkuppeln und Kathedraltürme kratzten am verdämmernden Sonnenuntergang, rissen blutige Striemen in den Himmel. Die sagenumwobenen Stadtmauern von Ascal, gelb im Licht der hellen Sonne, golden bei ihrem Aufgang und Untergang, hielten die aus den Nähten platzende Stadt zusammen wie ein Gürtel. Rauch erhob sich über den Elendsvierteln, tausend Säulen aus tausend Herdfeuern. Corayne kniff die Augen zusammen und suchte die Dächer und Straßen nach einem Gebäude ab, das der Palast sein konnte, aber sie fand nichts. *Er liegt sicher tief im Inneren der Stadt verborgen, gut bewacht und von weiteren Mauern umgeben.* Bei dem Gedanken daran, sich einen Weg bis zum Palast zu bahnen, wurde ihr flau im Magen. Und dann mussten sie auch noch irgendwie hineingelangen.

Boote und Schiffe jeder Flagge der Wacht glitten über das Wasser, eine lange Reihe von Ameisen auf dem Weg zum geschäftigen Hafen von Ascal. Die Brücken und Wassertore zwangen alle außer den kleinsten Booten, die gleiche Durchfahrt zu nehmen. Ihr eigenes Schiff schloss sich der Reihe an, und die Kiefer der Stadt öffneten sich vor ihnen.

Die Meuchelmörderin rümpfte die Nase. »Macht Euch schon mal auf den Gestank gefasst.«

Sie segelten an einer großen Festung vorbei, in der die Garnison der Stadt untergebracht war, hoch aufragend wie die Burg eines Fürsten, mit massiven Türmen und gut bewachten Befestigungsmauern. Die grünen Banner von Galland flatterten auf den Zinnen, mit dem goldenen Löwen, stolz und riesig. Corayne gaffte die steinernen Türme zu beiden Seiten der kanalartigen Deltadurchfahrt unverhohlen an. Beide spien gigantische Ketten aus, die im Wasser versanken und dann unter dem Schiffsverkehr und über dem Flussbett zusammenliefen. Sie wusste, dass die Ketten angehoben werden konnten, um Stadt und Hafen dahinter wirkungsvoll zum Meer hin abzusperren, sollte sich die Notwendigkeit ergeben. Sie kam nicht umhin, an Taristans Armee zu denken, an die Soldaten von Entzweit, wie sie huschenden weißen Spinnen gleich über die Ketten krochen.

»Das sind die Zähne des Löwen«, murmelte Sorasa und zeigte auf die Türme, die den Fluss bewachten. Corayne beugte sich vor, wollte mehr hören. »Alle müssen hier passieren, mit Ausnahme der Marineschiffe von Galland, die den Flottenhafen ansteuern.« Ihre Finger deuteten auf eine andere Insel in der Flussmündung, dann auf einen Kanal. »Der da führt zur Tiber-Insel, für Kaufleute und Händler.«

Tiber. Der Gott des Goldes. Corayne war bestens mit ihm vertraut. Die Schiffsbesatzung ihrer Mutter sandte ihm vor jeder Reise Gebete zu.

»Und was ist mit uns?«, fragte sie, während sie zusah, wie die Stadt vor ihr immer größer wurde.

Sorasa schürzte die Lippen. »Der Hafen der Reisenden. Jeder, der über Wasser nach Ascal kommt, trifft erst einmal dort ein«, erklärte sie. »Es wimmelt dort immer von müden Reisenden, Pilgern und Flüchtlingen sowie allen anderen, die in der Hauptstadt ihr Glück suchen. Kurzum, ein Riesendurcheinander.«

Der Geruch traf sie mit Macht, legte sich wie ein stinkender Vorhang über sie. Mist, verdorbenes Fleisch, schlechtes Wasser, faulige Früchte, Schweiß, Blut von den Schlachthöfen und Abwasser jeder Art. Übersüßes Parfüm, verschütteter Wein, schal gewordenes Bier. Rauch, Salz, dazwischen der seltene Hauch einer frischen Brise wie ein Luftschnappen für einen Ertrinkenden. Und unter alledem der stetige, sich über alles legende faulig-feuchte Dunst, so durchdringend, dass Corayne sich fragte, ob denn die ganze Stadt in Verfall und Verwesung zerging. Sie drückte sich einen Ärmel auf die Nase und atmete den vertrauten Duft von zu Hause ein, der ihrem Umhang immer noch anhaftete. Orangen, Zypressen, die Lange See, das kostbare Rosenöl ihrer Mutter. Eine Sekunde lang brannten in ihren Augen beißende, ungeweinte Tränen.

»Wo ist der Palast?«, fragte sie und blinzelte das Brennen in ihren Augen weg. »Ich gehe mal davon aus, wir werden nicht einfach zu den Toren hinaufgehen und darum bitten, mit einem Knappen zu sprechen.«

Die Besatzung begann ihre Arbeiten in den Segeln, während die Ruderer unten ihr Tempo verlangsamten. Der Schlag der Trommel, der ihnen den Takt vorgab, donnerte wie ein pochendes Herz.

»Nein, ich bezweifele, dass wir das können«, sagte Dom und

unternahm den Versuch, nach Luft zu schnappen. Er verzog angewidert das Gesicht. »Ich habe noch nie etwas so Abscheuliches gerochen«, murmelte er. Da musste Corayne ihm beipflichten.

»Ihr seid ein Ältestenprinz«, schnaubte Sorasa. Sie band ihr Haar zu einem adretten Zopf, wobei sie darauf achtete, ihn so herabhängen zu lassen, dass ihr Nacken immer noch bedeckt war. »Wenn irgendjemand an ein Palasttor klopfen kann, dann Ihr.«

Dom schüttelte den Kopf. »Ich habe nicht eine Woche unter Deck versteckt gelitten, um mich jetzt ausfindig machen zu lassen. Taristan weiß, dass Andry Trelland zusammen mit dem Schwert entkommen ist, und es ist leicht, einen Knappen von Galland nach Hause zurückzuverfolgen. Es kann gut sein, dass sie den Palast und die Königin beobachten.« Er spie seine Worte aus wie Gift. Seine Finger auf der Reling krampften sich zusammen. *Er will Taristan den Hals umdrehen,* da war Corayne sich sicher.

Sie stieß ihre eigenen Hände in die Taschen und biss sich auf die Unterlippe. »Er könnte das Schwert bereits in seinen Besitz gebracht haben«, sagte sie leise. Ihre Finger strichen über den jütischen Talisman, der nutzlos und staubig war, die Knochenperlen glatt und kühl. Es verlangsamte ihren hämmernden Puls. »Und dann ist alles umsonst.«

Dom runzelte die Stirn. »So dürfen wir nicht denken, Corayne.«

Wider alle Vernunft auf Hoffnung zu bauen ist ein sicherer Weg ins Scheitern. »Nun ja, *ich* denke jedenfalls so.«

»Die Alternative ist hinzunehmen, dass die Welt dem Untergang geweiht ist«, erwiderte er mit Nachdruck. »Das werde ich nicht tun.«

Fackeln flammten in seinen Augen auf, eine Spiegelung der Lichter auf den Piers, die zu beiden Seiten des Flusses ins Wasser ragten. Ihre eigene Anlegestelle war nah und erwartete sie bereits auf der Nordseite der Fahrrinne.

Wieder sah Corayne weiße Gesichter, zerfetzte Haut über blanken Knochen, Blut und schwarze Rüstungen. Die Umrisse eines Mannes mit ihren eigenen Augen. Nicht einmal jetzt glaubte sie es ganz. *Ich stehe auf einem Schiff, das nicht meiner Mutter gehört, in einem Königreich, das nicht mein eigenes ist, verfolge in verzweifelter Jagd eine Mission, die der Mann, der mich einfach zurückgelassen hat, nicht zu erfüllen vermochte.* Die letzte Woche holte sie ein, rauschte verschwommen und nebelhaft an ihr vorbei. Es schien ihr alles völlig unwirklich. Es ergab keinen Sinn. Nicht so wie die Sterne oder ihre Tabellen und Listen. Diese Rechnung ging einfach nicht auf. Ihre Nerven kribbelten.

Dom zupfte seinen grünen Umhang zurecht und warf Sorasa einen herausfordernden Blick zu. Sein Schwert, sein Bogen und sein Köcher waren unter dem Umhang verborgen, was ihm ein bulliges Äußeres verlieh. »Also, Meuchelmörderin der Amhara, Legende der Schatten, schnell mit Zunge und Klinge, wie wäre Euer Plan?«

»Ich schlage vor, dass Ihr einen Wachposten an der Küchentür bestecht, wie das alle machen«, gab Sorasa zurück.

Dom stieß ein verärgertes Brummen aus. »Geht es auch weniger verdächtig?«

Die Amhara antwortete nicht, den Blick Richtung Pier gewandt. Ihre Gedanken waren anderswo – in einem Gasthaus, einer Spielhölle, einem Bordell, bei Freunden in Ascal. Auch wenn Corayne bezweifelte, dass Sorasa Sarn Freundschaft überhaupt duldete. *Oder sie freut sich darauf, uns loszuwerden. Ihre Aufgabe ist fast erledigt. Wir brauchen nur einen Fuß in den Hafen zu setzen, und sie ist verschwunden. Mehr hat sie nicht mit ihm vereinbart.*

Mit einem Seufzen stupste Corayne Dom von der Seite an. Es war, als sei sie wieder Klarierungsagentin eines Schiffs, die zwischen zwei gegensätzlichen Parteien einen Preis aushandeln muss. *Wobei hier beide Seiten einander zutiefst verachten und die eine darüber hinaus nicht einmal das Konzept von Geld so recht versteht. Ein anstrengendes Unterfangen.*

»Ihr werdet ihr mehr Geld geben müssen«, erklärte Corayne, »wenn Ihr wollt, dass sie uns in den Palast der Königin bringt.«

»Ich habe wahrhaftig genug bezahlt«, blaffte der Älteste. Corayne gab ihm erneut einen Schubs, stieß ihm den Ellbogen in den Granit seines Bauchs. Er schien es gar nicht zu bemerken.

»Wir finden schon selbst einen Weg.«

»Na schön«, schnaubte Corayne. Dann streckte sie die Hand aus und hielt sie der Amhara hin, die Innenfläche nach oben gekehrt, eine Geste des Wohlwollens. »Ich nehme an, jetzt heißt es Abschied nehmen, Sorasa Sarn.«

Sorasa beäugte Coraynes Finger voller Abscheu.

Genau wie es Corayne vermutet hatte. Sie zog ihre Hand zurück, und ihre Stimme wurde verletzend scharf. »Viel Spaß dabei, uns mit den Händen im Schoß dabei zuzuschauen, wie wir auf das mögliche Ende von Allwacht zustolpern, nur damit Eurem Stolz Genüge getan wird und Ihr Euch noch ein paar weitere Goldmünzen verdienen könnt, die Ihr schön gegeneinander reibt, während ringsum die Welt zerbricht.«

Ein rasselndes Zischen fuhr durch Sorasas gebleckte Zähne, und ihre Augen funkelten im Licht der Fackeln. Holz knarrte und Taue schnappten, als das Schiff mit einem polternden Aufschlagen an seinem Liegeplatz zum Stillstand kam. Die Amhara schwankte elegant hin und her, während das Deck unter ihnen auf und ab wippte. Erneut verrutschte ihre Maske für einen Moment. Corayne sah Verärgerung dahinter. Verärgerung der nützlichen Art.

»Nun ja, wenn du es so ausdrücken willst«, knurrte sie schließlich und stieß sich von der Reling ab.

Corayne griff nach Doms Arm und zog ihn an seinem Umhang hinter sich her wie einen Hund an der Leine. Sie schoben sich zusammen durch die Menge und hätten Sorasa in dem Gedränge beinahe aus den Augen verloren. Ihr Gesicht blitzte vor ihnen auf, starr vor entnervter Frustration. Sie verlangsamte ihre Schritte und ließ sich von den anderen Reisenden um sie herum überholen.

»Macht schneller«, blaffte sie, um dann leise noch einen Schwall weiterer ibaletischer Wörter zu murmeln.

Corayne grinste. Sie war mit Seeleuten aufgewachsen. Kraftausdrücke waren ihr wohlvertraut.

»Ich bin keine dumme Zicke, die sich überall einmischt«, gab Corayne zurück.

Sorasa stutzte. Nicht einmal sie konnte verbergen, wenn sie errötete. »Du sprichst Ibaletisch?«

»Keine Sorge, ich werde Dom nicht verraten, wie Ihr ihn genannt habt.«

Hinter ihnen stieß Dom ein Schnauben aus, und seine stapfenden Stiefel hallten unheilvoll über den Pier. »Die Meinung einer Mörderin interessiert mich nicht im Geringsten«, sagte er, eine klare Lüge.

Corayne beschlich der Verdacht, dass es ihn sogar sehr interessierte, was sie gesagt hatte. Schließlich hatte Sorasa ihn gerade als einen dummen, halsstarrigen Esel bezeichnet. *Obwohl,* dachte sie, *vielleicht könnte meine Übersetzung auch nicht ganz richtig sein.*

Die ibaletischen Wörter für »*dumm*« *und* »*gutaussehend*« *sind schließlich ziemlich ähnlich.*

11

Die Bürde der Meuchelmörderin

Sorasa

Sie betrachtete sich nicht als eine Frau mit Gewissen. Mit welchen Moralvorstellungen auch immer sie geboren worden sein mochte, sie hatten sie nicht bis hinter die Tore der Zitadelle begleitet. Kein Amhara konnte es sich leisten, solche Lasten zu tragen. Und doch spürte sie da etwas Unvertrautes und Eindringliches, das sie von ihrem erwählten Weg herunterzerren wollte, wie ein Angelhaken in den Kiemen eines Fisches. Sorasa wollte diesen Haken herausreißen, zur Not mitsamt Fleisch und Blut, zum Teufel damit. Wollte sich mit der Strömung des Flusses davonmachen, wohin auch immer die nächste Gelegenheit sie trug. Stattdessen stand sie im Hafen der Reisenden und knirschte mit den Zähnen, während von allen Seiten her Gestank und Lärm auf sie eindrangen und zwei sehr hartnäckige Haken tief in ihr hingen. Entgegen ihrer Instinkte zog sie die beiden die Straßen entlang. *Bestimmt können das Cormädchen und der Älteste ihren Weg zum Neuen Palast auch allein finden, ohne zu sterben. Und wenn sie sterben, auch egal.*

Aber Coraynes Worte nagten an ihr. *Das Ende von Allwacht.*

Die Geister aus einer anderen Welt hatten zweifellos etwas von diesem Ende an sich gehabt, flüchtig, wie sie gewesen sein mochten. Sorasa hatte gesehen, wie Menschen abgeschlachtet, verbrannt, zermalmt, vergiftet und verschlungen worden waren, Menschen in allen Stadien von Tod und Verwesung. Getötet als Auftragsmord, zu Übungszwecken, zur bloßen Unterhaltung oder um Merkurius' Gunst willen. Meuchelmorde, als Kultrituale oder schauerliche Unfälle getarnt. Verstümmelte Leichen, die Einzelteile überall verstreut oder in Beize aufgelöst. Von Folter oder Entbehrung entstellte Leichen. Sie hatte alles gesehen und das meiste auch selbst getan. Aber es gab nichts von den Schneeländern der Jüti bis hin zu den Dschungeln von Rhaschir, was sie je so sehr verstört hätte. Diese Erinnerung weigerte sich, vergessen zu werden, und ihr Geschmack und Geruch hatten sich ihr klar und deutlich ins Bewusstsein geprägt. Blut, Verwesung, Eisen. Und *Hitze*, von einer Art, die sie nicht verstand. Für eine Frau, die in der Wüste aufgewachsen war, war das das Beunruhigendste von allem.

Sie schluckte schwer. *Es wird keine Gilde der Amhara mehr geben, wenn die Welt zerfällt. Das ist schlicht klare Logik. Eine einfache Angelegenheit. Ein Mittel zum Zweck.*

Es gab auch andere Wege, die hin zur Insel des Neuen Palasts führten, und zum Teufel mit all den Mauern und Toren und Brücken. Wenn der Älteste nicht gesehen werden wollte, und das trotz seines aufgetakelten, die Blicke auf sich lenkenden Äußeren, dann würde Sorasa eben dafür sorgen. Sie passte ihren Umhang so an, dass etwas Formloses daraus wurde, ein nichtssagendes Ding von unbestimmter, fleckiger Farbe, irgendwo zwischen Sand und grauem Rauch im Fackellicht. Als Frau mit einem hübschen Gesicht und einem von jahrelanger Übung modellierten Körper war es wahrscheinlicher, dass man in den Straßen der Stadt Notiz von ihr nahm. Sorasa hatte kein Interesse daran, dass jemand sie bemerkte, und schon gar nicht wollte sie riskieren, dass irgendein Wachposten auf der Straße sie in Erinnerung behielt.

Wenn wir es überhaupt erst einmal aus dem Hafen hinausschaffen, dachte sie bitter. *Mit dem gaffenden Mädchen und dem lebenden Grabmonument an meiner Seite dürfte es an ein Wunder grenzen, wenn wir bis Mitternacht dort sind.*

Und Corayne gaffte wirklich; mit offener Kinnlade nahm sie den Anblick der Stadt in sich auf. Wäre Dom nicht gewesen, hätte sie ein wunderbares Opfer für Taschendiebe und Bettler abgegeben. Aber der Älteste unter seiner Kapuze hinter ihr war ein Beschützer, mit dem sich niemand leichtfertig anlegte. Ausgenommen einmal die Betrunkenen und die Raufbolde – und die betrunkenen Raufbolde. Sie scharten sich vor den Hafentavernen und den Bierschenken, halb im Schatten, schwenkten Flaschen und schrien dem Ältesten in allen möglichen Sprachen nach.

Dom stutzte und stülpte unter seiner Kapuze grübelnd die Lippen vor. »Ich glaube, diese Männer fordern mich auf, mit ihnen zu kämpfen«, sagte er verwirrt.

»Ich kann ihnen keinen Vorwurf machen«, murmelte Sorasa leise.

»Warum sollten sie das tun wollen?«, wunderte sich der Älteste. »Ich bin doppelt so groß wie sie.«

Prüfend ließ er den Blick erneut über die Schankhäuser wandern und betrachtete rattengesichtige Männer in speckigen Kleidern. Johlend und lachend sahen sie ihn an, zeigten ihre vergilbten Zähne, so sie denn überhaupt noch Zähne im Mund hatten.

Sorasa zupfte mit ihren behandschuhten Fingern an ihm und winkte ihn weiter. »Dumme Jungen machen dummes Zeug, um sich wie Männer zu fühlen, ganz gleich, wie alt sie sind.«

Rings um den Hafen der Reisenden schossen Gasthäuser und Schenken wie Unkraut aus dem Boden, und die Straßen waren eng und überfüllt. Die meisten Neuankömmlinge hatten es eilig, den Hafen zu verlassen, und strömten in einer stetigen Flut in die Stadt. Sorasa hielt ihre kleine Gruppe tief in dieser Strömung, dicht an dicht mit einem Trupp von Pilgern in langen Gewändern, deren Münder vor Staunen sogar noch weiter offen standen als der von Corayne. Sie stieß einen Seufzer der Erleichterung aus, als sie dem Gewusel auf der Insel endlich entkommen waren und die Mondbrücke überquerten, die ihren Namen von dem geschwungenen halbkreisförmigen Bogen hatte, den sie über den Fünften Kanal schlug.

Ein neuer imposanter Anblick stach Corayne ins Auge, und sie verlangsamte ihr Tempo, um den gewaltigen Flottenhafen anzustarren, der genauso einschüchternd war wie die Marine, die er beherbergte. Der Flottenhafen war in die Nachbarinsel hineingegraben worden, und ein langer Kanal führte zu einem runden inneren Hafenbereich. Es gab Liegeplätze für sämtliche Schiffe der Flotte, die sich aufreihten wie Pferde in einem Stall.

»Es ist ein Kothon, ein in den Fels gehauenes künstliches Hafenbecken«, erklärte Sorasa und zog das Mädchen weiter hinter sich her. »Und wahrlich kein besonderer Anblick. Nur ein Schatten verglichen mit den Kriegshäfen von Almasad und Dschirhali, eine schlechte Nachahmung.«

Beide Städte blitzten vor ihrem geistigen Auge auf, die Metropolen von Ibal und Rhaschir unter dem schweren Dunst der Hitze und dem Schatten der Palmen. Während Galland gerade mal Platz für zwanzig Kriegsschiffe bot, konnten die anderen Städte mühelos hundert aufnehmen. Die Straßen von Almasad begannen in ihrer Erinnerung golden zu leuchten, strahlend hell wie nie zuvor. Sorasa zwang sich, ihren nächsten Atemzug zu tun, und die Luft war sauer vom Biergestank der nördlichen Hauptstadt. Es war, wie einen Eimer kaltes Wasser übergeschüttet zu bekommen.

»So ist das mit Galland. Alles ist schlau gestohlen und schlecht ausgeführt«, fügte sie hinzu, ohne Coraynes Arm aus dem Griff zu lassen. »Wenn du weiterhin unbedingt ständig stehen bleiben willst, um dir jeden Pflasterstein und jeden Graben in der Ecke anzuschauen, werde ich dich von Dom tragen lassen.«

Die Stadt entfaltete sich vor ihnen, dunkel und von flackernden Lichtern übersät, wie rote und goldene Farbkleckse. Sie leuchteten wie Blut auf der Flussoberfläche, tanzten im Kielwasser von Booten, Fähren und kleinen Barken, die durch die Kanäle ruderten. Sorasa orientierte sich im Gehen und stellte die Nadeln ihres inneren Kompasses neu ein. Corayne trottete neben ihr her und tat ihr Bestes, gleichzeitig zu gaffen und zu gehen.

»Die Konrada«, erklärte Sorasa und deutete auf den Turm vor ihnen, bevor Corayne danach fragte. Er erhob sich aus dem

Zentrum von Ascal, zeichnete sich schwarz vor dem Hintergrund der Sterne ab. Die Fenster des hohen Gebäudes leuchteten von innen, als würde tief in seinen Fundamenten ein Feuer brennen. »Eine Kathedrale für sämtliche Götter der Wacht, alle zwanzig, von Konrad dem Großen erbaut.«

Hinter ihr gab sich Dom alle Mühe zu lächeln, ein fremd wirkender Ausdruck auf seinem Gesicht. »Für eine Frau, die die Begleitung von Mitreisenden hasst, gebt Ihr eine begabte Führerin ab.«

Seine ruhige Stimme und sein arroganter Tonfall waren für Sorasa wie ein Kinnhaken. »Der Turm ist im Innern offen, siebzig Meter von der Kuppel bis zum Boden«, fuhr sie fort und funkelte ihn böse an. »Wisst Ihr, was mit dem Schädel eines Menschen passiert, wenn er so tief fällt?«

Die Miene des Ältesten wurde verdrießlich. »Ist das eine Drohung, Sarn?«

»Ich will Euch lediglich an ein paar schönen Erinnerungen von mir teilhaben lassen«, antwortete Sorasa. »Ich verbinde so manche mit dieser Stadt.«

Neben ihm fielen Corayne beinahe die Augen aus dem Kopf.

Sie versuchten, die Hauptstraßen zu meiden und sich an die schmalen Gassen zu halten. Die breiten Durchgangsstraßen verbanden die Brücken wie durch einen Körper laufende Adern, und es wäre viel einfacher gewesen, sie zu nehmen, aber auch viel auffälliger. Selbst in der Dunkelheit des Abends lärmte es von den Marktständen und den Zelten der Schausteller her, und an den Brunnen herrschte ein dichtes Gedränge von Leuten, die Kleider wuschen und Eimer befüllten. Karren rollten durch die Straßen, in fromme Anbetung vertiefte Priester bildeten lange Prozessionen, Hunde suchten nach Essensabfällen, Katzen kreischten. Soldaten der städtischen Garnison patrouillierten, ihre Laternen hoch erhoben, die Gesichter unter ihren Helmen schlaff und lustlos. An jeder Ecke lachten oder weinten Kinder.

Während Corayne gaffte, war Doms finstere Miene voller

Abscheu. Sorasa kam nicht umhin, ihm da zuzustimmen. *Ascal ist ein widerwärtiger Ort*, fluchte sie im Stillen und stieg über die nächste schwarze Pfütze. Mit all ihren Brücken, den stinkenden Kanälen und den vielen Hunderttausend Menschen, die innerhalb der Mauern von Ascal lebten, war die Hauptstadt von Galland ein Experiment, das zeigte, wie man eine Stadt besser nicht anlegte. Alles war unendlich viel chaotischer als in jeder großen Stadt im Süden oder Westen.

Aber Chaos sorgt für Leichtigkeit, wusste sie. *In einer Menschenmenge, auf einer Straße, in den Grundfesten einer Stadt.*

Sie gelangten wieder auf eine große Durchgangsstraße, um die Brücke des Glaubens zu überqueren, auf deren gesamter Länge sich große Fackeln auf Eisenträgern wie Speere aneinanderreihten. Bei Tageslicht würden sich auf der Brücke vom einen Geländer bis zum anderen die Pilger drängen, die zur Konrada wollten, um sich dort den Segen der Götter zu erflehen. Jetzt war die Brücke fast menschenleer, nur einige verirrte Priester murmelten Gebete vor sich hin oder predigten den Bettlern.

Sie verließen die Brücke des Glaubens und erreichten den großen runden Platz dahinter. Sorasa kämpfte gegen den vertrauten Drang an, schleunigst wegzulaufen. Sie fühlte sich ungeschützt und ausgeliefert, ein Habicht, der auf dem offenen Feld zur kleinen Maus wird. Der Turm der Kathedrale ragte hoch über ihnen auf und wachte mit stolzer Unbeteiligtheit über sie.

Obwohl sie Ascal verabscheute, musste selbst Sorasa zugeben, dass die Stadt in jeder Bedeutung des Wortes gewaltig war, im Guten wie im Schlechten. So war eben die Art der nördlichen Könige, die sich als Kaiser betrachteten, gesegnet und verflucht mit den Herrscherpflichten bis zum Horizont.

Der Neue Palast stellte da keine Ausnahme dar, ein Riese, der sich hinter der Kathedrale zusammenkauerte.

Corayne stieß einen Seufzer aus, der fast ein Keuchen war. Diesmal nicht aus ehrfürchtiger Bewunderung, sondern vor

Angst. »Ich hatte ein Bild davon im Kopf«, murmelte sie, während sie weitergingen. »Wie ich mir den Palast vorstelle.«

»Und dein Bild entspricht in keiner Weise der Wirklichkeit«, ergänzte Sorasa. *Das Gefühl kenne ich*, dachte sie und erinnerte sich an das erste Mal, als sie den weit ausladenden Palast gesehen hatte. *Der große Sitz der Könige von Galland, die Faust dieses Landes.* Bei dem Anblick hatte es damals auch ihr den Atem verschlagen. Und es war selbst jetzt fast noch so.

Der Palast erhob sich auf seiner eigenen Insel im Herzen der Stadt, von hohen Mauern umringt, seine Türme und Festungen ein sanftes Grau, das unter den brennenden Kohlenpfannen auf den Zinnen der Mauern golden flackerte. Der Löwe von Galland knurrte von hundert grünen Bannern herab, die wie smaragdene Tränen im Wind flatterten. Zierfiguren mit Fratzengesichtern und spitze, schmale Türmchen ragten von den Dächern in den Himmel. Fackeln loderten auf den Zinnen von einem Dutzend Türmen. Lichter flackerten hinter glänzenden Fenstern aus Buntglas. Auf dem Palastgelände befand sich noch eine weitere Kathedrale, die Syrekom. Sie war monströs riesig, mit einer Fensterrosette wie ein gigantisches juwelenbesetztes Auge. Teile des Palastes waren noch ganz neu und der Stein fast weiß, die Architektur protzig und kühn, ein schroffer Kontrast zum Rest. Das Tor war ein eisernes Maul mit breiten Kiefern am Ende der nächsten Brücke, der Brücke der Tapferkeit.

Zwei Dutzend Ritter säumten sie, bewaffnet mit Speeren und Helmen auf dem Kopf. Die Ritter trugen grünes Seidenzeug über der Rüstung, bestickt mit einem brüllenden Löwen. Jetzt, in der Nacht, sahen sie unmenschlich aus, gefühllose Geschöpfe, allein dem Dienst an ihrer Königin und ihrem Land verpflichtet.

»Das sind zu viele Wachen, um sie alle zu bestechen«, bemerkte Dom unter seiner Kapuze lakonisch.

»Ich habe auch nicht vor, eine Brücke zu nehmen«, antwortete Sorasa im gleichen bissigen Tonfall.

»Habt Ihr etwa vor, durch diese ... *Substanz* zu schwimmen?«, fragte er und deutete mit einem verächtlichen Schnauben auf die stinkenden Kanäle.

Bevor Sorasa dem Ältesten eine Antwort zuzischen konnte, übernahm das Corayne für sie. »Ohne Frage gibt es irgendeine Art von Tunnel«, sagte sie leise. Ihr Blick huschte zur Konrada und dann zum Palast. »Unter uns gibt es noch mehr Wege. In den Ruinen des alten Cor.«

»Ja«, antwortete Sorasa steif.

Sie warf einen Blick zu dem Mädchen hinüber, musterte sie noch einmal eindringlich. In Lemarta war ihr Corayne nicht weiter bemerkenswert erschienen, eine weitere Tochter der Langen See mit einem von der Sonne geküssten Gesicht und vom Salz verfilzten Haar. *Klug, neugierig. Vielleicht auch rastlos, aber welches Mädchen von siebzehn Jahren wäre das nicht?* Da war lediglich ein leises Flackern von etwas in ihr gewesen, was darüber hinausgegangen wäre. Jetzt brannte es hell, eine Kerze, die das Licht einfing. Und Sorasa vermochte nicht zu sagen, was das bedeutete.

»Früher hat es hier eine Arena gegeben, in der die Menschen von Cor Streitwagenrennen auf Sandbahnen veranstalteten oder auf dem eigens überfluteten Gelände Seeschlachten nachspielten«, erklärte Sorasa mit leiser Stimme. »Davon ist ein winziges Bruchstück übrig geblieben, am Ostende des Palastes. Aber die Grundmauern davon, unter uns – sogar noch unter den Kanälen –, bilden ein Labyrinth von Tunneln, von denen einige wenige Jahrzehnte alt sind, andere zweitausend Jahre. Viele sind dem Brand zum Opfer gefallen, als der Alte Palast zerstört wurde; andere sind seit den Tagen des alten Cor eingestürzt oder überflutet. Aber nicht alle.«

Corayne musterte die Konrada erneut aus schmalen Augen und richtete den Blick mehr auf die Fundamente als auf die hohen Türme. Die Mauer, die Immor gewidmet war, lag ihnen direkt gegenüber. In seinen Händen hielt der große Gott der Zeit und der Erinnerung Mond und Sonne auf gleicher Höhe, mit den Sternen hinter seinem Kopf wie ein Heiligenschein.

In seiner Brust befand sich eine Fensterrosette, in der blaues und grünes Licht brannte. Ein Torbogen wölbte sich zwischen seinen Füßen, einer von zwanzig, aus denen die Abendgebete drangen.

Sorasa winkte sie beide in Richtung Kathedrale, ein Lächeln auf den Lippen. »Die Gewölbe der Konrada enthalten nichts mehr, was von Wert wäre, aber sie reichen weit in die Tiefe.«

»Das genügt uns«, erwiderte Dom mit grimmiger Miene.

Corayne nickte. Erneut weiteten sich ihre Augen, und wieder schien sie einfach das Mädchen aus Lemarta zu sein, nicht die Tochter eines toten Prinzen, in deren Händen das Schicksal der Welt lag.

»Ich finde, die Tunnel riechen noch schlimmer als die Straßen«, meinte Corayne gedämpft. Sie zog sich ihre Bluse über Mund und Nase, sodass nur ihre schwarzen Augen sichtbar blieben. Dann musterte sie finster Wände und Lehmboden und suchte nach weiteren Dingen, die sie beanstanden konnte. Ihre Augen schienen das spärliche Licht förmlich zu verschlingen.

Doms Knurren hallte durch den Gang. »Ich hätte ja nicht geglaubt, dass so etwas überhaupt möglich ist. Aber hier haben wir den Beweis.«

»Komisch, dass die Legenden über die Ältesten nicht erwähnen, wie *mäkelig* euresgleichen doch ist«, blaffte Sorasa, obwohl sie ihm insgeheim zustimmte. Die Luft im Tunnel war zugleich muffig und stinkend. Der Kanal floss über sie hinweg, und offensichtlich waren die Mauern ständig feucht, bedeckt von Moos, das im schwachen Licht ihrer Fackel glänzte.

Der Älteste murmelte eine spitze Erwiderung in seiner eigenen Sprache. Seine Worte warfen Echos durch den Tunnel und verhallten in der Dunkelheit. Die Kellergewölbe der Konrada lagen jetzt hinter ihnen. Sie waren von einem einzelnen grauen Priester bevölkert gewesen, der irgendwann gegen Morgengrauen das Bewusstsein wiedererlangen würde.

Sorasas Erinnerungen kamen mit jedem Schritt stärker zurück. Ihr erster Auftragsmord hinter den Mauern des Neuen Palasts war jetzt fünfzehn Jahre her, der letzte vier Jahre. Beide hatten damit geendet, dass tote Männer in ihren Gemächern aufgefunden worden waren, mit fehlenden Ohren und Fingern, Sorasas Aufträge erfüllt und ihre Botschaften überbracht. Ihr Tun erfüllte sie weder mit Stolz noch mit Zufriedenheit. Eine Pflicht wurde um ihrer selbst willen erfüllt – zumindest war es damals so gewesen.

Nie hatte sich Sorasa weiter von den Amhara und der Zitadelle entfernt gefühlt als jetzt in der kühlen Feuchtigkeit unter Ascal. Sie biss sich in die Innenseite ihrer Wange, und die kalte Luft drang ihr durch die Kleider, als stecke ihr eine Krankheit in den Knochen.

Nach langer Zeit begann der Tunnelgang allmählich wieder anzusteigen. Dom strich mit dem Handrücken über die Wand und befühlte den Stein. »Wir sind nicht mehr unter dem Fluss«, erklärte er, als seine Knöchel trocken blieben. »Wir müssten jetzt unter dem Palast sein.«

»Ach prima«, sagte Corayne. In ihrer Stimme schwang ein Unterton von Panik mit. »Jetzt brauche ich mir keine Sorgen mehr machen, dass wir ertrinken, und kann mich ganz darauf konzentrieren, vielleicht zerdrückt zu werden.«

Ein Kichern entschlüpfte Sorasa, was bei ihr selten genug vorkam. »Es ist gar nicht so schlimm«, antwortete sie. »Schütze deinen Schädel und deine Rippen, dann ist alles gut.«

Das Mädchen blinzelte sie an. »Ihr seid eine sehr seltsame Frau, Sorasa Sarn.«

»Es ist eine seltsame Welt da draußen«, gab Sorasa zurück. Ihr Blick begegnete Doms, der das Schlusslicht ihres Trios bildete. Er verfiel in seine übliche finstere Grimasse. »Und sie wird von Sekunde zu Sekunde seltsamer.«

Der Älteste öffnete seinen verbissenen Mund zu einer Antwort, dann hielt er inne und kniff die unsterblichen Augen zusammen, die besser und weiter sahen als Sorasas. Da war irgendetwas in der Dunkelheit.

Erschreckt sah Corayne ihn an. »Was ist da?«, zischte sie. Ihre Hand ging zu ihrem Stiefel hinunter, wo sie ein kleines, nutzloses Messer aufbewahrte.

Irgendjemand sollte ihr beibringen, wie man damit umgeht, dachte Sorasa, als sie bemerkte, wie ungeschickt Corayne das Messer umfasste.

Dom reckte den Kopf in die Höhe. »Ihr werdet schon sehen.«

Sie erreichten ein Tor, das ihnen den Durchgang versperrte. Es war aus gutem, altem Eisen, ohne Schloss und ohne Angeln, auf beiden Seiten an den Tunnelwänden festgeschmiedet. Es war dazu gedacht, jeden aufzuhalten, der hier herkam, ob aus der einen oder aus der anderen Richtung.

»Ist das neu?«, wollte Corayne wissen, nach Antworten suchend, wie es ihre Art war. »Oder kennt Ihr einen Weg, wie man auf die andere Seite kommt?«

»Ich würde wetten, dass dieses Ding an die zweihundert Jahre alt ist«, seufzte Sorasa, während sie die Schmiedearbeit begutachtete. »Und ja, ich kenne einen Weg. Er ist ziemlich groß und ziemlich nervig«, fügte sie hinzu und sah Dom vielsagend an.

Er schaute verächtlich zu ihr herunter. Das Licht der Fackel verwandelte sein goldenes Haar in Feuer und warf Schatten über die markanten Züge seines strengen Gesichts. Dunkelheit sammelte sich in seinen Narben.

»*Ich* soll nervig sein?« Seine grünen Augen brannten wie glühende Kohlen. »*Ihr* habt uns zu einem verschlossenen Tor geführt.«

Sorasa musterte seine großen Hände und breiten Schultern mit einem gleichgültigen Naserümpfen. Sie dachte an den Stier in Byllskos zurück, den der Unsterbliche durch die Luft geworfen hatte, sodass er tot zu Boden gestürzt war.

»Ich habe Euch zu einem verschlossenen Tor geführt, das gleich aufgebrochen sein wird. Das ist ein Unterschied«, erklärte sie.

Der Älteste verzog den Mund und begutachtete die Eisenschienen. Eine tiefe Falte legte sich über seine Stirn, während er ansonsten völlig reglos blieb.

»Was, habt Ihr etwa Angst vor ein paar blauen Flecken?« Sorasas Tonfall war provozierend.

Er stieß einen Laut aus, der tief aus seiner Kehle kam, irgendetwas zwischen einem Knurren und einem verächtlichen Schnauben.

Es gab in der Tat ein paar blaue Flecken.

12

Die letzte Karte ausgespielt

Erida

Die Königin wusste, warum ihr zukünftiger Gemahl für den Morgen Rosen in verschiedenen Rottönen verlangte. Scharlach, Purpur, Rubinfarben, rot wie das Licht der Sonne in der frühen Morgendämmerung. Rot war die Farbe des alten Reichs, und Rosen blühten in seinem Schatten, rote Geister zur Erinnerung an versunkene Ruinen. Sie wuchsen überall in Ascal, vor allem in den Gärten des Neuen Palasts. Sie blühten genauso auch in Lecorra, der einstigen Hauptstadt, und in den alten Städten der Provinzen von Kasa bis zu den Pforten von Trec, überall, wo einst Corblut geherrscht hatte. Erida musste zugeben, dass es auch sie nach Rosen verlangte, und sie erwog verschiedene Möglichkeiten, sie für die Zeremonie im Haar zu tragen. *In Silber gefasst, in Zöpfe geflochten, aufgesteckt. Vielleicht in eine Krone gewoben.*

Ihre Zofen waren geschäftig in Eridas Wohnräumen zugange und legten in ihrem großen Privatgemach oben unterm Dach Gewänder für den Morgen heraus. Sie würden bis weit in die Nacht hinein arbeiten und jeden Zentimeter von Seide und Brokat auf etwaige Mängel untersuchen, während die Näherinnen mit nervös zuckenden Fingern zusahen. Das übrige Dienstpersonal, alle, die nicht bei den Vorbereitungen der Feier oder beim Festbankett benötigt wurden, machten sich auf die Jagd nach Rosen. Sie sah ihnen durch die Fenster zu, wie sie im Fackellicht die Gärten absuchten, Scheren in der Hand.

Eridas Gewand für die Zeremonie war aus einem goldenen Stoff mit grünem Besatz, mit einem cremefarbenen Schleier über ihrer Krone, wie es in Galland Brauch war. Aber heute

Abend bevorzugte sie Karmesinrot, um ihren künftigen Gemahl zu erfreuen. Die Farbe war etwas ungewohnt, aber nicht unwillkommen. Erida sah nach unten, während sie mit wallenden Röcken durch den langen Korridor schritt und sich die Lichter an den Wänden in der Seide spiegelten. An ihren unruhigen Händen funkelte der smaragdgrüne Thronring. Es war kein weiter Weg von ihren Wohngemächern bis zum großen Saal. Sie hätte ihn im Schlaf gefunden, so tief hatten sich ihr jede Biegung und jede Treppe ins Gedächtnis eingegraben.

Heute kam ihr der Flur zugleich endlos und viel zu kurz vor.

Meine Hofdamen sind nervös, das wusste sie. Sie folgten ihr in einiger Entfernung und ließen Erida allein vorangehen. Wie alle außer dem Kronrat wussten sie nicht, wen sie als ihren Gemahl erwählt hatte und warum. Erida hatte keine einzige Vertraute unter ihnen. Es war zu gefährlich, Geheimnisse mit ihren Kammerfrauen und Hofdamen zu teilen oder sich gar mit einer von ihnen anzufreunden. Drei waren Töchter galländischer Edelleute, und die beiden anderen kamen von den Höfen von Larsia und Sardos. Ihre Treuepflichten galten anderen, ehrgeizigen Vätern oder fernen Königen.

Nicht mir. Für regierende Königinnen gibt es keine Gefährten und Gefährtinnen. Die Last auf meinen Schultern ist eine ganz andere und viel größere. Meine Gedanken gehören mir und niemandem sonst.

Sie verschränkte die Finger und verfiel in ihre bestens einstudierte Attitüde der Gelassenheit, obwohl sie alles andere als gelassen war. Ihr Puls beschleunigte sich in teils banger, teils freudiger Erwartung. Sie würde heute Abend ihren zukünftigen Prinzgemahl vorstellen und sich am Morgen mit ihm vermählen. Das Ereignis war erst vor wenigen Tagen offiziell verkündet worden, und seither herrschte am Hof die blanke Aufregung. Einzig der Kronrat war in ihre Entscheidung eingeweiht, und alle seine Mitglieder hatten Geheimhaltung geschworen. Zu ihrer Überraschung schienen sie alle ihr Gelübde gehalten zu haben, selbst Konegin.

Zumindest dafür war Erida dankbar.

Und dennoch hämmerte ihr Herz. *Er ist die beste Wahl, die einzig mögliche Wahl. Und trotzdem könnte er noch immer mein Untergang sein, ein Gefängniswärter mit einem schurkischen Lächeln, ein König in allem, außer dem Titel, während er mich an seiner juwelenbesetzten Leine hält.* Es war ein Risiko, das sie eingehen musste.

Konegin war darauf aus, sie hinterrücks zu überrumpeln, aber Erida rechnete damit, dass er sie ausfindig machte, bevor sie den Raum betrat. Sie wurde nicht enttäuscht.

»Mein Fürst«, grüßte sie, als er näher kam, und machte eine Bewegung, um ihr Gefolge von Hofdamen und Wachen auf Abstand zu halten.

Er war nahezu allein, einzig von zwei Rittern begleitet, die ihm Gefolgschaft geschworen hatten. Während ihre eigenen Ritter Grün mit Gold trugen, trugen seine neben ihren Panzern Uniformröcke in Gold mit Grün, der Löwe darauf brüllte spiegelverkehrt. Konegin selbst bevorzugte Smaragdgrün, von dem kostbaren Leder seiner Stiefel bis hin zu seinem Brokatumhang, der unter seiner Kehle mit einer juwelenbesetzten Nadel befestigt war.

Seine Verbeugung war erbärmlich, kaum mehr als ein kurzes Rucken seines goldblonden Kopfes. »Euer Majestät«, grüßte er zurück. Seine Amtskette funkelte an seinem Hals. »Ich bin froh, Euch gefunden zu haben, bevor die Feierlichkeiten ihren Anfang nehmen.«

Als hättest du nicht wie ein Hund, der nach dem Mahl auf Knochen wartet, an der Ecke herumgelungert, dachte Erida und zwang sich zu einem Lächeln.

»Tatsächlich haben die Feierlichkeiten bereits ihren Anfang genommen, wenn mein Seneschall recht hat«, antwortete sie und deutete auf den stämmigen kleinen Mann, der den Palast und alles, was in ihm geschah, überwachte. Er stand geduckt hinter ihren Hofdamen. Sehr wenige Mitglieder des königlichen Hofs mochten sich zwischen die Königin und ihren Verwandten stellen, selbst wenn sie dafür Gold und Ruhm geerntet hätten. »Die Fässer sind angezapft, und ich glaube, inzwischen wird der Wein ausgeschenkt. Heute Abend ist es Wein aus Siscaria, nicht wahr, Cuthberg? Jetzt, wo uns die Madrentiner wieder an der Grenze Ärger machen.«

»J-Ja, Euer Majestät. Rotwein aus Siscaria und ein alter Nironese aus der Saphirbucht speziell für Euren Tisch«, antwortete der Seneschall stockend, auch wenn die Königin kein echtes Interesse an dem hatte, was er sagte.

Sie erwiderte den durchdringenden Blick ihres Vetters ungerührt, während sie ihr Lächeln hielt. Gezwungen und sehr bestimmt.

»Ich muss gestehen, ich hätte gern mehr von Eurem Verlobten zu sehen bekommen«, sagte er. Ein armseliger Versuch, mehr zu erfahren. »Ich habe kaum mit ihm gesprochen.«

Erida machte eine wegwerfende Handbewegung. »Er verbringt den größten Teil seiner Zeit in den Archiven, sowohl im Neuen Palast als auch unten in den Gewölben der Konrada.« Es war die Wahrheit, und sie ging ihr leicht von den Lippen.

Konegin zog seine blonde Braue hoch. »Ein Student der Geschichte?«

»In gewisser Weise. Er will so viel wie möglich über Galland wissen, bevor er neben mir auf dem Thron des Landes Platz nimmt.«

Der Fürst verzog angewidert die Lippen.

»Vetter, ich verstehe Eure Bedenken.« Sie sprach so freundlich es ihr möglich war. Konegin war eine Waage, die es auszubalancieren galt. Er musste ihren Wert kennen, ihre Macht als Königin, durfte sich dadurch aber nicht bedroht fühlen, damit ihn das nicht dazu bewegte, in Aktion zu treten. »Seid versichert, dass ich auf Euren Rat größten Wert lege.«

Konegin schürzte die Lippen, sodass sich sein Bart über seinem Mund schloss. »Und doch ignoriert Ihr ihn bedenkenlos, wenn Ihr mir überhaupt einmal gestattet, Euch zu beraten.«

»Ich habe Euch nicht ignoriert.« *Nur Männer können den*

ganzen Tag reden und dabei immer noch glauben, sie würden schweigen. »Aber die Entscheidung, wen ich eheliche, liegt bei mir. Ihr habt meinem Vater einen Schwur geleistet, das zu gewährleisten.«

»Ja, das habe ich«, antwortete er mit scharfer Stimme. »Und ich bereue es.«

Ärger flammte in Eridas Brust auf. Jedes Wort, das sich gegen ihren Vater richtete, war auch ein Wort gegen die Krone, gegen das Königreich, gegen das Blut in ihren Adern. Sie hätte ihn am liebsten verprügeln lassen, weil er es wagte, so etwas zu sagen. *Aber welchen Nutzen hätte das?*, ermahnte sie sich. *Sein Sohn ist ein jämmerlicher Nichtsnutz, aber seine Ländereien sind groß und sein Arm ist lang. Viele sind Konegin treuer verbunden als mir. Es ist besser zu warten, Kraft zu sammeln und stark zu werden, bevor ich es mit dieser Schlangengrube aufnehme.*

Erida ging weiter, langsamen Schrittes, um nicht unhöflich zu wirken. Aber schnell genug, um ihr Gefolge in Bewegung zu halten, das Festgelage in absehbarer Nähe. *Balance halten.*

Konegin trat neben sie.

»Ihr glaubt, er sei für mich von allzu niederer Geburt, dessen bin ich mir bewusst«, sagte sie mit ruhiger Stimme. Nicht zum ersten Mal wünschte sich Erida, sie hätte die Körpergröße ihres Vaters geerbt, um nun ihrem Vetter direkt in die Augen sehen zu können. »Das verstehe ich. Aber vertraut mir, wenn ich Euch versichere, dass ich vor allem an Galland denke, an die Krone, an unser Land, und das in jeder Sekunde, in der ich lebe und atme. Er ist die richtige Wahl für uns alle, für das, was wir zu *werden* vermögen.«

Konegin schnaubte spöttisch. »Ich glaube an Fleisch und Blut, an das, was echt ist, Erida.«

Vor ihnen tauchte eine Tür auf. *Meine Zufluchtsstätte.* Der Gang, der große Saal, die Zukunft. Freiheit von abscheulichen Verwandten und falschen Verlöbnissen, von unmöglichen, nicht verwirklichten Träumen.

»Ich genauso«, antwortete Erida. *Viel mehr, als du weißt.*

»Aber, Vetter, Ihr habt all die Jahre in meinem Rat gesessen und jeden Namen auf meiner Liste schlechtgeredet. Prinzen von edlem Geblüt aus Kasa, Ibal, Rhaschir, Trec und überhaupt jedem Königreich auf der Wacht. Die reichsten Erben aus Galland, die großen Prinzen von Tyriot. Männer mit Vermögen und Macht. Nie habt Ihr einem von ihnen den Vorzug gegeben, und auch selbst habt Ihr keinen Namen ins Spiel gebracht.« Sie musterte ihn mit strengem Blick. »Schlagt einen Bewerber um meine Hand vor, Vetter, wenn Ihr einen an der Hand habt, oder akzeptiert meine Wahl, die ich zu unser aller Wohl getroffen habe.«

Konegin machte ein verdrießliches Gesicht. Er kaute auf seiner dünnen Unterlippe und widerstand dem Drang, so lange er konnte. Er befand sich in einer Zwangslage, der er lange ausgewichen war, mit einer Karte in der Hand, die er noch nicht ausspielen wollte. *Aber du hast keine andere Wahl. Leg sie auf den Tisch und lass sie mich sehen,* dachte Erida, fast schon gierig. Sie spürte Sieg zwischen den Zähnen.

»Mein Sohn ist unvermählt«, presste er knirschend heraus.

Der Prinz der Kröten, Fürst Troll, ein dreißig Jahre alter Knabe mit dem Temperament seines Vaters, der körperlichen Schwäche seiner Mutter und dem Mut eines Walrosses. Da würde ich lieber einen Leichnam ehelichen. Die riechen besser.

Trotzdem wäre die Sache eine Erwägung wert. Und sei es auch nur aus dem einzigen Grund, die Krone vom Kopf ihres Vetters fernzuhalten. *Ich wäre nicht die erste Frau, die aus Bosheit heiratet.*

»Euer Sohn ist ein geschätztes Mitglied meiner Familie, ein geliebter Verwandter genau wie Ihr selbst.« Sowohl die Königin als auch Konegin hätten beinahe lauthals über die dreiste, unverhohlene Lüge gelacht. Sie feixten sich an, wie Gegner, die sich über gekreuzte Klingen hinweg anlächeln. »Soviel ich weiß, gibt es bereits eine große Schar von Prinzessinnen und wohlhabenden Erbinnen, die um seine Hand wetteifern.« *Zu ihrem großen Schaden, die armen Frauen.*

»Das stimmt in der Tat«, sagte der Fürst, ohne etwas anderes anzubieten. »Aber Heralt würde sie alle hintenanstellen, um Galland und unserem edlen und königlichen Blut zu dienen.«

Vor ihnen hatten die Ritter der Königin zu beiden Seiten der Doppeltüren aus Eichenholz Aufstellung genommen, und jetzt rissen sie sie auf. Dahinter wurde eine Flucht von Vorzimmern sichtbar. Die Wände bestanden alle aus dunklem Holz, das lackiert, poliert und mit Schnitzarbeiten von kunstvoller Perfektion versehen worden war. Jeder Durchgang war das Maul eines knurrenden Löwen mit Fangzähnen. Erida stellte sich vor, dass sich die Mäuler hinter ihr schlossen, um Konegin den Weg zu versperren. *Oder ihn zu zerreißen.*

»Nur zu gut, dass er ein so großes Opfer nicht zu bringen braucht«, sagte sie, als sie in den Durchgang trat. Ihre Ritter drängten hinter ihr herein, und ihre Rüstungen klirrten in den beengteren Räumlichkeiten. Sie waren allesamt breitschultrig und muskulös, aufgrund ihrer Kraft und ihrer Fähigkeiten auserwählt. Von ihrem ausgeprägten Taktgefühl gar nicht erst zu reden. Schulter an Schulter gereiht, behielten die Ritter ihre Aufstellung bei und schoben Eridas Vetter erfolgreich beiseite.

Rian Konegin lehnte sich auf den Fersen zurück, und sein Umhang glitt ihm über die Schulter. Zwischen der Türöffnung und den an ihm vorbeirauschenden Hofdamen Eridas eingezwängt, wirkte er wie ein Fels im Meer, unbewegt, während um ihn herum die Brandung toste. Die Königin wandte sich von ihm ab, sehr zufrieden mit dem Auftritt, den sie ihm geboten hatte. *Das Meer wird selbst Berge verschlingen, wenn man ihm die Zeit dazu lässt. Und du wirst lange vor mir alt werden, deine Macht wird dahinschwinden, während meine aufblüht.*

Ihre Stimme war unbeschwert, melodisch, mädchenhaft, genauso ein Kostüm wie ihr karmesinrotes Gewand.

»Genießt das Festbankett, Vetter.«

13

Die Schlinge

Corayne

Dom klopfte sich Staub und Dreck von seinem Umhang, um sich nach dem Debakel mit dem Tunneltor zu säubern. *Obwohl seine äußere Erscheinung eigentlich ganz weit unten auf seiner Prioritätenliste stehen sollte*, dachte Corayne und sah ihm dabei zu, wie er das Haar an seinem Hinterkopf wieder in Ordnung brachte, indem er die Hälfte davon zu einem strengen Zopf flocht, während er durch den Tunnel schritt, dessen Wände jetzt trocken waren. *Wenigstens ist er effektiv*. Das herausgebrochene Tor weit hinter ihnen legte Zeugnis dafür ab.

Obwohl es ihr wie eine Ewigkeit erschien, die sie sich auf dem gewundenen Weg durch die lastende Dunkelheit bewegten, vergingen nur zwanzig weitere Minuten, bis im Licht von Sorasas Fackel die unterste Stufe einer Wendeltreppe sichtbar wurde.

»Endlich«, sagte Corayne. Sie füllte ihre Lunge mit frischerer Luft und schmeckte den Unterschied.

Dom richtete seinen grimmigen Blick auf die Stufen. »Ihr zuerst, Sarn«, knurrte er.

Mit einem verächtlichen Schnauben trat die Meuchlerin auf die Stufen. »Ein unsterblicher Ältester, der sich hinter einer Frau und einem Kind versteckt. Wie edelmütig.«

Er ging auf die Provokation nicht ein, aber in seiner Wange zuckte ein Muskel.

»Ich bin siebzehn und damit kein Kind mehr«, murmelte Corayne kaum hörbar und begutachtete stirnrunzelnd die Treppe. Von den Tagen im Sattel taten ihr immer noch die Beine weh, allein der Gedanke ans Treppensteigen ließ ihre Oberschenkel schmerzen. Bereits nach wenigen Minuten waren die Schmerzen wahrhaft höllisch. Ihr keuchender Atem hallte von den Wänden wider und ging von Sekunde zu Sekunde schwerer. Obwohl sie seit früher Kindheit über die Klippen von Lemarta gerannt und die Treppen der Hafenstadt problemlos hinaufgestiegen war, erschien ihr das jetzt im Vergleich unendlich mühsamer.

Sie versuchte, die Stufen zu zählen, um die Zeit totzuschlagen und ihre Nerven zu beruhigen. *Jeder Schritt bringt uns dem Palast näher. Bringt uns einem Schwert näher, das womöglich gar nicht da ist, und einer Königin, die uns womöglich aber gar nicht zuhören wird.* In das schwarze Unbekannte hineinzustapfen war wie einen Baumstamm auf den Schultern zu tragen. Es machte jeden Schritt drückend schwer, selbst den einfachsten.

»Ihr habt gesagt, Euer Knappe sei der Sohn einer Hofdame«, begann Sorasa. Ihre Stimme hallte zu ihnen herab. »Dann dürfte er im Ostflügel zu finden sein, wo die Höflinge ihre Quartiere haben.«

Corayne gab sich alle Mühe, nicht heftig keuchend nach Atem zu ringen. Sie schluckte feuchte Luft hinunter. »Ist es noch weit?«

»Nicht besonders.«

Das ist keine Antwort.

»Du gehst voran. Du kannst dich als Küchenmädchen ausgeben«, fügte Sorasa hinzu und warf einen Blick über ihre Schulter. Ohne langsamer zu werden, ließ sie den Blick über Coraynes Kleidung wandern. »Erkundige dich danach, wo er seine Quartiere hat. Ganz einfach.«

Corayne sah auf ihre Stiefel hinunter, ihre ledernen Beinkleider und einen Kittel, der steif war vom Salz getrockneter Gischt. »Ich sehe nicht gerade wie eine Dienstbotin aus.«

Sorasa verdrehte so heftig die Augen, dass Corayne es fast schon am eigenen Leib spürte. »Du befindest dich bereits innerhalb der Palastmauern«, seufzte sie. »Leg den Kopf in den Nacken, gib dich gelangweilt, sprich klar und deutlich. Und du bist einfach irgendein Mädchen. Harmlos. Niemand wird sich die Mühe machen, dich genauer anzusehen.«

Mit einem Mal wünschte sich Corayne, die Stufen würden endlos weitergehen. »Ich weiß nicht, ob ich das kann.«

»Schon gut, wenn Ihr …«, setzte Dom an, aber Sorasa brachte ihn mit einem Schnalzen der Zunge zum Verstummen.

Die Meuchelmörderin beschleunigte ihre Schritte, als wolle sie Corayne für ihre Angst bestrafen. »Du bist die Klarierungsagentin einer der berüchtigtsten Piratinnen der Langen See und obendrein ihre Tochter. Ich bin mir sicher, dass da irgendwo in deinem Rückgrat Stahl verborgen ist.«

Hitze durchströmte Coraynes Wangen, ließ ihr Gesicht in der kalten, feuchten Luft des Treppenhauses glühend brennen. *Kein Rückgrat*, hörte sie ihre Mutter in ihr Ohr flüstern. Die Erinnerung ließ sie schaudern, verlieh ihr zugleich aber auch Mut. *Ich werde dir zeigen, was Rückgrat ist.*

Die Treppe endete in einem breiten, niedrigen Raum, düster, aber nicht stockdunkel, die Decke von Dutzenden dicken Säulen gestützt. Irgendeine Art von Kellergewölbe, im Stil völlig anders als die uralten Tunnel unten. Sorasa führte sie durch den Raum, auf einem Weg, den außer ihr niemand wahrnehmen konnte, bis sie eine weitere Treppe erreichten. Glücklicherweise war diese viel kürzer und führte zu einer einzelnen uralten Tür.

Sorasa wurde ganz still und drückte ein Ohr dagegen.

Mit einem kaum hörbaren Schnaufen legte Dom die Hände auf die Schultern der Amhara. Sie spannte sich an wie ein Raubtier, ballte die eine Hand zur Faust und zückte mit der anderen ihr Messer, als er sie aus dem Weg schob. Ihre Augen weiteten sich wutentbrannt, ihre Nasenflügel bebten, und sie schnappte zischend nach Luft.

Dom warf ihr einen verärgerten Blick zu, dann legte er das Gesicht an die Tür, das Ohr ans Holz gepresst. Corayne hätte beinahe laut aufgelacht. Natürlich musste ein Ältester besser hören als jeder Sterbliche, selbst eine Amhara. Einfache Logik.

Was Sorasa nicht im Mindesten beschwichtigte. »Ich habe schon Männer für weniger getötet«, knurrte sie.

»Ihr könnt es gern versuchen«, gab Dom desinteressiert zurück; seine Konzentration galt anderen Dingen. Er lauschte mehrere Sekunden, während die Meuchelmörderin vor Wut schäumte. »Der Raum und der Gang dahinter sind menschenleer. Ein Wachposten dreht über uns seine Runden, aber gerade entfernt er sich von uns«, berichtete er. Dann löste er sich wieder von der Tür und sah seine beiden Begleiterinnen an. »Vielleicht überlasst Ihr das Spionieren von jetzt an mir.«

Sorasa ließ ihre Fackel fallen. Zischende Glut flog über den Stein. »War auch an der Zeit, dass Ihr Euch mal nützlich macht«, fauchte sie und streckte die Hand nach der Tür aus.

»Es ist an der Zeit, dass ihr beide mal den Mund haltet«, murmelte Corayne.

Die Meuchlerin hielt inne, die Zähne zu einem drohenden Lächeln gebleckt. Der Blick ihrer kupferfarbenen Augen huschte hin und her und reflektierte das schwache Licht der Fackel, die zu ihren Füßen schwelte. »Gut, gut, ich werde euch nicht mehr lange mit meiner Gegenwart belasten.«

Das überraschte Corayne nicht. Für eine Meuchelmörderin gab es in ihrer Mission keinen Platz; ihr gemeinsamer Weg endete hier. Aber trotzdem spürte sie den Verlust als schmerzhaften Stich. »Ihr könnt Euch davonmachen, sobald wir Trelland gefunden haben.«

»Über alle Berge«, sagte Sorasa mit einem heftigen Nicken. Dann grinste sie Dom an. »Bis jemand seine große Aufgabe beendet und seinen Teil unserer Abmachung einhält.«

Schatten glitten über sein Gesicht und konturierten seine Gesichtszüge schärfer. Er wirkte für einen Moment alt, als würden die langen Jahre der Unsterblichkeit ihn endlich einholen. »Die Abmachung wird eingehalten werden.«

»Es sei denn, Ihr sterbt«, sagte Sorasa leichthin und zog fest an der Tür.

»So die Götter wollen und wenn es immerhin bedeutet, dass

ich Euch dann nie mehr wiederzusehen brauche«, murmelte Dom, als sich die Tür öffnete.

Das plötzliche Licht ließ Corayne zusammenfahren; sie kniff die Augen zu schmalen Schlitzen zusammen, erwartete Schreie, einen Wachposten oder eine Kammerzofe, jemanden, der Alarm schlug. Aber Doms Ohren hatten ihn nicht getrogen. Auf der anderen Seite war niemand, nur ein halbleerer Lagerraum. Die Luft war trocken und modrig. Dieser Raum war in Vergessenheit geraten und kaum mehr in Benutzung. Von der anderen Seite her war die Tür völlig unauffällig, altes Holz, das zu zerbrechen drohte. Corayne entdeckte weder Klinke noch Türknauf.

Niemand wird diesen Weg zurückgehen.

Der Flur war genauso leer wie der Lagerraum. Bildteppiche hingen an den Wänden, und feine Läufer bedeckten den Boden, dämpften ihre Schritte. Die meisten waren von galländischer Machart, gefertigt von Teppichwebern ohne große Kunst oder Geschicklichkeit. Grün und Gold, wieder und wieder. *Werden sie dieser Farben denn niemals überdrüssig?*, fragte sich Corayne, als sie an einem gewebten Bild von einem Löwen mit zerdrücktem Gesicht vorbeikamen.

Sie schärfte sich ein, keine Angst zu haben. Sie war mit einem Ältestenprinzen unterwegs, der Zeuge großen Grauens geworden war. Wenn sie aufgegriffen wurden, bevor sie Andry ausfindig gemacht hatten, würde man sie wohl einfach direkt zur Königin bringen. Sie könnten sie genauso gut warnen. *Oder wegen unerlaubten Eindringens direkt in den Kerker geworfen werden.*

Sie schob derartige Gedanken von sich und konzentrierte sich auf ihren Versuch, wie ein Dienstmädchen auszusehen. Eine Palastdienerin würde wohl den Blick gesenkt halten und keine Wandteppiche anstarren, die sie Tag für Tag vor sich hatte. *Du arbeitest in den Küchen, insbesondere im Küchengarten.* Das würde den Dreck an ihren Händen und Knien erklären, der in Wirklichkeit von der langen Reise stammte. *Du sorgst dort für die ... Welches Gemüse hat gerade Saison? Tomaten? Kohl?* Ihre

Gedanken überschlugen sich auf der Suche nach einer guten Geschichte, die sie erzählen konnte. *Ein Kurier ist von den Ställen hergekommen; er hatte einen Brief für Valeri Trelland. Schickte mich los, damit ich ihn zu ihr bringe.* Corayne hatte zwar Jahre damit verbracht, im Auftrag ihrer Mutter Verhandlungen zu führen und gestohlene Fracht und verbotene Waren einzutauschen, aber sie war mit ihren Lügen nie allein gewesen. Sie hatte immer Rückendeckung durch die *Sturmgeboren* gehabt.

Das Schiff meiner Mutter ist jetzt weit weg. Ich bin auf mich allein gestellt.

Sorasa und Dom führten Corayne sicher durch den Palast, wichen stets dem Klirren von Rüstungen aus, das Wachen oder Ritter anzeigte. Es waren erst wenige Minuten vergangen, aber die Sekunden zogen sich in die Länge, und Coraynes Herzschlag donnerte.

»Diener«, hauchte Dom neben ihr. »Draußen vor den Torbögen.«

Corayne biss die Zähne zusammen und nickte. Vor ihnen verbreiterte sich der Gang, eine Seite gesäumt mit Säulen und Bögen, die sich zu einem blühenden Rosengarten hin öffneten. Sie straffte sich und schritt davon, während die anderen zurückblieben. *Du arbeitest in den Küchen.*

Zwei Frauen knieten zwischen den Rosenstöcken und füllten ihre Körbe mit scharlachroten Blumen. Ihre Gesichter glänzten vor Schweiß, und zum Schutz gegen die Dornen trugen sie dicke Lederhandschuhe.

»Sag uns bitte, dass Percy dich hergeschickt hat, um uns zu helfen«, sagte eine der Frauen keuchend. Sie wischte sich mit dem Handrücken über die Stirn. »Wenn wir keinen Zahn zulegen, werden wir noch die ganze Nacht lang Blumen schneiden.«

Coraynes Stimme stockte. »Ich ...«

Das andere Dienstmädchen, älter als das erste, winkte mit einer Faust voller Rosen in Coraynes Richtung. »Ich hoffe, du hast dir Handschuhe mitgebracht, meine Liebe.«

»Nein, entschuldigt ...«, setzte Corayne an, der plötzlich ein dicker Kloß in der Kehle saß. Sie schluckte und fasste die beiden Frauen ins Auge. »Ich habe eine Nachricht für Lady Valeri Trelland. Einen Brief, von einem Kurier ...«

»Trelland?« Die junge Dienerin wurde ganz blass. »Ist sie nicht tot?«

Corayne sackte der Magen in die Kniekehlen.

»Sie ist nicht tot«, warf die andere ein, während sie immer noch mit ihren Rosen wedelte. »Sie ist nur krank, das ist alles. Krank auf die lange, langsame Art. Verlässt nicht mehr oft ihre Gemächer. Aber sie ist immer noch freundlicher als der ganze Rest zusammengenommen.« Dann machte sie eine deutende Bewegung mit den Blumen in ihrer Hand. »Geh einfach weiter in die gleiche Richtung. Ihre Quartiere befinden sich im Erdgeschoss des Turms der Hofdamen. Halt nach dem Gemälde von König Makrus Ausschau.«

Corayne nickte erfreut. »Herzlichen Dank.«

Als sie wegging, kreischte ihr die ältere Dienerin hinterher: »Und richte Percy aus, dass wir weitere helfende Hände brauchen, wenn wir bis zum Morgen genug Blumen schneiden sollen!«

»Mach ich«, antwortete sie, auch wenn sie keine Ahnung hatte, wer Percy war, und nicht die geringste Absicht, nach ihm zu suchen.

Das Engegefühl in ihrer Brust ließ nach, und sie trat wieder zurück in den Bogengang, nur um festzustellen, dass Dom und Sorasa bereits am anderen Ende warteten. Beide waren vorbeigegangen, ohne dass die Dienerinnen oder selbst Corayne es bemerkt hatten. Sorasa deutete mit dem Daumen über ihre Schulter, und ihre Lippen formten eine lautlose Botschaft. *Hier entlang.*

Ansonsten war der Turm der Dame menschenleer, seine Bewohner schliefen schon oder befanden sich gerade sonst wo. Vielleicht tafelten sie gerade oder trieben allen möglichen höfischen Unfug. Am nächsten Morgen musste irgendetwas Besonderes passieren, wenn man den Dienstmädchen Glauben schenken durfte.

Corayne hatte keine Ahnung, wie König Makrus aussah, aber

Sorasa ging voran. Schließlich fanden sie das Gemälde eines Mannes, der mehr Troll als König war, mit fleckiger Haut und massiger Figur. *Auf Gemälden sehen die Leute normalerweise besser aus als in Wirklichkeit,* dachte Corayne und betrachtete das staubige Porträt. Sie konnte sich gar nicht ausmalen, wie hässlich der Kerl in Wirklichkeit gewesen sein musste.

Sein Bild prangte gleich neben der Tür zu den Gemächern der Trellands, und sie legten schnell die letzten Meter zurück, rannten regelrecht, als könnte sie jemand im letzten Moment aufhalten.

Corayne fühlte sich seltsam, wie von ihrem Körper losgelöst, als beobachtete sie sich selbst aus der Ferne. Nichts kam ihr mehr wirklich vor. Nach dem staubigen Geruch des Gangs nun der weiche Teppich unter ihren Stiefeln und die kalte Steinwand an ihren Fingerspitzen. Sie holte tief Luft und blinzelte, halb in der Erwartung, gleich in ihrem Bett in Lemarta aufzuwachen, während Kastio im Nebenzimmer das Frühstück bereitete. *Ein weiterer Traum. Mein Vater, mein Onkel, die zerrissene Spindel, der Älteste und die Meuchelmörderin. All das wird verschwinden, sich im Licht des Morgens auflösen.*

Aber die Welt blieb beharrlich, wie sie war, bestand darauf, gesehen und gefühlt zu werden. Ließ sich nicht ignorieren.

Corayne starrte auf die Tür.

Dom starrte auf die Tür.

Sie starrten einander an, beide zögernd, beide erstarrt. Schwarze Augen blickten in grüne, Eisen in Smaragd. Jahrhunderte trennten sie beide, aber für einen Moment ähnelten sie sich, wie sie da am Rand des Ungewissen standen, voller Angst vor dem Unbekannten unter ihnen.

Was, wenn das Schwert verschwunden ist?

Was, wenn das Schwert hier ist?

»Sollen wir klopfen?«, stieß Corayne hervor. Ihr Mund war plötzlich ganz trocken.

»Ja«, antwortete Dom heiser. »Sarn ...«, fügte er hinzu und warf einen Blick über seine Schulter.

Aber da war niemand hinter ihm. Keine Frau in unauffälliger Kleidung, die ihren Mantel fest um sich gezogen hatte, sodass im Fackellicht nur noch eine einzige Tätowierung zu sehen war.

Sorasa Sarn von den Amhara war verschwunden, ohne eine Spur zu hinterlassen, als hätte sie überhaupt nie existiert.

Ihr Wegsein entfachte ein Feuer in Dom, und es brannte seine Furcht weg. Er klopfte mit der Faust an die Tür. »So Ecthaid will«, zischte er, nannte den Namen eines Gottes, den Corayne nicht kannte, »wird der Tunnel über ihrem Mörderschädel einstürzen.«

Coraynes Magen krampfte sich zusammen, als sich der Schlüssel im Schloss drehte. Als die Tür aufgezogen wurde, stand ihr ein junger Mann gegenüber. Erneut sackte ihr der Magen in die Kniekehlen.

Er war groß und muskulös, hatte aber immer noch etwas Jungenhaft-Ungestümes an sich, ein Mensch, der erst noch voll in sich hineinwachsen musste. Seine Haut war glatt und makellos wie polierter Bernstein, und sie leuchtete warm. Da war lediglich der Anflug eines Bartes, die ersten Ansätze eines Knaben. Das schwarze Haar trug er – vermutlich aus praktischen Erwägungen heraus – kurz geschoren. Natürlich war er der Knappe Andry Trelland, der das Gemetzel am Tempel überlebt hatte, bei dem so viele gestorben waren. Corayne wusste nicht warum, aber sie hatte sich ihn als Mann vorgestellt, als Krieger wie die anderen. *Aber er kann nicht viel älter sein als ich, nicht über siebzehn.* Zuerst war ihr sein Gesicht freundlich erschienen, geprägt von sanfter Liebenswürdigkeit. Aber wie bei Dom lag unter seinen angenehmen Zügen etwas schmerzhaft Verletztes, eine Wunde, die immer noch weit aufgerissen war und die vielleicht niemals heilen würde.

»Ja?«, sagte er schlicht, und seine Stimme war tiefer, als sie es erwartet hätte. Trelland blieb in der ein Stück weit geöffneten Tür stehen und versperrte ihr die Sicht auf alles hinter ihm. Nur das Flackern eines Feuers nahm sie wahr. Er blickte erwartungsvoll auf Corayne herab. Sie war die Einzige, die er wahrnahm, seine ungeteilte Aufmerksamkeit war allein auf sie gerichtet.

»Du bist Andry Trelland«, begann Corayne leise, alle vorher überlegten Lügen vergessend.

Andrys Mund zuckte belustigt. »Der bin ich. Und du bist neu im Palast«, fügte er hinzu und begutachtete sie voller Mitgefühl. Er musterte ihre schmutzigen Hände. »Küche?«

»Nicht direkt.«

»Knappe Trelland.« Doms Stimme war Donner, als er sich um Corayne herumschob, die zwischen ihm und dem Knappen stand. Er blickte direkt über ihren Kopf hinweg.

Alles Sanfte und Freundliche verschwand aus Andrys Zügen, sein Gesicht eine leergewischte Tafel. Seine Augen weiteten sich, und er lehnte sich schwer an die Tür, als drohten ihm seine Knie den Dienst zu versagen. »Domacridhan, Herr«, hauchte Andry. Er musterte eindringlich Doms vernarbtes Gesicht, ließ seine Blicke über das zerfetzte Fleisch gleiten. »Ihr lebt.«

Dom legte die Hand auf die Tür und stieß sie weit auf. Dann legte er die Stirn in Falten.

»Vorerst, ja.«

Ich heiße Corayne an-Amarat. Meine Mutter ist Meliz an-Amarat, Kapitänin der »Sturmgeboren«, die Geißel der Langen See. Mein Vater war Cortael vom alten Cor. Und das da ist sein Schwert.

Die Spindelklinge lag in ihrer Scheide quer über Andrys Knien. Corayne konnte den Blick nicht davon abwenden, während sich Dom und der Knappe unterhielten und Geschichten über ihre Reisen nach dem Geschehen am Tempel austauschten. Die dunkle Scheide bestand aus gekochtem und doppelt geöltem Leder, wenn ihr Auge sie nicht trog. Gut, stabil, alt. Aber nicht auf dieselbe Art und Weise alt, wie es das Schwert war, die Kälte seines Stahls selbst mit einigem Abstand spürbar. Es summte vor einer Macht, die Corayne kaum fühlen und nicht wirklich beim Namen nennen konnte. Andry hatte die

Klinge noch nicht gezogen. Sie wusste nicht, wie sie aussah. Ob immer noch Blut daran klebte, Blut von ihrem eigenen Onkel, der hätte sterben sollen, doch nicht gestorben war. Von ihrem Vater, dem das Leben rot über die Hände davongeflossen war. Zumindest das Heft war sauber, und in die Parierstange waren blinkende Steine eingelassen. Im Feuerschein flackerten sie zwischen scharlachrot und purpurfarben, wie Sonnenuntergang und Morgengrauen. Der Griff war mit schwarzem Leder umwickelt, das von den Fingern einer fremden Hand abgenutzt war. Auf dem Knauf befand sich kein Edelstein, sondern eine Gravur wie ein Stern oder eine Sonne mit Strahlenkreis. Das Symbol des alten Cor, ein verloren gegangenes Licht. In einer anderen Welt geschmiedet, durchtränkt von einer Kraft, die sie nicht begriff.

»Es gehört dir«, sagte Andry langsam, und sie bemerkte, dass er sie anstarrte. Er und der Älteste hatten ihr Gespräch beendet und sich gegenseitig auf den neuesten Stand des Geschehens gebracht. Ohne zu zögern hob der Knappe das Schwert und hielt es ihr hin. Doms Blick folgte der Klinge.

Corayne fuhr in ihrem Stuhl zurück, und ihre Augen waren groß. Sie saß neben dem Feuer und hatte in der stickigen, warmen Luft der Gemächer von Mutter und Sohn Trelland bereits zu schwitzen begonnen. Ihr stockte der Atem.

Valeri Trelland beugte sich auf ihrem eigenen Stuhl vor. »Es klingt ganz so, als würdest du es brauchen, meine Liebe«, sagte sie mit friedvoll langsamer Stimme.

Wie die Dienerinnen bereits gesagt hatten, kämpfte Valeri offensichtlich mit irgendeiner Krankheit. Sie wirkte schwach und gebrechlich, und ihre dunkle Haut war ohne Wärme. Aber sie saß aufgerichtet da, mit klaren, grünen Augen. Furchtlos.

»In Ordnung«, stieß Corayne hervor und streckte die Hände aus.

Das Schwert, meisterhaft gefertigt und gut gepflegt, war leichter, als sie es erwartet hätte. *Ich habe noch nie ein Schwert in der Hand gehalten*, ging es ihr unwillkürlich durch den Kopf.

Ein richtiges Schwert, nicht das Langmesser eines Piraten oder eine Axt. Das Schwert eines Helden. Sie zog die Augenbrauen zusammen. *Das Schwert eines toten Helden.*

Trotz der heißen Luft im Raum fühlte sich das Schwert kühl an, als hätte man es aus einem Fluss oder Meer gezogen oder zwischen den Sternen vom Nachthimmel gepflückt. Wieder stieg die Neugierde in ihr auf, mit hungrigem, weit geöffnetem Maul. Langsam zog sie die Klinge aus der Scheide, einen Zentimeter nach dem anderen. Der eingravierte Stahl glänzte im Licht des Feuers, das Muster mit Zeichen durchsetzt, die wie ein Schriftzug aussahen. Einen Moment lang glaubte Corayne, ihn vielleicht entziffern zu können. *Ein wenig Ibaletisch, etwas Kasani, ein siscarischer Schnörkel* – aber nein. Die Wörter des alten Cor waren ebenso verloren wie das Reich, verloren wie ihr Vater. Mit einem metallischen Wetzen schob sie die Spindelklinge wieder in ihre Scheide. Sie spürte durchdringenden Kummer wie ein Stechen in der Brust.

Ihre Hände schlossen sich um den Griff. Es war, wie den Schatten eines Toten auszufüllen.

»Und so leben die Gefährten des Reiches weiter«, bemerkte Andry und richtete den Blick von ihr zurück zu Dom. Er biss die Zähne zusammen, und etwas von der Sanftheit seines Gesichts schwand dahin. »Die Mission ist nicht gescheitert, sondern nur noch unvollendet.«

Inzwischen hatte Corayne längst den Überblick darüber verloren, wie viele Male Dom finster die Lippen verzogen hatte. Doch so düster wie jetzt hatte er bisher mit Sicherheit noch nie gewirkt.

»So kann man es auch sehen«, brachte er heraus. Es klang, als sei er ein wenig aus der Fassung. »Zwei von uns sind noch übrig.«

»Drei«, widersprach Corayne und erschrak sogar selbst darüber. Sie blinzelte energisch. *Sei mutig, sei stark*, befahl sie sich, obwohl sie sich von beidem meilenweit entfernt fühlte. Sie reckte das Kinn und versuchte, sich die Stimme ihrer Mutter ins Gedächtnis zu rufen, jene Stimme, die dem Deck ihres

Schiffs vorbehalten war. Wenn sie alles unter Kontrolle hatte, alles ihrem Befehl folgte. »Es sind jetzt drei.«

Dom beobachtete sie eindringlich, wehmutsvollen Kummer in den Augen. Corayne wusste nicht, ob sie ihn umarmen oder ihm den Ausdruck aus dem Gesicht ohrfeigen sollte. »Na schön«, sagte er mit leiser Stimme.

Als sei es nicht genau das, was er wollte, worum er gebeten, weshalb er sie aufgesucht hatte. Corayne biss fest die Zähne zusammen. *Ich bin hier, weil du mich hergebracht hast,* dachte sie. *Du könntest zumindest so tun, als sei das Ganze kein Todesurteil.*

»Und weitere werden sich uns bald anschließen«, sagte Andry eifrig und sprang von seinem Platz auf. Er begann im Raum auf und ab zu gehen, voll sprühender Energie, die sich gegen die Umstände auflehnte. »Ich habe die Königin gewarnt, aber sie hat nichts unternommen. Jetzt, wo Ihr beide da seid, mein Herr und meine Dame« – er nickte ihnen beiden zu und fuhr damit fort, das Zimmer zu durchschreiten –, »hat sie keine andere Wahl. Königin Erida ist wild entschlossen, ihr Königreich vor Gefahren zu schützen. Gewiss wird sie nicht zulassen, dass es unter Taristans Füßen dem Untergang anheimfällt.«

Vor einem Schild an der Wand blieb er stehen. Der Schild war alt, mit schartigen Kanten, seine Oberfläche grau bemalt. In der Mitte befand sich ein blauer Stern, der von einer langen, tiefen Kerbe entzweigeschnitten wurde. Der Knappe schaute zu ihm auf, mit einem Blick, wie ein Priester vielleicht seine Ikonen und Altäre ansehen mochte. Während ihr zunehmend schwer ums Herz wurde, begriff Corayne, dass sie von seinem Vater in diesen Räumen keine Spur entdecken konnte. Sie richtete ihren Blick erneut auf den zerstörten Schild und den Jungen davor.

Wir haben etwas gemeinsam.

»Ich werde euch natürlich helfen«, versicherte Andry und riss sich von dem Schild los. »Ich bringe erst meine Mutter nach Nkonabo, wo sie in Sicherheit ist, aber dann komme ich zurück. Ich schwöre es.«

Wieder schaute Dom gequält drein, und Corayne fühlte

einen Teil seiner Qual. Die Tochter des alten Cor und der Unsterbliche hatten in der Angelegenheit kaum eine Wahl, aber der Knappe? *Es ist ein weiter Weg bis nach Kasa und ein weiter Weg zurück.*

»Du brauchst das nicht zu tun, Andry«, betonte Dom.

»Es ist meine Pflicht«, antwortete Andry energisch. »Mein Herr ist gefallen. Ich werde ihn rächen.«

»Du solltest bei deiner Mutter bleiben.« Selbstsüchtigerweise bereute Corayne ihre Worte sogleich, noch während sie sie sagte. »Beschütze sie.«

Andry trat an den Stuhl seiner Mutter und stellte sich wie ein Wächter neben sie. »Das werde ich auch tun. Aber ich bin ein Gefährte. Ich habe eine Pflicht zu erfüllen.«

»Also gut, mein Sohn«, sagte Valeri mit wachem Blick. Sie legte ihrem Sohn die Hand auf den Arm und beruhigte ihn ein wenig. »Wir wollen noch heute Abend aufbrechen. Ich mache mich reisefertig, bis du mit der Königin alles geklärt hast. Dann warte ich am Stadthafen. Alle Vorkehrungen sind bereits getroffen; wir brauchen nur noch Bescheid zu geben.«

»Ich werde deine Zofe und einen Gepäckträger kommen lassen«, murmelte Andry zur Antwort und küsste ihre gekrümmten Finger. »Wir treffen uns vor Mitternacht auf dem Schiff.«

»Je eher wir nach Nkonabo aufbrechen, umso eher kannst du zurückkehren«, unterstrich seine Mutter mit einem schwachen, aber freundlichen Lächeln. Es schien Andry zufriedenzustellen, doch Corayne sah die Anspannung um ihre Mundwinkel. Die Vorsicht und Skepsis, die sich hinter ihren frühlingsfarbenen Augen breitmachte. Keine Mutter würde ihr Kind aus freien Stücken in die Gefahr schicken, selbst wenn es sein größter Wunsch war. Plötzlich war es nicht mehr Valeri Trelland, die sie neben dem Feuer sah, sondern Meliz an-Amarat, ihr Haar von einem salzigen Wind zerzaust, während sich ihre Lippen lautlos bewegten.

Nimm mich mit, wollte Corayne noch einmal bitten.

Das werde ich nicht, hallte das Echo wider.

»Du solltest heute Abend zur Königin gehen, und zwar jetzt gleich«, drängte Valeri. Langsam erhob sie sich auf schwachen Beinen von ihrem Stuhl. »Bevor alle zu sehr von den Festlichkeiten eingenommen sind.«

»Festlichkeiten?« Mit einem Ruck legte Dom den Kopf schräg. Das Licht des Feuers fiel auf seine Narben.

Andry begann erneut im Raum auf und ab zu gehen und durchsuchte die Schränke der kleinen Wohnstube. Er zog ihr Gepäck hervor, zwei zusammengehörende pralle Umhängetaschen, fest verschlossen. *Beide bereits für eine lange Reise gepackt*, erkannte Corayne.

»Die Königin ist neunzehn Jahre alt und lässt, seit sie vor vier Jahren den Thron bestiegen hat, mögliche Kandidaten für einen künftigen Prinzgemahl aufmarschieren«, erklärte Andry mit einem verärgerten Seufzen. »Um sie dann abzuweisen. Aber ich glaube, der Rat hat ihren Widerstand gebrochen. Sie will heute Abend bei Hof ihren Verlobten vorstellen und sich morgen früh in einer feierlichen Zeremonie mit ihm vermählen.«

Rosen für die Feier, die ganze Nacht über von Hand geschnitten, schoss es Corayne durch den Kopf, und sie dachte an die Dienerinnen im Garten zurück. Am Morgen wäre er kahl und leer, wenn Königin Erida einen Mann heiratete, auf den sich einzulassen sie gezwungen worden war. Ein Gefühl von Mitleid mit der jungen Königin stieg in Corayne auf. Zumindest so viel Mitleid, wie ein Mädchen aus dem gemeinen Volk eben für eine königliche Herrscherin empfinden konnte.

»Da hat unsere Mission ohne Frage Vorrang«, sagte sie. »Und vielleicht bietet es einer widerstrebenden Braut ja eine gute Gelegenheit. Eine Ausrede, um eine Vermählung zu verzögern, die einzugehen sie keinerlei Verlangen verspürt.«

Andry grinste sie an, sein Lächeln strahlend wie ein Stern. Es ließ ihn regelrecht aufleuchten. »Das könnte klappen.«

Corayne musste unwillkürlich ebenfalls lächeln, und sie verspürte ein seltenes, unvertrautes Aufflammen von Hoffnung in sich.

»Die Königin wird uns zuhören«, betonte sie und stützte sich beim Aufstehen auf der Spindelklinge ab und stellte dabei fest, dass die Klinge mindestens halb so groß war wie sie selbst. »So wie Eure Königin es nicht getan hat, Dom.«

Dom streckte seine langen Glieder aus und erhob sich voller Eleganz. Er wirkte wie eine sich bewegende Statue, langsam und bedächtig, ein scharfer Kontrast zu Andrys schäumender Energie. »Sterbliche sind heißblütig, werden leicht zornig und sind schnell bereit zu kämpfen«, stellte er fest. »Das ist über die letzten Jahrhunderte hinweg euer Makel gewesen. Vielleicht ist es jetzt eure Rettung.«

Corayne biss sich in die Innenseite ihrer Wange. *Älteste können ebenfalls zornerfüllt sein, wenn sie alle so sind wie du*, dachte sie hitzig. In diesem Augenblick wünschte sie sich nichts mehr, als ihn anzublaffen. *Du bist wie ein Topf auf kleiner Flamme, voller Zorn seit dem Augenblick, in dem ich dir begegnet bin. Du versuchst zu trauern, ohne eine Ahnung zu haben, wie das geht, du trachtest nach Rache ohne Richtung. Du bist ein Raubtier, für das es nichts zu jagen gibt.*

Stattdessen richtete sie ihren finsteren Blick auf das Schwert mit seinen leuchtenden Juwelen.

»Ich habe keinen Schimmer, wie ich das Ding tragen soll.«

14

Die grüne Ritterin

Ridha

Drei Tage lang verfluchte sie Sirandel und knurrte bei jedem Hufschlag des Pferdes ihrer Mutter Obszönitäten vor sich hin. Auf Priori, auf Niedervederisch – der verfälschten Mischsprache, die in Jahrhunderten auf der Wacht entstanden war – und in reinem Hochvederisch, der Sprache von Glorian, der Sprache einer Welt, die sie nie kennengelernt hatte. Ridha, Prinzessin von Iona, Erbin der Herrscherin, einziges Kind von Isibel Beldane und Cadrigan von der Morgenröte, ritt ihr Pferd voll grimmigem Zorn. Die Sandstute jagte in unermüdlichem Galopp dahin, auf Ausdauer gezüchtet, aber selbst bei ihr meldete sich allmählich die Erschöpfung. Bei Ridha nicht.

Feiglinge, alle durch die Bank, die Füchse und die Hirsche, dachte sie, zutiefst enttäuscht über ihr Zuhause und über die Enklave, die jetzt bereits viele Meilen hinter ihr lag. Sie verfluchte Sirandel, den Palast aus Bäumen und Flüssen, die Waldwiesenhallen und Wurzelgewölbe. Die Stadt von unsterblicher Pracht, tief im Burgwald verborgen, in gleichem Maße natürlich gewachsen und erbaut. Als Tochter Ionas und Erbin der Herrscherin hatte man sie dort festlich empfangen und gefeiert, ihre Gegenwart als Anlass für großes Interesse. Aber das war nicht von Dauer gewesen. Ihre Kunde war düster, ihre Forderungen unerhört. In den Krieg ziehen, nach Jahrhunderten des Friedens? Gegen den Mann kämpfen, der sie alle nach Hause bringen konnte, selbst wenn es bedeutete, die Wacht an das Lauernde und die malmenden Kiefer von Entzweit zu verlieren? Das Blut von Sirandel vergießen, wo Iona das seine nicht opferte, und das für eine derart todbringende Sache?

Eure Mutter ist eine weise Frau, hatte der Herrscher von Sirandel gesagt, sein langes Gesicht grimmig und verbissen. Sein Haar mehr grau als rot, versilbert von der verstreichenden Zeit. *Wir werden ihrer Entscheidung folgen. Glorian ruft.*
Ridha hätte ihm am liebsten ins Gesicht gespuckt. Stattdessen hatte sie genickt, die ihr dargebotenen starken Getränke getrunken, die Speisen gegessen, die man ihr reichte, und sich in der Nacht davongestohlen.
Selbst die Wölfe waren klug genug, ihr aus dem Weg zu gehen, und sie mieden den Wildpfad, während sie ihre Stute durch den Wald jagte. Sie spürte die Rüstung an ihrem Leib nicht mehr, grün glänzend, verziert mit Geweihen und dem Hirsch jener, über die sie klagte. *Regnet es denn?*, dachte sie irgendwann plötzlich und füllte die Lungen mit der klammen Luft des Burgwaldes. In der Tat, Wasser strömte ihr über das Gesicht und arbeitete sich mit kalten, nassen Fingern durch ihr dunkles Haar. *Wie lange bin ich eigentlich schon bis auf die Haut durchweicht?*
Es war nicht die Art der Vedera, solche Dinge zu fühlen, aber trotzdem kroch ihr ein Frösteln unter die Haut. *Und nicht wegen des Regens.*
Wieder fluchte sie voller Zorn. Zorn vor allem auf sich selbst.
Ich habe Domacridhan allein in die Welt hinausgeschickt, um nach Meuchelmördern und Corerben zu suchen, nach einer Klinge, nach Rache, wenn nicht gar nach dem Tod. Sie sah im Geiste ihren Cousin vor sich, glühend heiß brennend wie ein Eisen in der Schmiede, nichts als Zorn, nichts als Kummer. Er war kein Philosoph oder Diplomat oder jemand mit einem klaren Kopf. *Und jetzt, wo sich der Untergang der Welt am Horizont abzeichnet?* Sie umfasste die Zügel der Stute fester, und ihre Knöchel traten weiß unter ihren Panzerhandschuhen hervor. *Habe ich ihn in sein Verhängnis geschickt?*
Schlimmer noch war die egoistischere Frage:
Bin ich bereits gescheitert?
Während die Bäume mit ihren grünen Blättern und schwarzen Baumstämmen im starken Regen verschwommen an ihr

vorbeiglitten, tauchte neben ihr eine weiße Gestalt auf, reglos, aber sie folgte ihr, unbewegt, doch hielt sie stets mit ihr Schritt. Das Bild brannte ihr in den Augen, blendend hell, und Ridha kniff die Lider zu, ließ die Stute ihren Weg selbst wählen. Die Gestalt blieb. Sie war keine Fremde. Ridha hätte das Gesicht ihrer Mutter überall erkannt, selbst in dieser Form, dieser Sendschaft, nebelhaft und unwirklich und wirklich zugleich, sich kräuselnd und fern.

»Komm nach Hause«, sagte Isibel. »Die Sirandels haben ihre Hilfe verweigert. Die anderen werden das Gleiche tun.« Das meiste von ihr war Asche, und ihre bleiche Haut und ihr silbernes Haar lösten sich an den Rändern auf. Die Sendschaft war nicht stark ausgeprägt, aber Ridha war von Isibels Blut. Es brauchte nicht viel Willensaufwand, um sie beide zu verbinden.

»Komm nach Hause.«

Die Prinzessin galoppierte weiter. *Das werde ich nicht.* Sie biss die Zähne zusammen, ließ sich in ihrer Entschlossenheit nicht beirren. *Sirandel ist nur eine einzige Enklave, und sie sind nicht die einzigen unsterblichen Krieger der Wacht. Ich muss einfach wählen, und zwar gut. Wenn ich nicht ...*

Eine weitere lächelnde Weigerung konnte für alles, was sie liebte und kannte, den Unterschied zwischen Leben und Tod bedeuten. Auch wenn er keinerlei magische Fähigkeiten besaß, sah sie Domacridhan wieder vor sich, sein Gesicht zerrissen und blutend, seine Augen erfüllt von den Schrecken, deren Zeuge er oben in den Vorbergen geworden war.

Der Tempel der Spindel war einen Ritt von einigen Tagen nach Nordwesten entfernt, nach ihrer Einschätzung keine allzu weite Strecke. Cortaels Bruder könnte immer noch dort sein, zusammen mit seinem Zauberer und seiner Armee, die wie Erbrochenes aus der zerrissenen Spindel hervorquoll. *Wie viele wohl jetzt dort sind? Domacridhan hat vermutet, dass in den ersten Minuten mehr als hundert hindurchgekommen sind, genug, um die Gefährten zu überwältigen. Es können inzwischen weitere Tausende sein. Viele Tausende.*

Die Kälte in ihr wuchs, bis sie das Gefühl hatte, aus Eis zu bestehen statt aus Knochen.

Sie erreichte den Rand des Burgwalds früher als erwartet. Aber andererseits waren Jahrzehnte verstrichen, seit sie das letzte Mal hier entlanggekommen war, und die Sterblichen neigten dazu, zu zerstören und niederzureißen, was sich nicht zähmen ließ. Der Wald lichtete sich um sie herum, bis von ihm nur noch ein kahler Gürtel aus Stümpfen und Wurzellöchern blieb. Eine gute Meile entfernt, an den Ufern des Großen Löwen, konnte sie die sich drehenden Räder von Schneidemühlen hören, in denen das Holz zersägt wurde. Von dort aus wurde es dann flussabwärts nach Badentern befördert und schließlich zum Handelshafen Ascal. Galländische Eiche und Stahlkiefer waren auf der ganzen Wacht berühmt und erzielten in allen Jahreszeiten hohe Preise. Das Holz wurde für alles Mögliche gebraucht, von Wasserfässern bis hin zu Schiffsmasten und Schilden. Stahlkiefer war feuerfest – spindelberührt, sagten manche. Früher einmal hatten die Spindeln diesen Wald so durchlöchert wie die Gänge eines Kaninchenbaus. Sie hatten nichts als Senken und Lichtungen hinterlassen, heiße Quellen, aus denen teils Wasser, teils knochenzernagende Säure sprudelte, Blumen, die heilten oder vergifteten. Und Sterbliche mit seltsamen Augen und einem Anflug magischer Fähigkeiten, die in den späteren Jahrhunderten immer seltener geworden waren. So waren die Spindeln, sie hinterließen Segen und Fluch, Erinnerungen an Durchgänge, die einst waren und nie wieder sein würden.

Ihre Sandstute trug den Namen Nirez, das ibaletische Wort für einen lange wehenden Winterwind, der die gnadenlose Wüste abkühlte. Er blies tagelang ohne Unterlass, zeigte unten im Süden den Wechsel der Jahreszeiten und den Beginn des neuen Jahreskreises an. Dieser Wind aber erlahmte allmählich, und Nirez' fließende Gangart verlor ihren Rhythmus. Sie wurde bloß einen halben Schritt langsamer, doch Ridha spürte die Veränderung.

Sie war nicht ihr Cousin. Sie würde das Pferd nicht zu Tode reiten. Vor allem weil sie in diesen Teilen des Landes niemals eine neue Sandstute würde auftreiben können, und galländische Ponys waren stumpfsinnig, dumm und dick. Sie kam an vielen dieser Tiere vorbei, als die Baumstümpfe Ackerland und Weiden wichen, golden und grün wie die Löwenflagge. Hecken durchschnitten die Landschaft und zogen sich die sanften Hügel entlang, um Weizen von Gerste zu trennen. Es war ein blauer, klarer Tag, und hier draußen war die Sonne wärmer als im dichten Wald. Ihre Rüstung glänzte wie ein Spiegel, und viele Bauern hielten in ihrer Arbeit inne, um ihr nachzusehen. Obwohl Ridha auf Räuber und Wegelagerer gefasst war, ihr Schwert kampfbereit an der Seite, ließen sich keine blicken. Das üppige Zentrum von Galland war ein schläfriger Landstrich, gut geschützt vom riesigen Königreich, regelmäßig kontrolliert von seinen Bewachern.

Das erste Dorf war klein, verfügte aber über ein Gasthaus mit einem tauglichen Stall. Es war erst Mittag, daher war der Hof des Hauses fast leer, als sie darübertrabte. Nirez schnaufte schwer, und ihre schwarze Flanke war mit Schweiß und Schaumflocken bedeckt. Die Stallburschen – tatsächlich waren es ein Junge und ein Mädchen, das kaum älter als zehn war – ließen erst einmal auf sich warten. Mit ihren sommersprossigen, von der Hitze geröteten Gesichtern kamen sie schwerfällig in den Hof getrottet.

Der Junge grinste sie verächtlich an – eine Frau in Rüstung –, aber das Mädchen sperrte staunend den Mund auf, und ihre bleichen Augen wurden rund.

»Es kostet drei Groschen, wenn Ihr Euer Pferd hier unterstellen wollt«, zischte der Junge und wischte sich über die Nase. »Heu und Wasser kostet noch einen und Striegeln genauso viel.«

»Gnädige Dame … Herr«, fügte das Mädchen hinzu und machte eine eilige Verbeugung, die mehr ein sich Hinkauern war. Ridha vermutete, dass sie sich noch nie im Leben verneigt hatte.

Zur Antwort warf sie den beiden eine runde Silbermünze hin. Das Mädchen griff als Erste danach, fing sie auf und drehte sie in ihren schmuddeligen Händen hin und her. Sie staunte über das Bild des Hirschs.

»Das ist kein Groschen«, rief der Junge, aber Ridha war bereits auf dem Weg in das an den Hof angrenzende Gasthaus, ihr Bündel und ihre Satteltaschen überm Arm. Sie hatte dreimal so viel bezahlt, wie der Junge verlangt hatte, mit einer unverfälschten Münze aus der Schatzkammer einer Stadt, die sie niemals zu Gesicht bekommen würden.

Obschon Ridha eine Prinzessin aus einer Enklave der Unsterblichen war, waren Gasthäuser nichts Fremdes für sie. Anders als die meisten von ihresgleichen hatte sie in ihren vier Jahrhunderten auf der Wacht zahlreiche kennengelernt, in vielen Winkeln des Nordkontinents. Tavernen in Tyriot, die Brauhäuser von Ascal, jütische Bierhütten, die weintriefenden Schenken von Siscaria, treckische Gorzkas mit ihrem klaren Schnaps, von dem man blind werden konnte, wenn man sich darauf einließ. Mit zusammengekniffenen Augen begutachtete sie das völlig ausgebleichte Schild, das über der Tür des Gasthofs hing, reglos in der windstillen Luft. Der Name war nicht mehr lesbar.

Im Inneren war es dunkel, die Fenster schmal und klein, das Feuer kaum mehr als glimmende Glut im Kamin. Der Blick ihrer Unsterblichenaugen wanderte schnell durch das Gasthaus. Sie brauchte keine Zeit, sich an das Dämmerlicht zu gewöhnen. Der größte Teil des Erdgeschosses wurde durch den Schankraum eingenommen. Er bestand aus ein paar Tischen und einer langen Theke an der gegenüberliegenden Wand. Links von ihr befand sich eine Treppe, die zu den wenigen beengten Schlafzimmern hinaufführte, und rechts von ihr eine Tür. Jemand schnarchte dahinter – vielleicht der Wirt. Eine einzige Bedienung stand hinter der Theke, höchstwahrscheinlich seine Frau. Ridha hatte den Verdacht, dass der Junge und das Mädchen die Kinder der Frau waren. Sie hatten das gleiche sommersprossige Gesicht, das sandfarbene Haar und ihren neugierigen Ausdruck.

Zwei Gäste besetzten die Ecke auf der anderen Seite des Raums, zwischen Kamin und Wand, mit Zinnhumpen vor sich. In ihren Gürteln steckten Messer, und sie trugen Stiefel mit Stahlkappen, aber sie hatten rote, vom Trinken schwitzige Gesichter, Haarausfall und Zahnlücken. Keine Bedrohung.

»Was kann ich für Euch tun ... *Fräulein?*«, fragte die Schankdame. Ihr Blick wanderte über Ridhas Gesicht und ihre Rüstung. »Ich habe ein Zimmer frei, sechs Groschen für die Nacht, sieben mit Verpflegung. Bier kostet extra.«

Diesmal gab Ridha sorgfältig darauf acht, die Münzen einzeln abzuzählen. Vor den Augen von Kindern Silber springen zu lassen, war schön und gut, aber die Erwachsenen waren ein Risiko. Sie würden vielleicht versuchen, sie auszurauben, und dann würde sie Zeit und Energie darauf verschwenden müssen, irgendwelchen Bauern den Hintern zu versohlen. Sie schob sieben Groschen über den Tresen.

»Ich habe das Stallpersonal schon dafür bezahlt, dass sie sich um mein Pferd kümmern«, fügte sie hinzu und deutete mit dem Kopf auf die Tür.

Die Schankdame nickte kurz. »Ich werde dafür sorgen, dass sie ihre Arbeit gut machen. Die kleinen Lauser scheinen in letzter Zeit lieber untätig herumzutollen. Das Zimmer ist gleich oben an der Treppe, die erste Tür rechts«, fügte sie hinzu und zeigte gestikulierend mit den Händen hinauf. »Für ein paar Groschen mehr kann ich Euch ein Bad richten.«

Wiewohl die Reise lang gewesen war, schüttelte Ridha den Kopf. Sie hatte das letzte Mal in Sirandel gebadet, in einem silbergesäumten Teich, von ihren Zofen mit Schalen voll duftendem Öl und Lavendelseife umsorgt. Sie hatte nicht die Absicht, sich diese Erinnerung durch einen beengten Badebottich vor einem schwachen Feuer zu verderben.

Der Raum war winzig, mit schräger Decke, einem einzigen Fenster und einem kurzen, mit Heu gestopften Bett. Die Decke war zerlumpt und an den Säumen von Mäusen zerfressen. Ridha hörte die Nager in den Wänden, wie sie zwischen

Garten und Dach hin und her huschten. Sie hatte nicht die Absicht, an diesem Abend zu schlafen. Es war Nirez, die Ruhe brauchte, nicht sie. Stattdessen streifte sie ihre Rüstung ab und verstaute sie zusammen mit ihrem Schwert und ihren Satteltaschen in einer Truhe. Ihren Dolch steckte sie unter ihren langen anthrazitgrauen Uniformrock. Auch ihr Stiefelmesser und ihren Schmuck behielt sie bei sich: eine Halskette mit Anhänger sowie der gehämmerte Silberring von Iona an ihrem linken Daumen.

Eine ganze Weile lang erwog sie, sich auf das Bett zu setzen und bis zum Morgengrauen an die Wand zu starren. Es wäre bestimmt genauso sinnvoll, wie noch einmal nach unten zu gehen. Aber unwillkürlich setzte sie sich dann doch in Bewegung, ihre Schritte lautlos, bis sie sich im Schankraum wiederfand. Sie suchte sich einen Tisch am Kamin, lehnte sich mit dem Rücken an die kühle Wand und bestellte sich mit einem Wink ihrer Hand etwas zu trinken.

Bitterbier, dünne Suppe, überraschend gutes Brot, befand sie, als sie eine Bestandsaufnahme ihrer Mahlzeit machte. Sie aß und zog mit den Fingern Linien über die Tischfläche, zeichnete die Umrisse einer Karte, die nur sie sah. *Wohin soll ich als Nächstes gehen?,* fragte sie sich erneut und zählte die noch übrigen Enklaven auf. Sie lagen weit auseinander, eine lange Reise in jede Richtung, jede Entscheidung ein Risiko. *Wer wird helfen, und wer wird mich einfach wieder wegschicken?*

In der Ecke lallten die Männer, ihr Galländisch mit einem harschen, schweren Akzent unterlegt. Ridha versuchte, nicht zuzuhören, aber als unsterbliche Vedera hörte sie sogar ihren Herzschlag, von ihrer Unterhaltung gar nicht zu reden.

»Schon verheiratet oder doch sehr bald verheiratet«, brummte einer der sterblichen Männer leise. Er leerte den letzten Rest seines Biers, kippte den Humpen bis zur Neige. Dann rülpste er und schmatzte mit den Lippen. Ridha warf ihm einen finsteren Blick zu, den er indes gar nicht bemerkte. »Ich kann mich nicht erinnern, was von beidem.«

Sein Gefährte war hager und hatte kräftige Unterarme, frei bis zu den Ellbogen. Ein Holzfäller. Er schüttelte den Kopf. »Komm schon, Roggen, sicher würden wir es wissen, wenn die Königin bereits geheiratet hätte. Es würde 'ne Ve... Verkündigung geben. Einen Reiter.« Der Holzfäller deutete mit der Hand zur Tür. »Keine Ahnung, 'nen Löwen, der über die Straße stolziert kommt, um die guten Nachrichten rauszubrüllen.«

Roggen lachte schroff. »Glaubst du, die Königin schert sich drum, uns mitzuteilen, was sie so treibt, Stock?«

»Wir sind ihre Untertanen – natürlich tut sie das«, erwiderte Stock entrüstet und streckte die Brust raus. Ridhas Mundwinkel zuckten in die Höhe. *Eine sterbliche Herrscherin hat kaum die Zeit, überhaupt sich selbst kennenzulernen. Sie wird in absehbarer Zeit nichts über Euch erfahren, Herr Stock.*

Roggen teilte diese Meinung. Wieder kicherte er und schlug mit der Hand auf den Tisch. »Sie kennt ja nicht mal den Namen unseres Dorfes, geschweige denn die Leute, die hier wohnen.«

»Ja, wahrscheinlich sch... schon«, murmelte Stock widerstrebend. Sein Gesicht wurde noch röter. »Also, wen denn?«

»Wen denn was?«, antwortete der andere. Er schnappte sich ein Stück Brot und tunkte es in seine Suppe. Er aß wie ein Bär, kleckernd und ohne Manieren. Braunes Nass tropfte ihm von seinem ergrauenden Bart.

Stock seufzte. »Wen heiratet sie denn?«

»Meinst du etwa, ich wüsste das?«, fragte Roggen achselzuckend zurück. »Oder dass du den Namen erkennen würdest, wenn ich ihn dir sage?«

»Wahrsch... scheinlich nicht«, antwortete Stock und wirkte wieder verlegen. Er kratzte sich unter seiner Filzmütze seinen fast kahlen Schädel. »Aber *sie* vielleicht«, fügte er unvermittelt hinzu und machte eine deutende Kinnbewegung.

Ridha schob das Bier langsam weg, sodass sie beide Hände frei hatte.

Roggen, viel zu sehr mit seiner Suppe beschäftigt, hatte das Deuten gar nicht bemerkt. »Wer vielleicht?«

»Sie, die Vornehme.« Stock senkte die Stimme zu einem Flüstern. Sie hörte ihn so klar und deutlich, als würde er durch die Gaststube brüllen. Er zeigte sogar mit seinem knotigen Zeigefinger auf sie. »Ist hier wie ein Ritter hereingestapft gekommen, in einer Riesenrüstung und mit dem passenden Umhang dazu.« Es dauerte viel länger, als es sollte, bis Roggen verstand, wovon sein Gegenüber da redete. Aber zu guter Letzt bemerkte er Ridha an ihrem Tisch, ihren Stuhl an die Wand zurückgeschoben, den Blick fest auf ihren Teller gerichtet. »Ach, richtig«, sagte er. Es war offensichtlich, dass er ihre Anwesenheit völlig vergessen gehabt hatte. »Vielleicht weiß sie es ja.«

Und dann rief Stock doch tatsächlich durch den Raum zu ihr herüber und zupfte dabei an einem Fetzen Schorf an seinem Hals. »He, wisst Ihr, wen die Königin heiratet?«, fragte er mit schriller, harter Stimme.

Ridha unterdrückte den Drang, sich die Ohren zuzuhalten und entweder sich selbst oder ihn aus dem Raum zu befördern. *Ich hätte einfach oben bleiben und die Wand anstarren sollen.*

»Entschuldigung, wie bitte?«, sagte sie stattdessen. Ihre Stimme war leise, weil sie seit Tagen keinen Gebrauch mehr von ihr gemacht hatte.

Die Männer wechselten sehr herablassende Blicke und verdrehten die Augen. »Die Köö-öönigin«, sagte Stock und zog das Wort in die Länge. *Als sei ich die Dummheit in Person, obwohl sie mich um Informationen bitten.* »Wen heiratet sie?«

»Welche Königin?«, antwortete Ridha, ihre Stimme weiterhin leise. Es gab auf dieser Seite der Berge und der Langen See Unmengen von Königinnen, sterblichen und unsterblichen, entweder selbst regierend oder mit regierenden Königen verheiratet. Insgeheim flehte sie Nirez an, sich schnell wieder zu erholen, damit sie aus diesem Gasthaus herauskam.

Roggen blinzelte mit seinen schlammbraunen Augen. Sein Mund öffnete sich leicht, und er sah Stock verwirrt an. »Gibt es denn mehr als nur eine Königin?«, zischte er leise.

Baleir, rette mich.

Stock machte eine abwinkende Handbewegung in seine Richtung. »Die Königin von Galland«, erklärte er, als sei es das Offensichtlichste auf der Welt. »Königin Erida.«

»Ich kann nicht sagen, dass ich viel über sie weiß.« Es war die Wahrheit. Ridha war in den letzten zwanzig Jahren nie weit von Iona fortgekommen, und keine dieser Reisen hatte sie westlich des Monadhrion geführt. Die Länder der Sterblichen veränderten sich sehr schnell, selbst in zwei Jahrzehnten. Es lohnte sich nicht nachzugrübeln, was ihr über sie in Erinnerung geblieben war.

Beide Männer stießen gleichzeitig ein verächtliches Lachen aus. Jetzt hielt Stock sie wirklich für dumm, eine übergroße Frau, die in einem geborgten Panzer Ritterin spielte. »Sie ist jetzt seit vier Jahren Königin in diesem Reich – Ihr solltet sie wirklich kennen«, eiferte er sich.

Nichts als ein Herzschlag in der Zeit der Ältesten, dachte Ridha. »Es tut mir leid, aber nein«, antwortete sie und senkte den Blick. »Keine Ahnung, wen sie heiratet.« *Und interessiert mich auch nicht.*

Die Frau des Wirts kam eilig hinter der Theke hervor und wischte sich die Hände an ihrer Schürze ab. Sie stellte sich zwischen Ridha und die Männer und lächelte die beiden an, während sie ihren Tisch abräumte. Ridha atmete erleichtert auf, als sie sich ins Gespräch einschaltete.

»Muss ein großer Prinz sein. Oder ein anderer König«, plauderte die Frau, während sie die Teller balancierte. »So läuft das, nicht wahr? Diese Leute bleiben immer unter sich. Halten die Dinge in der Familie, sozusagen.«

Während sich die Männer gegenseitig irgendetwas über Dinge vorprahlten, von denen sie gar keine Ahnung hatten, lehnte sich Ridha auf ihrem Stuhl zurück. Ihr war seltsam warm unter der Haut, obwohl das Feuer weit niedergebrannt und der Raum kühl und dunkel war. All das Gerede von Königinnen und Hochzeiten brachte sie durcheinander, schließlich war sie selbst eine Prinzessin mit Verpflichtungen einem Thron und einer Enklave gegenüber; Verpflichtungen, die sie mit jeder anderen Frau von königlichem Geblüt gemeinsam hatte. Älteste mochten lange leben, scheinbar endlose Jahre lang, aber die Notwendigkeit, für Erben zu sorgen, bestand trotzdem. Isibel Beldane und Cadrigan von der Morgenröte hatten sich nicht aus Liebe vermählt, sondern um der Macht willen und um ein Kind zu bekommen, das die Enklave einmal weiterführte, wenn die Herrscherin es nicht mehr konnte. *Zumindest habe ich Zeit, anders als Sterbliche. Zumindest zwingt meine Mutter mich nicht, eine Wahl zu treffen, die ich nicht will.* Wieder überkam es sie warm, eine unangenehme Hitze an ihrem Kragen. Sie runzelte die Stirn, nestelte mit den Fingern an ihrem Kittel. *Oder tut sie es vielleicht doch? Geht es hierbei denn nicht ganz genau darum? Die Herrschaft von jemand anderem, die mich zum Handeln treibt, mich zwingt, mich zu fügen oder mich aufzulehnen?*

Sie biss die Zähne zusammen und spürte das inzwischen allzu vertraute Aufwallen von Zorn in ihrer Brust. *Feiglinge*, dachte sie ein weiteres Mal. In Sirandel und Iona, wo Ältestenkrieger lieber stumm dasaßen und sich versteckten, als zu kämpfen. *Und uns mit ihrer Furcht zum Untergang verdammen.*

Der Bierstrom verebbte nicht. Mit einem strahlenden Lächeln füllte die Wirtsfrau die Humpen der Männer wieder auf, dann auch den Ridhas, obwohl diese nicht die geringste Absicht hatte, noch mehr von dem miserabel gebrauten Gerstenwasser zu trinken. Trotzdem nickte sie der Frau dankend zu.

»Also, was hat es jetzt mit dem Vorhaben des alten Joe auf sich?« Stock flüsterte wieder und legte sich dabei heimlichtuerisch die Hand über den Mund. Es konnte in keiner Weise verhindern, dass Ridha das Gespräch mithörte, obwohl sie das sehr viel lieber nicht getan hätte.

»Joeld Dornrank ist ein Spinner«, sagte Roggen geringschätzig. »Es wird nichts dabei herauskommen. Kümmer dich nicht drum.«

Stock beugte sich auf den Ellbogen nach vorn, allzu beflissen. Er sah sich vorsichtig im Raum um, als könnten die Wände plötzlich Ohren bekommen haben. »Joeld Dornrank hat Familie an der Küste. Sie haben gesagt, die Wachsame See sei für diese Jahreszeit unheimlich still. Keine Jüti, keine Raubzüge. Kein einziges Langboot ist seit der letzten Saison gesichtet worden.«

Ridha hielt den Blick gesenkt und sah auf die Tischplatte, in die grobe Initialen und noch grobere Wörter eingeritzt waren. Aber ihre Konzentration richtete sich auf die Männer. Die Vermählung einer sterblichen Königin interessierte sie nicht, aber das hier war etwas anderes. Da schien Seltsames vorzugehen. Ihre Nackenhärchen stellten sich auf.

»Deshalb denkt er, er kann ihren Platz einnehmen?«, eiferte sich Roggen. »In was denn, einem Kanu?«

»Ich mein ja bloß. Wenn die jütischen Räuber nicht plündern, kann es jemand anderes übernehmen. Es so *aussehen* lassen, als steckten die Räuber dahinter. Einen Schrein aufbrechen, ein paar Kirchen plündern, vielleicht einige Ziegen stehlen. Dann nichts wie weg durch den Burgwald, und keiner hat was gesehen.« Stock zählte jeden einzelnen Schritt des schlechten und dummen Plans an den Fingern ab. Aber es war nicht das Vorhaben an sich, was die Unsterbliche interessierte. Sie legte die Stirn in Falten und versuchte nachzudenken. »Wir schieben es einfach den jütischen Räubern in die Schuhe und kommen reich nach Hause.«

Roggen schwieg und presste die Lippen aufeinander, dann sah er zu seinem Gefährten hinüber. Stock zog eine Grimasse und bereitete sich auf eine weitere Zurückweisung vor, doch die blieb aus. »Vielleicht hat der alte Joe da ja gar keine so schlechte Idee«, murmelte Roggen schließlich zwinkernd.

Ihr Stuhl kratzte über den Boden, das Geräusch in der Stille erschreckend laut. Beide Männer zuckten auf ihren Sitzen zusammen und sahen zu Ridha hin, als sie aufstand. Sie hätte gewettet, dass sie größer war als beide, in Stiefeln oder auch barfuß.

»Hat euer alter Joe denn irgendeine Ahnung, warum die Jüti mit ihren Raubzügen aufgehört haben?«, fragte sie mit klarer

Stimme und ließ den Blick zwischen den Männern hin und her wandern. Beide rissen Augen und Mund auf, dann wurde Roggen wütend, sein Gesicht legte sich in finstere Falten.

»Ihr belauscht unser Privatgespräch?«, schnaubte er verächtlich.

Ridha fischte einen Groschen für das Bier aus ihrer Tasche und legte ihn auf den Tisch. »Es fällt mir schwer, es nicht zu tun.«

Stock wirkte weniger gekränkt. Tatsächlich schien er förmlich in der Aufmerksamkeit zu schwelgen, die sie ihm da schenkte. »Nein, das hat er nicht gesagt«, antwortete er. Ridha entging nicht, dass er auf seiner Bank ein Stück zur Seite rutschte, um in der Ecke Platz für sie zu machen, sollte sie sich zu ihnen setzen wollen. *Lieber setze ich mich neben einen Troll als neben den schorfigen, kahlköpfigen Herrn Stock.*

»Ihr meint, er hat es nicht gewusst«, seufzte sie.

Stock zuckte die Achseln. »Läuft auf dasselbe hinaus.«

»Was wollt Ihr eigentlich, Ritterfrau?«, spuckte Roggen hervor, im Versuch, sie mit einem Kompliment zu beleidigen.

Obschon sie kaum einen Grund hatte, irgendetwas zu erklären, hörte Ridha sich genau das trotzdem tun. Selbst die Schankfrau lauschte und beugte sich vor, während sie so tat, als würde sie mit einem schmutzigen Tuch ein Glas sauber wischen.

»Jütische Räuber sind gute Seeleute und noch bessere Kämpfer«, sagte die Älteste. »Halsabschneider im buchstäblichen Sinn, Kriegerpriester, aus dem Sommerschnee und den Winterstürmen geboren. Es sind harte, abgebrühte Menschen. Wenn sie keine Raubzüge unternehmen, so hat das seinen Grund. Einen guten Grund.«

Selbst Unsterbliche kannten den Stich der jütischen Räuberklingen oder hatten ihn zumindest in vergangenen Jahrhunderten kennengelernt. Die Jüti hatten weder Angst vor den Vedera noch hatten sie sie vergessen wie die anderen Königreiche der Sterblichen. Die Verlockung ihrer Reichtümer war zu groß. Ridha selbst hatte vor einigen Jahrzehnten mit ihrer Familie an den nördlichen Gestaden von Calidon gegen einen Trupp Jüter auf Raubzug gekämpft. Sie hatte es nicht vergessen.

»Ich schlage vor, ihr lasst das euren Freund wissen«, warnte sie die beiden und machte sich auf den Weg zur Treppe.

Auch wenn draußen die Sonne hoch am Himmel stand und die Abenddämmerung Stunden entfernt war, schloss sich Ridha für den Abend ein, denn sie hatte Arbeit zu erledigen und Pläne zu schmieden. Ihre Entscheidung war getroffen.

Irgendwann nach Mitternacht versuchten die beiden Männer, sie auszurauben. Sie warf sie beide durch das offene Fenster hinaus. Nach der Art und Weise zu urteilen, wie er bei seinem Rückzug humpelte, hatte sich der arme alte Stock bei seinem Sturz einen Knöchel gebrochen. Der Gastwirt und seine Frau versuchten es dann eine Stunde vorm Morgengrauen, auch wenn seine Gattin dabei einen eher zögerlichen Eindruck machte. Ridha ließ den Hieb seiner verrosteten Axt von ihrer Rüstung abprallen, bevor sie ihn mahnte, keine Reisenden zu belästigen, erst recht keine Frauen. Diesmal stellte sie sicher, dass das Fenster geschlossen war, bevor sie ihn hindurchschleuderte und das Glas auf dem Hof unten zersplitterte.

Zumindest hatten die Kinder ihre Aufgaben erfüllt. Nirez war gestriegelt und hatte Wasser bekommen, war gut ausgeruht und bereit für den langen Weg nach Kovalinn, die Enklave tief in den Fjorden und Bergen von Jüt. Irgendetwas stimmte da nicht im Norden, so wie auch am Tempel etwas nicht stimmte.

Vielleicht klopfte dieses Etwas dort bereits an die Tür oder hämmerte gegen die Mauern.

Ridha von Iona beabsichtigte, es herauszufinden.

15

Der gewählte Weg

Corayne

Irgendwo im Palast läutete eine Glocke. Draußen war es völlig dunkel, die Sterne nadelkopfkleine Lichtpunkte vor den Fenstern. Dom verlangsamte seine Schritte. Es war das erste Mal, seit Corayne ihn kennengelernt hatte, dass er ins Stocken geriet. Sie warf einen besorgten Blick in seine Richtung. Zu ihrer Überraschung war es der Knappe, der abwinkte.

»Alles gut mit ihm«, sagte Andry, während er einen bedeutungsvollen Blick mit dem Ältesten wechselte. »Kommt, gehen wir weiter.«

Die Spindelklinge war lästig. Sie war zu lang und zu sperrig, um sie an der Hüfte zu tragen, wenn Corayne nicht jedes Mal, wenn sie sich umdrehte, damit gegen eine Wand oder einen anderen Menschen schlagen wollte, daher hatten Dom und Andry ihren Schwertgürtel so umfunktioniert, dass ihr das Schwert stattdessen zwischen Schulter und Hüfte herabhing. Sie hatte ihren blauen Umhang fest darüber geschlossen, sodass der größte Teil der Waffe vor fremden Blicken verborgen war. Die Scheide grub sich ihr in den Rücken und erinnerte sie bei jedem Schritt an ihre Bürde. Auf diese Weise ließ sich das Schwert relativ leicht tragen, doch konnte sie es unmöglich ziehen, sollte sie es brauchen. Nicht dass Corayne erwartete, in absehbarer Zeit in ein Duell verstrickt zu werden, ob mit der Spindelklinge oder irgendeiner anderen Waffe.

Die Wachen kannten Andry und nickten ihm zu, als er ihre kleine Gruppe durch den Palast zum Festbankett der Königin führte. Der Durchgang wurde zu einem lang gezogenen Korridor mit gewölbten Decken und hohen Säulen, die spitz zulaufende Bögen stützten. Bei Tageslicht sicher ein prächtiger Anblick; alle Fenster bestanden aus kunstvoll gestaltetem Buntglas. Doch jetzt waren sie dunkel, die Scheiben matt und trüb wie getrocknetes Blut. Zwischen den Säulen liefen immer wieder Höflinge und Hofdamen umher – zumeist Paare, die einander umtanzten wie kreisende Raubtiere ihre Beute.

Am Ende des langen Korridors befand sich eine eisenbeschlagene hohe Eichentür, die einen Spalt breit offen stand, Musik und Gesprächslärm drangen heraus. Andry zog die Tür vollends auf, ein Ausdruck von Entschlossenheit auf seinem glatten Gesicht. Als er sie hindurchwinkte, sah er Corayne kurz in die Augen und nickte ihr leicht zu.

»Sie wird zuhören«, murmelte er, eine Beteuerung, die sowohl ihr als auch ihm selbst galt.

Aus irgendeinem Grund beruhigte es ihre Nerven ein wenig. Immerhin genug, dass ihre Hände nicht mehr zitterten.

Dom folgte ihnen, eine gewaltige, hoch aufragende Gestalt. Er hatte seinen Umhang zurückgeworfen, um seinen edlen Uniformrock und die breite Gestalt zur Schau zu stellen. Nicht wenige Höflinge und Hofdamen warfen ihm neugierige Blicke zu, als die drei den großen Saal betraten, eine hohe Schlucht aus Marmor, Glas und den Lichtern der Kerzen. Aber das Interesse an der kleinen Schar hielt nicht lange an. Königin Eridas Verlobungsbankett war in vollem Gange, und die Diener wanderten mit Tabletts voller Braten und frischem Sommergemüse zwischen den Tischen umher. Dom wich ihnen allen aus, ohne sie überhaupt zu beachten, sein Blick auf die gewölbte Wand am anderen Ende des Raums gerichtet. Corayne folgte seinem Beispiel und sah dort ein erhöhtes Podium mit Bogenfenstern und Löwenbannern dahinter. Zweireihig hingen Kronleuchter an schweren Ketten von der Decke des Saals herab, die Eisenringe so groß wie Fuhrwerke. Darunter stand eine Ehrentafel, über die ein langer grüner, mit Goldgarn bestickter Tischläufer gebreitet war. Vom einen Ende bis zum anderen reihten sich silberne Teller und Kelche. Ein Dutzend Männer und Frauen saßen auf ihren erhöhten Plätzen um den Tisch und unterhielten sich lächelnd miteinander, die meisten von ihnen mit heller Haut und blassen Augen. Auch wenn Corayne sie noch nie zuvor gesehen hatte, war unverkennbar, wer von ihnen die junge Königin war.

Erida von Galland war in Coraynes Geschäftsbuch häufig genug aufgetaucht. Die Schiffe ihrer Flotte wachten über die Spiegelbucht und die Lange See wie Löwen über die Savanne, machten Jagd auf Piraten und Schmuggler und schützten die von ihnen beanspruchten Gewässer. Aber ihre Kapitäne waren leicht zu bestechen. Galland war ein wahres Imperium, dem zum Kaiserreich nur der Titel fehlte, wohlhabend und üppig, und seine Grenzen zogen sich weithin über das Land. Das Interesse des Landes bestand vorwiegend darin, auf die einfache Art und Weise Reichtümer anzuhäufen: mithilfe von Handel, Zöllen und Unterwerfung. Zwar gab es die zunehmenden Grenzkonflikte mit Madrence und jeden Sommer die jütischen Raubzüge, aber das war nichts, was Gallands reiche Ernte und den Transport von Gold behinderte. Prallvoll geladen und langsam, wie sie waren, stellten galländische Handelsschiffe eine leichte Beute dar. Corayne hätte erwartet, dass das mit der Königin des Landes genauso sein würde.

Sie hatte sich gründlich geirrt.

Erida war jung, das stimmte, mit einem sanften Gesicht voller Liebreiz und einer Haut wie eine polierte Perle. Sie sprach nicht mit den Leuten neben ihr, hörte aber immerhin aufmerksam zu, was sie plapperten. Ihr Gesicht war reglos wie die Oberfläche eines stillen Teichs. Die Krone auf ihrem Kopf war aus Gold, wie auch ihr übriger Schmuck, besetzt mit zahlreichen Edelsteinen, ein Regenbogen von Smaragden, Rubinen und Saphiren. Unter dem Licht der Kronleuchter strahlte ihr Gewand in einem tiefen, fleischigen Blutrot, Einsprengsel von Purpur und Scharlach dazwischengeschnitten und lebendig wie ein noch schlagendes Herz. Corayne hätte eigentlich mehr galländisches Grün erwartet, aber vielleicht war Rot eben die traditionelle Farbe für Hochzeiten? Dann bemerkte Königin Erida ihren Blick, ihre Augen selbst über den gesamten Saal hinweg ein leuchtendes Blau. Sie neigte den Kopf und sah zu ihnen hin, als sie näher kamen, und ihr Blick wanderte von Corayne zu Dom und dann zu Andry, der dicht hinter ihnen folgte.

Erida erhob sich rasch und bedeutete den Rittern am Fuß der Ehrentafel, zur Seite zu treten. »Lasst sie durch«, befahl sie mit heller, melodischer Stimme, die keinen Anlass zur Beunruhigung gab.

Die Wachen in ihren goldenen Rüstungen machten Platz und ließen den dreien genug Raum, um heranzutreten. Corayne biss die Zähne zusammen und hoffte, dass Andry und Dom das Reden übernahmen. Sie wollte die drohende Zerstörung der Wacht nicht vor einer feiernden Menge erläutern.

Andry machte eine hastige Verbeugung und nickte mehreren der Menschen am Tisch zu, ebenso den Rittern der Königin, bevor er der Königin selbst seine Ehrerbietung erwies. »Euer Majestät«, grüßte er und verneigte sich tief.

»Knappe Trelland«, antwortete sie und nickte ihrerseits leicht mit dem Kopf. »Es freut mich zu sehen, dass du nach so langer Zeit des Trauerns wieder mit uns tafeln willst«, sagte die Königin und faltete die Hände. »Wird sich deine Mutter ebenfalls anschließen? Lady Valeri ist an meiner Tafel immer willkommen.«

Lady Valeri befindet sich inzwischen auf halbem Weg zum Stadthafen, falls sie nicht bereits an Bord eines Schiffes nach Kasa ist, wusste Corayne. Sie hatten sich vor nicht einmal einer Stunde von ihr verabschiedet; in einem Rollstuhl sitzend, ein Diener und eine Dienerin für die lange Reise an ihrer Seite.

Andry schüttelte lediglich den Kopf. »Meine Mutter ist immer noch nicht gesund genug für Feste, fürchte ich. Aber ich habe zwei Begleiter in Euren großen Saal mitgebracht, Euer Majestät. Ihr wäret gut beraten, Euch anzuhören, was sie zu sagen haben.«

Da war kein Zaudern, und ihr vornehm höfisches Lächeln blieb unverändert. »Das werde ich.«

»Allein, in der Verschwiegenheit Eurer Gemächer«, fuhr Andry fort. »Wenn belieben«, fügte er hastig hinzu und verbeugte sich noch einmal.

Der Knappe ist bei Hof erzogen worden, hinter den Mauern eines Palasts geboren, überlegte Corayne, und es machte ihr Hoffnung. *Er weiß, wie man mit Edelleuten und Königen spricht, ohne dabei den Anschein von Rückgrat und Durchsetzungskraft zu verlieren.*

Wieder ließ Erida den Blick taxierend über Corayne und Dom wandern. Was sie in ihnen sah, vermochte Corayne nicht zu sagen.

»Ihre Majestät kann nicht einfach das Festbankett zur Feier ihres Verlöbnisses verlassen«, erklärte der Adlige neben ihr, und sein Blick war durchdringend. »Ihr Gemahl ist dem Hof bislang noch nicht einmal vorgestellt worden.«

»Das kann noch ein paar Minuten warten, Vetter. Knappe Trelland hat keinen Anlass zu lügen, und ich vertraue seinem Urteil«, erwiderte Erida und schenkte ihm ein gewinnendes Lächeln, hell wie die Strahlen der Sonne. Doch erreichte es ihre Augen nicht. Ihres Lächelns ungeachtet, stellte der Mann seinen Kelch auf den Tisch und öffnete den Mund, um zu widersprechen.

»Es handelt sich um eine Angelegenheit von großer Dringlichkeit, Euer Majestät«, platzte es aus Corayne heraus. Sie legte all ihre Verzweiflung, all ihre Bedrängnis in ihren Gesichtsausdruck. Und alle Hoffnung, wie viel auch immer davon übrig war. »Das Schicksal Eures Königreichs hängt von Euch ab. Das Schicksal der ganzen *Wacht* hängt von Euch ab.«

»Der ganzen Wacht«, wiederholte die Königin und sah Andry eindringlich an. Der Knappe erwiderte ihren Blick, sein Gesicht nicht minder verzweifelt, während er versuchte, ihr ohne ein Wort, so viel er konnte, zu verstehen zu geben. Zwischen dem Knappen und Corayne hielt Dom den Mund fest geschlossen, wiewohl an seinem Hals eine Ader hervortrat. Corayne befürchtete schon, dass er in wilde Raserei verfallen und die Königin einfach wegzerren könnte, falls sie auch nur eine weitere Minute auf höfisches Getue vergeudeten.

Erida verstand.

»Also gut«, sagte sie und raffte ihre Röcke. »Folgt mir.«

Nicht weniger als sechs Wachen in Löwenrüstung lösten sich von den anderen und traten links und rechts neben die Königin, als sie die kleine Gruppe von der Ehrentafel wegführte. Ein Raunen lief durch die Tischgesellschaft auf dem Podest und dann durch den ganzen großen Saal, aber niemand stellte sich Erida in den Weg, als sie mit stolz erhobener Krone durch den Raum davonging. Corayne kam nicht umhin, die Hoffnung in sich wachsen und blühen zu lassen wie eine Blume unter den Strahlen der Sonne. Und doch war da noch immer Kälte in ihr, brannte ihr in Fingern und Zehen, als sei sie zu lange draußen im Winterregen gewesen. Es war ein eigenartiges Gefühl und schwer zu ignorieren; es bettelte förmlich darum, beachtet zu werden. Sie schob die Hände in ihre Taschen, in der Hoffnung, sie dort ein wenig aufzuwärmen. Ihre Finger streiften den Talisman der alten jütischen Frau; ein paar kleine Zweige und polierte Knochenstückchen.

Sie gingen nicht weit. Hinter dem Podium traten sie in einen Durchgang, der eine enge Treppe hinunterführte. Zu beiden Seiten des anschließenden Flurs zweigten Türen ab. Einige standen offen und gewährten den Einblick in Empfangszimmer mit dunklen Kaminen, Regalen voller Bücher und langen Sofas, auf denen sich Kissen türmten. Erida führte sie in einen runden Raum im Sockel eines anderen Turms, die Decke niedrig und mit kunstvollen Schnitzereien versehen. *Noch mehr Löwen*, dachte Corayne matt. Es standen einige Stühle im Raum, außerdem ein massiver Holztisch, aber niemand machte Anstalten, Platz zu nehmen.

Die Wachen blieben nicht. Königin Erida deutete auf die Tür und winkte sie mit einer raschen Handbewegung und einem vielsagenden Blick weg. Sie gehorchten und ließen die Königin mit einem Knappen und zwei Fremden allein. *Sie muss großes Vertrauen in Andry haben*, dachte Corayne. *Oder doch dümmer und naiver sein, als ich glaubte.*

»Gut, Ihr seid also hergekommen, um über die Spindel zu sprechen«, begann die Königin mit scharfer Stimme. Ihr Gesichtsausdruck blieb unverändert, aber ihre Sanftheit war plötzlich wie weggeblasen. Steinerne Entschlossenheit ging von ihr aus, ihre Stirn strenger gerunzelt, als man es angesichts ihres Alters von ihr erwarten würde. »Ich habe die Geschichte schon zweimal von Andry Trelland gehört. Da kann ich sie mir geradeso gut auch von Euch noch einmal anhören.«
Naiv und dumm ist sie jedenfalls nicht.
Dom reckte das Kinn in die Höhe. »Ich bin Domacridhan, ein Prinz von Iona, das, was Ihr einen Ältesten nennt, Sohn der Verdera aus dem verlorenen Glorian. Eure Ritter sind dem Ruf meiner Tante gefolgt, der Herrscherin von Iona. Ich war Zeuge ihrer Ermordung beim Gemetzel an der Spindel, und ich habe gesehen, wie die Armee aus einer verbrannten Welt in die Wacht geströmt gekommen ist«, sagte er schnell und bestimmt. »Alles, was Trelland Euch berichtet hat, ist wahr, und Ihr werdet keine weitere Minute der uns verbleibenden Zeit opfern. Ich hoffe, dass es nicht schon zu spät ist, um Taristan vom alten Cor aufzuhalten.«
Der heftige Vorwurf in den Worten des Ältesten ließ Corayne zusammenzucken. Dom mochte ein unsterblicher Prinz sein, doch Erida war eine Königin, und sie brauchten ihre Unterstützung dringender als die eines jeden anderen. Sie bereitete sich innerlich auf das Unvermeidliche vor: dass die Königin ihre Hilfe verweigerte und sie wegschickte.
Weder das eine noch das andere war der Fall.
Erida nickte Dom zu und faltete erneut die Hände. Ein Rubin, groß wie eine Weintraube, blinkte an ihrem Finger. »Und was ist mit Euch?«, fragte sie und sah Corayne aus saphirblauen Augen an. »Habt Ihr ebenfalls überlebt?«
»Ich war nicht dort, Euer Majestät«, antwortete Corayne. Das Schwert drückte sich kalt gegen ihren Rücken, saugte ihr die Wärme aus dem Leib. Ein Teil von ihr hätte die Spindelklinge am liebsten heruntergerissen und sie weitergereicht, an jeman-

den, der der Aufgabe, die Welt zu retten, besser gewachsen war. An Dom, an Erida, selbst an Andry.

Der Rest, der Teil, den sie nicht verstand, der Teil, der mit jedem verstrichenen Tag mächtiger wurde, würde das Schwert niemals aus der Hand geben.

»Mein Vater ist an der Spindel gewesen«, erklärte sie und versuchte, Trauer um einen Mann zu zeigen, den sie nie persönlich kennengelernt hatte. Ein leicht bedrückter Ausdruck legte sich über Eridas Gesicht. »Cortael vom alten Cor. Er war von Spindelblut und deshalb fähig, jede noch existierende Spindel zu öffnen – und zu schließen.«

Die Königin musterte Corayne eindringlich von oben bis unten, und ihre Augen weiteten sich zunehmend. *Sieht sie die Spindel in mir, das Beben von etwas, das fern und verloren gegangen ist? Sehe ich anders aus, als ich mich fühle?*

»Dann fließt dieses Blut auch in Euren Adern«, sagte Erida schließlich, Stahl in der Stimme. »Ihr könnt das Gleiche tun. *Ihr könnt das alles wieder richten.*«

Corayne zuckte die Schultern. »Davon gehen wir aus.«

Das Turmzimmer war rund und wie dafür geschaffen, darin auf und ab zu gehen. Dabei waren die Schritte der Königin langsam, wie die eines Philosophen in seiner Bibliothek, der grübelnd um Antworten ringt. Röte stieg in ihre blassen Wangen. »Taristan verfügt über eine ganze Armee, und wiewohl Ihr drei einen durchaus tüchtigen Eindruck macht, bezweifele ich, dass Ihr Euch dem Ganzen allein entgegenstellen könnt.«

»Das können wir auch nicht, Euer Majestät«, unterstrich Corayne. Sie wünschte, sie könnte ihr die Bedrohung zeigen, wünschte, sie hätten mehr Beweise als Doms vernarbtes Gesicht und Andrys Bericht. »Ich habe lediglich Schatten davon gesehen, aber diese Schatten haben gereicht.«

»Also hängt das Schicksal der Wacht von mir ab.« Erida reckte das Kinn, sodass sich das Profil ihres Gesichts deutlich vor dem schwach brennenden Feuer abzeichnete. Corayne dachte an Könige auf einer Münze, ihr Bildnis in Kupfer und Gold geprägt. »Von meinen Armeen, meinen Soldaten. Genauso von meinem Blut wie Eurem.«

»Richtig«, war alles, was Dom sagte.

Corayne warf ihm einen vernichtenden Blick zu, dann wagte sie es, einen Schritt vorzutreten. Ihr Umhang fiel ihr locker über die Schultern. So nahe beieinander, waren sie und die Königin ungefähr gleich groß. Aber alles andere hätte gar nicht unterschiedlicher sein können. Sie war die Tochter einer Piratin und Erida eine regierende Königin.

»Falls es hilft«, murmelte Corayne, »man kann von jemandem, der einen Krieg gegen die wahr gewordene Hölle führt, kaum erwarten, eine Hochzeit zu feiern.«

Das echte Lächeln der Königin war viel unauffälliger; nicht mehr als ein nach oben gezogener Mundwinkel. Sie stieß ein kurzes, wissendes Lachen aus. »Ich wünschte, es wäre die Wahrheit«, sagte sie traurig und ließ resigniert die Schultern sinken. »Aber es ist alles vorbereitet. Ich muss meine Abmachung einhalten, was auch immer daraus werden mag.« Sie schwieg kurz. »Es tut mir leid, dass ich an dir gezweifelt habe, Andry, und dass ich nicht früher gehandelt habe«, fügte sie sodann hinzu und drehte sich zu dem Knappen um. Er reagierte nicht mit Häme, wie es wohl die meisten anderen getan hätten, und stand schweigend still, als die Königin nach seinen Händen griff. Ihre Berührung schien ihn zu befremden, und es war, als wolle er von ihr zurückweichen. »Bisher konnte ich es nicht glauben – hielt es für das Beste, dem Hof gegenüber zu lügen –, aber jetzt, wo ihr drei hier vor mir steht ...« Sie ließ den Blick erneut über sie hinweggleiten und zauderte, sodass unter der Krone das Mädchen sichtbar wurde. Verängstigt, allein, aber außerordentlich mutig. »Jetzt erkenne ich die Wahrheit.«

»Ich danke Euch, Euer Majestät«, flüsterte Andry und zog langsam seine Hand weg.

Sie nickte und klatschte in die Hände. Daraufhin flog sofort die Tür auf, vor der immer noch pflichtbewusst ihre Ritter warteten. »Gut, ziehen wir's durch«, seufzte sie.

Sie folgten ihr hinaus auf den Flur, eine Reihe seltsamer Küken hinter einer noch seltsameren Ente. Corayne musste sich zwingen, nicht in einen hüpfenden Gang zu verfallen. Obwohl die Armee ihres Onkels sich vor ihr erhob und hinter ihm die Hölle folgte, fühlte sie sich leichter denn je, hoffnungsvoll, ja sogar *zuversichtlich*. Die Königin von Galland würde ihnen bei ihrem Kampf helfen. Die größte Armee im Norden war auf ihrer Seite, und bestimmt würden weitere folgen. Sie hatte Dom als Beschützer, eine Königin an ihrer Seite ... Jeder Schritt fort von Lemarta war ein Sprung in ein Leben gewesen, wie sie es nie für möglich gehalten hätte. Jeder Augenblick war Gefahr, Aufregung, Freiheit. Jeder Morgen eröffnete ihr einen neuen Horizont.

»Wenn meine Mutter mich jetzt sehen könnte«, dachte sie.

»Von Spindelblut also. Ein Spross des alten Cor.«

Die Königin trat neben Corayne, und sie gingen, zwischen ihren goldenen Rittern eingezwängt, nebeneinanderher.

Sie sah Erida an, und eine weitere Welle der Erleichterung durchströmte sie. »Erinnert mich nicht daran«, murmelte Corayne, womit sie der Königin ein weiteres Lachen entlockte.

»Wir können nicht entscheiden, wo wir hineingeboren werden, Corayne«, antwortete Erida. Sie fuhr sich über die Krone auf ihrer Stirn. »Wir können nur dem Weg folgen, der sich vor uns eröffnet.«

Corayne schüttelte kurz den Kopf. Wieder stahl sich das kalte Gefühl in ihre Finger, durchdringender als zuvor. »Ich weiß nicht recht, warum mein Weg das Ende der Welt einschließen musste.«

Zu ihrer Überraschung griff die Königin von Galland freundlich nach ihrer Hand und drückte sie ermutigend. Dann musterte Erida sie eingehend, als blicke sie in einen tiefen Teich.

»Zumindest gehen wir diesen Weg zusammen«, sagte sie und ließ ihre Hand wieder los. »Ich glaube an Euch, Corayne. Da ist etwas in Euren Augen – ich nehme an, es ist Euer Blut. Das Vermächtnis, das Ihr in Euch tragt.«

Corayne wünschte, sie hätte jetzt einen Spiegel zur Hand

gehabt. Wünschte, sie könnte selbst sehen, was die Königin in ihr sah, was Dom in ihrem Vater sah. Etwas in der unergründlichen Schwärze.

»Davon wüsste ich nichts.«

»Vielleicht liegt es ja auch an dem Schwert. An der Spindelklinge.«

Schnell wanderte Eridas Blick weiter, hin zu Coraynes Hüfte und dann ihre Schultern hinauf. Mit einem wissenden Lächeln begutachtete sie ihren Umhang. Vor ihnen schwang die Tür zum großen Saal auf, und sie waren plötzlich in Lärm gebadet. »Es ist in Eurem Besitz, nicht wahr? Ich habe gehört, wir werden es brauchen.«

»Ja, ich habe es bei mir«, flüsterte Corayne, als sie Seite an Seite durch die Tür traten.

Sie spürte Andry und Dom hinter ihnen sowie die Ritter in ihren goldenen Rüstungen. Die Armee der Aschenländer und die Hölle des Lauernden rückten in weite Ferne, kaum mehr ein kalter Hauch der Erinnerung. Und ihr Onkel war ein Schatten, ein Berg am Horizont, der einfach erklommen werden musste.

Wir können es schaffen.

Mühelos und unbekümmert schritt Königin Erida auf das Podium. Sie war an die Blicke von Hunderten von Höflingen und Hofdamen gewöhnt. Sie hob ruhegebietend die Hand, und der Saal gehorchte. Alle Gespräche verklangen zu einem leisen Raunen, das durch den hohen, höhlenartigen Raum drang. An der Ehrentafel sprangen die Ratgeber der Königin auf, um sie in ihrem blutroten Gewand passieren zu lassen. Sie nickte ihnen mit ihrem vornehm kalten Lächeln zu.

Corayne und die anderen stellten sich an die Seite. Sie hätten sich nirgendwo hinsetzen und nirgendwo hingehen können, ohne einen Wirbel zu verursachen. Die Ritter taten es ihnen nach und nahmen in einem Halbkreis um sie herum Aufstellung, ohne aber militärisch Haltung anzunehmen. Dom legte seine großen Hände hinter dem Rücken zusammen. Andry stand aufgerichtet da, seine Augen schmal und konzentriert, während er zusah, wie die Königin ihre Zuhörerschaft zum Schweigen brachte. Seine Kiefermuskulatur spannte sich an, als sie mit ihrer Ansprache begann.

»Meine hier versammelten Damen und Herren, ich danke Euch, dass Ihr Euch heute Abend zu mir gesellt habt«, verkündete Erida und neigte den Kopf zum Zeichen ihrer Dankbarkeit. Ihre Höflinge reagierten mit der gleichen Geste. *Sie himmeln sie an*, begriff Corayne. Die Liebe, die der galländische Hof seiner jungen Königin entgegenbrachte, war leicht zu erkennen. *Werden sie sie auch morgen noch lieben, wenn sie all ihre Kinder in einen Krieg gegen einen Wahnsinnigen und einen Teufel schickt?*

»Ich weiß, dass meine Verlobung lange Zeit auf sich hat warten lassen, für einige unter Euch womöglich allzu lange«, fuhr die Königin fort. Hinter ihr wechselten einige Mitglieder ihres Rates mit schmunzelnden Gesichtern und angedeutetem Lachen wissende Blicke. Erida nahm es gelassen. »Aber mit der Hilfe meines erlauchten Kronrates habe ich eine Entscheidung getroffen und bin somit dem Willen meines Vaters König Konrad nachgekommen, der all das erbaut hat, was Ihr hier vor Euch seht.« Erida streckte ihre funkelnde Hand aus und deutete auf die Kuppeldecke, die Säulen, die großen Glasbögen und Fensterrosetten des Saals. »Seinen Wunsch für mich und für Galland teilen wir alle. Wir sind das wiedergeborene alte Cor, Ruhm und Pracht der Welt, die Erben eines Großreiches, das wiederaufzubauen unsere Bestimmung ist. Mit meinem Gemahl an meiner Seite habe ich die Absicht, dieses Schicksal zu erfüllen.«

Rings an den Tischen hoben mehrere Höflinge ihre Kelche und nahmen einen tiefen Zug. Einige jubelten zustimmend. Selbst der Vetter der Königin, der mürrische Adlige, schlug mit der Faust auf die Ehrentafel.

Corayne spürte den dumpfen Knall in ihrer Brust wie eine Kriegstrommel. Neben ihr zuckte Andry zusammen. Auf seiner Oberlippe standen Schweißperlen, und sein Atem ging seltsam flach. Corayne legte die Stirn in Falten und griff nach seinem Handgelenk. Seine Haut war klebrig und kalt.

»Andry?«, flüsterte sie. »Es ist alles gut. Deine Mutter braucht dich, und niemand macht dir einen Vorwurf, dass du fortgehst, um sie zu beschützen.«

Der Knappe holte erbebend Atem, und seine magere Brust hob und senkte sich. »Es kam mir so vor, als hätte ich gehört, wie ... Hat sie dich nach der Spindelklinge gefragt?«, flüsterte er.

Corayne runzelte verwirrt die Stirn. »Ja.«

Andry umfasste ihre Hand, ohne den Blick für eine Sekunde von Eridas Gesicht zu lösen. Ein Ruck durchlief sie, als sich seine Finger mit ihren verschränkten. Dann zog er die Lippen zurück, sodass seine ebenmäßigen weißen Zähne sichtbar wurden. Es war nicht Scham oder Reue, was ihm da ins Gesicht geschrieben stand.

Blankes Entsetzen.

»Ich habe ihr nie etwas von dem Schwert gesagt«, hauchte er benommen.

Hitze und Kälte durchzuckten Corayne, Feuer und Eis, brennende Angst und eisiger Schock. Sie wurde ganz blass, ihre Augen groß wie die einer Eule, außerstande, sich zu bewegen, erstarrte sie wie angewurzelt. *Habe ihr nie etwas von dem Schwert gesagt.* Sie hatte es immer noch bei sich, das lange Stück Stahl hing ihr über den Rücken, unter ihrem Umhang versteckt, drückte es sich ihr unbehaglich zwischen die Schulterblätter. Geschmiedet in einem verlorenen Reich, mit ihrem Blut verbrüdert, das Einzige auf der Welt, was deren Untergang verhindern konnte.

Ich habe ihr nie etwas von dem Schwert gesagt.

Dom packte sie an der Schulter, sein Griff so fest und verzweifelt, dass es wehtat. Sie schaute ihm schweigend in die Augen und sah, wie sich darin Andrys Angst und ihre eigene spiegelten. Es war schlimmer als oben auf dem Hügel, als die schattenhaften Leichen herangerückt waren, mit erhobenen Schwertern und weit und hungrig geöffneten Kiefern. *Wie kann das hier denn noch schlimmer sein?*, hätte Corayne am liebsten laut aufgeschrien.

Aber sie war nicht dumm.

Sie wusste, wie es das konnte.

Die Ritter zogen ihren Halbkreis enger um die drei, zwängten sie ein. Sie konnten nirgendwohin, konnten nicht wegrennen. Corayne hörte jedes Klirren ihrer Rüstungen, das Schleifen des Stahls, während sich die Königin in der andächtigen Verehrung ihres Hofes sonnte. Ihre Stimme erhob sich, hallte hoch und klar durch die Säulen und Bogengänge. Auf der anderen Seite des Podiums erschienen zwei menschliche Umrisse, einer groß und schlank, der andere in einen blutroten Umhang gehüllt.

Dom ließ sie mit einem gequälten Stöhnen los, sank taumelnd auf ein Knie. Ein Dolch ragte ihm aus der Seite. Sein Blut floss heiß und scharlachrot, strömte aus der Wunde, während sich ein Ritter mit grimmiger Miene unter seinem Helm über ihn beugte. Corayne öffnete den Mund, um zu schreien, nur um den spitzen Stich eines anderen Dolchs zwischen den Rippen zu spüren, der förmlich darum bettelte, zwischen ihre Knochen zu gleiten. Der Atem des Ritters hinter ihr blies ihr heiß in den Nacken. Er war ihr nahe genug, um ihr auf der Stelle die Kehle durchzuschneiden, wenn er wollte.

»Sei still«, zischte er. »Sonst schlitz ich dich auf.«

Sie hatte ein Messer in ihrem Stiefel und das Schwert auf ihrem Rücken.

In meinen Händen sowieso nutzlos, dachte Corayne, und innerlich schrie sie laut auf.

Sie stand da und keuchte durch zusammengebissene Zähne, während sie Dom bluten und Erida die beiden schemenhaften Gestalten herbeiwinken sah. Mit fließendem Gang und spitzbübischem Lächeln trat die erste ins Licht und strahlte die stolze Überheblichkeit eines Eroberers aus.

»Es ist mir eine große Freude, Euch allen meinen Prinzgemahl vorzustellen, einen Sohn des alten Cor, Erbe der Abstammungslinie des uralten Reiches und Vater der neuen Welt, die vor uns liegt«, verkündete Erida. Ihr sanftes Gesicht wie das eines Engels. »Prinz Taristan vom alten Cor.«

Der Hof erhob sich, um dem Auserwählten seiner Königin Beifall zu klatschen. Alle an der Ehrentafel waren bereits aufgestanden und riefen Lobpreisungen. Das Beifallsgebrüll brandete über Corayne hinweg wie eine Welle und drückte sie hinab, hinab, hinab, ertränkte sie, umklammerte sie fest, zerrte sie fort von aller Hoffnung auf Rettung.

Da steht er.

Ihr eigenes Fleisch und Blut. Der Zwillingsbruder ihres Vaters. Ihr Ungeheuer. Haare wie dunkles Kupfer, der Anflug eines Bartes, ein schmaler Mund, zum Lächeln ungeeignet. Eine lange Nase, dichte, zusammengezogene Brauen, wie eine Eisenstange. Ein schön anzusehendes Gesicht, alles in allem: eine hübsche Puppe, von bösen Fäden gelenkt. Taristan vom alten Cor, ein Spindelblutprinz, ein Verräter der ganzen Welt.

Er nahm den Hof kaum zur Kenntnis und warf einen einzigen durchdringenden Blick über die versammelte Menge, um sich sodann dem auf dem Boden knienden Ältesten zuzuwenden, dem Knappen und Corayne.

Die Entfernung von mehreren Metern zwischen ihnen verschwand. Seine Augen waren ihre eigenen, schwarz und unendlich, ein Himmel ohne Sterne, der tiefste Grund des Ozeans. Sie waren nicht leer: Da war etwas in ihnen, eine Gegenwart, die Corayne ganz schwach spürte. Aber sie kannte sie. Sie sah sie in ihren Träumen. Rot und hungrig, ohne Gestalt, ohne Gnade.

Das Lauernde.

Es starrte sie aus den Augen ihres Onkels an und lauerte darauf, endlich zuzuschlagen.

Der Mann, der Taristan folgte, konnte nur der Rote sein. Der Zauberer sah aus wie ein Skelett mit weißer Haut, blondem Haar und blassroten Augen, umgeben von rosigem Fleisch. Sein Mund öffnete sich leicht, und er atmete ein, schmeckte die Luft. Sie spürte, wie sich Hitze über sie legte, ihre Krallen in sie schlug, an ihrer nackten Haut zerrte.

Trinksprüche gingen laut durch die Reihen, und Kelche wurden erneut gehoben, aber Corayne hörte nichts von alledem.

Sie war erstarrt, zwischen dem Dolch des Ritters und dem Blick ihres Onkels gefangen. Ein Blick von der Gier eines Verhungernden. Der Mann wirkte, als sei er bereit, sie am Stück zu verschlingen.

Was durchaus auch der Fall sein könnte.

Seine Schritte waren geschmeidig und entschlossen zugleich, sie führten ihn an den Ehrentisch, seine Hand den Beratern seiner Königin hingehalten. Sie berührten seine rauen Finger oder küssten die Knöchel, gelobten Gefolgschaft und Lehnstreue und gratulierten ihm zu der guten Partie. Nur der Vetter der Königin zögerte und ließ einen langen Augenblick verstreichen, ehe er Taristans Hand ergriff.

Bei alledem ruhte Taristans Blick unverwandt auf Coraynes Gesicht. Da hing ein Faden zwischen ihnen, ein Seil, das sich von seinen Händen zu ihrem Hals spannte. Er zog sich daran entlang, immer näher und näher, bis Corayne kaum mehr Luft bekam.

Sie zitterte, als er vor ihr stehen blieb und sie drohend anstarrte. Hinter ihm verfolgte Erida das Geschehen mit hoch erhobenem Kopf. Da war keine Angst in ihr, keine Verblüffung. Kein Bedauern.

Taristan hob die Faust, und Corayne machte sich auf einen Schlag gefasst und duckte sich.

Stattdessen griff er nach ihrem Umhang und zog ihn ihr weg, der blaue Stoff zerriss mit Leichtigkeit.

Aus dem Augenwinkel sah Corayne das Heft seines Schwerts im Licht aufblitzen, sah die Juwelen darin aufflammen. Sie versuchte zurückzuweichen, spürte, wie der Dolch des Ritters ihre Kleidung durchdrang und beinahe ihre Haut aufritzte. Es gab keinen Ort, um sich zu verstecken.

»Geht weg von mir«, brachte sie unter Anstrengung hervor.

Unten auf dem Boden kochte der immer noch blutende Dom vor rasendem Zorn. »Ich bring dich um«, knurrte er Taristan an, die Hand an seine Seite gepresst. Auch wenn drei Ritter vor ihm standen, ihre Hände an ihren Schwertern und bis an die Zähne gepanzert, glaubte Corayne durchaus, dass er es versuchen würde.

»Wie sehr du doch darauf aus bist, deine Fehler zu wiederholen, Domacridhan«, sagte Taristan gelangweilt. Dann packte er Corayne im Genick. Sein Rücken verbarg sie vor dem Rest des Hofes, und für jeden, der zusah, musste es den Eindruck erwecken, als würde er mit ein paar Gästen sprechen, von denen einer ehrerbietig niedergekniet war. Die im Saal Versammelten waren viel zu beschäftigt mit ihrer ausgelassenen Festlichkeit, um zu bemerken, dass da etwas nicht stimmte. »Soll ich auch sie vor deinen Augen umbringen?«

Er lächelte ihr ins Gesicht. Corayne hätte ihn am liebsten angespuckt und sich gewehrt, aber ihr Mund war plötzlich trocken und ihr Kopf wie leergefegt, ohne ihr irgendeine Handlungsmöglichkeit aufzuzeigen. Was hier geschah, war nirgendwo in ihren Tabellen und Listen zu finden. Auf diesen Moment hätte sie sich nie und nimmer vorbereiten können. Sie hatten befürchtet, dass ihnen die Königin womöglich nicht glaubte. Aber dass sie sich auf die andere Seite stellte? Dass sie *ihn* erwählte?

Für den Weg vor mir habe ich keinen Plan und keine Karte.

»Geht weg«, wiederholte sie und ballte die Hände zu Fäusten. Während die magisch mächtige Hitze des Roten über sie hinwegströmte, blieben ihre Hände und Füße kalt, fast erfroren, ein Gefühl, das ihr über Handgelenke und Fingerknöchel kroch.

Taristan schüttelte den Kopf und griff nach dem Schwert. Er schloss die Finger fester um ihre Kehle, während er mit der anderen Hand das Heft der Spindelklinge umfasste. Er grinste, als er das Schwert berührte.

»Das gehört dir nicht«, murmelte er, und sein Atem war in ihrem Gesicht seltsam süß.

Etwas in ihr zerbarst, brach sauber in zwei Stücke. Ein Ansturm von Kälte verjagte die Hitze, und mit diesem Sturm schob Corayne die Hand in ihre Tasche. Etwas zog ihre Finger tiefer hinein, leitete sie zu dem jütischen Talisman, dem Stückchen nutzlosen Tands. Es fühlte sich gefroren an, hart wie Eis, die Zweige wie zu scharfen Spitzen geschnitzt.

Sie hatte noch nie in ihrem Leben eine solche Angst gehabt. Eindringlich sah sie Taristan in die Augen. Sie erkannte feuerrote Einsprengel darin, wie Blut um die Iris verstreut. Sie schienen zu tanzen, als er das Schwert umklammert hielt und es die ersten paar Zentimeter aus der Scheide löste. Er sah nicht zu ihr, sondern hatte den Blick auf den Stahl gerichtet, und seine Lippen bewegten sich lautlos, als er die unergründlichen Runen auf der Klinge las.

Die jütischen Zweige kratzten ihm übers Gesicht wie eine Handvoll Nadeln, und sie stachen blau und wild, fetzten ihm zerfurchte Rinnen die Wange hinunter. Er heulte auf, sprang zurück, und das Schwert glitt wieder an seinen Platz in der Scheide. Corayne erwartete, den Dolch zwischen ihren Rippen zu spüren, wie er ihr glatt durch die Organe schnitt, aber so weit kam es nicht.

Stattdessen stieß der Ritter hinter ihr ein ersticktes Jaulen aus, und Blut spritzte aus dem goldenen Ringkragen, der seinen Hals bedeckte. Dom sprang auf, schlug zwischen die anderen Ritter. Andry drehte und wand sich, und es gelang ihm, den Mann, der ihn festhielt, mit einigen fließenden Bewegungen abzuschütteln, die teils seiner Überraschung und teils seinem Geschick geschuldet waren. Gemeinsam schlitzten sie ein Loch in die Garde der Königin, während im Saal Verwirrung und Chaos ausbrachen.

Die Königin rief etwas, Taristan rappelte sich hoch, und der Rote rauschte über das Podium wie eine Gewitterwolke in Scharlach, die Hände erhoben, während er mit den Lippen einen Zauber formte. Corayne wäre vor Schreck fast ohnmächtig geworden, und ihre Knie drohten unter ihr nachzugeben, da packte sie jemand um die Hüfte und zerrte sie nach unten.

»Lauf, götterverdammt noch mal, *lauf!*«, ertönte eine zischende, vertraute Frauenstimme.

Corayne konnte kaum atmen, aber irgendwie brachte sie den

Willen auf, sich zu bewegen, und sie stürmte über die Steinplatten des Saalbodens. Sie hielt den Talisman immer noch in der Hand, und seine Zweige waren nicht mehr kalt. Blut tropfte von den abgebrochenen Spitzen, Blut, das zu dunkel für sterbliche Adern war.

Jemand stieß sie durch die Tür seitlich vom Podest und drängte sie weiter.

Sie schaute zurück und sah in eine Flut von Wachen, die ihre Schwerter gezückt und ihre Umhänge beiseitegeworfen hatten. *Es hat keinen Sinn wegzulaufen*, dachte Corayne verschwommen. *Ich kann mich genauso gut einfach hinsetzen und warten.*

Dann erhob sich ein Geräusch wie ein Donnerschlag, gefolgt vom schrillen Kreischen herabgleitender Ketten, als eiserne Glieder in halsbrecherischer Geschwindigkeit aus ihren Ringen rutschten. Einer der vielen Kronleuchter des großen Saals krachte herab, und der große Metallkreis zerquetschte unter sich mehrere Männer in ihren Rüstungen. Er war nicht der letzte, der herabstürzte. Die Ketten lösten sich eine nach der anderen, wie eine sich über einen Teich kräuselnde Welle, und jeder Ring aus Eisen und Flamme landete in einer Staubwolke auf dem Boden, zerbrach in seinem Fall gleichermaßen Tische wie Gliedmaßen. *Peng, Peng, Peng* – ein weiteres Schlagen der Kriegstrommel. Einer der Kronleuchter stürzte auf das Podium, krachte durch die Ehrentafel, brach sie in zwei Teile. Corayne hielt Ausschau nach einem blutroten Kleid, einer juwelenbesetzten Krone, einer als Königin verkleideten Wölfin, aber Andry schob sie tiefer in den Durchgang hinein und verstellte ihr die Sicht.

Sorasa Sarn war die Letzte, die durch die Tür kam, und sie verriegelte sie hinter sich, schloss den großen Saal aus. Ihre Augen waren geweitet und wirkten leicht irre, als sie den kleinen Trupp ins Auge fasste, ihren Blick von Doms Wunde zu Corayne und dann hin zu Andrys gerötetem Gesicht wandern ließ. Vom Dolch in ihrer Hand tropfte es scharlachrot.

»Muss ich hier eigentlich alles selber machen?«, knurrte sie.

16

Ein gutes Geschäft

Sorasa

Das Gold wog schwer im Beutel, festgebunden unter ihren Beinkleidern am Oberschenkel. Die Münzen lagen flach aufeinander, ganz still, obwohl es so viele waren. Eine Meuchelmörderin, die sich durch Münzenklimpern verriet, verdiente diese Münzen nicht; Sorasa Sarn verdiente jede einzelne. Das Gold der Ältesten würde in der Tat weit, weit reichen, konnte ihr Reisen in jeden Winkel der Wacht finanzieren. *Wenn Galland gegen die Hölle in den Krieg zieht, will ich weit fort sein.*

Sie biss die Zähne zusammen und versuchte, den beißenden Gestank von verbranntem Fleisch und Verwesung, von zerstörten Welten zu vergessen. *Die Welt zu retten ist nicht die Arbeit von Meuchelmördern,* schärfte sie sich ein. *Mach einfach, dass du von hier wegkommst, Sarn.*

Es kostete sie kaum Zeit, ein Schloss aufzubrechen und sich in einer menschenleeren Wohnung neue Kleidung zu suchen. Sie streifte ihren Umhang und ihren Kittel ab und tauschte beides gegen ein erdbeerrotes Gewand, das an den Säumen mit Gold- und Silberfäden bestickt war. Es war zu weit, aber gut geeignet, um ihr Schwert, ihre Dolche und ihre zusammengerollte Peitsche darunter zu verbergen. Sie behielt auch ihre ledernen Beinkleider und die Stiefel an, die unter ihren wallenden Röcken nicht zu sehen waren. Mit offenem Haar konnte sie immer noch als Zofe durchgehen, wenn nicht gar als Adlige aus einem Land im Süden, die gerade zu Besuch war. Das waren Masken, hinter die es sich leicht schlüpfen ließ, und sie trug sie gut.

Sie kam an den Dienerinnen mit ihren Körben voller Rosen vorbei, die im Fackellicht blutrot schimmerten. Sie eilten durch den Gang und klagten über Dornen und die königliche Hochzeit.

Es war nicht der Ruf der günstigen Gelegenheit, der Sorasa Sarn heute Abend lockte, sondern die brennende Neugier.

Selbst in der Zitadelle, geschützt von Wüste und den Klippen am Meer, waren die Amhara bestens über das Weltgeschehen informiert. Königin Erida war wohlbekannt, wie auch die vielen von ihr abgewiesenen Bewerber um ihre Hand. Prinzen, Kriegsfürsten, reiche Landherren und arme Erben. Keiner war der Königin von Galland würdig.

Doch heute hat sich jemand Würdiges gefunden.

Sorasa verlangsamte ihre Schritte und zögerte. Vor ihr kreuzten sich zwei Flure. Geradeaus ging es zum großen Saal, aber nach links zum Flügel der Dienstboten, wo die Gänge schmal und gewunden waren und sich ein Labyrinth von Lagerräumen und Schlafquartieren, Küchen und Kellern anschloss. Auch eine Brauerei, eine Speisekammer, eine Waschküche und ein Backhaus gab es dort. Ganz zu schweigen davon, dass der Dienstbotenflügel sein eigenes Tor, seine eigene Anlegestelle und seine eigene Brücke zum Rest der Stadt hatte.

Es brauchte nur einen kurzen Moment, und sie hatte ihre Entscheidung gefällt.

Die Wohngemächer, der große Saal und der Ostflügel waren Neubauten, eine wahre Orgie aus Bogengängen, hoch aufragenden Steinmetzarbeiten und Buntglasscheiben, erst im Laufe des letzten Jahrzehnts fertiggestellt. Diese Bauten waren wunderschön und von überwältigender Pracht, doch beklagenswert anfällig, eher fürs Auge als zur Sicherheit erbaut. Ein Dutzend Wandnischen und Balkone erleichterten Sorasa das Vorankommen. Sie eilte weiter, den Kopf vor Dienern hoch erhoben und die Augen vor Wachen tief gesenkt, während ihr Auftreten in fließendem Rhythmus von Adliger zu Dienerin und zurück wechselte. Wie immer war sie überrascht, wie leicht es war, unbehelligt durch einen Palast zu streifen, ungefragt und ohne auch nur neugierige Blicke auf sich zu lenken.

Kein Wunder, dass so viele Frauen für die Gilde arbeiteten. *Die Amhara-Gilde hat einen großen Bedarf an Menschen, die unbemerkt bleiben, und wer wird von Männern schon so wenig bemerkt wie eine Frau?*

Ein langer Säulengang führte an der Südseite des großen Saals vorbei und verband den Ostflügel mit der Festung. Die Säulen waren mit Löwenköpfen verziert, von denen einige knurrend die Zähne fletschten, während andere ruhig und unbeirrt dreinblickten, ein jeder majestätisch wie ein König. Die Türen zwischen den Säulen zu ihrer Rechten waren weit aufgerissen und zeigten den großen Saal in all seiner Pracht. In jeder Türöffnung stand ein Ritter, den Blick stumpf nach außen gerichtet. Keiner nahm von Sorasa Notiz, als sie vorbeiging. Königin Eridas verstorbener Vater hatte bei Bau und Einrichtung seines Palasts keine Kosten gescheut und seine Ehrentafel mit einer geschwungenen Front aus Fenstern bekränzt, die wie Edelsteine leuchteten. Die versammelte Menge von Höflingen und Hofdamen war vorwiegend in grüne Seide und Samt gewandet, und alle wetteiferten miteinander, welches Grün das satteste war. Ein Schwachkopf trug sogar eine Löwenmähne als Kragen. Sorasa überschlug rasch die Zahl der Menschen im Saal und schätzte, dass hier mehr als zweihundert edle Männer und Frauen feierten und der Königin und ihrem Bräutigam Trinksprüche entgegenbrachten. Er war noch nicht auf dem Podium erschienen, wenn der leere Stuhl neben der Königin als Hinweis zu werten war. Erida war in der Mitte ihrer Ehrentafel unmöglich zu übersehen, ihr Gewand rot wie ein polierter Rubin, ihr Gesicht weiß wie der Mond. Ein wunderbar leicht zu treffendes Ziel für jeden mit dem Wunsch, Galland in eine Thronfolgekrise zu stürzen.

Nicht meine Aufgabe, nicht mein Problem, machte Sorasa sich klar und nahm die Ritter erneut in Augenschein.

Sie bog um eine Ecke, hörte den plappernden Stimmen mit halbem Ohr zu. Dann machte sie sich daran, die Stufen zu einer Empore hinaufzusteigen.

Die Empore zog sich als breiter Balkon ringförmig um den großen Saal. Sie war nach unten zum Raum hin offen und dankenswerterweise völlig frei von umherwandernden Höflingen. Die Kronleuchter mit ihren großen Eisenringen hingen auf gleicher Höhe mit der Empore an schweren Ketten, die sich in zwei Reihen über die Doppelgewölbedecke spannten und deren Enden vorne und hinten oben an der Saalwand befestigt waren.

Unter ihr entfaltete sich das Fest in seinem ganzen Glanz. Blasse Gesichter wechselten von Tisch zu Tisch, Menschen, die die Köpfe zusammensteckten, um zu flüstern oder zu brüllen, manche tanzten, andere aßen, und alle löschten ausgiebig ihren Durst. Sorasa hatte im Lauf der Jahre zahlreiche Königshöfe kennengelernt, von Rhaschir bis nach Calidon, und auch wenn sich Sprachen und Gepflogenheiten voneinander unterschieden, waren die Menschen doch gleich und ihr Tun vorhersehbar. Sicher grübelten die meisten dort unten ebenfalls über den geheimnisvollen Bräutigam der Königin nach.

Ob Merkurius wohl Bescheid weiß?, überlegte Sorasa und ließ sich im Schatten der Empore nieder.

Er musste jetzt zurück in der Zitadelle sein und mit über seine Schultern herabfallendem grauen Haar auf seinem alten Stuhl sitzen, Zentrum von tausend Fäden, die sich bis in jeden Winkel der Wacht spannten. Briefe und Vögel und Spione, Geflüster und Geheimzeichen.

Der Meister der Amhara überschaut das ganze große Puzzlespiel, während der Rest von uns blind über die Kanten der einzelne Teile tastet.

Sie verzog angewidert die Lippen. Die Leine, an der Merkurius sie gehalten hatte, hatte immer gescheuert, auch als sie sich noch seiner besonderen Gunst hatte erfreuen dürfen und seine Aufmerksamkeit zugleich gehasst und geliebt hatte.

Die Minuten flossen dahin wie träges Wasser. Sie hatte in den Zellen der Zitadelle gelernt, Geduld zu haben. Als Kind war sie so voller nervöser Energie gewesen, dass sie ihr ständig unter der Haut gekribbelt hatte und sie vor Aktivitätsdrang schier hätte platzen können. Diese Energie war ihr nach einer Nacht im Dunkeln in der alleinigen Gesellschaft einer rhaschirischen Panzerechse schnell abgewöhnt worden. Diese über drei Meter langen Echsen hatten Kiefer so stark wie die eines Wolfs, was sie tödlich machte. Doch waren sie fast blind. Um nicht bei lebendigem Leib gefressen zu werden, bestand für ein Kind die einzige Verteidigungsmöglichkeit darin, einfach reglos still zu stehen Jetzt, wo sie es lediglich mit Rittern und trunkenen Höflingen zu tun hatte, war es für sie das Leichteste auf der Welt, untätig zu bleiben und einfach zuzuschauen.

Sie zählte nicht weniger als sechs umgestoßene Weinkelche und drei zerschmetterte Tabletts. Dazu kam ein alter Mann, der, den Kopf auf der Tischplatte, in seinen Teller mit Sommergemüse hineinschnarchte. Die Übrigen plauderten und tranken, selbst oben an der Ehrentafel. Sorasa erkannte in dem Mann an der Seite der Königin deren älteren Großcousin, Fürst Konegin. *Wie viel die Königin wohl dafür bezahlen würde zu erfahren, dass er den Amhara ein Vermögen für ihre Ermordung geboten hat?*, überlegte sie feixend. *Und dass die alte Frau in ihrem Rat dafür, dass der Mordauftrag nicht ausgeführt wurde, genug Gold gezahlt hatte, um damit eine Kriegsgaleere zum Sinken zu bringen?*

Lärm und Tumult unten im Saal wuchsen mit jedem neuen Gang und jedem herumgehenden Weinkrug. *Bald schon ist ihr Rat zu betrunken, um sich hinterher noch daran zu erinnern, wen sie sich zum Mann erwählt hat.*

Eine leise Bewegung erregte ihre Aufmerksamkeit, nicht unten, sondern ihr gegenüber, auf der anderen Seite der Empore. Der Balkon dort lag ebenfalls im Dunkeln und schien leer – bis auf zwei Gesichter genau an der Grenze des beleuchteten Bereichs. Sie kniff die Augen zusammen und hielt sich die Hand darüber, sodass die Kronleuchter verdeckt waren und sich ihre Sicht an die Dunkelheit gewöhnen konnte, in der die beiden Gestalten standen.

Der eine hatte die Haltung eines Soldaten, schlank und drahtig, der Rücken gerade, die Hand an der Hüfte, wo Sorasa gerade so den Griff eines prächtigen Schwerts erkannte. Sein Umhang war schwarz und offen, sein Wams aus purpurrotem Samt mit Schuppenmuster darunter sichtbar. Er hielt den Kopf gesenkt, den Blick starr auf die Ehrentafel gerichtet, sodass Sorasa nicht mehr als das Glitzern von dunkelrotem Haar erahnte. Der andere Mann war ein Priester mit einer blutroten Kapuze. Nach seinen Farben zu urteilen, war er ein Priester von Syrek, dem Gott der Zerstörung und der Schöpfung, der Eroberung und des Friedens. Ein Schutzherr des Königreichs von Galland, dessen Herrscher sich als Eroberer und Schöpfer betrachteten.

Keiner der beiden Männer bemerkte sie. Offenbar waren sie genauso wie der Rest des Palastes von dem Geheimnis abgelenkt, das sich gleich enthüllen sollte. Bei ihrem Anblick schlugen Sorasas Instinkte Alarm, und sie spürte den eisigen Hauch des Grauens. Die beiden sprachen kein Wort miteinander, auch wenn der Soldat immer wieder von einem Fuß auf den anderen trat und die Finger auf dem Schwertheft abwechselnd anspannte und lockerte. *Ungeduldig.* Anders als der Priester, der eine Statue in Scharlachrot war, sein Gesicht unter der Kapuze weiß wie Knochen.

Die götterfürchtigen Orden dienen ihren jeweiligen Gottheiten und ihren Hohepriestern, keinen Königen und Königinnen. Er lauscht da auf etwas, auf eine Botschaft, um sie weiterzugeben, überlegte Sorasa und unterzog den Priester einer erneuten Inspektion. *Aber der Soldat? Wem dient er?*

Er hatte nicht die Haltung eines Adeligen. Er war kein Ritter oder hoher Herr, und kein Diplomat würde sich bei einem Festbankett verstecken. Aber er war auch keine Palastwache, nicht in diesen Kleidern und ohne Rüstung mit dem Löwen darauf.

Sie hielt den Blick auf ihn gerichtet, während sie sich weiterbewegte. Sie blieb in den Schatten, und ihre Schritte wurden von dem dicken Teppich auf dem Emporenboden gedämpft. *Vielleicht ist er ein Spion,* schoss es ihr durch den Kopf. *Ein Meuchler der Amhara oder von einer anderen Gilde.* Erneut musterte sie ihn von Kopf bis Fuß. Er war hochgewachsen und schlank, mit kräftigen Muskeln an Hals und Schultern, offensichtlich in unvermeidbarer Anstrengung hart erworben. *Er könnte ein einfacher Verbrecher sein, irgendwo in der Gosse angeheuert. Ein aus seinem Zwinger freigelassener tollwütiger Hund.*

Ihre Konzentration wurde von einer Bewegung im Saal unter ihr abgelenkt; drei Gestalten, die da Schulter an Schulter zwischen den langen Bankettischen hindurchgingen. Zwei davon kannte sie.

Also haben sie ihren Knappen ausfindig gemacht.

Die Königin gab ihren Rittern ein Zeichen, zur Seite zu treten, sodass die drei Neuankömmlinge vor ihrer Tafel Aufstellung nehmen konnten. Nur allzu gern hätte Sorasa ihre flehentliche Bitte gehört, in ihrem geballten Irrwitz. *Dom, die wandelnde Gewitterwolke, Corayne und ihr tapferer Mut, der sie so häufig im Stich ließ. »Euer Majestät, wir brauchen Eure Hilfe, um eine Armee von Dämonen zu besiegen, die von meinem wahnsinnigen Onkel angeführt wird. Jaja, ich bin der einzige Mensch auf der Welt, der ihn aufhalten kann. Richtig, ja, ich bin ein siebzehnjähriges Mädchen. Ja, natürlich ist das mein vollkommener Ernst.«*

Aber Erida schickte sie nicht weg. Stattdessen winkte die Königin sie näher heran, damit sie ungestört über das Schicksal der Wacht sprechen konnten, ihr Gesicht sanft und offen. *Berichtet ihr von den wandelnden Leichen auf dem Hügel*, dachte Sorasa, und die Erinnerung daran, wie ihre Klinge durch sie hindurchgeglitten war, stieg in ihr auf. *Berichtet ihr von dem Gemetzel. Berichte ihr von deinen Narben, Domacridhan.*

»Domacridhan.«

Der Soldat zischte es heraus, und der Name wehte über die Empore hinweg. Seine Stimme war reines Gift.

Sorasa presste sich an eine Säule, verschmolz mit den Schatten.

Der Soldat warf böse Blicke zu dem Ältesten und dann zu Corayne hinunter, um daraufhin das Gesicht ins Licht zu heben. Seine Augen, schwarz und vertraut, schienen von innen her rot aufzuschimmern, eine Täuschung, die vom Licht des Kronleuchters herrührte.

Die losen Enden von Fäden verknüpften sich in Sorasas Kopf und woben ein Bild, eine Erkenntnis. Einzelstücke fügten sich ineinander wie die Metallplatten einer guten Rüstung, bildeten die ganze Wahrheit.

Alle Instinkte, die sich Sorasa Sarn je angeeignet hatte, waren mit einem Mal wach, heißbrennende Warnungen in ihren Muskeln.

Die erste, die eindringlichste, ein Schrei:

RENN WEG.

»Seht Euch sein Gesicht an, Ronin«, murmelte der Soldat zu dem weiterhin völlig reglosen Priester. *Er ist gar kein Priester, zumindest kein Priester irgendeines Gottes der Wacht.* »Ich dachte, es heißt, die Wunden von Ältesten würden bald wieder verheilen.«

»Das tun sie auch. Wenn sie von den Waffen der Wacht verursacht werden«, antwortete Ronin der Rote. Der Zauberer faltete die Hände und schob sie unter sein langes Gewand. »Aber eine Spindelklinge? Die Waffen der Aschenlande, von Entzweit, vom Lauernden gesegnet? Diese Wunden schließen sich nicht so leicht. Das ist auch der Grund, warum die Ältesten in ihren Enklaven versteckt bleiben, auch wenn einer aus ihren Reihen überlebt hat, um ihnen von uns zu berichten. Sie sehen, was wir zu tun vermögen. Sie fürchten *uns* mehr als jede sterbliche Armee der ganzen Wacht.«

Sorasa wagte es nicht, noch einen Schritt näher zu treten. Sie griff unter ihren Rock und zog behutsam einen kleinen Dolch hervor. Damit schnitt sie lautlos die Seiten ihres Gewandes auf, um sich mehr Bewegungsfreiheit zu verschaffen.

Lauf weg, heulten ihre Instinkte erneut. Sie spürte bereits, wie die Palastwände immer näher kamen, sich um sie schlossen, Stein und Glas, Seide und Wein. *Scheiß auf den Ältesten und auf das Mädchen und auf den Knappen. Scheiß auf die Wacht.*

»Sie sieht aus wie ich«, sagte Taristan mit durchdringender Stimme. Er sah zu, wie Corayne und die anderen aus dem Saal verschwanden, der Königin und ihren Rittern durch eine Seitentür folgten. »Wie mein Bruder.«

Zumindest ist Dom bei ihr, dachte Sorasa nicht zum ersten Mal und biss fest die Zähne zusammen. *Sechs Ritter gegen einen Ältesten. Die Chancen stehen nicht schlecht. Er hat schon Schlimmeres überlebt.* Ihr Herz raste. *Es sei denn, diesmal überlebt er nicht. Und dann ist da nur noch der Knappe, noch ein Knabe. Sie ist so gut wie tot.*

Und die Wacht so gut wie vernichtet.

Frustrierte Wut nagte an ihrer Angst und rang mit ihr um Vorherrschaft. *Das hier ist kein Teil meines Auftrags,* schärfte sie sich knurrend ein und hätte dabei am liebsten laut geschrien. Wäre am liebsten weit davongerannt. *Aber wohin? Nicht nach Hause, nicht einmal in die Zitadelle. Das Lauernde wird sie beide verschlingen, mit Taristan an seiner Seite, mit reißenden Zähnen, die alle Fäuste zermalmen.*

»Ich muss sagen, ich bin immer noch schockiert, dass sie sich auf diese Sache eingelassen hat.«

Taristans Stimme kam näher, seine Schritte leise, aber in Sorasas Ohren wie Donner. Er tippte mit den Fingern gegen das Heft seines Schwertes, ließ einen Ring an seiner Hand gegen das Metall klirren. Es klang wie eine kleine hasserfüllte Glocke.

Sie wurde ganz klein, beugte die Knie und verlagerte ihr Gewicht auf die Fußballen. *Ich kann zur Treppe rennen oder mich über die Empore schwingen und meinen Sturz auf dem Kopf eines Edelmanns abfedern.* Panisch erwog sie ihre Möglichkeiten.

In stetigem, beinahe gemächlichem Tempo kamen der spindelverdammte Verräter und sein Zauberer, sein Haustierchen, immer näher. »Ehrgeiz liegt ihr eben im Blut«, antwortete Ronin mit heiterer Gelassenheit.

Seine Stimme nahm einen eigenartigen Tonfall an: Ihr Klang schien voller, vielschichtiger zu werden, als spräche da jemand anderes mit, eine tiefere Stimme, die mit seiner zusammenklang. Sie hallte nach, selbst als der Zauberer verstummt war.

»Es ist gut, dass wir sie vor den anderen erreicht haben.«

»Eine Entscheidung, die uns erspart bleibt«, schnaubte Taristan verächtlich. »Ich sehe keine Hexe an der Seite meiner Nichte.«

Die langen Gewänder des Zauberers zischten über den Teppich wie eine Schlange. Die doppelte Stimme war verhallt, sodass da nur noch seine eigene war. »Trotzdem haben wir in der Königin von Galland eine starke Verbündete. Corayne vom alten Cor wird bald tot und nicht mehr von Belang sein.«

Sorasa nutzte die Gelegenheit und lugte mit zusammengekniffenem Auge um die Säule herum, hinter der sie sich verborgen hatte. Die beiden standen an der Öffnung zu einer anderen Treppe nach unten, die zum großen Saal hinabführte. Taristan sah noch einmal zu den Kronleuchtern hinauf, seine harten Züge in Licht getaucht. *Sie hat wirklich eine große Ähnlichkeit mit ihm.*

»Wenn sie das Schwert meines Bruders hat, brauchen wir es uns nur zu holen und das Mädchen wegzusperren«, meinte Taristan und tippte erneut auf seine Waffe. Ihre Scheide war aus silbernem und schwarzem Leder, der Stahl darin verborgen, während Juwelen auf dem Heft leuchteten, dunkelrot wie von Blut aufgeschwollene Zecken.

Ronin zuckte die Achseln. »Um zu sterben, wenn das Lauernde kommt und diese Welt unter Euren Füßen in Asche verwandelt?«, fragte er und führte Taristan durch den Türbogen. »Vertraut mir, mein Freund, jetzt zu sterben ist eine Gnade für sie. Was den Ältesten betrifft, so lasst ihn am Leben, lasst ihn *zuschauen* ...«

Ihr grausames Gelächter hallte bei jedem ihrer Schritte durch das gewundene Treppenhaus herauf.

Lauf, lauf, lauf.

Sorasa gab sich weitere fünf Sekunden der Angst und Unentschlossenheit. Nur fünf.

Sie atmete heftig aus, und die Luft pfiff ihr durch die Nase und zwischen den Zähnen hindurch. *Eins.* Taristan war der Auserwählte der Königin. *Zwei.* Ihre Armee würde seine Spindel beschützen, die Pforte, die ein Meer von Leichen ausspuckte. *Drei.* Kein Königreich konnte gegen Taristan und Erida bestehen, nicht allein. *Vier.* Sorasa Sarn war niemand. Was Handel und Wandel in der großen weiten Welt anging, gab es nichts, was sie tun konnte. *Fünf.*

Sie erhob sich und eilte vorwärts, eine huschende Katze zwischen den Säulen. Am vorderen Ende der Empore angelangt, ließ sie sich auf die Knie fallen. Unter ihr befand sich die Ehrentafel. Gegenüber die Tür, die einen Spaltbreit offen stand und dorthin führte, wohin immer die Königin und Corayne gegangen sein mochten.

Immerhin gibt es etwas, was ich tun kann.

Ihr Gewand zerriss erneut, als sie ein Rechteck aus dem weinroten Stoff schnitt. Sie hatte all ihre üblichen Alltagspulver in Byllskos verbraucht, aber das schwarze war noch übrig, in seinem quadratischen Päckchen, das kleiner war als ihre Handfläche, dreifach eingewickelt hinter ihrem Gürtel gesteckt. Vorsichtig riss sie es auf und streute kleine dunkle Körnchen in die Mitte des herausgeschnittenen Fetzens Stoff. Die Schriftzüge auf dem Päckchen waren kaum mehr zu erkennen, die Buchstaben in der Sprache der Isheida kaum leserlich. *Das Fünffache seines Gewichtes in Gold wert.*

Sie formte aus dem Stoff einen kleinen Beutel, band die Ecken fest zusammen, achtete aber sorgfältig darauf, einen Streifen Stoff offen heraushängen zu lassen. Sie hoffte, dass der Streifen lang genug war. Und sie hoffte, dass er kurz genug war.

Unter sich sah sie zwei Ritter vor Corayne und der Königin auftauchen, dann Dom und den schlaksigen Knappen, die vier verbliebenen Ritter rechts und links an ihrer Seite. Sorasa richtete ihren Blick zuerst auf Dom und suchte in seinen Zügen nach irgendeinem Anzeichen von Besorgnis, irgendeinem Hinweis darauf, dass er wusste, was ihn und die anderen erwartete.

Sie hätte um ein Haar laut aufgeflucht. *War ja klar, dass er es nicht weiß.*

»Ich weiß, dass mein Verlöbnis lange Zeit auf sich hat warten lassen, für einige unter Euch womöglich allzu lange«, verkündete Königin Erida unten, und ihr ganzer Hof lachte wie Hyänen. Es waren keine Kerzen in Reichweite, nicht einmal einer der Kronleuchter, daher begnügte sich Sorasa mit einem Stückchen Feuerstein und dem Stahl ihres Dolchs, schlug beides aneinander und ließ Funken regnen.

Der Stoff fing Feuer, brannte am Rand auf.

Sie hatte keine Zeit, um sich zu sorgen, womöglich eine Hand zu verlieren, oder zu befürchten, dass jemand sie sah. Sie dachte einzig und allein an ihr Ziel. Da war das Gewicht des Beutels, da war die Flamme, die sich stetig den baumelnden Stoff hinauffraß. Da war die Dicke der Kette, die an der Wand hinter dem Emporengeländer befestigt war mittels einer tief in den glatten Stein eingelassenen Metallplatte. Von dort aus gingen die eisernen Kettenglieder in schrägem Winkel nach oben, durch den ersten großen Ring, dann hinunter zu einem Kronleuchter und danach wieder hinauf. Wieder und wieder und wieder; die Kette war wie ein Halsband, an dem sich ein Edelstein nach dem anderen reihte.

Sie beugte sich vor und ließ den Arm schwingen, ihre ganze Konzentration in ihren Fingerspitzen versammelt, als das Stück Stoff ihre Hand verließ. Sie weigerte sich, an die Möglichkeit eines Versagens auch nur zu denken – dass die Flamme erlosch, das Pulver verschüttet wurde, der Beutel sein Ziel verfehlte. Unten wirbelte die Königin in ihrem blutroten Gewand herum, und Sorasa warf ihr kleines Bündel davon. Es bewegte sich in einem flachen Bogen, erst aufsteigend, dann absteigend, hin zum Ziel Kette und Wand, neigte sich; die Flamme wies den Weg, zog den Beutel mit sich, während Stoff zu Rauch und Asche zerfiel. Und dann traf ihr Bündel sein Ziel, perfekt am richtigen Fleck, keilte sich zwischen die Glieder der großen Kette und die Steinwand.

Ihre Schritte waren leichtfüßig und schnell und trugen sie zurück, rings um das Hufeisen der Empore. Als die Ritter unten näher aneinanderrückten und Sorasa den Blick auf Dom und Corayne versperrten, verspürte sie jene zu vertraute Schicksalsfügung namens Scheitern. *Wissen sie es bereits? Spüren sie die Schlinge, die sich um ihre Hälse zusammenzieht? Corayne muss es einfach spüren. Sie ist keine Idiotin.*

Eridas Stimme hallte durch das Treppenhaus, empfing Sorasa von unten, während sie von oben über die Stufen hinabkreiselte. »Es ist mir eine große Freude, Euch allen meinen Prinzgemahl vorzustellen, einen Sohn des alten Cor, Erbe der Abstammungslinie des uralten Reiches und Vater der neuen Welt, die vor uns liegt.« Neuer Applaus und weitere Glückwunschrufe brandeten auf, wogten durch den großen Saal wie eine schaumgekrönte Welle. »Prinz Taristan vom alten Cor.«

Jetzt, dachte Sorasa und konzentrierte ihren ganzen Willen auf den Beutel, der da oben lag, und wartete. Als sei sie ebenfalls eine Hexe oder Zauberin, spindelberührt und nicht bloß eine sterbliche Frau mit dem Talent dafür, alles Mögliche ins Jenseits zu befördern. *Jetzt*, bettelte sie und flehte zu Lasreen dem Morgenstern, zu Syrek, zu Immor, zu Meira über den Wassern, zu jedem Gott und jeder Göttin, die auf der ganzen Wacht angebetet wurden.

Sie erhörten sie nicht.

Am Fuß der Treppe angekommen, drosselte Sorasa ihr Tempo, um nicht aufzufallen. Ihre Blicke schweiften im Raum umher, sie nahm den Anblick in sich auf, suchte nach irgendeiner Möglichkeit, wie klein sie auch sein mochte. Überall um sie herum erhoben sich Höflinge und Hofdamen und applaudierten, jubelten ihrer geliebten jungen Königin zu. Sorasa schnappte sich einen silbernen Weinkrug vom nächsten Tisch und hielt ihn wie einen Schild vor sich, während sie sich dem Podium näherte, ohne auch nur mit einer Wimper zu zucken.

Dom kniete auf dem Boden und ballte die Hände immer wieder zu zitternden Fäusten, die er gleich wieder öffnete, während mehrere Ritter ihn an den Schultern festhielten. Die Höflinge sahen nicht, dass er verletzt war und vor Schmerz am

Boden kniete, und nicht, um der Königin oder ihrem künftigen Gemahl seine Verehrung zu erweisen. Sein Gesichtsausdruck hatte sich nicht verändert, seine Miene verdrießlich, die Lippen zur gewohnten Grimasse verzogen, aber Sorasa sah seine innere Anspannung klar und deutlich. *Er hat große Schmerzen.*
Corayne war ebenfalls gefangen und handlungsunfähig; ein einzelner Ritter war ihr allzu nah, sein Panzerhandschuh in ihre Seite gedrückt, und bestimmt war da auch ein Messer in der Faust des Mannes. Die sonnengeborene Tochter von Siscaria war weiß wie ein Gespenst, und ihre geweiteten Augen starrten an der anderen Seite des Podiums vorbei, vorbei an der Ehrentafel, vorbei an der Königin.

Sorasa brauchte nicht hinzuschauen, um zu wissen, wen sie anstarrte.

Taristan kam in gemächlichem Tempo über das Podium geschritten, zufrieden mit seinem Sieg. Ein heimtückisches Grinsen im Gesicht, gerundet wie ein Halbmond, baute er sich vor Corayne auf und riss ihren alten blauen Umhang weg. Das Schwert an ihrem Rücken war ein Spiegelbild seines eigenen, dessen Zwilling. Die andere Spindelklinge.

Der Knappe hatte sie also tatsächlich in seinem Besitz gehabt – und jetzt wird Taristan auch sie bekommen.

Der Älteste zischte etwas, das Sorasa nicht hörte, aber sie sah, wie sein Zorn aufflammte, ein Blitz, der sein Gesicht lodern ließ. Taristan murmelte belustigt eine Antwort, um dem Hof daraufhin den Rücken zuzukehren, sodass er mit seiner großen Gestalt jeden Blick auf Corayne versperrte.

Sorasas Dolch zog an ihrem Handgelenk, beflissen und wartend. Ihr Schwert blieb unter ihren aufgeschlitzten Röcken verborgen. Es wäre zu auffällig, es jetzt schon zu ziehen. *Jetzt jetzt jetzt jetzt*, betete sie und verfluchte sich dafür, dass sie ihre improvisierte Zündschnur so lang abgeschnitten hatte. Der Beutel war noch immer an Ort und Stelle, und ein winziger Funken kletterte noch immer an ihm empor. Sorasa beschleunigte ihre Schritte, bis sie wenige Meter von der Ehrentafel entfernt war, den Weinkrug immer noch in der Hand. Die Ritter schenkten einer weiteren Saaldienerin keinerlei Beachtung, nicht einmal wenn sie zerrissene Röcke anhatte. *Fast geschafft.*

Ein Heulen zerriss den großen Saal. Taristan zuckte von Corayne weg und schlug sich die Hand auf die eine Seite seines Gesichts. Blut quoll zwischen seinen Fingern hervor. Sein Zauberer kam über das Podium geschossen, während sich sein Mund voller Inbrunst bewegte, er ein Gebet oder einen Zauberspruch schrie oder auch beides zugleich.

Sorasa hörte nichts von alledem; die Welt verengte sich vor ihren Augen auf einen schmalen Ausschnitt. Es war Zeit zu handeln.

Sie malte die Rüstungen der Löwengarde rot.

Wein für den ihr am nächsten Stehenden: Der Krug traf ihn voller Wucht in die Brust. Der Wein ergoss sich über ihn, während Sorasa so tat, als sei sie gestolpert, einfach eine ungeschickte Dienerin. Ihr plötzliches Gewicht, als sie sich voller Absicht auf ihn drückte, ließ ihn taumeln, doch sie war da, und auch ihr Dolch war zur Stelle, während ihr Blick schon ganz auf den Ritter über Corayne konzentriert war. Sein Arm flog nach oben, sein Messer glitzerte scharf und kalt, während es auf die Rippen des Mädchens zielte. Sorasas Klinge war schneller, stieß zwischen die Gelenkfugen seiner Rüstung und fand die Adern an seinem Hals. Es spritzte hoch, und er sank zu Boden, hielt sich den Hals, während er leuchtend rotes Blut über seinen Leib verteilte. Heiß und feucht quoll es auch über Sorasas Hände, als sie Corayne packte. Das Mädchen war erstarrt, ein seltsames Ding in ihren Händen, ihre Beine bewegten sich nicht, und ihr Körper war wie Blei.

Wenn ich dieses Mädchen jetzt den ganzen Weg bis zum Hafen schleppen muss, dann schwöre ich bei Lasreen ...

»Lauf, götterverdammt noch mal, *lauf!*«, knurrte Sorasa und warf sich seitwärts, als sich unvermittelt eine Öffnung in der Wand aus Rittern auftat. Drei weitere stürzten zu Boden. Dom stand über sie gebeugt, ein Dolch ragte aus seiner Seite, ein großer Blutfleck verunzierte seinen Uniformrock und seine Hose, und es tropfte ihm bis auf die Stiefel hinunter.

Sorasa überblickte die brenzlige Situation ihrer kleinen Gruppe, berechnete sie wie eine mathematische Gleichung, und in ihrem Kopf gab es nichts anderes als die zu schlagende Schlacht und deren Umstände, ganz wie sie es gelernt hatte. *Drei auf dem Boden, einer noch taumelnd und mit dem Wein beschäftigt, dieser eine tot.* Sie sprang über den Ritter, der gerade an seinem eigenen Blut erstickte, und lief hinter Corayne her. Sie hoffte, dass Dom und der Knappe klug genug waren, ihnen zu folgen. Taristans und Eridas Ritter jedenfalls würden das mit Sicherheit tun.

Das Grollen einer Explosion zauberte ein selten zu sehendes Lächeln auf ihre Lippen, das noch breiter wurde, als sich das Rasseln von Ketten hinzugesellte. An der Tür zum Flur blieb sie kurz stehen, um einen raschen Blick über das Chaos zu werfen. Die Kronleuchter stürzten einer nach dem anderen herab, jeder ein fallender Hammer, der Tische zerschlug und Teller und Leiber durch die Luft fliegen ließ. Höflinge versuchten auszuweichen und sprangen übereinander hinweg; schnell löste sich die Gesellschaft an der Ehrentafel auf, und die Berater der Königin flohen in alle Richtungen davon. Taristan rappelte sich mühsam hoch, im Getümmel gefangen, sein Gesicht auf einer Seite tief von Schnittwunden aufgekratzt, während Ronin der Rote der Gewölbedecke Flüche entgegenschrie. Die Königin war plötzlich eine Gefangene ihrer eigenen Ritter, von der Löwengarde vor herumfliegenden Trümmern abgeschirmt.

Der Älteste lief zuerst an Sorasa vorbei, sein Gesicht ein weißes Laken. Dann kam der Knappe, Trelland. Sorasa addierte sie zu ihrer Rechnung.

Vier am Leben.

Sie atmete tief und keuchend ein. *Renn weg*, wiederholten ihre Instinkte, dieses Mal nicht mehr als ein Flüstern.

Das ließ sich leicht ignorieren.

Sie verschloss die Tür, und das dumpfe Knarren von Holz

wurde laut, als sie rasch den Riegel vorlegte. Draußen im großen Saal war das Donnern von weiteren herabstürzenden Kronleuchtern zu hören. Ihr Herz donnerte im selben Takt, ein gleichmäßiger Rhythmus. Die Gefahr nährte etwas in ihr, und es reichte aus, um erst einmal alle Angst zu unterdrücken.

Die anderen drei teilten diese Empfindung offensichtlich nicht. Corayne griff hinter sich, um nach ihrem Schwert zu tasten, und ihre Finger zitterten fürchterlich. Ihre Augen waren groß wie Servierteller, Schwarz umringt von stechendem Weiß. Die Spindelklinge war immer noch an Ort und Stelle, wie eine Schnittwunde, die über den Rücken des Mädchens ging, die Größe des Schwertes ein komischer Kontrast zu ihrem zierlichen Körper. Dom lehnte sich neben ihr an die Wand und biss sich auf die Lippen. Mit tastender Hand untersuchte er den Dolch, der noch immer in seiner Seite steckte. Einzig der Knappe schien ihr momentan brauchbar. Er riss seinen blaugrauen Mantel in Fetzen und presste sie auf Doms Wunde.

»Muss ich hier eigentlich alles selber machen?«, fragte Sorasa und machte sich daran, ihren Dolch zu säubern. Das Rot vom gewaltsamen Lebensende des Ritters verschwand nach wenigen schnellen Wischbewegungen. Sorasa sah den langen Korridor entlang, von dem zahlreiche Räume abzweigten, wohl eine Art Vorzimmer und Warteräume für die Königin und ihren Rat.

Corayne sah durch sie hindurch, als sei Sorasa gar nicht vorhanden.

»Die Tür wird nicht halten«, murmelte sie und trat von ihr weg. Schon jetzt hämmerten Fäuste von der anderen Seite dagegen. Viele Fäuste. Die Tür ächzte und ruckte in ihren Angeln, spannte sich gegen den Riegel. »Sie ist bei ihm. Die Königin ist mit *ihm* zusammen.«

»Danke. Ich habe selbst Augen im Kopf«, knurrte Sorasa. »Könnt Ihr laufen, Ältester?«

Seine linke Seite prangte in Hellrot. Er verzog das Gesicht. Auch in seinem Bart war Blut und färbte das goldene Haar dunkel. »Es ist nicht der Rede wert«, sagte er und stieß Trelland zur Seite. »Die Wunden der Vedera verheilen schnell.«

»Auf keinen Fall ...«, setzte Sorasa an und stürzte zu ihm hin.

Aber es war schon zu spät, um den götterverfluchten Schwachkopf von einem Unsterblichen davon abzuhalten. Mit einer einzigen Bewegung zog er das Messer heraus und warf es weg, sodass das Blut über den Boden spritzte. Weiteres Blut quoll aus der Wunde in seinen Rippen, schoss in die Höhe wie die Fontäne eines Springbrunnens. Er taumelte, stieß ein Zischen aus und fiel auf eines seiner Knie.

»Oh«, keuchte er im Stürzen.

Corayne fing ihn auf und rutschte in der Pfütze seines Unsterblichenblutes aus. »Bei allen Spindeln!«

Sorasa hatte einen intensiv metallischen Geschmack auf der Zunge, als sie den Ältesten zu Boden stieß.

»Unvorstellbar, wie jemand tausend Jahre leben und trotzdem so dumm sein kann«, sagte sie und zerriss seinen Uniformrock an der Stelle, wo die Wunde war. »Fast schon eine Leistung für sich.«

»Fünfhundert«, zischte Dom mit zusammengebissenen Zähnen, als mache das irgendeinen Unterschied.

»Unsterblich oder nicht, Ihr seid immer noch durchaus imstande zu verbluten.«

Irgendwie schien ihn diese Möglichkeit zu überraschen.

Sorasa gab sich alle Mühe, nicht weiter darauf zu achten, damit sie ihn nicht doch eigenhändig umbrachte. Stattdessen zerrte und riss sie an seinen Kleidern und griff nach allem, was sich als Verband benutzen ließ. Trelland hielt ihr seine Lumpen hin, und sie stopfte sie in das klaffende Loch. Die Rippen des Ältesten glänzten weiß zwischen den harten roten Muskeln. Zumindest zuckte Dom mit keiner Wimper, als sie ihn flickte wie einen Eimer mit einem Loch.

»Noch irgendwelche weiteren brillanten Ideen, Ältester?«

Er war schneller wieder auf den Beinen, als sie es für möglich gehalten hätte, ragte in seinen zerrissenen Kleidern über ihr auf, seine Brust nackt unter dem Fackellicht des Gangs. Seine Haut war wie seine Knochen, glänzend und bleich.

»Lauft«, stieß er mit rasselnder Stimme hervor.

»Wir können nicht über den Weg zurück, über den wir hereingekommen sind. Und die Dienstbotenbrücke, die Brücke der Tapferkeit, der Garnisonshafen ...« Sorasa geriet ins Stocken, während sie jede einzelne Möglichkeit, jeden Fluchtweg, den sie kannte, aufzählte; keiner kam infrage, eine Tür nach der anderen schlug vor ihren Augen zu. »Ich kann mich selbst hier rausbringen, aber nicht zusätzlich euch alle.«

»Eine wirklich große Hilfe«, blaffte Corayne.

Wieder dröhnte die Tür, als etwas Großes und Schweres gegen das Holz schlug. Wahrscheinlich setzten sie einen Tisch als Rammbock ein. Es konnte nicht mehr lange dauern, bis die Tür nachgab und nach innen kippte oder Eridas Wachen sich ihnen von der anderen Seite her näherten. Sie hatten vielleicht noch wenige Minuten.

Sekunden.

Trelland ging zu den Fenstern hinüber und schaute hinaus in die säuberlich gepflegten Gärten. Überall loderten Fackeln auf, während Wachen aus ihren Betten geholt und ausgeschickt wurden. Hinter den grünen Wiesen befand sich ein Labyrinth, aus Hecken gebildet, tiefe Schatten über seinen verschlungenen Wegen. Die Palastkathedrale erhob sich spottend darüber, ein stolzes, einschüchterndes Gebäude und ein erhabenes Wunder; ihre Säulen und Gewölbebogen wie die Rippen eines Brustkorbs. Der Kiefer des Knappen spannte sich an.

»Wir sollten es mit der Syrekom versuchen«, sagte er mit leiser Stimme.

»Mit der Kathedrale?« Sorasa schnaubte verächtlich. Das Blut des Ritters und das Blut Doms trockneten und verkrusteten langsam auf ihrem Gesicht und ihren Händen. Es war kein Unterschied zwischen dem einen Blut und dem anderen, sterblichem oder unsterblichem. Sie schmeckten beide gleich.

»In einem Heiligtum Asyl zu suchen, funktioniert vielleicht in irgendwelchen Geschichten, Knappe. Das hier ist keine solche Geschichte.«

Einige Ritter waren draußen in den Gärten, und ihre Fackeln hüpften auf und ab, aber keiner betrat das Labyrinth. Sorasa versuchte, sich die Syrekom-Kathedrale dahinter ins Gedächtnis zu rufen, ein Monstrum aus grauem Marmor und Glas, ein Kronjuwel von Ascal, gebaut zur Verehrung des mächtigsten und schrecklichsten Gottes.

»Syrekom«, wiederholte Trelland, und diesmal war seine Stimme lauter und fester.

Seine Hand zuckte, als er nach einem Schwert griff, das nicht da war. Er trug keine Rüstung und hatte, soweit Sorasa sehen konnte, nicht einmal ein Messer bei sich. Nur seine Hose und den zerrissenen Mantel, der an seinen Handgelenken ein wenig kurz war. Er war noch immer nicht ganz ausgewachsen, selbst jetzt, nach allem, was er gesehen hatte, nichts als ein Junge. *Aber jetzt klingt er nicht mehr wie ein Junge.*

»Ich führe uns durch das Labyrinth und dann …« Sein Blick blieb an Doms Blut hängen. »Ich hoffe, Ihr könnt alle schwimmen.«

Sorasa sah Dom an. Sein Atem ging in kurzen, gequälten Stößen. Er funkelte finster zurück.

»Ich habe schwimmen gelernt, bevor Euer Stammbaum überhaupt angefangen hat«, knurrte er und stapfte mit finster-verbissenem Blick und in einem stürmischen Tempo davon. Fast hätte sie erwartet, ihn direkt durch eine Wand brechen zu sehen. Stattdessen öffnete er eine Tür mit einem Tritt, schritt hindurch und ließ sie hinter sich in ihren goldenen Angeln baumeln.

Vielleicht ertrinkt er ja, ging es Sorasa beiläufig durch den Kopf, halb schon als Wunsch.

17

Für die Wacht

Andry

Der Neue Palast war ein Zuhause gewesen, eine Zuflucht, eine Schule, eine Ausbildungsstätte. Jetzt war er ein Gefängnis, ein Jagdgrund, ein Henkersblock.

Andry spürte das Fallbeil, das über seinem Kopf schwebte, während er die anderen in das Labyrinth hineinführte. Er lief, so schnell seine langen Beine ihn trugen. In der Kaserne hatte er gelernt, in Rüstung zu rennen. Es hatte ihn stark gemacht und noch schneller, wenn er die Rüstung nicht trug. Aber jetzt fühlte er sich nackt und verwundbar. *Ich habe nicht einmal ein Messer,* dachte er voller Frustration. Nicht dass er sich dafür wirklich Vorwürfe machte. Wie hätte er damit rechnen können, dass sich Erida gegen sie wenden würde, gegen ihn, gegen die *Wacht?*

Aber das hat sie nicht erst heute Abend getan, machte er sich klar. Er zitterte am ganzen Leib. Es war, als würde er von der plötzlichen Erkenntnis aus allen Verankerungen gerissen und aufs offene Meer hinausgeschwemmt. *Sie hat sich schon vor langer Zeit gegen uns gewandt. Die Götter mögen wissen, wann.*

Sie hatte ihn an ihrer Seite, Fürst Cortaels Zwillingsbruder. Diesen abtrünnigen Schweinehund.

Das Schimpfwort schmerzte ihm im Schädel. Andry Trelland war kein Freund von Kraftausdrücken, nicht einmal dann, wenn er um sein Leben lief.

Rufe und Schreie erhoben sich überall auf dem Palastgelände, und Fackeln flammten in den Gärten auf, als sich die Ritter der Königin an die Verfolgung der Fliehenden machten. Aber Andry nahm sie bloß ganz am Rande seines Bewusstseins wahr. Für ihn gab es nichts als das Labyrinth – und seine Mutter.

Sie ist jetzt im Hafen der Reisenden, sagte er sich. Es war wie ein Gebet, das darauf wartete, erhört zu werden. *Bereits auf einem Schiff, sicher in der Obhut ihrer Betreuer, sitzt bequem auf ihrem Stuhl. Die Segel gehisst, unter einem Kapitän, der ihre Heimat ansteuert.* Es zerriss ihm das Herz, als er sich Valeri Trelland an der Reling eines Schiffes vorstellte, wie sie auf ihren Sohn wartete. *Ich hätte mit ihr gehen sollen. Das hier ist kein Ort für mich.* Die Hecken des Labyrinths rückten immer näher an ihn heran, makellos gepflegte Reihen, kein Blatt am falschen Platz. Er wollte das alles in Schutt und Asche legen. *Ich muss von dieser Insel herunterkommen. Das ist alles, was ich tun muss. Den Palast hinter mir lassen und mich zum Hafen durchschlagen.*

Sein Atem ging schwer; er atmete durch die Nase ein und durch die Zähne aus. *Geh von der Insel runter. Geh zum Hafen.*

Corayne keuchte neben ihm, kämpfte darum, nicht zurückzufallen. Vorhin in der Wohnung war sie ihm nicht so klein erschienen, aber jetzt, mit dem Schwert auf ihrem Rücken und dem Gewicht der Welt auf ihren Schultern, befürchtete Andry fast, sie könnte sich auflösen. Nur ihre Augen waren unverändert, irgendwie schwärzer als der Himmel über ihnen. Sie sah ins Labyrinth zurück und versuchte, die Hecken mit ihrem Blick zu durchdringen, während sie durch die gewundenen Gänge eilten. Prinz Domacridhan und die Frau aus Ibalet hielten hinter ihnen Schritt.

Ein Hornsignal hallte über den Palast, und Andry zuckte zusammen. Der stolze, lastende Klang ließ die Luft erbeben.

»Was war das?«, fragte Corayne atemlos. Das Horn ertönte ein zweites Mal.

»Die Palastgarnison«, gab er zur Antwort und beschleunigte seinen Schritt. Er biss die Zähne aufeinander.

Er hatte noch nie erlebt, dass die Garnison gerufen wurde, nicht um in den Kampf zu ziehen. Als Junge hatte er sich immer gewünscht, sie würde in all ihrer gepanzerten Pracht herbeibeordert, um die Königin und ihren Hof zu beschützen. *Nun gut, jetzt werde ich es offenbar zu sehen bekommen.*

Domacridhan humpelte, jeder Schritt eine Qual, eine Hand auf seine Rippen gedrückt. Blut quoll zwischen seinen Fingern hervor, schwarz im Dämmerlicht. *Als ich ihn das letzte Mal gesehen habe, wurde er gerade bei lebendigem Leibe von Leichen verschlungen,* dachte Andry. *Er hat den Tempel überlebt – bestimmt wird er auch das hier überleben.*

Jedes Mal wenn er zu erlahmen drohte, versetzte die Frau aus Ibalet mit gebleckten Zähnen dem Ältesten einen Stoß, um ihn vorwärtszuschieben. »Wie viele Mann umfasst die Garnison, Trelland?«, erkundigte sie sich mit vor Sorge angespannter Stimme.

Obwohl Ritterlichkeit und Etikette es verlangten, bezweifelte Andry, dass es unter den gegebenen Umständen klug wäre, die Dame nach ihrem Namen zu fragen. »Zweihundert. Genug, um einer Belagerung zu trotzen.«

»Ich fühle mich richtig geschmeichelt«, gab die Frau zurück. *Zweihundert Soldaten. Zweihundert Schwerter. Zweihundert Schilde. Zweihundert Männer, die ich gekannt und mit denen ich geübt habe, denen ich jeden Tag in der Kaserne begegnet bin. Zweihundert, die der Königin, Galland und dem Löwen Treue gelobt haben.* Andry zweifelte nicht an ihrer Entschlossenheit, nicht einmal unter den Reihen jener, die er zu seinen Freunden zählte. *Sie werden mich genauso töten wie jeden anderen Feind. Dazu sind sie ausgebildet worden.*

Und ich würde an ihrer Stelle genau das Gleiche tun.

»Hier entlang«, zischte er und drehte sich zu einer massiv aussehenden Blätterwand. Mühelos schlüpfte er durch die versteckte Öffnung zwischen den Hecken.

Wo das übrige Labyrinth kunstvoll gestaltet war, mit Steinwegen und plätschernden Springbrunnen, war dieser Durchgang ungepflegt, schmal und kratzig, kaum ein Trampelpfad zwischen den hohen Büschen zu beiden Seiten. Seine Existenz war ein offenes Geheimnis. Viele der Knappen, Ritter, Hofdamen und sogar einige Mitglieder der königlichen Familie brachten ihre Gespielen hierher, um für einige Momente fern von neugierigen Augen ungestört zu sein.

Ein kalter Wind kam auf, und ein Schauder überlief Andrys nackte Haut. Er biss die Zähne zusammen und bereitete sich innerlich auf die Stimme vor, die mit der Kälte einherging, auf das Wispern, alt und jung zugleich. Die Stimme, die er sich kaum einzuprägen vermochte und die er zugleich niemals vergessen würde.

Die Straße führt in eine einzige Richtung, treuer Knappe, ächzte die Stimme und zersprang.

Andry stieß ein leises, kehliges Knurren aus, als das Flüstern in seinem Kopf zerstob. Er geriet ins Taumeln, wurde langsamer, kämpfte sich weiter vorwärts.

»Alles gut mit dir?«, hörte er Corayne rufen, aber ihre Stimme wurde durch das Flüstern verschluckt.

Verbrenn das Leben, das du hinter dir gelassen hast, rette die Wacht vor dem Feuer.

Und dann war die Stimme wieder fort, verschwand zusammen mit dem Wind in der Ferne, zerfiel zu nichts, während das Geschrei außerhalb des Labyrinths zunahm. Der Turm der Syrekom-Kathedrale erhob sich mit seinen hohen, spottenden Bögen vor ihnen. Die Rufe wurden lauter, und Flammenschein sickerte zwischen den Blättern hindurch, flackerte von den Wegen herüber, kam näher und näher.

Corayne hielt den Blick eindringlich auf ihn gerichtet und verlangsamte ihre Schritte, um sich seinem Tempo anzupassen. Dann streckte sie zögerlich die Hand aus. Ohne nachzudenken, griff Andry danach, und ihre Finger lagen warm in seinen.

»Es ist nichts«, sagte er, obwohl sein Atem in gequälten Stößen ging. »Mit mir ist alles in Ordnung.«

Hinter ihnen wurde ein Stöhnen laut, und Dom begann erneut zu wanken und sank auf ein Knie. Die Frau knurrte einen Fluch in ihrer Sprache.

»Geht weiter!«, rief sie ihnen zu, noch bevor einer von ihnen hätte stehen bleiben können.

Corayne drehte sich um und blickte zurück, aber Andry zog sie weiter. »Sie werden uns einholen«, sagte er und umklammerte fest ihre Hand. *War das eine Lüge?*, fragte er sich. *Spielt es überhaupt noch eine Rolle?*

Die Schatten der Hecke waren hoch und sonderbar, schwankten wechselnd im Licht der Sterne und im Fackellicht, weiß und rot. Einer dieser Schatten erwachte taumelnd zum Leben. Die Umrisse einer breiten Gestalt, die auf den Weg gestolpert kam. Der edle, rot-silberne Waffenrock des jungen Mannes war voller Weinflecken.

»Sieh mal einer an, Trelland«, rief Zitrone und schwankte hin und her. Er grinste anzüglich, und sein schwitzendes Gesicht war gerötet. Ein Kelch glänzte in seiner Hand. Er wedelte damit zwischen Andry und Corayne herum und verschüttete dunkelrote Flüssigkeit. »Bringt der Kerl ein Mädchen mit runter zum kleinen Pfad. Das hätte ich dir gar nicht zugetraut!«

Andry ließ Coraynes Hand los und versuchte, das Mädchen an dem anderen Knappen vorbeizuschieben. Dabei streifte seine Hand die Scheide der Spindelklinge. Sie fühlte sich so kalt an wie Eis.

»Abend, Zitrone«, stieß er hinter zusammengebissenen Zähnen hervor. *Schlüpf am besten einfach um ihn herum und lass ihn allein hier durch die Dunkelheit taumeln.* »Genieß den Rest des Festes.«

»Trink einen Schluck mit mir, Bruder«, sagte Zitrone mit schwerer Zunge. Er legte Andry den Arm um den Hals. »Und stell mich deinem Mädel vor«, fügte er hinzu und streckte den anderen Arm aus, um ihnen den Weg zu versperren. Der Kelch schlug gegen Coraynes Hüfte, und Wein spritzte ihr über das Hemd. Sein Lächeln wurde breiter, als er sie genauer in Augenschein nahm. »Guten Abend, meine Dame.«

Corayne sah auf ihre besudelte Kleidung hinab und dann wieder zu Andry. Ihre Blicke trafen sich. Frustration flammte in ihr auf, heiß wie Kohlen. *Tu es nicht*, hätte er gern gesagt. *Gehn wir einfach weiter.*

»Genieß das Fest«, sagte sie zu Andrys Überraschung mit leiser Stimme.

Sie löste sich aus Zitrones Griff und achtete darauf, mit ihrem Rücken zur Hecke zu stehen, um die Spindelklinge zu verbergen. Glücklicherweise war Zitrone zu betrunken, um Coraynes Mangel an damenhaftem Putz zu bemerken, ganz zu schweigen von dem Schwert in der Scheide über ihrer Schulter.

»Schon gut«, murmelte Andry und versuchte, sich zu befreien.

Die Fackeln kamen näher. Sie hatten wenig Zeit, bis alle Hoffnung auf Flucht erloschen war.

Aber Zitrones Hand packte fester zu, seine Finger gruben sich auf der Suche nach Halt in Andrys Kragen. Nun endlich registrierte er die flackernden Lichter und die lauten Rufe, die über den Garten widerhallten. »Nach wem suchen sie?«, wunderte er sich, und sein Blick wurde eindringlicher. Er leckte sich die Lippen. »Sie rufen die Garnison, Trell. Wir sollten helfen.«

»Tu das, Zitrone«, antwortete Andry und versuchte, die Hand des Knappen wegzureißen.

Zitrone nahm eine drohende Haltung an, und seine Stimmung schwang um. Er hob seine andere Hand, zur Faust geballt.

»Da haben wir ihn mal wieder, unseren Trelland«, zischte Zitrone Andry ins Gesicht. Sein Atem stank nach Wein und Zwiebeln. »Du glaubst immer noch, besser als wir zu sein, obwohl dein Fürst tot und begraben ist. Du hast schlimmer versagt als jeder andere Knappe im Palast.« Die Beleidigung traf ihn tief, schnitt wie ein Messer ins Fleisch. Aber Zitrone war noch nicht fertig. Wieder richtete er seinen Blick auf Corayne. »Du weißt, dass er die Schuld am Tod seines Ritters hat, nicht wahr?«

Andry spürte, wie ihm bei diesen Worten die Hitze in die Wangen stieg.

Coraynes Gesicht verfinsterte sich. Sie gab alle Verstellung auf und sah Zitrone durchdringend an. »Er hat überlebt, und das ist immerhin mehr, als die Ritter sagen könnten.«

Zitrone schnaubte verächtlich und erwiderte Coraynes Blick böse, die Lippen verzogen, während er sie genauer in Augenschein nahm. Andry bemerkte, wie ihm ihr übel in Mitleidenschaft gezogener Zopf auffiel, ihre von der langen Reise abgetragenen Kleider und die alten Lederstiefel an ihren Füßen.

»Was starrst du so, du zerlumptes Weibsstück?«

Andrys Zorn war wie ein Blitzschlag. In Nullkommanichts hatte er den Knappen abgeschüttelt und fasste ihn an seinem Hemdkragen im Nacken. »*Davel*«, knurrte er.

Corayne schien sich an seiner derben Sprache nicht weiter zu stören. Sie reckte das Kinn und fuhr damit fort, Zitrone grimmig anzustarren. Ihre Augen waren ausdruckslos, schwarz und wie gähnende Abgründe, ein beunruhigender Anblick.

»Ich will einfach herausfinden, wie lange du durchhältst, bis du dir in die Hose machst, Knappe«, antwortete Corayne auf Zitrones Frage.

Zitrone zischte etwas Unverständliches und wollte sich auf sie stürzen, aber Andry ließ ihn nicht los, nutzte alle Vorteile, die ihm seine Größe und Nüchternheit verschafften. »Das reicht jetzt«, sagte er leise, als sei Zitrone ein Tier, das es zu beruhigen galt.

Es brachte ihn nur noch mehr in Rage, und Zitrone riss sich in wildem Zorn von ihm los. Aber ihm blieb keine Gelegenheit, etwas zu sagen. Der Dolch war ein goldener Spiegel an seinem Hals, und das helle Licht der Fackeln tanzte darauf.

»Ja, das reicht jetzt wirklich«, sagte die Frau, die plötzlich auf dem Weg erschienen war. Sie hatte die Hand in Zitrones strohiges Haar gekrallt, zog seinen Kopf nach hinten und legte seine Kehle frei. Der Knappe sah sie nicht, aber er erstarrte, als er die Klinge auf seiner Haut spürte.

»Das ging ja schneller, als ich gedacht hätte«, murmelte Corayne und begutachtete die Beine des Knappen.

Sosehr er sich auch wünschte, Zitrone im Staub kriechen zu sehen, wusste Andry es doch besser. Er trat vor und streckte die Hand nach dem ibaletischen Dolch aus, ein bronzenes Kunstwerk mit einem Griff wie eine zusammengerollte Schlange. Die Frau, die ihn hielt, war ruhig und gelassen, ihr Gesicht allzu unbewegt.

»Tötet ihn nicht. Bitte«, sagte er nachdrücklich. *Das Letzte, was wir jetzt brauchen, ist weiteres Blutvergießen.*

Der Mund der Frau zuckte verärgert. »Vergiss Trellands Gnade nicht, Junge«, hauchte sie und ließ die Klinge von seiner Kehle sinken.

Zitrone sah Andry in die Augen und zeigte, was immer er an Reue aufbrachte. Es war nicht viel. »Dank ...«

Ihre Faust traf sein Kinn, Knöchel auf Knochen, und der Schlag riss seinen Kopf mit knirschender Gewalt zur Seite. Der Knappe stürzte bewusstlos mit dem Gesicht voraus in den Dreck.

»War das notwendig?«, keuchte Andry und starrte mit offenem Mund nach unten. Zitrone lag flach auf dem Boden, und um ihn herum bildete sich bereits eine Lache aus Spucke und Schleim.

Die Frau schob ihren Dolch mit einem laut vernehmlichen Schnappen in die Scheide zurück. »Du wolltest, dass er am Leben bleibt.«

Andry spürte, wie es ihn erneut kalt überlief. Er schluckte heftig und warf einen Blick hinter den Rücken der Frau. Dom kam aus der Dunkelheit zu ihr getreten. Er humpelte. Sie bewegte sich wie ein Raubtier, nichts als Ecken und Kanten. Frauen aus Ibal waren am Hof von Galland keineswegs Unbekannte, aber sie hier war anders als alle, denen er bisher begegnet war. Ihr Gewand war in Fetzen gerissen, und sie hatte Blut an den Händen und im Gesicht. Nicht ihr eigenes, sondern Doms Blut. *Und auch das Blut des einen oder anderen Ritters. Sie ist es gewesen, die im großen Saal Sir Welden umgebracht hat*, ging es ihm durch den Kopf, und er dachte an den alten Soldaten, wie er mit aufgeschlitztem Hals verblutet war. Bei der Erinnerung hätte er sich fast übergeben.

Corayne trat neben ihn, ihr Arm lediglich Zentimeter von seinem entfernt. Mit im Mondlicht bleichem Gesicht warf sie einen Blick zum bewusstlosen Zitrone zurück, während sie vom ihm wegeilten. Es schien sie nicht sonderlich aus der Fassung zu bringen.

»Wer ist diese Frau? Was zum Teufel machen wir da?«, murmelte Andry.

Corayne stieß einen schnaubenden Atemzug aus. »Das frage ich mich jetzt schon seit einer ganzen Weile.«

Sie brachen durch eine weitere versteckte Öffnung in der Hecke und wären beinahe mitten in einen flachen Teich mit Lilien und trägen Fischen hineingerast. Auf der gegenüberliegenden Seite führte ein Tor auf einen Platz aus behauenem Stein. Die Steinplatten waren in der Form von Sonnenstrahlen angeordnet, die aus der Kathedrale drangen. Die Mauern des Neuen Palastes schmiegten sich an beiden Seiten ohne Lücken und Schwachstellen gegen das Heiligtum. Die Bogenfenster waren dunkel und ragten drohend in die Höhe. Lichter huschten über sie hinweg wie Glühwürmchen, die Spiegelungen der Fackeln. Die Soldaten der Garnison bahnten sich einen Weg durch das Labyrinth und waren ihnen dicht auf den Fersen.

Dom hielt jetzt mit ihnen Schritt, seine Beine schritten wild und ohne jeden Rhythmus aus. Er stürmte mit der Ibaleterin an seiner Seite weiter. Die Frau hatte ihr glänzendes Schwert aus der Scheide gezogen; eine schlichte, aber gut gefertigte Waffe, die dunkel schimmerte. Trotzdem nichts im Vergleich mit der Spindelklinge.

Die Syrekom gähnte vor ihnen, ein Maul aus Gewölbetoren und Fratzenskulpturen – geflügelte Götter und steinerne Könige – starrte mit leeren Augen zu ihnen herab. Die Bogentüren waren aus massiver Eiche und für den Abend fest verschlossen. Der Älteste brauchte nicht mehr als zwei Versuche, um eine Tür aufzutreten, trotz seiner Verletzung. Er keuchte, seine Haut war bleicher als der Mond, und seine letzten Kräften drohten ihn zu verlassen. Zusätzlich zu allem anderen quälte Andry auch noch die Angst um Domacridhans Leben.

Das Mittelschiff der Kathedrale war langgezogen und so hoch, dass ein ganzer Wald darin Platz gehabt hätte. Die Säulen erstreckten sich in Doppelreihen bis zur Fensterwand am anderen Ende. Sie hetzten den Gang hinab, der in der Mitte zwischen den leeren Bänken hindurchführte. Wenige Kerzen flackerten in ihren Ständern. Die meisten verloschen, als sie vorbeiliefen.

»Götter, bitte, tötet keine Priester«, murmelte Andry und sah die Ibaleterin an.

»Es wären nicht meine ersten«, erwiderte sie leichthin.

Ein rotes Licht leuchtete im Glas der Fenster auf und wurde immer heller. Es flackerte und flammte, stammte aus hundert Fackeln, als die königlichen Soldaten das Palastgelände übernahmen und die Kathedrale umzingelten.

Andry stieg die Stufen zu dem Altar aus reinem Gold hinauf, wo der Hohepriester seine Gottesdienste feierte. Sechs Fenster ragten darüber auf; Buntglasdarstellungen des mächtigen Syrek und seiner Großtaten. Nach Jahren der frommen Anbetung kannte Andry sie alle, ohne hinzuschauen. Jedes Bild – Feuer, Krieg, Eroberung und Schöpfung – war in Rot, Gold und Grün ausgeführt und mit Schwertern und Löwen versehen. Bei Sonnenschein strahlten die Fenster hell auf, in der Dunkelheit wirkten sie düster und unheilverkündend. Andry zuckte zusammen, als Dom nach einer bronzenen Kohlenpfanne griff und sie in das nächstbeste gläserne Meisterwerk schleuderte.

Das Fenster zerbarst mit einem Aufkreischen wie ein altes Weib und spie Glas in den Fluss darunter.

»Lasst euch mit der Strömung mitziehen und bleibt unter Wasser, so lange ihr könnt«, blaffte die Ibaleterin und winkte Corayne zu dem zerbrochenen Fenster. Die Frau überprüfte Coraynes Schwert und zog die Schnallen des Waffengürtels für sie stramm. Erneut blickte Corayne hinter sich, und ihr Blick suchte Andry. Diesmal sah er ihre Angst. Bloß ein kurzes Aufblitzen, aber es reichte.

Er senkte das Kinn und nickte, so ermutigend er vermochte. Sie erwiderte sein Nicken energisch.

Dom war der Erste, der durch die Öffnung sprang, und Corayne folgte ihm mit einem eleganten Hechtsprung. Die Ibaleterin zögerte nicht, sondern stürzte in die dunkle Luft, und ihr Aufklatschen unten im Fluss war fast lautlos.

Andry trat vor das Fenster mit den spitzen Scherben an den Rändern. Das Wasser war relativ sauber, der meiste Müll und Schmutz blieb an den Wassertoren hängen, die Schiffe und Boote vom Palast fernhielten. Sie mussten nicht durch die Abfälle und den Dreck aus den Elendsvierteln schwimmen. Es erleichterte das Springen nicht. Genauso wenig wie all die Gedanken, die ihm durch den Kopf wirbelten.

Fackellicht erfüllte die Fenster, die Garnison traf ein, und er hörte draußen die gebellten Befehle, scharf wie Peitschen. Hinter ihm war nichts als Stahl und Feuer. Die Königin hatte sich mit Taristan zusammengetan, dem Mann, der Sir Grandel getötet hatte sowie Fürst Okran, Cortael – seinen eigenen Zwillingsbruder – und all die Übrigen, deren Leichen als Futter für die Krähen im Schlamm liegen gelassen worden waren.

Sie werden mich foltern. Mich verhören. Mich dafür bestrafen, dass ich das Schwert versteckt habe, dass ich Corayne geholfen habe. Das stand außer Frage. Andry sah vor seinem inneren Auge bereits die Festungskerker. *Und dann werden sie mich als Verräter brandmarken und mich umbringen.*

Und trotzdem konnte er noch immer nicht springen. Es war nicht der tiefe Fall, der ihm Angst machte, sieben Meter hinunter in den rauschenden schwarzen Fluss. Es hätten auch zwei Zentimeter sein können oder zwei Meilen. So oder so, für ihn war es wie ein Ende, ein zufallendes Tor. Es ließ alles, was vorher gewesen war, als falsch und vergebens erscheinen.

Mein Vater, gestorben für den Löwen, gestorben für seine Pflicht einer Krone gegenüber, die ich verraten habe. Andry gab ein gezwungenes Zischen von sich. *Eine Krone, die mich verraten hat, mich und die ganze Wacht. Ich habe nichts falsch gemacht.*

Ich habe nichts falsch gemacht, dachte er erneut, als er durch die Luft sauste. Zum ersten Mal hielten die Worte der Flüsterstimmen einen Trost für ihn bereit.

Verbrenn das Leben, das du hinter dir gelassen hast.

Die Tage des Knappen Andry Trelland standen zweifellos in hellem Brand.

Es war das Gesicht seiner Mutter, das er sah, als er auf dem Wasser aufschlug und unterging, für einen Moment durch kalte, endlose Dunkelheit schwebte. Die Strömung riss ihn mit sich, und er ließ es geschehen, hielt unter der Wasseroberfläche den Atem an. Hier gab es keine rote Hitze, wie er sie vorhin im Saal in Taristan gesehen hatte. Keinen bösartigen Schatten, der sich hinter der Schwärze bewegte. Da war nur der Fluss, die kühlen Hände der Fluten, die ihn mit sich zogen.

Und dazu dieses verdammte Geflüster, das wie Eis klang, wie Winter, sich zu einer einzigen Stimme verfestigte.

Sei standhaft und treu, erhebe dein Haupt.
Während die Dunkelheit kommt und Wahl um Wahl dir raubt.

Andry war ein Sohn Ascals, in der Hauptstadt geboren und aufgewachsen. Er kannte die Kanäle gut und schauderte, während er schwamm. Er hielt den Mund fest geschlossen und versuchte, nicht an all das zu denken, was das Wasser mit sich trug, von den Elendsvierteln von Hundskopf flussaufwärts bis hin zu den Schlachthöfen am Kuhufer. In der Dunkelheit tat er, als sei der Fluss sauber. Und in der Dunkelheit waren sie schwer zu sehen, schwer zu verfolgen.

Das Flüstern verhallte, und Andry war in seinem Kopf wieder allein. Jetzt hämmerte seine eigene Stimme in seinem Schädel. *Nichts wie weg vom Palast. Geh zum Hafen.* Mit jedem Atemzug dachte er: *Geh zum Hafen.*

Er hielt sich dicht bei den anderen, bis die Frau aus Ibalet schließlich das Ufer ansteuerte. Sie hievten sich an Land, einer nach dem anderen, tropfnass auf der dürftigen Uferböschung, einem schmutzigen Dreieck aus Schlamm und Sand, halb von der überhängenden Straße über ihnen verdeckt.

Andry rappelte sich schnell hoch, Corayne genauso. Sie schüttelte sich das Haar aus den Augen und überprüfte den Waffengürtel der Spindelklinge, tastete nach dem Schwert. Es war noch da, sicher aufgehoben in seiner Scheide.

»Steht auf oder versteckt Euch«, zischte die Frau und bedachte Dom mit einem grimmigen Blick. Der Unsterbliche lag der Länge nach auf dem Boden ausgestreckt. Ihre Augen brannten wie zwei Kerzen. »Ich bezweifele, dass wir selbst zu dritt einen Klotz wie Euch wegtragen könnten.«

Dom stöhnte. Er war zu schwach, um zu antworten, aber er rollte sich auf die Knie, eine Hand auf die Wunde gedrückt. Trotz der Anstrengungen des Schwimmens schien sie weniger stark zu bluten.

Andry sprang schnell zu ihm hin und schob behutsam die Hand unter den Arm des Ältesten.

»Stemmt Euch auf die Beine, Herr«, flüsterte der Knappe. Der Unsterbliche hing ihm schwer in den Armen. Er war fast so schwer wie ein Ritter in voller Rüstung. »Stützt Euch auf mich.«

»Und auf mich«, zwitscherte Corayne und übernahm seinen anderen Arm. Unter seinem Gewicht wäre sie um ein Haar in die Knie gegangen.

»Danke«, murmelte Dom. Er klang überrascht. Seine bleichen Wangen liefen zartrosa an. Ob es ihre Hilfe oder seine eigene Schwäche war, was ihn erröten ließ, vermochte Andry nicht zu sagen. *Wahrscheinlich beides zusammen.* »Nur gut, dass meine Cousine nicht hier ist; sie würde mich für den Rest meines Lebens damit aufziehen.«

»Ich werde es bestimmt nicht unerwähnt lassen, sollte ich sie jemals kennenlernen«, sagte Corayne und grinste trotz all ihrer Anstrengung.

Unterdessen zog die Frau aus Ibalet aus, was von ihrem zerrissenen Kleid übrig geblieben war. Darunter wurden ein nasses Hemd und lederne Beinkleider sichtbar. Sie wirkte kleiner und dünner, aber keineswegs schmächtig, jeder Muskel wohlgeformt und straff wie ein zusammengerolltes Stück Seil. Weitere Tätowierungen zeigten sich an ihrem Hals und an ihren Handgelenken, überall, wo ihre bronzefarbene Haut zu sehen war. Andry erkannte die Schwingen eines Vogels und einige ibaletische Wörter in verschnörkelter Schrift, dazu ein Sternbild und einen halbmondartig gebogenen Dolch, doch dann krampfte sich ihm der Magen zusammen, und er musste den Blick abwenden.

»Entschuldigung, meine Dame«, stieß er zwischen fest zusammengebissenen Zähnen hervor und starrte auf den nassen Boden.

Die Ibaleterin gab ein spöttisches Lachen von sich. »Noch nie einen Frauenkörper gesehen, Knappe?« Sie klang belustigt. »Ich finde, es ist jetzt ein wenig spät für dich, um an Ehre und Anstand zu denken.«

Es lief ihm heiß übers Gesicht, und seine Wangen glühten. »Wenn ich das Königreich verraten muss, um sie zu retten, werde ich es tun«, murmelte er. *Es gibt kein Zurück mehr, selbst wenn ich es wollte. Der einzige Weg führt nach vorn.*

Flussaufwärts gleißende Lichter, die Straßen voller Fackeln, während Suchtrupp um Suchtrupp vom Neuen Palast her aufbrach. Andry sah die Kathedrale vor sich, stellte sich vor, wie die Ritter der Garnison vor den zerbrochenen Fenstern standen und in den schwarzen Abgrund des Kanals hinabstarrten. *Die Raubtiere zu uns als Beute.*

Dom folgte Andrys Blick. »Sie werden uns bald auf den Fersen sein«, sagte er.

»Sind sie schon jetzt«, zischte die Ibaleterin und stieg mit katzenhafter Zielstrebigkeit die Böschung hinauf. Sie trug eine Kapuze, verbarg das Gesicht unter den umfunktionierten Lumpen ihres Kleides.

Der Knappe schluckte heftig und versuchte, trotz all dem Chaos in seinem Kopf einen klaren Gedanken zu fassen. Langsam humpelten sie den Hang hinauf, folgten der Frau aus Ibalet.

»Die Ritter der Garnison werden sich in alle Richtungen verteilen«, sagte Andry und ließ den Blick über die Straße schweifen. *Mach, dass du wegkommst. Geh zum Hafen.* »Sie werden sich mit der Stadtwache zusammentun sowie mit den anderen Kasernen – Königin Erida hat eine ganze Armee in dieser Stadt.« Er deutete mit seiner freien Hand über den Kanal hinweg, als sie oben ankamen. »Wir befinden uns gerade auf der anderen Seite des Deltas; es gibt hier keine Kanäle oder Inseln mehr. Wenn Ihr schnell genug seid, seid Ihr womöglich noch vor allen Trupps, die sie dorthin ausgeschickt haben, an den äußeren Stadttoren.« Die Stadt wirbelte vor seinem geistigen Auge herum, ein Spinngewebe aus Straßen und Brücken. »Ihr könnt aus der Stadt sein, bevor sie sie gründlicher abgeriegelt haben als jede Rattenfalle. Lauft immer geradeaus weiter, bis Ihr auf die Mauern trefft. Das Tor des Eroberers ist das größte, da ist auch der meiste Verkehr, aber Gottherda hat weniger Wachen. Zumindest sollte das im Moment so sein.«

Corayne warf um Dom herum einen Blick zu Andry hinüber, die Lippen zu einer verkniffenen Linie gepresst, schmal wie ein von einem Dolch gezogener Schlitz. »*Wir* können alle aus der Stadt sein«, sagte sie mit scharfer Stimme. »Oder hast du irgendwelche anderen Pläne, von denen ich nichts weiß, Trelland?«

Andry spürte das Zucken eines Muskels in seiner Wange. Er schluckte heftig und trat vorsichtig einen Schritt von Dom weg, darauf bedacht, ihn nicht aus seinem wackeligen Gleichgewicht zu bringen. »Geht einfach immer Richtung Norden«, sagte er bestimmt.

Coraynes Augen weiteten sich, nicht aus Angst, sondern aus Verärgerung. »Und wohin gehst du?«

Seine Antwort war ganz einfach und schlicht. »Ich lasse meine Mutter nicht im Stich.«

»Sie werden dich gefangen nehmen«, knurrte Dom mit gequälter Atmung, sein Gesicht schmerzverzerrt. »Und sie werden dich umbringen, Andry. Dich gefangen nehmen und umbringen.« Seine grünen Iriden zuckten unruhig hin und her. »Taristan wird nicht zögern, das Leben eines einzelnen Knaben zu beenden. Unschuldiges Blut bedeutet diesem dämonischen Scheusal nicht das Geringste.«

»Das weiß ich.« Andry erinnerte sich allzu deutlich daran, wie Taristan Corayne angesehen hatte – als sei sie ein Hindernis, bloß ein Gegenstand, etwas, das er einfach beiseitefegte, um an das Schwert auf ihrem Rücken zu kommen. »Aber ich kann sie nicht allein lassen.«

Ich habe allen anderen gegenüber versagt und sie im Stich gelassen. Ich werde den Menschen, der mir am meisten bedeutet, nicht auch im Stich lassen.

Corayne blieb unbeirrt. »Der Hafen der Reisenden befindet sich auf der anderen Seite der Stadt.«

»Ich weiß, wo er ist«, antwortete er mit wachsender Ungeduld.

»Kannst du das schaffen?«, bohrte Dom nach und zwang sich, einen wackeligen Schritt auf den Knappen zuzumachen. Corayne ging an seiner Seite und bebte unter seinem Gewicht.

»Euch allen eine gute und sichere Reise«, war Andrys einzige Antwort. Er neigte den Kopf und machte eine Verbeugung.

Corayne ließ ihn nicht gewähren, und ihr Flüstern war hart und zischend. »Du hast selbst gesagt, dass sie die ganze Stadt dicht machen und keinen rauslassen werden.« Etwas strahlte in ihr auf, wie eine Fackel, die man zum Brennen bringt. Wieder blickte sie über das Wasser hinaus und über die Stadt darin, auf ihre Inseln verteilt, und ihre Mauern und Lichter erstreckten sich schier endlos. »Kapitäne warten nicht ab, bis sie in abgesperrten Häfen festsitzen. Dieses Schiff wird schon draußen in der Spiegelbucht sein, mit deiner Mutter an Bord, bevor du den Hafen erreichst.«

»Wofür immer du dich entscheidest, möglichen oder sicheren Tod, beeil dich einfach«, zischte die Ibaleterin, ein Schatten auf der Straße.

Seine Füße waren bereits in Bewegung, und seine Stiefel klatschten laut über die Pflastersteine. *Mach, dass du wegkommst, geh zum Hafen,* befahl er sich, die Worte wie ein Gebet. Alles, um Coraynes nächste Salve von vernünftigen Gegenargumenten nicht mehr hören zu müssen. Valeri Trelland rief ihn in seinen Gedanken zu sich, ihre warmen Hände zogen ihn heran, ihre Umarmung wie eine einhüllende Decke.

»Du wirst beim Versuch sterben«, prophezeite Corayne ihm noch, schon jetzt ein Echo, schon jetzt verhallend.

Andry Trelland war noch nie in Kasa gewesen, aber er hatte in den Geschichten seiner Mutter sehr viel darüber gehört. Da war die Hafenstadt Nkonabo, in der sich überall hohe Denkmäler aus Alabaster und Amethyst gen Himmel reckten. Das Zuhause der Verwandtschaft seiner Mutter, Kin Kiane, mit seinen grünen Garteninnenhöfen und dem kleinen Teich voller lila Fische. Eine Familie, die er nie kennengelernt hatte, wie sie sich alle um die Tore scharten, ihn hereinwinkten, in einem neuen Zuhause willkommen hießen.

Seine Schritte beschleunigten sich, und sein Herz raste, als könne er den ganzen Weg bis nach Kasa im Laufschritt zurücklegen.

Aber selbst das große Königreich am anderen Ufer der Langen See ist ein Teil der Wacht. Und die Wacht wird bald brennen. Feuer züngelten vor seinem inneren Auge in die Höhe, verschlangen die Tempel, die Türme, die Mauern, die Straßen, während Leichensoldaten die ganze Welt überfluteten. Sie krochen über den Innenhof, und ihre Flammen fraßen die Gärten auf, das Wasser sprudelte siedend im Teich und kochte die Fische bei lebendigem Leib. Und seine Mutter starb mit ihnen, schrie in ihrem Rollstuhl und streckte die Hände nach einem Sohn aus, der sie nicht hatte retten können.

Andry hätte gern geweint, und seine Augen brannten. Sein Herz war entzweigerissen, als seine Stiefel schlitternd zum Stehen kamen. In der Ferne machte sich die Stadtwache auf die Jagd.

Er würde den Hafen nicht erreichen. Und seine Mutter wäre nirgendwo auf Erden mehr sicher, wenn die Wacht dem Untergang anheimfiel.

»Ambara-garay«, flüsterte er und machte auf dem Absatz kehrt.

Vertraue in die Götter.

18

Beim Versuch sterben

Domacridhan

Dom hatte nicht gewusst, dass es möglich war, das Gefühl von Stahl zwischen den Rippen zu vermissen, aber jetzt vermisste er es auf jeden Fall. Alles drehte sich ihm vor Augen, wie er es noch nie erlebt hatte. Er wusste nicht, ob das am Schmerz oder am Blutverlust lag, denn in diesem Ausmaß war ihm beides neu. Weder im Zuge seiner Ausbildung im Tíarma-Palast noch in den Schlachten früherer Jahrhunderte, ja nicht einmal am Tempel, umringt von einer Armee höllengeborener Aschenländer, als sein Gesicht nichts als blutende Wunden gewesen war, hatte er Vergleichbares durchgemacht. Das jetzt war um so viel schlimmer. *Und ich habe es mir selbst zuzuschreiben*, fluchte er.

Corayne, immer noch unter seinem Arm, behielt unvermindert ihr Tempo bei. Sie hatte die Kiefer fest zusammengebissen, ihre Konturen scharf und unerbittlich wie eine Axt, als sie sie beide die Böschung hinaufbugsierte. Dom drückte die Hand auf den klaffenden Schnitt zwischen seinen Rippen, und seine Finger klebten von seinem eigenen Blut. Der Druck war ein sengender Schmerz, aber er hielt ihn am Leben und diente ihm als gute Ablenkung.

Je weiter sie sich von dem Knappen entfernten, umso tiefer wurde die Qual in Doms Brust. *Zumindest muss ich nicht zusehen, wie er stirbt*, dachte er voller Bitterkeit. Sein diesbezüglicher Kummer erwies sich als kurzlebig.

Dom hörte Schritte, vertraute lange Schritte, die sich anstrengten, sie einzuholen. Als er sich umdrehte, sah er den Knappen Trelland ihrem Schatten folgen und die Kanäle und den Hafen der Reisenden hinter sich zurücklassen.

»Sie wird schon zurechtkommen«, sagte Corayne, als sie ihn sah, ihre Stimme ernst. »Und du wirst das auch.«

Andry antwortete nicht und hielt den Kopf gesenkt. Er war vorsichtig und leise, aber der Unsterbliche hörte seine Tränen trotzdem. Er sah genauso aus wie damals am Tempel – geschlagen, die Augen matt und glanzlos, sein Herz gebrochen vom Massaker ringsum. Und immer noch trottete er weiter, folgte treu seiner Pflicht, ohne einen Schimmer von Hoffnung, der ihm den Weg erhellte.

Sie eilten über einen Markt. Weißgetünchte Geschäfte aus Lehmfachwerk sowie Fachwerkwohnhäuser ragten über ihnen auf, ihre Fenster wie leere Augenhöhlen. Dom hörte nirgendwo Suchtrupps. Sarn ging voran, ihr Hemdkleid grellweiß in den engen Gassen. Es war, wie einem Geist zu folgen.

Wie schnell verbreiten sich Neuigkeiten in einer Stadt wie dieser?, fragte er sich und dachte an die Stadttore. Hinter jeder Biegung schien ihre Reise zu Ende zu sein, um sich dann doch noch ein Weilchen in die Länge zu ziehen. *Vielleicht hat Ecthaid meine Gebete ja doch erhört, und er beschützt unseren Weg.*

Oder wir haben einfach Glück gehabt.

Das Glück blieb ihnen hold. Vor ihnen wölbte sich das Gottherda-Tor, die eisenbeschlagene Eichentür verschlossen, aber nicht verriegelt, und bloß zwei Stadtwachen taten ihren Dienst, um den Weg in die Stadt oder aus ihr heraus zu schützen. Wie Andry bereits gesagt hatte, war das Tor klein, kaum mehr als eine Tür in der äußeren Stadtmauer von Ascal. Leicht zu verteidigen, aber auch leicht zu vergessen.

Sarn beschleunigte ihr Tempo, und Corayne tat es ihr gleich, zog Dom auf schlurfenden Füßen mit sich. Andry griff erneut nach seinem Arm und nahm Dom einen Teil seines Gewichtes ab, bis er fast schon rennen konnte. Wieder verschwamm ihm die Sicht, und schwarze Punkte wuchsen und schrumpften vor seinen Augen.

»Bleibt einfach in Bewegung, Herr«, mahnte Andry. Er klang zugleich nah und weit entfernt.

Glocken begannen irgendwo zu läuten und dröhnten durch die Luft und in Doms Schädel. Er presste die Augen zusammen, als sie grell lärmend in ihm widerhallten. Für einen Moment war er wieder am Tempel, starrte auf den weißen Turm und vernahm das eigentlich unmögliche Läuten einer vorzeitlichen Glocke.

Die Wachmänner riefen etwas, ihre Stimmen vom Klirren ihrer Rüstungen und dem Singen von gezogenem Stahl untermalt.

Die Glocken sind ein Befehl. Ihre Königin ruft. Unsere Zeit ist abgelaufen.

»Verriegel die Tore – sie schließen den Hafen …«, befahl der erste Wachmann. Seine Worte gingen am Ende in ein feuchtes Glucksen über.

Als Dom die Augen wieder aufriss, sah er Sarn gerade die Kehle des zweiten Wachmanns aufschlitzen. Von ihrem Schwert tropften flüssige Rubine, und das Tor begann sich hinter ihr zu öffnen, ein Spalt zwischen den Türen, der sich mit jedem Moment weitete.

Es war Corayne, die ihn hindurchschob und das Holz mit einem Tritt öffnete.

Er konnte nichts anderes mehr tun, als sich vorwärtszuschleppen, denn seine Energie war endgültig aufgebraucht. Die Wunde gewann den erbitterten Kampf gegen seinen Körper. *Nicht hinfallen*, ermahnte er sich, wiederholte die Worte des Knappen. Die Glocken schrien weiter, begleitet von einem Dutzend Hornsignalen überall in der Stadt, von jedem Tor und jedem Wachturm herab. Er versuchte nachzudenken, versuchte, sich an diesen Teil der Wacht zu erinnern. Welche Straßen vor ihnen lagen, wie das Land außerhalb von Ascal beschaffen war. Aber es war Dom kaum möglich, die Augen offen zu halten, geschweige denn, irgendeinen Plan auszutüfteln.

Du wirst beim Versuch sterben. Coraynes letzte flehentliche Bitte an Andry ging ihm nicht aus dem Kopf, läutete wie die Glocken.

Das scheint unser einzig mögliches Schicksal zu sein, dachte

Dom, und ihre wahre Situation dämmerte ihm, verdunkelte den Himmel wie eine Gewitterwolke. Keine Verbündeten, kein Ziel. Nichts als das Schwert und das halbwüchsige Mädchen, das es kaum schwingen konnte. *Um beim Versuch zu sterben.*

Er roch das Pferd nicht minder als er es spürte, als sie ihn hinaufwuchteten und seinen massigen Leib wie einen Sack Korn über den Sattel legten. Dom verspürte den Impuls, sich bei dem Tier zu entschuldigen. *Normalerweise bin ich sehr gut darin*, dachte er verschwommen. Der Boden begann sich unter ihm zu bewegen, aus schmalen Augenschlitzen nahm er einen flüchtigen Eindruck davon wahr.

Die anderen, fragte er sich und versuchte, den Kopf zu drehen, aber eine strenge Hand hielt ihn an Ort und Stelle fest.

Er klammerte sich an das Leben, solange er konnte, bis da nichts als das Klappern von Hufen war. Die Glocken und Hörner verklangen, und die Dunkelheit verschluckte ihn.

Licht tanzte rhythmisch über seine Lider: Schatten und Sonne, Schatten und Sonne. Es bewegte sich im Takt mit dem Knarren von altem Holz, dem Klatschen von Leintuch. Oder waren es Flügel? *Baleir hat Flügel. Der Gott der Tapferkeit ist bei mir, ich bin in seinen Armen, und er wird mich heimbringen nach Glorian, wohin jetzt nur noch die Toten reisen können.*

In der Tat, irgendjemand hielt ihn wirklich, da war der Druck von Fingern, die sich ihm fest gegen Brustkorb und Oberkörper pressten. Und er hörte Herzschläge. *Haben Götter schlagende Herzen?*

Stechender Schmerz schoss über seine Rippen, und er zischte und schnappte durch bereits zusammengebissene Zähne nach Luft. Seine Lider öffneten sich flatternd. Das Licht war grell, aber golden und warm. Etwas brach das Licht der Sonne, schob sich in gleichmäßiger Wechselbewegung unter ihr vorbei. Blinzelnd versuchte er, seine Umgebung zu verorten, ihr irgendeinen Sinn abzugewinnen. *Ohne Frage übersteigt das Reich der Götter alle Grenzen meines Verstandes.*

Da war eine Wand, ein Dach über ihm, Holz unter ihm, ein knarrendes Rad draußen vor einem Fenster und das Plätschern eines Baches darunter. Mäuse huschten irgendwo umher, und Spinnweben herrschten über die Winkel.

Er stöhnte, als ein vertrautes Gefühl zurückkehrte, heiß und durchdringend.

»Ich wusste gar nicht, dass man nach dem Tod noch Schmerz empfindet«, presste er hervor.

Die Herzschläge beschleunigten sich, und er verspürte ein weiteres Stechen. Diesmal ließ der Schmerz bald nach, es war mehr wie ein Insektenstich denn wie ein Dolchstoß.

»Liegt einfach still, Dom. Sie ist fast fertig.«

Die Stimme klang erschöpft – sogar verärgert. Es war nicht die Stimme eines Gottes.

Er schenkte dem Ratschlag keine Beachtung und versuchte, sich zu bewegen. Fast hätte er es auch geschafft, wären da nicht zwei Paar Hände gewesen, die ihn herabgedrückt hielten.

»Corayne?«, flüsterte er und versuchte, einen Blick auf sie zu erhaschen. Er entdeckte einzelne Fragmente. Schwarzes, von rotem Licht umrahmtes Haar, ihre Hände nackt und allzu klein, ihre Knöchel zerkratzt. Sie roch immer noch wie der Fluss. Und nach Blut. Der ganze Raum roch nach Blut, und der metallische Geruch von Eisen war schier überwältigend.

»Ja, ich bin es«, schnaubte sie. »Wir alle sind es. Es sind *nur* wir.«

Die Umrisse der Welt kamen zurück, wurden allmählich schärfer. »Wo sind wir?« Er sah wieder zu dem in Sonnenlicht gebadeten Fenster hinüber und zu dem wirbelnden Wasserrad, das die Mühle antrieb. »Ich dachte, ich wäre tot.«

»Schön wär's«, ließ sich Sarns giftige Stimme vernehmen.

Das Brennen kehrte zurück, durchbohrte die Haut. Eine Empfindung von etwas Gleitendem folgte, spitz und ziehend. Dom fuhr zusammen und begriff, dass sie ihn nähte, sein zerrissenes Fleisch zusammenflickte. Er sah nicht das geringste bisschen von ihr, fühlte bloß ihre bedächtigen, vorsichtigen Finger bei der Arbeit.

»Ich habe noch nie jemanden so viel Blut verlieren und überleben sehen«, bemerkte sie trocken.

Dom versuchte, sie verächtlich anzugrinsen, doch brachte er nicht mehr als eine schwache Bewegung auf der rauen Tischplatte zustande. Das Holz knarrte unter ihm, stöhnte unter seinem Gewicht. Er bemerkte, dass sein Hemd völlig verschwunden war, selbst die verbliebenen Lumpen waren weggerissen.

»Wo ist Andry?«, fragte er unvermittelt und reckte den Kopf. Wieder drückten Corayne und Sarn ihn auf den Tisch zurück.

»Der Knappe hat erkannt, dass Corayne mit ihren Worten recht hatte, und das war auch gut so. Sie haben den Hafen geschlossen, nachdem wir geflohen sind«, sagte Sarn. »Er ist uns aus der Stadt gefolgt.«

»Ich erinnere mich an ... *etwas* von alledem. Aber wo ist er jetzt?«, hakte Dom frustriert nach. »Ich höre seinen Herzschlag nicht.«

Corayne kam um den Tisch herum, eine Hand gegen seinen Oberarm gestützt. Sie war nicht gerade stark. »Ihr könnt Herzschläge hören?«, fragte sie beeindruckt. »Seit wann?«

»Ähm, seit meiner Geburt?«, antwortete Dom zögerlich. Wieder ließ er den Blick über den Raum schweifen. Vorwiegend glitt er über die dicken Staubschichten auf jeder freien Oberfläche.

Sarn beschäftigte sich mit der nächsten Naht. »Wir befinden uns auf einem verlassenen Bauernhof einige Meilen westlich von Ascal. Während wir uns in dieser halb verfallenen Mühle zusammendrängen, durchstöbert Trelland das Bauernhaus daneben nach etwas Brauchbarem. Oder zumindest gibt er das vor, während er sich hauptsächlich um seine Mutter grämt.« Verachtung sprach in bitterer Deutlichkeit aus ihren Worten.

Diesmal ließ Dom sich nicht von Corayne zurückhalten. Er stemmte sich auf die Ellbogen hoch und drehte sich um, damit er die Meuchlerin direkt gegenüber hatte. Ihre Kapuze war von ihrem Kopf verschwunden und hing lose um ihren Hals, sodass er freien Blick auf ihre vollen Lippen hatte, die sie jetzt so fest zusammenpresste, dass sie fast völlig verschwanden. Wie Corayne hatte sie dunkle Ringe unter den Augen, und das schwarze Pulver, das ihre Lider umrahmt hatte, war weggewischt. Beide Frauen hatten kein Auge zugetan, und dabei waren die Sterblichen doch so sehr auf Schlaf angewiesen. Trotzdem loderte der Zorn in seiner Brust auf, genährt von Trauer und Versagen, wie Glut, die zu neuen Flammen geschürt wird. *Wie kann sie es wagen, den Jungen so abwertend zu verurteilen?* Er bleckte die Zähne und ballte die Fäuste. Sie zuckte nicht zusammen und nahm auch die Hände nicht von seiner Seite. Ihre Nadel stach und zog beharrlich.

»Ihr habt wahrlich kein Herz, Amhara«, knurrte er.

Sie stach ihn erneut. »Danke.«

Dom runzelte finster die Stirn. »Wir sind zu nah an der Stadt.« Die Mühle lastete plötzlich erdrückend auf ihm, als stürze sie jeden Moment über ihnen ein. »Wir sollten immer noch unterwegs sein.«

Zu seinem Verdruss nahm Sarn die Anschuldigung ganz gelassen hin. »Unsere Bewegungsfreiheit war ein wenig eingeschränkt, da sich eine gewisse Person an einer kleinen Feldoperation zu versuchen hatte.«

Er versuchte, ihre Hände wegzustoßen und nach der Nadel zu greifen. »Ich kann das selber machen, wisst Ihr?«, blaffte er. Jetzt, wo er die Wunde bei Tageslicht sah, wurde ihm erst bewusst, wie ernst sie war. Und er nahm widerstrebend zur Kenntnis, wie gut die Meuchlerin nähen konnte.

»Irgendwie fällt es mir schwer, das zu glauben«, antwortete sie unnachgiebig.

»Irgendwie hätte ich gedacht, ich hätte dieses idiotische Gezänk hinter mir«, ging Corayne dazwischen und drückte beide Hände auf Doms Schultern. Mit einem schnaubenden Ausatmen fiel er flach auf den Rücken. »Ich muss mir schon über die Königin, ihre Armee und meinen verdammten Onkel Sorgen machen. Lasst uns die Liste nicht noch verlängern, ja?«

Dom fühlte sich ausgescholten, und es machte ihm seltsam zu schaffen, sodass seine Wangen ganz warm wurden. »Ich werde Euch kein weiteres Geld mehr zahlen, Sarn. Keinen *einzigen Groschen*«, unterstrich er und versuchte es mit einer anderen Taktik. *Ohne Bezahlung wird die Amhara bestimmt verschwinden.* »Es steht Euch frei, zu verschwinden und zu tun, was immer Ihr wollt.«

»Nun ja, dann will ich gern die nächsten paar Jahre überleben, und das in einer Welt, die nicht von einem Inferno aus der Hölle beansprucht und erobert worden ist«, antwortete Sarn gelassen und setzte all seinen Hoffnungen ein Ende. »Und um das zu bewerkstelligen, ist es wohl das Beste, bei dem Mädchen zu bleiben, da Ihr für sie kaum von Nutzen seid.«

»Aber eine einzelne Meuchelmörderin ist das, ja?«, zischte Dom. Sie zog ihm die Nadel wieder durchs Fleisch, gröber als nötig. Er ließ sie gewähren; sein Körper befand sich bereits auf dem Weg der Genesung. Der zuvor so gleißende Schmerz wurde mit jeder Sekunde schwächer, was Dom in nicht geringem Maße mit selbstgefälliger Zufriedenheit erfüllte.

Bis sie den Kopf senkte und ihr Mund nur Zentimeter von seinen Rippen entfernt war. Er spürte ihren Atem auf seiner Haut, wie er über die hervorstehende Naht der geschlossenen Wunde geisterte. Dom wäre fast vom Tisch gesprungen, als sie als Nächstes den Faden durchbiss und hinter dem letzten seiner Stiche verknotete. Ihr Gesicht war reglos, leidenschaftslos, aber in ihren Augen tanzte feixender Sieg.

Hinter ihm scheiterte Corayne beim Versuch, ein Lachen zu unterdrücken. »Um zu bewerkstelligen, was wir als Nächstes vor uns haben«, erklärte sie und tätschelte Doms Schulter, »nehme ich, wen immer ich kriegen kann.«

Ihr Blick wanderte durch den Raum und blieb an etwas in der Ecke hängen. Dom richtete sich auf und folgte ihrem Blick, bis er die Spindelklinge sah, die halb versteckt an der Wand lehnte. Ein einzelner Sonnenstrahl fiel vor ihr herab, und winzige Staubteilchen wirbelten darin umher. Hier im Inneren der Mühle wirkte die Spindelklinge wenig bemerkenswert, nicht wie ein altes Überbleibsel aus einer anderen Zeit. Die Juwelen am Heft waren glanzlos, der Stahl fahl. Dom dachte an den Anblick zurück, den das Schwert in den Gewölben von Iona geboten hatte, umringt von hundert Kerzen, deren Spiegelbilder darauf tanzten. Es hatte sich jahrhundertelang dort befunden, ohne dem Zahn der Zeit ausgesetzt zu sein. Er erinnerte sich an die Waffe in Cortaels Hand, als die Zeit gekommen war, die Spindelklinge zu beanspruchen. Von seiner Verbindung mit den Spindeln abgesehen, war da keine Magie in dem Stahl, aber die Waffe schien Cortael dennoch zu verzaubern. Das Schwert war ein Relikt aus einer untergegangenen Welt, stammte von einem fast ausgestorbenen Volk. Es sprach zu ihm auf eine Weise, die nicht einmal Dom zu ergründen vermochte. Er fragte sich, ob die Klinge wohl in gleicher Weise auch zu Cortaels Tochter sprach. Er verfügte über keinerlei Möglichkeit, es zu wissen. Sie war für ihn schwerer zu durchschauen, weil ihre Augen immer hin und her wanderten, ihr Geist stets in hektischer Betriebsamkeit war. Sie wechselte Wege und Richtungen zu schnell, als dass er ihr hätte folgen können.

»Wir können uns momentan keine Hoffnungen darauf machen, die Spindel am Tempel zu schließen«, murmelte Dom. Mit behutsamen Bewegungen stieg er vom Tisch, um festzustellen, ob seine Beine ihn trugen. Es war der Fall, die Schwäche der Verwundung war bereits am Schwinden. »Nicht ohne eine Armee, um uns bis dorthin durchzukämpfen. Er wird Tausende dieser Höllengeister dort versammelt haben, viele Tausende. Der geballte Zorn der Aschenländer und des Lauernden wächst immer weiter.« Trotz der warmen Luft in der Mühle überlief ihn ein Schaudern, und die Haare auf seinen nackten Armen stellten sich auf. »Und dann ist da noch Taristan selbst. Ich weiß nicht, wie ich ihn töten könnte.« Er dachte an Cortael, der Taristan sein Schwert in die Brust gestoßen hatte. *Es hat wenig ausgerichtet. Es hat überhaupt nichts genutzt.* »Wenn er überhaupt getötet werden kann.«

Corayne ließ den Blick erneut über die Klinge wandern, und

er wurde leer, unbestimmt in die Ferne gerichtet. Dann blinzelte sie und kam wieder zu sich wie jemand, der aus dem Schlaf erwacht. Sie drehte der Klinge den Rücken zu und trat an die Wand, an der einige Kisten gestapelt waren, außerdem standen dort auch die gestohlenen Satteltaschen ihrer gestohlenen Pferde draußen. Einen Augenblick später förderte sie ein grobgewebtes dunkelgraues Hemd zutage und warf es Dom zu. Er zog es über den Kopf, und der Geruch und die Berührung des minderwertigen Kleidungsstücks ließen ihn die Nase rümpfen.

»Konzentrieren wir uns doch auf das, was wir tun können, und nicht auf das, was wir nicht können«, meinte Corayne. »Wir haben eine Spindelklinge. Wir haben Spindelblut. Wir haben einen unsterblichen Prinzen aus Iona, Zeuge der gewaltsamen Öffnung einer Spindel und des Bündnisses von Erida mit meinem Onkel. Wir haben – all das hier«, fügte sie hinzu und deutete vage auf Sarn, die jetzt am Fenster lehnte. »Gewiss doch gibt es auch noch andere, die uns zuhören werden. Andere Herrscher, Älteste, *irgendjemanden*.«

Dom krempelte seine Hemdsärmel hoch, die irgendwie zu lang waren. »Ich habe eine Cousine, die Erbin des Throns von Iona. Sie reitet im Augenblick durch die Wacht und sucht Hilfe bei den anderen Enklaven. Wenn irgendjemand die Vedera um sich scharen kann, dann sie«, sagte er, sosehr ihn der Gedanke an Ridha schmerzte.

Corayne nickte. »Nun, das ist immerhin etwas.«

»Es ist mehr oder weniger gar nichts«, murmelte Sarn vom Fenster her.

»Es ist *etwas*«, blaffte Corayne.

Die Meuchelmörderin zuckte mit den Schultern. Offensichtlich war sie nicht überzeugt. Sie warf sich ihren Zopf über die Schulter und spähte aus dem Fenster.

Dom hörte endlich Andry draußen. Mit gehetzten Schritten platzte er durch die Tür.

Der Knappe war weniger mitgenommen als die beiden anderen. Selbst seine blauen Flecken waren nicht so schlimm. Mit seiner zuvorkommenden Wesensart und seinem schlaksigen Körperbau könnte er leicht als der Sohn eines wohlhabenden Bauern durchgehen oder als ein junger Kaufmann, der durch das Land reiste. Er hatte die Art Gesicht, dem die Menschen vertrauten, ohne ihm zugleich zu viel Beachtung zu schenken.

»Sorasa, Ihr solltet ...«, begann er und deutete mit dem Daumen über seine Schulter. Dann bemerkte er, dass Dom aufrecht im Raum stand, und machte eine schnelle, geübte Verbeugung. »Oh, gut zu sehen, dass Ihr wach seid, Herr.«

Sarn verzog die Lippen. »Nenn ihn nicht so.«

Dom überging sie, wie er es immer zu tun versuchte. »Danke, Andry. Was gibt es?«

Draußen drehte sich das Rad, und das Mühlengetriebe stöhnte, während der Bach weiterhin munter vor sich hin plätscherte. Vögel sangen auf den Feldern, und der Wind fuhr sanft durch die Blätter. Dom lauschte angestrengt, bemerkte aber nichts, was anders wäre, als es sein sollte. Nach dem Trubel von Ascal war der Friede des Bauernhofs fast schon ein Schock.

Andrys Blick ging hin und her, die eine Hand ausgestreckt, um die Tür offen zu halten. Er deutete auf das eigentliche Bauernhaus, eine verfallene Ruine auf der anderen Seite des Weges, halb hinter knorrigen Apfelbäumen versteckt. Seit Jahren verlassen, wenn nicht schon seit einem Jahrzehnt.

»Ich glaube, da ist etwas, das Ihr Euch anschauen solltet«, sagte er. »Ihr alle.«

19

Das kündet mir das Knöchelein

Corayne

Zu Hause hatte sich die Zeit in lange Abschnitte unterteilt, Wochen oder Monate, je nachdem, wie es die Handelserfordernisse, die Reisen der *Sturmgeboren* und der Wechsel der Jahreszeiten verlangten. Die Tage waren wie ein Korridor, ein unverstellter Durchgang mit offenen Türen. In Lemarta hatte das Tage des Wartens bedeutet, des abschätzenden Planens, um fernen Stürmen auszuweichen oder politischen Unruhen an den Küsten irgendeines fremden Landes zu entgehen. Meistens hatte Corayne sich gelangweilt, während sie mit ihrem Geschäftsbuch, ihren Briefen und Berichten um sich herum über den Horizont hinausstarrte. Aber sie hatte genug Spielraum, um nachzudenken, zu manövrieren, Pläne zu schmieden.

Jetzt kam es Corayne so vor, als sei sie zurück im Heckenlabyrinth und renne blind um irgendwelche Ecken, während Wissendie-Götter-was auf der anderen Seite wartete. Sie konnte bloß reagieren und darauf hoffen zu überleben. Nicht direkt ideal.

»Was ist wohl jetzt schon wieder los?«, murmelte sie, als sie Andry aus der Mühle hinausfolgten.

Der verlassene Bauernhof war im Licht des Morgens von einem goldenen Dunst umgeben, der die Hecken und die überwucherten Felder weicher zeichnete. Das Bild war schön wie ein Gemälde. Corayne hasste es. *Zu ruhig, zu sicher,* dachte sie und starrte den zerfurchten Feldweg an. Alles kam ihr wie eine Falle vor. Sie hatte sich die Spindelklinge über den Rücken geschnallt, bevor sie die Mühle verlassen hatten, und das Schwert grub sich in die neuen Schwielen auf ihren Schultern und an ihrer Hüfte. Es trug nicht dazu bei, ihre Stimmung zu verbessern.

Andry winkte sie über die Schwelle des verfallenen Bauernhauses. Die Hälfte davon hatte noch immer ein Dach, aber es bestand mehr aus Spinnweben als aus Holz. Der Rest öffnete sich dem Himmel, als sei ein Riese des Weges gekommen und hätte die Faust durch die Decke gestoßen. Trümmer sammelten sich in den Winkeln, und die meisten der Möbel waren kaputt oder verschwunden, und nur ein halb im Kamin vergrabener Eisentopf war übrig geblieben. Alles andere, was von Nutzen zu sein versprach, stapelte sich in feinsäuberlichen Reihen auf dem Boden wie ein Regiment von Soldaten. *Andry ist fleißig gewesen.*

Sorasa schnupperte an dem Topf und zog die Augen zusammen. Corayne folgte ihrem Beispiel, spähte hinein und entdeckte darin einen Haufen gekochter Knochen. Trotz der warmen Sonne, die über das Haus fiel, schienen sie Kälte zu verströmen.

»Tierknochen«, murmelte Sorasa mit schmalen Augen. »Aber frisch.«

Auf der anderen Seite des Raums stand Andry über ein Häufchen Lumpen gebeugt, seine kupferfarbenen Wangen gerötet. »Ich habe sie zuerst gar nicht bemerkt«, sagte er zögerlich. »Ich war nicht gerade leise, aber sie hat sich nicht bewegt.«

Corayne erstarrte und nahm die Lumpen genauer in Augenschein. Es ließ sich schwer sagen, was wohl darunter lag. Die durch Mark und Bein gehende Kälte schien förmlich zu summen. »Hast du *sie* gesagt?«

Andry schluckte. »Ich weiß nicht, ob sie noch ...«

»Ja, sie lebt«, antwortete Dom und legte den Kopf schief. Offenbar hörte er ihren Herzschlag – eine der beunruhigenden Eigenschaften des Ältesten. Die Liste dieser Eigenschaften wuchs stetig.

Er beugte sich über die Lumpen, hockte sich auf die Fersen und atmete tief ein, wie ein Hund, der eine Witterung aufnimmt. Behutsam schälte er die erste Schicht zurück, eine Flickendecke in allen Farben von Schmutz. Ein Kopf mit grauem

Kraushaar, in das allerlei Zweige und Blätter gesteckt waren, lugte zwischen seinen Füßen hervor. Und da waren perlenbesetzte Zöpfe, bei deren Anblick Corayne zusammenzuckte. Warum, vermochte sie nicht zu sagen.

Mit vor Erschöpfung zitternden Knien trat sie einen Schritt vor. Eine Hand schloss sich um ihren Arm, und die Finger bohrten sich spitz in ihr Fleisch.

»Warte«, mahnte Sorasa und hielt sie zurück.

»Gute Frau, es tut uns leid zu stören«, sagte Andry und kniete sich neben das Häufchen. Der graue Kopf bewegte sich nicht. Corayne mühte sich, ihr Gesicht zu sehen, aber Dom und Andry versperrten ihr die Sicht.

Dom strich sich mit der Hand über seinen blonden Bart. »Sie befindet sich in einem tiefen Schlaf. Zu tief für eine Sterbliche.«

»Lasst sie hier liegen, und wir ziehen weiter«, meinte Sorasa. »Sie hat unsere Gesichter nicht gesehen und kann niemandem bei der Suche nach uns helfen.«

Der Älteste biss sich auf die Lippen. »Seid Ihr Euch da sicher?«

Die Meuchlerin zuckte die Achseln. »Na schön, dann schlitzt ihr die Kehle auf.«

»Sorasa«, zischte Corayne und schnappte nach Luft.

Andry straffte die Schultern. »Ihr werdet nichts Derartiges tun«, blaffte er, und Corayne sah kurz den Ritter in ihm aufblitzen.

Sorasa ließ erstaunt den Blick zwischen ihnen hin und her gehen. »Ihr werdet von der Königin von Galland und von einem Dämonenkönig gejagt. Ich empfehle lediglich, es ihnen nicht noch leichter zu machen.«

Die eben noch schlafende Frau richtete sich plötzlich so schnell auf, als hätte sie überhaupt nicht geschlafen. Ihre Augen öffneten sich, blau wie der strahlendste Himmel. Ihr Mund war wie ein Schlitz, ihre Lippen dünn, und sie hatte Falten in den runzligen Mundwinkeln, die von einem Leben voller Lächeln zeugten.

»Bringt mich um, und Allwacht ist so gut wie dahin«, sagte die alte Frau fröhlich. Ihr Tonfall war singend und neckisch, geprägt von einem vertrauten Akzent. Der Blick der Frau grub sich in Corayne hinein wie ein Rammbock, und auf ihrem bleichen alten Gesicht prangte ein breites Grinsen. »Starr mich nicht so an, *pyrta gaera*, lang ist's nicht her, dass ich dir über den Weg gelaufen bin.«

Corayne biss die Zähne zusammen, um einen Aufschrei zu unterdrücken.

»Ihr«, hauchte sie. *Die alte Frau vom Schiff, die jütische Händlerin. Nutzloser Tand und alberne Reime.*

Dom richtete sich aus der Hocke auf, als sich die Frau nun ebenfalls hochrappelte. »Ihr kennt sie?«

»Sie war auf dem Schiff in die Hauptstadt«, antwortete Sorasa und schob sich zwischen Corayne und die jütische Frau. »Sie ist an Bord gekommen, als wir in Corranport angelegt haben, und dann ist sie zusammen mit allen anderen in Ascal von Bord gegangen.« Ihr Blick wanderte über die Greisin. Sie sah genauso aus wie auf der Galeere, hatte sich ein Schultertuch um den Leib gewickelt, das so gar nicht zu ihrem schmutzigen Kleid passte. Ihre Füße waren nackt und schwarz von Dreck. »Du bist uns gefolgt.«

»Ich sehe nicht, wie das möglich sein sollte, Sorasa«, flüsterte Corayne. *Vom Hafen zum Palast, dann aus der Stadt gejagt. Das geht doch gar nicht. Sie hätte im Voraus wissen müssen, wo wir hingehen – noch bevor wir selbst es wussten.* Ihre Hand zuckte an ihrer Seite. Kälte kribbelte in ihren Fingern.

Die alte Frau schüttelte lachend den Kopf.

»Ihr seid *mir* gefolgt«, krähte sie und strich sich über ihr wild vom Kopf abstehendes Haar. »Zumindest eure Pferde, gute Tiere, die sie sind.« Sie schlurfte zu dem Topf im Kamin. Ihre Hände waren wie die Flügel eines Vogels, zerbrechlich und flatternd.

Sorasa schob Corayne zur Seite, damit die Frau an ihnen vorbeikonnte und sie auf Abstand zu ihr blieben.

Sie schenkte ihnen keine Beachtung, kippte den Topf um

und verteilte die Knochen über den Boden. Rippenknochen, Beinknochen, Wirbelknochen und Schädel. Ratten. Kaninchen, Vögel. Alle sauber abgenagt, weiß wie Schönwetterwolken. Sie ließ sie fallen und hielt Ausschau nach einem Muster, das die anderen nicht wahrnahmen.

»Du bist eine Hexe«, erklärte Andry. Er klang benommen.

Sie antwortete nicht, sondern inspizierte ihr Chaos. Die jütische Greisin war für ihr Alter sehr wendig, und sie verdrehte und beugte sich, ließ sich sogar zu Boden fallen, um die dort verteilten Knochen aus jedem möglichen Winkel zu begutachten.

»Eine Hexe«, murmelte Corayne. In ihrer Tasche schlossen sich ihre Finger um ein hölzernes Knäuel. Sie zog es heraus. Die Spitzen der Ästchen waren schwarz von getrocknetem Blut.

Die Jüti zuckte die Schultern. »Ich bin, was ich bin, und so sollte es auch sein.« Dann schnalzte sie mit der Zunge und legte ihre von Leberflecken übersäte Hand ans Kinn, während sie die Knochen untersuchte. »So was macht man besser draußen unter 'nem Bäumelein.«

Der Talisman bebte in Coraynes Hand. »Warum hast du mir das hier gegeben?«, fragte sie, und die Knochenperlen baumelten von ihren Fingern.

Die alte Jüti antwortete nicht, mit ihrem Treiben auf dem Boden allzu beschäftigt.

Dom ging um sie herum, hielt Abstand. Er war doppelt so groß wie sie, wenn nicht noch größer. »Ich glaube, die bessere Frage ist, *wer* bist du?«

»Oder vielleicht auch, warum geben wir uns überhaupt mit alledem ab?«, warf Sorasa ein. Ihre Augen blitzten entnervt auf. Sie deutete auf ihre Pferde, die auf der anderen Seite des Weges festgemacht waren. »Wir müssen weiter.«

»Ich hab dir was gegeben? Was denn nur?«, murmelte die Frau vage an Corayne gewandt. Schließlich sah sie sie an und begutachtete den Talisman, den Corayne noch immer in der Hand hielt. Verwirrung trübte ihre strahlenden Augen.

Corayne biss die Zähne zusammen. »Ja, auf dem Schiff,

Gaeda.« Großmutter. »Erinnerst du dich?« Sie streckte den Arm aus und hielt der Alten den Talisman hin.

Die Greisin stürzte sich darauf und riss ihr das Ding aus den Fingern. Die Berührung ihrer Hand war wie Eis, und Corayne zuckte zusammen.

»Es sind nur Zweige und Schnur«, sagte die Jüti und begutachtete die Ästchen. »Etwas und nichts.« Sie ließ die Perlen über ihre Handflächen gleiten, dann leckte sie die blutigen Spitzen ab. Die Übrigen im Raum verzogen das Gesicht, während die Alte den Talisman in ihr Kleid steckte.

»Sarn hat recht – wir können nicht bleiben«, schnaubte Dom. *Verzweifelt genug, um mit Sorasa einer Meinung zu sein.* »Eridas Soldaten sind auf der Suche nach uns und der Spindelklinge. Wir dürfen unseren Vorsprung nicht verlieren.«

Andry bahnte sich einen Weg durch seine säuberlichen Häufchen, sorgsam darauf bedacht, den Knochen auszuweichen. »Galland unterhält ein stehendes Heer in Canterweld, einen halben Tagesritt im Norden von hier. Sie werden spätestens heute Abend auf der Suche nach uns sein, wenn sie das nicht jetzt schon sind. Zehntausend, die das Land durchkämmen.« Er schüttelte den Kopf, ihre schlechten Aussichten ließen ihn schon jetzt verzweifeln. Er befüllte einen Sack mit Tüchern, die als Verbandsmaterial dienen konnten, außerdem stopfte er Knäuel Schnur und, zu Coraynes Überraschung, einen zerbeulten Teekessel hinein. »Wenn die Königin ihre Truppen gegen uns …«

Er brach mitten im Satz ab, als ihn die Hexe an der Schulter berührte, ihre knotige Hand wie eine weiße Klaue.

»Behalte ihn bei dir, *Gaera*, ein Guter ist er«, sagte sie und tätschelte zuerst seinen Rücken, dann sein Gesicht. Andry stieß einen leisen Laut aus, und seine Augen weiteten sich. Die Hexe kümmerte sich nicht weiter um ihn und zeigte mit zwei Fingern auf Dom und Sorasa. »Bei diesen beiden weiß ich's noch nicht so sehr, aber besser als keiner ist wer.«

Sorasa stemmte ihre blutverschmierten Hände in die Hüften.

»Sie hat unsere Gesichter gesehen, und sie hört einfach nicht mit dem Reimen auf. Wir müssen sie umbringen.«

»Ich finde nicht, dass das für jedes Hindernis die Lösung sein kann«, sagte Andry mit matter Stimme.

Die Amhara fand das nicht lustig. »Bisher hat es uns gute Dienste geleistet.«

Corayne wünschte sich schmerzlich ihre Tabellen und Seekarten zurück oder zumindest eine Landkarte. »Was wir wirklich müssen, ist, uns einem Plan zurechtzulegen. Wir brauchen eine Richtung, ein Ziel.«

»Es ist Plan genug sicherzustellen, dass wir in keinem galländischen Gefängnis landen«, antwortete Sorasa. »Wir reiten bis zur nächsten Grenze und orientieren uns dann neu, sobald wir in Sicherheit sind. Nicht in einer halbverfallenen Scheune, während zehn Meilen weiter unsere Hinrichtung auf uns wartet.«

Die Drohung einer weiteren schlaflosen Nacht stieg plötzlich vor ihr auf, lastend schwer und kurz vorm Zusammenbruch wie das halb eingestürzte Dach. Corayne strich sich mit der Hand über die Stirn und versuchte nachzudenken. Alles war irgendwie verschwommen, weich und träge, eine schläfrige Wärme, die gegen die neu belebende Kälte ankämpfte.

Sie biss sich auf die Unterlippe. »Die Spindel wird sich nicht von selbst verschließen.«

»Spindeln – Mehrzahl muss es sein«, verbesserte die alte Frau leichthin. Sie schob mit den Zehenspitzen die Wirbelsäule eines Kaninchens beiseite und stieß einen Laut des Triumphs aus. Dann lächelte sie anzüglich. »Das kündet mir das Knöchelein.«

Selbst der Wind in den Feldern stand plötzlich still und war nicht mehr zu hören. Andry erstarrte über seinem Bündel, während sich Dom an der halb eingestürzten Hauswand festhielt, seine Knöchel weiß auf dem Stein. Langsam senkte er den Kopf und ließ ihn herabhängen. Sorasa bewegte sich nicht, ihr Körper wie versteinert, ihr Gesicht teilnahmslos und ungerührt. Als halte sie sich gewaltsam zurück, kämpfte mit sich, ruhig zu bleiben. Corayne konnte kaum atmen, und es war, als hätte ihr gerade jemand mit einem Hammer einen Hieb in die Brust verpasst. Die Luft zischte ihr ganz langsam aus den Lungen.

»Es gibt mehr als eine?«, flüsterte sie und sah Dom an. Er erwiderte ihren Blick mit einem Anflug von Scham.

»Inzwischen«, murmelte er. »Inzwischen.«

Aufgebracht machte Sorasa einen Satz nach vorn, ließ mit ausgestreckten Händen die Finger spielen. Sie starrte der alten Frau mit grimmiger Konzentration in die Augen, als glaube sie, irgendetwas in ihnen finden zu können. »Warum glaubt denn irgendwer dieses Gewäsch?«, zischte sie.

Die Hexe fegte einen weiteren Knochen beiseite und ließ ihn über Sorasas Füße klappern. Ihr Lächeln wurde spröde.

»Amhara gefallen, Amhara verlassen, Amhara gebrochen«, sagte die Hexe, jedes Wort wie ein Messer. Sorasa fuhr zurück und zuckte zusammen, als das Messer sein Ziel traf.

»Sie nennen dich Amhara.« Die Hexe sah sie alle der Reihe nach an, und da war ein Blitzen in ihren leuchtenden Augen. »Aber du bist Osara.«

Sorasa prallte gegen die eingestürzte Hausmauer. Die zerbrochenen Steine reichten ihr bis an die Schultern. Sie riss die Augen weit auf und bewegte die Lippen, aber kein Laut kam heraus. Corayne hatte keine Ahnung, was die Worte der Hexe bedeuteten, aber sie hatten ausgereicht, um Sorasa Sarn ihr Feuer zu rauben.

»Sorasa, was sagt sie da?«, stieß Corayne hervor. »Was ist Osara?«

Aber die Meuchlerin der Amhara antwortete nicht. Ihre Nasenflügel bebten, und sie senkte den Blick, ihre dunklen Augen, glühend wie der Sonnenuntergang, zu Boden gerichtet. Andry knirschte mit den Zähnen, und seine Worte brachten sie alle in die Gegenwart zurück. »Es gibt noch eine Spindel. Noch eine Armee.«

Dom riss den Blick von Sorasa los, die jetzt ganz still war und weit fort zu sein schien. »Das ist von Anfang an sein Plan gewesen. Je mehr Spindeln er öffnet, umso stärker wird unsere Welt geschwächt, umso zerbrechlicher werden die Grenzen zwischen Allwacht und dem Lauernden. Es ist wie die Zerstörung von Säulen, die eine Kuppel tragen. Natürlich war damit zu rechnen, dass er noch weitere Spindeln aufreißen würde, bevor wir zurückschlagen.«

Corayne hörte seine Mutlosigkeit überdeutlich in seiner Stimme. Sie spürte sie ebenfalls, weigerte sich aber, sich davon überwältigen zu lassen. Stattdessen fasste sie die jütische Hexe am Arm. Er war so kalt wie ihre Finger, selbst durch ihre Kleider hindurch.

»Weißt du, wo, *Gaeda*?«, fragte Corayne. Es war, wie nach der Kette eines Ankers zu greifen, der bereits im Sinken begriffen ist. Nutzlos. »Wo die Spindel ist oder wohin sie führen könnte? Ist bereits eine weitere Armee hier?«

Die Jüti starrte sie mit durchdringendem Blick an, die Knochen zu ihren Füßen verstreut. Ohne hinzuschauen, trat sie einen der Knochen zur Seite. »Nein. Nein. *Nein.*«

»In Ordnung«, sagte Corayne und hielt sich an dem fest, was sie hatte. Die Kette verhakte sich in ihrem Griff. »Haben wir Aussichten, gegen das anzukämpfen, was immer durch die Spindel hierherkommt? Oder es zumindest lang genug aufzuhalten, damit ich … tun kann, was immer ich tun muss?«

Mein Blut, die Klinge. Eine weitere Spindel. Ein flaues Gefühl meldete sich in ihrem Magen. *Eine weitere Möglichkeit.*

»Wir sind nur zu viert, Corayne«, murmelte Dom.

»Zu fünft«, zischte sie zurück, hielt immer noch den Arm der Hexe gepackt. »Können wir es schaffen?«

Die Jüti sah Corayne einen langen Moment an, so wie sie zuvor die Knochen angesehen hatte, und schien dabei regelrecht in sie hineinzuschauen.

Kann sie auch in mir die Zukunft lesen?, fragte sich Corayne. *Oder ist das hier alles Unsinn, der Streich einer hausierenden Händlerin? Wertloser Trödel wie die Talismane?* Aber die Zweige hatten kalt in ihrer Tasche gebrannt und blaue Kratzer über Taristans Gesicht gezogen, hatten einen Mann, der nicht verletzt werden konnte, bluten und schreien lassen. Corayne hätte den Talisman jetzt am liebsten wieder in ihrer Tasche, auch wenn sie nicht recht zu sagen vermochte, warum.

»Wir müssen schnell sein, rennen«, antwortete die Jüti schließlich. »Ihr könnt mich Valtik nennen.«

Sie hob den Kopf und schnippte mit ihren knotigen Fingern.

Corayne machte sich auf etwas Außergewöhnliches gefasst, aber nichts passierte, kein etwaiger Zauber, um die Knochen einzusammeln oder alles einzupacken, was hier von Nutzen sein konnte. Wenn die Hexe wirklich spindelberührt war, so unterschied sich ihre Magie grundsätzlich von der Magie, die Corayne aus Geschichten kannte. Valtik trat wieder nach den Knochen und versprengte sie auf ihrem Weg zu der eingestürzten Tür.

Sorasa stand an der Wand, immer noch stumm, die Lippen ausdruckslos geschürzt. Valtik sah die Meuchelmörderin im Vorbeigehen an und deutete mit dem Zeigefinger auf sie.

»Und unsere Zahl muss sieben sein«, sagte sie. »Verstehst du das, Verlassene?«

Corayne verstand nichts. Zu ihrer Überraschung nickte Sorasa jedoch.

Sieben.

»Ich verstehe es nicht, und ich wüsste gern, wovon du da sprichst«, blaffte Dom und schritt schweigend durch den Raum.

Valtik trat auf die Straße hinaus. Sie summte leise vor sich hin und wühlte mit ihren nackten Füßen den Schmutz auf, wie ein Bauernkind, das sich über einen Morgen ohne Verpflichtungen freut.

»Ich spreche mit dir, Hexe«, dröhnte Dom. Seine breite Gestalt füllte die offene Tür aus.

Sie hob beide Hände, alle fünf Finger an der einen hochgehalten, zwei an der anderen. *Sieben.*

Dom fluchte leise in der allen anderen unbekannten Sprache der Ältesten.

Endlich kam wieder Leben in die Meuchelmörderin, und sie

stieß sich von der Wand ab, um vor Dom zu treten. »Wir sind auf der Suche nach einem Hammer nach Ascal gereist«, sagte sie mit vor der Brust verschränkten Armen. »Aber warum einen Hammer nehmen, wo eine Nadel ausreicht?«

»Und wovon Ihr sprecht, verstehe ich auch nicht«, stieß Dom hervor.

Aber die Amhara schob sich lediglich an ihm vorbei und folgte der Jüti. Ihr Zopf baumelte hinter ihr hin und her.

Corayne verdrehte die Augen und schob Dom aus dem baufälligen Haus. »Wenn Valtik darauf besteht, in Versen zu sprechen, könnt Ihr nicht auch noch damit anfangen, in Rätseln zu sprechen, Sorasa«, sagte sie verärgert. »Unter diesen Bedingungen weigere ich mich, die Welt zu retten.«

Falls das denn überhaupt noch möglich ist, dachte sie mit zusammengebissenen Zähnen.

Draußen auf dem überwucherten Sträßchen warf Dom seine riesigen Hände hoch und murmelte erneut vor sich hin. Seine Ältestenflüche brachen anfallsartig, in Salven, aus ihm hervor. Er schlurfte zu ihren Pferden hinüber, die neben der Mühle festgemacht waren.

»Ihr werdet auf einem Pferd mit der Hexe reiten müssen, Corayne«, sagte er in entschuldigendem Tonfall und mit entsprechender Miene.

»Glaube ich nicht«, antwortete Corayne und blickte starr geradeaus.

»Nun gut, *ich* werde jedenfalls auf keinen Fall ...«, schäumte Dom, dann brach er ab und folgte ihrem Blick.

Wo noch vor Minuten vier Pferde gestanden hatten, standen jetzt fünf. Eine graue Stute, so unauffällig wie die übrigen Tiere, rupfte und kaute Gras, als sei alles in bester Ordnung. Sie trug sogar schon Zügel und war gesattelt. Valtik stand neben ihr und streichelte dem Tier in aller Seelenruhe den Hals.

»Sie folgen mir, wollen mit mir gehen.« Die Hexe zuckte die Achseln, und ein verrückter blauer Glanz stand in ihren Augen. »Ihr werdet sehen.«

Sorasa saß bereits im Sattel ihres eigenen gestohlenen Pferdes und warf verstohlene Blicke in Richtung Hexe. *Amhara gefallen, verlassen, gebrochen. Osara.* Die Worte hatten sie im Innersten getroffen, so wie nichts zuvor, nicht einmal Doms Hass. *Aber warum?*

Die Sonne schien warm über ihnen, aber im Pfeifen des Windes lag eine Kälte, die von Winter kündete. Corayne verschränkte die Arme vor der Brust und kämpfte gegen ihr Frösteln an. Andry trat neben sie, sein frisch geschnürtes Bündel über der Schulter. Der Teekessel klirrte schwer und überflüssig darin.

»Hast du etwa vor, Taristan zum Tee einzuladen?«, fragte sie und musterte sein Gepäck. »Der Kessel ist das Erste, was ich über Bord werfen würde, wenn mein Schiff mit Wasser volllaufen würde.«

Er spürte ihren musternden Blick und zog das Bündel höher hinauf. »Es ist etwas, womit ich mich auskenne«, gab er zurück. Eine sanfte Röte färbte seine Wangen, und er wandte den Blick ab, sah in die Richtung der anderen hinüber. »Es ist für mich wie ein Stückchen Zuhause.«

Er sah nicht zu den Pferden hin, nicht zur Hexe, nicht hin zu Dom, der gerade in die Mühle hineinstapfte. Er sah durch sie alle hindurch. Sein Herz war irgendwo anders oder zumindest wäre es das gern gewesen. Bei seiner kranken Mutter, irgendwo draußen auf dem Wasser, das Gesicht gen Süden gewandt, einen starken Wind in ihrem Rücken.

»Die Überfahrt nach Kasa ist sicher«, betonte sie. Es war nicht mal eine Lüge. Die Schifffahrtswege Richtung Osten waren zu dieser Jahreszeit frei und für jeden tüchtigen Kapitän leicht zu befahren. »Sicherer als jede Straße, über die wir reisen.«

»Woher willst du das denn wissen?« Die plötzliche Schärfe in seiner Stimme überraschte sie. Selbst im Palast, als er um sein Leben gerannt war, war er sanft und freundlich gewesen. Aber andererseits kannte sie ihn kaum. Sie waren sich am Abend zuvor überhaupt erst begegnet. *Es kommt mir schon vor wie ein ganzes Leben.*

»Ich weiß, wie es ist, an ein Schiff zu denken und sich etwas zu wünschen«, murmelte sie, und ihr Herz krampfte sich zusammen.

Andry Trellands Blick wurde weich und schmolz dahin wie Butter in einer Pfanne. Corayne wandte sich schnell ab und pfriemelte an den Gurten der Spindelklinge herum, rückte sie auf ihrem Rücken zurecht, um etwas zu tun zu haben. Sie spürte, dass ihre Wangen heiß wurden.

»Das war früher meine Haupttätigkeit«, fügte sie mit rauer Stimme hinzu.

Andry biss sich auf die Unterlippe. »Das also hat Sorasa gemeint, als sie gesagt hat, du würdest dich mit Schiffen auskennen.«

»Ich kenne eine ganze Menge Schiffe. Und eines besser als die übrigen.« Die *Sturmgeboren* tauchte vor ihr aus den Wellen, ihre vertrauten purpurnen Segel und ihr bemalter Rumpf, eine Kapitänin mit schwarzem Haar und lachenden Augen vorn am Bug. Das Eingeständnis war ihr entschlüpft, ohne dass sie es hätte im Zaum halten können. »Meine Mutter ist eine Piratin.«

Sie senkte den Kopf, denn sie wollte nicht noch mehr Unbehagen von Andry Trelland sehen, keine Verurteilung spüren. Er hatte bereits genug durchgemacht. *Ganz zu schweigen davon, dass er ein Knappe ist und dazu erzogen, ein hochangesehener Ritter zu werden. Seine Mutter ist eine Dame von adliger Geburt, schön, intelligent und viel gütiger als sämtliche Eltern, die ich je kennengelernt habe.*

»Das klingt ... aufregend«, sagte er und gab sich große Mühe bei der Wortwahl.

»Für sie, ja.« *Nicht für mich. Nicht für die Menschen, die sie ausraubt oder umbringt.* »Es ist das erste Mal, dass ich es laut ausgesprochen habe. Die anderen wissen davon. Du solltest es ebenfalls wissen.«

»Ich wüsste nicht, inwiefern das für irgendetwas wichtig sein sollte.« Corayne riss den Kopf hoch und bemerkte, dass Andry sie ansah, die Umrisse seines Gesichts golden vom Licht der Sommersonne. Er begutachtete sie eindringlich. »Was deine Mutter ist. Oder was dein Vater war.«

Mein Vater. Obwohl sie Taristan gesehen hatte, für ihren Geschmack aus viel zu großer Nähe, sein Gesicht mit dem ihres Vaters identisch, konnte sie das Bild von Cortael nicht vor ihr inneres Auge zwingen. Es hatte keinen Bestand. Es war irgendwie falsch, und sie wusste, warum. Es spielte keine Rolle, dass sie seinen Zwillingsbruder gesehen hatte; Cortael selbst würde sie niemals sehen. Von ihm blieben nichts als Asche und Knochen. Er war für sie verloren, ohne Hoffnung auf Wiederkehr. Ein Mensch, den sie nicht wollte und der sie nie gewollt hatte. Und trotzdem zerriss es sie, ließ sie in tausend Stücke zerspringen.

»Du hast ihn sterben sehen. Du hast ihn gekannt.« *Du hast seine Stimme gehört, hast sein Gesicht gesehen.*

Andry trat unbehaglich von einem Fuß auf den anderen. »Ein bisschen.«

»Mehr als ich.«

Sorasas Ruf riss sie auseinander. Sie stand aufrecht über dem Sattel in den Steigbügeln, die Kapuze in den Nacken zurückgeworfen, ein schmutziges Umhängetuch oder eine Decke um ihre Schultern gelegt. Sie konnte als Bäuerin oder Bettlerin durchgehen, solange man nicht zu genau hinschaute.

»Es ist ein Dreitagesritt nach Adira«, rief sie. »Ich würde es vorziehen, ihn ohne eine galländische Armee dicht auf den Fersen zurückzulegen.«

»Adira?«, wiederholten Corayne und Andry wie aus einem Mund und rissen beide Mund und Augen auf. Aber während Trelland ungläubig wirkte – regelrecht vor den Kopf geschlagen –, überkam Corayne eine erwartungsvolle Aufregung wie selten.

Dom schien Andrys Beklommenheit zu teilen. Er schwang sich in den Sattel und lenkte sein Pferd neben Sorasa. Mit blitzenden Augen ragte er über ihr auf und funkelte sie an. »Das kann nicht Euer Ernst sein.«

»Die Hexe hat gesagt, sieben«, antwortete Sorasa ungerührt. »Adira wird uns auf sieben bringen.«

»Adira wird uns *umbringen*«, seufzte Andry und schwang sich geschickt in den Sattel.

Nach einem Moment der Unsicherheit bekam Corayne ihren Fuß in den Steigbügel und schwang ungeschickt ihr Bein über den Sattel. Trotzdem lächelte sie. *Adira*. An Bord des Schiffes ihrer Mutter gab es keinen Matrosen, der nicht irgendeine Geschichte über diesen berühmten Hafen auf Lager hatte, denn er war ein Wallfahrtsort für alle, die sich außerhalb jeglicher Gesetze der Kronen bewegten.

»Du bist am Tempel gewesen, Trelland«, sagte Corayne und beugte sich zu ihm hinüber, um den Knappen ins Auge zu fassen. »Erzähl mir nicht, du hättest Angst vor einer Handvoll Betrunkener und Mordgesellen?«

Sorasa grinste und ließ ihre Zügel klatschen. »Es sind schon mehr als eine Handvoll.«

»Mögen die Götter uns retten«, murmelte Andry leise.

20

Blutet für mich

Erida

»*Der Bewerber um die Hand Eurer Majestät ist der Nächste*«, *flüsterte ihr die Dame Harrsing ins Ohr und lehnte sich zu Erida auf ihrem Thron herab.*
Beide seufzten genervt. Die alte Frau und die Königin hatten im Laufe der Jahre hundert Bewerber um die königliche Hand erlebt, Bittsteller, adelige wie bäuerliche, sowohl Männer als auch Frauen, reiche und arme, hübsche, hässliche und alles dazwischen. Sie hatten alle lediglich eines gemeinsam gehabt – sie waren dumm genug zu glauben, sie könnten die Königin von Galland in Versuchung führen.
An den meisten Höfen wurden Bittgesuche öffentlich vorgetragen, in einem großen Thronsaal oder sonst einem Raum voller Höflinge, denen es dabei hauptsächlich um ihren eigenen Zeitvertreib ging. Nicht so in Galland. Der Saal für die Bittsteller war verhältnismäßig klein und gemütlich, holzvertäfelt und mit Bildteppichen an den Wänden. Das eine Ende des Raums war erhöht, um der Königin, ihren auserwählten Beratern und ihren Rittern der Löwengarde Platz zu bieten. Heute fiel die außerordentlich unliebsame Ehre Lady Harrsing und sechs königlichen Bewachern zu, von denen die Hälfte mit dem Schlaf kämpfte. Gleich draußen vor der Tür, in den Korridoren und Gängen, die vom Thronsaal abzweigten, waren für den Fall des Falles weitere Ritter postiert. Erida vermutete, dass sie ebenfalls dösten.
Sie machte ihnen keinen Vorwurf. Sie wünschte sich selbst nichts mehr, als zu schlafen, aber sie musste erst noch eine weitere Stunde Anhörungen durchstehen. Einen von diesen naiven, weltfremden Träumern halte ich schon noch durch, *dachte sie und entließ den*

madrentinischen Diplomaten vor ihr mit einer Bewegung ihrer juwelengeschmückten Hand.

Er verneigte sich tief und verließ sichtlich unzufrieden den Thronsaal. Die Königin scherte sich wenig um die Launen von Madrence und hatte ihn sogleich wieder vergessen, sobald er verschwunden und der Platz vor ihrem Podium leer war, auf den Nächsten wartend, der mutig genug war, näher zu treten.

Erida blinzelte überrascht, als sich zwei Männer und nicht nur einer dem Thron näherten. Die meisten Bittsteller waren leicht zu durchschauen, entweder aufgrund der Wappen auf ihrer Kleidung oder aufgrund ihres Gesichtsausdrucks. Bei diesen beiden verhielt sich das nicht so. Einer von ihnen war irgendeine Art Priester, gekleidet in Scharlachrot. Er hatte seine Kapuze zurückgezogen, sodass seine helle Haut und sein weißblondes Haar sichtbar waren. Er kam mit gefalteten Händen näher, die er in seinen Ärmeln versteckte. Sie vermutete, dass er sich der Anbetung von Syrek verschrieben hatte, des Schutzgottes von Galland, obwohl sie Gewänder wie seine bisher in keinem Gottesdienst gesehen hatte, den sie je besucht hätte.

Der andere trug keinen Wappenschmuck, und es war ihm nicht direkt anzusehen, was es mit ihm auf sich hatte. Er war bleich und hatte dunkelrotes Haar – ganz eindeutig stammte er vom Nordkontinent, aber ansonsten konnte sie ihn nicht weiter einordnen. Er hatte einen weiten Weg hinter sich, nach seinen schlammbespritzten Stiefeln und dem schmutzigen Umhang zu urteilen. Er trug Handschuhe, aber sie wäre jede Wette eingegangen, dass seine Fingernägel schmutzig waren. Ein Soldat, *überlegte sie,* darauf wiesen sein Gang, seine verbissenen Kiefer und seine breiten, gestrafften Schultern hin. Irgendein Hauptmann von einem der Außenposten, ruhmestrunken, nachdem er irgendwo in einem unbedeutenden Scharmützel siegreich gewesen ist, und jetzt glaubt er, er könne mich genauso erobern.

Das Schwert unter seinem Umhang ließ sie stutzen. Als er ging, teilte sich sein Gewand, und sie sah das Blinken von Juwelen. Rubine und Amethyste, in Rot und Violett. Kein einfacher Soldat trägt ein solches Schwert, *ging ihr durch den Kopf.*

Er kniete nicht vor ihr nieder wie die anderen, und der Priester tat es ebenso wenig. Anspannung legte sich über den Raum, und ihre Ritter, plötzlich hellwach, rührten sich in ihren Rüstungen.

»Willkommen, meine Herren Bittsteller«, sagte Erida laut und blickte zwischen ihnen hin und her, während sie die Sätzchen aufsagte, die sich ihr förmlich in den Schädel eingehämmert hatten. »Was möchtet Ihr Euch vom Löwen erbitten?«

Der Mann mit dem Schwert hob langsam den Kopf und sah ihr in die Augen. Selbst in dem von vielen Fackeln und Kronleuchtern gut erhellten Thronsaal waren seine Augen dunkel, schwarz wie Pechkohle, aber ohne deren Glanz. Sie schienen den Raum zu verschlucken. Gegen ihren Willen fühlte sich Erida zu ihnen hingezogen.

»Ich habe mir nichts zu erbitten und die ganze Welt anzubieten. Ich würde Euch meine Hand zur Ehe reichen, und ich würde Euch die ganze Welt zu Füßen legen.« Er streckte die Hand aus, und selbst aus dieser Entfernung glaubte sie seine Finger zu spüren. »Ich bin Taristan vom alten Cor. Ich habe Spindelblut in den Adern und eine Spindelklinge in der Faust. Nehmt sie beide.«

Für einen Moment empfand Erida Angst. Das pure Entsetzen.

Sie hatte diesen Namen zuvor schon gehört, von den Lippen eines Knappen mit Blut an den Händen.

Ihre sorgfältig einstudierte Maske verrutschte ihr für keine Sekunde; in diesem Moment war sie so gut wie ein Schild. Sie versteckte sich dahinter und atmete tief und gleichmäßig ein und aus. Wenige Augenblicke vergingen, und ihre Angst schmolz wie Eisen in der Schmiede.

Und dieses Eisen nahm Gestalt an, wurde zu Stahl.

Und dann gab es nur noch Entschlossenheit. Einen Plan.

Eine Entscheidung.

Dank der Eskapaden des Spindelblut-Mäuschens, des Knappen, des trampeligen Ältesten und dieser Frau – wer immer sie sein mochte –, hatte Eridas Vermählungszeremonie aus der Syrekom verlegt werden müssen. Die Königin von Galland konnte nicht inmitten von Glasscherben heiraten, während ringsum die Hinweise auf das geschehene Desaster alles überschatteten. Der Hof würde ohnehin schon Wochen über das Festbankett sprechen. Sie brauchte diesem Feuer nicht noch zusätzliche Nahrung zu geben.

Glücklicherweise gab es in Ascal keinen Mangel an Kathedralen. Die Konrada war nahe und prachtvoll genug für eine königliche Hochzeit. Die Königin hatte eine ganze Armee von Dienstboten zu ihrer Verfügung, ganz zu schweigen von einer echten Armee, und sie rackerten unermüdlich die ganze Nacht hindurch, um alles vorzubereiten. Sie behängten den Turm der Konrada mit neuen Bannern, golden wie Sonnenstrahlen, und verteilten Rosen überall in dem geheiligten Tempel. Sie polierten Marmor, putzten die Fenster, staubten die Sitzbänke ab und verscheuchten mit vorgehaltenen Speeren die Bettler. Am Morgen bot die Prozession vom Palast zur Kathedrale einen atemberaubenden Anblick. Während der Hof über die Brücke der Tapferkeit paradierte, drängten sich die Bürger von Ascal entlang der benachbarten Kanäle und reckten die Hälse, um etwas zu sehen.

Erida war schwer zu verkennen, allein inmitten eines Rings aus Rittern, während ihr cremefarbener Schleier volle sieben Meter hinter ihr herwallte. Die Brautkrone war ein hübsches Diadem aus Gold, mit smaragdfarbenen Ranken und rubinroten Rosen umkränzt. Taristan ging hinter ihr her, prächtig anzusehen in seinem kaiserlichen Rot, ein Sohn des alten Cor sowohl dem Erscheinungsbild als auch dem Blut nach. Er hatte kaum noch Ähnlichkeit mit dem Mann, den sie im Thronsaal kennengelernt hatte, sein schlammbespritzter Umhang gegen Seide und Brokat eingetauscht. Aber die schroffe Unerbittlichkeit des Soldaten haftete ihm nach wie vor an. Kein noch so prächtiger Feststaat konnte sein tödliches Herz verbergen.

Ascal jubelte ihnen beiden zu. Im Geiste jubelte Erida ebenfalls.

Er war ein Versprechen. Die Verheißung des Kaiserreichs. Die Aussicht auf einen Ehemann, der ihr ebenso viel zu geben vermochte, wie sie ihm gab. Der nicht nur von Wert, sondern auch schwach war. Hochstehend genug, um ihr Hilfe zu sein, und hinreichend niedrig, um sie nicht zu kontrollieren. Für eine regierende Königin ein wahrlich seltener Fund.

Trotz der *Ereignisse* vom Vorabend verlief die Zeremonie ohne größere Schwierigkeiten. Noch immer schien die Sonne; noch immer ruhte der Segen der Götter auf ihrer Vereinigung; Fürst Konegin unternahm keinen Versuch zu einem Staatsstreich, ehe die Gelübde abgelegt waren. Niemand sonst bewarf mehr den Hof mit einem Kronleuchter oder gar ganzen sechs an der Zahl.

Alles in allem ein Erfolg, fand Erida und ließ ihren Blick über die glitzernde Menge der im hohen Kathedralenturm Versammelten gleiten.

Die Zeremonie endete auf die traditionell galländische Weise, wenn auch in prächtigerem Maßstab als bei jeder gewöhnlichen Hochzeit im ganzen Königreich. Feierlich präsentierte der Hohepriester des göttlichen Pantheons Triumph, das Vermählungsschwert von Eridas Familie, und hielt es zwischen sie beide, das Heft nach oben, wie ein aufgestelltes Kreuz. Das Schwert war zweihundert Jahre alt und zu kostbar für den Krieg. Es kannte kein Blut. Jeder König und jede Königin von Galland hatte sich mit diesem Schwert in der Hand vermählt, die Finger in Verbundenheit ineinandergelegt, um allem zu trotzen, das drohte, sie auseinanderzureißen. Erida ergriff es voller Freude und genoss es, wie sich sein lederüberzogener Griff anfühlte. *Ich bin die erste regierende Königin, die dieses Schwert hält,* dachte sie, als sich Taristans warme Hand über ihre legte. Der Hohepriester ließ das Schwert los, sodass sie zwei es gemeinsam in den Händen hielten. Die Juwelen am Heft, Smaragde und Diamanten, glitzerten unter den Buntglasscheiben der Konrada. Die Götter selbst schauten von ihren Wänden herab. Erida spürte ihre marmornen Blicke.

Sie hoffte, dass ihr Vater ebenfalls zusah.

»Mit diesem Schwert werdet Ihr alles bezwingen, was danach

trachtet, Euch auseinanderzureißen«, verkündete der Priester, ein Segen für das Paar und zugleich auch ein an den mächtigen Syrek gerichtetes Gebet. »Eure Treuepflichten gelten einander und der Krone.«

Erida senkte als Erste den Kopf und neigte die Stirn hin zum Knauf. »Für Euch, für die Krone«, sagte sie. Es waren die letzten Worte ihres Ehegelübdes, die bindenden Worte. Sie hatte erwartet, ihr Gewicht zu fühlen, als hätte sich ihr eine Kette um den Hals gelegt. Stattdessen war da nichts. Keine Freude, keine Furcht. Nichts veränderte sich in ihrem Herzen. Die Linie, der sie folgte, blieb gerade und unbeirrt.

»Für Euch, für die Krone«, antwortete Taristan und senkte seinerseits den Kopf, während sie sich wieder aufrichtete.

Der Blick seiner schwarzen Augen folgte ihrer Bewegung. Sein Kopf war unbedeckt, und ohne die Prinzgemahlskrone schimmerte das Rot seines Haares dunkel. Taristan hatte sich geweigert, auch nur ein schlichtes Diadem zu tragen. Er hatte keine Verwendung für Juwelen oder Gold. Obwohl er die ganze Nacht damit zugebracht hatte, zusammen mit den Rittern der Garnison die Stadt zu durchkämmen, sah man es ihm nicht an. Erida bemerkte keine Ringe unter seinen Augen, keine Falten der Erschöpfung auf den Zügen seines Gesichts. Da war bloß der finstere Schatten der Niederlage, etwas, was sie teilten. *Vorerst.*

Und natürlich waren da, beginnend unter dem Auge, die vier Kerben, die in die linke Seite seines Gesichts gerissen worden waren. Zwar waren die Kratzer nicht sehr tief, aber sie waren unübersehbar und weigerten sich zu verblassen.

Zumindest ist er immer noch attraktiv, dachte Erida und ließ ihren Blick auf seinem Gesicht ruhen. Die Kratzer verbargen kaum seine knochigen Züge, die eher schroff und markant waren als schön. *Und das ist immerhin mehr, als ich von den meisten sagen kann.* Und, ohne Frage, er war ein Mann. Kein Junge, der mit Schwertern spielt, oder ein übergroßes, bis ins Erwachsenenalter gehätscheltes Wickelkind. Taristan vom alten Cor gab sein eigenes Tempo an, selbstsicher, in zielstrebiger Entschlossenheit. Ehrgeiz und Temperament waren ihm nicht fremd. Sie hatte es gleich bei ihrer ersten Begegnung bemerkt. Und auch bei ihrer zweiten Begegnung, am Abend zuvor. Und sie sah es auch jetzt, zum dritten Mal, im Moment, als er ihr Ehemann wurde, starr wie eine Statue, entschlossen wie Stein.

Als er wieder aufstand, war die Tat vollbracht. Sie bereitete sich auf eine Welle der Reue vor, die indes niemals kam.

Das ist der Weg, den ich gewählt habe.

Sie begutachtete ihn von oben bis unten, ihren frischgebackenen Prinzgemahl. Der feiernde, einfältig-alberne Hof übertönte die Stimme des Hohepriesters, der Worte sprach, die sie nicht zu hören brauchte. Taristan lächelte nicht, seine Lippen gespannt, wie eine Herausforderung. Auch sie schenkte ihm kein Lächeln. Er erwiderte ihren Blick, schwarze Augen, die auf blaue trafen. Er war nicht unergründlich. Seine Ziele waren klar, seine Mittel offensichtlich. Jeder hatte etwas, von dem der andere profitierte, ein Austausch auf gleicher Ebene.

Er ist der richtige Weg.

Triumph, das Schwert, kehrte zum Hohepriester zurück, aber ihre Hände blieben verbunden, wie sie es während des ganzen Wegs zurück zum Neuen Palast bleiben würden. Seine Haut war heiß, aber nicht unangenehm, und ihre Hand passte seltsam gut in seine. Ihre Schritte hatten den gleichen Rhythmus, als sie sich vom Altar abwandten und die Prozession aus der Kathedrale zurück anführten, der Gang unter ihnen mit einem Teppich aus weichem Grün bedeckt. Taristan sprach nicht, blieb auch heute so wortkarg, wie er es bei ihren ersten beiden Begegnungen gewesen war. Natürlich hatte die zweite unter alles andere als idealen Umständen stattgefunden, und sie hatten nur wenige Worte gewechselt, bis ihnen das Festbankett verdorben worden war. Und die erste Begegnung war eher eine Art militärische Verhandlung als ein Antrag gewesen, beide Seiten gut bewaffnet und gepanzert und klar in ihren Absichten.

Taristans roter Zauberer schloss sich der Prozession an, ein scharlachfarbener Punkt am Rand ihres Gesichtsfeldes, direkt außerhalb des Rings der sie eskortierenden Ritter der Löwengarde. Ronin, so hieß er. Spindelberührt und von schlaksigem Körperbau, fühlte er sich in der Gesellschaft unbehaglich und verbrachte den größten Teil seiner Tage in Archiven, auf der Jagd nach alten Folianten und zerfallenden Pergamentrollen, in denen er nach Informationen über Spindeln suchte, die es seit langer Zeit nicht mehr gab. Auch er schwieg jetzt, aber er hatte seine rote Kapuze zurückgeschlagen, sodass ein weißes Gesicht und rosa umrandete, wild blickende Augen sichtbar wurden. Der Anblick erinnerte Erida an eine haarlose Ratte.

Draußen stiegen die Sommertemperaturen immer noch an, und Erida war froh, dass der Weg zurück in die kühlen Schatten ihres Palastes so kurz war.

Über den Kanälen hallten die Stimmen von Ascal wider. Von scheinbar jeder Brücke und jeder Straße am Wasser brüllten ihre Untertanen ihren Beifall heraus. Die Gesichter der Menschen waren ein rosafarbenes Meer. Erida winkte und bedeutete Taristan, das Gleiche zu tun. Es war immer klug, der Liebe des gemeinen Volkes Nahrung zu geben, vor allem wenn es so leicht war wie jetzt. Denn nichts liebten die Menschen aus dem gemeinen Volk so sehr wie eine Hochzeit, wenn ihnen Pracht und Glanz eines Lebens, das sie selbst gar nicht begriffen, für einen kurzen Moment ganz nahe kamen. Freude und Glück, so falsch sie auch sein mochten, waren etwas, dem man nur schwer widerstehen konnte.

Erida nährte sich davon, von der Liebe, die die Menschen ihrer Königin entgegenbrachten. Es war ein Trost, genauso wie ein Schild. *Solange sie mich lieben, bin ich sicher.*

Taristans Finger schlossen und öffneten sich in ihren, und er lockerte seinen Griff, als sie die Königsbrücke erreichten.

»Wartet, bis sie uns nicht mehr sehen«, mahnte sie ihn. Ihre Zähne waren zu einem übertriebenen Lächeln zusammengebissen. »Gebt niemandem einen Vorwand zum Tratsch. Sie werden auch ohne unsere Hilfe genug Anlass dazu finden.«

Er verzog das Gesicht, aber sein Griff wurde wieder fester. Es waren Schwielen in seiner Handfläche und auf seinen Fingerspitzen, die Haut rau von langen Jahren des Schwertkampfes. Bei der Berührung überlief sie ein leiser Schauder. Taristan vom alten Cor hatte harte Jahre durchgestanden, und seine Haut legte Zeugnis dafür ab. Sie versuchte, sich diese Hände nicht anderswo vorzustellen – dort, wo sie wohl später sein würden. Es gab keine Eheschließung ohne eheliches Beilager, keinen Bund fürs Leben ohne die Verbindung der Körper. *Eine Klinge in der Kirche und eine andere Klinge in den Laken*, so lautete eine vulgäre Redewendung.

»Mir ist die Meinung des Hofes reichlich egal«, murmelte er fast unhörbar.

Alle Gedanken an das geteilte Bett und an sein hübsches Gesicht waren mit einem Mal wie weggeblasen. Erida verbot es sich, die Augen zu verdrehen. *Ich habe ein Leben lang Zeit, ihm beizubringen, wie falsch er da liegt, aber ich muss nicht auf der Stelle damit anfangen.*

»Wie schön das sein muss«, kommentierte sie trocken.

Erida hatte sich nie irgendwelchen Träumereien von ihrer Vermählung hingegeben, auch wenn ihre Zofen und Hofdamen sie oft danach gefragt hatten. Sie hatte dann irgendetwas erfunden, um sie zufriedenzustellen. *Eine Kathedrale voller Blumen, milchweiße Pferde, madrentinische Spitze, das Vermählungsschwert so leuchtend wie der Blitz, ein Schleier so lang wie ein Fluss, Geschenke von jedem Herrscher aus jedem Winkel der Wacht.* Einige dieser Dinge waren ohne sonderlichen Aufwand in Erfüllung gegangen.

Aber was Erida sich für diesen Tag wirklich gewünscht hatte, konnte nicht einmal eine regierende Königin bekommen. Ihre Mutter war tot. Ihr Vater war tot. Weder Konrad Richthand noch Alisandra Reccio hatten lange genug gelebt, um Krönung und Vermählung ihrer Tochter zu erleben. Sie versuchte, sie in sich zu spüren, so wie sie versucht hatte, die Götter in der Kathedrale zu spüren, aber es war, wie mit den Fingern in die Luft zu greifen. Die gewohnte Leere blieb. Es war eine alte Wunde, aber heute blutete sie von Neuem. Es war schwer, nicht nach ihnen Ausschau zu halten, auch wenn sie wusste, dass sie nicht erscheinen würden.

Da der Festsaal in Trümmern lag und die zerschmetterten Kronleuchter ihres Vaters im ganzen Raum verstreut waren, fand der Empfang in den Palastgärten statt, unter hastig errichteten Zelten und unter Einsatz einer ganzen Heerschar von Dienstboten, die mit langen Fächern wedelten. Zumindest wehte von der Lagune her eine stramme Brise durch die einzige Öffnung in den Palastmauern.

Ihr Tisch war von den übrigen abgesetzt und sonderte so das frischvermählte Paar von allen ab, außer voreinander. Selbst Eridas Kronrat saß abseits an einem langen Tisch, mit einem finster dreinblickenden Ronin in ihrer Mitte. Sie bemitleidete Lady Harrsing, die vergeblich versuchte, den Zauberer in ein Gespräch zu verwickeln.

Erida setzte sich und löste ihre Hand aus Taristans Griff. Sein Blut war zu heiß für den Sommer. Ihm schien die Temperatur nichts auszumachen, trotz seines dicken roten Wamses und der schweren Goldkette, die sich zwischen seinen Schultern spannte. Seine Wangen blieben bleich, und auf seiner Stirn stand kein Schweiß.

Ein Diener reichte ihm einen Kelch mit Wein. Er nahm ihn entgegen, ohne davon zu trinken. Er prüfte die Facetten des Kristallglases und ließ sie das Licht einfangen. Taristan vom alten Cor war ein Adliger von Geblüt, aber nicht von Geburt. Er war weder an die Reichtümer von Königen gewöhnt noch an die an sie gestellten Erwartungen.

»Werdet Ihr mich jetzt den ganzen Tag lang anstarren?«, fragte er, hob den Blick und sah ihr in die Augen.

Sie zuckte mit keiner Wimper, die Herausforderung ließ sie ungerührt. »Woher kommt Ihr eigentlich?«

Seine Antwort erfolgte schnell und gleichmütig. »Ich bin das Blut des alten Cor.«

Erneut widerstand Erida dem Drang, die Augen zu verdrehen. Stattdessen trank sie von ihrem Wein und nutzte diese Sekunden, um ihre Enttäuschung etwas abzukühlen. »Ich meine, wo seid Ihr *geboren* worden?«

»Das weiß ich nicht«, antwortete er und zuckte die Schultern, ohne nachzudenken. »Bis ich genug Verstand hatte, mich um meine Eltern zu kümmern, waren sie entweder tot oder verschwunden.« Seine Finger spielten mit dem Kristallkelch, untersuchten ihn auf Mängel. »Die Ältesten haben meinen Bruder nach Iona gebracht und dort aus ihm gemacht, was er geworden ist. Der Rest der Welt hat mich zu dem gemacht, was ich jetzt bin.«

Nachdenklich versuchte Erida, zwischen seinen Worten zu lesen, Gedanken zu erahnen, während sie ihm durch den Kopf rasten. Aber seine abgrundtiefen Augen waren von steinerner Leere und ebenso undeutbar wie sein Gesicht.

Taristan schob den Wein von sich. Anders als die meisten Schurken schien er keinen Gefallen an berauschenden Getränken zu haben. »Ich habe meine Tage auf Wanderschaft verbracht.«

»Schon als Knabe?« Sie stellte sich einen unter harten Bedingungen heranwachsenden Waisenjungen vor, ohne Geld, der sich erst auf seinen wachen Verstand und dann auf seine Fäuste verließ. *Und schließlich auf sein Blut, seine altehrwürdige Abstammung, begraben wie ein Diamant, der darauf wartete, entdeckt zu werden.*

»Corblütler entwickeln keine festen Wurzeln«, erklärte er unfreundlich. »Dieses Gespräch missfällt mir, Euer Majestät.«

Erida nippte an ihrem Wein, bevor sie antwortete.

»Ich bin Eure regierende Königin; ich folge meinem eigenen Willen.« *Die Vereinbarung ist bereits getroffen, unsere Grenzen sind gezogen. Aber es kann nicht schaden, ihn daran zu erinnern.*

»Tut, was Ihr wollt«, sagte er schulterzuckend. Der Hof glänzte und glitzerte vor ihnen, alle konnten es gar nicht erwarten, zu essen und zu trinken, und das trotz der Hitze. Aber sie waren schreckhaft wie die Karnickel. Die Ereignisse des vergangenen Abends ließen sich nicht so leicht vergessen. »Euer Wille kümmert mich wenig, solange wir das gleiche Ziel im Auge haben.«

Die Kontinente unter dem Löwen geeint, Galland ein weltbeherrschendes Imperium, die Wacht in meinen Fäusten. Ruhm und Pracht des alten Cor wiedergeboren. In ihrem Kopf verfärbte sich die Landkarte an der Wand des Ratssaals grün wie das Gras im Frühling. Sie spürte bereits, wie sich die ganze Welt neu gestaltete, wie die Hoffnungen ihrer Vorfahren endlich in den Händen einer Frau konkrete Gestalt annahmen. *Der Traum meines Vaters verwirklicht.*

Sie senkte den Kopf, um ein Lächeln zu verbergen, und ließ ihr Haar vors Gesicht fallen als Schild vor den anderen. Eroberung lag ihr im Blut. Sie sättigte sie besser als jedes Festbankett.

Der erste von einundzwanzig Gängen – zwanzig für die Götter und einen für das Königreich – wurde rasch aufgetragen. Der ursprüngliche Plan hatte Suppe vorgesehen, aber in der Hitze hatte die Küche klugerweise umdisponiert und sich stattdessen für ein reiches Angebot aus Kräutern, kalten Soßen, gewürzter Konfitüre, geräuchertem Fleisch und dickem Quark entschieden.

Erida wurde als Erste bedient, auch wenn sie kaum Appetit hatte.

»Die Stadtgarnison setzt ihre Suche fort«, bemerkte sie mit leiser Stimme und stocherte auf ihrem Teller herum. *In aller Stille, ganz diskret. Sie spähen in jeden Graben und jeden Abwasserkanal, um Ausschau nach Corayne und ihrem Spindelschwert zu halten. Wir dürfen keinen Anlass zur Beunruhigung liefern, weder unter dem gemeinen Volk noch bei Hof.* »Und wir haben Truppen von unserer Festung in Canterweld ausgeschickt, um das Umland zu durchkämmen. Wenn sie gefunden werden kann, *wird* sie auch gefunden.« Die Kratzer auf Taristans Gesicht waren nicht mehr so blau wie am Vortag und gingen allmählich in rötlich-violette Striemen über. »Nur gut, dass sie Euch angegriffen hat. Niemand wird es infrage stellen, wenn wir ihr hinterherjagen, um ihrer habhaft zu werden.«

Taristan behagte die Aufmerksamkeit nicht, die sie auf ihn richtete, er zuckte zusammen und wandte den Kopf ab, um die Wunde zu verbergen. »Es gibt noch andere Angelegenheiten, um die wir uns kümmern müssen«, stieß er hervor. Ein roter Glanz flackerte in seinen Augen auf, wohl eine Spiegelung der Sonne, die durch die flatternden Zeltwände fiel.

Nun verdrehte Erida wirklich die Augen. Sie fragte sich, ob ihr frischgebackener Gemahl wohl genauso berechenbar sein würde wie die meisten Männer. In diesem Punkt schienen sie sich alle zu ähneln.

»Ich kenne meine Pflichten, Taristan«, versetzte sie kühl und nannte ihn mit Bedacht beim Namen. Keine Titel, kein Kosewort. Kein *Hoher Herr* oder *Eure Hoheit*, und das war wohldurchdachte Absicht. *Ich bin König und Königin zugleich. Ich stehe im Rang weit über dir, ganz egal, woher dein Blut kommt.* »Und sie werden auch erfüllt.«

Taristan zischte und leerte mit Nachdruck seinen Kelch. Der Wein lief ihm dunkel über die Lippen. »Ich rede nicht über irgendwelchen Unfug, wie ihn Euer Hof nach einer Vermählung verlangt«, erklärte er. »Gemessen an dem, was da kommt, ist das für mich von sehr geringem Gewicht.«

Sie klimperte verwundert mit den Lidern, obwohl sie ihr Bestes tat, sich ihre Überraschung nicht anmerken zu lassen. Die Karten in der Hand einer Königin sollten nicht so leichtfertig ausgespielt werden.

»Und was kommt da?«, gab sie fragend zurück. »Ihr habt zwanzigtausend ... *Mann* vor einer zerrissenen Spindel in den Vorbergen des Wachtgebirges stehen, die auf Befehle warten.« Wobei diese *Mann* die Leichen einer verbrannten Welt waren, jeder Soldat gebrochen und zerschmettert und darüber hinaus ihrem frischvermählten Prinzgemahl treu ergeben. Alle bis an die Zähne und sogar noch ein Stückchen darüber hinaus bewaffnet. Sie hatten Sir Grandel und die beiden Nords getötet,

Männer, die sie von Kindesbeinen an gekannt hatte. Aber deren Geister bekümmerten Erida wenig. »Eure Armee ist wahrlich nichts, worüber man verächtlich die Nase rümpfen darf, aber sie ist den Männern, die mir zur Verfügung stehen, nicht gewachsen, sollte ich die vereinte Macht von Galland ins Feld führen.«

»Ihr wisst, dass die Spindel mir mehr gegeben hat als eine Armee von Aschenländern.« Wiewohl die Sonne strahlte, schien sich Dunkelheit um Taristan zu sammeln. Erida spürte es auf ihrer nackten Haut, ein leises Gewicht wie die Berührung einer Feder.

»Ja, der Tempel hat etwas mit Euch gemacht«, sagte sie und streifte vorsichtig seinen Arm. Ihr Blick wanderte über seine Brust, über die Stelle, wo ihm ein Schwert ins Herz gerammt worden war. Für jeden Beobachter musste es den Eindruck erwecken, als seien sie der Inbegriff zaghaft zurückhaltender Neuvermählter. Statt Wölfe, die einander abschätzend in Augenschein nahmen. »Die Spindel hat etwas mit Euch gemacht.«

Taristan richtete den Blick auf ihre über ihn hinwegtanzenden Finger. Er blieb so reglos wie die Oberfläche eines Teichs und genauso unergründlich.

Erida schluckte und zog die Hand von ihm weg. Sie war froh, dass sie hier ihren kleinen Tisch für sich allein hatten, abseits der neugierigen Augen und Ohren eines verständnislosen Hofes. Für Konegin und den Rest war sie die Verbindung mit Taristan allein seines Blutes wegen eingegangen; er war ein Sohn des alten Cor, der wenig mehr zu bieten hatte als seine Dynastie, ein Erbe, das ihre Kinder würden antreten können. Ein wichtiger Schritt auf dem Weg zum alten Kaiserreich, einem Weg, der von ihren Erben weitergegangen und zu Ende gebracht werden sollte. Ein Geburtsrecht, das sie im Streit um die Vorherrschaft für sich beanspruchen konnten, wiedergeborene Kaiser und Kaiserinnen. Aber Erida erinnerte sich daran, was ihr Taristan im Thronsaal der Bittsteller gesagt hatte, nachdem sie alle anderen aus dem Raum geschickt hatte; als er sich die Handfläche aufgeschnitten und die Wunde vor ihren Augen erst geblutet hatte und dann verheilt war. Als er ihr von seiner Bestimmung berichtet hatte und was das für sie beide bedeuten, ihnen einbringen konnte.

Sie konnte dieser Gelegenheit unmöglich widerstehen, weder damals noch jetzt.

»Und Ihr habt in der Wüste noch eine weitere Spindel aufgerissen, deren vergessene Welt nun dort hindurchströmt.« Sie konfrontierte ihn mit seinen eigenen Worten, den Versprechen, die er ihr bei seinem Antrag gemacht hatte. Spindeln zerrissen, Armeen gewonnen. Am Tempel, in den Sanddünen. Weitere würden folgen, wenn Taristan und sein Zauberer ihren Teil der Abmachung erfüllten. »Wie Ihr gesagt habt, Ihr gewinnt mit jeder Spindel neue Kraft, und folglich gilt das auch für mich. In Eurem Körper, in Eurer Armee. Also gewinnt sie auch«, flüsterte sie.

Sie ballte auf dem Tisch die Hand zur Faust, und auf ihren Knöcheln glitzerten juwelenbesetzte Ringe. Sie wünschte sich das Schwert Triumph in ihrer Hand oder die Spindelklinge in einer Scheide an der Hüfte ihres Gemahls. Wünschte sich eine Waffe, die dem Feuer in ihrem Inneren entsprach.

»Nehmt Euer Schwert und blutet für mich, und ich werde für Euch bluten. Gewinnt uns die Krone, von der unsere Vorfahren nur träumten.«

Er atmete tief und heftig ein und unterzog sie seinerseits einer strengen Musterung. Erida spürte es fast schon am eigenen Leib, wie die Luft durch seine Zähne zischte. Er war dreiunddreißig Jahre alt, vierzehn Jahre älter als sie. In königlichen Kreisen war das nicht sonderlich schlimm. Aber er wirkte älter als die Zahl seiner Jahre. Ob aufgrund des Lebens, das er geführt hatte, oder wegen des Corbluts in seinen Adern, das wusste Erida nicht. *Eine Krone sondert dich von den anderen ab*, das wusste sie. Sie hatte ihr Leben lang das Gewicht einer Krone gespürt, auch schon bevor sie ihr auf den Kopf gesetzt worden war. *Vielleicht ist es bei ihm genauso: die Last des Schicksals, der Bestimmung, die sich niemals wieder von den Schultern hebt. Bis sie einem zur zweiten Natur wird.*

Er sah sie weiter an, mit finsteren Augen, während ein Muskel an seinem Kinn zuckte. Der Sohn des alten Cor, ein Schurke und Mörder, schätzte es nicht, von anderen herumkommandiert zu werden, wer auch immer das sein mochte. *Männer mögen das nie.*

»Eine Vermählung ist ein Versprechen, und wir haben einander die ganze Welt versprochen«, sagte Erida hitzig und wandte mit einem energischen Ruck den Blick von ihm ab. Sie sah auf ihren Teller hinunter, aber darauf befand sich nichts für den Geschmack einer Königin. Sie wollte, dass dieser ganze Unfug aufhörte. *Ich bin besser für das Ratszimmer als für den Festsaal geeignet.*

Taristans Lachen war leise und so grob wie seine Hände.

Sie sah ihn wieder an, erwartete Verachtung. Stattdessen bemerkte Erida einen Schimmer von Stolz.

»Ihr solltet selbst das Banner des Löwen zieren«, sagte er und deutete auf die Fahnen überall in den Zelten. Grün und gold und brüllende Verlässlichkeit. »Ihr seid doppelt so grimmig und doppelt so hungrig.«

»Ist das ein Kompliment?«

»So war es gedacht, ja«, antwortete er.

An dem Tisch, der ihnen am nächsten, aber dennoch einige Meter entfernt war, saß der rote Zauberer und blickte finster vor sich hin. Er schenkte dem königlichen Rat um sich herum keinerlei Beachtung, trotz aller Bemühungen Harrsings. Konegin tat so, als sei Ronin überhaupt nicht da, und redete ausschließlich mit seinem Tollpatsch von Sohn. Beide hatten graue Gesichter, litten unter ihrer Niederlage. Erida verschwendete kaum einen Gedanken auf die beiden. Fürst Konegin war ein Hindernis, ja, aber klein im Vergleich zu dem, was auf dem vor ihr liegenden Weg auf sie wartete. Und sie hatte einen Verbündeten im Kampf gegen ihn an ihrer Seite, einen mächtigen Verbündeten, der von keinem Menschen und keiner Klinge getötet werden konnte.

Stattdessen richtete sie ihren Blick auf den Zauberer.

»Zuerst habe ich gedacht, Ronin sei ein Priester.«

Taristan aß das Stück Fleisch auf seinem Teller restlos auf und ließ alles Übrige unberührt. »Schweigende, nutzlose Götter vermögen mein Interesse nicht auf sich zu ziehen«, murmelte er. »Hier in Galland beten wir vor allem zu Syrek. Gott des Krieges, Gott des Sieges, Gott der Eroberung, Gott des Lebens. Und einigen Schriften und Lehren zufolge ist er auch der Gott des Todes. Der Gott von Hölle und Himmel in gleichem Maße. Man muss sich schlicht entscheiden, welche Seite man anbeten, an welche man glauben wird.«

Sie dachte an die Statuen, die Götterbilder, die vielen Buntglasfenster und Bildteppiche, die Syrek und sein blutendes Schwert darstellten, Syrek und seinen flammenden Speer, Sonnenstrahlen wie ein Heiligenschein um ihn herum, Rauch und Sieg hinter sich zurücklassend, wohin immer er ging.

»Die Schriften sagen, er habe das alte Cor überhaupt erst hervorgebracht, indem er Euer Volk aus seiner verlorenen Welt nach Allwacht geleitet hat.« Erida lehnte sich zu ihm vor. »Vielleicht beabsichtigt er, das ein weiteres Mal zu tun.«

Taristan zögerte keine Sekunde. »Vielleicht.«

Als der Diener zurückkam, lehnte Erida ein weiteres Glas rubinfarbenen Weins nicht ab.

»Wohin geleitet Ronin Euch als Nächstes?«, erkundigte sie sich, als der Diener wieder weg war. Zumindest war der Wein kalt, in der Hitze eine angenehme Erleichterung. Und er betäubte sie ein wenig, nahm ihr nach einer langen Nacht und einem noch längeren Morgen ein wenig von ihrer nervösen Anspannung.

»Er hat in den alten Aufzeichnungen der Kathedrale einige vielversprechende Anhaltspunkte gefunden, Jahrhunderte und weiter zurückreichendes Geraune von Spindeln.« Erida wollte nachhaken, worum genau es sich da handelte, verkniff es sich aber. »Wir werden uns gen Osten wenden.«

»Und was wird uns die nächste Spindel bringen?« *Unverwundbarkeit hat er schon. Eine Armee auch. Und in der Wüste wurde ihm Macht gegeben, über die Meere zu herrschen. Was will er noch?*

»Ich weiß es erst, wenn der Übertritt vollzogen ist. Ich könnte eine Tür zu jeder Welt eröffnen, die es gibt, bekannt wie unbekannt. Nach Glorian, der Heimat der Ältesten, oder hin zu der verlorenen Welt meiner Vorfahren. Zum rasenden Höllenbrand von Infyrna, zu den gefrorenen Ödländern von Kaldine, nach Syderion, Drift, Irridas, Sturmland«, ratterte er Welten herunter, an die sich Erida undeutlich aus Religionsstunden und Spindelgeschichten erinnerte.

»Selbst hin zur Wegkreuzung, der Tür zu allen Türen.« Taristan senkte die Stimme zu einem bloßen Flüstern. »Oder nach Entzweit selbst.« Er sah zu seinem Zauberer hin und traf den Blick seiner roten Augen. Irgendetwas ging zwischen den beiden hin und her, eine Botschaft, der nicht einmal Erida auf den Grund zu gehen vermochte. »Wenn das Mädchen nicht bis zum Einbruch der Nacht gefunden wird, müsst Ihr in Ibal und in den Vorbergen Wachen aufstellen.«

Einer ihrer Mundwinkel zuckte zu einem Grinsen in die Höhe. *Corayne vom alten Cor ist kaum mehr als ein Kind, ein einsamer Spatz, über dem die Habichte kreisen.* »Ihr habt Angst, sie könnte durch brennenden Sand und eine Armee hindurchschlüpfen? Selbst aus meinem *Palast* ist sie mit knapper Not entkommen …«

»Aber entkommen ist sie«, versetzte Taristan knurrend. Da war er wieder, der rote Schimmer in seinen Augen, ein Funkeln wie die Kanten einer Münze im Licht. »Bei dieser Sache mit ihr und den anderen, die da hinter ihr hertrotten, ist noch mehr im Spiel.« Sein Gesicht verdunkelte sich, und seine schwarzen Brauen zogen sich zusammen. »Stellt die Wachen auf, Euer Majestät.«

Männer zum Tempel zu schicken, um innerhalb meiner eigenen Grenzen befindliche Vorberge zu bewachen, dürfte keinerlei Problem darstellen. Wir müssen einfach unauffällig bleiben und ablenken, die Aufmerksamkeit der anderen anderswo hinrichten.

Erida biss die Zähne zusammen. *Aber Truppen nach Ibal zu schicken, in ein fremdes Königreich über die Lange See und in die Große Sandwüste, vorbei an der furchterregendsten Marine des Landes ... Wie soll ich das tarnen? Wie kann ich überhaupt den Befehl dazu geben?*

Taristan blickte ihr starr ins Gesicht, während sie nachdachte, und sah zu, wie sie beide Seiten gegeneinander abwog. Sie hätte sich am liebsten irgendwie seiner Aufmerksamkeit entzogen, wollte allein nachdenken, um ihre Pläne auf ihre eigene, sorgfältig durchdachte Weise zu schmieden. Aber vor dem Mann an ihrer Seite gab es kein Entrinnen. *Und es sollte auch keins geben. Er ist mein Gemahl, eine Wahl, die ich getroffen habe, ein Weg, dem ich gefolgt bin. Er gehört mir, damit ich von ihm Gebrauch machen kann. Ich sollte mich nicht vor ihm verstecken.*

Auch wenn sie keine Antwort auf ihre Fragen fand, wusste Erida, dass sie irgendwann eine würde herbeizwingen können. Sie nickte langsam, und er lächelte, grausam wie die Schneide eines Messers.

»Also gut«, sagte sie. »Ihr könnt heute Abend aufbrechen.«

Er neigte den Kopf und sah wieder zu Ronin. Der Zauberer legte seine weißen Hände auf den Tisch und stand auf, obwohl um ihn herum gerade erst der zweite Gang serviert wurde.

»Ich werde in einer Stunde aufbrechen«, antwortete Taristan und tat es dem Zauberer gleich.

Erida sah zu, wie er sich erhob, und hielt ihren Gesichtsausdruck bewusst ausdruckslos. Sie war nicht die Einzige, die bemerkte, was Taristan da tat. Die Blicke des Hofes erhoben sich mit ihrem Prinzgemahl, einige grinsten unverschämt, andere tuschelten miteinander. Erida mochte es nicht, in die Ecke getrieben und in Schwierigkeiten gebracht zu werden, aber jetzt galt es, das Beste aus ihrer Zwangslage zu machen.

Mit einem Seufzer stand sie ebenfalls auf und kehrte Tellern und Wein den Rücken.

»Wahrscheinlich ist es besser, wenn der Hof eher glaubt, Ihr hättet es allzu eilig, als wenn er Euch für gleichgültig hält«, zischte sie. Er musterte sie eindringlich, und eine verletzende Sekunde lang wirkte er verwirrt.

Dann zog sie ihn mit sich davon, und die Löwengarde tappte in respektvollem Abstand hinterher.

»Nach einem einzigen Gang vom Hochzeitsmahl«, murmelte sie und umfasste seinen Arm mit zupackendem Griff. »Ich glaube, wir haben da einen Rekord aufgestellt.«

In den königlichen Wohnquartieren war es seltsam still. Die meisten der Palastdiener, selbst ihre Zofen, waren für die Zeremonie und den Empfang abbeordert worden. Ihre Schritte hallten in den klaffend leeren Fluren wider, als Erida die wohlbekannten Stufen zu ihrem Schlafgemach hinaufging. Die Ritter der Löwengarde stapften mit klirrenden Rüstungen hinterher, aber sie würden ihnen nicht mehr lange folgen. Das eheliche Beilager einer regierenden Königin duldete keine Zeugen. Nicht einmal den roten Zauberer, der mit seinem verstörenden Blick den Rittern hinterherlief.

Hier, in den kalten Steinmauern des Palastes, war es nicht so warm, aber sie spürte trotzdem, wie ihr Hitze den Arm und den Rücken hinaufkroch. Taristans Hand hielt noch immer ihre gedrückt, beide spielten sie das Theater vom liebenden Paar weiter. Wie er es zuvor mit dem Kristallglas beim Festmahl gemacht hatte, betrachtete er auch jetzt alles eindringlich – die Wände, die Läufer, die Bildteppiche –, nahm eine Welt in sich auf, wie sie ihm bisher völlig unbekannt gewesen war. Für Erida hingegen war alles so vertraut wie ihr eigenes Gesicht. Sie versuchte, ihre Umgebung mit den Augen eines Fremden zu sehen. Ein höchst merkwürdiges Gefühl.

Ihr großes Privatgemach unterm Palastdach war langgestreckt wie ein Korridor, von einer Fensterwand mit Blick über die Gärten erhellt. Sie sah unten die Zelte, so groß wie die Segel von Schiffen, und die Lagune wie ein grüner Spiegel dahinter. Die Ritter gingen in geübter Formation neben den Fenstern in Aufstellung. Ihr Weg endete hier, wo sie die Tür zum Schlafgemach der Königin bewachten. Es ging für sie keinen Schritt weiter.

Besser, ich bringe es so schnell wie möglich hinter mich. Eine Pflicht weniger.

Taristan warf einen Blick zu Ronin hin, bevor Erida es tun konnte, und seine Gesichtszüge waren angespannt. »Macht Euch schon mal reisefertig.«

Der Zauberer widersprach nicht und fuhr in einem eleganten Bogen herum, sodass sein roter Umhang hinter ihm herwirbelte. Er verließ das langgezogene Wohnzimmer ohne ein Wort und verschwand durch eine andere Tür, auf der Suche nach einer Hintertreppe. *In ein paar Wochen kennt er den Palast so gut wie meine ältesten Diener.*

Es kam nicht oft vor, dass Königin Erida von Galland sich selbst eine Tür öffnen musste, und sie war bestrebt, sich nicht sichtlich mit den dicken Eichentüren abzumühen, die in ihr Schlafgemach führten. Sie schwangen auf geölten Angeln auf, schwerer, als sie sie in Erinnerung hatte, und eröffneten den Blick auf etwas, das wie das Herz einer weiteren Kathedrale aussah.

Läufer zogen ihre Muster über den Boden, Rahmen aus kostbarem Spiegelglas schmückten die Wände, und Vorhänge hingen an den Säulen und Bögen herab. Rote Blumen blühten in Vasen und erfüllten die Luft mit ihrem Duft. Eine Fensterrosette erhellte den Raum, und der Kreis aus regenbogenfarbenem Licht, das durch sie hindurchströmte, fiel auf ein uraltes Bett. Im Winter konnte man um das Bett herum Vorhänge zuziehen als Schutz gegen die Kälte, aber im Sommer waren sie weit aufgerissen, und all die Daunenkissen und Decken aus Brokatseide ließen sich schwerlich übersehen. Erida hatte diesen Raum noch nie so leer oder so still erlebt. Schlagartig wurde ihr klar, dass sie noch nie allein in ihrem Schlafzimmer gewesen war, nicht ein einziges Mal in ihrem Leben.

Schnappend fiel die Tür ins Schloss. Gegen ihren Willen und trotz all ihrem Bemühen, Gelassenheit zu verströmen, zuckte Erida heftig zusammen.

Taristan ließ ihre Hand los. »Das hier bringt uns nicht groß was«, brummte er und deutete zwischen ihnen hin und her.

Dann streifte er die goldene Kette ab, die zwischen seinen Schultern hing. Sein Umhang fiel mit ihr zu Boden, wie eine Lache von Blut und Seide. Er setzte sich in Bewegung, ging jedoch nicht zum Bett, sondern trat an das nächste Fenster. Von dort aus eröffnete sich ein Blick über die Türme des Neuen Palasts und die Mauern hinweg, hin zum Fluss, den Kanälen, den Brücken. Ganz Ascal breitete sich aus, wie auf einem Tablett serviert. Er schien es kaum erwarten zu können, die Stadt am Stück zu verschlingen.

Erida nahm ihre Krone mit Sorgfalt ab und legte sie auf eine Frisierkommode. »Mir persönlich nicht, das stimmt«, gab sie zurück und war dankbar, dass es etwas gab, worüber sie ein Streitgespräch führen konnten. Es würde die Sache weniger seltsam machen. »Aber ein Erbe würde *Eure* gefährdete Position hier sichern.«

Er lehnte sich an eine der Säulen, Arme und Fußknöchel überkreuzt. »Zeitverschwendung. Ich brauche kein Kind; ich brauche Spindeln«, entgegnete er. »Über unsere Dynastie mache ich mir Gedanken, wenn die Wacht einmal unser ist.«

Die Königin schnaubte verächtlich und machte sich daran, die Perlenknöpfe zu lösen, die sich an der Rückseite ihres Kleides hinabzogen. Ohne die Armee ihrer Dienerinnen war es schwierig, beinahe unmöglich zu bewerkstelligen. Taristan ließ sie kämpfen, ohne sich einen Schritt vom Fenster zu entfernen.

»Ihr seid ein außergewöhnlicher Mensch«, sagte sie und warf ihm einen Blick über die Schulter zu. »Bedauerlicherweise, mein Herr Gemahl, können wir die Welt erst dann nach unserem eigenen Gutdünken neu ordnen, wenn sie uns gehört. Aber vorläufig gilt es Regeln zu beachten.«

Die Perlen lösten sich und glitten durch ihre Schlaufen, bis das Kleid an ihr herabhing. So ungezwungen sie konnte, stieg Erida aus ihrem Gewand, mit nichts als ihrer Unterwäsche am Leib. Ihr kostbares Hemdkleid aus Seide, so leicht wie der Flügel einer Taube, gestattete so freizügige Einblicke, dass wenig der Fantasie überlassen blieb. Trotzdem rührte sich Taristan auch weiterhin nicht von der Stelle, selbst als sich die Königin auf der Kante des großen Bettes niederließ.

»Macht da ja keinen Fehler; mein Vetter Konegin würde jede Gelegenheit am Schopf ergreifen, um Euch zu verstoßen und jede Ehe meinerseits, die nicht seine Zustimmung findet, für null und nichtig erklären zu lassen.«

»Dann bringt ihn doch um«, erwiderte er trocken und strotzte dabei geradezu vor Desinteresse.

Erida müsste lügen, würde sie jetzt behaupten, etwas Derartiges noch nie in Betracht gezogen zu haben, vor allem in den letzten Tagen. Konegin hatte seine nützlichen Seiten, aber diese wurden zunehmend von den Gefahren überwogen, die von ihm ausgingen.

»Wäre das Leben doch nur so einfach«, sagte sie und zupfte an ihrem hauchdünnen Rock. *Wenn ich mich gleich sämtlicher Kleidung entledige, kann ich ihn vielleicht dazu bewegen, in Aktion zu treten, und das hier schneller hinter mich bringen.* Dann schoss ihr ein anderer Gedanke durch den Kopf, und sie riss den Kopf hoch und sah mit geweiteten Augen zu ihrem Prinzgemahl hinüber. »Bei den Göttern, seid Ihr denn etwa noch … jungfräulich, Taristan?«

Das Lächeln, mit dem er ihre Frage erwiderte, war schief, sodass sich ein einzelnes tiefes Grübchen in seiner Wange bildete. Irgendwie vervollständigten die Kratzer auf seinem Gesicht das Grinsen erst. Seine ausdruckslosen schwarzen Augen blitzten auf, und Erida kämpfte gegen den Impuls an, den Blick zu senken.

»Das wohl kaum«, sagte er, und seine Hand wanderte zu den goldenen Schließen seines Wamses. »Aber seid nicht Ihr es? Ist das denn nicht genau eine Eurer *Regeln*?« Er deutete mit der einen Hand über den Raum und löste mit der anderen den Stoff an seiner Kehle. Blasse Haut wurde darunter sichtbar.

Endlich, dachte Erida mit zusammengebissenen Zähnen. Sie war sich nicht sicher, was für sie frustrierender war – ihr so begriffsstutziger Ehemann oder das immer lauter werdende Dröhnen ihres Herzschlags.

»Manche Regeln sind weniger wichtig als andere und leichter zu brechen, wenn man weiß, wie«, entgegnete sie geringschätzig. Die Königin von Galland war bloß an das gebunden, was der Hof mitbekam, und Liebeleien, ob mit Männern oder Frauen, ließen sich leichter verbergen als ein Fieber oder eine Erkältung. »Dann kommt jetzt zur Sache.«

Sein Wams war jetzt offen, sodass seine eigenen Unterkleider sichtbar wurden. Sein Hemd war am Hals unverschnürt, mit herabhängenden Bändeln. Die straffen Flächen seiner nackten Brust ragten daraus hervor, geformt wie der Traum einer Jungfrau, von den Herausforderungen vieler Jahre durchtrainiert. Aber die glatte Haut war auf eine Weise vernarbt, wie es Erida noch nie gesehen hatte, weiße Linien, die sich über seine Schlüsselbeine zogen. Während Eridas Blick den Pfaden dieser Linien folgte, wurde ihr bewusst, dass es seine Adern waren, die aus seiner Haut hervortraten wie Wurzeln oder sich verästelnde Blitze. Während sie seinen Anblick in sich aufnahm, ihre blauen Augen geweitet, trat er auf sie zu. *Ist sein ganzer Körper so?*, fragte sie sich. *Ist das der Preis, den die Spindeln verlangen?*

»Ist es das, was Ihr wollt, Erida von Galland?«

Plötzlich stand er vor ihr, und sein Blick funkelte finster zu ihr herab. Eine Locke aus dunkelrotem Haar fiel ihm über die Stirn. Sie hob die Hand, um ihm sein Wams auszuziehen, und griff nach seinem Kragen, aber er hielt ihr beide Handgelenke fest. Die Berührung brannte ihr sengend auf der Haut, doch war sein Griff sanft, als er ihre Hände wegzog.

»Kommt jetzt zur Sache«, wiederholte sie, diesmal war es ein Flüstern. Ein Flehen ebenso wie ein Befehl.

Er beugte sich vor, trat noch näher an sie heran. Erida konnte noch immer stechenden Rauch auf seiner Haut riechen, die neue Glut der Flammen.

Dann ließ er ihre Handgelenke los. »Aber nicht auf diese Weise.«

Sie rührte sich nicht, als er hinter sie griff und Kissen und Decken zu Boden fegte. Seide und feines Leinen lösten sich vom Bett und glitten in willkürlichen Winkeln zu Boden. Zur Sicherheit schob er sogar die Matratze ein Stück zur Seite und zwang Erida dazu aufzuspringen.

»Was tut Ihr da?«, herrschte sie ihn an und blickte zwischen ihm und dem verunstalteten Bett hin und her.

Er antwortete nicht und begutachtete die Decken. Nach einer längeren Weile nickte er zufrieden. Dann stürzte er sich, mit unverminderter Konzentration, auf die Königin, ließ seinen Blick wie einen Kamm über ihr Haar gleiten. Bald folgten auch seine Finger, lösten ihre Zöpfe und zerzausten die aschblonden Locken, bis sie ihr in widerspenstigen Wellen über die Schultern fielen, ungebürstet und fehl am Platz. Erida starrte ihn während seiner Arbeit sprachlos und zornerfüllt an. Sie wollte ihn wegschlagen. Sie wollte ihn näher heranziehen; die Hitze seiner Finger genauso eine Drohung wie ein Versprechen. Taristan hielt die Lippen konzentriert nach vorn geschoben, seine Atmung gleichmäßig und seine Augen weit weg von den ihren, während er weitermachte. Und dann, zuletzt, zupfte er an ihrem Hemdkleid und zerrte es auf der einen Seite herunter, bis eine weiße Schulter hervorlugte, darauf drei kleine Sommersprossen, die bisher kaum ein Mann je gesehen hatte.

Bevor sie auch nur zusammenzucken konnte, hatte er schon seinen Dolch gezogen und sich die eigene Handfläche aufgeschnitten, dann schmierte er einen dicken Strich aus Blut über die weißen Laken.

Erst als er zurücktrat und fast zwei Meter Abstand zwischen sie beide legte, hob er den Blick. Seine Handfläche verheilte vor ihren Augen, und das Fleisch wob sich wieder zusammen, als er das Blut wegwischte. Mit der anderen Hand fuhr er sich durchs Haar, bis es genauso zerzaust war wie ihres. Erida funkelte ihn mit all dem Zorn und der Fassungslosigkeit an, die sie aufbrachte, ihr Ärger heftig und ungezügelt. Ein Hauch von

Röte bildete kleine Flecke hoch oben auf seinen Wangen, die einzige Veränderung seines ungerührten Gesichts.

»Ich werde Euch benachrichtigen, sobald Ronin weiß, wo es hingeht«, sagte Taristan und machte eine kurze, steife Verbeugung. Es war das einzig Unbeholfene an ihm, etwa als würde man zusehen, wie ein Löwe versucht, wie ein Ritter im Turnier zu kämpfen.

»Das ist zu viel Blut«, bemerkte Erida knapp und musterte ärgerlich die aufgewühlten Decken. Erneut war ihr heiß am ganzen Leib. *Wie kannst du es wagen*, dachte sie und fuhr sich mit der Hand durch ihr unordentliches Haar. Sie hätte ihn am liebsten erwürgt.

»Genug, um alle dummen Fürsten zufriedenzustellen, die es wagen, nach unseren Bettlaken zu fragen.«

»Es wird trotzdem Gerede geben«, stieß sie mit zusammengebissenen Zähnen hervor. *Wenn du noch einmal die Schultern zuckst, werde ich dich umbringen und mir jemanden suchen, der mich nicht so sehr zur Weißglut bringt, und stattdessen ihn heiraten.*

Mit einem anzüglichen Grinsen, die Oberlippe höhnend hochgezogen, warf Taristan sein Wams von sich, sodass er nur noch sein Unterhemd trug, in seine Kniehosen gestopft. Ohne den Putz und das ganze Drumherum seines königlichen Rangs schien er mehr er selbst, und nun ließ er die Schultern kreisen, sodass sich seine weißen Adern zusammen mit den Muskeln bewegten.

»Lasst sie reden, Euer Majestät«, erwiderte er und drehte sich auf dem Absatz um. Das war das einem Lebewohl Nächste, was er für sie hatte, all seine Gedanken bereits ganz von der nächsten Spindel eingenommen.

Hinter ihm schäumte die Königin vor Zorn. *Aber nicht auf diese Weise*, hallte es in ihrem Kopf wider, ein ums andere Mal, wieder und wieder aufs Neue. Es war ein Rätsel, von dem sie nicht wusste, wie sie es lösen sollte.

21

Die Augen geöffnet

Sorasa

Zu Pferd davonzureiten war nicht gerade die Art von Flucht, die Sorasa freiwillig gewählt hätte. Das Ackerland im fruchtbaren Tal des Großen Löwen zog sich sanft gewellt und von einem vielfältigen Flickenteppich aus Feldern überzogen dahin; eine Landschaft, die tagsüber eine beklagenswert schlechte Deckung bot. Ihre Reittiere waren kaum mehr als Lastpferde, und das galt selbst für die graue Stute, die die jütische Hexe irgendwie herbeigerufen hatte. Es würde keinen halsbrecherischen Galopp bis hin zur Grenze geben. *Nicht auf diesen dahinstolpernden Kleppern*, dachte Sorasa, die an dem gestohlenen Gaul unter ihr schier verzweifelte. Es war keine Sandstute, nur ein Schatten der Rösser ihres Heimatlandes, die sich wie der fleischgewordene Wind bewegten.

Sie hatte erneut die Führung übernommen, mit Andry auf ihrer linken Seite. Der Knappe hatte zumindest scharfe Augen und verlor nie den Horizont hinter ihnen aus dem Blick. Er konnte die umliegenden Burgen benennen, wenn sie, Silhouetten auf den Hügeln, vor ihnen auftragten, und sodann über die feudalen Besitztümer irgendeines Fürsten oder einer Fürstin Bericht erstatten. Zumeist waren das Informationen von geringem Nutzen, aber zumindest Corayne nahm sie alle begierig in sich auf und stellte im Laufe der Stunden Fragen um Fragen.

Das Cormädchen war wie ein Lumpen im Wasser und saugte auf, was immer sie über das Land um sie herum in Erfahrung brachte. Sie trug ein gestohlenes Umhängetuch über den Schultern, um die Spindelklinge auf ihrem Rücken zu verbergen. Und sie hatte einen Hut bei der Hand, sollten sie einen durchs

Hinterland irrenden Spähtrupp passieren. Nicht dass Sorasa – und in diesem Punkt galt das auch für Dom – einer solchen Patrouille die Gelegenheit geben würde, Coraynes Gesicht zu sehen. Die Meuchelmörderin würde eher zehn Wachmänner niedermetzeln, als zu riskieren, dass einer die leiseste Andeutung weitergab, die auf ihren Verbleib schließen ließe. Immer wieder wanderte ihre Aufmerksamkeit von der Straße weg und hin zu Corayne, und bei Dom war das nicht anders. Beharrlich hing sein Blick an Coraynes Schultern, als schützte sein Starren sie vor den Gefahren der Welt.

Valtik dagegen schien sie alle überhaupt gar nicht wahrzunehmen. Die Hexe ließ ihr Pferd Schlangenlinien durchs Land ziehen; ohne je den Anschluss zu den Übrigen zu verlieren, bog sie immer wieder ein Stück weit vom Weg ab, um unterbrochene Hecken und sattelhohe Weizenfelder zu durchstöbern. Dabei sang sie leise vor sich hin, auf Jüti sowie in einer anderen Sprache, die niemand recht einzuordnen vermochte. Natürlich reimten sich die Zeilen. Sorasa hörte nicht auf ihren Singsang.

Es ist schon schwierig genug, auf den Knappen, den Ältesten und die angebliche Hoffnung der Wacht aufzupassen. Ich weigere mich, Zeit oder Energie darauf zu verschwenden, mich auch noch um die Hexe zu kümmern.

Die Landsträßchen zwischen den Bauernhöfen verzweigten und schlängelten sich zwischen Hügeln und Bächen hindurch. Die Bauern schenkten ihnen kaum Beachtung. Niemand patrouillierte auf den Feldwegen, aber sie zogen sich kurvig und gewunden dahin, um oft dann irgendwann wieder zurückzuführen. Von Stunde zu Stunde wurden die Bauernhöfe spärlicher, und anstelle von Hecken trennten sie nun kleine Wäldchen und Buschland voneinander. Die Pferde wurden langsamer und bahnten sich ihren Weg auf zögerlichen Beinen vorwärts.

»Unser einziger Vorteil ist unsere Geschwindigkeit«, erklärte Andry und richtete sich in seinem Sattel auf, als sie sich erneut einen Weg durch einen Streifen hohen Dickichts bahnten. Er trieb sein Pferd neben das von Sorasa. »Wenn wir die alte Corstraße nach Westen nehmen, können wir den Pferden die Zügel schießen lassen und schneller vorankommen.«

Sorasa verzog das Gesicht, als Corayne es Andry gleichtat und ihr Pferd auf ihre andere Seite lenkte. Die Meuchlerin mochte es nicht, von irgendetwas eingezwängt zu sein, erst recht nicht von zwei Halbwüchsigen.

»Ich habe mir schon immer gewünscht, eine alte Corstraße zu sehen«, meinte Corayne. Dazu stieß sie doch tatsächlich einen sehnsüchtigen Seufzer aus.

»Ich habe dich auf einer alten Corstraße kennengelernt, du intrigante Göre«, gab Sorasa zischend zurück, und Corayne machte sofort ein langes Gesicht. »Wenn die Königin von Galland einen Funken Verstand hat, hat sie auf den Straßen ihre schnellsten Späher in alle Richtungen ausgesandt, mit Befehlen, nach einer Bohnenstange von einem Knappen zu suchen, einem mürrischen Troll von Unsterblichem sowie einem vermummten Mädchen, das ein gestohlenes Schwert bei sich trägt und zu viele Fragen stellt.« Sorasa trat ihrem Pferd die Fersen in die Flanken, und es machte einen Satz nach vorn. »Wenn ihr zwei die Straßen nehmen wollt, schön und gut, aber da gehen wir ihnen leicht in die Falle.«

Tief dröhnte Doms Stimme hinter ihr. »Bestimmt doch habt Ihr einen Plan für sämtliche Feinde, denen wir über den Weg laufen könnten, Sarn«, bemerkte er trocken.

»Stimmt, die meisten davon sehen vor, ihnen Euch entgegenzuschleudern«, gab Sorasa zurück. Er brummte eine unverständliche Antwort.

»Keine Straßen, Corayne«, fügte sie schließlich hinzu. Das Mädchen versank mit finsterer Miene im Sattel. Sorasa bemerkte, wie hundert Erwiderungen darum kämpften, in ihrer Kehle aufzusteigen. »Bauernwege und Wildpfade bringen uns zwar nicht schnell nach Adira, aber sie bringen uns lebend dorthin.«

»Und wenn wir einmal dort sind?« Unbeirrt brachte Andry sein Pferd erneut auf gleiche Höhe mit ihrem. Auf dem Rücken eines Pferdes wirkte er älter, locker und entspannt und als hätte er alles unter Kontrolle. »Wollt Ihr uns dort an einen Sklavenhändler aus dem Norden verkaufen oder unser Leben bei einem Würfelspiel verwetten?«

Sorasa hätte ihn am liebsten ignoriert. Schweigen war eine Mauer aus Stein, die nur wenige zu erklimmen vermochten. Und die Angst des Knappen vor Adira war unbegründet, wenn nicht gar idiotisch. Aber sie hegte die Befürchtung, dass er ihr wenn nötig auf dem ganzen Weg bis zu den Stadttoren damit in den Ohren liegen würde. Sie ließ ihre Zähne aufblitzen, ein Fletschen, entfernt verwandt mit einem Lächeln.

»Ich bin in die Sklaverei verkauft worden, noch bevor ich laufen konnte, Trelland. Ich habe nicht die Absicht, das irgendeinem anderen anzutun, nicht einmal unserem Prinz Domacridhan«, sagte sie und deutete mit dem Kopf Richtung Ältestem. Es war leicht, so zu tun, als hätte sie das plötzliche Aufscheinen von Mitleid auf den Zügen ihrer Reisegefährten nicht gesehen. Selbst Dom wurde ein wenig sanfter, wie Granit, den Jahrhunderte von Wind und Regen abgeschliffen hatten. Sorasa hatte für das alles keinerlei Verwendung. »Und ich bezweifle, dass einer von euch in den Spielhöllen viel wert wäre. Höchstens vielleicht die Hexe.«

Corayne und Andry wechselten unsichere Blicke und verfielen in Schweigen. Aber bevor Sorasa die Ruhe genießen konnte, brummte Doms tiefe Stimme von hinten.

»Ihr plant, in diesem Sündenpfuhl weitere von Euresgleichen anzuheuern«, brummte er.

Entnervt atmete Sorasa tief durch. *Wie können sich wegen ein paar Gerüchten über Diebstahl, Mord und stadtweite kriminelle Unternehmungen alle so dermaßen ins Hemd machen?*

»Meuchler und Söldner«, fuhr Dom fort. »Gebunden von der Macht des Geldes, nicht durch Ehre oder Pflicht.«

»Werde ich denn noch für meine Dienste bezahlt, Ältester?«, blaffte Sorasa und drehte sich im Sattel zu ihm um. Doms grässlicher Blick schien sie regelrecht zu durchbohren. »Nein, ich habe es nicht auf die Amhara abgesehen«, antwortete sie und riss sich zusammen. »Eine von uns ist genug. Aber ich habe da zwei andere im Sinn.«

»Mörder und Diebe also«, hörte sie Dom murmeln.

»Besser als eine Königin, die sich bereits mit dem Feind gegen uns verbündet hat. Oder eine Ältestenherrscherin, die zu große Angst hat, um ihren Palast zu verlassen«, fauchte Sorasa. Sie wartete auf sein Bände sprechendes Knurren oder ein frustriertes Zischen. Irgendwie belohnte er sie gleichzeitig mit beidem.

Sie führte ihr Pferd die Böschung am Ufer eines Flüsschens hinunter und ritt dann im steinigen, flachen Flussbett weiter. Die Luft war kühler, das Licht sanft. Auch wenn ihr Heimatland von der Schönheit der sich weithin erstreckenden Großen Sandwüste beherrscht wurde, war Ibal doch auch ein Land des Wassers. Teiche in Oasen, Tausende Meilen strahlende Küsten und der mächtige Ziron, der aus den Bergen herabgedonnert kam, um Richtung Nordosten durch die Wüste zu tanzen und Qaliram und Almasad mit Leben zu tränken, bevor er sich mit der Langen See vereinte. Sie fühlte sich besser, jetzt, da das Wasser ihre Stiefel küsste und die Bauernhöfe hinter ihnen zurückblieben.

Die anderen folgten ihr in das Flussbett, schweigsam und mit umwölkten Mienen. Andry, der sich vor der Stadt fürchtete, die sie da ansteuerten. Corayne, die sich vor dem Schwert auf ihrem Rücken fürchtete. Dom, der sich vor fast allem fürchtete.

Und ich fürchte mich ebenfalls. Es nutzte nichts, Angst oder Zweifel einfach beiseitezuschieben.

Das Grenzland zwischen Galland und Larsia war keine Wildnis. In jede Richtung würde sie ein einstündiger Ritt zu einem Bauernhof, einer Burg oder einem Dorf bringen. Aber im Moment hatten sie ihr Nadelöhr gefunden, durch das sie sich wie ein Faden schlängelten. Es erschien ihr genau richtig so, der Wasserlauf unter ihr ein unsichtbarer, aber dennoch spürbarer Weg.

Obwohl das Pferd unter ihr nahezu nutzlos war, tätschelte Sorasa den Hals der Stute.

»Außerdem«, sagte sie noch, »kann nur einer von den beiden

als Mörder eingestuft werden. Am besten wäre es, das Thema einfach nicht zur Sprache zu bringen.«

»Ich kann die erste Wache übernehmen.« Andry blickte auf sie herab. Er war sowohl größer als auch breiter als die Meuchelmörderin der Amhara. Er stand breitbeinig da, seine braunen Hände in die Hüften gestemmt, seine dunklen Augen schwarz im Dämmerlicht des Abends. Selbst in seiner übel ramponierten Kleidung, bartlos und mit einigen kleineren blauen Flecken im Gesicht, sah er wie der Inbegriff eines Ritters aus.

Sie hob die Satteltaschen vom Rücken ihres Pferdes und hängte sie sich über die Arme. »Sehr ehrenwert von dir, Knappe«, sagte sie und ließ alles in einem Haufen auf den Boden fallen. Die Lichtung, auf halber Höhe einer Felswand gelegen, war ein guter Ort, um ein Nachtlager aufzuschlagen. Im Rücken schützte sie der steil aufragende Fels, und nach vorn wurden sie von Bäumen verdeckt. »Aber ich glaube, der Älteste kriegt das ganz gut hin.«

Corayne stand am Rand des Lagers und sah in das Tal des Grünen Löwen hinunter. Der Mond stand nicht am Himmel, die Sterne waren von Wolken verhangen, ringsum herrschte Dunkelheit. Ihr Schwert lag flach neben ihr. Sie ließ die Schultern kreisen, um den Schmerz zu vertreiben, den ihr das Tragen der Klinge bereitet hatte.

»Dom sollte schlafen«, meinte Corayne und blickte den Unsterblichen an. Er reckte sich auf, als er ihren Vorschlag hörte. »Seht zu, dass Eure Wunden heilen. Ihr verliert schließlich nicht jeden Tag die Hälfte Eures Blutes.«

Er blickte finster drein, während er ein kleines Feuer schürte. Das Anfeuerholz glühte auf. »Ich glaube nicht, dass es wirklich die Hälfte war.«

Sorasa und Corayne verdrehten im selben Moment die Augen.

»Wir teilen uns die Wache«, entschied die Meuchlerin und klopfte dem Knappen auf die Schulter. Er verzog die Lippen zu einem Schmollmund, erhob aber keinerlei Einwände. »Ich habe nicht vor, noch so eine Vision von lebenden Leichen zu verschlafen. Oder gar Schlimmeres.«

Unvermittelt kehrte die Hexe zurück, Efeu in ihr Haar geflochten. Sie grinste sie alle breit an, sodass ihre Zähne sichtbar wurden, während sich ihre Stute zwischen ihre angebundenen übrigen Pferde drängte.

»Ach, ich würde mir um eine weitere Sendschaft keine Sorgen mehr machen«, sagte Valtik leichthin und setzte sich auf den schmutzigen Boden. Sie streckte ihre nackten Füße von sich, die Sohlen schwarz wie der Nachthimmel. »Die Fäden sind jetzt verknüpft, und nun enden all diese Sachen.«

Dom stand auf und musterte sie stirnrunzelnd. »Eine Sendschaft?«, hauchte er ungläubig.

»Könntet Ihr das bitte erklären?«, fragte Corayne und blickte zwischen den beiden hin und her.

»Es ist vederische Magie, sogar unter meinesgleichen selten.« Dom ging um die Hexe herum und stellte sich vor ihr auf. Sie hob den Blick nicht von ihren Händen, die emsig etwas webten, das Sorasa nicht sah. »Sehr mächtige Vedera können Bilder, Visionen und Gestalten aussenden. Zumeist um Botschaften zu überbringen.«

Valtik schnalzte leise und kehlig mit der Zunge und stopfte sich in den Ärmel, was sie gewebt hatte. Ihr Rücken war den über das Holz züngelnden Flammen zugedreht. »Diese Magie ist nicht nur bei euch zu Hause.« Dann prüfte sie den Beutel an ihrer Hüfte und ließ die Knochen darin klappern. »Halt nach Kaninchen Ausschau, Junge. Mir gehen leider langsam die Würfelknochen aus.«

Sorasa wollte darauf hinweisen, wie absurd es doch war, einen fünfhundert Jahre alten Unsterblichen so zu bezeichnen. *Es sei denn, es ist gar nicht absurd. Es sei denn, er ist für jemanden wie sie wirklich ein Junge. Eine spindelverdammte Hexe.* Sie musterte noch einmal Valtik, wie sie in die Dunkelheit hinausstarrte. Die alte Frau war knorrig wie eine Baumwurzel, ihre Augen unnatürlich blau, wie das Herz eines Blitzes.

»Du hast sie ausgesandt.« Coraynes Stimme war tonlos und hart, stählern wie ihr Gesicht. Ihr Griff um das Schwert wurde fester, und ihre Finger schlossen sich über dem Leder der Scheide. »Die Leichen, die Geister.«
Ich habe sie gerochen: Sie waren verbrannt, ihre Glieder gebrochen. Ich habe die Luft in ihren zerstörten Brustkörben pfeifen hören. Ich habe sie gefühlt, die Hitze nimmer endender Flammen. Sie waren direkt vor meinen Augen, wie Rauch, wirklich und unwirklich zugleich. Sorasa biss die Zähne zusammen und durchforschte Valtiks Züge nach einer Antwort. Die alte Frau rührte sich nicht.

»*Du* hast sie gesandt«, wiederholte Corayne und presste die Kiefer aufeinander. Kalte Luft wehte über die kleine Gruppe hinweg, ein Hauch von Winter. »Hast du mir auch meine Träume gesandt? Die Albträume, die ich den ganzen Sommer über hatte?«

»Nicht ich war's, die in deinem Schlafe rief«, krächzte die Jüti. »Sondern etwas Rotes, dunkel und vergraben tief.«

Corayne spürte es auch jetzt, Krallen an ihrer Kehle. Die Erinnerung an ihre Albträume hätte beinahe Sonnenschein in Schatten zu verwandeln vermocht. Sie schluckte sichtlich, fand aber keine Lüge in den Worten der alten Frau.

Dann zuckte der Knappe zusammen wie ein erschrecktes Pferd. Urplötzlich schien ihm eine Erkenntnis gekommen. Ungläubig zog er einen Kreis um die Hexe. »Ich habe das Flüstern nicht mehr gehört, seit ich dich gefunden habe.«

»Das Flüstern – was für ein Flüstern?« Dom stockte die Stimme.

Trelland ging nicht auf ihn ein. »So viele Stimmen, eine wie der Winter. Eine wie *deine*.« Ihm blieb der Atem weg. »Du hast seit Wochen zu mir gesprochen und mir gesagt, was ich tun soll. Das Schwert versteckt halten, meine Mutter im Stich lassen ...«

»Wie?«, stotterte Dom. »Flüstern? Eine Sendschaft? Ihr seid Taristans Armee gewesen, genauer gesagt die Aschenländer, die ...«

Valtik schwieg, war zufrieden, sich an der Ratlosigkeit der Übrigen zu weiden. Und Sorasa fasste sie genau ins Auge. Sie verschränkte die Arme vor der Brust und blieb auf Abstand zur jütischen Hexe, hielt sich weit entfernt von dem Ring des schwach brennenden Feuers.

»Ich glaube, wir sollten nicht nach dem Wie, sondern nach dem Warum fragen«, murmelte Sorasa. »Warum Andry Trelland etwas zuflüstern? Warum uns in der Nacht schattenhafte Leichen sehen lassen?«

Zu ihrer Überraschung riss Valtik den Kopf hoch, und ein irres Grinsen spielte um ihre Lippen, für eine erschreckende Sekunde buchstäblich das einer Wahnsinnigen. Die Anzündspäne knisterten hinter ihr und hoben die Umrisse ihrer gebeugten Gestalt hervor, ließen aber ihr Gesicht in den Schatten, halb formlos. Das Licht spielte ihnen Streiche. Valtiks Zähne waren zu lang, sie bekam Katzenaugen, Pupillen wie Schlitze in dem seltsamen Blau. Die Efeuzöpfe glänzten metallisch, starr und glatt. Sorasa biss die Zähne zusammen und zwang sich, das zu sehen, was existierte, und nicht das, was die Hexe sie sehen lassen wollte.

»Du weißt, warum, Verlassene«, erklärte Valtik blinzelnd. Sie rückte ein Stück herum, und die Schatten schwanden dahin, sodass da einfach wieder nur eine alte Frau war. »Etwas, um dich zu leiten. Etwas, um sie zu leiten. Um nach dem, wo du gewesen bist, deine Augen zu öffnen, zu weiten.«

Ihre Muskeln spannten sich an, wie straff gerolltes Seil. »Hör auf, mich so zu nennen, Hexe.«

»Ich nenn die Leute nur das, was sie sind, alles andre liegt mir fern«, entgegnete Valtik mit einem Lächeln wie ein Halbmond. Sie zappelte mit den Füßen wie ein Kind, das vor dem Ofenfeuer spielt.

»Und wie würdest du dich selbst nennen, *Gaeda*?«, warf Corayne ein und ließ sich neben der Hexe vorsichtig auf die Knie sinken. Andry spannte sich an, als wolle er sie von der alten Frau wegziehen. Aber Corayne hatte keine Angst und sah ihr eindringlich in die Augen.

Valtik legte Corayne ihre runzlige Hand auf die Wange.

Corayne zuckte mit keiner Wimper und ließ die Hexe in sie hineinschauen.

»Mich? Den Nordstern«, sagte die alte Frau schließlich und zwickte Corayne in die Nase. »Das bin ich.« Dann schoss ihre Hand in ihren langen Umhang, und sie zog den aus Zweigen und Knochenstückchen bestehenden Talisman heraus, der immer noch von getrocknetem Blut überzogen war. Sie drückte ihn Corayne in die Hand und schloss ihre Finger darum. »Oder absonderlich«, fügte sie kichernd hinzu.

»Ich bin für Letzteres«, erklärte Dom.

Corayne lehnte sich auf den Fersen zurück und wirbelte zu ihm herum. »Ihr geht jetzt mal schlafen«, sagte sie mit Nachdruck. Er wurde erst bleich, dann strich ihm Röte über die Wangen und den Hals. Der Älteste war wahrscheinlich seit Jahrhunderten nicht mehr ins Bett geschickt worden, falls das denn überhaupt je einmal der Fall gewesen war.

»Ich bin kein sterblicher Säugling«, stammelte er verärgert.

Corayne stand auf und zuckte die Schultern, ohne sich von seiner übergroßen Gestalt beirren zu lassen. »Wir brauchen Euch in gesundem Zustand, Dom.«

»Ich … ach, na schön, von mir aus«, polterte er und stapfte vom Lagerfeuer weg.

Sorasa hätte beinahe laut aufgeheult, als er sich auf die bloße Erde legte wie ein Hund, ohne Umhang, ohne Decke, ohne irgendeine Art von Bett. Er verschränkte lediglich die Arme, das Gesicht dem Himmel zugewandt, und schon im nächsten Moment schlossen sich seine Lider. Das nachfolgende Schnarchen ließ keine Sekunde auf sich warten und war unerträglich.

»Würde mich irgendjemand daran hindern, wenn ich ihn einfach ersticke?«, murrte sie und stieß mit dem Stiefel in Doms Richtung. »War nur ein Scherz«, blaffte sie, als sie die missbilligenden Blicke von Andry und Corayne bemerkte. »Andry, ich wecke dich, wenn du mit der Wache an der Reihe bist.«

Der Knappe senkte das Kinn. »In Ordnung.«

»Und was dich betrifft, keine Sendschaften, kein Flüstern …«, fügte Sorasa hinzu und drehte sich wieder zu der Hexe um. Aber Valtik war verschwunden, ohne eine Spur, noch nicht mal der seltsam erdige Duft, der ihr überallhin folgte, war zurückgeblieben.

»Aha, sie hat sich wieder verzogen«, schnaubte die Meuchelmörderin und starrte in die Dunkelheit hinein. Sie hatte das seltsame Gefühl, als würde die Dunkelheit ihren Blick erwidern. »Na großartig.«

Mit jedem verstreichenden Tag ging Sorasa eine neue Wette mit sich selbst ein. Wer würde wohl als Erstes klein beigeben und seiner Neugier erliegen? Am nächsten Nachmittag dachte sie, es wäre bestimmt Dom, als er sie mit schmalen Augen und seiner üblichen Raserei musterte. Aber er sagte kein Wort. Auf Corayne zu setzen lag natürlich nahe. Das Mädchen machte sich Gedanken über alles, von der Stärke des Windes draußen vor der Spiegelbucht bis hin zur Länge der Vegetationsperiode im Tiefland. Mit Sicherheit doch würde sie auch das Rückgrat dazu aufbringen, Sorasa Sarn, die Gefallene, die Verlorene, mit ihren Fragen zu löchern. Und da war auch noch Trelland, der nicht so ungeniert und offen heraus war wie die anderen. Aber er warf ihr den ganzen Tag über verstohlene Blicke zu, sein Interesse entging nicht einmal ihren Pferden. Valtik wusste es ohnehin bereits, also brauchte sie gar nicht zu fragen. *Sie verbringt wahrscheinlich den ganzen Tag damit, irgendwelche Reime zu schmieden*, dachte Sorasa zähneknirschend.

Zu guter Letzt war es tatsächlich Corayne, die den nötigen Mut aufbrachte. Sie hatte das Feingefühl, erst einige Tage später zu fragen, abends und abseits der anderen, die gerade damit beschäftigt waren, ein weiteres dürftiges Lager bereit zu machen. Andry war mit seinem albernen Kessel davongegangen, weil er etwas Tee bereiten wollte.

»Osara«, sagte Corayne und ließ das Wort in der Luft hängen.

Der Himmel war klar, und Sorasa hob das Gesicht den Sternen entgegen, um sie anzublicken statt Corayne. Sie kannten einander erst seit einigen Wochen, und manchmal war es leicht zu vergessen, dass das Mädchen Corblut in den Adern hatte und eine Piratin als Mutter. *Aber nicht heute Abend*, entschied Sorasa. »Es ist eine Bezeichnung für Amhara von Geblüt, die aus der Gilde verbannt worden sind«, erklärte sie schlicht.

Gefallen, verlassen, gebrochen. Alles bedeutete das Gleiche, Wörter, die mit tiefster und erbittertster Abscheu geäußert wurden. *Osara*, in ihrer eigenen Sprache das Wort, das am allermeisten schmerzte. Fürst Merkurius hatte es vor der ganzen Gilde verkündet, während alle Blicke auf das frische Mal gerichtet gewesen waren, das auf ihren Rippen geblutet hatte. Gröber und kunstloser als die übrigen, ein paar wenige Striche mit Stock und Schürhaken, ihr verpasst, ohne sich um die dabei zugefügten Schmerzen zu kümmern. Sie hatte keinen einzigen Laut von sich gegeben, während sie ihr Werk vollzogen, sie auf ewig mit einem Brandmal zeichneten und sie aus den Reihen der Amhara verstießen. Selbst Sorasa musste einräumen, dass ihre Bestrafung dem Vergehen gerecht wurde.

»So etwas habe ich vermutet«, murmelte Corayne und senkte die Stimme. Es würde dennoch nicht verhindern, dass der Unsterbliche ihr Gespräch mitbekam. Sorasa wünschte, er könnte auch hören, wenn sie ihn im Geiste verfluchte. »Dom wusste nichts davon, als er Euch in Byllskos gefunden hat. Als er Euch beauftragt hat, nach mir zu suchen.«

»Ich war einfach die erste Amhara, die seinen Weg gekreuzt hat, am leichtesten zu finden, die Einzige, die nicht mehr von der Macht der Gilde beschützt wurde.« Sie blickte über die Lichtung hinaus, eine von dichtem Wald umringte Ebene. Die Grenze war nah, und die Bäume drängten sich eng aneinander, wie sie es unten im Tal nicht tun konnten. Sorasa trat unter den Schutz der Bäume, und Corayne folgte ihr, ohne Fragen zu stellen. »Er hat keinen Sinn für Geld und weiß im Grunde sowieso nicht viel über die Welt. Natürlich habe ich den Auftrag angenommen, auch wenn es mir von Seiten der Gilde eigentlich verboten war.«

Corayne kniff die Augen zusammen, und Sorasa machte sich auf die unausweichliche Frage gefasst. Die nach dem Warum. Danach, was denn der Grund dafür war, dass sie ihr die Wörter in die Haut geritzt und eintätowiert hatten.

Aber da kam nichts.

»Was wollt Ihr mit dem Geld machen?«

»Was machen denn alle so mit Geld?«

»Die meisten machen es sich bequem und werden alt und fett.« Ihr Blick blieb an den tätowierten Fingern der Meuchlerin hängen. Sie waren gekrümmt und unter den Tätowierungen vernarbt, schwielig von Bogen und Klinge. »Ich glaube nicht, dass Ihr das wollt.«

Die eindringliche Musterung nervte sie. Sie bedachte das Mädchen mit einem höhnischen Grinsen, so schneidend, dass man damit Fleisch hätte zerteilen können. »Meinst du wirklich, der Schmuggel von Stahl und die Kartierung von Handelsrouten für ein Schiff, auf dem du nie fahren wirst, würde dir die leiseste Vorstellung davon geben, was ich will?«

»Ich glaube, mit einer Piratin als Mutter groß geworden zu sein, vermittelt mir da schon eine gewisse Vorstellung – mit einer Mutter, die so viel Geld hat, wie sie sich nur wünschen könnte. Einer Mutter, die ihre Tochter zu lieben behauptet. Einer Mutter, die sich niemals von den Risiken und dem Lohn des Meeres abwenden wird«, antwortete Corayne kühl und verschränkte die Arme vor der Brust. »Ich weiß, er hat Euch mehr als Geld angeboten. Etwas, das wertvoller ist als alles Gold in den Schatzkammern von Iona. Ich habe nur nicht herausfinden können, worum es sich da gehandelt hat.«

Bis jetzt.

»Also gut, Corayne an-Amarat. Komm und beeindrucke mich mit dem, was du zu wissen *glaubst*«, zischte Sorasa. Sie fühlte sich wie eine einsame Reisende, die es unvermittelt mit einem Berglöwen zu tun bekommt und in einem verzweifelten Versuch, ihn zu verscheuchen, die Arme weit ausbreitet – für einen ausgebildeten Meuchelmörder ein seltsames Gefühl gegenüber einem halbwüchsigen Mädchen, selbst wenn dieses Mädchen so scharfsichtig und schlau war wie Corayne.

»Ihr braucht einen Weg zurück in die Gilde, und der lässt sich nicht erkaufen, sonst hättet Ihr es bereits getan.«

Sorasa hatte Meliz an-Amarat, die Höllen-Mel, nie persönlich kennengelernt, die Kapitänin der *Sturmgeboren*, die wilde und grimmige Herrin der Langen See. Und wenn sich Taristans Gesicht auf irgendeine Weise als Hinweis verstehen ließ, schlug ihre Tochter nicht nach der Mutter. Aber trotzdem hatte Corayne ihre Mutter in sich, im Klang ihrer Stimme, in ihrer stählernen Entschlossenheit, ihrer verbissenen, unnachgiebigen Zielstrebigkeit. Für Meliz ging es dabei um die Jagd nach Schätzen, Reichtum, Profit. Für Corayne war es das Streben nach Wahrheit. Sie spürte ihr nach wie ein Jagdhund.

»Meuchelmörder lieben Gold«, fuhr sie fort. Ein abwesender Ausdruck trat in ihre Augen, während sie sprach und ihre Gedanken durchkämmte. »Aber Blut lieben sie noch mehr. Die Amhara-Gilde ist berühmt für ihre meisterhaften Mordkünste. Und was könnte meisterhafter sein als der Mord an einem Ältesten?«

Ich habe um Gold gebeten, und er hat es gezahlt. Ich habe einen höheren Preis verlangt als jemals zuvor. Den ganzen Reichtum Ionas, den Thronschatz einer unsterblichen Königin, mir zu Füßen gelegt. Er hat es mir ohne zu zögern zugesagt.

Und als ich um sein Leben gebeten habe, um seine von meiner eigenen Hand durchtrennte Kehle, an einem Ort meiner Wahl, vor den Augen jener, die ich mir als Zeugen wünschte ... Er hat nicht gezögert und mir auch das versprochen.

Es hatte keinen Sinn zu leugnen. Corayne würde es durchschauen. Sie würde nicht in sie hineinschauen können, aber sie würde es wissen. *Und was kümmert mich das? Ich habe besseren Menschen Schlimmeres angetan, und für geringeren Lohn.*

Die Gilde ist ein einziges, unerträgliches Unsterblichenleben wert. Es ist ein Preis, den ich mit Freuden zahle.

»Wenn du dir um Domacridhans riesigen *Kopf* Sorgen machst,

spar dir die Mühe«, antwortete Sorasa. Sie waren jetzt dem Meer wieder näher gekommen, und die Spiegelbucht befand sich wenige Meilen südlich. Ein kühler Wind wehte durch die Bäume, und er roch nach irgendwo weit weg fallendem Regen. Sie füllte gierig die Lungen mit Luft. Noch immer war der Duft von Regen etwas Neues für sie. »Die Straße vor uns ist lang.« Coraynes Kehle hüpfte auf und ab, so heftig schluckte sie. In ihren Augen spiegelten sich die Sterne. »Und am Ende?«

»Wenn wir überleben, meinst du?« *Ein ziemlich großes Wenn.* »Darum kümmern wir uns, wenn es so weit ist.«

»Ich würde gern die Sicherheit haben, dass es so weit kommen wird.«

Hell leuchtete das Sternbild des Einhorns über ihnen, was angeblich ein gutes Omen war. Ein Zeichen von Glück. Sorasa glaubte nicht daran, aber es war trotzdem ein Trost. In ihrem Heimatland gab es Einhörner, in den berühmten Herden von Shiran zwischen den Sanddünen. Schwarz mit Onyxhörnern, perlweiß und bronzebraun. Sie hatte sie mehr als einmal mit eigenen Augen gesehen. Im Norden waren sie fast überall ausgestorben und im Laufe der Jahre in Vergessenheit geraten, aber der Süden wusste, wie er seine Wunder schützte. Sorasa sehnte sich danach, wieder einmal eins zu sehen, ein Einhorn nicht aus Sternenlicht, sondern aus Fleisch und Blut.

Sie entfernte sich einen Schritt von Corayne und zog sich den gestohlenen Umhang fester um den Leib. Noch herrschte Sommer, aber Sorasa spürte, wie sich Kälte in ihr Wüstenblut grub.

»Frag doch die Hexe, wenn du was über die Zukunft wissen willst. ›So kündet es das Knöchelein‹«, kicherte sie und verdrehte die Augen.

Coraynes Gesichtsausdruck wurde verdrießlich. »Ich glaube nicht, dass das so funktioniert.«

»Wenn es denn überhaupt funktioniert«, gab Sorasa zurück. »Sie mag eine Spindelverfluchte sein, aber eine Hilfe ist sie uns auch nicht direkt, oder? Zumindest hilft sie nur dann, wenn ihr danach zumute ist.«

»Ich glaube, sie bevorzugen den Ausdruck spindelberührt. Und sie *ist* eine Hilfe.«

»Uns zu beschimpfen und in Rätseln zu sprechen ist nicht die Art Hilfe, die wir brauchen.« Wieder einmal war die Hexe nirgends zu sehen. Sie konnte ganz genauso drei Schritte wie drei Meilen entfernt sein, Sorasa vermochte es unmöglich zu wissen. Es war anstrengend, und es war beunruhigend. Die alte Frau schien keinerlei Hast und Dringlichkeit zu kennen, trotz all ihrer Warnungen über die Gefährdung der Wacht und ihrem drohenden Untergang. »Sie sagt, eine weitere Spindel sei aufgerissen worden, alles schön und gut. Und wo befindet sie sich? Was macht sie? Womit werden wir es zu tun bekommen, und wie wird es geschehen? Erwartet sie von uns, dass wir direkt in die Hölle reiten und selbst mit dem Lauernden kämpfen?«

Sorasa fuhr zusammen, als sich Valtik plötzlich aus den Schatten der Bäume löste. Zwei tote Kaninchen baumelten an ihrem Gürtel. »Wo bleibt denn der Spaß, wenn ich euch alles erzähle, was geschieht?«, sagte sie, ohne ihr Tempo zu verringern. »Das wäre zu singen ein gar langweilig Lied.«

»Es gibt zu viele Schimpfwörter in zu vielen Sprachen, als dass ich mir jetzt irgendeins davon aussuchen könnte«, knurrte Sorasa die dunkle Gestalt an. *Warum bloß mache ich das?* Eine Frage, die sie sich bereits zum hundertsten Mal stellte.

Zur Antwort ragten erneut die wandelnden Leichen vor ihr auf, genauso schrecklich wie zuvor. Selbst jetzt, wo sie wusste, was es mit ihnen auf sich hatte. Irgendwie war es sogar noch schlimmer zu wissen, dass es bloß Sendschaften waren, Schatten dessen, womit es die Wacht gerade tatsächlich zu tun bekam. Die vielen Hände von Taristan vom alten Cor, der der verlängerte Arm des Lauernden war.

Einen Moment später wurde ihr bewusst, dass Corayne immer noch neben ihr stand, während sich die Schatten um sie beide schlossen. Sie beobachtete Sorasa, so wie sie das Meer beobachten, seine Strömungen lesen würde. Es war, gelinde gesagt, beunruhigend.

»Du hast gar nicht gefragt, warum ich aus der Gilde verbannt worden bin.«

Corayne bewegte sich ruckartig herum, als müsse sie sich erst vom Boden losreißen. »Das ist wohl Eure eigene Sache, denke ich«, murmelte sie fast unhörbar und ging davon. Es war für sie an der Zeit, die erste Wache zu übernehmen.

Sorasa versuchte sich daran zu erinnern, wann sie das letzte Mal zu einem lebenden Menschen Danke gesagt und es auch ehrlich gemeint hatte. *Es ist Jahre, wenn nicht Jahrzehnte her,* wurde ihr bewusst, während sie sich das Gehirn zermarterte.

Nun gut, dann hat es wohl auch keinen Sinn, jetzt plötzlich wieder damit anzufangen.

22

Den Schmerz wert

Andry

Sie überquerten den Orsal im Schutz der Dunkelheit, und der sanft dahinfließende Fluss schwappte bis zu ihren Knien hinauf, als sie, einer hinter dem anderen, unter dem Licht einer hellen Mondsichel auf die andere Seite hinüberritten. *Wir sind jetzt in Larsia,* wusste Andry und spürte, wie er die unsichtbare Grenzlinie durchschnitt. Er erwartete ein Gefühl der Erleichterung, aber das stellte sich nicht ein. *Ganz gleich, wohin wir gehen, die Königin von Galland wird Jagd auf uns machen, solange wir eine Spindelklinge in unserem Besitz haben. Und solange Corayne am Leben ist.* Ein kalter Schauder durchfuhr Andry, aber das lag nicht am Wasser, das seine Reithose durchnässte.

Sie ritt neben ihm her, unter der Last des Schwertes gebeugt. Sobald sie den Fluss hinter sich hatten, nickte sie ein, und ihr sackte der Kopf nach vorn auf die Brust. Andry lächelte in sich hinein und staunte ein weiteres Mal über ihre Fähigkeit, im Sattel zu schlafen sowie auf jedem Boden, wo immer sie ihr Lager aufschlugen. Selbst während das ganze Gewicht der Wacht auf ihren Schultern lastete, besaß Corayne an-Amarat eine besondere Begabung fürs Schlafen.

Aber sie schläft nicht tief, überlegte er. Selbst im schwachen Licht der Nacht waren die Schatten unter ihren Augen auffällig. Ihre Pupillen flackerten hinter ihren Lidern, in irgendeinem Traum gefangen.

Als sie endlich neben einem Grüppchen Trauerweiden ihr Lager aufschlugen, war er froh, die erste Wache übernehmen zu können. Sorasa beanspruchte für sich einen Baum, dessen Äste wie ein Zelt herabfielen, und verschwand hinter dem Vorhang aus Blättern, während sich Dom eine andere Weide aussuchte und Corayne bedeutete, ihm darunter zu folgen. Selbst wenn sie schlief, war der Älteste nie weit von Corayne entfernt. Sie gähnte, nur mehr halb wach, und schleppte sich hin zu den ausladenden Wurzeln des Baumes.

Jeder gute Knappe wusste, wie man Reisekleidung wusch und trocknete, und Andry Trelland war ein sehr guter Knappe. Er verbrachte seine Wache damit, sich um ihrer aller Ausrüstung zu kümmern, schrubbte Schlamm von Leder, ölte Stahl und sah nach den Pferden. Er verlor sich in Aufgaben, die ihn früher mit Verdruss erfüllt hätten. Er gab seinem Kopf damit etwas, worauf er sich konzentrieren konnte – etwas anderes als das Ende der Welt. Als es an der Zeit war, Dom für seine Wachablösung zu wecken, war das ganze Lager makellos und sauber, ihre Satteltaschen aufgeräumt und geordnet, und die Pferde schliefen tief und fest, mit gereinigten Hufen und glänzendem Fell.

Die Weidenzweige teilten sich und ließen dahinter zwei große Beulen auf dem Boden erscheinen, zwischen den Wurzeln schlafend, in ihre Umhänge eingemummelt. Ausnahmsweise einmal lag Corayne ruhig und still da, ihr Gesicht glatt, ihr Mund leicht geöffnet. Ihr schwarzes Haar umspannte ihren Kopf wie ein dunkler Kranz.

Trotz der Kühle der Nacht liefen Andrys Wangen heiß an, und er wandte sich rasch ab und dem großen dunklen Klotz zu, der der Älteste war. Zu seiner Überraschung schlief Dom noch immer. Seine Stirn war gefurcht, seine Lider zusammengepresst, und seine Lippen bewegten sich lautlos. Sein Gesicht war verzogen, und es sah ganz nach Schmerz aus.

»Herr?«, flüsterte Andry und senkte die Stimme, sodass er sich kaum mehr selbst hörte.

Der Älteste riss die Augen auf, und sein Blick ging hin und her, während er sich orientierte, bis er sich schließlich aus dem Schlaf herauszog, als würde sich ein im Wasser Treibender aus dem Meer herausziehen.

Der Knappe wartete und biss sich vor Besorgnis auf die

Lippen. *Das sieht ihm gar nicht ähnlich,* dachte er, aber bevor er anbieten konnte, die zweite Wache ebenfalls zu übernehmen, stand Dom schweigend auf und warf sich erneut den Umhang von Iona über die Schultern. Er ging ohne ein Wort davon und schlüpfte durch die Weidenzweige hinaus.

Andry folgte ihm. *Nun gut, zumindest komme ich jetzt zu meinem Schlaf,* dachte er, aber Doms Benehmen gab ihm zu denken. Statt das Lager abzulaufen, außen am Rand seine Kreise zu ziehen, wie er das für gewöhnlich tat, setzte sich der Koloss von Ältestem auf einen großen Stein und starrte auf seine Stiefel hinunter. Sein Kinn bewegte sich, sein Blick war abwesend, er war im Geist offensichtlich anderswo.

»War es ein böser Traum?«, hörte der Knappe sich fragen. Obwohl seine Erschöpfung wuchs und ihm die Augen zufallen ließ, setzte sich Andry auf den Stein neben dem, auf dem Dom saß.

»Die Vedera träumen nicht«, antwortete er mit einem etwas affektierten Naserümpfen. Andry sah ihn mit hochgezogenen Brauen an. »Jedenfalls nicht oft.«

Der Knappe zuckte die Achseln. »Wenn Ihr darüber reden wollt, was Euch belastet, wenn Ihr jemanden braucht, mit dem Ihr sprechen könnt ...«

»Das Einzige, was ich brauche, ist Taristans Kopf auf einem Spieß«, knurrte Dom in Richtung Sterne.

Sein Zorn war unverkennbar, aber darunter lag – *Qual*. Andry spürte es in sich selbst, Ärger und Kummer, wie sie sich ineinander verdrehten und miteinander verschmolzen, bis sie ihn genauso zusammenhielten, wie sie ihn in Stücke rissen.

»Ich träume auch davon, von diesem Tag am Tempel«, murmelte er. »Wann immer ich die Augen schließe, sehe ich sie sterben.«

Der Älteste gab keine Antwort und saß einfach da, still wie Stein. Der Ausdruck seines Gesichts wurde ganz leer, seine Augen wie Fenster mit geschlossenen Läden. Was immer Dom fühlte, er kämpfte darum, es wegzudrücken, sodass niemand sonst es sah. Aber Andry sah es.

Er rückte näher an den Unsterblichen heran.

»Habt Ihr jemals jemanden verloren? Vor alledem?«

Sicherlich hat ein Unsterblicher schon früher andere sterben sehen, aber nicht aus einer solchen Nähe. Vielleicht weiß er nicht, wie man trauert, oder versteht nicht, was der Tod überhaupt ist. Vielleicht hat für ihn noch nie die Notwendigkeit dazu bestanden.

Die Stille zog sich in die Länge, legte sich über sie wie eine Decke, und Doms Gesicht war immer noch leer. Andry wartete. Er hatte als Page Geduld gelernt, eine in den Fluren des Neuen Palastes leicht zu lernende Lektion. Es war nicht schwierig, auf sein Erlerntes zurückzugreifen, wenn sein Freund es brauchte.

Endlich erwachte der Älteste aus seiner Erstarrung. Seine Augen glänzten seltsam feucht.

»Ich war noch ein Kind, als mir meine Eltern genommen wurden, von den Göttern der Ältesten nach Glorian heimgerufen«, begann er langsam, jedes Wort ein Kampf. »Das ist jetzt ungefähr dreihundert Jahre her. Der letzte Drache auf der Wacht hat damals die Küste von Calidon heimgesucht. Sie sind von Iona aus hingeritten, auf der Suche nach Ruhm.« Ihm versagte die Stimme, und er verschränkte seine gewaltigen Hände ineinander. »Diesen Ruhm haben sie nie gefunden.«

Andry schluckte heftig.

»Auch mein Vater ist gestorben, als ich noch ein kleiner Junge war«, stieß er hervor. Der Schmerz war im Laufe der Jahre dumpfer geworden und hatte seinen spitzen Stachel schon lange verloren. Aber noch immer war die Abwesenheit seines Vaters etwas Quälendes, ein Loch, das sich nie wieder schließen würde. »Es war nichts so Aufregendes wie ein Drache. Nur ein unbedeutendes Grenzscharmützel. Ohne echten Grund sind auf beiden Seiten Männer gestorben.«

Der Knappe schaute auf und stellte fest, dass der Älteste ihn anstarrte, wie er wohl einen Gegner mustern würde.

»Cortaels Tod ist ... anders«, sagte Dom und suchte nach dem richtigen Wort. »Schlimmer.«

Wieder ließ Andry den Kopf sinken und nickte heftig. »Weil

wir dabei waren. Weil wir überlebt haben und die anderen nicht.« Sir Grandel und die Vettern Nord stiegen vor seinem inneren Auge auf, ihre Gesichter im Tod weiß, ihre Rüstungen verrostet, ihre Leiber in Verwesung. Fürst Okran erschien ebenfalls, und über ihn hinweg glitt der Schatten von Kasas Adler. Andry presste die Augen zusammen, um die Bilder auszublenden, um festzustellen, dass sie ihn auch hinter seinen Augen anstarrten. Unentrinnbar. »Wir haben überlebt, und in uns werden Stimmen laut, die es bedauern. Es scheint irgendwie sinnlos, dass ich lebe, während sie tot im Schlamm liegen«, zwang er heraus. Seine Augen brannten. »Ein lebender Knappe und so viele tote Ritter.«

Doms Stimme grummelte tief in seiner Kehle, erstickt von Gefühlen, mit denen er nicht umzugehen wusste. »Wenn ich könnte, würde ich dich hier an Ort und Stelle zum Ritter schlagen. Das hast du dir inzwischen fraglos verdient.«

Eine weitere Gestalt gesellte sich vor Andrys geistigem Auge zu den toten Kriegern hinzu: ein Ritter Gallands, mit einem unbekümmerten Lächeln, einen Schild mit einem blauen Stern darauf in der Hand. *Vater*, dachte Andry und rief nach jemandem, der niemals antworten würde. *Ich kann mich nicht einmal an seine Stimme erinnern.*

Er zwang sich, erneut Dom anzusehen und die Wirklichkeit seine Visionen verscheuchen zu lassen. Er starrte den Ältesten an, grün wie der Wald, grau wie Stein.

»Ich glaube nicht, dass ich diesen Weg noch weiter beschreiten kann«, murmelte er. Es war, wie einen Anker loszulassen und aufs offene Meer hinauszutreiben. Ungebunden, aber richtungslos, frei, aber auf gefährlich trügerischem Grund. »Auf diesem Land hier wurde die Schlacht der Laternen ausgefochten«, sagte er plötzlich und sah über die Weiden hinweg, die sich am Flussufer drängten. »Galland und Larsia, die um ein karges Grenzland gekämpft haben.«

»Ich weiß nicht viel über eure jüngere Geschichte«, antwortete Dom, und seine Stimme klang entschuldigend.

Andry hätte beinahe laut herausgelacht. *Die Schlacht der Laternen hat vor einem Jahrhundert stattgefunden.* »Meine Mutter hatte in unserer Wohnstube einen Bildteppich davon. All die großen Legionen. Galland, golden und triumphal, trägt seinen Sieg davon, während Larsia kapituliert. Ich habe mir das Bild häufig angesehen und versucht, unter den Rittern auch mein eigenes Gesicht zu sehen, den Löwen auf meiner Brust, den Sieg in meinen Händen.« Er sah vor seinem inneren Auge das gewebte Wandbild, die Farben allzu grell, die Soldaten von Galland plötzlich hasserfüllt, die Züge ihrer Gesichter scharf und drohend. »Jetzt stehe ich selbst auf der Feindesseite. Alles, was ich je gekannt habe, alles, was ich je gewollt habe. Es gibt es nicht mehr.«

»Ich empfinde genauso«, antwortete Dom zu Andrys Überraschung. »Soll doch jemand anderer Prinz von Iona sein. Ich will mit diesem Ort nichts mehr zu tun haben, dieser Zuflucht für Feiglinge und selbstsüchtige Schwachköpfe.« Der Älteste atmete tief durch, und seine Brust hob und senkte sich. Er sah zu der Weide zurück, wo ihre große Hoffnung schlief, klein unter ihrem Umhang. »Cortael hat mir nie von Corayne erzählt.«

Andry folgte seinem Blick. »Um sie zu schützen?«

Dom schüttelte den Kopf. »Ich glaube, er hat sich geschämt.«

Der Knappe spürte, wie seine Zähne knirschten, sowohl im Zorn als auch um sich einen Fluch zu verkneifen. *Ich werde keinen Toten beleidigen.* »Dann hat er sie nie kennengelernt«, erwiderte er stattdessen, den Blick immer noch auf die Weide gerichtet. Ein Windzug fuhr raschelnd durch die Zweige und ließ Corayne erkennen, zwischen die Wurzeln geschmiegt. *Tolle, tapfere Corayne.* »Kein Vater könnte sich für eine solche Tochter schämen.«

»In der Tat«, gab Dom zurück, seine Stimme seltsam belegt.

»Es ist trotzdem in Ordnung, ihn zu vermissen. Es ist in Ordnung, diese Leere zu spüren, die er hinterlassen hat.« Der Rat galt ebenso ihm selbst wie Dom.

Wie zuvor schniefte der Älteste und verwandelte sich in

Stein. »Trauer ist eine Sache für Sterbliche. Ich habe keine Verwendung dafür.« Er sprang von dem Felsklotz auf, und alle Gefühle waren aus seinem Gesicht gewischt.

Andry tat es ihm nach und erhob sich kopfschüttelnd. »Trauer berührt uns alle, Prinz Domacridhan, ob wir daran glauben oder nicht. Es spielt keine Rolle, wie Ihr es nennt, was Euch da innerlich zerreißt. Es wird Euch trotzdem verschlingen, wenn Ihr es zulasst.«

»Und wie verteidige ich mich gegen so etwas, Knappe?«, fragte der Älteste, und seine Stimme wurde lauter. Glücklicherweise rührte sich Corayne nicht. »Wie kämpfe ich gegen etwas, das ich nicht sehe?«

Auf dem Exerzierplatz pflegten die Ritter mit ihren Panzerhandschuhen zu klatschen, einander an den Händen zu packen oder sich gegenseitig hochzuziehen, wenn jemand einen ganz besonders üblen Hieb hatte wegstecken müssen. Ohne nachzudenken hob Andry die Finger, die Innenfläche seiner Hand geöffnet, genauso ein Angebot wie eine flehentliche Bitte.

»Mit mir«, sagte er. »Zusammen.«

Dom gab sich alle Mühe, die Finger des Knappen nicht zu zerquetschen, als sie sich die Hand reichten.

»Ihr habt die nächste Wache«, murmelte Andry und zuckte zusammen, so fest war Doms Griff.

Aber es war den Schmerz wert.

23

Unter Priesters Hand

Corayne

Corayne hatte von der gesamten Schiffsbesatzung ihrer Mutter Geschichten über Adira gehört. Selbst ihre Mutter hatte einige erzählt. Über die Spieltische, die Mätressen und Bordelle, die Nachtmärkte, auf denen Waren von überall auf der Wacht verhökert wurden, gestohlen oder sonst wie aufgetrieben. Über echte Drachenschuppen in den Kuriositätenläden, uralt und verkrustet. Von spindelberührten Magiern, die vor Schankstuben Stärkungsmittel und Gifte zusammenbrauten. Von Diebesbanden und Besatzungen von Piratenschiffen, die sich dort mit den benötigten Gütern ausstatteten. Die Krone von Treccoras, dem letzten Kaiser von Cor, sei bei einem Würfelspiel im Haus des Glücks gewonnen und dann sofort wieder im Sumpf verloren worden. Aber die Vergangenheit war dort ebenfalls zu Hause; davon hatte sie vorwiegend von Kastio gehört. Hatte man ihn erst einmal zum Reden gebracht, erzählte er von fernen, seit Jahrhunderten vergangenen Jahren, als reiche sein Gedächtnis unermesslich lange zurück.

Unter dem alten Reich war Adira einst Piradorant gewesen, der »Bewundernde Hafen« fürwahr. Die kleine Stadt und das umliegende Land hatten dem Alten Cor schon Gefolgschaft geschworen, lange bevor seine Armeen eingetroffen waren. Es hatte keine Eroberung gegeben. Die Stadt war eine willige Braut gewesen, und die Cors hatten sie auch wie eine solche behandelt. Ihre Mauern wurden vergoldet, ihre Straßen mit Reichtümern überhäuft. Sie erblühte, eine Blume, die im Licht einer liebenden Sonne badete. Aber das Reich ging unter, die Nacht senkte sich herab, und die Welt drehte sich in ihrem

Schatten weiter. Das taumelnde Königreich Larsia wuchs, bis es sich schließlich an der Macht des benachbarten Galland stieß. Die Larsianer zogen in den Kampf, um ihre Grenze vor Übergriffen zu verteidigen. Die Stadt, die sich jetzt Adira nannte, füllte den Riss, der sich zwischen den verfeindeten Ländern gebildet hatte.

Zwischen miteinander im Krieg liegenden Königreichen eingekeilt und häufig durch Schlachten oder Handelssperren von der Versorgung abgeschnitten, hatte Adira mithilfe von Mitteln überlebt, die nicht gerade ehrenwert zu nennen waren. Piratenschiffe unterliefen regelmäßig die galländischen Wirtschaftsblockaden, um die hungrige Stadt mit Nahrung zu versorgen. Halsabschneider und sonstige Schurken schlüpften um verschanzte Armeen herum. Innerhalb ihrer Mauern verfaulte die Stadt wie ein Apfel. Der König von Larsia war nicht stark genug, sie den Verbrechern zu entreißen, die sie kontrollierten, und Galland zeigte kein Interesse. Die galländischen Könige kümmerten sich um glitzernde Hauptstädte und wollten gewaltige Flächen fruchtbaren Landes besitzen. Keine arme und verwahrloste Festung auf einer sumpfigen Halbinsel, in deren Straßen es von rostigen Messern und Gossenratten wimmelte. Adira passte sich an die Welt an, wie sie war, und die Stadt wurde, was sie sein musste.

Die Halbinsel lag graugrün vor ihnen, als sie sich der Stadt von Norden her näherten, eine in die Bucht geschobene Landzunge an der Mündung des Orsal. Der Fluss strömte durch sumpfiges Marschland und rülpste seinen braunen Schlick in das blaue Salzwasser. Adira lag an der Spitze der Halbinsel, von einer Krone aus moosbewachsenem Stein und hölzernen Palisaden ummauert. Ein steinerner Dammweg zog sich im Zickzack durch den schlammigsten Teil der Sümpfe, von nicht weniger als sechs Zugbrücken unterbrochen, die alle hochgezogen waren. Der Damm war ein auf das alte Cor zurückgehendes Wunder der Baukunst, wie auch all die Straßen, Aquädukte und Amphitheater innerhalb der ehemaligen Grenzen des Kaiserreichs. Es würde von Land her keinen Angriff auf Adira geben, von keiner Armee auf der ganzen Wacht.

Als sie auf den Dammweg ritten, warf Corayne einen kurzen Blick auf den Hafen, bevor sich der Nebel wieder darüberlegte. Dort drängten sich die Segel von einem Dutzend Schiffen wie Nadeln auf einem Nadelkissen. Es waren durch die Bank Piratenschiffe und Schmuggler. Keine einzige Flagge eines allgemein anerkannten Königreichs darunter. Corayne lächelte, so wie sie schon in Lecorra gelächelt hatte. Sie fühlte sich von diesem Ort angezogen und irgendwie in ihm verwurzelt. Doch diesmal war es nicht der spindelberührte Widerhall Cortaels, den sie fühlte. Das hier war das Land ihrer Mutter, der Höllen-Mel.

Andry glich ihre für alle sichtbare freudige Erregung mit seiner nackten Angst aus. Sein Blick blieb an der ersten Zugbrücke hängen, gen Himmel gewuchtet wie eine flache Hand, bereit, niederzufallen und sie alle zu zerquetschen. Hier war kein Platz für den Knappen eines vornehmen Hofs. Er fiel bereits jetzt auf wie ein bunter Hund, selbst neben Dom. Und das sollte schon etwas heißen.

Corayne lenkte ihr Pferd neben seins. »He, mach dir keine Sorgen«, flüsterte sie ihm zu. Sie beugte sich vor, und das Schwert bohrte sich ihr in den Rücken. »Die Hälfte der Geschichten, die man sich von Adira erzählt, ist nicht einmal wahr. Niemand wird dir das Fleisch vom Gesicht kochen und deinen Schädel verkaufen.«

Die Zügel strafften sich in seinen verkrampfenden Fäusten. Seine Augen weiteten sich. »Diese Geschichte höre ich jetzt zum ersten Mal.«

Die erste Zugbrücke fiel ohne auch nur ein Wort von irgendeinem von ihnen; es bedurfte nicht einmal einer Bestechungszahlung Doms oder einer Drohung Sorasas. Auf der anderen Seite standen zwei zahnlose Brückenwärter mit grauen Gesichtern, die sie schweigend vorbeireiten ließen. Corayne fand, dass ihnen ein wenig Gesichtskochen ganz gut gestanden hätte.

»Zieht eure Kapuzen hoch«, sagte Sorasa und zupfte sich ihre eigene zurecht. Sie legte sich ihr Umhängetuch so über die Schultern, dass die Dolche in ihrem Gürtel und das Schwert an ihrer Seite leicht zu ziehen waren.

Mit steinerner Miene tat Dom das Gleiche und schob sich dann den grünen Umhang von Iona von der Hüfte. Er wirkte inzwischen nicht mehr ganz so verdrießlich. *Auf der Straße unterwegs zu sein bekommt ihm offenbar gut*, dachte Corayne. Der Nebel wurde dichter und verdeckte fast den Blick auf Valtik, die als Letzte den anderen hinterhertrottete. Auf ihrem grauen Pferd und in ihren grauen Kleidern war sie genauso ein Schatten wie die Brückenwächter, ein Geist aus dem Sumpf. Selbst ihre unheimlichen Augen lagen unter Schleiern, grau geworden wie der Rest der Welt.

Corayne kam sich vor wie ein Pferd mit Scheuklappen. Es gab bloß den Dammweg und die alle Geräusche erstickende Stille des Nebels. Das Land um Adira herum existierte in einem gespenstischen Dazwischensein, Teil keines Königreichs, durch eine schmale Barriere aus Schlamm abgetrennt von aller Welt.

Bei der zweiten Brücke hielten die Wärter Bögen bereit und trugen Köcher mit Pfeilen an den Hüften. Corayne hatte den Verdacht, dass sich weitere Wächter ringsum im Feuchtland versteckten.

»Habt ihr euch verirrt?«, fragte einer von ihnen. Er lispelte durch seine abgebrochenen Zähne, und seine Wangen waren pockennarbig.

»Noch nicht«, antwortete Sorasa. Die Brücke fiel herab.

So ging es überall: Wächter riefen sie an, und Sorasa antwortete. Corayne hätte nicht zu sagen vermocht, ob das Ganze vielleicht eine Art Code war oder nicht. Trotzdem prägte sie sich alle Antworten ein. *Habt ihr euch verirrt? Noch nicht. Was ist euer Anliegen? Das gleiche wie eures. Wen kennt ihr in der Stadt? Zu viele, um sie alle aufzulisten. Wollt ihr Ärger machen? Höchstwahrscheinlich.* In Wahrheit war es aber vermutlich die Kombination aus einer tätowierten Amhara und einem hünenhaften Berg von einem Mann mit einem zu seinem finsteren Gesicht passenden Schwert, die ihnen die Brücken öffnete. Der Rest von ihnen war dabei bedeutungslos. Selbst Valtik hielt den Mund und folgte in abschreckendem Schweigen.

Die letzte Brücke fiel, ohne dass sie angerufen worden wären. Sie verband den Dammweg mit dem Hügel, auf dem die Stadt lag. Der Nebel hob sich, während sie hinaufstiegen, und die Welt wurde wieder klar und scharf. Eine Ansammlung schäbiger Häuser schmiegte sich kaum geordnet um Tore und Mauern, wo die Stadt über ihre Grenzen quoll. Die Bauten ähnelten den Baracken eines Elendsviertels, ohne aber eine entsprechende Verzweiflung auszustrahlen.

Adira war aus der Nähe größer, wie es sich über dem Nebeldunst um den Hügel schmiegte, mit klarer Sicht in alle Richtungen: über das sumpfige Marschland und den nebelverhangenen Dammweg, über das flache Wasser der Spiegelbucht. Die Grenze verlief nicht weit von hier, aber gefühlt tausend Meilen entfernt. *Hier können Taristan und Erida uns nichts anhaben.* Als sich der Geruch und die Geräusche der Stadt verstärkten, verspürte Corayne etwas wie eine Umarmung. Sie atmete die frische Salzluft tief ein und hob das Gesicht der Sonne entgegen. Das hier war einer der gefährlichsten Winkel der Wacht. *Und der sicherste Ort, an dem wir sein könnten.*

»All die vielen Zugbrücken, und dann lassen sie die Tore offen«, bemerkte Andry und begutachtete die Stadtmauer.

In der Tat, die Tore waren weit aufgerissen, nur von zwei Wächtern rechts und links gehütet. Sie stützten sich auf alte Speere, die mehr Schau waren, als eine echte Funktion zu haben. Corayne grinste. »Nach sechs Brücken, dem sumpfigen Marschland und all den Leuten, die unser Nahen beobachtet haben, sehen sie wohl keinen Grund, die Tore den ganzen Tag lang geschlossen zu halten.«

Die Torwächter waren in Leder und grobgewebtes Tuch gekleidet. Wie die Brückenwärter trugen sie weder Uniform noch eine gemeinsame Farbe, um ihnen bei der Arbeit ein einheitliches Aussehen zu geben. Sie beobachteten sie schweigend, aber scharfen Blickes.

Sorasa richtete kein Wort an sie und trieb ihr Pferd weiter. Sie zog lediglich ihre Kapuze herunter und ließ die beiden Männer ihr Gesicht sehen, als sie als Erste durch das Tor ritt. Vielleicht spielte ihr ja auch das sich verändernde Licht Streiche, aber Corayne glaubte jedenfalls zu sehen, wie die Schultern der Meuchelmörderin herabsanken und etwas von ihrer Anspannung von ihr abfiel. Eine Zufluchtsstätte für Verbrecher war für eine verdingte Mörderin so beruhigend wie ein Wiegenlied.

Andry zog sich tief unter seine Kapuze zurück, sodass nichts als seine fest zusammengebissenen Kiefer sichtbar waren. Trotz seines Unbehagens wirkte er weniger wie ein Knappe und mehr wie ein Reisender, erschöpft, aber furchtlos. Doch seine Finger verkrampften sich noch immer um die Zügel. Corayne überkam der sehr seltsame Drang, nach seiner Hand zu greifen. Sie blinzelte verblüfft und schob den Gedanken beiseite. Wärme schoss ihr ins Gesicht, und sie zwang ihre Wangen, nicht rot zu werden.

Die Stadtmauer war nicht stark, kaum breit genug für drei Mann. Corayne schritt schnell hindurch. Ihr entgingen die Mörderlöcher in der Decke nicht, und es überlief sie eine Gänsehaut bei dem Gedanken, dass jemand heißes Öl auf sie herabschüttete.

»Zumindest riecht es hier nicht so schrecklich wie in Ascal«, brummte Dom, als er durch das Tor trat, eine Hand auf seinem Schwert. Valtik folgte ihm dicht auf den Fersen.

Der Platz hinter dem Tor war seltsam unbelebt, aber andererseits war ja noch immer helllichter Tag. Corayne ging davon aus, dass die meisten Bewohner von Adira nach der vergangenen Nacht ausschliefen, und diejenigen, die es nicht taten, hatten anderes zu tun, als sich um ein paar zusätzliche Reiter auf den Straßen zu kümmern.

Sorasa drängte ihr Pferd nach Osten, an einer kopflosen Statue vorbei, deren Hände bittend erhoben waren. Jemand hatte seine Wäsche daran aufgehängt.

»Ich hätte nicht gedacht, dass es irgendwo so viele Trinkhäuser gibt«, flüsterte Andry dicht zu ihr vorgebeugt Corayne zu, als sie eine Reihe von Schenken passierten, eine voller als die andere. Anders als Dom und Sorasa war der Knappe immer noch unbewaffnet. Das einer Waffe Ähnlichste, was er besaß, war der Teekessel, der immer noch leise in seinen Satteltaschen klapperte.

»Na, willst du mal einen Abstecher machen?«, gab sie zurück. Der Platz ging in ein Spinnennetz von Straßen über, auf denen noch weniger los war. Ein alter Mann machte von einem Balkon aus mit müder Stimme Reklame für Glücksspiele, während eine Frau ihm zukreischte, er solle den Mund halten. »Sorasa würde das bestimmt gefallen.«

Lachend erwiderte er ihren Blick. Aus der Nähe waren seine Augen dunkle Steine mit bernsteinfarbenen Einsprengseln.

»Ich glaube, Dom und Sorasa würden uns lieber aneinandergefesselt hinter sich herzerren, als uns zu erlauben, uns auf eigene Faust hier umzusehen«, erwiderte er und deutete mit dem Daumen über seine Schulter. Der Älteste ritt dicht hinter ihnen und hielt seinen finsteren Blick unverwandt auf Coraynes Rücken gerichtet. *Ein Wunder, dass ich nicht bereits gefesselt bin.* »Aber mir stände auch nicht der Sinn danach.«

»Ach komm, ich bitte dich, mein guter Knappe Trelland.« Corayne lächelte und beugte sich noch weiter vor. Dabei umfasste sie mit einer Hand den Knauf ihres Sattels, um nicht das Gleichgewicht zu verlieren. Sie warf einen Blick auf die Straße. Sie kam ihr vor wie eine Ader, die vor Leben pulsierte, das sie nicht sah. Zwei Betrunkene stolperten aus einem Haus, in dem Männer mit Würfeln spielten, versuchten miteinander zu kämpfen, aber schlugen bloß Löcher in die Luft. Sie erinnerten Corayne so sehr an Besatzungsmitglieder der *Sturmgeboren*, dass ihr das Herz wehtat. »Bist du denn nicht neugierig?«

Andry richtete den Blick auf die beiden Männer. »Ich hab schon genug Betrunkene gesehen, vielen Dank auch.«

Ein paar Ritter, die ein wenig vom edlen Jahrgangswein der

Königin beschwipst sind, sind noch keine Betrunkenen, dachte Corayne.

»Hier kann man noch viel mehr tun, als zu trinken«, antwortete sie.

Andry nickte. »Und ich hoffe, dass wir es schnell hinter uns bringen.«

»Vielleicht nicht allzu schnell«, gab Corayne zurück. Er sah sie mit fragend hochgezogener Augenbraue an. Sie biss sich auf die Unterlippe und kaute für eine kurze Weile darauf herum. »Es ist schön zu sehen, dass du dich auch mal um etwas anderes als das Ende der Welt sorgst«, meinte sie schließlich, fast zu leise für sterbliche Ohren.

Unter seiner Kapuze lächelte Andry, und seine Miene hellte sich auf.

»Ganz meinerseits, Corayne.«

»Die Gesetze von Adira sind einfach.« Sorasas Stimme war so sanft und zärtlich wie ein über sie beide hinwegklatschender Peitschenhieb. Sie drehte sich in ihrem Sattel um und lenkte ihr Pferd mit den Knien und ihren lederumhüllten Oberschenkeln. »Es gibt keine«, führte sie den Satz in sachlichem Tonfall zu Ende.

Corayne hatte den Eindruck, dass Sorasas Warnung vorwiegend Dom galt, der ja schon kaum verstand, wie eine ganz normale Sterblichenstadt funktionierte – und somit erst recht keine, die von Gesetzlosen geführt und beherrscht wurde. Und dann galt die Mahnung sicherlich auch Andry, der seinen Blick mit großen Augen und offenem Mund über Straßen und Häuser schweifen ließ.

»Du kannst hier einen Mann auf der Straße umbringen, wenn du magst, aber du musst wissen, dass du selbst genauso leicht umgebracht werden kannst. Schneide jemandem seine Geldbörse ab, aber sei darauf gefasst, im Gegenzug ein Messer in den Leib gerammt zu bekommen. Es gibt keine Wachmänner, keine Stadtwache. Nur die Wächter auf den Brücken, an den Stadtmauern und an den Toren. Und ihr Ziel ist es nicht, euch zu beschützen; sie beschützen allein die Stadt Adira.« Sorasa wedelte mit den Fingern und deutete in die Richtung zurück, aus der sie gekommen waren. Ganz wie sie gesagt hatte, waren keine weiteren Wächter zu sehen, ein schroffer Gegensatz zu jeder anderen Stadt, die Corayne bisher kennengelernt hatte. »Und nichts und niemanden sonst. Alles kann euch jederzeit weggenommen werden, aus allen Richtungen. Seid aufmerksam. Verliert mich nie aus den Augen.« Dann streckte sie die Hand aus, griff nach dem Zügel von Coraynes Pferd und zog daran, sodass die Stute schnaubend näher kam. Sorasa sah Corayne mit einem Blick ins Gesicht, der auch Stahl durchbohrt hätte. »Und ja nicht auf eigene Faust umherschweifen.«

»Daran würde ich nicht einmal im Traum denken«, antwortete Corayne wie ein einer Untat bezichtigtes Kind. *Mit der Spindelklinge auf dem Rücken und damit buchstäblich auf Messers Schneide zwischen der Rettung und dem drohenden Untergang der Wacht kann ich sowieso nicht so richtig auf Erkundungstour gehen.*

»Gut«, gab Sorasa zurück. »Und bevor du mit deinen Fragen loslegst: Wir reiten jetzt zu Priesters Hand.«

Andry wurde blass. »Es gibt hier Priester?«

Sorasa grinste. »Nicht von der Art, die du gewohnt bist, Knappe.«

Priesters Hand war eine Kirche oder war zumindest irgendwann in den letzten zwei Jahrhunderten mal eine gewesen. Jetzt war das Gebäude ein Markt, die Kirchenbänke vor langer Zeit entfernt, um Platz für Verkaufsstände zu schaffen. Rauch hing über ihnen, vom Kuppeldach eines ehemaligen Schreins für Tiber, den Gott des Handels und der Handwerker, aufgefangen. Sein Gesicht war an die Wände gemalt, und er trug seine übliche Krone aus Münzen. Corayne kannte ihn gut.

Alles war ungeordnet und chaotisch. Der Geruch von breiiger Suppe wehte von einem Kochstand herüber, und ein tyriotischer Seemann mit Goldzähnen stellte einen Käfig mit perlenäugigen Raben zur Schau. Ein Mann verkaufte Tierknochen, und neben ihm saßen Zwillingsschwestern, die über glitzernden Schnüren mit Juwelen und Perlen daran beteten. Es gab Tuchhändler, Fischverkäufer, Obstverkäufer und Stände, die offensichtlich keinen anderen Zweck hatten, als wertlosen Müll zu verkaufen. Das meiste waren gestohlene Waren, das wusste Corayne, als sie im Vorbeigehen die Auslagen beäugte. Sie sah wieder ihre Seekarten vor ihrem geistigen Auge und verfolgte die Handelsrouten über die Lange See. Sie begutachtete den verräterischen, öligen Schimmer von treckischem Stahl an einem Handwerkertisch, obwohl Trec seine Minen und seine Schmiede fest im Griff hatte und mit Exporten knauserte. Sie hätte gerne alles noch genauer in Augenschein genommen, aber Sorasa zog ihren kleinen Trupp durch die Kirche, als seien sie alle zusammengebunden. Einzig Valtik blieb stehen. Natürlich musste sie gleich zu einer Auslage von Rippen, Wirbeln und Oberschenkelknochen gehen, die sie mit einem schlaffen Grinsen im Gesicht durchwühlte. Sie überprüfte sogar einige der Knochen, warf sie von einer Hand in die andere und über den Boden, wie ein Würfelspieler.

Vielleicht war alles ja eben genau das: ein Würfelspiel. *Mein ganzes bisheriges Leben erscheint mir wie eine schlechte Fügung des Schicksals.*

Dom blieb immer dicht hinter ihr. Ausnahmsweise einmal war er nicht völlig fehl am Platz. Auch wenn draußen die Straßen ruhig und still waren, herrschte in Priesters Hand reger Betrieb, und viele Adiraner waren genauso groß wie Domacridhan. Schläger, Räuber, Ringkämpfer, Seeleute mit sonnenverbrannten Wangen. Dazwischen schlanke Langfinger und schöne Mätressen aus allen Ländern der Wacht. Ein Mann mit diamantbleicher, glühender Haut bedachte Dom sogar mit einem Augenzwinkern und warf ihm mit lockender Hand einen Luftkuss zu.

Corayne verlagerte sich vom Absuchen der Stände auf das Mustern der Gesichter, in der Hoffnung zu erkennen, wen Sorasa für ihre Mission anzuwerben beabsichtigte. Beinahe wäre sie vor einem Mann aus Ibal stehen geblieben, der Sorasa im Aussehen ähnelte, mit einem Gürtel voller Dolche und Augen wie ein Falke. Aber Sorasa ging an ihm vorbei, ohne ihn eines genaueren Blickes zu würdigen. Bald schon war der lange Marsch durch die Kirche zu Ende, und sie standen vor dem verlassenen Altar. Statt eines Priesters, der mit leiernder Stimme das Wort der Götter vorlas, lümmelten sich dort zwei Hunde, hechelnd und die Zähne zu einer Art Grinsen gefletscht, während ihnen der Geifer von den Lefzen troff.

»Sind die, die wir suchen, hier? Haben wir sie verpasst?«, fragte Corayne und ließ ihren Blick noch einmal über die Kirche gleiten. Einige Augenpaare folgten ihnen und beobachteten sie eingehend. Die beiden offensichtlichsten gehörten zu zwei Männern in langen grauen Gewändern mit Stiefeln aus neuem Leder. Sie hatten das Aussehen von Mitgliedern eines religiösen Ordens, auch wenn unter diesem Dach keine Religion mehr zu Hause war. »Wir werden verfolgt«, sagte Corayne tonlos.

»*Ich* werde verfolgt«, berichtigte Sorasa mit einem Seufzer. Sie winkte sogar in die Richtung der Männer. »Die beiden sind bedeutungslos. Die Zwielichtbrüder sind ein Witz.«

Andry klappte der Unterkiefer herunter. Er ließ seinen Blick von Sorasa zu den beiden Männern in den langen Gewändern hinübergehen, ohne sich die Mühe zu machen, seine Stimme zu senken. »Die Zwielichtbrüder? Sie sind Mörder, Meuchler …«

»Und was bin ich? Ein Milchmädchen?« Sorasa feixte erst Andry an und dann die beiden Brüder. Sie grinsten verächtlich, dann drehten sie sich mit einem dramatischen Wirbel ihrer langen Gewänder um und zogen Leine. Stahl blitzte darunter auf, ihre bloßen Schwerter ohne Scheiden an ihren Gürteln. »Wie gesagt, ein Witz. Sie warten darauf, mich allein zu erwischen und mir wieder mal ein Angebot zu machen. Nur damit ich es *wieder* ablehnen kann.«

Sorasa hatte offensichtlich nicht vor, dieses Thema weiter auszuführen.

Dom interessierte sich mehr für die Steinkacheln unter ihnen, die, flach und abgetreten, um den Altar herum ein erhöhtes Podest bildeten. Er strich mit einem Stiefel darüber.

»Unter uns ist noch mehr«, erklärte er mit schroffer Stimme.

»Euch entgeht aber auch nichts, Ältester«, antwortete Sorasa und scheuchte sie alle an dem Altar mit seinen abgeschlagenen Ecken vorbei. Die Hunde hechelten ihr hinterher und beobachteten sie aus tückischen Augen. Andry beugte sich hinunter, um einen von ihnen zu kraulen.

Er bemerkte Coraynes Blick und zuckte die Achseln. »Ein Verbrecherhund ist immer noch ein Hund.«

Eine schmale Treppe war hinter dem Altar versteckt, zwischen den erhöhten Altarsockel und die Kirchenwand gezwängt. Ein weiteres Bild von Tiber prangte über der Treppe, Münzen quollen aus dem Mund des Gottes. Sorasa gab ihm einen familiären Klaps auf die Nase, als sie die Stufen hinunterging. Corayne tat das Gleiche und hoffte auf göttlichen Segen.

Ein quadratischer Raum, einst eine Krypta, öffnete sich unter ihnen. Drei der Wände waren mit länglichen rechteckigen Öffnungen versehen, Grabgewölbe für Särge. Sie waren glücklicherweise leer. Corayne schluckte, von den Gewölben abgeschreckt, aber zumindest grinste sie im Dämmerlicht kein Skelett an.

An der einzigen Wand ohne Grabnischen brannte seitlich eine Fackel, hob sich von Mörtel und Backstein ab. Als sie aufflackerte, machte Corayne so etwas wie eine Türöffnung aus, fast mit der Wand verschmolzen, nur an den Rändern sichtbar, wo sie nicht ganz bündig war.

Aber Sorasa ging nicht zu der Tür. Stattdessen griff sie ohne jedes Zögern in eine der Gewölbenischen und klopfte mit den Knöcheln an deren hintere Wand. Es klang wie Holz. Nach einer schnellen Sekunde glitt die Rückwand zurück, und wo einst ein Leichnam verwest war, erschien ein Augenpaar.

»Fünf ...«, sagte Sorasa zu den Augen, dann brach sie ab und sah noch mal nach, wie viele sie waren. Valtik war immer noch oben. »Vier. Die Hexe hat sich unters Volk gemischt.«

»Ihr kennt die Regeln: nicht mehr als zwei«, kam eine schnarrende Antwort zurück. Die Iriden huschten umher. Sie waren grün und wässrig, von dickem, rosigem Fleisch umgeben.

Sorasa beugte sich näher heran. »Seit wann bedeuten hier Regeln irgendetwas?«

Bevor die Augen antworten konnten, ertönte hinter dem Schiebefeld eine zweite Stimme.

»Ist das etwa Sarn, die ich da höre?«, fragte ein Mann.

Die Augen verdrehten sich. Bevor Sorasa noch ein Wort sagen konnte, wurde das Feld mit einem lauten Knall zugezogen.

Dom brummte ein leises Lachen. »Diese Wirkung übt Ihr auf die meisten Leute aus.«

Ein Knirschen wurde laut, ein Mechanismus drehte sich irgendwo hinter der Wand, und zwei Riegel öffneten sich klirrend. Corayne zuckte zusammen, als die Tür in der Ziegelsteinwand nach vorn schwang, schwer an großen Eisenangeln. Der lange Raum dahinter war von Fackeln und in Strahlen herabströmendem Tageslicht hell erleuchtet.

Sorasa lächelte dem Ältesten ins Gesicht, so gut sie da eben herankam. »Zweifellos, ja«, sagte sie triumphierend und ging mit federnden Schritten in den nächsten Raum hinüber.

Die ehemalige Krypta erstreckte sich über die ganze Länge der darüber befindlichen Kirche. Sie war mit dicken, von Spinnweben überzogenen Säulen und hohen, flachen Fenstern versehen, die zumindest ein wenig natürliches Licht hereinließen. Das Licht wechselte mit dem Dahingleiten der Wolken oben am Himmel immer wieder von Blau zu Weiß. An den Wänden reihten sich weitere Gewölbenischen, alle mit Kisten, Werkzeug und Nahrungsmittelvorräten vollgestopft, außerdem mit tonnenweise Pergament und Gallonen vielfarbiger Tinte.

Corayne begutachtete das Ganze und bemerkte hölzerne Blöcke, die verdächtig wie Druckstempel aussahen, außerdem gusseiserne Gießformen. Sie zog die Augenbrauen zusammen. *Wir befinden uns in einer Fälscherwerkstatt.*

»Charlon Armont«, sagte Sorasa und trat zu dem stämmigen

jungen Mann, der sich über eine Werkbank beugte. Sie sprach seinen Namen mit dem charakteristischen madrentinischen Schwung aus, mit Schmiss in den Wörtern. »Wie schön, dich zu sehen.«

Er sah auf, das eine Auge von übertriebenen Dimensionen, da er ein Vergrößerungsglas davorgeklemmt hatte. Das andere war schlammbraun wie sein dickes Haar, das fest zu einem Zopf geflochten war, damit es ihm nicht ins Gesicht fiel. Er richtete sich auf und ließ den muskulösen Bauch und die breiten, runden Schultern eines echten Kraftprotzes sichtbar werden. Er hatte den Körperbau eines Arbeiters, stabil wie eine Mauer. Aber seine Hände waren dünn und zart, die Finger geschickt. Seine Haut war unnatürlich bleich, als verbrächte er die meisten hellen Tagesstunden unten in der Krypta. *Was wahrscheinlich auch zutrifft*, überlegte Corayne.

»Lüg nicht, Sarn. Du bist zu gut darin; das beunruhigt mich«, entgegnete er, nahm sein Augenglas heraus und ließ es an einer Schnur um seinen Hals baumeln. Ohne den Blick zu senken, fegte er die Papiere auf seinem Schreibtisch in eine Kiste und verstaute sie eilig so, dass man den Inhalt nicht erkannte. Corayne versuchte, einen raschen Blick darauf zu werfen, aber er bewegte sich zu schnell. »Sieht dir gar nicht ähnlich, in Gesellschaft herzukommen. Und dann auch noch in dieser Art von Gesellschaft«, fügte er hinzu und musterte Sorasas Begleiter. Seine Neugier schien zu wachsen, als er den Blick von Andry zu Dom und weiter zu Corayne gleiten ließ und sie alle einer Musterung unterzog.

Corayne machte ihrerseits das Gleiche mit ihm. Armont wirkte nicht älter als zwanzig, sein Gesicht ohne die Falten und Runzeln des Alters, seine Haut glatt wie Marmor und von einer Farbe wie Milch mit Honig.

Seine Gehilfin, Besitzerin der grünen Augen, stand zögernd in seiner Nähe. Sie war klein und hatte sandfarbenes Kraushaar. Charlon schickte sie mit einem Nicken fort, und sie suchte das Weite. Die Backsteintür fiel hinter ihr zu, der Mechanismus zum Öffnen und Schließen über der Tür war von dieser Seite deutlich sichtbar. Die Tür war sogar mit Vorhängeschlössern und einem breiten Riegel versehen, der heruntergeschoben und vorgelegt werden konnte.

Der Junge macht den Eindruck, als sei er auf eine Belagerung vorbereitet, dachte Corayne.

»Seltsame Zeiten«, antwortete Sorasa und breitete die Hände aus. Beide Handflächen waren genauso tätowiert wie ihre Finger. Auf ihrer rechten Hand die Sonne, auf der linken der Halbmond.

Charlon nickte. Er zog sich das Glas vom Hals und stopfte es in den Werkzeuggürtel an seiner breiten Hüfte. Er sah aus wie ein bulliger Stier. *Ein sehr nervöser Stier.* »In der Tat, es hat seltsame Gerüchte gegeben.«

»Gerüchte welcher Art?«, erkundigte sich Corayne mit scharfer Stimme. Es kam ihr so vor, als sei sie wieder daheim in Lemarta und höre Seeleuten zu, wie sie in den Gaststuben Geschichten austauschten, oder Händlern, die auf dem Markt miteinander plauderten. Sie hatte immer die Ohren gespitzt und versucht, aus all dem Unfug etwas Nützliches herauszuklauben. Früher hätte sie gelauscht, ob nicht jemand eine Bemerkung über ein mit Gold und Schätzen beladenes Schiff der Silberflotte fallen ließ. Jetzt könnte sie vielleicht eine Nachricht darüber aufschnappen, wohin sich Taristan als Nächstes begeben würde oder wo er gewesen war. *Welche Spindel wird als nächste aufgerissen, und welche ist bereits zerrissen? Welche neuen Gefahren lauern am Horizont und warten auf uns – und auf jeden anderen, der es damit zu tun bekommt?*

Charlon musterte sie, und sie erwiderte seinen Blick, ohne mit der Wimper zu zucken. »Stürme, die nicht zur Jahreszeit passen«, antwortete er. »Dörfer, von denen man plötzlich nichts mehr hört. Bewegungen von galländischen Truppen, ohne dass irgendwelche Kriegspläne bekannt sind. Schiffe, die draußen auf offener See auf Grund laufen«, fuhr er fort und strich sich mit der Hand übers Kinn. Seine Fingerspitzen waren von einem dumpfen, dunklen Blau verfärbt. *Die Tinte von Jahren.* »Genau so ein Schiff ist heute Morgen in den Hafen gekrochen gekommen, der Rumpf fast in zwei Teile gebrochen. Außerdem die ganze Aufregung um die Vermählung der Königin von Galland mit irgendeinem namenlosen Kerl, der weder Gold noch Burg besitzt.«

Corayne zuckte zusammen. *Aber eine Armee hat er.*

»Nachrichten verbreiten sich hier ohne Frage sehr schnell«, bemerkte Andry mit zittriger Stimme. »Übrigens, ich bin Andry Trelland«, fügte er hinzu und streckte die Hand aus.

Charlon erwiderte die Geste nicht, über Andrys Höflichkeit sichtlich konsterniert. »Schön für dich«, murmelte er. »Was soll ich schon sagen, wir sind Männer und Frauen der Wacht. Wir halten uns gern auf dem Laufenden. Ist es nicht so, Sarn?«

Einer von Sarns Mundwinkeln zuckte zu einem leisen Lächeln in die Höhe. »Wer Informationen braucht, kommt nach Adira.«

»Und sollte darauf vorbereitet sein, dafür zu bezahlen«, entgegnete Charlon prompt. »Also, was braucht ihr?« Er deutete mit seiner blau verfärbten Hand auf die Gewölbe. »Ich habe einige frische Siegel anzubieten, für die siscarianischen Herzöge gefertigt, und angesichts des ganzen Schlamassels in Rhaschir bin ich an eine Singolha-Presse herangekommen. Nicht billig, aber auf ganz einfache Weise. Damit könnt ihr eure eigenen rhaschirischen Geldnoten einfach kopieren und das Geld dann gegen Gold oder gegen Land eintauschen, bevor die Staatskasse von Rhaschir erfährt, was Sache ist.«

Corayne klappte die Kinnlade herunter. *Eine Geldpresse von der Bank von Singhola, der Staatsbank von Rhaschir. Die kostbaren Siegel von Adeligen.* Und angesichts des gewaltigen Arsenals an Tinte, Papier, Federn und Wachs, mit dem die Regale ringsum vollgestopft waren, gab es da ohne Frage noch erheblich mehr dergleichen. *Er könnte wahrscheinlich Handelsbriefe und Freibeuterpapiere im Namen von jeder Krone an der Langen See drucken, mit Wachs versiegelte Befehle. Für jedes Schiff, jeden Schmuggler oder Piraten auf dem Wasser besser als ein Schutz-*

schild. Ihre Hände zuckten, während sie ihren Blick erneut über die Regale gleiten ließ. Sie sah das Symbol der tyriotischen Marine, eine Meerjungfrau, die ein Schwert in der Hand hielt. *Ein Stempel damit in blaues Wachs, und Mutter könnte mir nichts, dir nichts jede Flottenblockade durchbrechen oder ungestört in jeden Hafen einlaufen.*

»Siehst du etwas, das dir gefällt?« Charlon folgte ihrem Blick, trat einen Schritt näher und kniff die Augenbrauen zusammen. »Wenn du das Geld hast, habe ich die Mittel.«

Erst jetzt regte sich Dom und richtete sich hoch über sie beide auf. Der gedrungene Charlon legte den Kopf in den Nacken und schaute zu ihm empor. »Und du musst wirklich ordentlich Geld bei dir haben, bei einem solchen Leibwächter«, murmelte er nervös.

»Wir halten nicht nach Siegeln oder Fälschungen Ausschau«, erklärte Sorasa entschieden und brachte das Gespräch wieder auf die anstehende Aufgabe. »Wir wollen *dich.*«

Charlon bellte ein trockenes Lachen. Dann drohte er ihr spielerisch mit dem Zeigefinger. »Die Zeiten sind wirklich seltsam. Ich glaube nicht, dass ich dich in deinem ganzen Leben je schon mal einen Scherz habe machen hören.«

»Sie scherzt nicht, Herr«, schaltete sich Corayne ein und riss den Blick von der Wand voller Eisensiegel los.

»Herr«, kicherte er. Erneut wedelte er mit der Hand in Sorasas Richtung, als wolle er sie schelten. »Also, willst du mir bitte erklären, was du damit meinst? Damit ich dir noch einmal erläutere, warum ich die Mauern dieser Stadt auf keinen Fall je verlassen darf?«

Sorasa zögerte nicht. Sie öffnete den Mund, um die Sache zu erklären, aber Corayne lief ein eisiger Schauder über den Rücken. Sie schluckte, hob die Hand und schnitt der Meuchlerin das Wort ab.

»Überlasst das mir«, sagte sie und schlüpfte aus ihrem Umhang.

Es dauerte eine ganze Weile, aber schließlich gelang es ihr, den Schwertgürtel von ihren Schultern zu lösen. *Allmählich kriege ich den Bogen raus.* Charlon bekam große Augen, als sie die Spindelklinge aus ihrer Scheide zog. Das Schwert war immer noch schwer, und ihre Hände zitterten am Heft, aber es fühlte sich jetzt vertraut an. *Das Schwert meines Vaters.*

Selbst in der Krypta des Fälschers glänzte der mit den Gravuren einer verlorenen Welt versehene Stahl sonderbar. Er nährte sich vom schwachen Licht in dem unterirdischen Raum und wurde heller, während der Rest der Krypta sich verdunkelte, bis das Schwert das Einzige in Coraynes Welt war, ein Spiegel kalter Flammen. Als sie den Blick endlich von der Klinge losriss, stellte sie fest, dass Charlon sie genauso versunken anschaute, seine Konzentration gebannt auf das Schwert gerichtet. Er war Handwerker. Er erkannte eine kunstvolle und uralte Filigranarbeit, wenn er sie sah.

»Das ist kein gewöhnlicher Stahl«, hauchte er. Er trat nicht vor und streckte auch nicht die Hand danach aus, obwohl er zweifellos so aussah, als hätte er es gern getan. »Nicht treckisch. Keine Ältestenarbeit.« Sein Blick huschte erneut zu Dom, und die Räder in seinem Kopf drehten sich offensichtlich schneller und schneller.

Corayne schüttelte den Kopf. »Das hier ist eine Spindelklinge«, murmelte sie, und sein Gesicht wurde noch blasser, als sie es für möglich gehalten hätte. »Geschmiedet in einer vergessenen Welt, dem Land meiner Vorfahren.«

»Du bist vom Stamm des alten Cor.« Charlon hörte auf, das Schwert anzustarren, um sie intensiver zu mustern. »Spindelblut.«

Sie erwiderte seinen Blick. »Das bin ich, ja.«

»Von euch wandeln nicht mehr allzu viele durch die Wacht«, antwortete er.

Corayne schürzte die Lippen und schob das Schwert zurück in seine Scheide. Die Klinge sang ihr Lied, als sie durch das Leder strich. »Wenn wir scheitern, wird überhaupt nicht mehr viel durch die Wacht wandeln.«

»Was?«, fragte Charlon, während sein Lächeln noch immer auf seinem Gesicht schwebte.

Vor ihrem inneren Auge sah sie Taristan drohend vor sich aufragen und nach dem Schwert greifen, an nichts als an seinen eigenen Wünschen und Zielen interessiert. Das Vorstellungsbild in ihrem Kopf hatte bereits blaue Narben im Gesicht, über seine Wange gekratzt, das einzige verunstaltende Mal auf seiner hellen Haut. Sie wollte ihn in Stücke reißen, ihn aus der Wacht und aus ihren Ängsten vertreiben.

»Ihr habt recht. Die Königin von Galland hat einen Mann ohne Titel und scheinbar ohne besondere Absichten geehelicht«, sagte Corayne in nüchtern-sachlichem Tonfall. »Ohne Absichten, einmal abgesehen von der Zerstörung von Allwacht, der ganzen Welt, an ihren Spindeln entzweigerissen. Die Wacht soll verbrannt, zerstört und erobert werden, unter der Königin, unter ihm und unter dem Lauernden.«

Sie roch sie erneut, die Leichen, selbst wenn sie nichts als Valtiks Magie entsprungene Sendschaften gewesen waren. Der Widerhall einer wirklich bestehenden Bedrohung. Wie die rote Gegenwart in ihren Träumen, die sich hinter Schatten bewegte. Sie spürte jetzt deren Gewicht, und ihr Griff verfestigte sich, als sie an den Lauernden und seinen wachsenden Einfluss überall auf der Wacht dachte. Ob Charlon das Entsetzen sah, das ihr ins Gesicht geschrieben stand, wusste sie nicht. Aber sie sah es bei den anderen: im Aufblitzen von Andrys Augen, im Zucken von Doms Mund, in der Maske, die sich über Sorasas Gesicht legte, um die darunter tobenden Gefühle zu verbergen.

Der Fälscher trommelte mit den Fingern auf den Arbeitstisch, und sein Lächeln verfestigte sich auf seinem Gesicht. Für einen Moment erwartete sie, dass er in lautes Gelächter ausbrechen würde. Stattdessen musterte er ihre Gesichter, sah ihrer aller Angst.

»Ach, das ist schon alles?«

Nachdem er ertragen hatte, was Corayne über ihren Onkel zu sagen hatte, ihre Warnungen vor einem Schurken wie aus einer Geschichte für Kinder, der Gestalt aus Fleisch und Blut angenommen hatte – Doms und Andrys Bericht über die Schlacht am Spindeltempel gar nicht zu erwähnen –, verlangte es Charlon nach frischer Luft. Er jagte wie ein Besessener durch Priesters Hand und hinaus auf die Straßen. Dann führte er sie hinunter zum Ufer, wobei er ständig vor sich hin murmelte und Sorasa finstere Blicke zuwarf, die all seinen grimmigen Grimassen mit Desinteresse trotzte. Valtik holte sie irgendwo außerhalb der Kirche ein, und der Geruch von Kälte folgte ihr.

»Und wer ist sie?«, fragte Charlon und musterte die Hexe.

»Fragt besser nicht«, sagten sie alle wie aus einem Mund.

Es begann zu nieseln, und der Nieselregen brachte den Nebel den Hügel hinauf und in die Stadt hinein. Bis sie den Hafen erreichten, hatte sich ein grauer Vorhang über die Bucht gelegt und die Schiffe, die weiter draußen im Wasser vor Anker lagen, verschlungen. Trotz des Wetters bevölkerten sich die Straßen zunehmend mit Menschen, je später am Tag es wurde und umso mehr Seeleute die Piere ausspien.

Der Hafen von Adira ragte ins Wasser hinaus; dicke und breite Planken waren zusammengenagelt worden, um gemeinsam ein großes Rechteck zu formen. Es verband die zentrale Halbinsel und mehrere felsige Inseln, eine jede nicht größer als eine Kathedrale. Die Inseln waren bebaut und bildeten jeweils ihr eigenes Stück Land. Eines dieser Gebäude hatte ein Dach wie eine Zwiebelkuppel, das hellorange bemalt war, das unverkennbare Merkmal einer treckischen Kirche. Ein Palisadenzaun umspannte eine andere Insel, das Holz indigoblau gestrichen und oben mit weißen und grünen Knoten markiert. *Jütische Symbole.* Charlon führte sie zu einer flachen Insel, von einem grünen Garten und einem kleinen Glockenturm gekrönt, mit weißen und goldenen Flaggen, die sich kreisförmig von Dach zu Dach spannten.

Ein Ishei-Bezirk. Coraynes Herzschlag ging mit einem Mal

doppelt so schnell. Das Land der Isheida war der Rand der Karte, das Ende der Welt, noch weiter entfernt, als sich selbst die alten Grenzen von Cor erstreckt hatten. Nicht einmal die Höllen-Mel war dort gewesen, denn die zerklüfteten Ländereien von Isheida befanden sich weit weg von den Fluten der Langen See.

Die Insel roch nach lieblichen Blumen und schmorendem Fleisch, unterlegt mit einem kräftigen Duft nach Tee. Isheida wurde von hohen Bergen und der Schneekrone beherrscht, ein Königreich von Gipfeln nördlich von Rhaschir. Es gab wenige Seeleute von dort, und sie versammelten sich hier, um unter den Dächern von Kochhäusern und Teestuben Neuigkeiten auszutauschen. Sie hatten auch Priester, mit weißen Röcken und langem glänzendem Haar, das sie sich glatt über den Rücken kämmten. Jeder sah aus wie in Mondlicht gebadet, selbst unter den grauen Wolken. Die Isheida hatten flache Wangenknochen und dunkle Augen. Die Farbe ihrer Gesichter variierte und reichte von Porzellan über Bronze bis dunkelhäutig, aber alle Bewohner dieses Landes hatten schwarzes Haar, lange Wimpern und ein freundliches Lächeln. Corayne musste sie unwillkürlich anstarren, außerstande, ihr Staunen im Zaum zu halten. Sie sprach zwar kein Ishei, aber sie hätte ihnen den ganzen Nachmittag zuhören und sich Notizen in ihrem Geschäftsbuch machen können. Sorasa hätte sie fast am Kragen gepackt und weitergezerrt.

Zu ihrer Freude führte Charlon sie mit einem gutgelaunten Gruß an den Besitzer in eine Teestube. Er musste hier Stammgast sein. Die drei anderen Gäste, zwei Isheida und ein in Seide gehüllter Ibaleter, nickten ihm von der langen Theke in der Mitte des Lokals zu.

Zum ersten Mal, seit er Adira betreten hatte, machte Andry den Eindruck, sich wohlzufühlen, und der Duft von frisch bereitetem Tee schien ihn einzulullen. Er entspannte sich, als sie Platz nahmen, und lehnte sich mit dem Rücken gegen die massive Wand. Jetzt, wo draußen der Regen fiel und sie hier die behagliche Wärme der Teestube umhüllte, fühlte sich Corayne in etwa genauso erleichtert, wie Andry aussah. Bevor sie auch nur auf den Gedanken kommen konnte zu fragen, hielt sie schon eine Tasse in der Hand, und auf dem Tisch stand eine sanft vor sich hin dampfende Kanne.

Aus einer Vase auf dem Tisch pflückte Charlon eine Blume mit blauen Blütenblättern in der Form eines Sterns. Er zerquetschte die Blüte in der Faust und gab sie in seine Tasse, ehe er davon trank. »Also, die Wacht befindet sich am Rand der Zerstörung. Sie könnte bereits unrettbar verloren sein. Und aus irgendeinem Grund wollt ihr, dass ich mich euch anschließe, euer ...« Er sah von einem zum anderen, und diesmal erschien Corayne sein musternder Blick wie eine Beleidigung. »... eurer fröhlichen Schar von Helden?«

Sorasa schnaubte in ihren Tee.

»Die Hexe hat gesagt, sieben«, antwortete Corayne. »Sorasa hat uns zu Euch geführt. Ich vertraue auf ihr Urteil.«

Jetzt war es an Dom zu schnauben. Der Älteste wusste nicht recht, wie, und es kam als ein feuchtes Knurren heraus.

»Ich bin mir über diese ganze Hexengeschichte immer noch nicht im Klaren.« Charlon blickte vom Tisch zur Dachtraufe des Lokals auf, das zur Straße hin offen war. Valtik hatte sich nicht hingesetzt, sondern sich stattdessen dafür entschieden, am Straßenrand stehen zu bleiben und in ihrer leeren Teetasse Regenwasser zu sammeln.

»Wir uns auch nicht«, antwortete Dom.

Charlon nippte erneut an seinem Tee. »Und was ist mit Euch, Ältester? Welche Position nehmt Ihr in dieser Angelegenheit ein?«

»Unsere Zahl ist ausreichend«, erklärte Dom steif. »Tatsächlich glaube ich, wir könnten auf eine Person von uns gut verzichten.«

»Also eine einzige große, glückliche Familie.« Der junge Mann lachte. »Nun gut, ganz gleich warum ihr mich für was immer ihr da vorhabt, braucht ...«

»Wir wollen die nächste Spindel schließen, die aufgerissen wurde«, warf Corayne mit durchdringender Stimme ein.

»Wo auch immer sie sich befindet«, ergänzte Andry fast unhörbar. Er sah Corayne an, seine Augen sanft, aber nicht entschuldigend. Sie fühlte sich hin und her gerissen zwischen Ärger und Zustimmung. Es gab immer noch so vieles, was sie nicht wussten, sie mussten noch so viel höher hinaufsteigen. *Aber wir dürfen uns nicht von der Größe des Ganzen einschüchtern lassen, sonst ist alles aus.*

»Jedenfalls bin ich aus einem ganz bestimmten Grund in Adira.« Charlon legte die Hände auf den Tisch und pochte leidenschaftlich mit dem Zeigefinger auf das Holz. Außerhalb seiner Krypta wirkte er unscheinbar und kaum bemerkenswert. Es war fast zu einfach, seine Werkstatt voller Siegel und Tinte zu vergessen, seine blau verfärbten Finger zu übersehen. »Keine Gesetze bedeutet keine Kronen, die über das Land herrschen. Keine Kopfgelder. Jemand könnte mir heute Nacht die Kehle aufschlitzen, aber niemand wird mich aus diesen Mauern zerren und zurück auf das Territorium dieser oder jener Krone befördern, wo mich eine Verurteilung oder die Hinrichtung erwartet. Adira gehört sich selbst, und die Straßen der Stadt wenden sich gegen jeden, der sich gegen die Stadt wendet. Ich bin hier in Sicherheit. Ich kann die Augen schließen, ohne mir Sorgen machen zu müssen, dass diese temurische Wölfin nach mir schnappen und mich fressen wird.«

Andry legte den Kopf schräg. »Temurische Wölfin?«

»Mit Siegel werde ich schon fertig«, schaltete Sorasa sich ein, bevor Charlon eine Erklärung hätte abgeben können.

Siegel?

Charlon blies die Wangen auf und schnalzte mit den Lippen. »So gern ich das miterleben würde, bin ich nicht bereit, dafür meinen Kopf zu riskieren. Sie wird mich noch vor Sonnenuntergang in Ketten gelegt und auf den Weg zum Galgen geschickt haben, hin zu dem Königreich, das den höchsten Preis bietet.«

»Da dürfte es eine lange Liste von Kandidaten geben«, sagte Sorasa freudlos. Sie hatte eine merkwürdige Sitzhaltung auf ihrem Stuhl eingenommen, dem Raum zugewandt. Wie immer ganz die Meuchelmörderin, die entweder auf einen Angriff wartete oder selbst einen plante. Es machte Corayne ganz nervös.

»Es ist gut, wenn man stolz auf seine Arbeit ist«, sagte Charlon achselzuckend. »Und ich würde gern weiterarbeiten, was ich ohne Kopf nicht kann. Ich werde diese Stadtmauern keinen Schritt weit verlassen.«

»Glaubst du wirklich, Siegel aus dem Temurijon hat da draußen im Sumpf ihr Lager aufgeschlagen und wartet auf Leute wie dich? Du hast wohl eine sehr hohe Meinung von dir, Charlie.« Die Meuchelmörderin lachte kalt, ein durchdringender Laut. »Sie ist die beste Kopfgeldjägerin der Welt. Nach meinen letzten Informationen setzt sie gerade für den Kronprinzen von Kasa Räuber fest und terrorisiert den Regenbogenwald. Eine ganze Welt weit weg.«

Etwas von der Anspannung in Charlons Schultern löste sich.

Er hat recht, dachte Corayne, und es war ein leiser Hauch von Triumph dabei. *Sorasa ist wirklich sehr gut im Lügen.*

»Aber ich kenne da jemanden, der auf dich wartet«, fügte sie hinzu und senkte die Stimme. Ihr Blick ging hin und her, bewegte sich von Charlons Gesicht zu seinen Händen. Er hatte sie auf dem Tisch zu Fäusten geballt, und die Knöchel stachen weiß hervor.

»Tu das nicht, Sarn«, knurrte er. Wieder erinnerte er Corayne an einen Stier. Diesmal an einen, der ein vor seinem Gesicht gewedeltes rotes Tuch sieht. »Sprich nicht über ihn.«

Sorasa ließ sich nicht beirren.

»Wenn die Wacht brennt, brennt auch er.«

Ein Seil schien sich hinter Charlons Augen zu spannen. Er bleckte die Zähne. »Sprich mit mir nicht über Garion«, knurrte er, plötzlich genauso gefährlich wie jeder andere Verbrecher in Adira.

Sorasa blieb unbeirrt, ein Raubtier auf der Jagd, das Beute wittert. »Weißt du, ich hab ihn gesehen. In Byllskos.«

Charlon wurde weiß, und seine ohnehin schon bleichen Wangen nahmen einen Alabasterton an. »Geht es ihm gut?«, murmelte er und lehnte sich, ohne es zu bemerken, zu der Meuchelmörderin vor, bis er sie berührte. Corayne sah die Verzweiflung in ihm so deutlich wie den Regen, der draußen herabfiel. Wer immer Garion war, er war dem Fälscher sehr wichtig.

»So gut wie gewöhnlich«, antwortete Sorasa mit einer wegwerfenden Handbewegung. »Er plustert sich auf und ist allzu stolz. War sauer auf mich, weil ich ihm seinen Auftragsmord weggenommen habe.«

Das Seil riss und rollte sich auf, und er nickte. Seine mörderische Anspannung ließ nach und verschwand wie ein zurückgezogener Vorhang. »Gut«, sagte er leise und fuhr sich mit einem Finger über die Lippen. »Ich nehme nicht an, dass du ihn dazu ... verlocken kannst, sich ebenfalls eurer Unternehmung anzuschließen?«

Jetzt war es Sorasa, deren Züge sich verspannten. »Zu so etwas bin ich leider nicht mehr in der Lage.«

»Na schön«, sagte Charlon, den Blick auf den Tisch gerichtet. »Schön.« Dann sah er Corayne grimmig an, und seine Stimme war wieder energisch. »Was meinst du dazu, Cormädchen?«

Corayne blinzelte überrumpelt.

»Zu alledem«, präzisierte er. »Zu eurer Mission, die Welt zu retten, und zu meinem Platz darin?« Er deutete auf das Schwert auf ihrem Rücken.

Sie spürte es an ihrem Rückgrat, kalter Stahl und Leder. Die meiste Zeit über war es bloßer Ballast, ein Anker. Jetzt gab es ihr Mut, und sie genoss sein Gewicht, hoffte, etwas von seinem Stahl auch in ihren Knochen zu haben. Sie hob den Kopf und warf ihren schwarzen Zopf zurück.

»Ich glaube, wir werden von einem Königreich und einem Teufel gejagt. Was den Teufel betrifft, gibt es nicht viel, was Ihr dagegen tun könntet.« *So hoch müssen wir noch klettern, aber ich kann nicht nach oben schauen, geschweige denn zurück.* »Aber das Königreich, eine Armee ... Es wäre gut, jemanden wie Euch zu haben, der uns den Weg ebnet.«

Das schien Charlon zu gefallen. Er lehnte sich zurück und klatschte in die Hände. »Ich kann euch bis zum Ende des Tages Passierscheine verschaffen. Diplomatische Gesandtensiegel. Reisepapiere. Kein Stadttor wird euch versperrt sein, kein Palast verschlossen; keine Wachen und Späher werden es wagen, euch aufzuhalten. Nur die Königin selbst könnte eure Verhaftung verlangen. Natürlich alles zu seinem Preis«, fügte er hinzu und warf einen Blick in Richtung Dom.

Der Älteste machte ein finsteres Gesicht. »Ich werde ganz Iona verkauft haben, bis die Sache vorüber ist.«

»Aber was nutzt das alles im Kampf gegen eine Spindel, die irgendwo in der Wildnis brennt? *Zwei* Spindeln?«, fragte Charlon und sprach damit aus, was sie alle dachten. »Welchen Nutzen habe ich bei der Sache?«

Sorasa schien seine Einschätzung nicht zu teilen. »Das werden wir bestimmt herausfinden.«

»Aber ich komme nicht mit«, erwiderte Charlon scharf. »Und ihr wisst nicht einmal, wo ihr hinwollt!«

»Überlasst das uns«, hörte Corayne sich sagen.

Überlass das mir.

Schon jetzt zogen sich die Fäden zusammen, Zentimeter für Zentimeter. Sie brauchte sie nur zu etwas zu verweben, das einen Sinn hatte, eine einfache Richtung.

Sie spürte den Blick von Sorasas Kupferflammenaugen auf sich. Die Meuchelmörderin lächelte nicht, aber sie verströmte trotzdem ein Gefühl des Sieges. Sie griff über den Teetisch und fasste Charlon an der Schulter.

»Wäre ich denn hier, wenn diese Bedrohung nicht wirklich vorhanden wäre?«, murmelte sie und beugte sich vor, sodass er nichts als sie sah. Ihre Stimme wurde eine Oktave tiefer, streng. »Würde ich denn mein Leben aufs Spiel setzen, wenn es um irgendetwas Geringeres ginge als um das Ende der Welt?«

Der Unterkiefer des Fälschers spannte sich an. »Nein, würdest du nicht«, antwortete er mit belegter Stimme und verfiel dann in Schweigen. Sorasa ließ ihn nachdenken und gab ihm einen langen Moment Zeit, seine Entscheidung zu treffen. »Was ist mit Garion? Er muss gewarnt werden.«

Die Meuchelmörderin kämpfte gegen das Lächeln auf ihren Lippen an. »Wir beide zusammen können bestimmt einen Weg finden, ihm eine Nachricht zukommen zu lassen«, ließ sie ihn wissen. »Er macht sich nicht wirklich die Mühe, seine Spuren zu verwischen.«

Einer von Charlons Mundwinkeln zuckte in die Höhe. »Nein, das tut er nicht.«

»Ich helf dir beim Packen, Charlie«, sagte sie und brachte ihn mit einem Klaps auf den Rücken zum Aufstehen.

Auf der Straße prasselte der Regen.

»Das glaube ich dir gern, Sarn.«

Corayne und die anderen blieben in der Teestube sitzen, über eine Kanne gebeugt, die niemals leer zu werden schien. Der Ishei, der die Teestube führte, war ein gewissenhafter, emsiger Mann mit schnellen Händen. Andry verwickelte ihn freudig in ein geflüstertes Gespräch über die Teebereitung. Welche Art von Gewürzen, welche Wurzeln, was benutzte der Ishei, um die Brust freizubekommen oder den Schlaf zu fördern? Über den Rand ihrer Tasse hinweg sah Corayne zu, wie Andry lebhaft mit dem Mann plauderte.

Er gehört nicht zusammen mit uns Übrigen hierher, so viel Mühe er sich auch geben mag. Das Ende der Welt ist kein Ort für Andry Trelland. Er hat es nicht verdient.

Der Knappe spürte ihren musternden Blick und sah über seine Schulter. Auf seinen Unterarmen bildete sich eine Gänsehaut. Sie waren durchtrainiert und schlank, von jahrelangen Knappendiensten und der häufigen Übung im Schwertkampf muskelbepackt. Mit schnellen Fingern rieb er sich die Arme glatt.

»Was gibt es?«, murmelte er und musterte sie erneut.

Corayne umfasste ihre Tasse fester und versuchte, die Wärme auf sich übergehen zu lassen. Die Wärme des Tees kämpfte mit der Kälte, die ihr über den Rücken lief. Sie schüttelte den Kopf. Die Teestube war ruhig und friedlich. Zu ruhig für ihren Geschmack. Sie wollte Lärm, Aktivität. Sie wollte sehen und hören, was vor sich ging.

»Die Lange See ist im Sommer gemeinhin sehr ruhig,« sagte sie schließlich und grübelte über das nach, was Charlon unten in der Krypta gesagt hatte. »Nur ganz wenige Stürme. Aber Schiffbruch? Auf offener See auf Grund laufen? Unmöglich. Es gibt keine Riffe, keine Sandbänke. Und was hat Charlon über die Truppenbewegungen von galländischen Soldaten gesagt? Wohin ziehen sie? Warum sollte Erida sie über die Grenzen ihres Landes hinausschicken?«

»Na ja, sie macht Jagd auf uns«, gab Andry zu bedenken.

»Ich bezweifele, dass sie an den falschen Orten Jagd auf uns macht. Es ist nicht gerade schwierig, uns zu folgen, und wir sind offensichtlich in eine bestimmte Richtung geflohen.« *Wir sind nach Westen geritten. Aber wohin ziehen die Armeen?* Ihre Gedanken standen buchstäblich in Flammen, heller Feuerschein schlug aus der stetig vor sich hin glimmenden Glut. »Sie hat uns Soldaten hinterhergeschickt, aber anderswo sind mehr Soldaten unterwegs. Um nach etwas zu suchen. Oder etwas zu *bewachen*. Vielleicht beides zugleich.«

Dom umklammerte seine Tasse so fest, dass sich ein Riss im Ton bildete, wie ein schwarzer Blitz. »Die zweite Spindel.«

»Das könnte sein.«

Aufgebracht fuhr sich Corayne mit der Hand durchs Haar. Es war, wie der untergehenden Sonne nachzujagen. Unmöglich, immer gerade außer Reichweite, selbst mit dem schnellsten Schiff oder auf dem Rücken des flinksten Pferdes. Da war etwas, das sie für einen Sekundenbruchteil glaubte fassen zu können, es streifte ihre Fingerspitzen und tanzte dann wieder weg, nicht zu erhaschen.

»Valtik?«, fragte sie und hob die Stimme, damit sie bis zur Hexe durchdrang, die immer noch den verregneten Himmel absuchte. Sie ließ den Regen in ihrer Tasse kreisen. »Was künden die Knochen?«

Die alte Frau antwortete mit einem lauten jütischen Wirrwarr von Worten, zu schnell, als dass Corayne es hätte entziffern oder auch nur ein einzelnes Wort hätte auffangen können. Es klang wie eine Melodie mit beruhigendem Rhythmus. *Und nutzlos.*

Schnaubend machte Corayne Anstalten, sich zu erheben. »Valtik ...«

Aber ein weiterer jütischer Wortschwall ließ sie verstummen. Nicht mit der Stimme der alten Frau gesprochen, sondern mit einer donnernden. Tief, männlich, freudig. *Vertraut.*

Corayne fiel mit einem schmerzhaften Aufprall wieder auf ihren Sitz und klatschte mit den Oberschenkeln auf die harte Bank. Sie senkte den Kopf, senkte den Blick, senkte ihre Kapuze und versuchte, sich so schnell wie möglich förmlich in sich selbst zusammenzurollen. Plötzlich war ihr die ruhige Teestube zu laut, und die Wände schienen immer näher zu kommen. Sie wollte verschwinden, und zugleich wollte sie aufstehen und so viel Aufmerksamkeit wie nur möglich auf sich lenken. Ihr Körper fühlte sich an, als würde er entzweigerissen.

Warme Hände legten sich auf ihre Schultern, und Andrys Finger schlossen sich um den Saum ihres Umhangs. »Corayne, was ist los?«

Dom breitete die Arme aus und stützte sich auf den Tisch. Er schaute mit Habichtsaugen zur Tür, auf alles gefasst. Auf einen Meuchler, eine Armee, sogar auf Taristan persönlich.

Stattdessen war da Valtik, die ihr seltsames Lächeln lächelte und im Regen drauflosplapperte. Sie reckte den Hals und sah einem kahlköpfigen jütischen Räuber ins Gesicht. Jeder sichtbare Zentimeter seiner Haut war vernarbt oder mit komplizierten Knoten tätowiert. Er antwortete beflissen auf ihre gereimten Worte.

»Er heißt Ehjer«, murmelte Corayne unter ihrer Kapuze. *Vor zehn Jahren angeworben und meiner Mutter treu ergeben. Ein Pirat. Ein Räuber. Ein alter Freund.* »Der Mann neben ihm ist Kireem, ein Steuermann aus Ghera, vom Tigergolf.«

Der kleinere Mann, der neben Ehjer stand, war etwa halb so groß wie er. Über seinem einen Auge trug er eine Augenklappe, auf der kleine schwarze Steinchen glitzerten. Narben liefen unter der Augenklappe hervor, dunkle violette Linien vor dem Hintergrund seiner ockerfarbenen Haut. *Schlau wie ein Einhorn und kann die Sterne selbst in schwärzester Nacht lesen.*

Die beiden waren schon zusammen, solange Corayne sich erinnerte. Beziehungen unter Seeleuten wurden geduldet, solange sie die Abläufe auf dem Schiff nicht störten, und das Paar hielt sorgsam das Gleichgewicht zwischen beidem. Jetzt, auf Landgang, hätten sie eigentlich ganz entspannt sein sollen.

Tatsächlich hatte Corayne die beiden noch nie so nervös erlebt.

Der Jüti ging an Valtik vorbei und betrat zusammen mit dem Mann mit der Augenklappe das Lokal. Sie steuerten direkt die lange Theke an und setzten sich mit dem Rücken zum Raum neben die anderen Gäste.

»Stellen sie eine Bedrohung dar?«, murmelte der Älteste, ohne die beiden eine Sekunde aus den Augen zu lassen.

Corayne schüttelte knapp den Kopf.

»Du weißt, zur Besatzung welchen Schiffes sie gehören«, hauchte Andry, so nahe an sie herangebeugt, dass sie seine Wärme spürte. Sie sah ihn unter ihrer Kapuze hinweg an, blickte in seine großen dunklen Augen, die wie Teiche stillen Wassers waren.

»Ich kenne sie so gut wie mich selbst. Die *Sturmgeboren* ist hier«, flüsterte sie.

Und damit auch meine Mutter.

Wenn ich jetzt aufstehe, werden sie mich nicht bemerken. Ich kann über den Platz gehen und den Hafen absuchen. Es wird bloß einen Moment dauern. Sie stellte sich die Schritte ihrer Stiefel vor, jeder schneller als der vorangegangene, bis sie über die Planken donnerten und dann die Landungsbrücke hinauf in die wartenden Arme ihrer Mutter. Es würde Geschrei geben, Streitereien, vielleicht die verschlossene Tür der Kapitänskajüte. Aber Meliz an-Amarat war hier. Die Höllen-Mel war hier. *Wir könnten mit der Flut auslaufen. Hin zu einem Horizont unserer Wahl. Hin zur Gefahr oder von ihr weg.*

Corayne wusste, was ihre Mutter für sie alle wählen würde. *Und das wäre das Ende der Welt.*

Sie musste sich mit aller Gewalt zusammenreißen, um auf ihrem Platz sitzen zu bleiben. Krampfhaft umklammerte sie die Kante der Sitzbank, damit sie nicht wegrannte.

»Sollen wir lieber gehen?«, fragte Andry und legte ihr erneut die Hand auf die Schulter.

Corayne antwortete nicht, ihre Konzentration weiterhin auf den breiten Rücken des Jüti gerichtet. Heftig schluckend legte sie sich den Zeigefinger auf die Lippen, als Zeichen an die anderen, leise zu sein.

»Ich wusste gar nicht, dass du gern Tee trinkst, Ehj«, sagte Kireem. Seine Stimme war melodisch und sein Priori mit einem deutlichen Akzent unterlegt, schließlich war Gheranisch seine Muttersprache. Er schlüpfte aus seinem vom Meersalz übel in Mitleidenschaft gezogenen Umhang.

Ehjer lachte herzlich auf seinem Hocker. »Der Sturm ist mir durch Mark und Bein gegangen wie der Klang von Volkas Glocke. Ich bin noch ganz durcheinander im Kopf und glaube nicht, dass ich jetzt Mutters Met anrühren könnte, geschweige denn, was sie in den Kaschemmen von Adira so an *yss* ausschenken«, sagte er und zischte das jütische Schimpfwort regelrecht. *Pisse* bedeutete es. Eines der ersten Wörter in seiner Sprache, die Corayne je gelernt hatte. »Vielen Dank, Freund«, fügte er hinzu und prostete mit seiner frisch befüllten Tasse dem Wirt der Teestube zu. »Also, was meinst du, werden wir das Schiff wieder flottbekommen?«

»Es hat einen Mast verloren, und den Rumpf haben wir nur

mit Ach und Krach gerettet.« Kireem krümelte Blütenblätter in sein eigenes Kännchen und rührte gedankenverloren um. »Was glaubst du?«

Es hat einen Mast verloren, und um ein Haar wäre der ganze Rumpf gebrochen. Coraynes Herzschlag beschleunigte sich. Sie versuchte sich die stolze, ungestüme *Sturmgeboren* vorzustellen, wie sie in den Hafen kroch wie ein verwundetes Tier. *Fast in zwei Teile gebrochen* hatte Charlon irgendein armes Schiff beschrieben, mit dem Corayne kaum irgendein Mitgefühl gehabt hatte. Jetzt wusste sie es besser. Jetzt empfand sie Besorgnis um die Galeere und ihre Besatzung. Unter dem Tisch wurden ihre Knöchel weiß.

Bis nicht mehr die Bank unter ihren Fingern war, sondern Haut, dunkler als ihre eigene und warm, wo ihr Fleisch taub wurde. Dankbar drückte sie Andrys Hand.

»Das weißt du besser als ich«, polterte Ehjer – sein Flüstern war zumeist eher ein Donnern. »Die Kapitänin lässt dich alles Mögliche wissen.«

»Es dauert ein paar Wochen, wenn wir uns hier beschaffen können, was wir für die Reparaturen brauchen. Aber so, wie das Meer im Moment ist …«

»Ich habe den Sarimstrom noch nie so erlebt.« Ehjer schlürfte seinen Tee. »Strudel, Wasserhosen, Gewitter … Es war heftig. Als würden die Götter selbst im Wasser Krieg miteinander führen.«

Kireem rührte seine Tasse nicht an, sein eines Auge auf den Dampf gerichtet, der über dem Tee aufstieg. Sein Blick verfolgte das dunstige Wölkchen, wie gebannt oder benommen. »Ich habe noch nie so etwas gesehen wie dieses *Ding*«, zischte er. Kireem war schon Steuermann bei der Höllen-Mel, solange Corayne denken konnte, und nichts hatte ihn je derart aus der Fassung gebracht.

»Woher ist es gekommen?« Der große Jüti war nicht minder aufgeregt.

Kireem zuckte die Achseln. »Du bist der Gottesfürchtige von uns beiden, Ehj.«

»Was nicht bedeutet, dass ich verstehe, warum die Göttin des Wassers ein Ungeheuer ausgesandt hat, um uns zu verschlingen.«

Corayne riss blitzschnell den Blick von den Seeleuten ihrer Mutter los und richtete ihn auf Dom. Er starrte bereits finster zurück, die Lippen zu einem schmalen Strich zusammengepresst. *Ein Ungeheuer. Die Göttin des Wassers.* Ihr Magen war plötzlich so aufgewühlt wie die tobende See.

Kireem senkte erneut die Stimme. »Hast du gesehen, was ihm die Kapitänin aus dem Bauch geschnitten hat?«

»Ich war damit beschäftigt, einen Fangarm abzuhacken, der sich um Bruto geschlungen hatte. Das Monstrum hat ihn immer noch gewürgt, als es bereits am Verbluten war.«

Die Gäste der Teestube lauschten inzwischen allesamt dem Gespräch der beiden, genau wie der Wirt. Alle erstarrten und taten nicht einmal mehr so, als würden sie nicht zuhören. Corayne kam es vor, als könnte sie womöglich selbst das Atmen ganz vergessen.

Ein Fangarm.

»Drei Ibaleter, Matrosen der Goldenen Flotte«, zischte Kireem. Seine Finger schlossen sich um Ejhers Handgelenk, seine Nägel wie Krallen. »In voller Schiffsrüstung und gefärbtem Seidenzeug, halb verdaut. Gemeinsam mit dem fauligen Gedärm dieses Geschöpfs da draußen auf Deck.«

Mit spitzen Fingern schob Ehjer seine Teetasse von sich. »Meira über den Wassern ist gierig und ausgehungert.«

»Das kann ich nicht glauben«, schnaubte Kireem, aber der Blick seines Auges sagte etwas anderes. Vor Besorgnis geweitet, schoss es wild hin und her und suchte bei Ehjer nach einer Antwort, mit der sich Kireem zugleich dennoch nicht abfinden wollte.

»Du brauchst es nicht zu glauben«, entgegnete Ehjer. Er leckte sich die Lippen und fuhr sich mit den Fingern über die Tätowierungen auf seinen Wangen, folgte dem Wirbeln der Tinte. Die Bewegung schien ihn ein wenig zu beruhigen. »*Gud dhala kov; gud hyrla nov.* Die Götter wandeln, wo sie wollen, und tun, was ihnen beliebt.« Dann hob er die Stimme zu seinem gewohnten Brüllen und deutete zum Dachvorsprung der Teestube, wo Valtik noch immer stand. »Ach, *Gaeda*, setz dich, trink eine Tasse«, sagte er und winkte sie zu sich. »Erzähl mir Geschichten aus der Heimat! Ich hab dringend welche nötig.«

Ohne erst zu ihrem Landsmann hinzuschauen, kam Valtik regelrecht in das Lokal gesprungen. Der Regen troff ihr von den Zöpfen. Corayne hätte es nicht für möglich gehalten, dass sich die alte Hexe noch seltsamer benehmen konnte, als sie das bisher bereits getan hatte, aber irgendwie gelang es Valtik jetzt. Wieder warf sie sich in die Brust und krächzte irgendetwas auf Jüti, tätschelte Ehjer beide Wangen und fuhr ihm mit den Fingern über seine Tätowierungen, so wie er es zuvor getan hatte.

Das war Ablenkung genug.

Corayne trat schnell hinaus auf die Straße und zog sich mit der einen Hand ihre Kapuze tief ins Gesicht. Die andere Hand fühlte sich kalt an ohne die Berührung von Andrys Haut. Die anderen folgten ihr schweigend, aber sie hörte förmlich die Fragen, die von ihnen ausgingen. Sie suchte nach Antworten und mühte sich zu verstehen, was sie eben gehört hatte – und wirklich zu begreifen, welches Schiff da ganz in der Nähe im Hafen wartete, so stark beschädigt, wie sie es nie für möglich gehalten hätte. *Webe die einzelnen Fäden zusammen,* schärfte sie sich ein und zog durch die Zähne die Luft ein. *Sodass sich ein zusammenhängendes Bild ergibt.*

Erneut verspürte sie den Impuls wegzurennen. Die *Sturmgeboren* wäre sicher leicht zu finden. Schwer ramponiert, unter den stolzen Schiffen und Galeeren des Hafens tief im Wasser liegend.

Die Höllen-Mel, Meliz an-Amarat, Mutter. Sie wollte jedes Wort, jeden Namen laut hinausschreien und feststellen, was davon ihr eine Antwort brachte. *Sie ist in der Nähe; ich spüre es. Vielleicht auf dem Hafenmarkt, wo sie um all die Dinge feilscht, die sie jetzt braucht. Und ohne mich macht sie ihre Sache nicht sonderlich gut.*

Die Feuchtigkeit auf ihren Wangen waren kein Regen. Regentropfen brannten einem nicht in den Augen.

Ihre nächsten Worte kosteten sie mühsame Anstrengung, waren wie ein Messer, das ihr aus dem eigenen Leib gezogen wurde.

»Ich weiß, wo die zweite Spindel ist.«

24

Der Wolf

Domacridhan

Wieder ragte Dom drohend über Coraynes Schulter auf, während sie einkaufte, seine Münzen aus Iona großzügig gegen Waren eintauschte, und über Adira der Abend hereinbrach. Auf dem Nachtmarkt herrschte geschäftiges Treiben, und das Gedränge wurde stärker, je mehr sich der Himmel verdunkelte. In ihrer Hast machte sich Corayne nicht die Mühe, allzu viel zu feilschen. Sie stellte sicher, dass sich Andry mit einem guten Schwert nebst Gürtel ausstattete, und fand einen langen Stoßdolch für sich selbst. Die Spindelklinge war für sie nach wie vor kaum von Nutzen, zu sperrig in ungeübten Händen. Dom hatte sein Iona-Schwert, das viele Jahrhunderte alt und von vederanischer Machart war, sein Stahl so scharf wie an dem Tag, an dem es geschmiedet worden war. Seinen Bogen hatte er in Ascal verloren, daher wählte er einen neuen für sich und, nach längerem Widerstreben, schließlich noch einen zweiten, den er für Sorasa mitnahm. Sein neuer Bogen war überteuert, aber eine gute Arbeit, ein Doppelbogen aus schwarzer Eibe. Er stammte zwar nicht aus seiner Heimat, aber der feine Schwung des Holzes erinnerte ihn trotzdem an die Produkte aus den dortigen Tälern.

Nach dem Waffenkauf kümmerte sich Corayne um ihren Vorrat. Getrocknetes Fleisch, Zwieback, Schläuche mit stärkendem Wein, ein Beutel Salz, Bohnen, ein Sack Äpfel. Haltbare Lebensmittel für die Reise.

Und für die Wüste.

Doms Kehle wurde trocken. Er spürte den Sand schon jetzt, grobkörnig auf seiner Haut, wie er ihm in den Augen brannte. Er war ein Sohn Ionas, geboren für Regen und Nebel und grüne Täler voller Leben. Er mochte keine Hitze und konnte den Gedanken an Ibal nicht ausstehen. Dünen hoch wie Berge, die Sonne stechend und erbarmungslos. Auch hatte er nicht die geringste Lust, Sarn in ihre Heimat zu begleiten, wo sie sich an seinem Unbehagen ergötzen, es gar noch verschlimmern würde.

Schneller als gedacht machten sie sich auf den Rückweg zu Priesters Hand. Corayne hatte einen guten Orientierungssinn und fand mühelos den Weg durch die Straßen. Dom kam sich ein wenig wie ein Packpferd vor, mit Proviant und Waffen beladen, Taschen über jeder Schulter. Er hatte mit gesprächigem Geplapper gerechnet, aber Corayne blieb unter dem Schatten ihrer Kapuze stumm und schweigend. Es bereitete ihm Sorgen, sie so verschlossen zu sehen. Andry hielt sich dicht hinter ihr und versuchte immer wieder, sie in ein Gespräch zu verwickeln, aber sie wehrte alle entsprechenden Bemühungen mit ein paar scharfen Worten ab.

Ihr Tempo ließ keinen Moment nach, nicht einmal inmitten der Menschenmenge. Sie lief, als könnte sie von irgendetwas eingeholt werden, wenn sie stehen blieb. Einige Male schaute sie sich Richtung Hafen um, einen suchenden Ausdruck in ihren tiefenlosen Augen.

Niemand ist uns gefolgt, hätte Dom am liebsten gesagt – wenn er sie damit denn hätte beruhigen können. Aber sogar er wusste es besser. *Die »Sturmgeboren« ist hier. Das Schiff ihrer Mutter, die Leute ihrer Mutter. Alles, was ihr Leben ausgemacht hat, bis zu dem Moment, als ich sie gefunden habe.*

Er hätte ihr vielleicht vorgeschlagen, noch etwas hierzubleiben, wenn sie denn die Zeit gehabt hätten, wenn nicht das Schicksal der Welt von ihren nächsten Schritten abhängen würde. *Zu viele Wenns, um sie zu zählen.* Selbst für einen Unsterblichen, dessen ganzes Leben sich über Jahrhunderte ungegangener, liegengelassener Wege erstreckte, waren das erdrückende Aussichten. Dom hatte genug eigener Wenns zu trotzen. Er verkraftete nicht auch noch die von Corayne.

Als sie ankamen, warteten Charlon und Sorasa draußen auf dem Vorplatz von Priesters Hand, von ihren Pferden nebst einem sehr mürrischen Maultier umringt. Das langohrige Geschöpf verzog die Lippen, als Charlon seine Satteltaschen zurechtrückte und noch ein weiteres Bündel Pergamente hineinschob.

»Ich hätte mehr Gegenwehr von Euch erwartet«, wandte sich Dom an Charlon. »Wenn die Gefahr für Euch wirklich so groß ist, wie Ihr sagt.«

Die Gefahr für ihn besteht schlicht in der möglichen Bestrafung für offenbar eine große Zahl verschiedener Verbrechen gegen eine große Zahl verschiedener Königreiche.

Charlon grinste zur Antwort und tätschelte das Maultier. »Mir hat sich irgendwann das Gefühl aufgedrängt, dass Sarn mir die Kehle aufschlitzen würde, wenn ich zu viel Widerrede leisten würde. Und wenn sich Siegel tatsächlich entscheidet, Jagd nach mir zu machen, würde ich ganz gerne zusehen, wie die beiden versuchen, sich gegenseitig umzubringen. Ich wette, das Gleiche gilt auch für Euch, Ältester, hm? Oder bevorzugt Ihr es, wenn ich Euch Vedera nenne? So bezeichnet Ihr Euch selbst, nicht wahr?«

»Ich habe da eigentlich keine bestimmte Vorliebe«, antwortete Dom mit spröder Stimme. Er malte sich bei fast jeder Wegbiegung aus, wie es wohl wäre, Sarn dahinter zurückzulassen, konnte sich aber wahrlich nicht vorstellen, dass sie sich mit einer Kopfgeldjägerin einen Kampf auf Leben und Tod liefern würde – und bestimmt nicht eines so unwichtigen Menschen wie Charlon Armont wegen.

Der Fälscher war gebaut wie ein in sich zusammengedrückter junger Mann – mit kurzen Beinen und einem runden Bauch, seine Arme seltsam lang für seinen gedrungenen Körper. Unter den Taschen mit Pergamenten, Schreibfedern, Siegeln und Stempeln war Dom das Aufblitzen einer Handaxt und eines Kurzschwerts nicht entgangen; von einem grimmig aussehenden Haken an einem Seil gar nicht zu reden. Für jemanden, der in einer Mission zur Rettung der Welt eher so eine Art zufälliger Nachrücker zu sein schien, war er auf jeden Fall gut für das Unternehmen ausgestattet.

»Ich bin einfach gern vorbereitet«, bemerkte Charlon, nachdem er Doms Blick gefolgt war.

»Gut«, gab Dom zurück. »Aber jede neue Wendung dieses Weges war bisher unvorhersehbarer als die vorangegangene.« *Jeder Schritt weg von Iona, seit mich die Herrscherin in die beklemmenden Schatten künftigen Unheils gesandt hat.* Dom warf sich nahezu in den Sattel, um die Erinnerungen auf Abstand zu halten, und das Pferd unter ihm machte einen erschreckten Satz. Der Umhang fiel ihm über die Schultern. *Er riecht nicht mehr wie zu Hause, nach sauberem Regen und altem Stein.*

Der Vorplatz von Priesters Hand war früher ein Friedhof gewesen, aber die meisten der Grabsteine waren herausgerissen und umgekippt wie verfaulte Zähne. Jetzt diente der Platz als Treffpunkt vor den Toren des Marktes, und es wimmelte dort von lärmenden Menschen. Trotzdem hörte Dom Coraynes Stimme, so leise sie auch war.

Sie stand neben dem halb umgekippten Zaun und sah zu Sorasa auf, die bereits im Sattel saß.

»Die zweite Spindel befindet sich in Ibal«, flüsterte sie.

Die Meuchelmörderin beugte sich zu ihr herab. Zu Doms Verwirrung lächelte Sarn nicht, sie wirkte nicht einmal im Geringsten erfreut. Ihre kupferbraunen Augen umwölkten sich. Sie biss die Zähne zusammen. »Wie kannst du dir da sicher sein?«

»Ich bin mir sicher«, war alles, was Corayne antwortete, ihre Stimme wie Eisen.

Da sie mit dem Rücken zu ihm stand und ihre Kapuze hochgezogen hatte, sah Dom ihr Gesicht nicht. Stattdessen begutachtete er Sarn, wie sie die Stirn runzelte und forschend den Blick senkte. Sie stutzte und untersuchte Coraynes Züge nach irgendwelchen Anzeichen von Bedenken und dunklen Ahnungen. Dom vertraute Sorasa Sarn nicht, hätte ihr weder sein Leben noch das von irgendjemandem sonst anvertraut. Aber er vertraute darauf, dass der Meuchlerin ihr eigenes Überleben am

Herzen lag. Sarn würde sich selbst nicht in Todesgefahr bringen, nicht ohne Grund.

»Na schön«, murmelte sie und zog so fest an den Zügeln, dass ihr Pferd austrat. »Wir reiten nach Westen und machen an der Wegkreuzung halt, um uns dann eine Überfahrtsmöglichkeit über die Lange See zu suchen.«

Bei dem Gedanken an eine weitere Reise – und auch noch in solcher Nähe zu dieser stetig wachsenden Schar heruntergekommener Reisender – zuckte Dom zusammen. *Zumindest werde ich die nächste Schiffsreise nicht wie ein Leichnam in einem ständig hin und her schaukelnden Grab unter Deck gestopft zubringen,* dachte er.

»Wir sollten uns gleich von hier aus eine Überfahrt organisieren«, zischte Corayne zur Antwort. Erzürnt warf sie einen kurzen Blick über ihre Schulter, erneut in Richtung Hafen hinunter. Ihre Augen flammten auf. »Schiffe gibt es hier wahrhaftig genug.«

»Du hast schon einmal gesagt, dass du meinem Urteil vertraust. Traue ihm erneut. Wir werden schon in wenigen Tagen Kurs gen Süden nehmen und den Wüstensand erreichen, so schnell die Winde uns tragen.«

Da war ein Unterton in Sarns Stimme, den Dom noch nie zuvor vernommen hatte. Während der vielen langen Tage, seit er sie in Byllskos aufgetan hatte, war sie frustriert gewesen, verärgert, erschöpft, erzürnt und meistens gelangweilt. Niemals verzweifelt. *Jetzt ist sie verzweifelt,* begriff er bei dem Versuch, die sorgfältig maskierten Regungen ihrer Züge zu deuten. So wenig er es wahrhaben wollte, er kannte sie doch inzwischen gut genug, um ihre heruntergezogenen Lippen zu bemerken, die feste Verspanntheit ihrer Kiefer und das kaum merkliche Schmalerwerden ihrer Tigeraugen.

»Also gut«, sagte Corayne und wirbelte auf dem Absatz herum. Als sie endlich auf ihr eigenes Pferd gestiegen war, ihre Satteltaschen zum Bersten gefüllt, waren ihre goldenen Wangen bleich wie der Mond.

Bleich vor Furcht oder vor Frustration, das konnte Dom nicht erkennen. *Sterbliche sind unmöglich zu ergründen. Und für Sorasa Sarn gilt das ganz besonders.*

Er trieb sein Pferd neben das von Sorasa, als sie den ehemaligen Friedhof verließen. Zuerst nahm sie ihn gar nicht zur Kenntnis, so sehr war sie darauf konzentriert, viel zu oft ihre Satteltaschen zu überprüfen. Er sah ihre Peitsche, ein vielfaches Aufschimmern von Stahl und Bronze, neben kleinen Päckchen, die ihm vage vertraut vorkamen. Einige waren blau, manche grün, eins von ihnen ein winziges schwarzes Quadrat, von Buchstaben in der Schrift der Isheida überzogen. Offensichtlich hatte sie ihre eigenen Vorräte ebenfalls aufgefüllt.

Als sie das Stadttor von Adira erreicht hatten, gab sie einen schnaubenden Seufzer von sich.

»Sagt einfach, was Ihr sagen wollt, Ältester.«

Es war wie ein kleiner Sieg. Einer von Doms Mundwinkeln verzog sich zu einem Grinsen. Er richtete den Blick auf Charlon, der einige Meter vor ihnen auf seinem Maultier hin und her schwankte, fest zwischen Andry und Valtik eingekeilt. Ihm lag offenbar an der Gesellschaft beider nicht sonderlich viel.

Dom machte mit dem Kinn eine Bewegung zu dem Fälscher hin. »Ihr benutzt diesen jungen Mann als einen Köder.«

Es war als Beleidigung gedacht. Sarn nahm seine Worte ganz anders auf.

»So langsam kommt Ihr dahinter, hm?«, antwortete sie und gab ihrem Pferd die Sporen, lenkte es hinunter in Richtung sumpfiges Marschland.

Larsia war ein Meer aus hohem gelben Gras und sanften Hügeln, die Erde zu unfruchtbar, um viel anzupflanzen. Während die Nacht hereinbrach, blickte Dom über das leere gewellte Land hinweg, ohne Wald oder einen Bauernhof, nichts als karge Einöde. Die Leere setzte ihm zu. Ein plötzliches Gefühl der Sehnsucht überkam ihn. Er war noch nie so weit im Westen gewesen; die Reisen seines langen Lebens hatten ihn nur bis zur galländischen Grenze geführt. Ungern verbrachte er seine Tage unter der sengenderen Sonne ferner Länder, weit fort von daheim. Er sehnte sich nach Wäldern, nach Tälern, nach Flüssen, die vom Wasser des Regens und der Schneeschmelze über die Ufer traten. Ein Hirsch unter den Zweigen einer Eibe, sein Geweih von den Ästen nicht zu unterscheiden. Der alte graue Stein von Tíarma, der stolze Felskamm, wie er aus dem Nebel ragt, die Fenster der Festung wie glühende Augen. Die Herrscherin in ihrem silbernen Gewand, wie sie vom Tor her winkt. Ridha, die lächelnd im Stallhof steht, ihre Rüstung beiseitegeworfen, ihr Schwert vergessen und nicht mehr gebraucht.

Werde ich das alles, sie alle je wiedersehen?

Die Sterne über ihm gaben keine Antwort, verschleiert von Wolken und Zweifeln.

Die alte Corstraße war nach wie vor zu gefährlich. Sie ritten stattdessen über einen unbefestigten Weg, älter als das untergegangene Kaiserreich selbst, tief durchfurcht vom Wagenverkehr von Jahrhunderten. Jeder Schritt trug sie weiter weg von Ascal und den Ländern der Königin. Trotzdem spürte Dom immer noch Taristans Atem im Nacken, seine Stimme hasserfüllt und hämisch. *Soll ich auch sie vor deinen Augen umbringen?*

Das Leder der Zügel knackte zwischen Doms Händen und drohte zu zerreißen. Er hätte es am liebsten wirklich zerrissen, wollte spüren, wie etwas zerbrach, etwas anderes als sein Herz.

Die Sonne ging auf, und die Sonne ging unter, und immer noch ritten sie weiter, mit umschatteten Augen und müde. Die anderen dösten ab und zu ein wenig, und ihre Köpfe schwankten im Rhythmus der Pferde. Alle bis auf Corayne. Selbst als die Stunden verstrichen und die Morgendämmerung dem Tag wich, schlief sie nicht, und ihr Puls ging unruhig. Das Schwert war wie ein verzerrtes Fratzengesicht auf ihrem Rücken, missgestaltet unter ihrem Umhang. Es ließ sie nach vorn sacken.

Dom hätte es ihr am liebsten abgenommen, wollte ihre Last erleichtern. Und das wenige, was von ihrem Vater noch auf der Wacht verblieben war, an sich reißen.

Nicht dir ist es bestimmt, es zu schwingen, schalt er sich scharf. Er sehnte sich nach Coraynes Fragerei oder nach Andrys zurückhaltenden Floskeln. Nach Sarns zischenden Erwiderungen, schneidend und schnell wie die Peitsche, die zusammengerollt auf ihrem Sattel lag. Selbst Valtiks Reime, so nervend sie waren, wären jetzt besser gewesen als seine eigenen Gedanken.

So nah an der Grenze gab es außer Adira keine weiteren Siedlungen. Sie alle waren verlassen oder zerstört, Opfer der kriegerischen vergangenen Jahrhunderte. Dom erblickte nicht einmal am Horizont ein Dorf oder eine Burg. Erst am Nachmittag, als sich die Sonne schon zur fernen Kette der Wachtberge hin neigte, machte er weit weg einen dunklen Fleck am Himmel aus – aufsteigenden Rauch. *Eine Schenke oder ein Gasthof,* schloss Dom, als sich die Konturen des Gebäudes schärften und sich das Strohdach und der gemauerte Kamin deutlich vor dem Himmel abzuzeichnen begannen. Der Bau war wie ein Hufeisen geformt und lag am Treffpunkt von zwei Straßen. *Eine Wegkreuzung.*

Selbst aus der Entfernung von einer Meile stieg ihm der schale Geruch von Bier in die gerümpfte Nase. *Ich glaube, ich werde hier keine Freude finden,* ging es ihm durch den Kopf, als sie näher kamen und die Sonne hinter den Bergen versank.

Sowie Sarn sie durch die Schenkentür führte, wusste er sogleich, dass er sich mit seinen Befürchtungen nicht geirrt hatte.

Das Innere bildete einen scharfen Kontrast zu der leeren Straße und der menschenverlassenen Landschaft draußen. Alle möglichen Leute hatten sich in dem lärmenden Schankraum versammelt: Reisende und Kaufleute, Priester und Reisende, deren Pfade sich hier kreuzten, so wie sich die Straßen draußen kreuzten. Nach dem vollen Stall zu urteilen, war es ein geschäftiger Abend, und der Wirt würdigte sie kaum eines Blickes, als sie eintraten, sah er ganz flüchtig zu ihrer seltsamen Gruppe hinüber.

In diesem Teil der Welt, wo der Osten und der Westen zusammenstießen, war es schwierig, fehl am Platze zu wirken, selbst für sie. Ein unsterblicher Vedera, eine jütische Hexe, eine kupferäugige Meuchelmörderin, ein königlicher Knappe, ein flüchtiger Krimineller und die Piratentochter, die Hoffnung der Wacht. *Was für ein chaotischer Haufen wir doch sind,* dachte Dom, als Sarn eine Ecke des Raums mit Beschlag belegte.

Sarns finsterer Blick und Doms Körperfülle genügten, um einige Gäste auf die eilige Suche nach neuen Plätzen zu schicken, sodass eine Nische für sie frei wurde, in die sie sich hineinzwängten. Viel zu eng für Doms Geschmack, daher lehnte er sich stattdessen an die Wand und kam sich wie eine Skulptur vor. Er wünschte sich, eine zu sein.

Corayne zog ihre Kapuze herunter, als sie sich in der schmalen Ecke zwischen Tisch und Wand hinsetzte. Sie lehnte sich zurück, was etwas vom Gewicht der Klinge von ihren Schultern nahm.

Dom hatte eigentlich damit gerechnet, dass Andry neben sie rutschen würde, wenn seine verstohlenen Blicke als ein Hinweis zu werten waren. Stattdessen kam der Knappe auf Dom zugeschlichen, seine Miene freundlich, aber von Erschöpfung überschattet.

»Wie geht es den Rippen?«, fragte er und warf einen Blick auf Doms Seite.

Die Wunde war verheilt und bereitete ihm keine Schmerzen mehr. Gleichwohl spürte er noch immer das Messer zwischen seinen Rippen, wie es ihm durch den Leib schlitzte, als es hineinfuhr und dann erneut, als er es sich wieder herausgerissen hatte.

»Besser«, war alles, was Dom zu sagen vermochte.

Andry drängte ihn nicht weiter, sondern bedachte ihn mit einem schmallippigen Lächeln. »Ihr werdet eine gigantische Narbe davontragen.«

»Das Fleisch der Vedera vernarbt nicht«, antwortete Dom schnell und ohne nachzudenken. Dann musste er an sein Gesicht denken, an die langen, schartigen Furchen, die er nie wieder loswerden würde. Die Waffen und die Ungeheuer aus den

Spindeln schnitten auf eine Weise durch vederanisches Fleisch, von der er zuvor nichts gewusst hatte.

»Normalerweise jedenfalls nicht.«

Zumindest bin ich nicht der Einzige, der derart gezeichnet ist, überlegte er und rief sich ein weiteres Mal Taristans Gesicht ins Gedächtnis. Die Kratzer auf seiner Wange, von jütischer Magie und Coraynes eigener Hand gezeichnet. *Jetzt hat er Narben, die zu meinen passen.*

Es war nicht die Art des Knappen Trelland, nervös herumzuzappeln. Aber seine Finger zuckten, und seine Augen schossen im Raum umher – nicht zu ihrem Tisch hin oder zur Theke hinüber, wo sich ein junger Mann vielleicht würde hinbegeben wollen. Stattdessen gingen seine Blicke zur Treppe, die sich zu den Schlafzimmern im oberen Stockwerk hinaufwand.

»Wenn du dich zurückziehen möchtest, so hindert dich niemand daran«, bemerkte Dom leise und blickte zu dem Jungen hinunter.

Wie schon in Ascal war Andry hin und her gerissen zwischen Pflicht und Verlangen. *Der Knappe wird stets marschieren und kämpfen und durchhalten, bis er zusammenbricht. Bis ihm jemand die Erlaubnis gibt, zurückzutreten und etwas weniger stark zu sein.*

Dom verspürte einen Schmerz in der Brust, als er an Cortael in Andrys Alter zurückdachte und an seine genauso halsstarrige, manchmal irregeleitete Entschlossenheit.

»Halb schlafend bist du niemandem von Nutzen, Trelland«, sagte er und legte dem Knappen die Hand auf die Schulter. »Ich verspreche, dich zu wecken, falls es irgendwelche Schwierigkeiten gibt.«

Eine Welle der Erleichterung ging über Andry hinweg, und er sackte in sich zusammen. Die letzten Tage lasteten schwer auf seinen Schultern. Er nickte Dom dankbar zu und verließ den Schankraum nach einem kurzen Blick zurück an ihren Tisch. Obwohl der Knappe sterblich war, verfügte er über eine Anmut, die den meisten Sterblichen abging, trotz seiner schlaksigen Gliedmaßen und der überlangen Schritte, wenn er ging. Er trat um Tische herum und zur Treppe, nahm immer zwei Stufen gleichzeitig, bis er mit seinem Bündel und seinem Umhang im nächsten Stockwerk verschwunden war.

Dom drehte sich wieder zu ihrer Sitzecke um und war sehr zufrieden mit sich selbst. »Wir sollten seinem Beispiel folgen«, sagte er zu den anderen, die sich mittlerweile um ihren wurmstichigen Tisch gefläzt hatten. »Wir brauchen jetzt alle dringend Ruhe.«

Vier Humpen wurden auf den Tisch geknallt, und Bier und Schaum schwappten über. Dom seufzte und sah den Sterblichen dabei zu, wie sie eilfertig nach ihren Getränken griffen. Charlon schnappte sich den ersten Becher und leerte ihn in einem einzigen Zug. Corayne folgte seinem Beispiel.

Über den Rand ihres Bechers hinweg sah sie zu Dom auf. »Es geht ihm nicht nur um den Schlaf«, meinte sie. »Ich glaube, er mag keine Wirtshäuser.«

»Ein Knappe, der keine Wirtshäuser mag oder Schankmädchen oder Bier, für das ein anderer zahlt«, begann Charlon lachend und bestellte sich winkend den nächsten Humpen. »Ein rarer Vogel, dieser Junge, selten wie ein Einhorn. Nicht dass mir direkt klar wäre, mit was dieser Junge ansonsten aufzuwarten wüsste, wenn ich ehrlich bin. Was er zu alledem beiträgt.«

»Andry Trelland ist der Grund, warum wir über die Spindelklinge verfügen, der Grund, warum wir überhaupt eine Möglichkeit haben, die Welt zu retten«, antwortete Corayne kalt, ihre Coraugen undurchdringlich.

Charlon hob beschwichtigend die Hand. »Na schön, na schön. *Ca galle' ans allouve?*«, murmelte er und sah Sarn mit hochgezogener Braue an.

Dom vermochte sein Grinsen nicht zu verbergen. Er verstand zwar kein Madrentinisch, wusste aber inzwischen, dass Corayne es höchstwahrscheinlich tat. Mit den gleichen emporgezogenen Lippen suchte Sarn seinen Blick und teilte ausnahmsweise einmal seine Empfindungen.

Corayne errötete, und sie umfasste ihren Becher noch ein

wenig fester. »Ich kann mir gar nichts Lächerlicheres vorstellen, als in Zeiten wie diesen verliebt zu sein«, versetzte sie mit gepresster Stimme. »Und wenn Ihr unbedingt über mich sprechen wollt, schlage ich vor, dass Ihr das auf Jüti tut. Fast alles andere kann ich verstehen.«

Valtik kicherte fröhlich in ihren Becher hinein.

Und Charlon lachte ebenfalls, sein Gesicht vor Überraschung gerötet. Er legte sich die Hand auf die Brust, seine blauen Finger unbedeckt. »Nun gut, m'apolouge.« Es klang aufrichtig bedauernd.

Es sei denn, er kann einem genauso gut ins Gesicht lügen, wie er auf Pergament lügt.

»Also, warum Ibal?«, erkundigte sich Sarn, ihre Stimme schneidend, und lenkte ihrer aller Aufmerksamkeit wieder auf die große Aufgabe zurück, die da vor ihnen lag. Als sei sie nicht auch allen anderen jederzeit gegenwärtig. Sie nahm ihren ersten Schluck Bier, verzog das Gesicht und schob den Becher mit einem ibaletischen Fluch beiseite.

Auf dem Vorplatz von Priesters Hand hatte sie über die Aussicht, zu sich nach Hause zurückzukehren, nicht minder angewidert gewirkt. Aus welchem Grund, vermochte Dom nicht zu sagen. *Aber ich wäre gut beraten, es herauszufinden, ehe wir einen Fuß auf den Sand der Wüste setzen und Sarn was immer sie da fürchtet, auf uns herniederkrachen lässt.*

»Ich habe in Adira genug gehört.« Coraynes Züge wurden düster wie eine Sturmwolke, und sie senkte die Stimme, als sie auf die Spindel zu sprechen kamen. »Eine Piratengaleere wäre in der Langen See um ein Haar gesunken, in der Saremströmung entlang der Küste von Ibal.«

Charlon runzelte die Stirn. »Ist das etwas Außergewöhnliches?«

»Etwas mit Fangarmen hat versucht, das Schiff zu zerreißen. Ja, ich würde sagen, das ist außergewöhnlich«, antwortete Corayne. Auf der anderen Seite des Tisches zog Charlon ungläubig die Augen zusammen, seine gemütliche Fröhlichkeit plötzlich wie weggeblasen. »Es hatte Matrosen aus der Goldenen Flotte im Magen.«

»Nichts mehr als Knochen, nichts mehr als Blut«, krähte Valtik und leerte die letzten Tropfen aus ihrem auf den Kopf gedrehten Becher. Mit runzligen Fingern bedeutete sie dem Wirt, einen neuen Humpen zu bringen. »Eine Spindel aufgerissen für Flammen, eine Spindel aufgerissen für Flut.«

Sarn biss die Zähne zusammen, ihr ganzer verspannter Leib ein Ausdruck ihrer Frustration. *Ich mache ihr keinen Vorwurf.*

»Vor einigen Monaten«, fuhr Corayne fort, ohne der Hexe Beachtung zu schenken, »habe ich die Mitteilung erhalten, dass der Hof von Ibal seinen Palast in Qaliram verlassen hat. Er ist in die Berge übergesiedelt. Ich habe mir nichts dabei gedacht – fand es seltsam, aber ohne besondere Bedeutung.«

»Ich habe das auch gehört.« Sarn nickte. »Meinst du, sie wussten dort, dass etwas nicht stimmt, lange bevor irgendjemand von uns das wusste?«

»Ibal ist nicht durch Dummheit zum wohlhabendsten Land auf der Wacht geworden«, antwortete Corayne und nickte. »Taristan könnte die Wüstenspindel bereits aufgerissen haben, ehe die Gefährten überhaupt zum Tempel aufgebrochen sind. Oder er hat es kurz darauf getan, ist direkt in den Süden geeilt, nachdem Dom und Andry entflohen sind. Die Götter wissen, wie lange diese Spindel schon offen ist und ihre Galle in die Lange See speit. Sie liegt irgendwo an der Küste oder an einem Fluss.« Corayne biss die Zähne zusammen, ihr Blick schien in die Ferne zu schweifen und ihre Gedanken die Wirtsstube zu verlassen. Es war offensichtlich, in welche Richtung sie sich bewegten, dass sie über Wellen und Wasser flogen. »Ich hätte nicht gedacht, dass es in den Aschenlanden Seeungeheuer gibt.«

»Gibt es auch nicht«, erklärte Charlon; sein Gesicht glänzte rosig im Kerzenlicht. »Das ist eine verbrannte Welt. Wenn stimmt, was ihr da gehört habt, wenn irgendwelche Kreaturen aus der Tiefe durch die Spindel in die Lange See kommen …«

Er verstummte, und seine Augen blitzten auf. »Ihr redet über Mare.«

Ein Frösteln überlief Dom, und er stieß sich von der Wand ab und trat näher an den Tisch heran. »Die Welt der Ozeane«, sprach er aus, was alle wussten. Seine Stirn legte sich in Falten. »Aber warum sollte Taristan eine Pforte zu einer Welt wählen, die er nicht beherrscht? Die außerhalb des Einflusses des Lauernden liegt?«

»Wenn er einfach aufreißt, was er findet, dann hat er keine große Wahl«, antwortete Charlon achselzuckend. »Den heiligen Schriften zufolge ist die Göttin Meira aus Mare zu uns gekommen und hat all die Gewässer der Wacht sowie jedes Geschöpf unter den Wellen mitgebracht. Ob das der Wahrheit entspricht, müssen wir sehen, aber diese Welt an sich ... Ganz offensichtlich gibt es sie wirklich. Und jetzt ist sie hier.«

Dom spürte das Zucken eines Muskels in seiner Wange. Er wünschte, er hätte vor einem halben Leben in seinem Unterricht besser aufgepasst, als Cieran die jungen Unsterblichen über die Götter und über Glorian belehrt hatte, über die verlorenen Übertritte in ihre ehemalige Welt und in so viele andere Welten. Doch da war sein Verstand in den Tälern gewesen, auf dem Übungsplatz, an den Flüssen. Nicht im Klassenzimmer.

Er schüttelte den Kopf. »Dann kümmert es Taristan also gar nicht, was er aufreißt, solange etwas aufgerissen wird.«

»Oder er weiß ganz genau, was er tut«, warf Corayne ein. »Und er hat die Absicht, die Lange See mit Ungeheuern zu füllen und die eine Hälfte der Wacht vom Rest abzutrennen.« Sie ballte die Fäuste. »Ibal, Kasa, Sardos, Niran, die Armeen dieser Länder, ihre Flotten. Jede Hilfe, die sie womöglich anbieten könnten, abzuschneiden«, zischte sie, und ihre Erschöpfung wich dem Zorn. »Eine gute Strategie.«

»Und er schwächt die Wacht, ganz gleich, zu welcher Welt er eine Pforte aufreißt«, sagte Charlon und atmete tief aus. Es war, als werfe jemand einen schweren Schatten über ihre kleine Gruppe, dunkler noch als die Schatten zuvor. »Jede mit Gewalt geöffnete Spindel bedeutet eine Störung des Gleichgewichts. Ein Gräuel für die Götter.« Mit zusammengepressten Augen küsste Charlon seine Handflächen und hob sie dann schnell in die Höhe, die Hände zum Himmel geöffnet. Eine sakrale Geste.

»Ihr seid einmal Priester gewesen«, murmelte Corayne, den Blick auf seine Hände gerichtet.

Charlon zwinkerte ihr zu. »Für ein Weilchen. Aber dieses Keuschheitsgelübde«, fügte er grinsend hinzu, »das war nichts für mich.«

Dom hörte das Knarren von Holz unter schweren Füßen, spürte in der Bewegung der Luft eine nahende Gestalt. Als er sich umdrehte, sah er eine stämmige Frau, fast so groß wie er selbst, durch den Schankraum schreiten.

Sie trug eine Rüstung aus gesottenem Leder und Armschienen sowie eine Axt über dem Rücken, und das alles so leicht und mühelos wie einen Umhang. Ihre Stiefel waren bis an die Knie mit Schlamm besudelt, und ihre Haltung war aufrecht und selbstbewusst. Nach der Rüstung und ihren hohen Wangenknochen sowie ihrer Haut zu schließen, die den tiefen Bronzeton von polierten Münzen hatte, stammte die Frau aus den Steppen des Temurijon. Ihr Haar war rabenschwarz und kurz geschnitten, aber trotzdem dicht, und es fiel ihr auf der einen Seite des Gesichts über die Stirn. Ihre Augen verengten sich, scharf wie die eines Raubvogels, auf eine einzelne Gestalt gerichtet. Ihr Äußeres erinnerte Dom an seinen gefallenen Gefährten Surim aus der Enklave Tarima, der durch die halbe Welt geritten gekommen war, um am Tempel zu sterben.

Alle im Raum machten ihr den Weg frei, Reisende traten zur Seite, bevor die große Frau sie wegschieben konnte. Ihr Gesicht war hier offensichtlich wohlbekannt, und sie wurde von allen geachtet, wenn nicht gar gefürchtet. Dom trat vor, um ihr den Weg zu versperren, aber sie blieb von sich aus stehen, und das Lächeln auf ihrem Gesicht blitzte wie ein Messer.

»Ein Jammer, dass du vom Verzieren von Manuskripten dazu übergegangen bist, sie zu fälschen, Charlie«, sagte sie mit höhnisch-verächtlicher Stimme und stemmte die rechte Hand in die Hüfte. Ihre Finger waren vernarbt und knotig, ein Dutzend Mal gebrochen und dann wieder verheilt.

Charlon schien ihre Anwesenheit nicht zu überraschen. Er schüttelte erneut den Kopf, griff nach Sarns verschmähtem Bier und kippte es sich in die Kehle. »Räuber jagen im Regenbogenwald, hm?«, seufzte er und schnalzte ein missbilligendes »Ts-ts-ts« in Richtung Meuchlerin.

»Da bin ich wohl falsch informiert worden«, erwiderte Sarn gelassen. »Siegel, nimm doch Platz.«

Dom blieb wie angewurzelt an Ort und Stelle stehen. Es widerstrebte ihm, die Fremde in Coraynes Nähe zu lassen. Oder von jemandem wie Sorasa Sarn Befehle entgegenzunehmen.

Siegel, die temurische Wölfin, schien sich an dem vor ihr aufragenden Koloss nicht weiter zu stören. Auch sie rührte sich nicht von der Stelle. »Ein andermal, Sarn. Ich habe mit dem Tintenkönig geschäftliche Angelegenheiten zu regeln.«

»Tintenkönig.« Charlon kicherte leise. »Was für ein idiotischer Spitzname.«

Sarn blieb unbeirrt. »Und mein Geschäft besteht darin, die Welt zu retten, Siegel. Deine Geschäfte können warten.«

»Charlon Armont«, begann Siegel ohne jegliche Emotionen in der Stimme, als rezitiere sie ein Gebet an einem Altar, »götterfürchtiger Priester des madrentinischen Ordens der Söhne von Tibor, es ist ein Preis auf Euren Kopf ausgesetzt, und es ist meine heilige Pflicht, diesen Kopf seiner Bestimmung zuzuführen.«

Eine Kopfgeldjägerin. Dom begutachtete sie erneut und versuchte, sich nach den Maßstäben der Bewohner der Wacht ein Bild von ihr zu machen. Sie musste die Tore überwacht und darauf gewartet haben, dass ihre Beute auftauchte.

»Gut, in welches Königreich wird sie dich verschleppen, das ist hier die Frage«, murmelte Sarn, ein angedeutetes Grinsen auf dem Gesicht. »Nach Tyriot?«

Charlon küsste erneut seine Handflächen. Diesmal schien es eher eine unflätige Geste zu sein, und Siegel wirkte sichtlich entrüstet. »Nein, da hat es meinerseits nur ein paar verbotene Exporte gegeben. Mit Sicherheit geht's zurück in die Heimat.«

Die Kopfgeldjägerin ließ nicht locker. »Die Krone von Madrence sucht Euch ...«

Charlon grinste und stupste Sarn mit dem Ellbogen an. »Na, was hab ich gesagt?«

»... wegen widerrechtlichen Betretens, wegen Diebstahl, Brandstiftung, Zerstörung von heiligem Besitz, Fälschung, Banditentum, Bestechung eines Priesters, Bestechung eines Beamten, Bestechung eines Adeligen, Bestechung eines Mitglieds der königlichen Familie, wegen versuchten Mordes und wegen Mordes«, zählte Siegel perfekt intonierend auf. »Gemäß königlicher Verfügung und des heiligen Willens der Götter bin ich, Siegel aus dem Temurijon, beauftragt, Euch an den Hof in Partepalas zurückzubringen und dafür zu sorgen, dass Ihr Euch der gerechten Strafe für Eure vielen Verbrechen stellt.«

Die Anklagen waren in der Tat schwerwiegend. *Versuchter Mord. Mord.* Dom fühlte sich ernsthaft versucht, Siegel aus dem Weg zu treten und Corayne mit sich mitzuziehen. Nicht dass sie mitgekommen wäre. Corayne wirkte wie ein von einer Theateraufführung gebanntes Kind, ohne große Angst vor irgendjemandem, geschweige denn vor dem gefallenen Priester. Sie sah mit großen Eulenaugen zwischen den beiden hin und her und nippte an ihrem Bier.

Der wenig bemerkenswerte Charlon wirkte jetzt ein klein wenig bemerkenswerter, und ein seltsamer Glanz trat in seine Augen. Sein Grinsen wurde angespannter, düsterer.

Sarn kreuzte die Arme vor der Brust und stellte einen Fuß auf den leeren Stuhl, den Siegel verschmäht hatte. »Ich bin echt froh, dass ich nichts vorher aufsagen muss, wenn ich jemanden umbringe.«

»Vorsicht, sonst knöpf ich mir dich auch noch vor«, sagte Siegel gedehnt, aber ohne sonderliche Schärfe in der Stimme. Sie ließ Charlon für keinen Moment aus den Augen. »Gehen wir, Priester. Macht Euch die Sache so leicht wie möglich.«

»Ich glaube, du bist es, die sich hier die Sache leicht machen will, Siegel.« Wieder einmal versuchte die Meuchelmörderin, die Kopfgeldjägerin zu ihnen an den Tisch zu winken. Sie klopfte mit ihrem Stiefel auf den Stuhl. »*Setz dich.*«

Die Kopfgeldjägerin löste ihre Axt vom Rücken und ließ sie geschickt in ihre Hand fallen. »Ich nehme den Verbrecher mit, und dabei bleibt es dann auch. Außerdem glaube ich nicht, dass ihr Leute hier am Tisch genug Platz für uns alle habt«, fügte sie hinzu und fuhr sich mit der Hand durch ihr kurzes Haar, um es sich von der Stirn zu streichen.

Am anderen Ende des Raums erhob sich ein Mann aus seiner Ecke. Er war, wie die Sterblichen es ausdrücken würden, so groß wie ein Turm.

Neben dem Kamin drehten sich zwei Männer um. Mit ihrer bedrohlich aufragenden Körperfülle und ihren pelzigen braunen Bärten hätten sie eigentlich auch als Bären durchgehen können.

Ein Koch, seine Schürze mit Schweineblut besudelt, kam durch die Küchentür getreten, sein Tranchiermesser in der Faust.

Und so nahmen die Dinge ihren Lauf. Die ganze Welt verstummte, die Reisenden, die Kaufleute und die erschöpften Niemande bekamen alle große Augen angesichts des sich zusammenbrauenden Kampfes. Sechs weitere Männer standen in der Gaststube auf, einige erschienen auf der Treppe, andere kamen aus dem Hof herein. Bewaffnet, groß und von brutaler Ungeheuerlichkeit, genug, um in jedem eine Wallung der Angst auszulösen. Selbst bei einem Unsterblichen.

Dom riss den Kopf zurück und blickte Sarn an. Er hoffte, dass sie es auch sah, hoffte, dass sie wusste, was sie tat.

Die Meuchelmörderin hatte wieder ihre Maske aufgesetzt, ihre Gesichtszüge reglos und undeutbar, kalt und unerbittlich wie Stein. Sie öffnete ihren Umhang und ließ ihn fallen. Ihre Peitsche zusammengerollt an der einen Hüfte, das gebogene Schwert und die Dolche an der anderen. Die ganze Trickkiste ihrer Beutel an ihrem Gürtel aufgereiht. Sie musterte ihn mit dem vertrauten tödlichen Flackern in den Augen.

Corayne versuchte, auf ihrem Sitz zurückzuschrecken, aber da war nichts, wo sie sich verstecken konnte. Sie sah Dom an, und in seinem Kopf nahm bereits ein Plan Gestalt an, ein ganz einfacher Plan. *Schaff sie von hier weg.*

»Ich sag dir die volle Wahrheit, Siegel.« Methodisch machte sich Sarn daran, ihre Peitsche zu entrollen, und ihr Blick wanderte zwischen der Kopfgeldjägerin und den sich hinter ihr versammelnden Männern hin und her. »Die ganze Welt von Allwacht steht vor ihrer Zerstörung. Und ich brauche deine Hilfe, um sie zu retten.«

»Ihr solltet besser auf sie hören«, hörte sich Dom zu seiner eigenen Überraschung brummen, und er richtete sich zu seiner vollen Größe von einem Meter fünfundneunzig auf. Auch wenn er Siegel damit nur um wenige Zentimeter überragte, machte er doch guten Gebrauch von seinem Größenvorteil.

Sie sah verächtlich zu ihm auf und ließ ihren Blick auf seinem Schwert ruhen. »Du fängst an zu verweichlichen, Amhara. Ich habe noch nie erlebt, dass du einen Leibwächter gebraucht hättest.«

Dom legte die Finger um den Griff des Schwertes und umklammerte es fest. »Ich bin Prinz Domacridhan von Iona, von vederischer Geburt, ein Sohn des verlorenen Glorian. Ich bewache niemanden außer die Hoffnung der Wacht.«

Die Kopfgeldjägerin stockte für eine Sekunde und ließ ihre Zähne über ihre Unterlippe streichen.

»Ein Unsterblicher?«, sagte sie und warf einen Blick zu ihren gedungenen Schlägern hin. »Dann sind die Chancen wohl ausgeglichen.«

Endlich stand Sarn auf. Neben ihr tat Charlon das Gleiche, und zwischen seinen Fingerknöcheln funkelte Stahl. Ihre Stühle fielen klappernd zu Boden.

Corayne drückte sich in die Ecke, und ihre Kehle hüpfte nervös über dem Kragen ihres Umhangs auf und ab. Sie schwankte zwischen Furcht und Faszination.

Dom atmete tief ein, schöpfte Kraft. *Ich hoffe, nicht schon wie-*

der erdolcht zu werden, dachte er und parierte den ersten Hieb einer hammerharten Faust. Der Raufbold hinter ihm jaulte auf, als der Griff des Unsterblichen seine Hand zerschmetterte, und seine Fingerknochen brachen wie dürre Zweige. Dom schlug erneut zu und traf den Mann in die Kehle, sodass er sich nach Luft ringend auf dem Boden wand. *Damit ist schon mal einer von euch dort, wo er hingehört.*

Als Nächstes wollte er sich Siegel vorknöpfen, aber die bärtigen Bären fassten ihn um die Mitte und wuchteten ihn mit all ihrer Kraft hoch. Alle drei stürzten sie zu Boden und krachten durch ein Stück Wand hindurch, das aus nicht viel mehr bestand als aus dünnem Holz und Farbe. Dom erhaschte einen kurzen Blick auf ein nacktes Paar im angrenzenden Schlafzimmer, beide laut aufschreiend. Reflexhaft murmelte er eine Entschuldigung, da hatte einer der Bären ihm auch schon den Arm um die Kehle gelegt. Der Rüpel drückte zu, offensichtlich in der Absicht, Dom die Luftröhre zu zerquetschen. Es war ein klein wenig unangenehm, und Dom zwang sich, aufzustehen und den Mann mit sich vom Boden hochzuheben. Er entschied sich dafür, nicht das Schwert zu ziehen, und stieß stattdessen mit dem Ellbogen zu und traf den Mann mitten in der Brust. Sein Brustbein knackte unter der Wucht des Schlags. *Der Nächste.*

Im Schankraum waren die anderen Gäste des Wirtshauses entweder dabei zu flüchten, oder sie stürzten sich selbst ins Getümmel, einige mit Bierhumpen in der Hand. Ein sehr alter, sehr zahnloser Mann versuchte, Siegel mit seinem Deckelkrug aus Zinn einen Schlag zu versetzen, aber sie wehrte den Hieb ab. Ein Stück weiter wickelte Sarn ihre Peitsche um den Knöchel eines anderen Feindes und riss ihn damit von den Füßen. Ihr Dolch war wie der Giftzahn einer Schlange, sein Stich schnell und tödlich. Blut spritzte ihr übers Gesicht, und weiteres Blut besudelte Charlons Hände. Er arbeitete nicht mit seiner Handaxt, sondern mit einem aufgesteckten Fingermesserchen, ein winziges spitzes Dreieck aus Stahl. Er schlug mit der Faust zu und rammte dem Koch die scharfe Schneide ins Auge.

Charlon half ihm noch, zu Boden zu sinken, und seine Lippen bewegten sich schnell, während er ein kurzes Gebet auf Madrentinisch sprach.

Siegels Schläger waren rohe, brutale Gesellen, aber schlecht ausgebildet. Männer, die in der Regel bekamen, was sie wollten, indem sie sich einfach hoch und drohend aufbauten und einschüchternd aussahen. Einzig ihre Zahl stellte ein Problem dar – und außerdem Siegel, die mühelos so viel wert war wie alle fünf ihrer verbliebenen Komplizen zusammengenommen.

Sarns Peitsche knallte erneut durch den Raum, und diesmal wickelte sie sich um Siegels gepanzerten Unterarm. Die Kopfgeldjägerin lächelte ihr erbarmungsloses Lächeln und zog daran, riss die Meuchelmörderin in ihren Griff. Sarn rutschte über den Boden, ihre Stiefel auf dem vergossenen Bier ohne Halt, und ihr Schwung trug sie allzu schnell vorwärts. Sie lächelte ebenfalls und nutzte Siegels kräftiges Ziehen zu ihrem eigenen Vorteil. Die Peitsche immer noch in der Hand, schlug sie zurück und sprang in die Höhe, beide Füße hoch in der Luft. Sie trafen Siegel am Kiefer, und ihr Kopf fuhr knackend zur Seite, als Stiefelsohlen auf Schädel trafen. Dom zuckte zusammen. *Sie ist entweder tot oder erst einmal bewusstlos.*

Siegel vom Temurijon war weder das eine noch das andere.

Sie ließ die Schultern kreisen und spuckte Blut, ihre Zähne von einem schauerlichen Rot. »Schön, dich zu sehen, Sarn«, knurrte sie und wirbelte die Peitsche weg.

Sarn ging in die Hocke, stützte sich mit der einen Hand auf dem Boden ab und hob die andere wie den Stachel eines Skorpions, ihr Dolch bronzen und blutig. Das schwarze Pulver um ihre Augen herum war verwischt, lief ihr wie dunkle Tränen übers Gesicht.

Dom bezweifelte, dass Sorasa Sarn in ihrem Leben auch nur eine Träne vergossen hatte.

»Ganz meinerseits, Siegel.«

Bevor Dom sich zwischen die beiden hätte schieben können, stürzte sich einer der Schläger auf Corayne, die sich immer noch gegen die Wand presste. Dom warf den Tisch einfach aus der Ecke heraus, sodass Becher schwappend umkippten und wegrollten.

Valtik ließ die Rauferei um sich herum ihren Lauf nehmen und nippte weiter ungerührt an ihrem Bier.

Der Raufbold wollte sich auf Corayne stürzen, doch die schlug um sich; ihr langes Messer in der Hand, schnitt sie hektische Bögen durch die Luft, während sie wegzurennen versuchte. Panische Angst flammte in Doms Brust auf, aber nur für einen kurzen Moment, dann bekam er den Schläger im Genick zu fassen und schleuderte ihn zu Boden.

Der wilde Lärm des Wirtshauses war ein wahres Gewitter, donnerte mit dem dumpfen Krachen berstender Knochen und zerbrechender Möbelstücke, knisterte mit dem einschlagenden Blitz lauten Aufkreischens oder pfiff und heulte mit dem Schreien und Zetern der Kämpfenden. Siegel und Sarn führten einen Tanz auf, landeten beide ihre Treffer, aber die reichten nie aus, um einander kampfunfähig zu machen. Sie waren sich vertraut, kannten die Schwächen und Stärken ihrer Gegnerin und nutzten sie aus. Sarn war schneller, wendiger, aber an Körperkraft Siegels brutaler Gewalt nicht gewachsen. Sie umkreisten einander, Siegel zu Charlon hindrängend, während Sarn sie in Schach hielt. Der Priester verbrachte den größten Teil der Rauferei mit Gebeten, ging vom einen der am Boden Liegenden zum nächsten, ohne dem Chaos um ihn herum Beachtung zu schenken.

»Ich glaube, die beiden genießen es regelrecht«, stieß Corayne keuchend hervor, sicher unter Doms Arm geklemmt. Sie verfolgte gebannt, wie Sarn einem durch die Luft fliegenden Teller auswich. In der Ecke klatschte Valtik entzückt in die Hände.

»Wir haben keine Zeit, hier zu kämpfen, damit Sarn ihren Spaß hat«, brummte Dom. Grimmig ließ er seinen Blick über den vom Handgemenge übel in Mitleidenschaft gezogenen Schankraum schweifen. Aus dem Kamin quoll Rauch, die

Tische waren zerschmettert, und der Wirt duckte sich hinter seine Fässer, während seine Gäste die Kämpfenden durch laute Rufe anfeuerten oder die Gelegenheit nutzten, um alte Rechnungen zu begleichen.

Drei von Siegels gedungenen Schlägern waren noch auf den Beinen und rückten jetzt zu Charlon vor. Sie hatten weiße Gesichter, dicke Hälse und dumme Augen, ein jeder mit einer Handaxt bewaffnet.

Dom knirschte mit den Zähnen. *Sarn ist noch immer beschäftigt, Valtik ist nutzlos, Corayne kann kaum eine Klinge in der Hand halten, und Andry verschläft irgendwie alles.* Mit einem tiefen Seufzer schob er Corayne zu Valtik hinüber und machte sich daran, dem ganzen chaotischen Abend ein Ende zu setzen.

Er hatte keinen Spaß an Gewalt. Es waren das Geschick, die Herausforderung, der elegante Schwung von Stahl, der strategische Tanz von Körper und Geist, die den Kampf für Dom anziehend machten. Auf den Übungsplätzen Ionas war das Anlass genug gewesen. Kämpfen hatte etwas Künstlerisches an sich. Und draußen auf der Wacht hatte der Kampf stets einem konkreten Ziel gegolten: Blut wurde aus einem bestimmten Grund vergossen, und das geschah nicht allzu oft. Doch im Laufe des letzten Jahres hatte er mehr Blut gesehen als in all den Jahrhunderten zuvor, und er hatte es satt. Er bereitete den Verbliebenen ihre Niederlagen schnell, und er ließ es glimpflich, ja sanft vonstatten gehen.

Der Erste bekam einen einzigen gezielten Schlag auf den Kopf, der ihn ausblies wie eine Kerze. Dem Zweiten nahm er einfach die Fähigkeit zu stehen und renkte ihm ein Knie aus. Den Dritten packte Dom um die Kehle und hielt sich seine Arme vom Leib, bis seine Augen sich schlossen und sein Herzschlag sich verlangsamte. »Das reicht«, knurrte Dom, als der Rüpel schlaff zu Boden sank. »Das reicht.«

Der Rest der Schenke wich vor dem blonden, grünäugigen Hünen in seiner Mitte zurück. Einige erstarrten mitten im Gefecht, die Fäuste erhoben und Hemdkragen gepackt. Die Schläger, die noch lebten, lagen stöhnend auf dem Boden, rutschten träge über das Holz davon wie Würmer.

Siegel und Sarn nahmen von alledem nicht die geringste Notiz. Letztere hatte sich um Erstere gewickelt und versuchte, mit ihren Oberschenkeln das Leben aus der Kopfgeldjägerin herauszupressen. Siegel lachte, fasste Sarn um die Hüfte und schleuderte sie in die im Raum verstreuten Trümmer hinein. Sarns Landung war schmerzhaft, und ein gepeinigtes Zischen fuhr ihr durch die Zähne.

Dann war Siegel auch schon hoch in der Luft, gegen die Hauswand gepresst, versteinert und unnachgiebig, Doms Unterarm direkt an ihrem Kinn gegen ihre Kehle gedrückt. Er starrte ihr ins Gesicht, und all seine Gedanken verengten sich auf einen einzigen.

»Das reicht«, sagte er noch einmal, unnachgiebig, selbst als sie wieder und wieder nach ihm trat.

Ihr Gesicht lief blau und rot an, während er ihr die Luft abschnürte, fester und fester zudrückte.

Sarn lag immer noch am Boden, bewegte sich langsam, hob den Kopf.

»Lass uns doch einen Handel machen, ich bin bereit, Siegel«, sagte sie. Obwohl sie gewonnen hatten und die Kopfgeldjägerin und ihre gedungenen Schläger aufs Gründlichste außer Gefecht gesetzt waren, schwang in Sarns Stimme etwas von Niederlage mit.

Es jagte Dom einen Schauder über den Rücken und setzte die temurische Wölfin in Erstaunen.

Aber es funktionierte.

Die Kopfgeldjägerin nickte, soweit sie das vermochte. Ihre Schenkel sanken herab, und ihre Arme erschlafften. Dom ließ sie los, trat einen Schritt zurück und ließ sie wieder auf die Beine kommen. Ihre Hand ging an ihre Kehle, und sie atmete hastig keuchend ein. Ihr scharfer Blick huschte erst zu Charlon hinüber, dessen blutverschmierte Finger heilige Symbole in die Luft über dem Koch zeichneten, um dann zu Sarn hinüberzugehen.

Siegel schluckte hörbar. »Gut, reden wir.«

Valtik auf ihrem Stuhl gab ein amüsiertes Gackern von sich, zuerst auf Jüti, dann in der allgemeinen Sprache, die sie alle beherrschten. »Hammer und Nagel, die Gefährten sind sieben jetzt, Wind und Hagel, auf dem Weg zum Himmel oder hinab zur Hölle gehetzt.«

Inzwischen war Dom an das Gefasel der Hexe gewöhnt, aber trotzdem überlief ihn ein kalter Schauder.

Die Schritte auf den Treppenstufen waren leichtfüßig und gut abgemessen, kaum mehr als ein flüchtiges Darüberstreichen von Füßen. Als Dom sich umdrehte, sah er, wie Andry sich zu ihnen herabbeugte, sein Unterkiefer heruntergeklappt und seine Augen hervortretend. Er ließ den Blick über die Wirbelsturmschneise gleiten, die einst das Wirtshaus gewesen war.

»Was habe ich verpasst?«

25

Tränen einer Göttin

Erida

Erida hätte mit Albträumen gerechnet. Mit einer Verurteilung durch die Götter oder durch ihr inneres Selbst. Mit Bedauern oder Reue hinsichtlich der Entscheidung, die sie getroffen hatte. Das hier war schließlich nicht einfach eine Heirat, sondern ein Bündnis mit einem Mann, dem sie nicht vertraute. Aber sie hatte Taristans Haut gesehen, von einer Klinge zerschnitten und binnen Sekunden verheilt. Sie hatte die verstörten Berichte ihrer besten Späher gelesen, ihre Beschreibungen seiner Armee, die keiner anderen auf der Wacht glich. Und auch von den Jägern der Flotte hatten sie Kunde vernommen. In der Langen See gesichtete Ungeheuer, Geschöpfe, wie sie seit Jahrhunderten niemand mehr gesehen hatte, der Stoff für Mythen oder für die Seiten eines Kinderbuches. Alles, was Taristan versprochen hatte, die Geschenke der Spindeln, war Wirklichkeit geworden. Was sie begehrte, war jetzt in ihrer Reichweite, von Sekunde zu Sekunde näher, mit jeder aufgerissenen Spindel.

Und die Schuldgefühle kamen nicht.

Die Königin schlief tief und fest, ohne Träume oder Albträume. Selbst unterwegs, wenn Ruhe im Allgemeinen schwer zu finden war. Jeden Morgen, wenn sie in ihrem Zelt oder in ihrer Kutsche erwachte, war sie gestärkt und ausgeruht. Es war seltsam einfach, in Bewegung zu bleiben, und die Geschwindigkeit, mit der ihre Kolonne das Land durchquerte, spiegelte ihren ehrgeizigen Tatendrang wider.

Der Herbst kroch langsam näher, und als sie das Tiefland verließen, war es mit der Hitze des Sommers vorbei. Grüne Hügel erhoben sich vor ihnen, während ihre lange Prozession Richtung Osten aus dem fruchtbaren Tal des Großen Löwen herauskletterte. Ein frischer Nordwind fegte über die Landschaft und trug aus dem Burgwald den Geruch von Kiefern herbei. An der Grenze zwischen Galland und Madrence würde er noch kälter werden, wenn die Winde vom Cortethgebirge und den Sternenbergen herabwehten.

Der letzte Morgen vor der Ankunft war frisch. Erida nutzte ihn zu ihrem Besten und entschied sich, auf ihrem Pferd zu reiten, statt sich in der riesigen, aber stickigen Kutsche einzuschließen. Die kalte Luft machte sie hellwach wie einen Falken, die Kapuze ihres smaragdfarbenen Samtumhangs zurückgeworfen, ihre behandschuhten Hände fest und sicher auf den eingeölten Lederzügeln.

Während manche ihrer Hofdamen genauso glücklich darüber waren, aus ihrer rollenden Kiste zu entkommen, murrten etliche andere, mit leiser Stimme hinter vorgehaltener Hand. Erida hörte sie trotzdem, gut geübt im Lauschen. Sie lauschte aus ihrem Sattel, während sie den Blick auf die alte Corstraße vor sich gerichtet hielt.

»Die Königin gibt ein schnelleres Tempo vor als die meisten Armeen«, zwitscherte Margit Harrsing, eine der vielen Nichten von Lady Bella, ihren Gefährtinnen zu. Fiora Velfi, die Tochter eines Herzogs aus Siscaria, stieß mit ihrer hohen Stimme einen Laut aus, der weder Zustimmung noch Widerspruch war. Die dunkelhaarige junge Frau war geübter darin, Hinterhalte zu schmieden, als die anderen, denn sie war im königlichen Landhaus in Lecorra aufgewachsen, einer echten Schlangengrube. Sie sagte sehr selten, wenn überhaupt je, ihre wahre Meinung zu irgendeinem Thema.

Die vierzehnjährige Gräfin Herzer mit ihren Kringellöckchen, die so dumm und albern waren wie ihre Instinkte, machte sich nicht die Mühe, ihren Tonfall im Zaum zu halten. »Ihre Majestät brennt drauf, ihren Herrn Gemahl wiederzusehen«, erklärte sie, was leises Lachen durch die Runde der Hofdamen laufen ließ. »Ich finde es romantisch.«

Eine Feuerzunge leckte über Eridas Rücken. Sie hielt sich gerade und reglos, verkniff die Lippen jedoch zu dünnen Strichen und biss hinter ihnen die Zähne zusammen, während sie ihre verschiedenen Möglichkeiten abwog. *Eine verliebte Frau ist eine schwache Frau, außerdem ist das weit von der Wahrheit entfernt,* dachte sie. *Es kann nicht sein, dass meine Damen und damit letztlich auch mein ganzer Hof glauben, ihre Königin sei nicht mehr als ein vor Liebe blindes närrisches Mädchen, das hinter dem ersten Mann herläuft, der sie je berührt hat.*

Aber es ist auch nicht ohne Nutzen. Taristan befindet sich in einer gefährdeten Position. Meine Gunst hält ihn aufrecht, macht ihn wichtig. Und das hilft letztendlich, ihn unter Kontrolle zu halten.

Sie entschied sich dafür, gar nicht zu reagieren, weder in die eine noch in die andere Richtung. Gräfin Herzer wollte gehört werden und eine Antwort auf ihre Worte bekommen. Erida von Galland gönnte ihr diese Befriedigung nicht. Es stand zu viel auf dem Spiel, um sich in kleingeistige Spielchen hineinziehen zu lassen.

Außerdem war ihr nicht entgangen, wie die Damen über Taristan tuschelten. Ihre entsprechenden Gespräche wechselten, nahmen ausnahmslos alles an ihm unter die Lupe, angefangen von seinem Äußeren bis hin zu seinem gleichmütig-ungerührten Auftreten, aber immer kehrten sie zu der Art und Weise zurück, wie er der Königin offensichtlich den Kopf verdreht hatte, wie es ihm gelungen war, ihre Hand gleich bei der ersten Begegnung für sich zu gewinnen. *Aus Gründen, die ihr nie werdet ergründen können.* Es war ärgerlich, doch letztendlich war sie froh über ihre Unwissenheit. Und über ihre Erwartungen. Es erleichterte die Erfüllung von Eridas Zielen, wenn niemand mit ihnen rechnete.

Die Grenze zu Madrence lag jetzt unmittelbar vor ihnen, irgendwo über den bewaldeten Hügeln und dann ins nächste Flusstal hinunter. Erida stellte sie sich vor wie eine der Linien auf ihrer Karte, dick gezogen, mit einer Reihe galländischer Burgen, am Fluss entlang errichtet, dazwischen ihre Soldaten aufgereiht wie an Perlenschnüren. Seit Jahren hielten ihre Truppen dort die Stellung, das Grenzland unsicher, der Frieden gefährdet, ein Haufen trockener Zunder, der nur wenige Funken brauchte, um in helle Flammen aufzugehen. Erida trug die Kerze dazu bei sich, bereit, alles in Brand zu stecken.

Madrence war ein sanftes, liebliches Land, stark gemacht durch die Berge ringsum und seine wohlgesinnten Nachbarn. Siscaria scherte sich lediglich um seine legendenumwobene Geschichte, den Blick auf seiner Suche nach Ruhm nach innen gerichtet, während Calidon ganz für sich blieb, klein und zwischen seinen eigenen Bergen und tiefen Tälern eingezwängt. Galland brauchte nur die Hand auszustrecken, jetzt, wo der richtige Zeitpunkt gekommen war. Nach Süden zum Meer vorstoßen, die Burgen und die Hauptstadt mit solcher Gewalt und Geschwindigkeit stürmen, dass dem alternden König gar keine andere Wahl blieb, als zu kapitulieren. Ein solcher Sieg war seit Jahrzehnten nicht mehr errungen worden, seit den Zeiten ihres Großvaters. Erida stellte sich schon vor, wie sich der Löwe über den madrentinischen Gestaden erheben würde, über jedem Palast und jeder Burg. *Wie das Volk mich dann lieben wird.*

Taristans Brief befand sich unter der Verschnürung ihres Reitgewandes, und das Pergament rieb über Eridas nackte Haut, damit sie es auch nicht vergaß. Als sei das überhaupt möglich. Die zackige Handschrift war wie eine Narbe, die Tinte verbrannte ihre Finger, so wie seine Hände auf ihrer Haut gebrannt hatten.

Wir reiten zu Euren sich verschiebenden Grenzländern. Ronin führt uns zu einem Hügel mit einer Burgruine darauf, die Hänge von Dornengestrüpp überwuchert. Sucht mich dort auf.

Die Nachricht war zwei Wochen nach seinem Aufbruch gekommen, mit großer Schnelligkeit durch das Land gesandt.

Kein Wunder, dass es unter meinen Hofdamen Gerede gibt, gestand Erida sich ein. *Ich habe wenige Stunden gebraucht, um seiner Aufforderung Folge zu leisten.*

Die Schuld an ihrer Hast gab die Königin der Gier, die sie

genauso wie alle Herrscher von Galland durchdrang. Dem Verlangen nach Eroberung, nach mehr.

Es wuchs in ihr mit jeder weiteren Meile, hungrig und alles verzehrend.

Die Burg Vergon war eine Ruine, ihre Mauern und Türme vor zwei Jahrzehnten eingestürzt. Die Steine überwuchert von Moos, ein junger Wald spross in ihren Sälen empor, Wurzeln kletterten durch Keller und Kerker. Nach Wochen auf der Straße war Erida froh, die hohlen Überbleibsel der Burg vor sich zu sehen, die noch stehenden Mauern schwarz vor dem Hintergrund des blauen Himmels, der Hügel von Dornengesträuch gekrönt. Wie auch der Rest der klotzig aufragenden Reihe von galländischen Festungen, bewachte die Burg das Tal des Rosenflusses, auf der anderen Seite der Grenze Riverosse genannt. Erida lächelte beim Anblick der Silhouetten auf den Bergen vor ihr und wusste, dass die dunklen Schatten der Burgen Herlin und Lotha Zwillinge waren, einer an jedem Ende des Horizonts. Hinter ihren nach wie vor intakten Fassaden hatten sich Eridas Kraft und Stärke versammelt.

Und noch mehr Gewalt wird entfesselt werden.

Sie war bisher erst ein einziges Mal an dieser Grenze gewesen, in ihrer Kindheit, als sie ihren Vater auf einem Feldzug begleitet hatte. Er hatte einen großen Sieg errungen, in der Nähe des nördlichen Quellbachs des Rosenflusses, und einen wichtigen Pass erobert, der nach Calidon hinüberführte. Erida erinnerte sich noch gut, dass es Winter gewesen war, die Luft eiskalt auf ihren Wangen, während ein schneidender Wind von der Wachsamen See heraufblies, wo Räuber ihr Unwesen trieben. Das heute war in jeder Hinsicht etwas anderes. Die Luft war zwar frisch, aber doch warm genug für leichte Kleidung. Die wartende Armee unterstand Eridas eigenem Befehl. Ihr Vater war tot und begraben. Die Schlacht war noch nicht gewonnen, ein noch unsichtbarer Sieg.

Aber nah genug, dass ich ihn schmecken kann.

Die dritte Legion hatte hier stets die Grenze gehalten, zehntausend Soldaten, in langen Jahren auf stürmischem Grund geschliffen und vervollkommnet. Die Erste dagegen war erst unlängst zu ihr gestoßen, sodass es nun doppelt so viele Soldaten waren. Es war, als sei über Nacht eine Stadt in die Höhe geschossen. Die Zelte duckten sich in die Schatten der Burgen, die den größten Teil der Truppenansammlung vor den Spionen auf der anderen Seite des Flusses verbargen. Wiewohl Madrence wusste, dass Eridas Armee ihre Streitkräfte zusammenzog, konnte man dort doch nicht ahnen, in welchem Ausmaß das geschah – nicht ohne sich über den Fluss zu schleichen und dadurch Gallands Zorn zu riskieren. Ein gefangen genommener Späher war Grund genug für einen Krieg, wenn man den richtigen Gebrauch von dem Vorfall machte. Das viel kleinere Land würde Erida keinen weiteren Grund für einen Angriff liefern. Sie hatte bereits Gründe genug.

Erida dachte an Fürst Dornwand und seine Worte im Ratssaal zurück, als er ihr seine Meinung zu dem madrentinischen Feldzug gesagt hatte. Es war, wie über eine tiefe Schlucht zurückzublicken. Als teile sich ihr Leben in zwei Hälften: vor Taristans Antrag, seinem Versprechen, ihrer Entscheidung – und danach.

Sie verließen die Corstraße im spätest möglichen Moment und lenkten den großen Zug der Königin von dem breiten uralten Weg herunter auf felsigeren Grund. Der Schatten von Burg Vergon fiel über sie, aber Erida spürte seine Kälte nicht. Lächelnd blickte sie zu der Burgruine auf und ließ sich elegant von ihrem Pferd gleiten.

Von Taristan war am Fuß des Hügels nichts zu sehen, genauso wenig auf dem schmalen Weg, der durch die Dornen von Vergon den Hügel hinaufführte. Seine eigene Garde, eine Abteilung in Ehren ergrauter Soldaten aus der Garnison in Ascal, war damit beschäftigt, den Dornenweg zu verbreitern. Sie hieben mit Schwertern und Äxten auf die blütenlosen Ranken ein und vergrößerten damit das Durcheinander nur noch.

Als sie näher kam, brachen sie ihr Tun sofort ab und nahmen

stramme Haltung an, alle wie an Ort und Stelle festgewurzelt. Ihr Hauptmann war an dem grün umsäumten Umhang über seiner Schulter leicht zu erkennen.

»Euer Majestät«, grüßte er und ließ sich, so gut er das in voller Rüstung eben vermochte, auf ein Knie sinken.

Erida nickte. »Hauptmann«, sagte sie. »Ich nehme an, mein Gemahl ist oben in den Ruinen?«

»Ja, Euer Majestät«, antwortete der Hauptmann hastig. »Seine Hoheit hat gewünscht, dass wir hier warten«, fügte er beinahe entschuldigend hinzu und nagte an seiner Unterlippe.

Sie setzte ihr strahlendes Lächeln auf, ihre Mundwinkel fast bis zu ihren Ohren hochgezogen. »Es war sehr freundlich von Euch, dem Prinzgemahl zu gehorchen«, erwiderte sie mit höfischer Anmut.

Der Hauptmann stieß einen erleichterten Seufzer aus, als sich Erida wieder ihren Begleiterinnen zuwandte. Sie waren auf ihren Pferden zurückgeblieben oder hingen an der Tür der Kutsche und blickten fasziniert über die Landschaft hinaus.

»Meine Damen, es ist nicht nötig, dass wir uns alle unsere Röcke ruinieren«, rief die Königin ihnen zu. »Ihr könnt hier bei dem Hauptmann warten. Ich bin mir sicher, dass seine Soldaten sich bestens um Euch kümmern werden.«

Nach dem Erröten des Hauptmanns und den verschmitzten Blicken zu urteilen, die unter ihren Zofen die Runde machten, würde niemand Einwände erheben.

Damit blieb die Löwengarde, um sie zu begleiten, sechs Ritter in ihren goldenen Rüstungen, ihre grünen Umhänge wie Frühling zwischen dem dunklen Dorngestrüpp. Etliche von ihnen blieben auf dem Marsch den Hügel hinauf an den Ranken hängen.

Wieder einmal spürte Erida Triumph in ihrer Hand, das zwischen sie und ihren Gemahl gehaltene Hochzeitsschwert, ihrer beider Verteidigung gegen die Welt. Und gegen einander.

Ein einzelner Gewölbebogen war übrig geblieben, wo sich einst die Türen zum großen Saal von Vergon befunden hatten, von einer Esche halb überwuchert. Ihre Blätter waren gelblich, ein weiterer Vorbote des Herbstes. Die Königin blieb stehen und legte die Hand auf die raue Rinde.

»Ich rufe, wenn ich Euch brauche«, sagte sie, den Blick auf ihre Eskorte gerichtet.

Unter ihren Helmen erwiderten die Ritter ihren Blick mit strenger Miene. Sie hätten am liebsten widersprochen, das wusste sie. Bevor Eridas Welt sich verändert hatte, hätte sie auf ihren Rat gehört. Aber die Löwengarde würde wenig ausrichten, sollten sich Taristan und der Zauberer gegen sie wenden. Ihr Gemahl konnte durch die Waffen der Wacht nicht verletzt werden. Und sein Komplize war spindelberührt, strotzte vor Magie. Es machte keinen Unterschied, ob ihre Ritter direkt hinter ihr waren oder auf ihre Schreie warteten, um sich in einen ruhmreichen Tod zu stürzen.

Sir Emrid gab einen leisen, räuspernden Laut von sich, als sie ihnen den Rücken zukehrte und durch den Bogen trat. Der Ritter war ein Jahr älter als die Königin, der jüngste Neuzugang in der Löwengarde und der am wenigsten disziplinierte. Sie war so freundlich, seinem Versuch, der Königin von Galland Einhalt zu gebieten, nicht die geringste Beachtung zu schenken, und ließ ihre Ritter stehen.

Das Dach des großen Saals existierte nicht mehr, es lag in der Ruine verteilt, in unregelmäßigen Haufen aus Stein und Mörtel. Eine samtene Decke von Moos überzog alles, die Steinblöcke wie Geschwülste darunter verborgen. Der Boden unter ihren Füßen war elastisch und weich. Ihre Stiefel hinterließen leichte Abdrücke. Genauso wie zuvor die seinen.

Sie folgte den Fußspuren.

Erida verspürte das allzu vertraute Gefühl, beobachtet zu werden. Sie fragte sich, ob wohl die Geister der Menschen, die früher hier gelebt hatten, noch immer den Steinen anhafteten. Folgten sie ihr jetzt und tuschelten über die Königin von Galland, so wie der Rest der Welt?

Sie stellte sich vor, was sie sagen mochten. *Mit einem Nie-*

mand verheiratet. Vier Jahre als Königin, und nichts vorzuweisen. Keine Eroberung, keinen Sieg.

Wartet nur ab, beschied Erida sie. *Es ist trotzdem Stahl in mir.*

Sie fand Taristan und den Zauberer in der alten Kapelle, vor dem einzigen unversehrten Fenster, dessen Glas blau, rot und golden war. Die Göttin Adalen weinte saphirblaue Tränen über dem Leichnam ihres sterblichen Geliebten, seine Brust aufgerissen von den Jagdhunden aus Infyrna, einer Welt aus Feuer und Verdammnis. Ihre vierbeinigen Umrisse, brennend und gottlos, zogen sich in den Hintergrund des Glases zurück. Erida kannte die heiligen Schriften. Adalens Sterblicher hatte sein Leben geopfert, um die Göttin vor den Feuerhunden zu retten. Seltsamerweise nannten die Schriften an keiner Stelle seinen Namen.

Ronin der Rote kniete neben dem Fenster, jedoch ohne es anzubeten. Stattdessen kehrte er der Göttin den Rücken zu und flüsterte vor sich hin, die Augen geschlossen, seine Stimme zu leise, um etwas zu verstehen. In den Schatten der Kapellenmauer streifte Taristan auf und ab, ein Tiger mit ausgefahrenen Krallen. Seine höfischen Gewänder hatte er gegen grobe Lederkleidung und den gleichen wettergegerbten Umhang eingetauscht, in dem er seinerzeit nach Ascal gekommen war. Er sah so wenig wie der Prinzgemahl einer Königin aus, wie man es sich überhaupt vorstellen konnte. Die aus ihrer Scheide gezogene Spindelklinge blitzte in seiner Hand. Der Stahl war sauber, der blau-weiße Himmel spiegelte sich darin.

Sein Blick traf Erida wie ein Blitz, der die Erde findet.

Sie blieb stehen und baute sich vor ihm auf. Die Luft knisterte zwischen ihnen, das Werk einer Spindel. Bereits aufgerissen oder zumindest nahe genug, um sie zu fühlen. Brennend oder willens zu brennen. Erida atmete tief ein, wollte den Geruch der Spindel kosten.

»Ist es vollbracht?«, fragte sie, und ihr Blick huschte im Raum umher.

Aber der Anblick der Kapelle war wenig bemerkenswert.

Alter Stein, geborstener Fels, Moos und Wurzeln. Die Bäume waren noch nicht alt genug, um ein neues Dach zu bilden. Sie sah nichts, was nicht hierhergehörte, nichts, was auf eine zerrissene Spindel hindeutete, ein geöffnetes Tor zu einer anderen Welt, ein weiteres Geschenk, sei es eine Armee oder ein Ungeheuer.

»Noch nicht«, antwortete Taristan, seine Stimme so tief, wie Erida sie in Erinnerung hatte. Sie spürte noch immer seine Finger in ihrem Haar, sah noch immer sein Blut auf ihrem Bett.

Erida warf einen Blick zu Ronin hinüber und dann auf die zerstörte Burg um sie herum.

Sie atmete noch einmal tief ein. Sie schmeckte keine Spindel, aber sie schmeckte Wahrheit. »Ein Erdbeben hat diese Burg vor zwei Jahrzehnten zerstört. Die Leute sagten, es sei der Wille der Götter oder eine Naturgewalt gewesen. Aber das ist nicht wahr, oder?« Die Strahlen der Sonne erfüllten das Fenster und ließen Adalen hell aufscheinen. »Es ist eine Spindel hier, geschlossen, aber wartend. Sie hat die Burg zerstört, nichts anderes.«

Der Zauberer öffnete die Augen und stellte sein Beten ein. »Eure Geschichtsbücher besagen das, für jeden, der den Verstand hat, es auch zu sehen«, zischte er. »Selbst die Echos haben Macht.«

Aus rot geränderten Augen musterte er finster Eridas Haut, von ihren Handgelenken bis zu ihrem Hals hinauf. Sein Blick war wie ein glühendes Schüreisen, nahe genug, um unangenehme Hitze zu verströmen, aber nicht nahe genug, um zu verbrennen. Sie hob den Kopf. Sie würde sich von dem Zauberer und seinen Tricks nicht bezwingen lassen.

Es war Taristan, der zwischen sie trat, sodass sich Ronins Blick von ihr löste.

»Ich dachte, Ihr würdet vielleicht gerne zusehen«, sagte er, eine dunkle Silhouette vor dem Hintergrund von Adalens Tränen.

Über ihnen glitt eine Wolke vor die Sonne und tauchte sie

alle in Schatten. Der Wind fand sie in diesem Burggerippe und zog mit unsichtbaren Fingern an Eridas Reisekleidern. Er fuhr in die Strähnen, die sich aus der geflochtenen Krone um ihren Kopf gelöst hatten, blies einen Vorhang aus Aschblond in ihr Gesicht.

Sie hielt Taristans Blick stand.

»In der Tat, das würde ich gern.«

Er drehte sich auf dem Absatz um und schritt an das Buntglasfenster, seine Hand in ihrem Handschuh zur Faust erhoben. Ohne einen Laut von sich zu geben, stieß er sie der Göttin mitten durchs Gesicht und verstreute blaue und weiße Scherben über den moosbedeckten Boden. Einige Splitter hatten sich ihm in die Fingerknöchel gebohrt, und er zupfte sie sich aus dem Fleisch, ohne mit der Wimper zu zucken.

Er spürt immer noch Schmerz.

Erida sah voller Faszination zu.

»Als Ihr damals zu mir gekommen seid, habe ich mich gefragt, ob das alles nicht vielleicht eine Art Zaubertrick sei«, murmelte sie. Einige Blutstropfen quollen aus Taristans Schnittwunden und fielen ins Gras. Dann war die Haut auch schon wieder zusammengewachsen.

Er nahm seine Faust in Augenschein und ließ die Finger knacken. Nicht einmal der Anflug einer Narbe blieb. »Sieht das für Euch etwa wie ein Zaubertrick aus?«, brummte er finster.

Der Boden dämpfte ihre Schritte, als sie auf ihn zuging, und ihre Röcke wölbten sich um ihre Beine. »Ein Betrüger und sein Zauberer-Spieltierchen«, sagte Erida und drehte seine behandschuhte Faust in ihren Fingern um. Das Blut war noch immer da, aber das war auch schon alles. »Der mittels billiger Magie versucht, eine Königin zu verführen.«

»Billige Magie«, zischte Ronin, und sein scharlachrotes Gewand schmiegte sich wie ein langer Rock um ihn. Mit flinken Bewegungen stand er auf, sein Gesicht genauso gerötet wie seine Kleidung. »Ihr wisst nicht, wovon Ihr sprecht.«

Erida funkelte ihn böse an, ihr Blick wie ein Pfeilhagel. Nur sehr wenige auf der Wacht würden es wagen, in einem solchen Ton zu ihr zu sprechen. »Dann klärt mich auf, Zauberer.«

Es war Taristan, der antwortete und mit seiner anderen Hand das Schwert hob, das Heft mit festem Griff in der Faust. Sein Gesicht spiegelte sich auf der Klinge, die Kratzer unter seinem Auge in perlweiße Narben verwandelt. »Ich habe mir dieses Schwert aus den Gewölben von Iona geholt, tief unter einer Ältestenfestung. Obwohl mein eigener Bruder seinen Zwilling geschwungen hat, haben sie mich einen Dieb genannt, weil ich mir zurückgeholt habe, was mein war, die Waffe meiner Vorfahren.«

Er strich mit einem Finger über den eigenartigen Stahl, in den Runen in einer Sprache, die Erida nicht zu lesen vermochte, eingraviert waren. Sie versuchte, sich die Enklave der Ältesten vor ihr geistiges Auge zu führen, vor der Welt versteckt, von Nebel umhüllt. *Während ihr Untergang naht, ein Sterblicher von Corblut mit einem ewigen, unbezwingbaren Groll und einem eisernen Willen.*

»Auf diesen Tag hatte ich lange gewartet. Es war Ronin, der mich ausfindig gemacht und mir gesagt hat, was ich bin. Der rote Zauberer hat einen Söldner aus dem Schlamm eines Feldlagers in Trec gezogen und ihn zu einem Eroberer geformt«, fuhr Taristan fort, seine Stimme leise, aber doch so kräftig, dass sie in Eridas Brust widerhallte. Er zog das Schwert durch die Luft, ziellos und ohne nachzudenken. »Tief im Mark meiner Knochen wusste ich immer, dass ich anders bin, kein Mensch wie die anderen, die mit Bumsen, Boxen, Bauernsein zufrieden sind und ihr Geld versaufen und ihr Leben ohne Sinn und Ziel auspinkeln. Ich wollte den Horizont immer mehr als jedes Gold und jedes Glas und jede Gespielin in meinem Bett.«

Ronin hob den Kopf und sah Taristan an wie einen geliebten Sohn. Er schritt an ihm vorbei und strich ihm mit weißer Hand über die Schulter. »Das ist der Weg des Alten Cor. Von allen Eures Schlages«, erklärte der Zauberer und ging weiter. »Es ist die Spindel in Eurem Blut.«

»Ihr seid Kinder des Übertritts«, warf Erida ein und erinnerte sich an ihre Lektionen, so gut sie es vermochte. Als Erbin Gallands hatte man sie in den Geschichten über das Alte Cor genauso unterrichtet wie in allem anderen, was mit ihrem Geburtsrecht zusammenhing. Ihr Vater pflegte diese Geschichten des Abends zu erzählen, wie alle anderen Gutenachtgeschichten. *Kinder des Übertritts, Kinder der Eroberung. Vom Schicksal dazu bestimmt, über jeden Winkel der Wacht zu herrschen: Aber sie sind gefallen und untergegangen. Sie sind gescheitert. Wir sind ihre Nachfolger.*

Und ich werde es beweisen, war die Königin überzeugt.

Taristan drehte sich um, ein dunkler Schatten vor dem Hintergrund des zerbrochenen Fensters. Er sah über die Ruinen von Burg Vergon hinaus, aber Erida wusste, dass sein Blick noch viel weiter ging. In der Zeit zurück. In seine eigene Vergangenheit.

»Die Ältesten haben meinen Bruder erwählt, der wenige Minuten älter war als ich, nur wegen diesen wenigen Sekunden Lebenszeit. Er sollte ihr Sieger sein, ihr Kaiser, ihr Hündchen, ihr Schwert, um für sie eine Schneise zurück nach Hause zu schlagen.« Die Worte sprudelten aus ihm heraus, und seine bleichen Wangen röteten sich. Mit brutaler Gewalt hieb der Sohn des Alten Cor eine Kerbe ins Moos und spaltete das Grün wie Fleisch. Obwohl er heil und hoch aufgerichtet vor ihr stand, ein Prinz Gallands, ein Prinz des Alten Cor, gegen Verletzungen gefeit, von Schmerz nicht beeinträchtigt, kam Erida nicht umhin, Mitleid für ihn zu empfinden. *Nein, nicht für diesen Taristan. Aber für den Jungen, der allein und verlassen aufgewachsen ist, mit nichts als der Straße unter seinen Füßen.*

»Mich haben sie schreiend in der Wildnis zurückgelassen. Und ich bin zum Schwert eines anderen geworden, zum Raubtier eines anderen.«

Ihr Herzschlag stockte. *Mein,* dachte sie allzu schnell.

Taristan fing erneut ihren Blick auf, sprach jedoch kein Wort mehr. Ein Muskel zuckte an seinem Unterkiefer. Irgendein Teil von ihm zögerte, hielt sich zurück. Ihr Blick wanderte seinen Hals hinunter. Weiße Adern traten an seinem Kragen hervor, unter seinen Schnürbändern sichtbar. Sie waren dicker geworden, seit sie ihn das letzte Mal gesehen hatte, wie die Wurzeln eines Baumes.

Ronin schob sich zwischen dem Königspaar vorbei. Er grinste Erida anzüglich an und zeigte kleine Zähne.

Sie schluckte den Abscheu hinunter, der unvermittelt in ihr aufwallte. *Geh weg von mir, du Ratte*, dachte sie.

»Ihr dient Euren Göttern, Euren stummen Richtern in ihren Buntglasgefängnissen, tot bis auf ihre Priester, die im Namen von Knochen sprechen, die längst zu Staub zerfallen sind«, sagte der Zauberer. »Falls sie überhaupt je einmal Knochen gewesen sind.«

Ihr wurde heiß, und ihr brach der Schweiß am Hals aus wie ein Fieber, wie eine Krankheit. Die Königin wälzte seine Worte hin und her, drehte sie in alle Richtungen.

»Und wem dient Ihr, Taristan?«, fragte sie mit bebender Stimme.

Ihr Gemahl senkte den Blick seiner schwarzen Augen.

»Ihr kennt ihn als das Lauernde.«

Ihr erster Impuls war es, laut aufzulachen, aber Taristan vom Alten Cor auszulachen erschien ihr, wie ihr eigenes Todesurteil zu unterzeichnen. Ihr zweiter Impuls sah vor, ihre Ritter zu rufen. So viele Männer ihrer Löwengarde zu opfern, wie sie konnte, um von dem Wahnsinnigen wegzukommen, an den sie sich da leichtsinnigerweise gekettet hatte.

Der dritte Impuls ging tiefer als die anderen, war stärker, dunkler.

Ich kenne das Lauernde als eine Gespenstergeschichte, einen Schurken aus den Märchen, den Schatten unterm Bett oder das Knarren hinter der Tür. Er verändert sich von Geschichte zu Geschichte. Die rote Dunkelheit, der zerrissene König von Entzweit. Er ist jeder und keiner. Er ist nicht wirklich.

Er ist nicht wirklich.

Aber als sie jetzt in Taristans Augen blickte, konnte sie das nicht laut aussprechen. Wieder bemerkte sie den seltsamen Glanz, das Scharlachrot, das sich in dem Schwarz bewegte, kaum mehr als ein mattes Aufblitzen oder eine schwache Spiegelung. Sie sah nach unten und dann hinter sich. Da war nichts Rotes vor ihm, nur Grün und Grau und Blau. *Wie kann das sein? Was habe ich getan?*
Was werde ich noch tun?
Wieder erwartete sie Bedauern, Reue. Nichts dergleichen kam. *Mein Ehrgeiz ist stärker als jede Scham.*
»Das Lauernde«, hörte sie sich sagen, hörte sich die Worte formen. Ihre Hofdamen würden kichern, hörten sie das Zittern ihrer Stimme. Konegin würde sich diebisch darüber freuen. *Und was sie denken, bedeutet auch nicht das Geringste.* »Also seid Ihr wirklich ein Priester, Zauberer. In gewisser Weise.«
Ronin verzog die Lippen zu einem hassenswerten Grinsen. »Priester des einzigen Gottes, den diese Welt je kennenlernen wird.«
»Was ist mit Euch, Erida?«, fragte Taristan und kam wieder näher, bis nur noch wenige Zentimeter sie trennten. Luft und Stahl, heißer Atem und die Spindelklinge. »Werdet auch Ihr ihm dienen so wie wir?«
Habe ich denn eine Wahl? Irgendwie wusste sie, als sie in die Augen des alten Cor aufschaute, dass sie tatsächlich eine hatte. Taristan starrte sie reglos an. Seine schwarzen Augen, für gewöhnlich so undeutbar, füllten sich mit einer dunklen, jämmerlichen Hoffnung.
Ihre Finger strichen über die Narben auf seinem Gesicht, ihre Berührung flüchtig und federleicht. Seine weiße Haut fühlte sich heiß wie Flammen an. »Es gibt Leute, die zertrümmern Burgen, Ketten, Könige und Königreiche«, sagte sie mit eiserner Stimme.
»Und was zertrümmere ich?«
Macht wogte durch ihre Adern, köstlich und verführerisch. Sie wollte mehr, sie brauchte mehr. »Ihr seid ein Zertrümmerer

der Welten, Taristan. Ihr möchtet diese Welt in Stücke reißen und aus ihren Ruinen ein Imperium errichten.«

Flammen brannten an ihren Handgelenken, als seine raue Hand ihre streifte.

Erida stand ohne ihren Thron da, ohne eine Krone, ohne alle Insignien der Herrschermacht, für die sie geboren worden war. Doch irgendwie hatte sie sich noch nie mehr wie eine Monarchin gefühlt.

»Das Gleiche möchte ich auch.«

Sein Lächeln erinnerte sie an einen Wolf, einen Löwen, einen Drachen. Sämtliche Raubtiere der Wacht zu einem einzigen Gesicht gefügt, mit all ihrer wilden Schönheit und Gefahr. Sie spürte den Wind auf den Zähnen, und ihr Grinsen war wie das seine.

Leder und Eisen wurden in ihren Griff geschoben, bevor Erida sichs versah, und ihre Finger schlossen sich um das Heft der Spindelklinge. Das Schwert zeigte nach außen, seine Spitze nur Zentimeter von Taristans Herz entfernt. Er beugte sich für eine Sekunde vor und drückte seine in Leder gekleidete Brust gegen die scharfe Schneide. Ein Zentimeter weiter, und das Blut würde fließen.

Erida lächelte noch breiter und genoss das Gefühl des Schwertes in ihrer Hand.

Mit abgemessenen Bewegungen und ohne sie für einen Sekundenbruchteil aus den Augen zu lassen, führte Taristan die Handfläche an die scharfe Klinge.

»Lasst mich für Euch bluten«, murmelte er.

Die Königin ließ sich das nicht zweimal sagen und fuhr über seine Hand, schnitt ihm die Handfläche auf. Die Klinge färbte sich dunkelrot, und sein Blut überzog das Schwert wie triefender Sirup.

»Hier«, sagte Ronin und starrte in Adalens zerschmettertes Antlitz. Die Sonne schimmerte hindurch, und so dicht wirbelte der Staub in ihren Strahlen umher, dass man den Eindruck hatte, sie würden feste Formen annehmen und man könne mit der Hand danach greifen. Der Zauberer tat genau das, streckte eine weiße Hand aus, um sie durch die Sonnenstrahlen zu ziehen. Ihm zitterten die Finger dabei.

Taristan nahm das Schwert ohne ein Wort von ihr und schloss beide Hände um den Griff. Er trat an Adalens Fenster und hob die Waffe hoch, wie ein Holzfäller vor einem Baum.

Die Spindelklinge durchschnitt leere Luft, und die Sonne blitzte für eine Sekunde darauf auf, als sie die Strahlen durchschnitt.

Und dann zersplitterte das Licht selbst, zersprang wie das Buntglas, barst in gelbe und weiße Scherben. Ein Knistern erfüllte die Luft, der Laut eines rot glühenden Eisens, das in Wasser getaucht wird, oder das leise Reißen von Seide oder von Pergament – Erida hätte es nicht zu sagen vermocht. Es war nichts, was sie kannte, nichts, was sie je zuvor gehört hatte. Der Laut hallte in der Luft wider, in Eridas Knochen, rasselte ihr Rückgrat hinauf, bis sie das Gefühl hatte, daran zu ersticken. Die Luft auf ihrem Gesicht schien zu kribbeln, brannte auf ihren Wangen wie der erste Hauch von Frost. Ihr klappte der Unterkiefer herunter, und sie keuchte auf, schmeckte Eisen und Blut.

Wie die meisten Kinder hatte sie sich ihr Leben lang ausgemalt, wie eine Spindel wohl aussehen würde. Die Erzählungen darüber waren unterschiedlich und die geschichtlichen Überlieferungen vage. Es war tausend Jahre her: nur Älteste erinnerten sich, und die Ältesten hatten ihr Wissen während der vergangenen Jahrhunderte nicht gerade freigiebig zur Verfügung gestellt. Selbst jetzt stellte Erida sie sich als eine große Säule vor, wie ein Blitz, blaurot geädert, in ihrem gleißenden Leuchten erstarrt, mit einem Torbogen hinein in die nächste Welt. Eine offene Tür. Eine Säule. Etwas Riesiges, entsprechend schön, um eine derart seltene Macht in sich zu bergen.

Sie irrte sich.

Der Faden hing in der Luft, gerade einmal etwas mehr als zwei Meter hoch, schmal wie eine Nadel und aus dem falschen Winkel leicht zu übersehen. Er schimmerte golden, dann silbern, sich kräuselnd wie Sonnenlicht auf der Oberfläche von sanft bewegtem Wasser.

Taristan starrte wie gebannt darauf, und der Faden spiegelte sich in seinen kohlschwarzen Augen, spaltete deren Dunkelheit. Er machte sich gar nicht erst die Mühe, sein Schwert zu säubern, sondern schob es zurück in die Scheide an seiner Hüfte, um dann die Hand so nah an die Spindel heranzustrecken, wie er es wagte. Die Spindel neigte sich, wölbte sich bogenförmig seiner Haut entgegen, bis nur noch etwa zwei Zentimeter sie voneinander trennten.

Die Königin biss die Zähne zusammen und ging einen kleinen Schritt zurück. Alles Mögliche konnte durch die Spindel hindurchkommen, und es würde ihr nicht treu ergeben sein. Sie schluckte vernehmlich und gab sich alle Mühe, furchtlos zu wirken.

Ihr Gemahl spürte ihr Unbehagen trotzdem. Er wandte den Blick von der Spindel ab und fand ihr Gesicht. Sie spürte, wie sie bleich wurde.

»Habe ich Euch erschreckt?«, fragte er, seine Stimme allzu sanft. »Ihr seid nicht dumm, und nur ein Dummkopf hätte jetzt keine Angst.«

Erida hätte eigentlich die Lüge bevorzugt. Schwäche einzuräumen war ein Luxus, den sich Königinnen nicht leisten konnten.

»Ich fürchte mich«, zwang sie sich zu sagen.

Die Spindel leuchtete lockend vor ihr auf. Eridas Inneres verkrampfte sich als Antwort, und jeder Nerv ihres Körpers sang sein warnendes Lied. Das Gold und das Silber blitzten auf. Im Inneren von Gold und Silber befand sich noch eine weitere Farbe. Zuerst dachte Erida, es müsse sich um Schwarz handeln, aber bei näherer Betrachtung erwies es sich als das dunkelste, tödlichste Rot, das sie sich vorstellen konnte. Sie spürte es wie Atem auf der Haut, sanft und unheilverkündend. Ein Versprechen. Es beobachtete sie.

Das Lauernde.

Sie hob den Kopf. »Und ich habe vor, diese Furcht zu meinem Vorteil zu nutzen.«

»Gut.« Stolz zuckte über Taristans Züge, und er ließ die Hand sinken. »Furcht sollte man nie ignorieren, nur kontrollieren. Diese Lektion habe ich vor langer Zeit gelernt. Es ist gut, dass ich sie Euch nicht erst beizubringen brauche.«

»Wohin führt dieses Tor?«, fragte sie und machte einen weiteren Schritt. Diesmal trat sie wieder vor, und ihre Füße bewegten sich aus eigenem Antrieb, selbst während ihr Kopf zugleich all die Gründe durchraste, die dafür sprachen, sich von der Spindel fernzuhalten. Die Spindel ließ ihr die Nackenhaare zu Berge stehen. »Was kommt hindurch? Eine weitere Armee?«

Sie starrte darauf, nun aus größerer Nähe, in der Erwartung, einen schmalen Ausschnitt dessen zu sehen, was jenseits lag. Aber sie sah nichts, nicht einmal jene rote Gegenwart. Die Spindel zischte wie eine Schlange, die Feinde warnt, um sie davonzuscheuchen.

»Die Segnungen des Lauernden«, murmelte Ronin.

Er bewegte sich ein Stück, sodass er neben Taristan stand. Der Mann aus dem Alten Cor ließ ihn wie einen Zwerg erscheinen, aber Ronin wirkte trotz seiner schlanken Gestalt nicht klein. Die Spindel erfüllte ihn mit irgendetwas, einer Macht, die Erida nicht benennen konnte. Er stieß Taristan an.

»Nehmt, was Euch dargeboten wird«, sagte der Zauberer und drängte ihn weiter.

Die Spindel glühte in Taristans Augen. Ohne einen Wimpernschlag sah er sie an und stieß die Hand in den dünnen, schimmernden Faden.

Erida hätte erwartet, dass die Spindel jetzt aufbrennen oder schneiden, dass sie ihm in irgendeiner Weise Schaden zufügen würde. Stattdessen glitten seine Finger so mühelos hindurch wie durch eine unsichtbare Trennlinie in einer Wand von Vorhängen, schoben die Dimensionen dieser Welt beiseite, um nach der nächsten zu greifen. Dann verschwanden seine Hand und sein Arm, bis er bis weit über den Ellbogen hinauf auf der anderen Seite war. Dort war nichts als leere Luft.

Sein Mund verspannte sich, und er biss die Zähne zusammen, während ein einziger kurzer Ruck durch ihn hindurchging. Wenn er Schmerzen hatte, ließ er es sich jedenfalls nicht anmerken.

»Taristan«, hörte sie sich murmeln. Zu ihrer eigenen Überraschung griff die Königin nach seiner anderen Schulter, grub die Finger in seine Lederkleidung und versuchte, ihn herauszuziehen.

Die Spindel gab ihn ohne Weiteres zurück.

Diamanten, groß wie Eier, makellos und unvergleichlich, quollen aus seiner Hand und rollten über seine Finger ins Gras. Zuerst dachte Erida, es seien Eisblöcke, einige rau, andere klare Kristalle, zu groß und zu zahlreich, um Edelsteine zu sein. Sie griff nach einem von ihnen und erwartete, dass er gefroren sein würde. Stattdessen spürte sie harten Stein, schwer auf ihrer Handfläche.

»Irridas«, hauchte Ronin und beugte sich vor, um die Steine zu untersuchen. »Die funkelnde Welt.«

»Heimat von Tiber, dem Gott der Reichtümer«, antwortete sie reflexhaft und erinnerte sich an eine Stelle aus der heiligen Schrift.

Die Edelsteine waren wunderschön, aber Erida war Königin eines wohlhabenden Reiches. Es war schwierig, eine Frau wie sie mit Juwelen zu beeindrucken. Sie richtete sich auf, einen Diamanten in der Faust, und sah Taristan ins Gesicht.

Als er seine schmalen Lippen zu einem angedeuteten Lächeln verzog, schluckte sie. »Was noch?«

»Nichts davon kommt an Euch vorbei«, antwortete er und nahm ihr den Edelstein ab. Seine nackte Haut war bereits totenbleich, aber Erida entging keineswegs, wie sich die weißen Adern in seinem Fleisch stetig weiter ausbreiteten. Sie waren genauso wie die, die sich bereits auf seiner Brust befanden, sie wuchsen und verzweigten sich, während etwas anderes in seinem Inneren wuchs und sich verzweigte.

Seine Finger schlossen sich, den Diamanten in seiner Faust. Seine Knöchel wurden hart und spitz, die Knochen stachen unter der Haut hervor, und die Edelsteine zerfielen zu Staub, rieselten ihm durch die Finger wie Sternenlicht.

Diesmal lächelte er mit gebleckten weißen Zähnen wie ein Raubtier, das im Begriff steht, seiner Beute den tödlichen Biss zu versetzen.

Ihr Fleisch brannte, als er die Hand hob und sie ihr auf die Wange legte. Sein Blut klebte ihr schmierig auf der Haut, aber es kümmerte sie irgendwie nicht.

In der Spindel knurrte etwas.

26

Schmerz und Angst

Corayne

Siegel ritt ein Pferd, wie ein Vogel fliegt. Es war ihr zur zweiten Natur geworden, und sie tat es mit unglaublicher, ja unmöglicher Mühelosigkeit. Die Reitkünste der Menschen aus dem Temurijon waren legendär, sie wurden förmlich im Sattel geboren, und Siegel stellte keine Ausnahme dar. Ihr Reittier war nur ein Steppenpony, aber immerhin ein Jagdpferd, kastanienbraun, mit langen Beinen und einem weißen Stern auf der Stirn.

Sie hatte ein Seil um ihren Sattelknauf gebunden, das andere Ende an Charlies Sattel befestigt, sodass er gezwungen war, mit ihr Schritt zu halten, und zerrte ihn neben sich her, das Gesicht zu einer Grimasse verzogen. Er hüpfte auf seinem Maultier auf und ab wie ein Sack Kartoffeln, und wann immer sie anhielten, bewegte er sich mit vorsichtigen Schritten und zuckte immer wieder zusammen. Wie auch Corayne fühlte er sich im Sattel nicht gerade wohl, und Siegel zog ihn beständig damit auf. Ihre Beziehung war sonderbar, schroff, aber duldsam, trotz Siegels Bemühungen, Charlie dem Henker auszuliefern. Offensichtlich altbekannte Scherze und noch ältere Beleidigungen gingen zwischen ihnen hin und her. Es bestand kein Zweifel daran, dass sie schon seit sehr, sehr langer Zeit hinter ihm her war.

»Ich muss sagen, ich bin froh, aus dem sumpfigen Marschland herauszukommen«, meinte Siegel und hielt das Gesicht in die Sonne, während sie ein schmales Landsträßchen entlangtrabten. Sommersprossen sprenkelten ihre Wangen. Während Siegel sie nach Südwesten führte, ließen sie die Nebel von Adira immer weiter hinter sich zurück. Auch wenn Corayne die Landkarte der Wacht besser kannte als die meisten, hatte sie nicht die geringste Ahnung, wohin sie ritten.

Sorasa wiegte sich im Rhythmus ihres Pferdes, die Kapuze erneut weit in das Gesicht gezogen. »Ich kann gar nicht glauben, dass du so viele Tage damit verschwendet hast, im Schlamm zu hocken und auf eine derart armselige Beute zu warten«, sagte sie und warf einen kurzen Blick hin zu Charlie.

Siegel reckte sich stolz in die Höhe. »Es ist mir bisher jedes Mal gelungen, einen Schuldigen der Gerechtigkeit zuzuführen.«

Neben ihr schnaubte Charlie höhnisch. »Und genauso ist es dir bisher jedes Mal gelungen, den darauf stehenden Blutpreis einzuheimsen.«

»Blutpreis? Tu nicht so moralisch, Priester«, gab sie grinsend zurück. »Gehört nicht auch Mord zu den Anklagen gegen dich?«

Auf seinem eigenen Pferd hustete Andry und tat sein Bestes, seinen missbilligenden Gesichtsausdruck zu verbergen. *Sein Bestes ist nicht sonderlich gut*, stellte Corayne fest und sah, wie sich der Knappe neben ihr krümmte. Doms Miene war versteinert, und er versuchte, seine eigene Missgunst zu verbergen. *Du bist jetzt von lauter Verbrechern umringt, Prinz*, dachte Corayne.

»Es hieß entweder er oder ich«, erklärte Charlie leichthin und machte eine abwinkende Handbewegung. Sie führte dazu, dass er um ein Haar aus dem Sattel gerutscht wäre. »Garion von den Amhara hat mich gut unterrichtet.«

Noch ein Amhara? Ehe Corayne den Mund öffnen konnte, um zu fragen, linste Sorasa unter ihrer Kapuze hervor, ein spitzbübisches Glitzern in den Augen.

»Ich würde sagen, du hast ihm auch so ein paar Dinge beigebracht«, sagte sie in schmeichelndem Tonfall und ließ ihr scharfes, unterkühltes Lachen hören.

Charlie lief dunkelrot an, aber er lachte mit ihr, und die beiden wechselten vielsagende Blicke. *Noch so eine seltsame Geschichte, zu lang, als dass wir sie verstehen könnten.* Gegen ihren

Willen amüsierte es Corayne, die beiden zu beobachten. Sie erinnerten sie an die Besatzung der *Sturmgeboren*, einer Ansammlung von Mördern und Schurken, die miteinander einen vertrauten Umgang pflegten, aber deshalb noch lange nicht weniger tödlich waren.

Die Kopfgeldjägerin reckte den Hals und drehte sich in ihrer Lederrüstung im Sattel um. Ihr eigenes Lächeln war spröde. »Es überrascht mich, dass Garion nicht genauso wie ich in den Sümpfen der Marsh auf dich gewartet hat. Du hast es wirklich nicht schwer gemacht, dich zu finden.«

Sein Lächeln war von einer Sekunde auf die andere verflogen, ersetzt durch ein gequältes Stirnrunzeln. Mit einer unsicheren Bewegung ließ er sich aus dem Sattel gleiten und landete hart im Schmutz der Straße. »Ich glaube, ich werde mal für ein Weilchen zu Fuß gehen«, brummte er, während er auf weichen Beinen umherstolperte, um etwas Abstand zwischen sich und Siegel zu legen.

Sie ließ ihn zurückfallen.

»Das war unfreundlich«, bemerkte Sorasa mit ausdrucksloser Stimme, in der nichts Verurteilendes war. Eine einfache Tatsachenfeststellung.

Siegel zuckte die Schultern. »Niemand bezahlt mich dafür, freundlich zu sein.«

Andry beugte sich auf seinem Pferd zu Corayne herüber. »Sie ist womöglich noch unbarmherziger als Sorasa«, flüsterte er aus dem Mundwinkel.

Am Ende ihrer Reihe schnaubte Dom verächtlich. »Es war mir nicht bewusst, dass es hier einen Wettbewerb um die schlimmste Persönlichkeit gibt«, murmelte er.

Sorasa zögerte keine Sekunde mit ihrer Antwort. »Es ist wahrlich kein Wettbewerb, wenn Ihr auch mit von der Partie seid.«

Unten auf der Straße deutete Charlie mit dem Daumen über seine Schulter, und sein Unbehagen war vergessen. »Haben eigentlich alle Unsterblichen einen Stock verschluckt oder nur er?«

Ihr gemeinsames Gelächter hallte über die Auen von Larsia hinweg und ließ das hohe Gras rascheln. Zu Coraynes Freude zuckten selbst Doms Lippen und verrieten ein Lächeln.

»Steh auf.«

Corayne öffnete erschrocken die Augen und erwartete, ihren Onkel oder den roten Zauberer zu sehen, vielleicht sogar das Lauernde persönlich, einen hoch aufragenden Schatten, darauf aus, sie in Stücke zu reißen. Stattdessen stand Sorasa vor ihr und beugte sich über sie. Das schwache Licht des Feuers tanzte in ihren kupferfarbenen Augen.

Zittrig stemmte sich Corayne auf die Ellbogen und blickte sich in ihrem Lager um. Glut glomm in einem Ring aus Steinen. Charlie saß darüber, den Umhang um sich geschlungen, während er in den niedrigen Flammen herumstocherte, offensichtlich halb im Schlaf. Siegel wachte mit Habichtsaugen über ihn. Der Mond war verschwunden, aber die Sterne blinkten noch immer am Himmel. Im Osten war ein schwaches Blau am Horizont erahnbar.

»Sorasa, es ist noch dunkel«, protestierte sie und rieb sich das Gesicht. »Ich bin auch nicht damit dran, die nächste Wache ...«

Aber die Meuchlerin packte sie an der Schulter und zerrte sie hoch. Die Nachtluft fuhr ihr kalt über die Haut, als ihr Umhang an ihr herabglitt.

»Beeil dich. Wir haben nicht viel Zeit, bis sie zurückkommen«, sagte Sorasa und zerrte sie zum Feuer, vor dem Siegel aufragte. Corayne stolperte hinter ihr her und versuchte, sich zu orientieren, während die Schläfrigkeit allmählich von ihr abfiel. »Ich hätte das schon vor langer Zeit machen sollen.«

Machen? Was?, fragte sich Corayne und war plötzlich hellwach. Sie riss die Augen weit auf und blickte Siegel an, deren Aufmerksamkeit von dem Priester zu Coraynes Gesicht wanderte. Zweifel stiegen in ihr auf, gefärbt mit Angst. Dann wurde ihr ruckartig klar, dass Andry und Dom verschwunden waren, ihre Schlafstellen leer.

»Wo ist Dom?«, fragte sie besorgt und argwöhnisch. Sosehr ihre Beschützer sie aufrieben, fühlte sie sich ohne sie doch irgendwie nackt, allzu ungeschützt. »Und wo ist Andry?«

Sorasa ließ ihren Arm los und baute sich in der Mitte des Lagers vor Corayne auf. Sie verschränkte die Arme vor der Brust, lehnte sich zurück und klopfte mit dem Stiefel auf den Boden. »Das wandelnde Stirnrunzeln und der edle Knappe sind auf der Jagd nach unserem Frühstück.«

Corayne hätte fast einen Satz gemacht, als Siegel sie mit musterndem Blick zu umkreisen begann, als sei sie ein Pferd auf einer Viehauktion. Mit einem Schlucken rutschte Corayne Stück für Stück herum, um sie im Auge zu behalten, und drehte sich dabei langsam um die eigene Achse. »Kann ich Euch mit irgendetwas helfen, Siegel?«

»Die Spindelklinge ist zu groß, als dass sie je einen vernünftigen Gebrauch davon machen könnte«, sagte Siegel schließlich und packte Corayne an den Schultern. Sie fuhr überrascht zurück und sträubte sich, als die Kopfgeldjägerin sie schüttelte. »Sie hat auch nicht genug Muskelkraft für eine Axt. Was ist mit Fingermessern?«

Corayne brauchte einen kurzen Moment, um festzustellen, dass Siegel gar nicht mit ihr sprach.

»Sie ist zu langsam«, meinte Sorasa und musterte sie ebenfalls abschätzend. »Bogenschießen kommt auch nicht infrage.«

Corayne schielte zwischen den beiden hin und her. Ausnahmsweise einmal hatte es ihr die Sprache verschlagen. Doch dann fiel der Groschen plötzlich. »Wollt ... Wollt Ihr mich etwa im Kämpfen unterrichten?«

Das Licht des Feuers glänzte auf Sorasas Zähnen. »Wenn ich ein Jahr Zeit hätte, gerne. Ich könnte dich zu einer ganz passablen Kämpferin ausbilden«, antwortete sie feixend. Dann schüttelte sie den Kopf und begutachtete Corayne von oben bis unten. »Sollte ich jemals deiner Mutter begegnen, hätte ich ihr ohne Frage das eine oder andere zu sagen. Wieso hat sie deinen Unterricht in den Kampfkünsten nur dermaßen vernachlässigt?«

Meine Fähigkeiten als Kämpferin sind wahrlich nicht das Einzige, was sie vernachlässigt hat, dachte Corayne bitter.

»Selbst wenn einmal nicht das Ende der Welt bevorsteht, ist die Wacht ein gefährlicher Ort für Frauen«, fügte Sorasa hinzu und deutete zuerst auf sich, dann auf die Kopfgeldjägerin.

Siegel grinste breit. »Deshalb sind wir einfach selbst gefährlich geworden.«

»Hast du Lust, mit uns zu tanzen?« Mit einer auffordernden Geste, wie ein Tänzer auf einem Ball, streckte Sorasa die Hand aus. »Wir, die wir nirgendwo hingehören?«

Angst und Ärger wegen ihres unterbrochenen Schlafes schwanden schnell dahin. Corayne nickte eifrig und dachte an die Spindelklinge in ihrer Scheide und an den langen Dolch aus Adira. *Wir, die wir nirgendwo hingehören.*

»Bringt es mir bei«, sagte sie atemlos.

Sie schmeckte Erde, bevor sie wusste, wie ihr geschah, ohne jede Vorwarnung zu Boden geworfen. »Was zum Teu...«, keuchte sie und rappelte sich mühsam wieder hoch.

Nur um von der sich in einem wilden Wirbel von Gliedmaßen bewegenden Meuchelmörderin abermals niedergeschlagen zu werden.

Corayne fiel flach auf den Rücken und japste, während ihr alle Luft aus der Lunge wich. Sie hörte Charlie leise auflachen, in seinem Umhang zusammengekauert. Siegel verzichtete darauf, sich ebenfalls ins Gefecht zu stürzen, sondern war es zufrieden, schweigend zuzuschauen.

Sorasa beugte sich über sie, wie sie es einige Minuten zuvor schon einmal getan hatte, ein hämisches Grinsen im Gesicht. Sie streckte ihr die Hand hin, die tätowierten Finger tanzten auffordernd.

»Ist das denn die leichte Methode?«, brachte Corayne mit Mühe heraus und rang um den Atem, den es ihr im doppelten Wortsinn verschlagen hatte.

Sorasa riss sie grob hoch. »Auf jeden Fall«, antwortete sie. »Jetzt verlagere dein Gewicht. Auf die Fußballen. Dann hast du eine bessere Balance, und es fällt dir leichter, die Richtung zu wechseln.«

Die Meuchelmörderin führte ihr vor, was sie meinte, und wechselte von einer Haltung mit flach zu Boden gedrückten Füßen auf ihre Zehenspitzen, beide Knie leicht durchgebeugt. Sie wippte vor und zurück, ihre Schultern auf einer Linie mit ihren Knien. Corayne tat es ihr gleich, ahmte Sorasas Haltung nach, so gut sie konnte. Als sich Sorasa diesmal auf sie stürzte, gelang es ihr, geschlagene drei Sekunden stehen zu bleiben, bis die Meuchelmörderin sie wieder zu Boden warf.

Corayne zuckte zusammen. Allmählich tat ihr der Rücken weh. »Entschuldigung«, stieß sie hervor und spürte den Stachel des Versagens.

»Besser«, war alles, was Sorasa erwiderte, dann zog sie sie erneut hoch.

»Vielleicht sollte ich mich einfach wieder schlafen legen«, murmelte Corayne und massierte sich die Schulter. Trotzdem blieb sie auf den Zehenspitzen stehen, bereit, falls Sorasa noch einmal versuchte, sie umzuwerfen. »Und das Kämpfen lieber den Leuten überlassen, die sich darauf verstehen?«

Sorasa tat so, als hätte sie ihre Worte gar nicht gehört.

»Ich glaube nicht, dass wir ein Schwert haben, das leicht genug für sie ist.« Siegel begann von Neuem, ihre Kreise um sie zu ziehen. Sie trug ihre Rüstung nicht, wirkte aber deshalb nicht weniger riesig. »Es sei denn, du willst ihr deins geben?«

»Da geb ich ihr lieber einen Stock«, höhnte Sorasa und drehte sie sich wieder zu Corayne um. »Das lange Messer, das du dir in Adira gekauft hast, wird wohl genügen müssen.« Sie zog die Waffe aus Coraynes Satteltaschen. Sie blinkte im Licht der Feuerglut, ein schlichtes Ding mit scharfer Schneide und einem lederumwickelten Griff. Sorasa schwang das Messer prüfend durch die Luft und stach in die Nacht hinein. »Ein gutes Gewicht – man kann es mit einer Hand benutzen oder auch mit beiden. Ich würde beide empfehlen, wenn es wirklich wehtun soll.«

Die Klinge tanzte weiter und glitt in einem Wirbel von Bewegungen um ihre Finger herum.

»Angeberin«, brummte Charlie und nahm einen Schluck aus seinem Wasserschlauch. *Nein, das ist Wein,* begriff Corayne, als sie sah, wie etwas Schwarzes von seinen Lippen tropfte.

»Hier.« Sorasa riss ihre Aufmerksamkeit wieder an sich und drückte Corayne das Messer in die unsicheren Hände.

Presste die Zähne zusammen, wie sie die Finger um den Griff des Dolchs zusammenpresste. Auch wenn die Spindelklinge zu schwer für sie war, fühlte sie sich zumindest irgendwie vertraut an. Das Messer gab ihr ein seltsames Gefühl, ein Fremder in ihren Händen.

Sorasa ließ ihr keine Zeit, sich daran zu gewöhnen, sondern korrigierte bereits ihren Griff. Sie ordnete Coraynes Finger auf dem Dolch neu, einen nach dem anderen. »Fest, aber nicht zu fest, verstehst du? Du darfst deine Gelenke nicht verkrampfen, weder in deinen Händen noch sonst wo.«

Erneut errötete Corayne. Sie hasste es, irgendetwas falsch zu machen, und hatte auch nur wenig Erfahrung damit. *Zumindest war das einmal so, bis die Welt beschlossen hat, mir auf den Kopf zu fallen.*

»Gut.« Sorasa nickte und begutachtete Coraynes Hand. Ihr eigener Dolch, einer von vielen, blitzte auf, bevor Corayne überhaupt mitbekam, dass sie ihn gezückt hatte. Sie wurde blass im Gesicht und wich einen Schritt zurück. »Keine Sorge«, sagte Sorasa. »Du bist noch Generationen davon entfernt, mit mir die Klingen zu kreuzen. Schau einfach zu, ahme meine Bewegungen nach und präg sie dir ein. In so was bist du doch gut, hm?«

Das bin ich, dachte Corayne, und ein zaghaftes Lächeln breitete sich auf ihrem Gesicht aus.

Die Übungen waren nicht schwierig, bauten auf stetigem Wiederholen und Einprägen auf. *Ziehen, parieren, zustoßen, schlitzen, drehen, mit beiden Händen umfassen, zurückziehen, wechseln.* Coraynes Hiebe besaßen nicht die gleiche Wucht, und ihre Kondition war mit der einer Amhara nicht zu vergleichen, aus der Gilde verstoßen oder nicht. *Aber jetzt ist da wenigstens irgendetwas, wo vorher nichts gewesen ist,* überlegte sie und wischte sich eine Schweißperle vom Gesicht.

»Super – zumindest weiß ich jetzt, wie man einen Dolch hält«, meinte sie, als Sorasa das Tempo drosselte und ihre Waffe wieder in den Gürtel schob.

Die Meuchelmörderin grinste. »Wenn du jetzt noch wüsstest, wie man die Klappe hält.«

Siegel hatte sich bis jetzt mit Zuschauen zufriedengegeben, aber damit war es vorbei. Sie ließ die Schultern kreisen und scheuchte Sorasa aus dem Weg. »Schauen wir mal, ob du weißt, wie man zuschlägt, Corblut«, sagte sie, verzichtete darauf, irgendeine schützende Stellung einzunehmen, und beugte sich vor, sodass ihr Gesicht in Reichweite war. »Nur zu.«

Hinter ihr versetzte Charlie der Luft einen Hieb. »Die meint das ernst.«

»Umschließ deinen Daumen nicht mit den Fingern, wenn du dir nicht die Hand brechen willst«, fügte Sorasa hinzu, nahm neben Charlie Platz und lehnte sich auf dem grasbewachsenen Boden zurück.

Corayne blinzelte sie beide an, dann richtete sie den Blick auf Siegel. Die Kopfgeldjägerin blickte erwartungsvoll zurück, ihr Kiefer kantig wie ein Amboss.

»Ist das die Art und Weise, wie die Temur ihre Zuneigung zeigen?«, fragte Corayne matt und drückte die Schultern durch. *Du musst dein Gewicht verlagern,* dachte sie und korrigierte ihre Haltung.

»Wir Temur pflegen einen freien Umgang mit unserer Liebe und mit unserem Zorn«, antwortete Siegel in sachlichem Tonfall. Sie neigte den Kopf und hielt ihr das Gesicht hin, um sie hineinschlagen zu lassen.

Als ihre Knöchel ihr Ziel trafen, begriff Corayne, was für eine sehr, sehr schlechte Idee das gewesen war. Sie heulte vor Schmerz auf, fühlte Feuer in ihrer Faust und wäre beinahe zu Boden gefallen. Sie umklammerte ihr Handgelenk. »Bei den

Spindeln«, fluchte sie und schüttelte die Finger aus. Ihre Knöchel waren jetzt schon rot und würden bald anschwellen. »Bei Adalens Tränen«, jaulte sie und ließ einen Donnerhagel von Flüchen in jeder ihr bekannten Sprache vom Stapel.

Siegel kicherte und richtete sich auf.

»Und?«, erkundigte sich Sorasa mit hochgezogener Braue.

»Ehrlich gesagt, nicht so schlecht, wie ich gedacht hätte«, antwortete Siegel und klang verblüfft.

Es verringerte Coraynes Schmerz nicht, aber es machte es zweifellos leichter, ihn zu ertragen. »Ihr seid nicht der erste Mensch, denn ich je geschlagen habe«, zischte sie durch die Zähne und schüttelte erneut ihre Hand aus. »Nur hat es bei Euch am meisten wehgetan.«

Stolz schlug sich Siegel aufs Kinn, dann hämmerte sie sich mit der Faust auf ihre breite Brust. »Die eisernen Knochen der Ungezählten lassen sich niemals brechen«, prahlte sie, ein Schlachtruf der Temur.

Charlie gönnte ihr ihre diebische Freude nicht lange. Er neigte den Kopf und tat so, als grübele er nach. »Habe ich dir nicht damals in Pennaline den Arm gebrochen?«

»Nicht *du* hast mir den Arm gebrochen; das ist dein Liebhaber gewesen«, blaffte Siegel und ließ in besagtem Arm die Muskeln spielen. Corayne sah keinerlei Hinweis auf eine Verletzung.

»Und er musste dazu einen Hammer nehmen.«

»Ach ja. So schöne Erinnerungen«, erwiderte Charlie mit sehnsuchtsvoller Miene.

Es kam ihr falsch vor zu lachen, wo doch so viel auf dem Spiel stand, aber Corayne lachte trotzdem. »Hat Euch irgendwer schon mal gesagt, wie seltsam Ihr alle seid?«

Siegel zwinkerte ihr zu. »Wie seltsam *wir* alle sind, dich eingeschlossen, Cormädchen. Und du bist weit davon entfernt, für heute Nacht fertig zu sein«, sagte sie und bedeutete Corayne weiterzumachen. Widerstrebend tat das Mädchen wie geheißen und ging gegenüber einer Kopfgeldjägerin, die doppelt so breit war wie sie, in Angriffsposition.

»Schlag hierhin. Eins«, sagte Siegel und hob ihre rechte Hand, die Innenfläche nach außen gedreht. »Schlag hierhin. Zwei.« Die linke Hand. »Und bleib mit deinen Füßen in Bewegung. Duck dich, wenn ich zuschlage.«

»Es wäre mir lieber, wenn Ihr nicht zuschlagen würdet«, murmelte Corayne. Ihre Hand brannte immer noch.

Siegel gab ihr keine weitere Zeit, um vor sich hin zu grummeln, und ließ ihre Hände tanzen. »Eins, zwei, zwei, eins, zwei, eins, eins.« Sie hob sie beide in schnellem Wechsel und fing Coraynes Schläge in ihren gewaltigen Pranken ab.

Als sie brüllte: »Duck dich«, war Corayne darauf gefasst und wich mit einem Grinsen dem Schlag ihres langen Arms aus.

»Gut!«, rief Siegel und zeigte breit lächelnd ihre großen Zähne. »Gute Konzentration. Du bist auf Zack, du weißt, wo du hinschauen musst. Das ist schon mal was.«

Sie tippte Corayne auf die Stirn. »Jetzt *duck* dich«, gluckste sie.

Ich sollte inzwischen eigentlich daran gewöhnt sein, zu Boden zu gehen, dachte Corayne, als sie mit einem schmerzhaften Knall ins Gras fiel. Sie atmete bebend durch. Siegel schlug zu wie ein heranpreschendes Pferd, und Corayne schwirrte der Kopf. Einer ihrer Mundwinkel schmerzte, und feuchtes Blut rann herab.

»Hast du Angst?« Sorasas Gesicht kreiste über ihr, von schwindelerregenden Sternen umkränzt.

Corayne hatte nicht die Kraft zu lügen. »Ja.«

Nach Sorasas Lächeln zu urteilen, war es die richtige Antwort gewesen.

»Angst ist ein feingeschliffener Instinkt, genauso nützlich wie jede Klinge aus Stahl«, sagte sie. »Sie hat mich häufiger, als ich zählen könnte, am Leben erhalten. Also, lass diese Angst an dich heran, lass sie dich ausfüllen, lass ihr Flüstern dich leiten. Aber lass sie nicht herrschen.«

Corayne nickte zittrig. »Ich werde sie nicht herrschen lassen.«

Die Meuchelmörderin wirkte zufrieden. »Es gibt keine größeren Lehrmeister als Angst und Schmerz.«

»Bei den Flügeln Baleirs, was macht Ihr da?«

Ein blitzender Wirbel von goldenem Haar und smaragdgrünen Augen stieß Sorasa aus dem Weg und zog Corayne hoch. Sie schwankte unsicher und umklammerte Halt suchend den Arm, der sie gepackt hatte. Da war Schmerz, aber sie machte ihn sich willig zu eigen. *Der Schmerz bedeutet, dass ich etwas gelernt habe.*

Sorasa knurrte, ein Tiger, der einem Sturm gegenübersteht. Sie bohrte ihm den Zeigefinger in die Brust, und ihre Wangen röteten sich. »Was wir machen? Das, was wir seit dem Moment, als wir sie gefunden haben, hätten machen sollen.«

Dom nahm die Herausforderung dankbar an und knurrte zurück: »Corayne ist die Hoffnung der Welt, das Einzige, was zwischen Allwacht und der totalen Zerstörung steht.«

Die Meuchelmörderin hob entnervt die Hände und verlor Stück für Stück ihre schier unendliche Selbstbeherrschung. »*Genau!* Sie sollte wissen, wie sie sich verteidigt, wenn wir einmal nicht dazu in der Lage sind.«

Jemand tupfte ihre Lippen ab, und als Corayne sich umdrehte, stand Andry dicht hinter ihr, ein an den Rändern rot beflecktes Taschentuch in der Hand. Sie nahm das Tuch dankbar entgegen und drückte es sich auf den blutenden Mund.

»Ist schon in Ordnung. Sie sind gute Lehrmeister«, beteuerte sie und trat zwischen Dom und Sorasa. *Fast so gut wie Schmerz und Angst.* »Selbst wenn ich in fast allem miserabel bin.«

Der Älteste und die Meuchlerin fixierten einander mit bösen Blicken, um dann beide genau zur gleichen Zeit klein beizugeben, sich auf dem Absatz umzudrehen und davonzuschreiten. *Den Göttern sei Dank*, dachte Corayne.

Während die anderen das Frühstück zubereiteten, zögerte Andry und blieb neben ihr stehen.

Corayne fuhr sich prüfend mit den Fingern über die Lippen, dann wurde ihr bewusst, dass sie wahrscheinlich mit Dreck und Erde beschmiert waren. Sie fühlte sich in seiner Gegenwart seltsam verlegen, wiewohl Andry Trelland sie inzwischen wahrlich in allen möglichen Zuständen erlebt hatte.

»An deinen Reitkünsten könntest du auch mal ein wenig arbeiten«, murmelte er und scharrte mit dem Stiefel über den Boden.

Als sie ihm auf die Schulter schlug, achtete sie darauf, den Daumen nicht mit den anderen Fingern zu umschließen.

27

Die Schlange

Andry

Sie waren in einem kleinen Fischerdorf an Bord des Handelsschiffs gegangen, diesmal auf Siegels Rat hin. Die Kopfgeldjägerin schien all jene zu kennen, die Sorasa nicht kannte, und die Überfahrt auf einem Schiff nach Almasad war billig zu haben.

»Noch so ein götterverdammtes Schiff«, zischte Dom und starrte in die Wellen.

Nach zwei Tagen auf dem Wasser dankte Andry dem Himmel, dass er nicht unter Seekrankheit litt und wie Dom dazu verdammt war, seinen Mageninhalt über die Reling zu entleeren. Dem Ältesten ging es heute wieder etwas besser, aber sein Gesicht war so grün wie sein Umhang, und er hielt die Konzentration unverwandt auf die Wellen gerichtet, die an den Rumpf der Galeere aus Larsia klatschten. Die anderen machten einen großen Bogen um ihn, wenngleich Charlon ihm immer wieder Wein anbot, den Dom immer wieder ablehnte. Valtik belegte ihn mit einem Zauberspruch, der das Ganze wahrscheinlich verschlimmerte. Sorasa ignorierte ihn völlig, am Bug des Schiffes tief in ein Gespräch mit Siegel versunken. Die beiden Frauen waren so unterschiedlich wie Tag und Nacht.

Siegel war breit gebaut und groß; ihr Gesicht dem Himmel zugewandt, genoss sie das helle Tageslicht. Nicht so Sorasa, die neben der temurischen Wölfin ein dunkler Schatten war. Ihre Lippen bewegten sich kaum, wenn sie sprach, ihr Gesicht eine Maske, während Siegel schnell ein Grinsen aufsetzte oder mürrisch das Gesicht verzog.

Andry hätte ihr Gespräch am liebsten belauscht, und sei es nur, um die Zeit totzuschlagen.

Corayne versuchte es. Sie trat so nah an die beiden heran, wie sie es wagte, auf halbem Weg über das langgestreckte flache Deck der Galeere, hinter einem Haufen Kisten versteckt, die mit Netzen am Schiff befestigt waren.

Sie lächelte, als Andry zu ihr herangepirscht kam und sich neben sie an die Reling lehnte.

»Ehrenwerter Knappe, gesellt Ihr Euch zu mir, um gemeinsam zu lauschen?«, fragte sie und gab ihm einen Stups mit dem Ellbogen.

Sein Arm summte bei ihrer Berührung. »Ich glaube, sie würden mich bei lebendigem Leib häuten, wenn ich es wagte«, antwortete er und meinte es auch so. »Was ist mit dir? Hast du schon herausgefunden, worum es geht?«

»Ich bin schlau, aber ich kann keine Gedanken lesen, Trelland.« Corayne sah mit zusammengekniffenen Augen zum Bug vor, ihre Stirn in Falten gelegt. »Was immer sie der Kopfgeldjägerin versprochen hat, muss etwas Großes sein. Jemanden, auf den ein höherer Preis ausgesetzt ist als auf Charlie.«

Charlie. Coraynes Ungezwungenheit mit dem Flüchtling aus Madrence war für Andry nicht überraschend. Schließlich war sie mehr als jeder andere an Verbrecher gewöhnt. Außerdem verbrachte sie die halbe Nacht damit, die Embleme und Siegel des Fälschers durchzugehen und zu versuchen, sie sich für ihren eigenen Gebrauch einzuprägen. Sie waren schnell Freunde geworden, der abtrünnige Priester und die Piratentochter.

»Vielleicht hat sie ja sich selbst angeboten?«, überlegte Andry laut. »Bestimmt ist auf den Kopf einer Meuchelmörderin ein Preis ausgesetzt.«

Corayne stieß ein bellendes Lachen aus. »Ich glaube, Sorasa würde erst jeden anderen Menschen auf diesem Schiff verkaufen, bevor sie sich selbst in Gefahr bringt.«

Andry grinste. »Und unseren Dom würde sie gleich zweimal verkaufen«, antwortete er und freute sich, als Corayne erneut kicherte. »Aber dich nicht«, fügte er hinzu, ohne viel nachzudenken. Es war schließlich die Wahrheit.

Ihr Lächeln verschwand, als hätte er einen Eimer kaltes Wasser über ihr ausgegossen. Sie drehte das Gesicht in den Wind und suchte den weiten blauen Horizont ab. Die Sonne hüpfte auf den Wellen und besprenkelte ihr Gesicht mit funkelnden Goldtönen. Ihre Augen blieben undeutbar, schwarz wie Pech, ein Abgrund, der die Welt verschluckte.

»Sie weichen mir alle nicht von der Seite, als sei ich ein Kind«, murmelte sie und schloss die Hand fest um die Reling.

Andry wählte seine nächsten Worte sorgfältig. Wenn er für Corayne eine Tasse Tee hätte heraufbeschwören können, hätte er es getan. *Aber Minze und Honig können an ihrer Lage nichts ändern.*

»Liegen sie da so falsch?«, fragte er schließlich vorsichtig und musterte ihre Züge. Sie zog die Brauen zusammen. Sie bewegte sich nicht, aber ihre Haltung verriet ihm, dass sie jetzt gern nach dem Schwert gegriffen hätte, das unter ihrem Umhang versteckt war. »Wenn du es nicht bis zur Spindel schaffst, ist das alles umsonst.«

Corayne sah ihn mit gebleckten Zähnen durchdringend an. »Es gibt auch andere. Ich bin nicht die einzige Idiotin mit Corblut in den Adern, die auf der Wacht wandelt.«

»Und wo sind diese anderen?«, hakte er nach, immer noch mit sanfter Stimme. Andry Trelland hatte auf dem Exerzierplatz genug scheuende Pferde und allzu heißblütige Knappen gesehen, um zu wissen, wie er Gelassenheit vortäuschte. *Selbst wenn Corayne an-Amarat beängstigender ist als beides zusammen.* »Du bist die größte Hoffnung, die wir haben. Das hat Folgen.«

Sie schnaubte und verschränkte die Arme vor der Brust. »Muss denn wirklich eine dieser Folgen ein Trübsal blasender Unsterblicher sein, der jeden meiner Herzschläge belauscht?«, knurrte sie und deutete mit dem Kopf auf Dom, der wenige Meter entfernt stand.

»Wenn er dich dadurch am Leben hält, ja.« Wärme breitete sich über seinen Wangen aus, und seine braune Haut rötete sich. *Das war jetzt etwas dreist, Trelland.* »Ich meine, wir brauchen dich lebend ...«

Corayne warf die Hände hoch. »*Wir* wissen nicht einmal, wie das Ganze funktionieren soll. Mein Blut, die Klinge. Und was dann? Damit herumfuchteln?« Zur Betonung ihrer Worte zog sie ihren Umhang zurück und ließ für eine Sekunde die Scheide auf ihrem Rücken sehen. Rote Flecken traten ihr ins Gesicht, und sie strich sich frustriert durch ihr offenes Haar. Die schwarzen Locken kringelten sich in der Seeluft und klebten an ihrem Hals.

»Das werden wir schon sehen, wenn es so weit ist«, murmelte er und riss den Blick von ihr los. »Wir haben Valtik, und Charlon – Charlie – scheint ebenfalls zu wissen, wovon er redet, selbst wenn er ein wenig zu jung ist, um ein Priester *und* ein flüchtiger Verbrecher zu sein ...«

Sie trat näher und baute sich vor ihm auf, sodass er eingezwängt mit dem Rücken zu den Kisten stand. Andry verstummte.

»Aber du hast immerhin schon eine Spindel gesehen. Du bist dabei gewesen. Bei den Gefährten.«

Holz drückte sich in seine Schulterblätter, und Wärme breitete sich über ihm aus. Nicht einmal seine jahrelange Ausbildung hatte ihn auf ein Mädchen wie Corayne vorbereitet. Er hatte vornehme Damen kennengelernt, ja, sie versteckten sich schüchtern hinter vorgehaltenen Händen und tratschten, gehüllt in teure Seidengewänder. Aber nicht solche Mädchen wie Corayne, mit einem Schwert auf dem Rücken und Landkarten in ihren Taschen, die sternenlos schwarze Nacht in ihren Augen.

»Ich bin *jetzt* bei den Gefährten«, entgegnete er und versuchte, das Thema zu wechseln.

Sie sah ihn mit halb geöffnetem Mund grimmig an. »Du bist dabei gewesen«, wiederholte sie, diesmal mit leiserer Stimme.

Ich will nicht daran zurückdenken. Ich sehe es oft genug in meinen Albträumen. Aber ihren Augen ließ sich unmöglich etwas abschlagen. Er spürte, wie seine Zähne aufeinander knirschten,

Knochen auf Knochen. Das Knarren von Holz und Seilen und das Plätschern der Wellen traten in den Hintergrund, bis der Wind auf seinem Gesicht allzu heiß wurde und er nichts mehr hörte als Schreie. Er versuchte, sie nicht zu hören, versuchte, die Zeit vor alledem zu sehen, als die Welt noch anders gewesen war. Als er noch ein Junge gewesen war.

Es hatte zu regnen angefangen. Die drückenden Wolken lasteten schwer auf uns. Die Tempeltüren sind verschlossen gewesen, alles ruhig. Sie waren alle am Leben.

»Ich habe sie nicht gesehen, aber gespürt«, erklärte er, und Schwärze legte sich über sein Gesichtsfeld, als er die Lider schloss. Er spürte eine kühle Berührung an seiner Hand, Corayne, die über seine Handfläche streifte, ihre Finger klein und bedächtig. »Wie einen Blitz, bevor er einschlägt.«

Er erinnerte sich, gespürt zu haben, wie sich die Haare auf seinem Arm aufstellten, wie die Vibrationen dieses Ortes ihn bis ins Mark aufwühlten. *Als sei die Welt aus dem Gleichgewicht geraten.* Der Griff ihrer Finger wurde fester, und er fühlte all das von Neuem.

Andry zwang sich, die Augen zu öffnen, und erwartete halb, Taristan vor sich zu sehen, statt jenes Mädchens, das all das Böse, das Taristan verbrochen hatte, ungeschehen machen wollte. Doch da war nur Corayne. Sie stand so nahe vor ihm, dass er die über ihre Nase gesprenkelten Sommersprossen sah, die Schatten ihrer Sonnenbräune aus vielen Jahren auf den Wangen. Sie ähnelte ihrem Vater und ihrem Onkel sehr, und doch war sie auch so ganz anders als die beiden.

Das Kreischen einer Möwe riss ihn aus seiner Konzentration. Seine Hand löste sich mit einem Ruck aus ihrem Griff. »Glaubst du, du kannst die Spindel finden?«, fragte er und stützte sich mit den Ellbogen auf die Reling. Schloss Corayne aus.

Sie schürzte die Lippen und tat es ihm nach, ging ihrerseits auf Abstand zu ihm. »Ehjer hat gesagt, die *Sturmgeboren* hätte gerade den Sarim durchschifft, eine Küstenströmung.« Ihr Tonfall veränderte sich, wurde härter. Es war leicht, sie sich auf dem

Deck eines anderen Schiffs vorzustellen, Papiere in den Händen, während sie Besatzung und Kaufleute herumkommandierte. »Es muss in der Nähe der Sarianbucht geschehen sein, wenn sie es anschließend bis nach Adira geschafft haben. Und das Seeungeheuer hatte Matrosen der Goldenen Flotte verschlungen.«

Andry seufzte und klopfte mit den Fingerknöcheln auf Holz. »Wie kannst du das so weit einschränken? Ibal hat die größte Marine auf der Welt.«

»Unterteilt in mehrere Flotten. Die Flotte der Krone überwacht den Wachtsund und das Meer vor Almasad, die Juwelenflotte die südliche Küste, wo die Edelsteinminen sind. Die Sturmflotte jagt Räuber bis hinauf in die Ruhmsee. Die Goldene Flotte schützt den Aljer, die Kiefer Ibals.« Sie trommelte mit den Fingernägeln auf die Reling. »Ich würde alles Geld auf der Welt darauf verwetten, dass die Spindel irgendwo dort in der Nähe ist, im Wasser oder dicht daran.«

Der Knappe kannte die Wacht nicht so gut wie die Piratentochter, aber seine Lehrer hatten es nicht versäumt, ihn in Geografie zu unterweisen. Ibal war riesig, ein mächtiges Königreich mit Bergen, Wüsten, Flüssen und langen Küsten, seine großen Städte wie Juwelen in einem Schild aus gehämmertem Gold. Die große Hafenstadt Almasad konnte es, wie es hieß, durchaus mit Ascal aufnehmen, und Qaliram, die Hauptstadt des Landes, war noch prächtiger, ein Wunder voller Denkmäler und Paläste entlang des Flusses Ziron. Herden von heiligen Pferden zogen über die Landschaft hinweg wie Sturmwolken, bewegten sich unter dem Schutz des Gesetzes von Ibal vom Grasland zur Wüste und zurück. Da war die Große Sandwüste, ein Meer aus Dünen wie hoch aufragende Wellenkämme, durchschnitten von Schluchten und Salzpfannen. Es gab unzählige Oasen, einige von ihnen so groß, dass sie ganzen Städten Raum und Nahrung boten, andere kaum mehr als eine Handvoll Palmen. Und dann die berühmte ibaletische Küste, Klippen und sanft aufsteigende Hänge über hellgrünem Wasser, von der größten Marine der Welt überwacht. Die Herrscher von Cor hatten einst das alte Ibal zeitweise erobert, aber zu einem hohen Preis, und die Könige des Südens lebten weiter, übertroffen einzig von den Kaisern aus dem Norden. Andrys Herzschlag beschleunigte sich bei dem Gedanken, solche Wunder mit eigenen Augen zu sehen, so herrliche Orte, so weit von dem Land entfernt, das er Zuhause nannte.

Er schüttelte den Kopf. »Das ist immer noch ein großes Gebiet, in dem wir suchen müssen.«

Zu seiner Überraschung zuckte Corayne die Achseln. Die Herausforderung schien sie nicht einzuschüchtern, sondern sie vielmehr freudig anzuspornen. »Wie du schon sagtest, wir haben Valtik und jetzt auch noch Charlie. Vielleicht wissen sie ja auch etwas zu alledem zu sagen. Wenn Taristan eine alte Spindel aufgespürt hat, warum sollen sie dann nicht das Gleiche schaffen?«

Andry warf einen Blick zu besagten Experten hinüber. Beide waren beschäftigt. Charlon hockte im Schatten des Segels, die Zunge zwischen den Zähnen, sein Monokel in die Augenhöhle gedrückt, während er sorgfältig mit Tinte und Feder ein Stück Pergament bearbeitete. Passagierscheine, die sie brauchten, wenn sie in Ibal eintrafen. Er sah aus wie eine übergroße Kröte und schwitzte sogar im Schatten. Zu niemandes Überraschung hatte Valtik einen Dolchfisch gefangen, ein gestreiftes, stacheliges Ding. Sie entgrätete den Fisch blutig auf dem Deck, ohne auf die verärgerten Blicke der Besatzung zu achten. Das größte Stück des Fisches verzehrte sie roh, ihr Lächeln rot, während sie vor sich hin sang und Gräten zählte.

Kein so richtig überzeugender Anblick.

Das Handelsschiff durchschnitt das Wasser unter einem scharfen Wind, sein Bug brach durch aufgewühlte Wellen. Andry war noch nie so weit draußen auf dem Wasser gewesen, dass man kein Land mehr sah, und füllte sich die Lungen mit salziger Luft. Er hatte eigentlich erwartet, dass ihn die Reise zermürben und beunruhigen würde, aber in seinem Bauch regte sich bloß Hunger.

Er spürte Coraynes eindringlichen Blick auf seinem Gesicht, auf ihn statt auf das Meer gerichtet. »Deine Mutter dürfte jetzt in Aegironos sein«, meinte sie. Wieder fuhr ihr der Wind durchs Haar. »Die Schiffe nach Kasa landen dort an, im Golf der Reisenden, und füllen ihre Vorräte auf. Flache, ungefährliche Wellen. Eine wunderschöne Stadt.«

Er versuchte, es sich vorzustellen. Versuchte, seine Mutter unter einer wärmeren Sonne lächeln zu sehen, ihre Haut wieder leuchtend, auch wenn sie zusammengekrümmt in ihrem Stuhl saß. Er wusste, dass sie genau das wollte, dass sie ihre Heimat wiedersehen wollte, und das schon seit langen Jahren. *Ihr Wunsch wird erfüllt*, sagte er sich im Bemühen, das Gefühl der Schmach zu lindern, das jeden Zentimeter seines Körpers erfüllte. *Und sie ist dort in Sicherheit.*

»Bist du schon mal auf dem Südkontinent gewesen?«, fragte er.

Corayne schüttelte den Kopf, die Lippen zwischen die Zähne gezogen. »Meine Mutter hat südliches Blut in den Adern und ich damit auch, aber ich habe über die große weite Welt lediglich Geschichten und Erzählungen gehört, von jenen Menschen, die sie haben sehen dürfen.«

»Jetzt wirst du sie auch endlich sehen.«

Sie warf ihm einen vernichtenden Blick zu. »Ich glaube nicht, dass das zählt, Trelland.«

»Vielleicht danach.«

Er zuckte die Schultern. *Danach* kam ihm so albern und unmöglich vor, weit jenseits ihrer Reichweite. Wahrscheinlich würden sie bei dem Versuch sterben, die Welt zu retten, oder im Zuge der Zerstörung, die auf ihr Scheitern folgte. Aber die Hoffnung auf ein *Danach*, so fern es auch sein mochte, war für ihn wie Balsam auf fiebriger Haut. Andry klammerte sich an dieser Hoffnung fest, jagte der Empfindung nach.

»Ich kann von jetzt an eigentlich kein Knappe mehr sein.« *Nicht im Dienste einer Königin, die mich umbringen will.* »Kurz vor seinem Tod hat mich einer der Gefährten – ein Ritter aus Kasa namens Okran – zu sich nach Benai eingeladen.« *Vielleicht meine letzte schöne Erinnerung, bevor nichts als Asche übrig blieb.* Andry wünschte, er könnte zu jenem Moment zurückkehren, Okrans Pferd an den Zügeln fassen und ihn vom Tempel, von seinem Verhängnis wegzerren. »Er hat versprochen, mir das Land meiner Mutter und ihres Volkes zu zeigen.«

Coraynes Gesicht wurde reglos, nur ihre Augen bewegten sich. Andry hatte das Gefühl, durchsucht zu werden. Sie las ihn, wie sie ihre Landkarten las, verband einen Punkt mit dem anderen und kam zu Schlussfolgerungen, die er nicht sah.

Trotzdem sah er da auch Verständnis. Corayne dürstete es noch viel mehr nach der großen Welt als ihn. Sie wusste genau, wie es war, zum Horizont zu blicken und die Sehnsucht zu spüren.

»Vielleicht danach«, murmelte sie. »Und dann kann deine Mutter dir persönlich alles zeigen.«

Die Hoffnung erlosch in seiner Brust, schlüpfte ihm durch die Finger und ließ einen dumpfen Schmerz zurück. Etwas sagte ihm, dass dieser Traum niemals in Erfüllung gehen würde.

Andry schlief nicht unter Deck, wo die Luft stickig war und die Seeleute stanken und die ganze Nacht über rülpsten und ihre Winde abließen. Einzig Charlon und Siegel hielten es dort unten aus – wenngleich die Kopfgeldjägerin womöglich einfach nur in seiner Nähe blieb, falls ihr flüchtiger Verbrecher eine sich bietende Gelegenheit zu einem Fluchtversuch nutzte, selbst wenn sie mitten auf dem Meer waren. Wo Valtik war, mochten die Götter wissen; irgendwie war sie in der Lage, selbst auf einer Handelsgaleere zu verschwinden. *Wahrscheinlich baumelt sie an einem Seil seitlich am Rumpf herunter und lockt um ihrer Panzer willen Meeresschildkröten an.*

Stattdessen schlief Andry auf Deck. Das Schiff wiegte sich sanft hin und her, und es war momentan fast windstill. Er befand sich in einem Schwebezustand zwischen Schlafen und Wachen, unwillig, erneut vom Tempel zu träumen, vom Gefühl des Schwertes in seiner Hand und von roten, aufgerissenen

Händen auf seiner Haut. In seinem Albtraum geriet das Pferd ins Taumeln. Das Schwert fiel zu Boden. Er glitt aus dem Sattel, wurde aufgefressen, und die Hoffnung der Welt starb mit ihm. Das Licht der Sterne drang durch seine Lider, heller, als er es je erlebt hatte. So weit vom Land, von Rauch und Kerzenlicht entfernt, waren die Sterne Nadeln, die den Himmel durchstießen, spitze Stiche aus der Welt der Götter. Andry versuchte Corayne keine Beachtung zu schenken, die wenige Meter von ihm entfernt döste, halb verdeckt von Domacridhan, der neben ihr saß. Unter ihrem Umhang war sie kaum mehr als ein kleines Häufchen auf dem Boden, das Schwert halb versteckt neben ihr. Eine Strähne schwarzen Haars lugte unter ihrer Kapuze hervor.

Die erste Erschütterung fiel kaum auf.

Eine einzelne ungewöhnlich hohe Welle. Eine Windböe, die das Segel füllte.

Andry öffnete die Augen und stellte fest, dass das Segel schlaff herabhing, das Meer ruhig. *Eine Täuschung von Traum und Schlaf,* dachte er. *Wie wenn man glaubt, in die Tiefe zu stürzen.* Nicht einmal Dom regte sich. Der ewige Wächter starrte auf seine Stiefel hinunter.

Andry legte sich wieder hin, warm in seinem Mantel eingemummt, die salzige Luft kühl auf seinem Gesicht. *Ich verstehe gar nicht, warum sich all die Leute so sehr über Schiffsreisen beklagen. Es ist doch recht angenehm.*

Die zweite Erschütterung ließ den Rumpf knarren, und das Schiff neigte sich unter Andry. Immer noch sanft, eine einfache, gleichmäßige Bewegung. Einer der Matrosen, die gerade Wache hatten, flüsterte einem anderen etwas zu, ihr Larsianisch hart und zischend, verwirrt. Ein anderer blickte über Bord in das schwarze Wasser hinab.

Andry sah, wie Dom sich aufrichtete, und zog die Augenbrauen zusammen. Im Dämmerlicht bemerkte er, wie Doms weißes Gesicht noch blasser wurde und seine Lippen unter seinem goldenen Bart zuckten. Der Älteste starrte zum Bug, wo Sorasa im Stehen schlief, die Arme fest um sich geschlungen.

Etwas entrollte sich in der Dunkelheit, außerhalb der schwachen Lichtkugeln, die an Mast, Bug und Heck herabbaumelten. Angestrengt starrte Andry in die Nacht hinaus.

In Sekundenschnelle sprang der Älteste auf, sein Ruf warnend. Er machte einen Satz nach vorn.

Dieses Mal war der Unsterbliche nicht schnell genug.

Ein muskulöser Arm aus Grün und Blau schoss aus der Dunkelheit und wickelte sich um die Brust eines Seemanns. Der Arm war glitschig und glänzend, spiegelte das Licht wie der Bauch einer Nacktschnecke. Der Mann stieß ein feuchtes Keuchen aus, alle Luft wurde ihm aus den Lungen gequetscht. Dann ging er über Bord.

Andry blinzelte verwundert. *Was für ein seltsamer Traum.*

Dann begann das Schiff heftig zu schwanken, Dom schrie auf, und ein weiterer Matrose kippte über die Reling, noch lebendig genug für einen Hilferuf, während sich eine Ranke aus nassem Fleisch um seinen Knöchel wickelte. Sein Schrei wurde abrupt vom Klatschen der Wellen verschluckt, als er unter Wasser gezogen wurde.

Andry versuchte aufzustehen, verhedderte sich aber in seinem Umhang, seine Glieder immer noch schwer vom Schlaf. »Was ist das?«, hörte er sich krächzen.

Die Laternen baumelten mit der Bewegung des Schiffs hin und her, nicht mehr im Takt der Wellen. Irgendetwas schob das Schiff vor sich her, ließ die Galeere wie ein Spielzeug auf und ab hüpfen.

Corayne blinzelte verschlafen, als Dom sie hochzog und ihr die Spindelklinge in die Hände drückte. Ihr Blick fand den Andrys, die gleiche Frage auf ihren Lippen, während das Schiff unter ihnen schwankte.

Ihre Stimme erstarb, und zugleich starb auch das nächste Besatzungsmitglied. Ein sich kringelnder Schwanz wickelte sich wie eine Peitsche um die Kehle des Mannes und riss ihn über Bord. Andry sah mit sperrangelweit offenem Mund zu, wie der hundert Kilo schwere Larsianer im Meer verschwand.

»Die Spindel«, hauchte der Knappe und spürte, wie Entsetzen seine Kehle zuschnürte. *War sie hier? In den Wellen unter ihnen?* Aber es gab keine verräterisch angespannte Gewitteratmosphäre in der Luft, kein Gefühl, dass etwas nicht stimmte. Es gab nur die von Schreien erfüllte Nacht. Die Spindel war in weiter Ferne, aber ihre Ungeheuer hatten sich weit ausgebreitet.

Seeleute riefen hin und her und verfielen in Panik. Sie zogen an Seilen, verzurrten Segel. Die meisten von ihnen griffen nach Waffen: nach Schwertern und langen, mit Haken versehenen Speeren, die eigentlich besser zum Fischen geeignet waren. Einer schrie etwas in den Frachtraum hinunter und rief nach dem Kapitän und der übrigen Besatzung.

Siegel tauchte als Erste auf und stieß ihren flüchtigen Priester mit grimmiger Miene vor sich her. Ihre Axt wirbelte in ihrer freien Hand.

Andry rappelte sich hoch und eilte zum Mast. Der Älteste drückte Corayne dagegen, sein breiter Körper frontal der Reling zugedreht. »Ich sollte Euch jetzt besser anbinden«, meinte er und blickte zum Hauptsegel hin, das Gesicht verzogen.

»Wagt es nicht«, blaffte sie. »Mir liegt doch sehr daran, nicht zu ertrinken.«

Der Älteste schenkte ihrem Einspruch keinerlei Beachtung, zog ein Seil hervor und schlang es ihr um die Hüfte. »Ihr ertrinkt nur, wenn das Schiff sinkt. Und wenn wir zusammen mit einer Seeschlange sinken, seid Ihr ohnehin so gut wie tot.«

Im Laternenlicht wurde ihr goldenes Gesicht kreidebleich. Sie wehrte sich nicht, als er das Seil festzog und sie mit dem Rücken an den Mast band. Stattdessen warf sie einen Blick zu Andry hinüber. Er erwartete, das gleiche Entsetzen zu sehen, das er selbst verspürte. Aber in Corayne an-Amarat war kalte Entschlossenheit.

»In meinen Adern fließt genauso viel Salzwasser wie Spindelblut«, erklärte sie grimmig.

Der Knappe wünschte, er könnte das Gleiche sagen. Die Nacht drängte sich von allen Seiten an das Schiff heran, die wenigen Laternen eine schwache Verteidigung gegen das Untier, das sich im Wasser krümmte.

»Eine Seeschlange«, brachte Andry leise heraus.

An der Reling des Schiffs wimmelte es von bewaffneten Seeleuten, die ihre Haken und ihre kurzen Schiffsschwerter wie Nadeln schwangen. Sie spähten ins Wasser hinaus, bereit für den nächsten Angriff.

»Was besser als ein Krake ist«, murmelte Valtik in einem seltsamen Singsang und tanzte mit ihren nackten schmutzigen Füßen über das Deck. An ihrem Gürtel baumelte das vollständige, gereinigte Skelett eines Fischs. »Weil du dann noch nicht verloren bist.«

Siegel machte ein finsteres Gesicht. Ihre Axt blitzte auf. »Macht sie das immer?«

»Leider«, antwortete Sorasa und trat in das Licht der Laterne am Mast, ihren bronzenen Dolch gezückt. »Nun, Hexe. Unsterblicher.« Sie blickte zwischen Valtik und Dom hin und her. »Irgendwelche Vorschläge?«

Die alte Frau ließ grinsend die Zähne aufblitzen und band sich neben Corayne fest, indem sie sich das Seil um die Handgelenke schlang.

»Überleben«, antwortete Dom mit Grabesstimme.

Die Meuchelmörderin verdrehte die Augen. »Ich bin mir nicht sicher, wer von euch beiden nutzloser ist.«

»Seht zu, dass noch mehr Laternen angezündet werden und haltet die Augen offen«, rief Siegel im Befehlston. Auch wenn Andry wenig über die Kopfgeldjägerin wusste, hatte ihre Anwesenheit etwas Vertrautes und Beruhigendes, wie die Gegenwart einer der Ritter oder Lehrmeister, die ihn im Umgang mit dem Schwert unterwiesen hatten. Sie trat an die Reling, während sie Anweisungen blaffte, und ihre Stiefel hämmerten über das Deck. Am Bug wiederholte der Kapitän aus Larsia ihre Befehle, sein Gesicht grau vor Angst. »Kapitän Drageda ...«, rief sie ihm eine plötzliche Warnung zu.

Nur um zu sehen, wie sich der gewaltige Kopf der Seeschlange hinter ihm erhob, die gelben Augen schmale Schlitze, der Schimmer scharfer weißer Zähne in ihrem Maul. Sie biss zu und verschlang den Kapitän mit dem Kopf zuerst, um dann wieder zurück in die Sicherheit des Wassers zu gleiten. Speere prallten von ihrer Schuppenhaut ab, Haken gelang es nicht, Halt zu finden. Einzig Doms Schwert durchbrach die Haut des Riesentiers, und schwarzes Blut spritzte über das Deck.

Es regnete, dunkel wie Öl, über seine Klinge herab.

»Fahrt die Ruder aus – wir müssen es zum nächsten Land schaffen«, rief einer der Matrosen mit wachsender Angst. Einige andere stimmten ihm zu und ließen in ihrer Hast ihre Haken fallen.

Andry biss die Zähne zusammen, und das neu gekaufte Schwert hing schwer an seiner Hüfte herab. Seine Hände zitterten, als er es aus der Scheide löste. Er atmete tief durch und versuchte, nicht an das letzte Mal zu denken, als er in einem Kampf sein Schwert gezogen hatte. »Haltet hier die Stellung!«, rief er und klang dabei kühner, als er sich fühlte.

»Lasst die Ruder eingezogen – diese Kreatur wird sie zerbrechen wie Zündhölzer!«, brüllte Corayne. Ihre Stimme war so laut, dass selbst die Seeleute überrascht zusammenfuhren. Sie stemmte sich gegen die Seile, mit denen sie zu ihrer Sicherheit gefesselt war. »Hisst die Segel, aber schützt um jeden Preis die Masten!«

Die Seeleute hatten keine Ahnung, wer Corayne war, und waren nicht willens, auf ihrem eigenen Schiff einem halbwüchsigen Mädchen zu gehorchen. Und so rannten einige Richtung Frachtraum und Ruderdeck. Ihre Stiefel rutschten über die Gischt des Meerwassers hinweg. Es war Charlon, der ihnen den Weg versperrte und sie zurückschickte.

»Ihr habt sie gehört«, sagte er und drohte ihnen mit tintenbeflecktem Zeigefinger.

Siegels Augen blitzten auf und füllten sich mit Licht, als überall auf der Galeere Laternen aufflackerten. »Verteidigt die Masten, Männer«, blaffte sie ganz nüchtern und sachlich.

Die Kopfgeldjägerin in ihrer Rüstung und mit einer Axt fest in der Faust, ließ sich nicht so leicht ignorieren wie Corayne. Sie ging als Erste in Stellung, wandte Corayne den Rücken zu und ließ Dom die andere Mastseite absichern. Sie bewegten sich in perfektem Einklang, zogen langsame Kreise, ihre Augen der Dunkelheit jenseits des Schiffs zugewandt. Andry schloss sich ihnen an, ohne irgendwelche Fragen zu stellen. Das hier war etwas, das er verstand. Der Knappe war sein Leben lang dazu ausgebildet worden, Seite an Seite mit anderen zu kämpfen.

Eine dunkle Gestalt kroch über sie hinweg, und er zuckte erschrocken zusammen und hob sein Schwert, um festzustellen, dass es Sorasa war, die flink den Mast hinaufkletterte. Sie hatte einen Bogen über ihrer Schulter, und an ihrer Hüfte baumelte ein Köcher mit Pfeilen. Ihr Dolch blitzte zwischen ihren Zähnen auf, und das Segel schlug flatternd um sie herum, als der Wind auffrischte. Sie ließ sich davon nicht aus der Ruhe bringen und schmiegte sich gegen das Kreuz aus Mast und Rahe.

Die Schlange kehrte mit all ihrer Gewalt zurück und warf und kringelte sich, noch immer blutend, in einem genauso eleganten wie schrecklichen Bogen über das Schiff. Ihre Augen loderten, die Kiefer weit geöffnet, als sie in die an der gegenüberliegenden Reling versammelten Seeleute krachte. Holz barst, und Knochen brachen; Haken zerrten vergeblich an dicken Schuppen. Dom sprang auf, sein Schwert erhoben, brüllte einen Schlachtruf aus Iona. Ein Pfeil flog an ihm vorbei, so nah, dass er sein langes Haar zerzauste. Der Pfeil bohrte sich in die Schlange, als sie zurück ins Wasser tauchte und zwei Seeleute mit sich nahm, deren weggeschleuderte Waffen einsam an Deck zurückblieben.

Andry wünschte sich den Sonnenaufgang herbei. Tageslicht. Die Schwärze drängte näher heran, ganz gleich, wie viele Laternen sie entlang des Schiffes entzündeten. Die Schlange schlug wieder und wieder zu, peitschte mit ihrem Schwanz oder tauchte hoch und sprang über das Schiff. Die Galeere neigte sich bei jedem Angriff tief zur Seite und drohte unter der schieren Wucht des Untiers zu kentern. Einzig der Wind rettete sie, füllte die Segel mit einem Sturm, der sie vorwärtsschob. Er heulte unter den Sternen und blies eisig kalt.

Die noch verbliebenen Seeleute wichen einer nach dem anderen zurück, wandten sich von der Reling ab und versammelten sich um den Hauptmast. Das Ungeheuer zischte sie an, wickelte sich einmal um den Bug herum und drohte ihn entzweizureißen. Für seine Mühen wäre es fast mit einem Pfeil durch das Auge belohnt worden, doch es schlüpfte davon, als Dom und Siegel angriffen. Ihre Waffen blitzten gemeinsam auf, und Andry folgte ihnen. Seine Muskeln erinnerten sich daran, wie man kämpfte, auch wenn sein Kopf immer noch nicht glaubte, *wogegen* er da kämpfte.

Die Schlange war länger als das Schiff, um die Mitte herum dick wie eine Eiche, sie zischte und blutete und flutete das Deck permanent mit Seewasser. Andry hätte fast den Halt verloren, und Salz brannte ihm in den Augen, als er sein Schwert schwang und die Schuppen knapp außerhalb seiner Reichweite an ihm vorbeisausten. Sein Gesichtsfeld verschwamm, aber er hielt die Augen offen, nur mehr zu schmalen Schlitzen zusammengezogen, während sich das Untier auf Deck und über das Schiff hinwegschlängelte. Diesmal kam das Vieh nah genug an Corayne heran, dass es nach ihr schnappte. Seine spitzen Zähne hatten die Länge von Coraynes Arm.

Mit einem lauten Ächzen warf Charlie Netze von den auf Deck vertäuten Kisten nach dem Kopf der Bestie. Die Schlange schien verächtlich zu grinsen, wich den Seilen aus und peitschte mit ihrem Schwanz über das Deck. Ein weiterer Teil der Reling zerbrach unter der Wucht des Ungeheuers, und Wellen züngelten weiß schäumend über das Deck.

Ohne nachzudenken bewegte sich Andry auf die in die Reling geschlagene Öffnung zu. Seine Kleider waren durchnässt. Aber er hielt sein Schwert jederzeit fest umfasst.

Eine Stimme schrie seinen Namen, aber er blieb nicht stehen, sondern ging in Stellung, um der Schlange den Rückzug zu versperren. Hinter ihm war nichts als leere Luft und die alles verschlingenden Wellen.

Die Schlange bedachte ihn mit einem glühenden Blick aus gelben Augen, und ihr Atem zischte zwischen ihren spitzen Zähnen hervor. Ihr gewaltiger Leib rollte und wand sich auf dem Deck, sammelte Kraft, um neu anzugreifen. Andry stemmte haltsuchend die Füße gegen die Planken, doch das Deck war rutschig und seine Stiefel boten ihm keine Hilfe.

»Mit mir«, knurrte er leise und sah in die schrecklichen gelben Augen.

Die Axt und der Pfeil trafen ihr Ziel gleichzeitig, Erstere schlug am Hals zu, Letzterer glitt durch eines der beiden riesigen lampenähnlichen Augen. Der Schrei der Schlange ähnelte nichts, was Andry je zuvor gehört hatte. Sie kreischte auf und kringelte sich, zugleich heulender Wirbelsturm und alte Frau.

Siegel stieß einen Freudenschrei aus und riss ihre Axt aus den Schuppen. Ein hoher Bogen schwarzen Blutes folgte. Sie vergeudete keine Zeit und schlug erneut zu, säbelte wie ein Holzfäller, der in den Stamm eines toten alten Baumes hineinhackt.

In wilder Raserei schlug die Schlange mit ihrer ganzen Kraft um sich, ihr sich windender Körper und ihr Schwanz schlugen Wellenlinien über das Deck, fegten Matrosen und Ladung zur Seite, schleuderten beides hinein in die Lange See. Andry erstarrte, als sie auf den Mast zupeitschte, und das mit genug Wucht, um ihn zu durchschlagen.

Doms Schwert fiel auf das Deck, klatschte in die überfluteten Planken, als sich der Älteste mit der Schnelligkeit eines Unsterblichen vorwärtsbewegte, die Arme weit ausgestreckt. Er fing den schlagenden Schwanz mit einem Laut auf, der halb Grunzen, halb Brüllen war, und knirschte mit den Zähnen, während seine Stiefel über das Deck schlitterten. Er schaffte es, den Mast zu retten, doch die Schlange zog sich fest zusammen und wickelte sich um den Prinzen aus Iona.

Corayne schrie und stemmte sich gegen ihre Seile, streckte machtlos die Hand nach dem Unsterblichen aus.

Pfeile fielen herab wie Sternschnuppen, bohrten sich wie Nadeln tief in das Monstrum hinein. Sorasa sprang aufs Deck herab und warf ihren leeren Köcher von sich. Mit Tänzelschritten bewegte sie sich auf die Schlange zu und wich geschickt jeder Bewegung ihres Kopfes aus. Ihr Dolch stieß mit Hingabe zu, schlitzte der Länge nach auf und öffnete eine große Wunde in der Kehle des Ungeheuers.

Doch noch immer rollte und zog sich die Schlange zusammen, bis nur noch Doms Gesicht zu sehen war. Seine Zähne klapperten, er litt offensichtlich Todesqualen. Ein Sterblicher wäre jetzt bereits tot und erledigt, Dom stand kurz davor.

Andry rannte mit blitzendem Schwert los, die Spitze auf gleicher Höhe mit dem dicksten Teil der Schlange. Er fand sein Ziel und verfehlte Dom nur um Zentimeter, als er sein Schwert bis zum Heft in das Vieh hineinrammte, durch harte Muskeln und Schuppen hindurch. Von der anderen Seite her machte Siegel das Gleiche, ließ ihre Axt mit irrsinniger Geschwindigkeit niedergehen.

Die Windungen der Schlange lockerten sich ein wenig, und sie stieß gellende Schreie aus. Ihr Blut quoll über die Galeere, das Deck schwärzer als der Nachthimmel. Andry spürte es, heiß und sprudelnd, als es um seine Hände spritzte. Keinen Augenblick lang lockerte er den Griff um sein Schwert, trieb ächzend die Klinge durch Fleisch und versuchte, sie zu drehen und so viel Schaden wie möglich anzurichten.

Die Schlange verlor ihr anderes Auge an Sorasas Dolch, ihr Heulen kläglich und durchdringend. Dom knurrte, als sich die engen Spiralen des Ungeheuers von ihm lösten. Andry stieß gegen die Schuppen und schob sie von dem Unsterblichen herunter, seine Arme triefend vor frischem Blut.

»Danke«, hörte er den Prinzen murmeln, während er sich mit einer Hand an die Schulter griff. Sorasa sprang neben ihn und brachte den Ältesten dazu, sich aufs Deck zu setzen.

Blind und zerrissen rollte sich die Seeschlange zusammen und stimmte mitten auf dem Deck des Handelsschiffes einen heulenden Todesgesang an. Die noch lebenden Matrosen jubilierten und drängten das Ungetüm auf die zerbrochene Reling zu. Es zuckte und schlitterte, wurde von Sekunde zu Sekunde langsamer.

»Schafft das Ding vom Schiff«, rief Corayne laut, um den Lärm des sterbenden Monstrums und des tosenden Windes zu übertönen. »Bevor es uns mit sich in die Tiefe reißt.«

Charlie stemmte sich mit dem Rücken gegen das Fleisch des Tiers, bewies den Mut, die noch immer atmende Schlange wegzuschieben. »Könnte mir vielleicht mal jemand ein wenig helfen, bitte?«, blaffte er die Besatzung an.

Zusammen mit Siegel wuchteten sie das todgeweihte Geschöpf Stück für Stück zum Meer hin. In dem Moment, als die Schlange die Wellen traf, ließ der Wind plötzlich nach, flaute dann ganz ab, und das Segel fiel schlaff herab.

Erschöpft und benommen brach Andry zusammen und ging in die Knie. Das Blut war immer noch da und durchtränkte seine Kleider bis hinauf zu seiner Hüfte. Er kümmerte sich nicht darum, schnappte in kurzen Stößen nach Luft.

»Danke«, wiederholte Dom atemlos und ließ sich wieder aufs Deck fallen.

Sobald er lag, schritt Sorasa zum Mast. Die Meuchlerin befreite Corayne mit wenigen Schnitten ihres Dolchs. Corayne machte einen Satz vorwärts, glitt an Andrys Schulter, und ihre Hände zitterten, als sie ihn einer gründlichen Inspektion unterzog.

»Alles bestens, mir geht's prima«, murmelte er, aber der Klang seiner Stimme strafte ihn Lügen.

Immer noch aus freien Stücken angebunden, legte Valtik den Kopf schräg und ließ ihren Blick mit einem anzüglichen Grinsen über die Überlebenden schweifen. »Hat von dem Tier einen Zahn zu erlangen?«, fragte sie, als bitte sie um einen zweiten Humpen Bier. »In Wahrheit vergiftet sind die Zähne der Schlangen.«

Niemand hatte die Kraft oder den Willen zu antworten.

28

Dem Höchstbietenden

Corayne

Zerschmetterte Reling zu beiden Seiten der Galeere. Verlorene Ladung. Ein toter Kapitän, außerdem ein Dutzend Besatzungsmitglieder verloren. Alles in allem nicht schlecht für eine Schlacht mit einer Seeschlange.

Corayne schätzte mit scharfem Auge den Schaden ab, um sich dann mit dem Steuermann des Schiffs zusammenzusetzen, der jetzt die Kapitänsrolle übernahm. Der untersetzte kleine Mann erinnerte sie an Kastio. Gemeinsam bestimmten sie einen Kurs, um die Winde und Strömungen des Sunds zu ihrem Vorteil zu nutzen. Coraynes Finger tanzten über die Seekarten aus Pergament, die wie ein Teppich auf dem Tisch ausgebreitet waren. Die Sonne strahlte warm herab, und die Luft war klar und voller Salz. Genau hier gehörte sie hin.

Ein weiteres Mal befand sich Dom unter den Verletzten, nackt bis an die Hüfte, sein Oberleib fürchterlich geschunden, ein Schuppenmuster von schwarzen und blauen Flecken. Er gab keinen Laut von sich, als Siegel seine Brust untersuchte und mit den Fingern nach Anzeichen für innere Blutungen tastete. Sorasa ragte über den beiden auf, und ein langer Striemen zog sich über die eine Seite ihres Gesichts, wo sie der peitschende Schwanz der Schlange getroffen hatte. Der Älteste schwieg, aber sein Unmut war ihm deutlich anzusehen. Nur eine Tasse Tee aus Andrys Kessel vermochte ihn ein wenig zu beruhigen, als der Knappe seine Runden drehte und den Seeleuten das angenehm duftende Gebräu anbot.

Als die Nacht hereinbrach, hielt sich eine Wachmannschaft bereit, und überall auf dem Schiff wiegten sich Laternen. Die

Dunkelheit verstrich ohne Zwischenfälle, und genauso war es auch nach dem nächsten Abend. Nichts stieg mehr aus der Tiefe empor, aber alle blieben angespannt und warfen immer wieder verstohlene Blicke auf die Wellen.

Kein Schiff war je so erleichtert gewesen, die Flotte der Krone von Ibal am Horizont auszumachen. Die edlen Kriegsschiffe reihten sich über die schmalste Stelle der Langen See hinweg wie Zähne im Maul eines Löwen. Ihre Flaggen tanzten im Wind, königsblau und golden. Das Handelsschiff hisste seine larsianische Flagge, ein weißer Stier vor hellblauem Hintergrund, und alle Seeleute jubelten oder winkten.

Corayne teilte ihre freudigen Gefühle nicht. Stattdessen sah sie Charlie zu, wie er letzte Hand an ihre Passierpapiere legte. Die Siegel sahen absolut makellos aus: tyriotisches Aquamarin mit dem Abdruck der Meerjungfrau der Krieger, ihr Schuppenmuster mit Tinte aus echtem Gold gezeichnet. Wie es Charlie gelungen war, auf dem Deck eines Schiffes etwas so Schönes zu schaffen, vermochte Corayne nicht zu sagen. Sie staunte über die diplomatischen Papiere, die Briefe, die sie als Vertreter einer tyriotischen Handelsgesellschaft auswiesen.

»Nicht mein bestes Werk«, meinte Charlie zähneknirschend, als sie über seine Schulter spähte. »Ein wenig mehr Abwechslung wäre besser gewesen. Du könntest auch als Frau aus Ahmsare durchgehen oder als Ibaleterin, genauso wie Sarn. Aber ich hatte keine Zeit, ein neues Siegel anzufertigen.«

»Die Papiere sind vollkommen in Ordnung«, antwortete sie. »Was zählt, ist die Beschaffenheit unserer Schultern, nicht die des Siegels.«

Dom, nie weit weg von ihr, schob sich neben Corayne und Charlie, seine Konzentration auf den Horizont gerichtet. Seine Lippen bewegten sich, während er die Schiffe zählte. »Ich bin ein Prinz von Iona«, begann er und verschränkte die Arme vor der Brust. »Das zählt doch bestimmt etwas, oder?«

Charlie war taktvoll genug, nicht zu reagieren, weder mit Worten noch mit einem Gesichtsausdruck.

»Die Flotte der Krone bildet einen Sperrgürtel, der sich ohne Glück oder ausgeklügelte Planung unmöglich durchbrechen lässt«, antwortete Corayne. *Und während die gekrönten Häupter der Wacht Älteste vielleicht immer noch bestaunen mochten, würde sich der Kapitän eines Schiffs der Flotte kaum darum scheren und wahrscheinlich nicht einmal glauben, dass es euch überhaupt gibt.* Ihre Mutter bekam es jedes Mal, wenn sie nach Westen segelte, mit den Wächtern des Sundes zu tun, und Corayne war sorgfältig darauf bedacht, Komplikationen zu vermeiden. »Alle, die passieren, haben einen Reisezoll zu entrichten. Entweder man hat Papiere, die für den üblichen Preis gut genug sind, oder die Sache wird knifflig. Den einen oder anderen Kapitän kann man zur Not bestechen, aber es lässt sich unmöglich sagen, welchem Schiff man auf den Wellen begegnet.«

Sie fuhren auf die Flotte zu. Eines der Schiffe lag tief im Wasser, schwerer als die anderen. Corayne spürte, wie sich der Hunger ihrer Mutter in ihrer Brust regte. Der dicke Dreimaster hockte auf dem Wasser wie eine Kröte auf einem Teich. Er war bestimmt mit Geld und verheißungsvollen Dokumenten gefüllt, die mit den Zeichen von wohlbekannten Adligen, Diplomaten oder sogar Königsfamilien versehen waren, mit Reichtümern für die Schatzkammer in Qaliram. Meliz an-Amarat hatte sich oft Fantasien darüber hingegeben, ein solches Zollschiff zu kapern, aber die Reisen dieser Schiffe fanden unter starker Bewachung statt. Ein zu großes Risiko, selbst für eine so verheißungsvolle Beute.

Coraynes Herz hämmerte, als ein ibaletisches Schiff längsseits kam. Auf dem Deck der Galeere wimmelte es von stattlichen Soldaten, in leichte, luftige Seide von der Farbe blauen Nebels gekleidet. Mitten auf den Wellen und noch dazu in der Hitze des Südens hatten sie keine Verwendung für Rüstungen. Ibals Seeleute waren begabte Schwimmer und Schwertkämpfer. Schwere Panzer würden sie langsamer machen. Wie der Dolch von Sorasa bestanden auch ihre Schwerter und Dolche aus schimmernder Bronze, die im Licht des Tages glänzte, eine offene Zurschaustellung ihrer Macht und Stärke.

Der Steuermann trat dem ibaletischen Kapitän entgegen und hielt seine Börse und seine Papiere in der Faust umklammert. Nach der Art zu urteilen, wie er redete und seine Hände dabei in Wellen auf und ab gehen oder rollende Bewegungen beschreiben ließ, ging Corayne davon aus, dass er von der Seeschlange erzählte. Es genügte, um dem Kapitän zu denken zu geben, und er überflog ihre gefälschten Papiere lediglich kurz. Er ließ seinen Blick über die von ihrem Kampf immer noch deutlich gezeichnete Besatzung gleiten, ohne dass er an jemandem Bestimmten hängen geblieben wäre. Nicht einmal als er Siegel sah, die ganz offensichtlich nicht von tyriotischer Abstammung war, oder auch Valtik, die besser in ein Grab gepasst hätte als auf ein Handelsschiff.

Es dauerte nur Momente, bis sie wieder unterwegs waren, Kurs auf die Küste von Ibal nahmen.

Die prächtige Stadt Almasad folgte direkt danach.

Ibal war ein in sanftes Licht getauchtes Land, von der tief im Westen hängenden Sonne verschleiert. Die Küste war grün und von gewaltigen Palmen und üppigen Gärten gesäumt, mindestens so grün wie jeder Wald im Norden. Corayne staunte. Die Ufer hinter den sandigen Stränden waren dicht mit Schilfgras und blassblau blühenden Lotosblumen überzogen. Ein gelber Strich schimmerte am Horizont, dort, wo die Dünen der Wüste begannen. Dörfer und Städte reihten sich an der Küste, oben auf den Klippen oder unten am Ufer, und sie wurden Meile um Meile größer. Fischerboote sammelten sich im flacheren Wasser. An der Küste drängten sich Schiffe wie Lastkarren auf einer alten Corstraße, von riesigen Kriegsgaleeren bis hin zu kleinen Pirogen, die mit Staken durchs Flachwasser gesteuert wurden.

Dann tauchte Almasad aus der schimmernden Luft auf. Die große Hafenstadt breitete sich auf beiden Seiten des mächtigen Ziron aus. Almasad war nicht die Hauptstadt von Ibal, aber dennoch eine prächtige Metropole, voller Denkmäler aus Sandstein und glänzender Kalksteinsäulen. Der Fluss war für Brücken zu breit, und zahllose Barkassen und Lastkähne überquerten ihn wie hin und her kriechende Ameisen. Wie Sorasa einst gesagt hatte, stellte sein künstlich angelegter Kothon-Hafen den von Ascal bei Weitem in den Schatten. Die runden Hafenbecken für die Marine waren eine Stadt für sich, ummauert und von Seeleuten in wasserfester Seide bewacht. Corayne versuchte, die vielen Dutzend Schiffe im Hafen zu zählen, verlor aber angesichts der vielen Segel und schimmernden Flaggen Ibals und seiner Flotten rasch den Überblick.

Erhöhte Dammwege durchzogen die Stadt wie ein Strahlenkranz, teils Aquädukte, die Süßwasser in die Stadt beförderten, teils Straßen, die die zahlreichen Viertel von Almasad für den dichten Verkehr der Menschen verbanden. Diese Aquädukte und Hochstraßen waren nicht eingestürzt und zerbrochen wie die Ruinen des alten Cor. Der Kalkstein glänzte weiß unter der Sonne, leuchtend wie ein Sternschnuppenregen. Prachtvolle Anwesen, Zitadellen und gepflasterte Plätze zogen sich zu beiden Seiten des Flussufers dahin, ein Muster aus sanftem Gold, saftigem Grün und leuchtendem Blau. Ein königlicher Palast thronte auf dem einzigen Hügel, von Sandsteinmauern und Türmen mit Dächern aus blinkendem Silber umgeben. Der Palast blickte zum Ziron herunter, seine vielen Fenster und Balkone menschenleer. Corayne wusste, dass der königliche Hof von Ibal weder hier noch in der noch prächtigeren Hauptstadt weilte. Er befand sich gegenwärtig weiter südlich, in den Bergen versteckt, wartend. *Sie wissen, dass irgendetwas nicht stimmt,* überlegte sie und biss die Zähne zusammen.

Statuen antiker Könige reihten sich zu beiden Seiten des Flusses, höher als der Turm einer Kathedrale, ihre Gesichter von den Zeiten abgetragen. Die Galeere fuhr durch ihre Schatten, die sie schon seit Tausenden von Jahren warfen.

»Sind das die Kaiser?«, fragte Corayne an der Reling, während sie staunend zu den gewaltigen Monumenten aufblickte. Wie in Siscaria, wie in Galland, hatte hier einst das alte Reich geherrscht. Sie suchte die Fronten der Statuen ab und hielt Ausschau nach irgendeiner Ähnlichkeit mit ihrem Vater, mit sich selbst. Fand jedoch keine.»Vom alten Cor?«

Sorasa lehnte sich in den warmen Wind und sah ins Wasser, nicht zum Ufer hin. »Sehen diese Leute für dich etwa wie Eroberer aus dem Norden aus?«, fragte sie mit stolzem Lächeln zurück.

Wahrhaftig, das taten die Statuen nicht. Ihre Gesichtszüge und Kleider unterschieden sich von denen aller Herrscher am anderen Ufer der Langen See. Jeder saß auf einem edlen Hengst, mit einem Umhang aus gemusterter Seide und Pfauenfedern um die Schultern. *Sie gleichen eher meiner Mutter,* ging es Corayne durch den Kopf, als sie die Ähnlichkeit von Lippen und Wangenknochen bemerkte.

Immer noch in den warmen Wind gelehnt, richtete Sorasa sich auf. Was immer sie angesichts der Rückkehr in ihre Heimat an Angst empfand, schien von ihr abzufallen. »Ibal wurde noch vor Cor geboren und wird auch noch leben, lange nachdem Cor gestorben ist.«

Ohne Frage, Ibal war wahrlich *lebendig.* In vielen Bereichen des Flussufers drängten sich Boote oder badende Kinder, die einander nass spritzten; hie und da waren auch die knorrigen Umrisse eines Krokodils zu sehen. Weiße Vögel mit langen Hälsen flatterten über ihnen mit den Flügeln, auf der Jagd nach kupferrot glänzenden Fischen. Menschen bevölkerten die Dammwege, gingen zu Fuß, fuhren in Kutschen oder ritten, verschwanden in alle Richtungen, immer kleiner werdend in der Ferne. Die Ibaleter der Küste waren golden, ihre Gesichter ein Prisma von Farben in jeder Schattierung des Sonnenlichts. Die Menschen aus dem Süden und Osten waren dunkler, ihre Gesichter von satter Tönung, rötlich, karneolfarben oder pechschwarz. Sie stammten aus der Saphirbucht, aus Kasa oder sogar aus dem fernen Niron, einem Königreich inmitten des Regenbogenwaldes. Ihre Stimmen erhoben sich in jeder Sprache des Südens, von denen einige Corayne vertraut und andere so fremd waren wie das Ishei.

Während Ascal stank und überwältigend war, eine Überflutung der Sinne, war Almasad Balsam. Die Luft war lieblich, vom Duft der Lotosgärten getränkt, die die Ufer des Ziron zierten. Musik wehte durch die Straßen, kam von den Musikanten auf den Plätzen oder drang aus den Privathäusern entlang des Flusses. Und das Wasser selbst war sauber, nicht wie die stinkenden Kanäle von Königin Eridas Hauptstadt. Am liebsten wäre Corayne einfach direkt von Bord gesprungen und ins Wasser getaucht, als sie sich langsam dem Ufer näherten. Die kühle grüne Strömung war so einladend wie ein schönes warmes Bad.

Ein weiterer Kontrolleur empfing ihr Schiff am Hafen. Corayne musste unwillkürlich an Galeri daheim in Lemarta denken, in dessen Taschen Bestechungsgeld klimperte, sein Geschäftsbuch voller falscher Angaben. Die ibaletische Beamtin, die sie jetzt vor sich hatten, schien da wesentlich aufgeweckter, und auf ihrer leichten cremefarbenen Kleidung prangten gleich mehrere Amtszeichen, alle mit einer goldenen Kette verbunden.

Wieder schlüpfte der Steuermann in die Kapitänsrolle und nahm die Hafenbeamtin in Empfang, während die Besatzung mit dem üblichen Chaos das Schiff zu entladen begann. Die beiden gingen ihre Fracht durch, soweit sie nicht über Bord gegangen war, und inspizierten Kisten.

Corayne und die anderen versammelten sich an der Reling und verfolgten das Treiben unter ihnen. Neben ihrem Schiff lag eine weitere Galeere im Hafen, die ebenfalls ziemlich mitgenommen aussah, mit zerrissenen Segeln und zerbrochenen Rudern, die wie die Stacheln eines Stachelschweins seitlich herausragten. Das Schiff legte sich trunken zur Seite, und die Besatzung beeilte sich, so schnell wie möglich von Bord zu gehen.

Corayne versuchte sich ein genaueres Bild von dem Schiff zu machen. *Es kommt aus Sardos, hat schwarz-weiße Segel – eine Getreidegaleere.* Die Besatzung rollte hastig große Fässer auf den Pier, voller Angst, dass die Galeere gleich hier an Ort und Stelle mit all ihrer Fracht sank.

»Das dürfte noch ein ganz schönes Schlamassel geben«, meinte Corayne mit leiser Stimme und sah dabei Dom und Andry an, die neben ihr standen. »Hafenbeamten ist die Ladung wichtiger als die Passagiere. Wir können ihnen durchs Netz schlüpfen, wenn wir in kleinen Grüppchen von Bord gehen.« Nebenan hüpfte ein weiteres Fass den Landungssteg hinunter und schlug hart auf den Boden. Nach einer Sekunde platzten seine hölzernen Fassbänder auseinander, und es riss auf. Ein Schwall von Getreide rieselte heraus. Beide Schiffsbesatzungen schrien, ebenso die ibaletische Beamtin und ihre Gruppe von Kontrolleuren.

Oben an der Reling steckte sich Sorasa ihre Steinschleuder in den Gürtel zurück. Ihr Gesichtsausdruck war entspannt und ausdruckslos. »Du zuerst«, sagte sie und fasste Corayne am Arm.

»Wir treffen uns am Roten Pfeiler, dem *takhan*«, fügte sie an die Übrigen gewandt hinzu und deutete mit dem Kopf auf den unvorstellbar hohen Obelisk, der vor ihnen zwischen den Gebäuden der Stadt gen Himmel ragte. Er war nur etwa eine halbe Meile entfernt, schätzte Corayne, aber der Weg dorthin führte durch den am dichtesten bevölkerten Teil der Stadt.

Dom schloss sich den beiden Frauen an, eng an Coraynes Schulter, seine hünenhafte Gestalt wie eine kompakte, beruhigende Wand. Gemeinsam führten er und Sorasa sie den Landungssteg hinunter, während die Galeere neben ihrem Schiff knarrte und ächzte und ihre Hafenseite immer tiefer sank.

Die ibaletische Hafenbeamtin hielt sie nicht auf. Sie hatte alle Hände voll zu tun, als ein weiteres Fass aufplatzte wie ein zerbrochenes Ei. Zu dritt gingen sie den Kai hinunter, erreichten den Hauptplatz und tauchten dann in die Straßen des Hafenviertels ein, wo es von Menschen wimmelte. Blumen schienen in jedem Fenster und an jeder leeren Ecke zu blühen. In regelmäßigen Abständen waren flache Steintöpfe mit süß duftendem Öl oder dicken brennenden Kerzen aufgestellt worden – eine raffinierte Methode, um die widerwärtigen Gerüche einer Stadt zu bekämpfen.

Sorasa kannte den Weg und führte sie auf der kürzesten Strecke zu ihrem Ziel. Direkt vor ihnen ragte der Rote Pfeiler aus dem Labyrinth von Gebäuden aus Lehm und Stein in die Höhe. Sie passierten erschöpfte Reisende, auf der Suche nach Gasthäusern hinter dicken Steinmauern oder nach von Bäumen beschatteten kühlen Gärten. Trotz der zahlreichen Wirtshäuser und Weinschenken bemerkte Corayne sehr wenige Betrunkene oder Bettler auf den Straßen. Die Straßen von Almasad wurden bemerkenswert sauber und ordentlich gehalten, sowohl von den Straßenkehrern als auch von den in Seide und Kettenhemd patrouillierenden Soldaten.

Sie passierten einen Fischmarkt mit einer bunten Palette von Ständen, von denen jeder einzelne einen anderen Fang von der ibaletischen Küste oder aus dem gewundenen Lauf des Ziron verkaufte. Corayne kannte die meisten Waren auf den Auslagen – schmierige Welse, riesige Flusskarpfen, Krokodilsschwänze, stachlige Kugelfische. Ihr Herz hämmerte, als sie die dunklen Umrisse eingerollter Tentakeln daliegen sah, von einem muskulösen Fischer stolz zur Schau gestellt. Aber es waren bloß die blauschwarzen Arme eines großen Tintenfischs. Die Seeungeheuer der Spindel hatten es nicht bis hierher geschafft.

Eingezwängt zwischen Dom und Sorasa, stieß Corayne einen Seufzer aus. Für einen Sekundenbruchteil stand sie wieder vor ihrem kleinen Häuschen unter dem tiefblauen Himmel einer Sommernacht in Siscaria. Die Straße lag vor ihr und bettelte darum, beschritten zu werden.

Sie hatte ihre Entscheidung längst getroffen.

Valtik und Andry folgten ihnen in einigem Abstand, der Knappe war in der Menge leicht zu erkennen. Er war fast einen Kopf größer als die meisten hier und dunkelhäutiger als die Ibaleter, ganz davon zu schweigen, dass er wie ein Nordländer gekleidet war. Während die meisten Ibaleter wallende Gewänder und Kopfbedeckungen trugen, um sich gegen die Hitze und die Sonne zu schützen, hatte Andry immer noch seinen Uniformrock und seine ledernen Gamaschen an, und sein Umhang hing über seinen Schultern. Nickend begegnete er Coraynes Blick. Dann bog sie um eine Ecke und verlor ihn aus den Augen.

Sie blinzelte verwirrt, als ihr ein anderes Gesicht entgegenstarrte.

Ihr eigenes.

Die alte Backsteinmauer, die den Hafenbereich umgab, war viele Jahrhunderte alt und mit einem Dutzend offener Tore versehen. Anders als die Dammwege zerfiel sie dort, wo sie den Elementen preisgegeben war. Der Rest war mit altem Papier überklebt. Anschläge, Reklame, ausbleichende Buchstaben in allen Sprachen, aber vor allem in schwungvollem, gekünsteltem Ibaletisch. Die Gesichter von Verbrechern und Flüchtigen blickten grimmig von der Backsteinmauer herab, ihre Missetaten unter ihrem Namen vermerkt.

Corayne machte sich nicht die Mühe, die vielen Verbrechen zu lesen, die unter den Zeichnungen von ihr, Dom und Andry aufgelistet waren, aber ihre Namen waren deutlich genug. CORAYNE AN-AMARAT. DOMACRIDHAN VON IONA. ANDRY TRELLAND. Es fand sich sogar eine grobe Skizze von Sorasa, ihre Augen schwarz umrandet und bedrohlich wie ein Albtraum.

»Von der galländischen Krone gesucht«, murmelte Sorasa, während sie den über ihre Köpfe gekritzelten Schriftzug las. Sie traten näher heran, von den Zeichnungen angezogen wie ein Schiff von einem mitreißenden Strudel. »Wegen Verbrechen gegen Galland. Belohnung für zweckdienliche Hinweise oder Auslieferung, tot oder lebendig.«

Corayne berührte ihr gezeichnetes Gesicht, ihre Lippen zu schmal, ihr Kinn zu markant. Die Gesichter von Andry und Dom waren besser getroffen. Sie vermutete, dass Taristan dem Zeichner zur Seite gestanden hatte, falls sie nicht sogar aus seiner Hand stammten.

Das Papier klebte unter ihrer Hand, immer noch feucht.

»Die sind ganz frisch«, sagte sie mit zitternder Stimme.

Sorasa knurrte und fluchte vor sich hin. »In jedem Hafen der

Wacht plakatiert, in jedem Königreich, das Galland fürchtet oder liebt. Wir werden gejagt, und das in jedem Winkel der Welt.«

»Von Menschen und Ungeheuern«, murmelte Corayne. Es tat nichts zur Sache, wer ihr sein Schwert an den Hals hielt, ein skeletthafter Dämon oder ein Wachoffizier, der die Befehle einer Königin befolgte. Es würde alles mit dem Untergang der Welt enden.

Doms Stimme war leise und kehlig. »Wir müssen raus aus dieser Stadt.«

»Ausnahmsweise bin ich mit dem Troll mal einer Meinung«, antwortete Sorasa und riss die Anschläge von der Wand.

Almasad war einer der größten Häfen an der Langen See, seine Piers ragten dicht gedrängt wie Nadeln vom Ufer in den Fluss hinein. Aber nur einige wenige Straßen landeinwärts wurde die Stadt ruhiger und entspannter, erstreckte sich in breiteren Bögen, und die Straßen waren weniger überfüllt. Viele Privathäuser und andere Gebäude wurden von Mauern umrandet, kleine Inseln mit Zypressen- und Palmengärten. Die großen Durchgangsstraßen waren so breit wie Kanäle und führten unter den Dammwegen entlang. Manche waren mit Zelttuch überdacht. Sie waren groß wie die Segel von Schiffen und konnten an langen Leinen und Holzgerüsten über die Straße gezogen werden. Die Straßen waren offensichtlich angelegt, um die südliche Hitze fernzuhalten, und im Schatten unter den Überdachungen war es einladend kühl. Leider war es schwierig, unbemerkt durch ruhige Wohnviertel ohne Trubel zu laufen. Vor allem für jemanden, auf den ein Kopfgeld ausgesetzt war.

Der Rote Pfeiler erhob sich in der Mitte eines Platzes, aus einem einzigen Block aus rostfarbenem Granit gehauen. Er war über dreißig Meter hoch, ein viereckiger Obelisk, am oberen Ende mit einer pyramidenförmigen Spitze versehen. Das in Stein gemeißelte Gesicht von Lasreen, der Göttin von Sonne und Mond, Nacht und Tag, Leben und Tod, blickte dem Betrachter von allen vier Seiten entgegen.

Sie eilten daran vorbei, ihre Kapuzen hochgezogen und die Köpfe gesenkt. Als ihnen ein Trupp ibaletischer Soldaten in Seide und Rüstung entgegenkam, schob Sorasa Corayne eilig in eine Kellerbehausung unter einem Gebäude, das sich aus Wohnungen zusammensetzte, die eher an die Bauklötze von Kindern erinnerten. Dort unten war es dunkel und verraucht; Coraynes Augen brannten, während sie sich allmählich an das schwache Licht anpassten.

Sobald sie wieder etwas sah, wurde ihr klar, dass sie in einer Art Rübenkeller mit Lehmmauern standen, die Decke so niedrig, dass Dom den Kopf einziehen musste. Nach allen Seiten zweigten Türen und Bögen ab und führten in beengende Dunkelheit.

»Ich hoffe, Ihr wisst, was Ihr da tut«, bemerkte Corayne. Getrocknete Kräuter und Büschel von irgendwelchen Pflanzen hingen von der Decke herab und tränkten die Luft mit ihrem Duft. Schritte dröhnten aus dem Gebäude über ihnen.

Die Meuchelmörderin drückte ihr Auge auf einen Spalt in der Tür. Ein einzelner Sonnenstrahl spaltete ihr Gesicht.

»Mehr oder weniger«, gab sie zur Antwort. »Das hier ist eine Art Durchgangsstation für die Unterwelt von Almasad. Für Räuber und Langfinger, hin und wieder mal einen Meuchelmörder. Und jetzt für Menschen auf der Flucht, die sich vor Königin Erida verstecken.«

»Meine Tante wird so etwas nicht billigen.« Dom hielt seinen Kopf schräg gegen die Decke gepresst. »Ich bin ein Prinz von Iona. Wer so offen Jagd auf mich macht, riskiert einen Krieg mit meiner Enklave.«

Corayne gab sich alle Mühe, nicht die Augen zu verdrehen. Sie inspizierte den Keller und wühlte desinteressiert durch die Pflanzen.

Die Meuchlerin bewegte sich nicht von der Tür weg, und ihre Stimme klang brüsk, als sie antwortete: »Eure Enklave hat sich geweigert, zum Wohl der ganzen Wacht zu kämpfen, und jetzt sollen sie um *Euer* Leben kämpfen wollen? Irgendwie hab ich da Zweifel.«

»Nur weil Ihr keine Vorstellung von Ehre und Pflicht habt, bedeutet das noch lange nicht, dass das Gleiche auch für andere gilt«, gab Dom hitzig zurück. Sorasa reagierte mit einem vernichtenden Blick, und das Licht der Sonne ließ eins ihrer kupferfarbenen Augen aufleuchten.

Ein Lavendelzweig zerbröselte zwischen Coraynes Fingern und erfüllte den Keller mit seinem berauschenden Kräuterduft. Sie atmete das würzige Aroma tief ein und hoffte auf irgendeine beruhigende Wirkung. Die blieb aber aus.

»Ich weiß nicht, wohin wir uns von hier aus wenden sollen«, begann Corayne und zwängte sich zwischen Dom und Sorasa. »Die Spindel dürfte sich in der Nähe der Kiefer Ibals befinden, aber dorthin ist es ein Marsch von mehreren Tagen durch die Wüste. Und kein Schiff wird uns übers Meer hinbringen, nicht jetzt, da unsere Gesichter überall im Hafen aushängen.«

»Wir sollten erst einmal herausfinden, wo wir genau hinmüssen, bevor wir uns darüber Gedanken machen, wie wir dort hinkommen«, antwortete Sorasa. Lautlos schlüpfte sie zur Tür hinaus und ließ hinter sich Staubkörnchen durch die Luft tanzen.

»Gut, dass wir sie los sind«, murrte Dom. Er zog sich eine Kiste heran, setzte sich darauf und richtete den Hals wieder gerade.

»Ohne Sorasa würdet Ihr immer noch durch die Wacht ziehen und nach mir suchen«, entgegnete Corayne und strich sich Lavendelkrümel von den Händen. »Ihr könntet zumindest so tun, als würdet Ihr sie nicht hassen.«

Der Unsterbliche stieß einen theatralischen Seufzer aus und lehnte sich gegen die Wand. »Wir Ältesten tun unser Bestes, nicht zu lügen.«

Bevor Corayne lachen oder etwas Aufgebrachtes erwidern konnte, kehrte Sorasa mit Valtik und Andry im Schlepptau zurück. Das Gesicht des Knappen war rot angelaufen, er hatte sich die Kapuze weit ins Gesicht gezogen, und sein ganzer Leib krümmte sich vor Anspannung. Irgendwie war die Hexe an einen bunten Schal mit Schuppenmuster gekommen, den sie sich um ihr Haar gebunden hatte.

»Habt Ihr das auch gesehen?«, fragte Andry und zeigte mit zitterndem Finger zurück zur Straße. »Das sind wir da draußen. Jetzt schon.«

»Wir haben die Anschläge bemerkt, Knappe«, antwortete Sorasa und hielt dabei die Tür für Charlie und Siegel offen, die mit etwas weniger Besorgnis im Blick anmarschiert kamen. »Das ist auch der Grund, warum wir uns hier unten verstecken, statt draußen die Sonne zu genießen.«

Corayne ging zu der alten Hexe und fasste sie an der Hand. Ihr Arm fühlte sich so ungeheuer leicht an, ihre Haut dünn wie Papier. »Valtik, was künden die Knochen?«, fragte sie und legte all ihre Besorgnis in ihren Blick. Valtik schaute sie ihrerseits an, ihre Augen wieder von jenem leuchtenden Blau. »Ich weiß, dass sie dir etwas erzählen. Alles.«

»Spart Euch die Mühe«, schaltete sich Dom ein. »Die Hexe neigt dazu, immer dann nutzlos zu sein, wenn wir sie am dringendsten brauchen.«

Sorasa schloss die Tür fest hinter sich und tauchte sie alle in Dunkelheit. »Etwas, das ihr zwei gemeinsam habt, nicht?«

Zu Coraynes Erleichterung ging Dom nicht auf den Seitenhieb ein, und ein Grinsen legte sich über Valtiks Gesicht. Ihre freie Hand wanderte zu ihrem Gürtel, und mit einem einzigen Zug an einer Kordel löste sie den Beutel mit Knochen. Sie verstreuten sich um ihre Füße herum, gelb und weiß, von Blut und Muskelsehnen gereinigt.

»Also dann – schauen wir sie uns an«, meinte Valtik, während sie sich scheinbar willkürlich auf dem Boden verteilten. Die anderen suchten ebenfalls nach dem Muster, das einzig Valtik sah und dem sie nur kurz Beachtung schenkte. Was immer sie in den Knochen erkannte, war so klar wie der helle Tag. »Wir sind im richtigen Land.« Sie richtete den Blick ihrer kornblumenblauen Augen wieder auf Corayne und blickte sie durchdringend an. »Doch müssen wir einen Spiegel finden – Spiegel auf dem Sand.«

»Warum lassen wir uns diesen jütischen Unsinn überhaupt

bieten?«, zischte Siegel. Ihr bronzefarbenes Gesicht hatte sich in der Hitze gerötet, aber es war nichts im Vergleich zu Charlie, der bereits einen heftigen Sonnenbrand davongetragen hatte. »Und wie lange wollen wir uns hier verstecken?« Auch die Kopfgeldjägerin musste sich ducken, damit sie sich nicht an der Decke den Kopf stieß. »Es ist bloß eine Frage der Zeit, bis einer von deinen Leuten herkommt und uns verkauft, Sarn.«

»Nur nicht den Mut verlieren, Siegel. Die Amhara würden mich schon lieber selbst umbringen, als das einer Königin aus dem Norden zu überlassen«, erwiderte Sorasa leichthin. »Aber ja, wir sollten uns auf den Weg machen. Almasad ist nicht Ascal. Verbrecher werden hier nicht so leicht übersehen.« Sie biss sich auf die Unterlippe. »Spiegel auf dem Sand, hm, Valtik? Irgendwelche Ideen, was das bedeutet?«

Das war alles, was die Hexe hatte. Sie strich mit den Fingern über den Lehmboden und fegte die Knochen in ihren Beutel zurück.

Charlie sah zu, und selbst im düsteren Zwielicht glänzten seine Augen. Er küsste beide Handflächen, wie er es in dem Wirtshaus an der Wegkreuzung getan hatte. »Wunderlichkeiten begleiten die Spindeln. Sie haften ihren Orten an, bevor sie sich öffnen und nachdem sie sich geschlossen haben. Die heiligen Schriften nennen es den Schatten der Götter. Auf diese Art und Weise werden die Spindelberührten geboren, von einem Hauch von Magie gestreift«, erklärte er und deutete auf die alte Frau, die auf dem Boden herumkrabbelte. Sie wirkte alles andere als magisch. »Wenn in diesem Land eine Spindel offen ist, müsste es Anzeichen dafür geben.«

»Aber ein paar von uns können nicht einfach in ganz Almasad umherstreifen, die Ohren aufsperren und nach solchen Zeichen suchen«, gab Corayne zu bedenken.

»Mein Gesicht ist nicht auf diesen Anschlägen zu sehen«, erbot sich Siegel. »Ich kann die Runde machen und schauen, was ich herausfinde. Und dann hoffentlich etwas mitbringen, worauf ihr euch einen Reim machen könnt.«

Sorasa lächelte sie an, und es war ein echtes Lächeln, was bei ihr selten vorkam. »Danke, Siegel.«

»Ich bin eine einfach gestrickte Frau, Sarn«, sagte die Kopfgeldjägerin schulterzuckend. »Ich diene dem Höchstbietenden. Und das bist gegenwärtig du.«

Die Meuchelmörderin nahm es entspannt. »Die Ruinen von Haroun, draußen am Stadtrand. In der Abenddämmerung«, verkündete sie. »Charlie, du kannst dich ebenfalls frei bewegen. Kannst du uns Pferde beschaffen? Und dich dann beim Mondtor bereithalten?«

Bevor der abtrünnige Priester zustimmen konnte, schüttelte Dom, noch immer den Rücken gegen die Wand gelehnt, den Kopf. »Und was ist, wenn sie uns im Stich lassen?«, fragte er und musterte sowohl Siegel als auch Charlie.

Diese Frage zu stellen ist wahrlich nicht dumm. Corayne biss sich auf die Lippen und versuchte, ihre eigene Beklommenheit niederzukämpfen. Drüben auf der anderen Seite des Raums runzelte Andry die Stirn. *Wir haben schon genug Fehler gemacht. Ob zwei kriminellen Fremden zu vertrauen wohl ein weiterer ist?*

In Sorasas Augen blitzte es warnend auf. »Dann lassen sie auch die Wacht im Stich und verdammen sich selbst zum Untergang.«

»Zuversichtlich und heiter bis zuletzt, Sarn«, gab Charlie zurück und riss die Tür auf. Das hereinströmende Licht war so hell, dass Corayne zusammenzuckte. Siegels Schatten fiel über den Boden, ein Riese hinter ihr.

»Wie auch immer«, murmelte Corayne, »wir haben in dieser Angelegenheit ohnehin kaum eine Wahl.«

Sorasa schlug mit finsterer Miene die Tür hinter den beiden zu. »Das ist die richtige Einstellung.«

Sie würden sich nicht mehr sehr viel länger in dem Keller aufhalten können. Siegel hatte recht: Es war nur eine Frage der Zeit, bis die patrouillierenden ibaletischen Soldaten oder irgendwelche kriminellen Elemente ihre bunt zusammengewürfelte Truppe ausfindig machten. Selbst ein gemeiner Dieb würde nicht davor zurückschrecken, sie auszuliefern, sollte es ihm gelingen, Sorasas Klinge zu entgehen. Also führte Sorasa sie durch einen feuchten, schlammigen Gang nach Osten, der in einem unauffälligen Gässchen endete, in dem überall Wäsche zum Trocknen aufgehängt war. Zu Coraynes Besorgnis war Sorasa inzwischen schreckhafter als ein Kaninchen, überprüfte sorgfältig jede Ecke und mied Nischen und Abwasserkanäle, als könnten sie sich wie zuschnappende Kiefer um sie schließen.

»Geht es eigentlich nur mir so, oder hat Sorasa Sarn wirklich Angst?«, murmelte Andry.

»Todesangst«, antwortete Corayne.

»Zwischen uns und Taristan, seiner Armee und der anderen Spindel liegt ein ganzer Ozean.« Er passte seine Schritte den ihren an. »Wovor fürchtet sie sich?«

»Vor ihren eigenen Leuten«, antwortete Corayne. Die Erkenntnis kam ihr erst, als sie sie aussprach.

Eine gefallene Amhara, verlassen und gebrochen. *Osara*. Es musste auch *verdammt und todgeweiht* bedeuten.

Corayne gefror das Blut in den Adern, und sie bekam selbst in der trockenen Wüstenhitze von Ibal eine Gänsehaut. Sie leckte sich die Lippen und schmeckte Schweiß und Salz. *Jetzt dauert es nicht mehr lange.* Die Abenddämmerung näherte sich, und der Himmel über ihnen nahm einen verhangenen Rosaton an. *Wir treffen uns bald mit Charlie und Siegel. Dann haben wir Pferde. Wir lassen diesen Ort und diese Anschläge mit unseren Bildern darauf hinter uns. In den Dünen gibt es keine patrouillierenden Soldaten. Dort ist überhaupt niemand.*

Sorasas Umsicht schleuste sie ungehindert durch die Gassen, ihr innerer Kompass steuerte sie Stück für Stück hinaus aus dem hektischen Treiben der Großstadt. Nach langen Stunden vorsichtigen Navigierens, um Stadtwachen, Soldaten und überfüllten Märkten auszuweichen, wurde irgendwann die Bebauung ringsum spärlicher. Der Dammweg über ihnen begann sich nach unten zu neigen, seine Bögen immer niedriger und niedriger, bis er in eine breite, steingepflasterte Landstraße überging. Almasad grenzte direkt an die Große Sandwüste und hatte außerhalb des Hafens keine Verwendung für Mauern. Keine Armee konnte die Stadt von der Wüste aus angreifen. Die Wege und Straßen verschwanden einfach im Nichts, verschluckt von den ewig wandernden Dünen. Selbst der Blumenduft wurde schwach, verdrängt von dem Geruch heißen, staubigen Sands, unterlegt mit dem Aroma eines Krauts, das Corayne nicht benennen konnte.

Die Ruinen von Haroun waren kein Tempel, wie Corayne zunächst vermutet hatte, sondern ein gewaltiger Turm am Stadtrand, umgekippt wie ein in der Mitte geborstener Baum. Nur eine hohle Säule war von ihm übrig geblieben und eine Wendeltreppe, die in der Mitte wie ein Rückgrat nach oben ging und ins Nichts führte. Die krönende Spitze des eingestürzten Turms fehlte, heruntergerissen vom grob behauenen Sandstein.

»Gestohlen«, sagte Sorasa, als sie Coraynes Blick bemerkte. Ihre Finger zupften an ihrem Arm herum und lockerten ihren Ärmel. »Harouns Auge wurde entwendet, bevor der Turm einstürzte, damals, als die Herrscher des alten Cor das alte Ibal besiegt haben. Der Rest, die Bronzehaube, wurde nach dem Einsturz des Turms Stück für Stück auseinandergeschnitten. Eingeschmolzen, um Waffen, Münzen und Schmuck daraus zu fertigen. Nordländer halten die Vergangenheit nicht so in Ehren, wie wir im Süden es tun.«

Corayne legte die Stirn in Falten und fasste die Ruinen erneut ins Auge. Sie versuchte sich vorzustellen, wie es hier vor langer Zeit wohl ausgesehen haben mochte. »Aber wieso einen Leuchtturm so weit weg vom Meer bauen?«

»Gut gesehen«, erwiderte Sorasa und entblößte ihren Unterarm. Die schwarzen Linien auf ihren Fingern setzten sich über ihr Handgelenk fort, um auf halbem Weg zu ihrem Ellbogen hinauf die Wimpern eines offenen Auges zu bilden. In seiner Pupille waren der Mond und die Sonne zu sehen, eine Mondsichel, von einem flammenden Strahlenkranz umgeben. »Der Turm war nicht für die Seefahrer gedacht. Harouns Auge brannte Tag und Nacht und geleitete Karawanen durch die Große Sandwüste nach Hause.«

»Ich wünschte, ich hätte das mit eigenen Augen sehen können«, antwortete Corayne, eine Klage, die ihr in ihrem Leben allzu vertraut war.

Sorasa bedeckte ihre Tätowierung wieder. Kurz war noch eine andere auf der Innenseite ihres Armes zu sehen, irgendeine Art von Vogel. »Vergiss diesen Wunsch, Corayne. Das bringt dir doch nichts.«

Wenn es nur so einfach wäre.

»Die Abenddämmerung hat längst eingesetzt«, brummte Dom. Er blickte finster zum Himmel hinauf, wo sich das Licht des Tages purpurn verdunkelte. »Euer Priester sollte jetzt besser kommen und Pferde mitbringen. Ich kann zu Fuß durch die Wüste wandern, um auf Spindelsuche zu gehen, aber kann das auch irgendwer von Euch?«

»Na klar, geht schon mal voraus«, blaffte Sorasa und winkte mit der Hand in Richtung Dünen. »Wir holen Euch schon ein.«

Wieder ließ sich Valtik auf den Boden plumpsen. Sie fuhr mit den Fingernägeln durch den Sand und zeichnete jütische Spiralen und Knoten. »Sand und Regen, Salz und Korn auf den Wegen, viel zu verlieren und zu gewinnen viel Segen«, sang sie monoton.

»Valtik, bitte«, seufzte Corayne, ihre Nerven lagen blank.

Der erste Stern leuchtete am Himmel auf, direkt vor ihnen über der Wüste. Corayne versuchte ihn zu benennen und musste feststellen, dass sie es nicht konnte. *Ich kenne die Sterne hier nicht. Ich kenne den Weg vor uns nicht. Ich kenne nicht einmal den Weg zurück.*

Wenn sie die Augen zusammenkniff, könnten die Dünen eigentlich auch die Lange See sein, ihre gewölbten Kämme wie Wellen. Sie versuchte, sich die Steilküsten von Siscaria vorzustellen, Lemarta in der Ferne, das weiße Häuschen hinter ihr. Das Schiff ihrer Mutter am Horizont, auf dem Rückweg in den

Hafen. *Wie wehen die Winde?*, schoss es Corayne durch den Kopf, und ihre Lippen formten lautlos die Silben. Die Brise, die ihr im Haar spielte, war ganz anders als alles, woran sie sich von zu Hause erinnerte, zu heiß und zu trocken. Trotzdem konnte sie so tun als ob. *Ganz wunderbar, denn sie bringen mich nach Hause.*

Andry hielt Abstand, ging auf und ab und näherte sich dabei immer mehr der eingestürzten Turmruine. Sie war dankbar für den Raum, den er ihr ließ, fühlte sich durch die Distanz zwischen ihnen seltsam beruhigt. Während der langen Wochen auf Reisen war Corayne nie wirklich allein gewesen. Sie war es auch jetzt nicht, aber es war ein angenehmeres Gefühl, als Tag und Nacht dicht an dicht mit über ihr aufragenden Bewachern zu stehen.

Seltsamerweise schien die Spindelklinge leichter geworden zu sein. Oder zumindest schenkte Corayne dem riesigen Schwert auf ihrem Rücken jetzt nicht mehr so viel Beachtung. Es war nicht bequemer geworden, und sie schwitzte, wo sich das Leder gegen ihre Kleidung drückte. Aber irgendwie kam es ihr nicht mehr so gewichtig vor. Mehr wie ein Stock denn wie ein Stück Metall. Sie griff nach hinten über ihre Schulter, und ihre Finger streiften das Heft. Der Schwertgriff war von der Hand ihres Vaters abgetragen und geprägt, mit Vertiefungen, die den Fingern eines Toten angepasst waren. *Sie werden nie passend für mich sein*, dachte sie und zog die Hand zurück.

Die Sonne ging vollends unter, glitt als goldene Scheibe im Westen hinter den Horizont, sodass nur rote und violette Flecken zurückblieben. Wenngleich der Tag heißer gewesen war als jeder andere, an den sich Corayne erinnerte, war die Nacht fast sofort kalt, der Sand verlor schnell seine Wärme. Blau und dann Schwarz legten sich über den Himmel, wie eine Decke, die sich vom einen Ende des Firmaments zum anderen spannte, von den nadelkopfkleinen Lichtpunkten neuer Sterne überzogen. Als sie blinkend zum Leben erwachten, stieß Corayne einen erleichterten Seufzer aus. *Da ist der Drache. Da ist das Einhorn.*

Die Wacht war immer noch ihr Eigen. Jeder Steuermann konnte jetzt die Richtung finden. *Und ich werde das auch.*
Spiegel auf dem Sand.

»Sorasa!«, rief sie laut und rannte über den sandigen Boden zurück. Ihre Gefährten wirbelten herum, als sie ihre Stimme hörten.

Dom erreichte sie als Erster. »Was ist los?«, fragte er mit vor Sorge geweiteten Augen.

Sie hielt den Blick auf Sorasa gerichtet. »Das Auge ist ein Spiegel gewesen, nicht wahr?«, fragte Corayne mit erhobener Stimme und atmete tief aus. »Ein verzauberter Spiegel? Etwas Besonderes? *Spindelberührt?*«

»Ja, das stimmt.« Sorasa umfasste durch den Ärmel hindurch ihren Arm und berührte reflexhaft ihre Tätowierung. »Glühend ohne Flamme, strahlend wie eine zweite Sonne.«

»Wo ist es hergekommen? Von hier?«, wollte Corayne wissen und packte die Meuchelmörderin.

Sorasa legte die Stirn in Falten. »Nein, nicht Almasad«, murmelte sie und überlegte angestrengt. »Priester der Lasreen haben es in der Wüste gefunden. In einer Oase.«

»In einer Oase. Hat sie auch einen Namen?« Sie spürte, dass Valtik sie schweigend beobachtete, ihre Augen blau und kalt. »*Wo*, Sorasa?«

Der Pfeil zischte zwischen ihnen hindurch, bevor Sorasa antwortete, und Corayne wurde mit dem Bauch auf den Boden geworfen, halb im Sand vergraben, halb von Doms Gewicht zerquetscht. Er ließ sie nicht aufstehen, sondern hielt sie mit der einen Hand fest, während er mit der anderen sein Schwert zog. Corayne schaute durch ihr zerzaustes Haar auf und sah, dass sein Blick hin zur Stadt gerichtet war. Ein weiterer Pfeil schwirrte an seinem Kopf vorbei, verfehlte ihn bloß um Zentimeter und ließ das lange Haar flattern, das er sich hinters Ohr gestrichen hatte. Diesmal kam der Pfeil vom Turm her, aus der entgegengesetzten Richtung des ersten.

Eis verkantete sich in Coraynes Magen.

Ein Hinterhalt.
Sie zappelte unter Doms Griff und versuchte aufzustehen, aber seine Hand war zu schwer auf ihrem Rücken. Sand drang ihr erstickend in den Mund, schmeckte nach Hitze. Sie verrenkte den Hals, um Ausschau nach Andry zu halten, nur um Siegel zu entdecken, wie sie aus den Ruinen des Turms hervorkam, ein Trupp Soldaten in ihrem Gefolge. Corayne knirschte mit den Zähnen, so zornerfüllt, dass sie nicht einmal schreien konnte.

In Sekundenschnelle hatte sie vierzig Soldaten gezählt, die sich ihnen vom Turm her näherten. Zwanzig aus Ibal mit Bronzeschwertern, hellrosa Seide über Stahl. Zwanzig aus Galland, ihre grünen Umhänge unverkennbar, ihre bleichen, schweinsäugigen, schwitzenden Gesichter grimmig unter ihren Helmen. Siegel stand zwischen ihnen, ihre Waffen unbeachtet an ihren Hüften. Sie hob zwei Finger an die Lippen und stieß einen Pfiff aus, ein hoher, durchdringender Laut, der Corayne in den Ohren schmerzte.

Weitere vierzig Soldaten kamen vom Stadtrand von Almasad herüber, allesamt Ibaleter, Pfeile in jedem Bogen eingelegt.

Ein Strom ibaletischer Flüche ergoss sich von Sorasas Lippen wie Blut aus einer offenen Wunde. Soldaten umzingelten sie mit gezückten Klingen, während Siegel an sie herantrat.

Sorasa spuckte kräftig aus, und sie traf ihr Ziel.

»Nimm's nicht persönlich«, sagte Siegel mit gedehnter Stimme und wischte sich mit der Hand übers Gesicht. »Du weißt, was ich bin, und ich weiß, was du bist. Willst du etwa behaupten, du an meiner Stelle hättest nicht das Gleiche getan?«

Sorasas Stimme war das Zischen einer Schlange. »Dem Höchstbietenden.«

29

Der Bär von Kovalinn

Ridha

Die Prinzessin von Iona vermisste die Sandstute, aber der eisige Norden wäre für ein so treues Pferd eine grausame Strafe gewesen. Die Stute war in der Wüste von Ibal auf Schnelligkeit gezüchtet worden und nicht dazu, über gefrorene Fjorde zu trotten. Ridha ließ sie frei, bevor sie ihre Überfahrt über die Wachsame See antrat, auf einem der wenigen jütischen Schiffe, die dem Handel und nicht für Raubzüge dienten. Im frostigen Ghald erstand sie ein stämmigeres, langhaariges Pony, außerdem einen muffigen Pelzumhang, der ihr in der Wildnis von Jüt bessere Dienste leisten würde. Obwohl sie eine Vedera war und ihr die meisten Unannehmlichkeiten der Sterblichenwelt nichts anhaben konnten, litt Ridha unter der Kälte. In Jüt herrschte schneidender Frost, obwohl erst Frühherbst war.

Als sie anschließend die Ruhmsee überquerte, sah sie jütische Langboote unter dem weißen Segel des Friedens. Schiffe für Handel und Reise. Die räubernden Schiffe hingegen fuhren stets unter grauen Segeln, eisern kalt wie der Winterhimmel. Aber Ridha entdeckte kein einziges solches Schiff. Es war so, wie die Diebe im Wirtshaus gesagt hatten: Die Jüti unternahmen keine Raubzüge. *Das ist mehr als nur selten*, dachte sie, während sie die felsige Küste entlangritt. *Das ist unmöglich.*

Kovalinn lag im Vyrand, dem großen Gebirgszug, der das Rückgrat von Jüt bildete und etwa die Form eines Wolfes hatte. Ridha erinnerte sich von einer diplomatischen Reise in ihrer Jugend an die Enklave ihrer nördlichen Verwandtschaft. Das war jetzt einige Jahrhunderte her; damals hatte Ridha ihre Mutter begleitet. Domacridhan hatten sie zu Hause gelassen, er war noch zu jung gewesen, um mitzukommen. Er war damals kaum mehr gewesen als ein Kind, noch im Wachsen, und er hatte vor ihrem Aufbruch an ihrer Schulter geweint. Sie wünschte inständig, er wäre jetzt bei ihr, um ihr sowohl Schild als auch Stütze zu sein.

Die jütischen Sterblichen wussten mehr über die Vedera als ihre südlichen Nachbarn, und Frauen, die Waffen trugen, übten auf sie keine vergleichbare Faszination aus. Als Ridha auf dem Weg nach Norden durch die Dörfer zog, kam es kaum einmal vor, dass ein jütisches Kind bei ihrem Anblick zurückschreckte. Die meisten der Menschen hier hatten helles blondes oder rötliches Haar, aber den Jüti war jedermann willkommen, der mit Axt, Schaufel oder Segel umzugehen wusste. Auch schwarze, bronzefarbene oder porzellanbleiche Haut, überhaupt jede Schattierung zwischen Weiß und Ebenholzschwarz war im eisigen Norden vertreten, von Ghald über Yrla bis nach Hjorn, in jedem Dorf und auf jedem Bauernhof.

Und in Kovalinn war es genauso.

Als sie die Mündung des Flusses in den Kovafjord erreichte, erwartete sie dort bereits eine Vedera, so reglos und gleichmütig wie eine alte Eiche. Sie war gertenschlank und groß, in Pelz gehüllt, ihre Haut wie Topas leuchtend, ihr schwarzsilbernes Haar zu Zöpfen geflochten, die von einer feingliedrigen Kette zusammengehalten wurden. Ridha kannte sie nicht, hob aber die Hand zum Gruß, ihre Handfläche so weiß wie der frühe Winterschnee, der an ihren Wimpern klebte.

Woher sie gewusst hatten, dass sie kommen würde, war für Ridha leicht zu erraten. *Mutter muss noch eine weitere Sendschaft ausgeschickt haben, diesmal an den Herrscher der Schneelande.* Sie versuchte, nicht an Isibel von Iona zu denken, ein geisterhafter Hauch von Magie mit silbernem Haar, der sich in einem Phantomwind regte. *Komm nach Hause. Komm nach Hause.*

Ist das ein Nachhall oder eine Erinnerung? Ridha vermochte es nicht zu sagen.

»Ich bin Ridha aus Iona.«

Forschend betrachtete sie das Gesicht der Frau. *Wenn sich Mutter bereits mit Kovalinn in Verbindung gesetzt hat, könnte mein Besuch hier völlig umsonst sein.*

Die andere Vedera neigte den Kopf. »Ich bin Kesar von Salahae, die rechte Hand des Herrschers von Kovalinn. Er heißt Euch in seinem Land willkommen und möchte unbedingt mit Euch sprechen.«

»So wie ich unbedingt mit ihm sprechen möchte«, antwortete Ridha.

In der Ferne wehte ein kalter Wind und wirbelte die stetig fallenden Schneeflocken durcheinander. Für einen Moment war der Weg den Fjord hinauf klar sichtbar. Verschneites Gelände, ein granitener Schlund gähnte, ein Wasserfall stürzte in den Fluss hinab und strömte ins Meer. An seinem höchsten Punkt, am First eines in Zickzacklinien den Hang emporklimmenden Pfades, tief in den Fels gehauen, lag Kovalinn. Noch aus der Entfernung sah Ridha die in die Stadttore geschnitzten Bären, ihr Fell schartig in dunkles Kiefernholz geritzt.

Unter ihrem Pelzumhang und dem Stahl ihrer Rüstung überlief Ridha ein kalter Schauer. Der Wind frischte wieder auf, und die Enklave verschwand im Schnee.

Der große Bär war mehr als das Emblem von Kovalinn, in die Tore der Stadt eingearbeitet, in Bildteppiche gewebt und aus turmhohen Kiefern geschnitzt, um den großen Saal über seine ganze Länge hinweg zu krönen. Ein Bär schlief auch tief und fest am Stuhl des Herrschers. Er hatte sich seine gewaltigen Tatzen übers Gesicht gelegt, und die Wölbung seines Rückens war wie ein Berg. Das Tier schnarchte leise, die Schnauze gegen die Füße des Knaben gedrückt, der über diese Enklave der Vedera herrschte. Das rothaarige Kind beugte sich von seinem Stuhl herunter und kraulte das Tier hinter den Ohren. Der Kopf des Bären war fast so groß wie der ganze Knabe.

Dyrian von Kovalinn mit seinen perlgrauen Augen lächelte

sein Schoßtierchen liebevoll an. Er war erst ein Jahrhundert alt, der jüngste Vedera, der auf der Wacht regierte. Sein weißes Gesicht war von Sommersprossen gesprenkelt, und seine Kleidung war schlicht: ein brauner, mit schwarzem Zobel besetzter Umhang, und der Bär auf seinem Uniformrock war mit Juwelen aus Bernstein, Pechkohle und wirbelndem Jaspis hervorgehoben. Um die Kehle des Jungen lag ein ringförmiges Band aus Gold, passend zu dem Reif an seinem Handgelenk, aber er trug keine Krone. Auf seinem Schoß lag ein frischer Kiefernzweig, dessen Nadeln von einem üppigen Jägergrün waren.

Ridha kniete vor ihm nieder. Sie hatte ihren Pelzumhang über die eine Schulter gezogen, und der grüne Stahl ihrer Rüstung war noch immer kalt von ihrem Ritt den Fjord hinauf. Sie musterte den Herrscher aufmerksam, wog Vor- und Nachteile seiner Jugend ab.

Der Knabe war nicht allein: Berater umringten ihn, sitzend oder stehend im Raum verteilt. Kesar stand rechts von ihm, ohne sich etwas aus dem schlafenden Bären zu machen. Die Frau auf Dyrians linker Seite war offensichtlich seine Mutter. Ihr Haar war so rot wie sein eigenes, und sie trug es unter ihrem Diadem aus gehämmertem Eisen zu zwei langen Zöpfen geflochten. Sie war breitschultrig und ähnlich gebaut wie Ridha. Ein weißer Fuchspelz lag wie eine Wolke über ihren Schultern, und ein langes Kettenhemd wallte bis über ihre überkreuzten Beine herab. Ihre Augen waren hart wie Stein, und sie saß komplett reglos.

Die Prinzessin von Iona wog den Herrscher und seine Diplomaten gegeneinander ab. *Wer befehligt die Enklave? Wer spricht wirklich für Kovalinn? Wen muss ich überzeugen?*

»Er ist größer, als sie für gewöhnlich sind«, ergriff Dyrian das Wort und richtete sich auf seinem Stuhl auf. Der Stuhl war zu groß für ihn; seine Pelzstiefel baumelten über die Steinplatten des erhöhten Podests. Er sah noch jünger aus als seine gerade mal zehn Dekaden, und seinem Gesicht haftete noch immer ein wenig der Babyspeck an. An seiner Seite befand sich ein

Schwert, und in seinem Stiefel steckte ein Dolch, der zu seiner geringen Körpergröße passte.

»Er sammelt Fett für den Winterschlaf«, fügte er hinzu und lächelte breit, sodass eine Zahnlücke sichtbar wurde.

Das Lächeln reichte nicht bis zu seinen Augen hinauf.

Ridha hob das Kinn. Ihre Konzentration galt einzig dem Herrscher, nicht den anderen, die zusammengenommen viele Tausende von Jahren gelebt hatten.

»Und was ist mit Euch, Herr?«, fragte sie. »Habt Ihr die Absicht, ebenfalls zu schlafen?«

Hinter ihm zuckten die Lippen seiner Mutter, aber sie öffnete den Mund nicht. Wie Ridha bereits vermutet hatte, sprach niemand für Dyrian außer Dyrian selbst.

Der Junge legte die Hände auf die Armlehnen seines Sessels. Auch in das Holz seines Stuhls war das Abbild seines Schoßtiers geschnitzt.

»Mir ist berichtet worden, die Leute aus Iona würden gern um den heißen Brei herumreden«, erwiderte er belustigt. Seine grauweißen Augen gehörten einem Wolf, nicht einem Kind. »Für Euch scheint das nicht zu gelten, Prinzessin.«

»Nein, tut es nicht«, antwortete sie.

Ein Schauder überlief sie, und sie bekam eine Gänsehaut. Der große Saal von Kovalinn war ein langgestreckter Raum unter einem Strohdach, und die Wände bestanden aus grob zugeschnittenem Holz. Heute diente der Raum als Thronsaal des Herrschers, und man hatte alle Außenstehenden und Zaungäste weggeschickt, sodass nur die Mitglieder seines Rates verblieben waren. Zwei offene Gruben zogen sich der Länge nach durch den Raum hinter ihr, und in ihnen schimmerten heiße Kohlen und züngelnde Flammen, aber die großen Türen waren weit geöffnet und ließen den kommenden Winter herein. Schnee tanzte über die Steinplatten und wirbelte um ihre Stiefel.

Ridha gab sich alle Mühe, sich von der Kälte nicht stören zu lassen. »Was hat meine Mutter Euch in ihrer Sendschaft berichtet?«

Er klopfte sich mit dem Zeigefinger auf die Unterlippe und dachte nach. »Genug«, antwortete er schließlich. »Eine Spindel aufgerissen, die übrigen in Gefahr, geöffnet zu werden. Blut und Klinge in den falschen Händen, im Dienste des Lauernden und seines alles verschlingenden Hungers.«

Ihr Inneres krampfte sich zusammen. Es war ein Lied, das sie gut kannte, aber sie zuckte jedes Mal zusammen, wenn es gesungen wurde.

Dyrian beugte sich vor und stützte die Hände auf die Knie. Seine Wolfsaugen blitzten auf. »Eine Katastrophe, die wir schon jetzt nicht mehr unter Kontrolle zu bringen vermögen.«

Ridha stand voller Würde und Anmut da, ihre Kiefer zusammengebissen. »Da bin ich anderer Meinung.«

Wieder grinste der Knabe und sah seine Mutter aus den Augenwinkeln an. Ihr funkelnder Blick flog zu ihm hin und übermittelte ihm eine Nachricht, die Ridha nicht lesen konnte.

»Ach, und ich dachte, Ihr wäret einfach zu Besuch gekommen, um die gesellschaftlichen Beziehungen zu pflegen«, gab er schulterzuckend zurück. »Also, Ridha von Iona, was wollt Ihr von uns? Ich weiß Eure Direktheit zu schätzen, obwohl das nicht die Gepflogenheiten der Vedera sind.«

Nein, jene, deren Jahre endlos sind, neigen nicht dazu, sich wegen weitschweifig verlorener Zeit Sorgen zu machen. Selbst wenn sie es sollten, dachte Ridha und biss sich auf die Zunge. Wieder ging ihr Blick über die Ratgeber hinweg und maß ihren Einfluss wie auch denjenigen Dyrians ab. *Ich bin keine Diplomatin*, ging es ihr durch den Kopf. *Ich bin nicht gut in so etwas.*

Dom würde es noch viel schlechter machen.

»Ich will, dass Ihr kämpft«, stieß sie hervor und legte die Hand auf ihr Schwert. Ihr Blick richtete sich auf den Kiefernzweig auf seinem Schoß. »Legt den Ast beiseite und greift nach der Axt.« Sie war verzweifelt. Und sie klang verzweifelt. Ridha konnte es nicht ausstehen, aber sie musste da durch. *Wenn ich betteln muss, dann soll es eben so sein.* »Die Wacht ist noch nicht verloren. Und ich glaube nicht, dass wir sie verlieren sollten.«

»Anders als Eure Mutter«, murmelte Dyrian. »Die Herrscherin von Iona ist noch in Glorian geboren. Ich kann ihr keinen Vorwurf daraus machen, dass sie jede Gelegenheit nutzen will, um ins Land unserer Vorfahren zurückzukehren, in jene Welt, die in ihrem Blut ihr Lied singt. Sie sehnt sich schmerzlich nach ihrem Zuhause, wie so viele es tun.« Er drehte sich auf seinem Stuhl um und begutachtete die anderen Unsterblichen im Raum. Einige von ihnen hatten silbernes Haar und waren Tausende von Jahren alt, und auch ihre Herzen weilten in einer anderen Welt. Sie blickten stumm vor sich hin, ihre Gesichter wie Steinmauern, die niemand je würde erklimmen können.

Ridha wurde übel, und ihr Magen krampfte sich zusammen.

Dann sah der Herrscher wieder sie an, und seine Wolfsaugen leuchteten.

»Ich tue das nicht«, erklärte er mit ernster Stimme.

Sie spürte, wie aller Atem aus ihren Lungen wich. »Herr ...«

Seine Mutter stand auf, und ihr Kettenkleid schimmerte wie die Schuppen eines Fisches. Sie war fast zwei Meter zehn groß, ihre Haut milchfarben, eine Kriegerkönigin mit Narben auf den Fingerknöcheln.

»Was hat Euch ausgerechnet hierhergeführt?«, verlangte sie zu erfahren. Da war ein seltsam raues, unnatürliches Kratzen in ihrer Stimme. Ridha schluckte, als sie an ihrem Hals eine weitere Narbe entdeckte, eine perlweiß schimmernde Linie, die ihr quer über die Kehle schnitt. »Von allen Enklaven ausgerechnet Kovalinn? Wir sind weder die mächtigste, noch sind wir die größte. Es ist keine einfache Reise, selbst vor Einbruch des Winters, selbst für eine Unsterbliche wie Euch. Warum wir, Ridha von Iona?«

»Die Räuber der Wachsamen See sind nicht auf ihre Raubzüge gegangen; es flattern keine grauen Segel«, erwiderte sie schlicht. Es hatte keinen Sinn, ihnen mitzuteilen, dass sie davon in einer namenlosen Kaschemme erfahren hatte, von Sterblichen, die bereits im Begriff standen, zu Staub zu zerfallen.

»Ihre Langboote sind in diesem Sommer nicht gesichtet worden. Die Städte und Dörfer der Königreiche im Süden haben nicht gebrannt.« Es lag inzwischen Jahrzehnte zurück, aber Ridha erinnerte sich noch immer an den Anblick der Langboote auf dem Wasser, wie sie aus einer Rauchwolke aufgetaucht waren, mit Flammen im Rücken. Wie Drachen, die sich aus dem Meer erhoben.

Keiner aus dem Kreis der Vedera von Kovalinn gab ihr eine Antwort.

Ridha bewegte sich behutsam vorwärts. Wenn das hier ein Sieg war, so spürte sie ihn in ihren Fingern, aber auch, dass er ihr zu entgleiten drohte. »Wovor laufen sie davon?«

»Wovor sie davonlaufen?« Dyrian lachte verächtlich. Er richtete den Blick auf seine Mutter, die immer noch aufrecht dastand, selbst eine Bärin. »Nein, die Räuber von Jüt laufen nicht davon.«

Angst kroch Ridha über den Rücken. Angst ... und Hoffnung. Ihre Stimme bebte. »Auf welchen Kampf bereiten sie sich dann vor?«

Auf dem Boden regte sich der Bär, er gähnte und ließ seine furchterregenden Kiefer sehen. Seine Zähne waren sieben bis acht Zentimeter lang, gelb und vor Geifer triefend. Er schaute zu seinem Herrn auf und blinzelte mit verschlafenen, warmen Augen. Erneut kraulte Dyrian ihm den Pelz, was dem Bären ein zufriedenes Brummen entlockte.

Diesmal lächelte der Herrscher nicht. Er sah auch nicht mehr wie ein Kind aus.

»Auf den Kampf mit dem Feind, dem wir uns alle stellen müssen«, gab er zur Antwort. »Ob wir wollen oder nicht.«

30

Gegen die Götter

Sorasa

Es gab drei Gefängnisse in Almasad. Eins auf dem Wasser, dessen Zellen sich bei Flut bis zur Hälfte füllten, während Krokodile sich an den Gitterstäben verbissen. Eins am Stadtrand, zwischen der Stadt und den Dünen, die Zellen zur Sonne hin offen, sodass die Gefangenen binnen Stunden Brandblasen bekamen. Das dritte war unter der Zitadellenfestung der Hauptgarnison der Stadt begraben, seine Zellen dunkel und kühl, so düster und so sicher wie ein Grab. Die beiden ersten Gefängnisse waren unangenehm, aber zu bewältigen. Sorasa Sarn war schon aus beiden entkommen, herausgeschwommen oder herausgeklettert.

Sie biss fest die Zähne zusammen, als sie gefesselt und geknebelt zum dritten Gefängnis geführt wurden. *Taltora*, hatte sie sich eingeprägt und verfluchte den Namen.

Sorasa hielt den Kopf gesenkt. Es war nicht schwierig, mutlos und geschlagen dreinzuschauen. Schließlich hatte Siegel sie alle verraten.

Ich hätte es wissen sollen, dachte sie, während die Schritte der Gefangenen in den Gängen widerhallten. *Sie hat nie die Leichen auf dem Hügel gesehen. Sie hat Taristan vom alten Cor nie gesehen, den roten Zauberer an seiner Seite. Siegel stammt als Mensch aus einer Wacht, die immer noch innerhalb jener Regeln existiert, die sie zu verstehen gelernt hat.*

Und sie hat recht, überlegte Sorasa. *Zu einer anderen Zeit hätte ich das Gleiche getan.*

Die ibaletischen Offiziere brachten die Gefangenen in einen Wärterraum unter der Gefängnisfestung. Der Raum war von Fackeln erleuchtet, und an seinen Wänden reihten sich Regale und Truhen. Die Ibaleter vergeudeten keine Zeit und nahmen ihnen ihre Waffen ab, erleichterten Dom und Andry um ihre Schwerter. Corayne verzog im flackernden Licht das Gesicht, ihre Augen geweitet, als die Männer ihren Umhang wegrissen und zur Seite warfen. Als sie ihr als Nächstes die Spindelklinge abschnallten und sie ihr vorsichtig vom Rücken lösten, setzte sie sich mit schwachen Kräften zur Wehr und würgte an ihrem Knebel.

Dom kämpfte gegen seine Peiniger an, aber sechs Mann und eine schwere Eisenkette um seine Handgelenke und Fußknöchel genügten, um den Ältesten an einer Flucht zu hindern. *Siegel hat sie entsprechend vorgewarnt.* Sorasa fluchte innerlich, während sie zusah, wie er sich erfolglos krümmte und wand.

Die Kopfgeldjägerin war nirgends zu sehen, ebenso wenig die galländischen Soldaten in ihren Umhängen. Während die Soldaten Valtik abklopften und über all ihren merkwürdigen Plunder und Tand rätselten, malte sich Sorasa aus, wie sich Siegel jetzt wohl oben in der Offiziersmesse labte, umringt von den Soldaten aus dem Norden. Oder vielleicht war sie auch im Büro des Gefängnisdirektors, wo man ihr ein Verdienstsiegel aushändigte, das sie in Ascal gegen ihre Bezahlung würde eintauschen können. *Höchstwahrscheinlich Letzteres. Siegel genießt immer erst dann, wenn sie ein Geschäft abgeschlossen hat.*

Als sie an die Reihe kam, beugte sich Sorasa in den Schatten und versuchte, ihr Gesicht zu verbergen. Sie zuckte zusammen, als ein Wächter mit Amtszeichen sie untersuchte und unter seinen vollen dunklen Brauen die Augen zusammenzog. Er hatte das Habichtsgesicht eines Ibaleters von Adel, und seine Augen waren von einem warmen Sirupbraun. Sie kannte seinen schwarzen Bart, rasiert und geölt, unter seinen Wangenknochen zu makellosen Locken gezwirbelt. Ohne ihr den Knebel herauszunehmen, packte er sie am Kinn und drehte ihren Kopf von einer Seite zur anderen. Dann senkte er den Blick und begutachtete die Tätowierungen an ihrem Hals und die Linien auf ihren Fingern.

Er seufzte laut, und es klang müde. »So bald schon wieder zurück, Amhara?«

Sorasa lächelte und stieß mit der geballten Kraft von Zunge und Lippen den Knebel aus dem Mund, ein oft geübter Trick. »Bar-Barase, ich sehe, Ihr habt es zum Leutnant gebracht«, meinte sie in herablassendem Tonfall und deutete mit dem Kinn auf seine Dienstmarke. »Herzlichen Glückwunsch.«

Der Soldat biss die Zähne zusammen. »Bringt die Übrigen in die Zellen und verteilt sie gleichmäßig. Der Unsterbliche bleibt in Ketten«, wies er seine Männer müde an, ohne Freude oder Eifer in der Stimme. »Die hier zieht ihr nackt aus. Durchsucht sie und lasst keinen Zentimeter aus.«

Auf der anderen Seite des Raums stieß Corayne hinter ihrem Knebel einen leisen Laut aus und versuchte, einen Schritt näher heranzutreten. Ein einzelner Wachposten hinderte sie daran. Dom kämpfte noch härter als zuvor und hätte es fast geschafft, seine sechs Wachen zu überwältigen, bis ihn ein siebter Mann um den Hals zu packen bekam. Sie rangen noch miteinander, selbst als Dom und die anderen abgeführt wurden, mit den Spitzen von Speer und Schwert weitergestoßen.

Sorasa zuckte die Schultern, als sie weggebracht wurden, ihre Hände immer noch gefesselt. »Je eher wir damit anfangen, umso eher haben wir es hinter uns.«

Der Leutnant verzog die Lippen und winkte zwei Gefängniswärterinnen herbei, beide so starr und abgehärtet, dass sie aus dem Granit des Roten Pfeilers hätten gemeißelt sein können. Sorasa ließ sie ihre Arbeit machen, ihre Muskeln angespannt. Sie starrte auf den Rücken des Leutnants und hasste ihn.

Es gibt nichts Frustrierenderes als einen anständigen Offizier.

Es nahm nicht viel Zeit in Anspruch. Sorasa Sarn war seit ihrer Kindheit immer wieder ausgezogen und durchsucht worden. In der Gilde war das regelmäßig vorgekommen. Dort waren die jungen Akolythen regelrecht dazu ermutigt worden, sich Essen oder Geld oder womit immer sie glaubten, davonkommen zu können, unter den Nagel zu reißen. Sie bemerkte es kaum, als die beiden Frauen sie von der Kopfhaut bis zu den Zehen abtasteten und nach versteckten Waffen suchten.

Im Vorbeigehen zählte sie die Zellen und jede spitze Biegung des Weges. Taltora war ein Labyrinth unter einer Festung, und die Luft war hier unten trocken und kühl. Sie nahmen ihr alles weg – ihren Gürtel, ihr Schwert, ihren Bogen, ihre Dolche, jeden Beutel mit kostbarem Pulver und, was das Schlimmste von allem war, die Börse mit den Münzen, die sie sich an ihren Oberschenkel geschnallt hatte. All das Iona-Gold, verschwunden in den Gewölben von Taltora, wo es unter dem wachsamen Auge des pflichtbewussten Leutnants Bar-Barase nur Staub ansammeln würde. *Der sture Schwachkopf wird es nicht einmal für sich selbst abzwacken,* fluchte Sorasa insgeheim, während sie durch den Gang trabte.

Vier Wachen begleiteten sie, ihre Schwerter gezückt und erhoben. Sie zu überwältigen würde nicht das Geringste bringen. Weitere sechs würden herbeigelaufen kommen, und am Ende würde sie bewusstlos in einer noch tiefer liegenden Zelle angekettet werden, ohne die Hoffnung auf eine Kerze. Nein, Sorasa gab eine vorbildliche Gefangene ab, ihre Handgelenke hinter dem Rücken gefesselt, ihre Beinkleider, Stiefel und Hemd hastig wieder übergestreift. Ihr schwarzes Haar hing ihr lose über die linke Schulter, von der Reise zerzaust.

Sie hörte Valtik hinter der vierten Biegung. Die alte Hexe faselte wieder irgendetwas auf Jüti. Ihre Stimme hallte von dem Lehmboden und dem steinernen Dach wider, ein Geist, der in seinem riesigen Mausoleum spukte. Ausnahmsweise einmal war Sorasa froh darüber, ihr Geschimpfe zu hören. Sie wedelte spielerisch drohend mit dem Zeigefinger, als Sorasa an ihrer Zelle vorbeiging, und grinste mit allzu vielen Zähnen.

Hinter der nächsten Biegung fand sie Corayne und Andry. Eine leere Zelle trennte die beiden voneinander. Sorasa musterte sie in der Erwartung, jeweils ein in Tränen aufgelöstes Häufchen Elend vor sich zu sehen, insbesondere was den Knappen anging. Doch beide standen sie hinter den Gitterstäben, die Augen hart und unverzagt, ihre Knebel weggerissen.

»Haben sie Euch wehgetan?«, fragte Corayne, die Hände um das Eisen zu Fäusten geballt.

Sorasa reckte den Kopf in die Höhe. »Sehe ich etwa so aus?« Die Zelle des Ältesten lag den übrigen gegenüber, ganz allein auf der anderen Seite des Gangs. Er war, im Dämmerlicht halb verdeckt, an die Wand gekettet wie ein tollwütiges Tier. Selbst um seinen Hals lief eine Kette, was ihn zwang, in unbehaglicher Position gerade zu stehen, den Rücken gegen die Steinwand gestemmt. Er trat von einem Fuß auf den anderen, und seine Ketten klirrten.

»Ein bisschen übertrieben, meint ihr nicht auch?«, sagte Sorasa an ihre Wärter gewandt. »Er ist doch nur ein kleiner Welpe.«

Dom schnaubte verächtlich und kämpfte gegen die Kette um seine Kehle.

Die Gefängniswachen reagierten nicht weiter, sondern öffneten Sorasas Zelle mit dem Knirschen von Metall auf Metall, schoben einen Schlüssel in das klirrende Schloss. Sie stießen sie hinein, ihre Handgelenke immer noch gefesselt, dann schlugen sie die Zellentür zu und stapften wieder den Gang hinauf.

Ihre Schritte verhallten und ließen die fünf Gefangenen in Stille und Dunkelheit zurück. Das einzige Licht kam von einer Fackel auf dem Gang. Durch die leeren Zellen und den langen Gang voneinander getrennt, konnte niemand den anderen auch nur mit den Fingerspitzen berühren, geschweige denn dass sie einander hätten helfen können. Und so, wie Dom gefesselt war, bestand wenig Hoffnung, dass sie sich gewaltsam einen Weg nach draußen würden bahnen können. Ihr grüblerischer Rammbock war nicht mehr.

»Nicht gerade ideale Bedingungen«, knurrte Dom der Decke entgegen.

Corayne trat verdrossen in den Lehmboden und ließ eine Wolke Dreck auffliegen. »Das ist eine Möglichkeit, es auszudrücken«, blaffte sie. »Ihr habt der Kopfgeldjägerin vertraut.«

Sorasa ließ sich von der Anklage nicht aus der Ruhe bringen. Sie ging in ihrer Zelle auf und ab und untersuchte die Gitterstäbe auf etwaige Schwachstellen. »Charlie ist immer noch draußen.«

Andrys spöttisches Lachen hallte durch das Gewölbe. »Oh ja, klar, er wird mit Sicherheit zurückkommen, um uns hier rauszuholen.«

»Er könnte irgendeinen Schrieb aufsetzen«, warf Corayne ein und ließ den Blick zwischen den anderen hin und her wandern. »Vielleicht ein amtliches Schriftstück oder einen diplomatischen Brief, um uns dadurch ein wenig Zeit zu verschaffen?«

»Er wird nichts an Siegel vorbeischmuggeln können.« Sorasa fuhr mit ihrer Untersuchung fort. Die Gitterstäbe waren in die Wände getrieben, in die Decke und in den Lehmboden gehämmert. Sie scharrte unten am Boden, versuchte, ein Loch zu graben. Das Eisen ging zu tief hinunter. »Sie wird uns den ganzen Weg zurück nach Ascal schleppen.« *Eine weitere Reise über feindliche Meere, um schließlich auf dem Henkersblock oder im Maul eines Seeungeheuers zu sterben. Anstrengend.* »Es sei denn, wir unternehmen etwas dagegen.«

»Wir befinden uns über zehn Meter tief unter der Erde, Sarn«, wandte Dom mit ausdrucksloser Stimme ein. Er spannte sich wieder gegen seine Fesseln, und sein bleiches Gesicht rötete sich vor Anstrengung. Die Ketten gaben keinen Zentimeter nach.

»Eingesperrt in Käfige. Angekettet«, fügte Corayne hinzu und zeigte auf den Ältesten. »Ich bezweifele, dass selbst Ihr etwas dagegen tun könnt.«

»Wie recht du doch hast«, meinte Sorasa. Dann sprang sie mit einem Schnauben auf, zog weit die Knie an und riss sich die gebundenen Hände um die Füße herum. Als sie wieder auf den Zehen landete, hatte sie die Hände nicht mehr auf dem Rücken, sondern vor dem Bauch. Es war ein alter Trick, den in der Zitadelle jeder Akolyth beigebracht bekam. »Die Ibaleter sind Gefängniswärter, aber Taltora ist ein scheußlicher Kerker. Die Belüftungsschächte sind selbst für Kinder zu schmal. Glaubt mir, ich habe schon Leute gesehen, die versucht haben hindurchzukriechen.«

Sie begann, ihre Handgelenke aufeinander zu reiben. Jedes Mal, wenn Haut über Haut hinwegging, zog sie an ihren Fesseln. Sie bestanden aus gutem, fest geflochtenem Seil, und die Knoten bedurften einiger Arbeit. Doch Zentimeter für Zentimeter verschaffte sie sich mehr und mehr Bewegungsfreiheit. Der Rhythmus ihrer Bewegungen war langsam und stetig, regelrecht hypnotisch. Sie versank in ihrem Tun so bequem und mühelos wie in einem warmen Teich.

»Der einzige Weg hinaus ist der Weg, über den wir hereingekommen sind. An den Zellen entlang, vier scharfe Biegungen durch vier Reihen. Dann die Wächterräume, das Vorzimmer und hinauf durch das Herz der eigentlichen Zitadelle. Von wo aus man erst durch den Innenhof der Kaserne und durch die Garnisonsstuben laufen muss, bis man die Straße erreicht. Dann folgt ein Wettrennen in die Wüste, das nur wenige zu Fuß überleben können, falls es ihnen denn gelingt, nicht von berittener Kavallerie niedergemäht zu werden, bevor sie die Dünen erreicht haben.« Die anderen zuckten zusammen, während sie ein Hindernis nach dem anderen aufzählte, aber Sorasa zuckte die Schultern und fuhr damit fort, ihre Handgelenke gegeneinander zu drehen. »Seid dankbar dafür, dass wir nicht in einer treckischen Gefängnisgrube sitzen, halb in unseren eigenen Exkrementen vergraben. Oder auch in einem Gefängnis von Ascal, der Barmherzigkeit von Wachen ausgeliefert, die Idioten und Schweine sind, die vergessen, ihren Gefangenen etwas zu essen zu geben. Nein, mit diesen Gefängnissen verglichen, ist Taltora wahrhaft menschenfreundlich.«

Ihre rechte Hand lockerte sich als erste, und sie zwängte sie zwischen den Seilen hervor. Die linke schlüpfte hinterher, und sie warf sich das Seil um den Hals. Es konnte ihr später nützlich sein, sollte sie jemanden erwürgen müssen.

Die anderen schauten mit großen Augen zu.

»Ihr seid schon einmal im Gefängnis gewesen«, bemerkte Andry tonlos.

»Ich bin auch in *diesem* Gefängnis schon einmal gewesen«, gab Sorasa zur Antwort. Jetzt, da sie die Hände frei hatte, krempelte sie den Ärmel an ihrem linken Arm hoch und ließ die kunstvolle Tätowierung einer Vogelschwinge sehen.

»Und jetzt?« Corayne drückte die Stirn gegen die Gitterstäbe. Hoffnung leuchtete in ihren Augen auf. Es war so leicht, in diesem Mädchen neues Feuer zu entfachen, dass Sorasa fast schon neidisch auf sie war. *Die Fähigkeit zu hoffen wurde mir vor langer Zeit ausgetrieben.* »Wir haben eigentlich keine Zeit zu verschwenden. Es sind schon wieder Stunden vergangen.«

Sorasa trommelte mit den Fingern über die Federn des Vogelflügels, tastete ihren Arm ab. An der Flügelspitze angelangt, hielt sie inne und grub ihre Zähne in die eigene Haut. »Die Wachen kennen mittlerweile meine Methoden«, bemerkte sie aus dem Mundwinkel.

Kurz darauf spürte sie den Metallkopf der Nadel und zog. Die Nadel rutschte leicht aus ihrer Haut, der Stahl des dicken Stifts rot glänzend. Das Ding war nicht groß, nicht länger als ein einzelnes Fingergelenk. Sorasa schenkte dem Brennen so wenig Beachtung, wie sie sich um den einen Blutstropfen kümmerte, der ihre Tätowierung verunstaltete.

»Aber sie haben immer noch nicht herausgefunden, wie man den Körper eines Menschen richtig untersucht«, fügte sie triumphierend hinzu, die Nadel zwischen den Zähnen.

Dom sah sie angewidert an. »Wollt Ihr ein Loch in einem Hemd flicken?«

Sorasa antwortete nicht, sondern machte sich daran, eine zweite Nadel aus einer anderen Stelle in dem Vogelflügel zu ziehen.

»Oh, gut gemacht«, sagte Andry mit einem faszinierten Keuchen.

»Danke, Trelland. Schön, wenn jemand einen zu schätzen

weiß«, antwortete sie, während sie sich als Nächstes der Aufgabe widmete, mit ihren blutverschmierten Nadeln das Schloss der Zelle zu öffnen.

Ihr Herz hämmerte, als die Tür aufschwang, die Angeln von gnädiger Lautlosigkeit. *Was jetzt, was jetzt, was jetzt*, trommelte es ihr durch den Schädel, immer lauter und drängender. Die Wachen hatten ihr zwar ihre Stifte zum Schlösserknacken nicht weggenommen, aber doch alles andere. Ihre Ausrüstung, Doms Ältestenschwert, die *Spindelklinge*. Ganz zu schweigen davon, dass sich zwischen ihnen und der Straße wahrscheinlich hundert Soldaten befanden, und darunter auch Siegel aus dem Temurijon. Sorasa biss die Zähne zusammen und versuchte sich an eine noch gefährlichere Situation zu erinnern, aus der ihr dennoch die Flucht gelungen war.

Nun gut, ich habe noch nie den Versuch unternommen, die Welt zu retten, deshalb fällt mir nichts ein.

Doms Stimme drang ihr knirschend an die Ohren. »Was kommt als Nächstes, Sarn?«

Sie wäre am liebsten durch seine Gitterstäbe geschlüpft, um die Kette um seinen Hals so stramm zu ziehen, dass er nicht mehr atmen konnte, geschweige denn reden. Doch stattdessen ging sie über den Gang zu Andrys Zelle hinüber und machte sich daran, sie zu öffnen.

»Hinge nicht Euer Leben davon ab, hier herauszukommen, würde ich sagen, dass Ihr das ganze Geschehen mit hämischer Freude beobachtet habt, Ältester«, blaffte sie über ihre Schulter.

Seine Ketten klirrten. Er hob sein Kinn, so gut er es denn eben vermochte. »Die Vedera kennen keine Häme.«

Andry drückte mit einem dankbaren Nicken die Tür seiner Zelle auf.

»Valtik?«, fragte er und sah die Hexe an. »Irgendwelche Tricks?«

Immer noch auf dem Lehmboden sitzend, zuckte Valtik mit ihren schmalen Schultern. »Lauscht auf die Glöcklein«, antwortete sie. Zum ersten Mal seit sie einander begegnet waren, hatte Sorasa den Eindruck, dass die Greisin müde klang und ihre Stimme ihrem vorgerückten Alter entsprach. »Das kündet mir das Knöchlein.«

Andry zuckte zusammen und griff durch die Gitterstäbe, um der Alten aufzuhelfen. Sein Gesichtsausdruck wurde dunkel wie eine Gewitterwolke. »Ich habe genug Glocken für ein ganzes Leben gehört.«

Die Nadelstifte drehten sich im nächsten Schloss, und Coraynes Zelle öffnete sich. Sie stürmte heraus, ein Wirbelwind, ein verrücktes Pferd, das Dreck aufwühlte. »Wir können ohne die Klinge nirgendwo hingehen«, erklärte sie. Sie lehnte sich nach hinten, Ausgleich für ein Gewicht, das sie nicht mehr auf dem Rücken spürte. Ohne ihren Umhang und ohne das Schwert an ihren Schultern sah sie klein und jung aus, wie ein Kind, das aus seinem Bett geholt worden war.

Dann knirschte sie mit den Zähnen und trat Sorasa in den Weg. Die Meuchlerin musterte sie prüfend, und das Kind schwand vor ihren Augen dahin.

»Die Spindelklinge, Sorasa«, unterstrich Corayne, ihre Augen schwarz wie Pech.

»Ich weiß«, zischte Sorasa und machte kurzen Prozess mit Valtiks Schloss.

»Meint Ihr, dass Charlie noch immer auf uns wartet?« Corayne folgte ihr dicht auf den Fersen. Fluten der Verzweiflung umströmten sie.

»Das kann ich bei bestem Willen nicht sagen«, zwang Sorasa heraus, während sie die letzte Zelle öffnete. Dom sah sie von der Wand aus finster an, in seinen Ketten unbequem an der Wand auseinandergespreizt. Die Meuchelmörderin näherte sich ihm mit ihren gezückten Nadeln, wie Dolche erhoben. »Beißt mich jetzt besser nicht, Ältester.«

»Welchen Grund sollte ich auch dazu haben?«, knurrte er zurück. »Euer Blut ist wahrscheinlich das reine Gift.«

Sie befreite sein erstes Handgelenk, und das zweite folgte rasch. Der Hals war schwieriger: Sie musste sein Haar zur Seite streichen, um das Vorhängeschloss zu finden, mit dem die Ketten gesichert waren.

Leise lachend öffnete sie das Schloss um seine Füße. »Nein, nur ein klein wenig unverträglich«, sagte sie, als er zu Boden stürzte, ein Häufchen schmerzender Muskeln.

Corayne hatte recht: Sie hatten keine Zeit zu verlieren. Aber Sorasa ertappte sich bei dem Wunsch, sie würden jetzt tiefer unten in den Zellen von Taltora stecken, und sei es, damit sie einige zusätzliche Sekunden zum Nachdenken hatte. Sie liefen gerade schnurstracks ins dunkle Nichts hinein, ohne einen Plan und ohne Hoffnung darauf, das Licht auf der anderen Seite zu finden. Es war inzwischen tief in der Nacht, aber das bedeutete nichts, solange sie es nicht nach draußen geschafft hatten. Vorbei an den Räumen des Wachpersonals, der Garnison, der ganzen Zitadelle …

Ihre Gedanken überschlugen sich, während sie verzweifelt nach guten Gelegenheiten suchte.

Zum ersten Mal in ihrem Leben gelang es Sorasa Sarn nicht, eine zu finden.

Die Tür ragte vor ihnen auf, Bretter aus Zedernholz, mit Eisen beschlagen. Ihre Angeln waren dick und schwer. Sie stellte sich vor, wie das Holz unter Doms Gewicht nachgab und sich in einen Raum voller bis an die Zähne bewaffneter Soldaten öffnete.

Unsere einzige Hoffnung ist das Überraschungsmoment. Besorg dir ein Schwert, einen Dolch, besorg dir welche Waffe du auch immer für uns auftreiben kannst. Kämpfe, bis die Zahlenverhältnisse wieder zu unserem Vorteil sind. Lass Dom die schwere Arbeit leisten. Ich könnte mit dem Rest fertigwerden.

Und vor allem, so viel war ihr klar, *sieh zu, dass Corayne an-Amarat am Leben bleibt.*

Dom starrte auf die Tür, das Gesicht konzentriert angespannt. Sorasa wusste, dass er lauschte, dass er versuchte, genau zu ermitteln, wer da auf der anderen Seite war und wie viele sie erwarteten.

»Ich werde jeden ausschalten, den ich ausschalten kann«, murmelte er und ließ den Blick über die Runde schweifen. Selbst Valtik stand jetzt vor Corayne, und Andry stellte sich so hin, dass er sie beide beschützte, seine langen Arme ausgestreckt.

Der Knappe sah dem Ältesten in die Augen, und sie nickten einander ernst zu.

»Mit mir«, sagte der Junge, seine Stimme entschlossen.

»Mit mir«, echote Domacridhan von Iona und machte so viele Schritte von der Tür weg, wie er wagte. Zwei, drei, zehn. Bis lange Meter zwischen ihm und dem Holz lagen.

Er stürmte los, ein verschwommener Wirbel, so rasend schnell, dass Sorasa die Bewegung der Luft um sich herum spürte. Sie ging in Stellung, spornte ihn innerlich an, auch wirklich die Tür zu durchbrechen, und schärfte sich ein, ihm dann so dicht zu folgen wie der Donner dem Blitz.

Die Tür gab unter seiner Schulter nach und krachte aus ihren Angeln, dann fiel sie flach herab wie eine Zugbrücke. Dom wahrte sein Gleichgewicht, blieb auf den Beinen und preschte hindurch, wobei er fast in einen Eichentisch hineingerannt wäre. Doch stattdessen sprang er einfach darüber hinweg und wirbelte durch die Luft, wendig wie ein Hirsch im Wald.

Sorasa stürmte in den Raum, biss die Kiefer zusammen und erstickte die Angst, die ihre Zähne klappern ließ. Sie wartete auf das Stechen von Schwertern, das Schneiden von Dolchen, den herabkrachenden Hieb eines Schildes oder einer Faust.

Nichts von alledem.

Siegel saß auf einem Stuhl, ihre übergroßen Stiefel auf dem Tisch, die Beine an den Knöcheln überkreuzt. Sie hielt einen Hähnchenschenkel in der Hand und hatte einen Fettfleck über den Lippen. Eine Locke ihres dunklen Haares fiel ihr übers Auge. Sie sah vom Ältesten zu Sorasa hin und hatte ein Lächeln in den Augen, während sie das Fleisch vom Knochen schmatzte.

»Zwei Stunden, um aus einer Zelle zu kommen«, kicherte sie. »Sarn, ich glaube, du lässt langsam nach.«

Ihrer aller Waffen lagen auf dem Tisch verteilt, die Spindelklinge sicher in ihrer Scheide. Freudige Erregung schoss Sorasa durch die Adern, und ihr summte das Blut vor wilder Energie. Ihre Maske der Gleichgültigkeit verrutschte, und ein echtes Lächeln legte sich über ihre Züge.

»Schlaftrunk?«, fragte sie, legte ihren Kopf in den Nacken und blickte zur Decke.

»Du bist nicht die Einzige, die sich mit Giften und Pulvern auskennt«, antwortete Siegel. »Die Soldaten hier können echt ganz schön was wegschlucken, wenn sie trinken. Die ganze Garnisonswache schlummert wie ein Baby.«

»Freut mich, dass Ihr zur Besinnung gekommen seid, Kopfgeldjägerin. Ein Verrat an uns ist ein Verrat an der ganzen Wacht sowie an Eurem eigenen Überleben.« Dom blickte sie mit finsterer Miene an und schnappte sich seine Waffen vom Tisch.

Siegel schien sich an seiner Verurteilung förmlich zu weiden. »Ich habe Euch nicht verraten, Ältester. Zumindest nicht lange«, setzte sie hinzu.

»Und was habt Ihr in den zwei Stunden alles so herausgefunden, die Ihr zusammen mit der Garnison in der Zitadelle verbracht habt?«, erkundigte sich Corayne, während sie sich die Spindelklinge über den Rücken streifte. Als die Waffe wieder an ihrem Platz war, stieß Corayne einen Seufzer der Erleichterung aus, und ihre Schultern sackten herab. »Das ist doch Euer Ziel gewesen, nicht wahr?«

»Kluges Mädchen«, antwortete Siegel. »Die galländischen Soldaten hatten einen Hauptmann, der außerordentlich schwatzhaft war, von seiner Dummheit ganz zu schweigen. Er ist zu froh gewesen, Neuigkeiten mit mir auszutauschen – ich glaube, er wollte, dass ich meine Einnahmen oder mein Bett mit ihm teile. Ich hatte natürlich weder am einen noch am anderen Interesse.« Siegel betastete die Schneide ihrer Axt. »Aber er hat gesagt, dass seine Männer nicht die einzigen galländischen Truppen in Ibal seien. Zweihundert Soldaten haben vor einer Woche übergesetzt und sind direkt in Almasad angelandet.«

Andry stutzte. »Die Königin kann nicht so viele Soldaten in ein fremdes Königreich entsenden, nicht ohne eine Kriegserklärung.«

»Das ist ihr vermutlich völlig egal«, murmelte Corayne. »Hat er Euch auch gesagt, was ihr Ziel gewesen ist?«

Siegel legte den Kopf in den Nacken und fing Sorasas Blick auf. Nach so vielen Jahren verband sie eine gewisse Vertrautheit, ein intuitives gegenseitiges Verständnis. Die Meuchelmörderin sah Zögern in der Kopfgeldjägerin, vielleicht sogar Angst.

»Eine Oase an der Küste des Aljers«, antwortete sie. »Nezri mit Namen.«

Sorasa spürte die gleiche Angst und ließ sie ihr Leitfaden sein.

Spiegel auf dem Sand.

Es war Jahre her, seit die Tochter von Ibal durch die Wüsten des Landes geritten war, eine Sandstute unter sich, über die Dünen fliegend, für die sie geboren war. Es gab nichts, was es damit aufnehmen konnte. Nicht der frische Wind am Bug eines Schiffs oder das Innere eines Streitwagens. Nicht einmal das Gefühl, wenn man sich auf der Abbruchkante einer Klippe in den Wind legte, die gesamte Wacht wie eine grüne und blaue Decke unter sich ausgebreitet, die ganze Welt dir zu Füßen liegend. Im Herzen von Sorasa Sarn gab es nichts Beglückenderes als die Wüste bei Nacht, sich schnell unter den klarsten Sternen dahinzubewegen, den kalten, reinen Wind in ihrem Haar, das einzige Geräusch ihr Herzschlag und das des wandernden Sandes vorzeitlicher Dünen. Sie lehnte sich im Sattel zurück, die Oberschenkel fest zusammengedrückt, um nicht den Halt zu verlieren, während ihr Rücken auf Leder traf, ihr Blick dem Himmel entgegengerichtet. Die ölschwarze Sandstute bebte unter ihr, galoppierte in vollendetem, gleichmäßigem Rhythmus. Mit dem Wind auf ihrem Gesicht und den Sternen über sich, leerte und reinigte Sorasa ihr Bewusstsein, verbannte alle Gedanken an Spindeln und Älteste, an corblütige Mädchen und verzauberte Klingen aus ihrem Kopf. Es war eine Methode der Gilde, Klarheit durch inneren Frieden zu suchen.

Sorasa war nie besonders gut darin gewesen.

Sie richtete sich wieder auf, griff nach den Zügeln, die Stiefel in den Steigbügeln. Die Stute jagte unter ihr durch die Wüste, ganz versessen aufs Rennen. Die anderen Pferde reagierten auf die gleiche Weise, und ihre Hufe schossen wie Meteore über den Sand dahin.

Wie Charlie an die sieben Sandstuten gekommen war, schwarz und rot und golden, wusste Sorasa nicht. Aber sie war ohne Frage froh darüber, dass es ihm gelungen war. Es gab keine Wesen, die so schnell waren, keine Tiere, die so zäh und robust waren. Die Meilen rauschten an ihnen vorbei, und der Himmel bewegte sich auf die Morgendämmerung zu.

Bei guter Planung und mit den richtigen Vorräten ausgestattet, war es leicht, seinen Weg durch die Große Sandwüste von Ibal zu finden. *Was dich umbringt, ist die Sonne, es sind nicht die Sterne.* Sie ließen die Sternbilder ihren Kurs bestimmen und donnerten in gerader Linie über die Dünen. Siegel übernahm die Führung, mit Dom an ihrer Seite. Sie ritten Hals an Hals, maßen ihre Reitkünste aneinander, Siegels Haar flach an ihren Schädel gedrückt, seines hinter ihm her wallend wie eine Fahne aus gehämmertem Gold.

Sie rasten auf eine aufgerissene Spindel zu, aus der die Ungeheuer von Mare hervorquollen.

Die Welt der Ozeane, umringt von einer See aus Sanddünen. Sorasa vermochte es nicht zu begreifen, aber mittlerweile gab es da so viel, was ihr Verständnis überstieg. Sie verengte ihre Konzentration auf das, was sie beherrschen und bewirken konnte. Eine weitere Methode der Gilde. *Ich kann jetzt nur reiten und dem Verhängnis davonlaufen wie die aufgehende Sonne der Dunkelheit.* Sie spürte mittlerweile dieses Verhängnis, ein Schwert in ihrem Nacken. Taristan und der Lauernde, ihre Hände ausgestreckt, um sich der Welt zu bemächtigen. Und ein weiteres Schwert schwebte über ihr und kam ihr mit jeder Sekunde näher.

Wenn du zurückkommst, zerbrech ich dir jeden Knochen im Leib. Sie hörte die Stimme von Fürst Merkurius in ihrem Kopf, und sie war so klar und deutlich wie die Sterne in der tiefen Schwärze der Nacht. Die Zitadelle der Gilde lag im Norden, zu weit entfernt, um sie von hier aus zu sehen, meilenweit weg, direkt an der Küste, wo die Dünen auf die Klippen trafen. Aber sie wagte es nicht, in diese Richtung zu schauen. Das Pferd könnte unter ihr seine Bahn ändern, einen neuen Kurs nehmen. Sorasa Sarn konnte alle Kontrolle verlieren und ihre Knochen zum Brechen nach Hause bringen.

Die Morgendämmerung war ein Vorhang aus Hitze; es war, wie die Tür eines Ofens zu öffnen. Sorasa hielt sie alle in Bewegung, solange sie es vermochte, und trieb ihre Begleiter aus den Ländern des Nordens bis an ihre Grenzen. So lange, bis die Sonne allzu hoch stand und allzu sengend brannte, die Schatten zwischen den Dünen fast verschwunden. Die Pferde glänzten vor Schweiß, und ihre perfekt gleichmäßigen Schritte verlangsamten sich. Selbst Dom stieß einen Seufzer der Erleichterung aus, als Sorasa rief, dass sie ihr Lager aufschlagen würden.

Sie saß ab und sprang auf einen Sand hinunter, der so heiß war, dass er ihr durch die Stiefel hindurch die Füße verbrannte. Eine Ansammlung von Felsen am Fuß einer Düne bot ihnen guten Schatten. Es war trotzdem glühend heiß, aber erträglich, und die anderen stellten ihre Umhänge wie kleine Zelte auf, um noch etwas mehr Schatten zu haben. Andry war sofort eingeschlafen, sobald er sich niedergelegt hatte, und fing an zu schnarchen. Charlie tat es ihm gleich, während Dom die Wache übernahm, sein Gesicht in der Düsternis seiner Kapuze vergraben. Valtik hob ein Loch im Sand aus und baute sich ein Nest in den kühleren tieferen Sandschichten, dann winkte sie Corayne herbei, damit sie sich zu ihr gesellte. Sorasa musterte sie mit hochgezogenen Brauen, doch machte sie sich nicht die Mühe zu fragen, wo eine Hexe aus dem Norden die Tricks der Wüste erlernt hatte.

»Sie werden eine Wache oben auf der Schlucht postiert haben«, murmelte Siegel, während sie ihre Rüstung abstreifte. Sie war ohne Rüstung genauso groß wie mit, ganz Muskeln und dicke Gliedmaßen. »Bogenschützen, Armbrüste. Keine angenehme Sache.«

Sorasa legte sich die Hand über die Augen und schielte aus zusammengekniffenen Augen zum Horizont hin, wo der leuchtend blaue Himmel auf schimmerndes Gold traf. Obwohl sie Kleidung in gedämpften Tönen trug, Schwarz, Braun und schmutziges Grau, waren doch Blau und Gold ihre Lieblingsfarben. Das Königsblau der Flagge. Das Gold des Sandes. Das tiefe Blau des endlosen Himmels. Das gelbe Funkeln von Goldmünzen. All das war Ibal. All das war ihr Zuhause.

Es war jetzt früher Herbst. Die anderen spürten die Veränderung im Wind nicht, das minimale Absinken der Temperaturen. Aber eine Tochter Ibals spürte es ohne Zweifel.

»Mit der Schlucht komme ich schon zurecht«, sagte sie und klopfte Siegel auf die Schulter.

Die Kopfgeldjägerin antwortete mit einem barschen Lachen. »Gut. Ich möchte dir nämlich lieber nicht noch mal die Haut retten müssen.«

Sie schliefen während der schlimmsten Hitze des Tages und standen vor Einsetzen der Abenddämmerung wieder auf, um ihre Reise fortzusetzen. Es war anstrengend, selbst für Sorasa, da sie lange Zeit von zu Hause fort gewesen war. Coraynes Lippen waren rissig und bluteten. Dom hüllte sich von Kopf bis Fuß ein und schwitzte unter seinem Umhang und seiner Kapuze. Der arme Charlie wurde jeden Morgen fast ohnmächtig, seine Haut von den Fingerspitzen bis zu den Zehen rötlich verfärbt. Siegel drohte förmlich ihre Rüstung durchzuschwitzen, und ihr Gesicht glänzte. Andry nahm tagelang die Kapuze nicht vom Kopf und zog sie tief über seine Augen. Nur Valtik schien weder die Hitze noch die Sonne viel auszumachen, ihre elfenbeinfarbene Haut veränderte sich nie, ihr Kopf nackt und ihre Augen weit geöffnet. *Irgendein spindelverdammter Trick*, vermutete Sorasa.

Die Sonne saugte ihnen die Kraft aus den Knochen, sodass ihre Nächte still waren und schnell vorübergingen. Eine Woche verging in fast völligem Schweigen, während ihre Wasserschläuche immer leichter wurden und sich ihre Nahrungsmittelvorräte dem Ende zuneigten. Die Äpfel, die sie in Adira gekauft hatten, waren längst verzehrt, ihr süßer Geschmack eine bloße Erinnerung.

Sorasa machte sich deshalb keine Sorgen. Der Sommer war vorüber, und der rote Strich erschien am Horizont, ganz wie es der Fall sein sollte, und wuchs mit jeder verstreichenden Stunde. Die Felsklippen warfen lange Schatten und tauchten die Wüste in kühle Luft. Die Erde war von tiefen Rissen überzogen, wo sich ein im Frühjahr ausgetrockneter See befunden hatte. Es würde noch Monate dauern, bis die Regenfälle des Winters ihn zurückbringen würden. Einige zählebige Pflanzen krochen noch immer durch die Spalten in der Erde, von unterirdischen Wasservorräten gespeist, die durch Erde und Sand sickerten. Die Sandstuten versuchten im Vorbeitraben, die Köpfe nach Blättern und Stängeln zu recken, und ihre Lippen griffen nach jedem Anflug von Grün.

»Ihr plant entweder, außen herumzureiten«, begann Dom eines Morgens, den Blick seiner Unsterblichenaugen auf die aufragenden Felsen geheftet, die immer noch Meilen entfernt waren. Sie erstreckten sich, schroff von Norden nach Süden gezogen, über die ganze Länge des Horizonts, eine Mauer aus rostrotem Stein. »Oder wir reiten mitten hindurch.«

»Es würde Wochen dauern, um die Klippen herum zu reiten. Die Marjeja umringt den Aljer wie ein Halbmond. Wir nehmen die Schlucht.« Die Flanke des Pferdes war unter ihrer Hand glatt und sanft, gab ihr Halt wie ein Anker. Die Sandstute erbebte bei Sorasas Berührung und lehnte sich ihr entgegen. »Und wir werden nicht die Einzigen sein.«

Sorasa flocht sich ihr Haar im Nacken zu einem festen Knoten. Bevor sie ganz damit fertig war, hob sie mit einem energischen Ruck den Blick, um zu den Pferden hinüberzusehen, die sich in dem trockenen Flussbett verteilt hatten. Die Schlucht war ein Spalt in der Wand der Felsen eine halbe Meile weiter. Obwohl sie reglos dasaß, hämmerte ihr das Herz in der Brust, und ihr Magen krampfte sich zusammen. Es waren insgesamt mindestens zweihundert Shiran in allen Farben, von cremeweiß über sandgelb bis zu blutrot und dunkel. Ein paar waren sogar schwarz wie Obsidian. Sie grasten auf der rissigen Erde und suchten in den wachsenden Schatten der Felsen nach Nahrung. Es waren nur wenige Hengste darunter, die Übrigen allesamt schlaue Stuten und Fohlen, die noch in ihre schlaksigen Gliedmaßen hineinwachsen mussten. Sie ähnelten Sandstuten, aber jeder Ibaleter konnte Shiran und Sandstuten auseinanderhalten. Die Shiran waren kräftiger und schneller und um ein Vielfaches wilder als ihre gezähmten Verwandten. *Es ist falsch*, dachte Sorasa und empfand schon jetzt ein Gefühl von Schande und Schuld. *Es ist sündhaft, ein Angriff gegen die Götter und gegen die ganze Welt.*

Die anderen blickten mit ihr zusammen zu den Tieren hinüber und schwitzten im Licht des frühen Morgens.

»Wollen wir sie uns den ganzen Tag lang ansehen oder …?«, fragte Charlie. Er verstummte, ein schwaches Grinsen auf dem Gesicht.

»Das ist eine Herde von Shiran.«

Sorasa bekam eine Gänsehaut bei dem Gedanken an das, was sie zu tun hatten.

»Von den Göttern abgesehen gibt es in Ibal nichts so Heiliges wie diese Herden. Sie sind der fleischgewordene Wind, schneller als ein Sturm, wilder als Sandwölfe. In den Tagen des alten Cor hat das Kaiserreich Jagd auf sie gemacht und die eingefangenen Wildpferde unter deren gellenden Schreien über das Meer verschleppt. Die meisten Shiran sind weit weg von daheim gestorben. Heute ist das anders.« Ihr Mund wurde trocken. »Auf das Stören oder Einfangen eines wilden Shiran steht die Todesstrafe.«

Corayne rutschte unruhig im Sattel herum. »Noch etwas für die Suchanschläge«, brummte sie.

»Sie sind das Zeugnis der Götter, der ibaletischen Könige, der großen und schrecklichen Pracht des Landes Ibal, das zwar erobert wurde, aber niemals versunken ist.« Ein flaues Gefühl überkam Sorasa, aber sie ließ nicht locker. *Ich muss sie zumindest dazu bringen zu verstehen.* »Dieses Land gehört ihnen, und sie dürfen sich darauf frei bewegen, von der Küste bis zum Flussbett, von den Klippen bis ins Grasland, von den Bergen bis in die Schatten der Oasen. Sie sind wahrhaft frei«, sagte sie und spürte den Wind in der Luft um sie herum, das Urteil der Götter in ihren Knochen. Und Doms Blick, wie er auf ihr ruhte, seine smaragdgrünen Augen ausnahmsweise einmal sanft und ohne ihren gewohnt grimmigen Ausdruck.

»Wir werden ihnen nichts antun«, brummte er und senkte den Kopf. »Ihr habt mein Wort.«

Sorasa konnte nur nicken, so trocken war ihr Mund, als Dom seine Stute vorwärtsdrängte, die Dünen hinab, Siegel dicht hinter ihm.

Saydin nore-sar.
Götter, vergebt mir.
Saydin nore-mahjin.
Götter, beschützt uns.

Sie sorgte sich mehr um die heiligen Pferde als um die meisten ihrer menschlichen Begleiter. *Die Hexe schafft es ohnehin irgendwie, alles zu überleben. Andry wird ebenfalls zurechtkommen. Er ist ein guter Reiter und im Sattel zu Hause. Charlie dagegen weniger, aber wenn er niedergetrampelt wird, dann ist das eben so. Sein Blut wird die Wacht auf absehbare Zeit nicht retten.* Es war Corayne, auf die Sorasa ihren Blick gerichtet hielt, und sie sah die Anspannung in den Schultern des Mädchens, die Art, wie sich ihre Finger um die Zügel ihres Pferdes verkrampften, einer granatroten Sandstute.

»Halt dich gut fest«, riet Sorasa dem Mädchen. »Was immer du tust, lass nicht los. Ein Arm über den Sattel, beide Füße zusammen in einem Steigbügel. Ich bin direkt neben dir und Dom genauso. Wir lassen nicht zu, dass du herunterfällst.«

Corayne senkte das Kinn zu einem entschiedenen Nicken, ihr Gesicht ein Musterbild von energischer Kraft. Das Zittern in ihren Händen erzählte eine andere Geschichte. Ausnahmsweise einmal hing die Spindelklinge nicht über ihrem Rücken. Sie hätte Corayne aus dem Gleichgewicht gebracht. Für das bevorstehende Rennen hatten sie die Waffe an den Sattel ihres Pferdes gebunden, so fest verschnürt, wie sie es wagten, und so ausgerichtet, dass sie niemandem in die Quere kommen würde.

Wenn wir dieses Pferd verlieren ... Der Gedanke ließ Sorasa nicht los. Sie versuchte, jede mögliche Folge durchzugehen, jeden Fehler abzuschätzen, den sie begehen konnten. Es waren zu viele Möglichkeiten, um sie alle zu durchdenken, zu viele Variablen, die es vorausschauend einzubeziehen galt. Und nicht genug Zeit, um für Einzelfälle Pläne zu schmieden, geschweige denn sie sämtlich in allen Details zu berücksichtigen.

Siegel wusste, wie man Pferde dazu brachte, sich in Bewegung zu setzen. Sie war auf den Steppen des Temurijon unter robusten, stämmigen Ponys aufgewachsen und hatte den Umgang mit ihnen mit der Muttermilch eingesaugt. Sie drängte ihr Pferd zwischen die Shiranstuten und steuerte einen der Hengste an, der mit gebogenem Hals und zuckenden Ohren ein wenig abseits stand.

In den Dünen über ihr schlang sich Sorasa die Zügel um die Hände und drückte Fersen und Oberschenkel fester in die Flanken ihres Pferdes.

Der Schlachtruf der Ungezählten, der großen Armee des temurischen Kaisers, erhob sich über der Herde, ein schriller Schrei wie das Aufschlagen von Blitz auf Metall. Gemeinsam mit Siegels galoppierender Stute und dem Aufglänzen ihrer Axt genügte es, um den Hengst durchgehen zu lassen. Muskeln erbebten unter seiner Flanke, ihr Spiel wie ein Kräuseln von Wellen über dem Wasser, für einen kurzen Augenblick wunderschön, als bestünde das Tier nicht aus Fleisch und Blut, sondern sei aus Metall geschmiedet. Der Hengst wendete sich der Wüstenebene zu, aber Dom versperrte ihm den Weg, und sein Schwert funkelte im Licht der Sonne. Der Anblick erschreckte das wilde Pferd.

Gemeinsam trieben sie den Hengst Richtung Schlucht, und sein schrilles Wiehern hallte über das Flussbett. Die Herde schrie mit ihm, wirbelte mit den Hufen Staub auf und geriet explosionsartig in Bewegung, um seinem donnernden Pfad zu folgen.

»Nicht loslassen«, wiederholte Sorasa und beugte sich vor, um Coraynes Stute einen Schlag auf die Flanke zu verpassen.

Sie rasten den Sand hinunter, preschten mitten in das Gedränge der Shiran hinein, die Luft schwer vom Geruch nach Staub und wilden Pferden. Sorasa hüpfte das Herz in der Brust, sie galoppierte mit den springenden Pferden, der hämmernde Rhythmus ihrer Hufe ein Echo von Sorasas Puls. Es war, wie Teil eines Sturms zu werden, sich einem Gewitter anzuschließen. Sorasa erbebte und wurde durcheinandergerüttelt, als ihre Sandstute mit der Herde Schritt fasste, alle Leiber immer enger aneinandergedrückt, um dem davonstürmenden Hengst zu folgen. Sie galoppierte an Coraynes Seite, und ihre Knie berührten sich beinahe. Wo die anderen waren, konnte Sorasa nicht sagen. Es gab nur Corayne und die Spindelklinge, die scharlachrote Flanke ihres Pferdes wie ein Leuchtfeuer in Sorasas Augenwinkel.

Die steilen Klippen ragten vor ihnen auf, die Schlucht dazwischen ein schmaler Spalt im Gestein. Die ganze Welt verengte sich auf die roten Mauern vor ihnen und den Trommelschlag von tausend Hufen, den Rhythmus ihres Blutes, die wilde, erregte Energie, die ihr durch die Adern fegte. Corayne beugte sich tief über den Hals ihrer Stute und klammerte sich an das Pferd, ihre Zähne gebleckt und fest zusammengebissen. Ein vertrautes goldenes Flattern blitzte irgendwo auf, gefolgt von Dunkelgrün. Dom erschien neben Coraynes anderer Flanke, als sich die Schatten der Klippen über sie legten. Die kühle Luft war wie ein herabfallender Vorhang, der Lärm der Herde hallte in einem ohrenbetäubenden Dröhnen von den Felswänden wider.

»Jetzt!« Sorasa versuchte zu brüllen, aber ihre Stimme ging in dem Getöse unter. Sie hoffte, dass die anderen sie sahen und ihr folgten.

Die Zügel und den harten Sattelknauf fest in den Händen, schwang sie ihr linkes Bein aus dem Steigbügel, streckte es empor, ließ es einen eleganten Bogen über den Rücken des Pferdes beschreiben und zog es zu sich herüber. Ihre Muskeln spannten sich an, als sie den einen Stiefel auf dem Steigbügel balancierte und den anderen, so gut sie konnte, danebenkeilte. Das Pferd fiel nicht aus dem Schritt, von der Geschwindigkeit der Herde vorangedrängt. Jahrhunderte der Zucht hatten den tiefsten Instinkt nicht zu überlagern vermocht, und alle Sandstuten waren irgendwann vor langer Zeit ebenfalls Shiran gewesen. Es war nicht leicht, sich so an der Seite des Pferdes zu halten, eng an seinen Leib gepresst, den Kopf gegen den Sattel geschmiegt. Der staubige Boden strömte unter ihr hinweg wie Wasser, dazwischen von Felsen zerklüftet, uneben und abgetragen. Sie versuchte, weder nach unten zu schauen noch daran zu denken, von Hufen zertrampelt zu werden. Stattdessen blickte sie nach links und rechts, nach vorn und zurück und suchte hinter den wogenden Wellen aufgewühlter Pferdeleiber nach ganz anderen Gefahren.

Ihr drehte sich der Magen um, als sie Soldaten hoch oben auf den Felsen entdeckte, ihre Umrisse scharf von den Klippenwänden abgehoben. Allesamt Bogenschützen, den wachsamen Blick hinunter in die Schlucht gerichtet. Sie zuckte zusammen, erwartete jeden Augenblick, einen brennenden Stich zu spüren. Einen Pfeil durch den Hals. Der Schmerz blieb aus.

Es funktioniert, dachte sie und hätte vor Verblüffung fast den Halt verloren. Stattdessen wurde sie umso entschlossener und zog sich näher an das Pferd heran.

Zuerst entdeckte sie Andry, seinen Kopf an die Seite seiner kastanienbraunen Stute gedrückt. Er war größer als Sorasa und musste sich zusammenkrümmen, damit seine Beine nicht über den Boden schleiften. Er begegnete ihrem Blick, während sich seine Stute zwischen die Shiranrösser schob. Der Knappe ließ kein Anzeichen von Schwäche erkennen, seine Stirn finster zusammengezogen. Siegel war hinter ihm, ebenfalls viel zu groß. Sie schlang sich seitlich um ihr Pferd, einen Arm und ein Bein über seinen Rücken geworfen, ihre anderen Gliedmaßen unten um den Bauch geschmiegt. Valtik und Charlie waren nirgends zu entdecken, im wogenden Meer verloren gegangen. Aber wenn Sorasa sie nicht sah, so konnten irgendwelche galländischen Späher sie bestimmt auch nicht sehen.

Corayne war immer noch zu ihrer Rechten. Der Atem des Mädchens ging in harten, schnellen Stößen. Ihre Knöchel waren weiß um Zügel und Sattel gekrallt, die Finger angestrengt bemüht, nicht den Halt zu verlieren. Sie baumelte dicht neben Dom von ihrem Pferd herab, und der Älteste umfasste sein Pferd nur mit einer riesigen Hand. Mit der anderen hielt er Coraynes Pferd am Sattel fest, sodass sie beide im gleichen Tempo ritten. Er drückte das Cormädchen an seine Brust, und seine würdevolle Unsterblichenanmut hielt sie beide aufrecht und fern vom zermalmenden Tod.

Die Pferde galoppierten in einer halsbrecherischen Geschwindigkeit, ihre Mähnen wie Flaggen im Wind, ihre Hufe wirbelten Staub und Steine auf. Eine Wolke erhob sich hinter der Herde, dunstig und rosa, verdunkelte die Gipfel der Klippen. Die Gestalten dort oben verschwammen, die Bogenschützen gingen im Staub unter. Sorasa gestattete sich eine leise Anwandlung von Triumph. Wenn sie lange genug durchhielten, würde die Herde sie heil hindurchgeleiten.

Die Schlucht schien sich endlos hinzuziehen, ein zerklüfteter Riss durch rotes Gestein. Er wurde mit jeder Biegung mal breiter, mal schmaler, was die Herde – und ihre Reittiere mit ihr – zwang, ihr Tempo entsprechend anzupassen. Sorasa zuckte zusammen, als sich ein weiteres Pferd gegen sie drängte und sie fast an den Rippen ihrer Stute zerquetscht hätte. Ein

Schreckensschrei erhob sich von irgendwoher. Es klang nach Charlie. Sorasa versuchte zu beten, flehte ihn stumm an durchzuhalten und gebot den Spähern, das Geräusch zu überhören. Sie konnte nichts anderes tun, als die Zähne zusammenzubeißen und stetig weiterzureiten, selbst als ihr die Finger vom Sattel zu gleiten drohten.

Wiewohl der Eingang zur Schlucht ein dunkler Spalt gewesen war, strahlte der Ausgang nun heller als jeder Stern, eine weiße Säule aus Tageslicht. Sie erschien unvermittelt nach der nächsten Biegung, und Sorasa hätte vor Erleichterung fast ein triumphierendes Jauchzen von sich gegeben, so schwach und geschunden sie mittlerweile auch war. Sie sandte dem Hengst den stummen Befehl, schneller zu laufen, und flehte zu jedem Gott, der es vernehmen mochte, ihr Gebet zu erhören.

Dom und Corayne setzten sich an die Spitze, ihre Pferde dicht nebeneinander. Der Älteste hatte einen Fuß in Coraynes Steigbügel und je eine Hand auf beiden Sätteln, Corayne an seine Brust gedrückt, ihr Gesicht gegen seinen Umhang gepresst. Sein Rücken war nach vorn gedreht, sodass sein Umhang um sie beide herumflatterte und dafür sorgte, dass Corayne vor Blicken verborgen war.

Es sorgte auch dafür, dass er blind war.

Die Meuchlerin schnappte so heftig nach Luft, dass es fast schon ein Kreischen war, als sie sah, dass sich der Weg vor ihnen teilte, um einer jäh aus dem Untergrund aufragenden Felsnadel auszuweichen. Die Pferdeherde teilte sich ebenfalls, steuerte mühelos rechts und links um den Felsen herum. Aber nicht so Dom und Corayne, deren Stuten fest zusammengehalten wurden, das Weiß in ihren Augen rasend, beide Tiere schwer atmend. Schreiend stürmten sie heran, wieherten gellend und versuchten, sich voneinander zu lösen, aber Dom war stärker, und er hatte die Finger fest unter die Gurte beider Sättel geschoben.

Ohne einen Gedanken zu verschwenden, hatte sich Sorasa wieder auf dem Rücken ihres Pferdes aufgesetzt und bohrte ihre Fersen in die Flanken der Stute. Die Stute wieherte auf und schoss vorwärts, überholte die Shiran um sie herum, ein dahinsausender schwarzer Pfeil. Wenn die Späher Sorasa jetzt sahen, so war es ihr herzlich egal.

»Greif nach meiner Hand!«, rief sie, als sie den Ältesten und das Cormädchen erreichte.

Die beiden blickten erschrocken zu ihr auf, und Doms Gesicht war rot vor Anstrengung. Und jetzt auch vor Verärgerung.

»Ihr bringt uns noch um, wenn ...«, begann er, aber Sorasa hörte nicht zu und streckte die Hand aus.

Die Felssäule ragte direkt vor ihnen auf, mit jeder Sekunde näher kommend, ein erhobener Hammer, um sie zu zertrümmern.

Sie sah zu Corayne hin, die voller Entsetzen den Kopf reckte. Dennoch waren ihre Augen wie immer. Schwärzer selbst als der Nachthimmel. Die Augen einer anderen Welt.

»*Greif nach meiner Hand!*« Sie streckte die Finger aus und berührte leere Luft. Irgendetwas zischte an ihr vorbei. *Ein Pfeil*, dachte sie beiläufig, das Geräusch kannte sie allzu gut.

Dann lag Coraynes Hand in ihrer, Dom rief etwas, und Sorasa zog, so fest sie vermochte. Ihre Schultern ächzten unter dem plötzlichen Gewicht. Für eine Sekunde hörte die Zeit auf, blieb einfach stehen. Corayne schwebte auf sie zu, die Arme ausgebreitet, ihr Blick voller Panik, als der Fels vorbeiflog und sie um wenige Zentimeter verfehlte. Hinter ihr bewegte sich Dom als ein verschwommener Wirbel, stemmte sich mit einem Tritt von dem einen Pferd, um auf dem anderen zu landen, einen Arm über die Spindelklinge geworfen, um zu verhindern, dass sie herabfiel.

Der Fels glitt zwischen sie, während Dom den Blick unverwandt auf Sorasa und Corayne gerichtet hielt. Sorasa spürte seine Konzentration wie einen in ihren Bauch gerammten Speer, seine Augen von ihrem typischen Grün, stürmisch und unnachgiebig. Aber nicht so zornig, wie sie es von sonst kannte, nicht so empört. Kurz ritten sie getrennte Wege, umgingen das Hindernis und stießen dann wieder zusammen, Corayne zwischen ihnen in der Luft hängend, ihren Oberkörper bebend gegen Sorasas Rücken gepresst.

Von oben ertönte ein Ruf, die bellende Stimme eines Soldaten. Ein weiterer Pfeilregen prasselte auf die Herde nieder, traf die Pferde ringsum wie spitze Nadeln. Sorasa spürte die Pfeile so intensiv, als bohrten sie sich ihr in den eigenen Leib. Ihr blutete das Herz für die Shiran, die da jetzt für sie bluteten. Sie stieß einen leisen Fluch aus und ließ die Zügel klatschen, trieb die Sandstute an ihre äußersten Grenzen.

»Schneller«, zischte sie sich selbst und ihrem Pferd zu. »Schneller.«

Die Schlucht öffnete sich zur Wüste hin, und der Sand hier war weißer als das Gold der Dünen. Sie ritten mit den Shiran, und der große Hengst zog seine Herde hinter sich her. Die Soldaten würden folgen. Sie kamen wahrscheinlich schon jetzt die Felswände heruntergeklettert oder setzten den Rest ihrer Kompanie in Kenntnis. Was immer Sorasa an Überraschungsmoment einzusetzen gehofft hatte – damit war es jetzt vorbei.

Aber wir sind alle am Leben. Und das ist genug.

Das Wasser lag wenige Meilen vor ihnen, der Aljergolf, so nah, dass sie meinte, ihn zu riechen. Der Salzduft von Meerwasser lastete sogar schwer auf ihrer Zunge. Aber dazwischen befand sich noch die Oase, ein dunkler Klecks, eine Meile entfernt. Die Schatten raunten von Palmen, von kühlem Wasser, ein kleines Städtchen, Außenposten für Karawanen und Pilger. Ein gesegneter Ort, spindelberührt.

Und jetzt spindelzerrissen.

»Immer weiterreiten«, rief sie, an jeden gerichtet, der sie hörte, an jede, die es durch die Schlucht schaffte.

Corayne wechselte den Griff um ihre Hüfte, ihr Druck löste sich ein wenig von ihr, war aber unverkennbar da. Und rechts von ihnen beiden tauchte jetzt Dom mit dem Schwert auf. Sorasa musste fast schon weinen vor Erleichterung und stieß einen erstickten, triumphierenden Schrei aus.

Wir sind genug.

Sie wagte es nicht, hinter sich zu blicken, für den Fall, dass sie die anderen zertrampelt oder mit gebrochenen Gliedern daliegen sehen würde.

Am Horizont schimmerte die Oase. Ein seltsamer Anblick, wie eine flach auf die Erde gelegte Klinge. Stahl, Silber, Quecksilber.

Ihr stockte der Atem.

Spiegel auf dem Sand. Das Auge von Haroun.
Und jetzt das.

Der Sand verwandelte sich in Flüssigkeit, und die Hufe ihres Pferdes wirbelten Wasser auf, statt Staub. Aber die Stuten liefen weiter, und die Shiran blieben keine Sekunde lang stehen. Jedes Pferd tauchte die Hufe in die flache Wasserschicht, die sich über die gnadenloseste Wüste der ganzen Wacht gelegt hatte.

Das Wasser war erschreckend kalt.

Sorasa erschauderte, wie sie es noch nie zuvor getan hatte. Die unbarmherzige Sonne von Ibal brannte ihr aufs Gesicht herab, während um sie herum das Wasser von Mare aufspritzte und an den Beinen ihrer Stute emporleckte.

»Ich glaube, das ist der richtige Ort«, flüsterte ihr Corayne mit schwacher Stimme ins Ohr.

31

Blut und Klinge

Corayne

Gischt schlug Corayne ins Gesicht und ließ sie zurückzucken. Sie spritzte ihr in die Nase und brannte ihr in den Augen. Es schmeckte allzu kalt, und das herabrinnende Wasser hinterließ auf ihrer Haut grau verfärbte Streifen. Der Versuch, diese wegzuwischen, trug ihr grau verfärbte Hände ein. Etwas Vergleichbares hatte sie noch nie gesehen. Eine überflutete Oase, ein neuer See, der sich im heißen Sand gebildet hatte und alles in schmatzenden Schlamm verwandelte. Die Umrisse der niedrigen Hügel rings um die Oase und die Palmen, die sich braun und grün herabbeugten, ließen sich bloß noch schwach erkennen. Die Siedlung lag dazwischengeschmiegt, klein und unauffällig, blau gestrichene Gebäude, geschmückter weißer Stein. Irgendwo hörte sie das Krachen von Wellen oder vielleicht einen Wasserfall oder beides zusammen. *Das passt alles nicht*, dachte Corayne und sah mit zusammengekniffenen Augen in das glänzende Wasser, das fast schon blendend hell die Sonne am Himmel reflektierte.

Aber sie hatten keine Zeit zu staunen. Die galländischen Soldaten, die die Schlucht bewachten, würden sich ihnen gleich an die Fersen heften, und in Nezri waren noch mehr stationiert, um die Spindel zu beschützen. Sie beugte sich vor und drückte die Wange an Sorasas warmen Rücken. Der feste, gleichmäßige Herzschlag der Meuchlerin holte sie auf den Boden der Tatsachen zurück.

»Haben wir es geschafft?«, keuchte Corayne und kämpfte darum, sich über den Lärm der spritzenden Hufe hinweg Gehör zu verschaffen.

Die Shiran liefen in alle Richtungen auseinander und warfen schnaubend die Köpfe hoch. Außerhalb der engen Schlucht verteilte die Herde sich etwas, und Corayne kam es so vor, als könne sie erst jetzt wieder richtig atmen, wo sie nicht mehr von dicht an dicht gedrängten Pferdeleibern umgeben war. Sie ließ ihren Blick über die Pferde schweifen und hielt Ausschau nach Reitern, entweder oben im Sattel oder seitlich daran herabbaumelnd.

Es war niemand hinter ihnen, außer der Staubwolke und mittendrin das verräterische Aufblitzen von Sonne auf Stahl. *Der Löwe naht bereits.* Corayne zischte durch die Zähne.

»Hier sind wir!«

Andry atmete schwer, als er seine Stute neben das Pferd mit Sorasa und Corayne darauf dirigierte. Er saß wieder im Sattel, und Streifen von rotem Staub zogen sich über sein Gesicht. Blut lief ihm über den Ärmel, sickerte aus irgendeiner Wunde heraus. Coraynes Blick versuchte herauszufinden, wo das Blut herkam.

»Eines der Pferde hat mich gebissen«, berichtete er, während er langsam wieder zu Atem kam. »Hätte schlimmer kommen können.«

Eine weitere Stute gesellte sich zu ihrer Schar, schwer atmend unter dem Gewicht von Charlie Armont. »Ungelogen, ich wäre fast *gestorben*«, krächzte er. Sein Gesicht war purpurrot angelaufen. Seine Arme waren abgescheuert und von wunden Striemen überzogen, die von seinen Zügeln herrührten. *Sein Pferd muss ihn durch die ganze Schlucht gezerrt haben.* »Ich hätte fast meine ganze *Ausrüstung* verloren! Meine Tinte, meine Siegel ...«

Siegel kam aus dem spiegelnden Sand hergeritten, und ihre wie eine Reflexion auf dem Wasser schimmernde Gestalt nahm feste Formen an. Das Pferd tänzelte unter ihr. »Jedes Kind könnte dir davonreiten, Priester«, bemerkte sie trocken. »Was ist mit der Hexe?«

Corayne konnte nicht sagen, was sich da in ihr regte, ein Instinkt oder ein Gefühl oder etwas noch Tieferes. Aber sie machte sich gar nicht erst die Mühe, in der Herde oder am Horizont nach Valtik Ausschau zu halten. »Sie wird da sein, wenn wir sie brauchen.«

Sorasa verspannte sich und warf einen Blick über ihre Schulter. »Ich glaube, wir brauchen sie jetzt.«

Soldaten vor uns, Soldaten hinter uns. Eine Spindel zwischen ihnen.

Corayne sah Dom an. Die eine Hand auf seinen Zügeln, die andere auf ihrer Spindelklinge, folgte er ihrem Blick und senkte die Stirn. Wieder sah sie ihn auf den Klippen von Lemarta vor sich, wie er sich auf die Straße gekniet und sie um Verzeihung angefleht hatte. *Und mich zugleich gebeten hat, die Welt zu retten.*

Das Wasser wurde tiefer, je näher sie Nezri kamen, bis es ihren Pferden bis an die Knie reichte und sie zwang, ihr Tempo zu einem langsamen Trab zu drosseln. Die Shiran bäumten sich auf, wehrten sich bockend und schnaubend gegen die ungewohnte Fremdartigkeit in ihrem Land. Der Schutz, den die vielen Tiere ringsum ihnen geboten hatten, löste sich in Luft auf, als die Sandstuten die Herde der Shiran hinter sich ließen.

»Spiegel auf dem Sand«, murmelte Sorasa, und die Sonne funkelte in ihren Augen. Das seltsame Wasser besprizte ihre Wangen. Sie hob eine Hand, um sie sich über die Augen zu legen und den Stützpunkt und Außenposten vor ihnen zu untersuchen.

Corayne tat das Gleiche und lugte um die Schultern der Meuchelmörderin herum. Die Palmen funkelten, dunkle Tröpfchen wie Juwelen auf ihren Fächern. Eine Wassersäule sprudelte wie ein gigantischer Springbrunnen in die Luft, gute dreißig Meter hoch, so breit wie ein Turm, eine unmögliche Quelle, die sich aus dem Oasenbecken erhob. Mit einem brüllenden Krachen regneten Hunderte Wellen auf das Städtchen darunter hernieder. Wie das Wasser ringsum auf dem Boden hatte auch der hervorsprudelnde Geysir eine seltsam graue Farbe, wie Öl oder Verderben. Corayne spürte es auf ihrer Haut, schmutzige Striche, die sich ihr über Gesicht und Hals zogen.

Nezri sollte eigentlich ein vor Leben sprühendes Städtchen sein, aber am Ortsrand erblickte Corayne keine Menschenseele. Keine Bürger, keine Handelskarawanen oder Pilger auf dem Weg zum Oasentempel. *Vielleicht hat die Spindel sie vertrieben – oder Eridas Leute haben sie alle umgebracht.*

»In dieser Stadt befinden sich mindestens zweihundert Soldaten aus Galland«, knurrte Sorasa und zog ihr Bronzeschwert aus der an ihren Sattel gegürteten Scheide. »Bewegt euch schnell weiter, ohne anzuhalten. Findet die Spindel und bringt Corayne zu ihr.«

Klingen lösten sich singend aus ihren Scheiden. Eine Axt schnitt durch die Luft. Ein Haken schwang in einem trägen Kreis an einem Seil. Corayne tastete nach ihrem Dolch, der irgendwie immer noch an ihrer Hüfte hing. Der Griff war unvertraut und fühlte sich in ihrer Hand irgendwie fehl am Platz an, auch wenn sie von Sorasa und Siegel inzwischen doch ein wenig im Umgang mit der Waffe geschult worden war.

Sieben gegen zweihundert Soldaten aus Galland, eine Spindel in ihrem Rücken. Völlig unmöglich, aber andererseits war alles andere bis zu diesem Moment ganz genauso unmöglich gewesen. *Wir nehmen es nicht zum ersten Mal mit dem Unmöglichen auf*, sagte sich Corayne und versuchte, auch wirklich daran zu glauben, versuchte, mutig zu sein. Für ihre Mutter, irgendwo auf der Wacht, für ihren toten Vater. Für die Freunde um sie herum und für die Welt, die über ihnen allen zusammenzustürzen drohte.

»Dom, das Schwert?«, sagte sie auffordernd und versuchte, dabei nicht zu zittern. Ihre Stimme bebte in der Tat ein wenig, aber ihre Hand tat es nicht, als sie sie durch die Luft zu ihm hinstreckte, ihre Handfläche nach oben gedreht.

Die Spindelklinge glänzte, ihre Gravuren von der Wüstensonne erfüllt. Wieder verspürte Corayne die Kälte, die die uralte Klinge verströmte, als sei das Schwert in seinem innersten Herz gefroren und nicht geschmiedet. Dom hielt es ihr hin.

Ihre Finger streiften den Griff. Das Leder war weich.

Ein schreiender Mund voller spitzer Zähne erhob sich zwischen ihren Pferden und erschreckte sie alle bis ins Mark. Die Seeschlange war jung, ihre Schuppen ein wolkiges Weiß, ihre Augen rot, schwarz nässend. Ihre Kiefer schnappten wenige Zentimeter von Coraynes Fingern entfernt zu, und Sorasa riss das Mädchen zurück, aus der Reichweite der Schlange.

Dom änderte die Art, wie er das Schwert hielt, wirbelte die Klinge durch die Luft, um sie sodann am Heft zu packen und sie, noch immer mit der gleichen Schwungbewegung, herabsausen zu lassen. Sein Pferd bäumte sich auf, und er verfehlte sein Ziel, sodass die Spindelklinge durch leere Luft statt durch Schlangenfleisch schnitt.

Die Stuten scheuten und traten bockend aus, als ringsum das Wasser schäumte, sich kräuselte und in die Höhe spritzte, in Wallung gebracht nicht von den Hufen der Pferde, sondern von der bebenden Masse der Schlangen, die übereinanderglitten, sich zusammenringelten und wieder auseinanderrollten, in Weiß und Schwarz und Rot, Grau und Grün und Blau, ihre Schuppen wie bunt schillernder Kristall oder schmieriges Öl. Die Schlangen zogen sich in Kreisen um sie zusammen; immer mehr und mehr wurden von dem entstandenen Aufruhr angelockt, ihre Bewegungen wie sich jagende Wellen.

Kein Laut auf der Welt ist dem panischen Wiehern der Pferde vergleichbar.

Corayne schrie ebenfalls, als Schlangenzähne nach ihrem Gesicht schnappten.

Die Gefährten stoben auseinander, ohne Ziel, ohne Plan, hilflos ihren Stuten und den Ungeheuern unter der Wasseroberfläche ausgeliefert. Corayne hielt sich im Sattel, die Arme um Sorasas Taille geschlungen, während die Meuchelmörderin darum kämpfte, das Pferd unter ihnen am Leben und vor allem aufrecht zu halten.

Einzig Siegel war in ihrem Tun erfolgreich, als sie abermals den Kampfschrei der Ungezählten brüllte. Der Ruf vibrierte durch die Luft und spornte ihr Pferd dazu an, zum Angriff loszustürmen. Siegel preschte mit der tobenden Wut eines Wirbelsturms vorwärts; die Axt in der einen Hand, das Schwert in der anderen, lehnte sie sich vor und zurück, um beide Waffen hingebungsvoll einzusetzen. Schlangenköpfe flogen hinter ihr davon, aus durchtrennten Hälsen spritzte schwarzes Blut und verfärbte das Wasser.

»Mir nach!«, rief sie und hieb ihnen einen Pfad Richtung Oase. Im Wasser hinter ihr trieben Schlangenleichen.

Ausgerechnet Charlie, der sich vor der Kopfgeldjägerin fürchtete, war jetzt der Schnellste, um ihr zu folgen, seine Füße aus den Steigbügeln gelöst und die Beine hochgezogen, damit ihn keine Schlange am Knöchel packte. Mit seinem roten Gesicht war er ein Bild für die Götter.

»Warum habe ich diesem Wahnsinn nur zugestimmt?«, heulte er auf, die Frage an niemanden Bestimmtes gerichtet.

Auch Sorasas Stute gewann ihre Sinne und die Orientierung zurück. Das Pferd jagte durchs Wasser und trat in seiner Hast, das abgelegene Wüstenstädtchen zu erreichen, nach allem aus, was sich in seiner Nähe befand.

Die Meuchlerin redete in einem Sprechgesang auf das Tier ein, und die ibaletische Sprache beruhigte das Tier. Das Wasser schäumte um sie herum auf, und Corayne schwang den Dolch nach unten. Er fühlte sich in ihren Fingern nach wie vor merkwürdig an, seine Schneide unpraktisch. Sie stach nach sich krümmenden Schlangenschuppen und hätte fast das Gleichgewicht verloren, sodass ihr der Magen in die Kniekehlen sackte.

»Bleib einfach nur hier bei mir, Corayne; um den Rest kümmere ich mich«, sagte Sorasa und drängte die Stute unter die Palmen.

Selbst überflutet sah Nezri noch malerisch aus, wenngleich verlassen. Die Oase war um etwas herum gebaut, was einst ein friedlich glänzender Teich gewesen war, und die Palmen überschatteten einladende Straßen. Ein mit einer Kuppel und Türmchen versehener Tempel, klein, aber mit grüner Farbe und weißen Mosaiksteinen raffiniert gemustert, schimmerte zwischen den Bäumen hervor. Seine Gebetsglocke hing stumm herab. Es gab auch einen Marktplatz, seine Steine überflutet, und die Bögen des angrenzenden Bazars von Trümmern verstopft. Wunderschöne gewebte Teppiche lagen vergessen auf dem Boden, vom Wasser zerstört. Um die ehemaligen Ufer des Oasensees herum hob sich ein Dammweg in die Höhe, dem in Almasad vergleichbar. Er ruhte auf kunstvoll gestalteten Kalksteinsäulen, deren behauene Kronen mit den Abbildern königlicher Symboltiere geziert waren. Der Dammweg hatte freilich nicht die gewaltigen Dimensionen der steinernen Pfade in der Metropole und lag ebenfalls verlassen.

Die Sonne schien zu hell für so einen seltsamen Tag; ein misstönender Kontrast zu dem grauen Wasser und der Flutwelle von Seeschlangen, die sich über dem sandigen Wasserbett knäulten.

Corayne drehte sich auf der Suche nach den anderen um, aber an erster Stelle suchte sie nach der Spindel. *Ich weiß nicht einmal, wonach ich Ausschau halten soll*, fluchte sie. *Wo sie sein könnte, wie sie aussieht, nichts.*

Sorasa bahnte sich einen Weg zwischen den Gebäuden hindurch, platschte eine schmale Straße entlang, um die Schlangen hinter sich abzuschütteln. Türen hingen aus ihren Angeln, und Fenster baumelten offen hin und her, die Wohnungen und Geschäfte schon lange von ihren Besitzern aufgegeben.

Ein Mann beugte sich aus einem der Fenster. Seine Rüstung war aus gutem Stahl gefertigt, sein Schwert blankgezogen und sein Uniformrock von einem abscheulichen, hassenswerten Grün. Einzig Sorasas blitzschnellen Reflexen war es zu verdanken, dass sie beide ihre Köpfe auf den Hälsen behielten, und sie riss so heftig an den Zügeln der Stute, dass das Pferd aus dem Tritt geriet und mit einem lauten Aufwiehern zu Boden stürzte.

Sie fielen, und Corayne klatschte ins Wasser. Prustend mühte sie sich aufzustehen, aber ihr Umhang war zu schwer. Sorasa gab irgendwo ein Knurren von sich, und als Corayne herumwirbelte, entdeckte sie den galländischen Soldaten über der Meuchelmörderin. Er zielte mit seinem Langschwert auf ihre Kehle.

Corayne hatte gar nicht gewusst, dass sie sich so schnell und mit solcher Kraft bewegen konnte – bis sie ihren Dolch wieder herauszog, rot in ihrer Hand, bis zum Griff mit frischem Blut bedeckt.

Sie erstarrte und vergaß zu atmen, vergaß zu denken, als der Soldat auf die Knie fiel und sich die Seite hielt. Er sah sie an und tat röchelnd einen letzten Atemzug, spritzte Blut in die Luft.

Sein Gesicht war jung und ohne Falten. *Er ist nicht viel älter als ich.*

Tut mir leid, versuchte Corayne zu sagen, aber die Worte kamen nicht.

»Lauf!«

Die Meuchlerin zerrte sie beide hoch und rannte durch das Wasser, auf das Zentrum der Oase zu. Corayne konnte nicht anders, sie musste unwillkürlich zurückschauen. Eine Schlange, die Schuppen von einem öligen Scharlachrot, verschlang den Soldaten am Stück. Seine Augen waren noch immer geöffnet und starrten ins Leere.

»Domacridhan!« Sorasas Stimme hallte über der Oase wider, ein Brüllen, ein Schrei, ein verzweifeltes Flehen.

Sie kämpften sich durchs Nass, bis zur Hüfte in die grauen Fluten getaucht, und ihre durchweichten Umhänge trieben hinter ihnen her. Sorasa war auf der Jagd, das Schwert hoch erhoben, suchte das Wasser nach jedem Kräuseln, jeder Bewegung ab, die nicht von ihnen selbst kam.

»Domacridhan von Iona, ich weiß, dass Ihr mich hören könnt!«, brüllte Sorasa ein weiteres Mal mit bettelnder Stimme.

Corayne prallte gegen die Mauer eines Steinhauses und keuchte heftig. Sie hielt den Dolch noch immer schmerzhaft fest mit der Hand umklammert. Das Blut auf der Klinge pochte, leuchtend und immer leuchtender. Ihr Atem ging zu schnell, und dann ging er gar nicht mehr, und ihre Kehle drohte sich zuzuschnüren, während ihr Lichtpunkte vor den Augen kreiselten. Die Welt drehte sich um sie.

»Verteidigt die Spindel. Verteidigt die Königin!«, rief irgendwo eine Männerstimme, und ihrem Ruf antwortete das siegesgewisse Brüllen von einem Dutzend weiterer Stimmen.

Auf dem Dach über ihnen wimmelte es von galländischen Soldaten, lange und grausame Speere in Händen. Die Sonne brannte hinter ihren Köpfen herab und verwandelte die Soldaten in schwarze Silhouetten, Gestalten ohne Gesichter und ohne Namen. Unmenschlich. Soldaten des Lauernden, keine Krieger einer sterblichen Königin. Corayne machte einen Satz und schoss nach vorn, versuchte, nicht das Gleichgewicht zu verlieren, als die Speere ihrer Angreifer auf sie herabprasselten. Ihr Dolch fiel ihr aus der Hand, ans Wasser verloren.

Hinter ihr spritzte etwas auf und spritzte die überflutete Straße entlang – Soldat oder Schlange, sie wusste es nicht. Sie konnte nur rennen, Sorasa neben ihr, und fliehen, in welche Richtung auch immer sich ihnen eine Möglichkeit zur Flucht eröffnete.

Bis sie starke Arme um die Hüfte fassten und sie aus dem Wasser hoben, als sei sie lediglich eine Puppe. Corayne ballte die Fäuste, bereit zuzuschlagen, um festzustellen, dass sie bäuchlings über Siegels Sattel lag und die Frau aus dem Temurijon über ihr aufragte.

»Ganz ruhig, ich hab dich«, meinte die Kopfgeldjägerin und lenkte das Pferd geschickt mit den Hüften.

Die Stute lief, so gut sie konnte, galoppierte auf die Stufen des Dammwegs zu, kletterte hinauf und aus dem Wasser. Ihre Hufe klapperten über den Stein, und Coraynes Zähne schlugen so heftig aufeinander, dass sie schon Angst hatte, sie könnten ihr ausfallen. Der Dammweg war für Fußverkehr gedacht und nicht für ein galoppierendes Pferd, aber Siegel hielt die Stute unter Kontrolle und wurde mit den scharfen Kurven des erhöhten Fußwegs schnell und spielend fertig.

Der Geysir aus Mare brüllte direkt neben ihnen in die Höhe, spie sein graues Wasser aus wie Regen. Von Siegel in festem Griff gehalten, sah Corayne mit offenen Augen und offenem

Mund hinunter, während sie weitergaloppierten. Im Herzen des Geysirs schlug etwas um sich.

Noch mehr Schlangen, dachte sie zuerst. Bis sich eines der Wesen vor ihr in Sicht schlängelte und der Nebel sich teilte, um einen dicken, langen Tentakel sichtbar werden zu lassen, der auf der Unterseite mit einem Muster aus Saugnäpfen überzogen war, sein vorderes Ende abgeflacht und tastend. Ein weiterer Arm entrollte sich und stieg aus dem Wasser, gigantisch und so lang wie der Turm einer Kathedrale. Die beiden Fangarme winkten im Gleichtakt, ein widerwärtiges bleiches Violettrot, das durch die Luft schnappte und mit jedem wischenden Schlag die Palmen der Oase verdeckte. Das Geschöpf drängte vorwärts, nach draußen, schob sich Stück für Stück aus seiner Welt in ihre hinein.

Noch immer sah sie die Spindel nicht, aber sie wusste jetzt, wo sie sich befand.

»Ich brauche das Schwert«, murmelte Corayne, unfähig, auch nur zu blinzeln, unfähig, irgendetwas anderes zu tun als die Augen aufzureißen. Alle Gedanken waren wie aus ihrem Hirn gewaschen, und einzig die Spindelklinge war geblieben.

Das ist es gewesen, was Mutters Schiff draußen auf der Langen See begegnet ist. Was die »Sturmgeboren« um ein Haar versenkt und ihre Besatzung getötet hätte, einschließlich meiner Mutter. Ein Monstrum wurde direkt vor ihren Augen geboren. *Wie viele Schiffe wird es versenken? Wie viele Mütter wird es ihren Kindern rauben?*

Diese Ungeheuer werden die Wacht zerreißen.

»Ich brauche das Schwert, Siegel!«, rief sie zappelnd, ihre Stimme lauter, kräftiger.

»Was glaubst du denn, was ich hier mache?«, knurrte Siegel und gab ihrem über den Dammweg galoppierenden Pferd die Sporen. Die Hufe des Tieres waren ein donnernder Hagelregen.

Was den Kraken anzog, wusste Corayne nicht. Aber die Arme zuckten und wechselten die Richtung; mehr von seinem riesenhaften, klobigen Leib drang aus dem Geysir hervor und schob und zerrte sich zur Seite, Fangarme befreiten sich einer nach dem anderen und züngelten in die Höhe. Der erste Arm krachte herab, dann der zweite, und ihr herabknallendes Gewicht zerbrach den steinernen Fußweg wie nichts.

»Siegel!«, schrie Corayne, während die Frau das Pferd mit den Fersen antrieb, die Zügel klatschen ließ und in perfektem Einklang damit ein durchdringendes »Hüa!« von sich gab.

Als der Dammweg einfach unter den Hufen der Stute wegbrach, das ganze Bauwerk wasserspritzend einstürzte, tat das Pferd einen mächtigen Satz und flog weit durch die Luft. Sie landeten mit heftigem Aufprall und schlitterten über das Flachdach des nächsten Hauses, auf dem sich unter einem strohgedeckten Überbau unzählige leere Tontöpfe reihten.

Die arme Stute sackte auf die Knie. Sie zitterte am ganzen Leib und atmete allzu heftig, dann rollten ihre Augen in ihrem Schädel zurück. Taumelnd stemmte sich Corayne hoch, während jeder Nerv ihres Körpers in Flammen stand. Siegel besaß mehr Würde und Eleganz und hielt einen Moment inne, um der Stute sanft den Hals zu tätscheln. Sie murmelte ein temurisches Wort, das Corayne nicht kannte, dessen Bedeutung sie indessen erriet.

Danke.

Sie flogen die Stufen des Hauses hinunter, Siegel voran. Widerstrebend klatschten sie ins Wasser zurück. Corayne riss sich endlich ihren Umhang ab, ein Geschenk an die Oase, während sie weiterrannten.

»Dom!«, schrie Corayne und hielt sich die Hände wie einen Trichter vor den Mund. Eine Sturzwelle der Angst drohte sie zu verschlingen. Wenn der Älteste sie nicht hörte, wenn er nicht herkommen konnte … *Einzig der Tod könnte ihn aufhalten. Einzig der Tod könnte verhindern, dass er jetzt zu mir kommt.*

»DOMACRIDHAN!«

Sie versuchte, nicht an die anderen zu denken, sich deren mögliches Schicksal nicht vor Augen zu führen. Sorasa am anderen Ende der Stadt. Charlie, der sich wahrscheinlich auf einem Dach versteckte. *Andry.* Der wackere Knappe, der sein Land verraten hatte, seine Pflicht, alles, wofür er je gelebt und gearbeitet hatte. Der seine Mutter verlassen hatte, um die Welt zu retten, der wusste, dass es ihm das Herz brechen würde, und der es trotzdem getan hatte.

Andry.

Er tauchte am anderen Ende des Weges auf, immer noch zu Pferd. Von seinem Schwert tropfte es rot, sein Gesicht entstellt von Kummer und Zorn. Corayne kannte diesen Gesichtsausdruck, dieses Aussehen. Sie hatte das Gleiche in sich selbst gespürt, in ihren Händen, in ihrer Klinge, als sie damit einem Menschen den Lebensfaden durchtrennt hatte.

»Corayne!«, rief Andry. Seine Stute kämpfte sich durchs Wasser, den Hals hoch erhoben, die Nüstern gebläht. Er stand aufrecht in den Steigbügeln und streckte im Reiten die Hand aus.

»Sie ist am Geysir!«, hörte sie Siegel rufen, und zugleich legten sich die breiten Hände der Kopfgeldjägerin auf Coraynes Hüften. Mit einem Stöhnen warf sie Corayne förmlich in die Luft und in Andrys wartende Arme hinein.

Er fing ihr Gewicht mühelos auf und schob sie in den Sattel vor sich, legte die Arme um sie. »Wir brauchen das Schwert«, keuchte Corayne und krallte die Hände in die Mähne der Stute.

»Ich weiß«, antwortete er und trieb das Pferd auf höher gelegenes Gelände. Die Stute beschleunigte ihr Tempo und zog galoppierend einen Kreis um das Oasenstädtchen, während ringsum das Echo zischender Schlangen und klirrenden Stahls widerhallte, um mit dem Brüllen des Geysirs zu wetteifern.

Nezri bildete einen einfachen Kreis, seine Straßen fächerten sich vom Zentrum her in alle Richtungen aus, breit genug, um Kamelkarawanen durchzulassen – und jetzt auch breit genug für die tobenden Ungeheuer von Mare. Corayne ließ suchend den Blick schweifen, während sie ritten, und ihr schlug das Herz bis zum Hals und zu den Zähnen hinauf. Ihr Magen krampfte sich flau zusammen, als sie den Fluss sah, eine Flut, die von der Oase aus den Hang hinunterströmte und einen ganzen Schwarm von Seeschlangen – und was immer sonst durch die Spindel brechen mochte – mit sich trug. Das Ganze ergoss sich in schneller Strömung über den Sand und rauschte auf den Aljer zu. Ein leichter Weg hinunter in den Golf und in die Lange See.

Andry entdeckte das goldene Aufblitzen, bevor Corayne dazu in der Lage war, und lenkte das Pferd ein verlassenes Gässchen hinunter und zurück in tieferes Wasser. Die Stute versuchte, sich zu wehren, aber er trieb sie mit Tritten weiter und gab dabei mit leiser Stimme derbe Flüche von sich.

»Wenn wir das hier überleben, erinnere mich daran, dich für eine derart unangemessene Sprache zu tadeln«, sagte Corayne erschöpft.

Seine Brust bewegte sich an ihrem Rücken, hob und senkte sich vor leisem Lachen. Seine Wärme überraschte sie. »Das mach ich bestimmt.«

Sie fanden Dom inmitten eines Kreises von Soldaten, die Spindelklinge in der einen Hand, sein eigenes Schwert in der anderen, ein Wirbel von blitzendem Stahl. Entseelte Leiber stürzten rechts und links zu Boden wie von Sicheln gemähter Weizen, und das Grün von Galland verfärbte sich scharlachrot, während die Soldaten ihr Leben aushauchten. Ein Festmahl für die Schlangen, die durch den steten Nachschub an Fleisch auf Abstand gehalten wurden.

»Nimm das hier«, stieß Andry an Corayne gewandt hervor und deutete auf das Schwert, das in der Scheide an seinem Sattel steckte. »Schwing es. Schön im Bogen. Lass dir vom Pferd bei deinen Bewegungen helfen.«

Bei dem Gedanken, noch mal einen Menschen zu töten, wurde Corayne schlecht, aber sie biss die Zähne zusammen und zog Andrys Schwert aus der Scheide. Sie hielt es mit beiden Händen umklammert und beugte sich im Weiterreiten im Sattel vor, die stählerne Schneide schnell dunkelrot.

Das Schwert beschrieb einen Bogen wie ein Halbmond, und der Kopf eines weiteren Soldaten folgte, immer noch in seinem eisernen Helm gefangen. Sie weigerte sich hinzuschauen, als Andry das Pferd für den nächsten Angriff wendete. Der Älteste bemerkte es kaum, während er die Soldaten, die ihm in den Weg traten, in Hackfleisch verwandelte. Diesmal verfehlte Corayne ihr Ziel, anders als die Stute, die zwei Soldaten niedertrampelte. Sie verschwanden in dem grauen Wasser, das jetzt schaumig war vor Blut. Hinter ihnen brüllte Dom den Schlachtruf von Iona, seine Sprache für jedes andere Ohr fremd und unverständlich. Es genügte, um die überlebenden Männer davoneilen zu lassen, blutend und mit weißen Gesichtern, vom Zorn dieses Berges von Unsterblichem in Todesangst versetzt.

Seine Brust hob und senkte sich, sein dunkelgrüner Umhang war in Fetzen gerissen, die aufgestickten Hirsche ein zerstörtes Durcheinander von Fäden. Es klebte Blut in seinem goldenen Haar, Blut in seinem Bart, Blut auf seinen Ellbogen. Corayne hätte fast schon erwartet, dass auch seine Augen blutverschmiert sein würden, aber sie waren immer noch vom gleichen unerbittlichen Smaragdgrün. Unverändert. Sein Atem ging in rauen Stößen, seine Brust hob und senkte sich heftig.

Wie betäubt schob Corayne Andrys Schwert in die Scheide und ließ sich aus dem Sattel gleiten. Ihre Stiefel klatschten ins Wasser.

Dom sah sie mit der gleichen Benommenheit an, beinahe überwältigt vom Anblick der Toten, die sich um ihn herum auftürmten. Dann überlief ihn ein Schauder, er kam wieder zur Besinnung und streckte ihr die Spindelklinge entgegen. »Euer Schwert«, sagte er mit zittriger Stimme.

Diesmal schob sich keine Schlange zwischen sie.

Da war nur das Brüllen des Kraken, ein feuchtes, schier unendliches Geräusch, so tief, dass Corayne es in den Rippen spürte, in den leeren Räumen ihres Brustkorbs. Sie wäre am liebsten in die Knie gegangen.

Stattdessen schloss sie die Hand um das Schwert. Die Juwelen auf der Klinge ihres Vaters blinkten rot und purpurn, und die Runen in der Sprache ihrer verlorenen Welt flammten auf.

Sie konnte die Schriftzeichen nicht lesen, aber das brauchte sie auch nicht. In diesem Moment bedeuteten sie wenig. Es gab nichts als die Spindel, Coraynes Blut und die Klinge in ihrer Hand.

Sie wateten voran, ein Trio. Andry und Dom schlugen und hackten nach Schlangen, während sie ihren Weg ging. Siegels Lachen heulte irgendwo auf, und ihr Triumph hallte über der Oase wider, als zwei Soldaten vor ihrer Axt die Flucht ergriffen. Ein weiterer stürzte von einem Dach, einen Bronzedolch im Hals, und ein tigeräugiger Schatten sah zu, wie er starb.

Das Wasser verlangsamte alles, und jeder Schritt fiel ihr schwerer als der vorangegangene. Ihr Leib schmerzte, und ihr Kopf dröhnte. Sie wollte sich hinlegen und dem Wasser überlassen. Sie wollte schreiend zum Angriff übergehen wie Dom, wie Siegel, und die Luft mit dem Sturm in ihrer Brust erschüttern. Stattdessen entschied sie sich für den nächsten Schritt. *Und noch einen. Und noch einen.*

Bis sie mitten im zerstörten Herzen von Nezri standen, wo die große Säule aus Wasser tosend in die Luft schoss. Das Wasser um ihre Knie herum war schwarz und rot, der Geysir spie seine Wogen aus, der Krake war immer noch dabei, sich seinen Weg aus der Spindel zu erzwingen, wie eine unselige Geburt. Corayne kniff die Augen zusammen und sah da einen goldenen Faden zwischen den Wasserstrahlen, eine rassiermesserdünne Toröffnung zu einer anderen Welt, aus der sich die Tentakel des Kraken hervorschlängelten. Sein knollenartiger glitschiger Leib zog sich zusammen und dehnte sich, während er sich Stück für Stück hindurchpresste. Ein einziges Auge, groß wie ein Schild, rollte in seiner Höhle. An den Rändern war es rot und gelb, böse, zersetzt, vergiftet. Das Vieh stank schlimmer als ein unter der heißen Sonne liegen gebliebenes altes Netz mit toten Fischen, verströmte einen Dunst von Fäulnis und verdorbenem Fleisch. Der Krake war gigantisch, größer als eine Galeere, und er wuchs weiter, drängte sich heraus. Und wieder schrie er, blies einen fauligen Wind über die Oase.

Die Spindelklinge lag schwer in ihren Händen, und ihre Spitze schleifte durch das Wasser. Corayne konnte die Waffe kaum heben, geschweige denn sich einen Weg durch einen Wald von Tentakeln freischneiden, hin zu dem Goldschimmer, der da durch den Kraken rieselte. Ihr stockte das Herz. Corayne spürte, wie alle Kraft aus ihr wich, ihre Glieder ihr den Dienst zu versagen drohten. Erschöpfung senkte sich über sie herab wie ein schwerer Vorhang. Sie biss die Zähne zusammen und kämpfte darum, auf den Beinen zu bleiben, sich ihrem Ziel zu nähern.

Von der anderen Seite der Oase her, unter den Palmen, kam eine Gestalt über das Wasser, ließ es um ihre Hüften kräuselnde Wellen schlagen. Kein Soldat, keine Schlange folgten ihr. Sie war allein.

Graues Wasser, graues Haar, graue Kleidung. Hände wie knorrige Wurzeln eines weißen Baumes. Augen wie der klarste Himmel.

Valtik.

Die alte Hexe stellte sich dem Kraken ohne Zögern entgegen, ihr Gesicht emporgewandt, um den Blick des Ungetüms zu erwidern, ihre gelösten Zöpfe durchwebt mit Knochen und Palmwedelstückchen. Ihr zerlumptes altes Kleid trieb hinter ihr her, irgendwie viel zu lang. Die Sonne spiegelte sich auf dem Wasser und streute ein seltsam glühendes Licht über Valtik. Sie breitete die Hände aus, spreizte die Finger wie die Zacken eines Sterns.

Sie stimmte einen Sprechgesang an, und ihre Worte auf Jüti erfüllten die Oase mit einem hohen, durch Mark und Bein dringenden Summen.

»Die Götter von Mare haben gesprochen«, sagte Valtik und hob die Stimme und den Kopf, als sie in eine Sprache wechselte, die sie alle verstanden. »Die Ungeheuer ihrer Wasser sind hervorgekrochen.« Auch wenn sie sich nicht bewegte, wogte das Wasser um sie herum auf. »Dieses Land hier ist nicht deins; ich binde und banne dich mit dem Ritus des Blutes und des Gebeins.«

Der Krake heulte auf, zerreißend und ohrenbetäubend. Corayne hielt ihr Schwert fest und kämpfte gegen den Reflex an, sich die Ohren zuzuhalten.

Sie traute ihren Augen nicht, als das Untier gehorchte, sichtlich gegen den eigenen Willen. Der Krake zitterte, rührte sich und wich Zentimeter um Zentimeter zurück, verschwand Stück für Stück in der Spindel.

Corayne trat einen Schritt vor.

Valtik krümmte ihre Finger, bis ihre Hände zu Klauen wurden, sie zog ihre gerunzelte Stirn zu einer Grimasse zusammen und redete dabei die ganze Zeit über weiter. »Hinfort, hinfort, von diesem Ort«, knurrte sie in so ziemlich allen Sprachen. Die Worte der Hexe waren ein Wirbelsturm, der über das Höllenmonster hinwegfegte, sich an ihm brach. Das Geschöpf verdrehte seine Gliedmaßen und kämpfte, die Riesenwürmer seines Leibes klatschten auf den überschwemmten Untergrund und ließen fauliges Wasser in die Höhe spritzen.

Corayne ging immer weiter, die anderen bei ihr. Sie sah das Schimmern ihres Stahls, spürte die Bewegung der Luft, während sie neben ihr herschritten, während das Wasser um ihre Knie wogte. In Schlamm verwandelter Sand gab unter ihren Stiefeln nach, ließ sie versinken und griff bei jedem Schritt nach ihr, packte ihre Knöchel, versuchte sie zurückzuhalten.

»Dieses Land hier ist nicht deins!«, schrie Valtik.

Ein Schatten legte sich vor die Sonne, und ein Krakenarm krachte wie ein einstürzender Turm herab. Kreischend holte der Krake zum tödlichen Schlag aus. Bis Doms Schwert durch die Luft wirbelte und durch das stinkende Fleisch schnitt, sodass das sich windende Körperglied ins Wasser klatschte, mit dem vorderen Ende noch immer um sich schlagend.

Das Auge des Kraken rollte in seinem Kopf nach hinten und verschwand hinter dem schimmernden Faden, während sich der letzte seiner zappelnden Fangarme kraftlos zusammenringelte.

»Ich binde und banne dich mit dem Ritus des Blutes und des Gebeins.«

Selbst das Sprudeln des Geysirs wurde ungleichmäßig, sodass die emporsteigende Wildwasserfontäne stoßweise pulsierte.

Corayne fuhr mit der Hand über die Schneide der Spindelklinge und spürte, wie sie Haut und Muskeln zertrennte. Ihr Blut gesellte sich hinzu, ein glitzerndes Hellrot, das die Hoffnung der Welt mit sich trug. Die Hoffnung ihres Vaters. Ihre eigene Hoffnung.

Die klaffende Wunde in ihrer Handfläche brannte, als sie erneut das Schwertheft packte, während Blut zwischen ihren Fingern hervorquoll. Ein weiterer Krakenarm schlängelte und krümmte sich auf sie zu, griff nach ihr wie eine Ranke, aber Andry schlug ihn mit seinem tanzenden Schwert weg. Sie ging weiter, das Wasser kalt, der Wind kalt, das Schwert kalt.

Die Spindel, nadeldünn, funkelte wie ein Stern. Ihr eigenes Licht brach sich in ihr, viel zu grell, als dass Corayne lange hätte hineinsehen können. Sie erwartete, einen flüchtigen Blick in eine andere Welt zu werfen, hinein in die gewaltigen Ozeane von Mare, die dahinter wild gegen die Spindel anbrandeten. Doch da war nichts außer dem Kraken, der noch immer versuchte, sich einen Weg nach Allwacht zu erkämpfen. Er wurde schwächer, seine Schreie ferne Echos, die schlagenden Bewegungen seiner Arme wurden langsamer und langsamer. Einer streifte Coraynes Wange, kaum mehr als die Berührung einer Hand. Sie schenkte dem keine Beachtung. Es gab für sie jetzt nichts anderes als die Spindel, ihr Ruf ein Haken, der sich in ihr Herz grub, der sie hineinzog.

»Für die Wacht«, murmelte sie. *Für uns alle.*

Die Spindelklinge stieg in die Höhe und beschrieb einen Bogen, schnitt durch Krakenfleisch und Spindelfaden, hinterließ eine Spur aus schwarzem Blut und sich entrollendem Gold, während der Geysir auf Corayne herabprasselte wie ein Wasserfall. Da brach er in sich zusammen, zerfiel zu nichts, klatschte auf das überflutete Land herab und durchweichte Corayne und die anderen bis auf die Knochen. Noch einmal schrie der Krake von irgendwo aus weiter Ferne her und verstummte dann plötzlich, die Träne der Spindel ohne jede Spur aus der Luft gewischt, verschwunden wie ein Spalt zwischen zugezogenen Vorhängen. Die noch verbliebenen Fangarme versanken im Wasser, fein säuberlich abgetrennt von einem Körper, der jetzt Welten weit entfernt war.

Ohne den stetigen Zustrom des Geysirs durch die Pforte nach Mare schwand die Flut dahin, von der seit Jahrhunderten ausgedörrten Kehle des Wüstensandes aufgetrunken.

Überall in der Oase hallte Zischen wider. Die Schlangen heulten ein Klagelied um ihre verlorene Welt. Corayne sackte in sich zusammen und stützte sich schwer auf das Schwert. Sie erwartete jeden Augenblick den stechenden Biss spitzer Zähne.

Der Biss blieb aus.

Ihr Kopf sank auf eine warme Schulter, und Arme schlossen sich um sie und hielten sie fest. Sie blickte in dunkle bernsteinfarbene Augen, sah einen freundlichen Mund, ein sanftes Gesicht.

Sie gab sich alle Mühe, einen klaren Kopf zu behalten, nicht das Bewusstsein zu verlieren, und hielt die Augen weit offen. Aber der Himmel verdunkelte sich jetzt dennoch über ihr, und die Sonne verlor ihre leuchtende Strahlkraft. Gestalten umringten sie und die anderen, ununterscheidbar ineinander verschwimmend. Feinde oder Verbündete, Corayne vermochte es nicht zu sagen.

»Es ist vorbei«, hörte sie Dom leise murmeln. Seine Stimme war weit weg und verhallte in der Ferne. »Es ist vorbei.«

Andry schien ihr viel näher, seine Hand strich ihr über den Arm. Sein Körper war warm an ihrem. Sie versuchte sich an ihn zu klammern, aber ihr Griff war zu schwach. »Mit mir, Corayne. Bleib bei mir.«

Ihre Lider schlossen sich, und die Spindelklinge fiel aus ihrer verwundeten Hand. »Damit wäre eine geschafft«, murmelte Corayne, und Dunkelheit umfing sie.

32

Die Waisen

Erida

Für einen Mann, der Diamanten in der Faust zerquetschen konnte, war seine Berührung federleicht, und seine Finger lagen sanft auf ihren.

Königin Erida ließ sich von Taristan von ihrem Pferd auf den Gipfel des Hügels geleiten. Unter ihnen ausgebreitet, lagen die madrentinische Grenze und der Rosenfluss. An den Ufern hatten sich die erste und die dritte Legion formiert, wie silberne Käfer, die unaufhaltsam zu den hastig in der Strömung verankerten Pontonbrücken hinkrochen. Ungeachtet der finster brütenden Gegenwart ihres Prinzgemahls an ihrer Seite – von ihrem versammelten Rat aus Generälen und militärischen Beratern ganz zu schweigen –, konnte Erida den Blick gar nicht von dem Fluss losreißen. Unter ihnen marschierten zwanzigtausend Mann, Kavallerie und Infanterie, Bogenschützen, mit Piken bewaffnete Fußsoldaten, Ritter, Knappen und Bauern, die zusammen mit ihren Lehnsherrn zwangsrekrutiert worden waren. Männer und Knaben, die den Krieg entweder liebten oder ihn fürchteten. Reich oder arm oder irgendwas dazwischen. *Heute schlagen ihre Herzen für mich.* Sie atmete tief ein, als rieche sie ihren Stahl. Der Augenblick schimmerte ihr leuchtend vor Augen, bereits jetzt eine liebgewordene Erinnerung.

Wenn ich alt bin, eine Herrscherin ohnegleichen, werde ich an den heutigen Tag zurückdenken. Als alles begann.

Sie spürte Konegins grimmigen Blick, ihr so vertraut wie ihr eigenes Gesicht. Er hatte nicht den geringsten Grund, verärgert zu sein. Er hatte diesen Krieg genauso gewollt wie jeder andere gute Sohn Gallands. Madrence war schwach, seiner Ländereien und seines Wohlstands nicht würdig. Das Land brauchte eine strengere Herrin. *Er wünscht sich nur, jetzt an meiner Stelle zu sein, möchte in meiner Haut stecken, meine Krone auf seinem Haupt tragen.* Und was für eine Krone das an diesem Morgen war: die Krone ihres Vaters, für die Schlacht geschmiedet, ein goldenes Diadem, zu einer stählernen Haube gehämmert. Ihr Haar fiel ihr darunter offen und wellig über die Schultern. Erida war Stahl nicht gewohnt, aber ihre Rüstung war leicht, aus kostbarem Metall gefertigt und eher für zeremonielle Anlässe bestimmt als für den Krieg. Auf ein Schwert hatte sie verzichtet, brauchte es nicht einmal zur Demonstration ihrer Macht.

»Ein wunderschöner Morgen, nicht wahr, Vetter?«, sagte sie und füllte sich die Lungen erneut tief mit kühler, frischer Septemberluft. In den Vorbergen verfärbten sich bereits die Blätter, wurden an den Rändern rot und golden.

Konegin gab ein gutturales, räusperndes Schnauben von sich, leise und feucht. »Ich werde den Morgen erst loben, wenn der Abend gekommen ist«, antwortete er und verschränkte die Arme vor seinem goldenen Brustpanzer. Er passte zu seinem gepflegten üppigen Bart, jedes Haar säuberlich gekämmt und an seinem Platz. Er sah ganz so aus wie ein König.

Aber das tut Taristan auch, dachte sie, ihre Hand immer noch auf seine abgestützt.

Wieder trug er Blutrot unter seiner Rüstung, die ihrerseits karmesin- und scharlachrot gefärbt war, dazu einen goldgesäumten Umhang. Die Farben spiegelten sich auf sonderbare Weise in seinen Augen wider und verliehen ihnen einen rubinartigen Schimmer. Er strich sich das Haar zurück, klatschte sich die dunkelroten Locken gegen die Kopfhaut. Inzwischen war ihr aufgefallen, dass eine seiner Augenbrauen gespalten war, von einer winzigen weißen Narbe durchtrennt.

Auch auf seiner Wange waren immer noch die Schnitte zu sehen, schmal, aber unübersehbar, vom gleichen Blau wie die Adern in Eridas Handgelenk. Sie wäre am liebsten mit der Hand über diese Schnitte gestrichen, mit einem Finger für jede Narbe.

»Ihr werdet bis zum Einbruch der Nacht tausend Mann verloren haben«, murmelte Taristan, ohne für eine Sekunde den Blick vom Fluss abzuwenden. Sein Zauberer war nicht bei ihnen, sondern anderweitig beschäftigt. »Die Madrentiner haben sich zwischen ihren Festungen eingegraben. Die Linien ihrer Gräben gehen so tief wie unsere eigenen. Selbst wenn wir ihnen zahlenmäßig in einem Verhältnis von fünf zu eins überlegen sind, wird es auf diesem Schlachtfeld ein wahres Gemetzel geben.«

Seine Worte kamen tonlos, ohne Vorwurf in der Stimme.

»Tausend Mann für die Grenze«, antwortete Erida. »Tausend Mann für den freien Weg nach Rouleine, dann nach Partepalas und zur Küste.«

Ein freier Weg.

Sie wussten beide, was das bedeutete. Wofür dieser freie Weg benötigt wurde.

Auch wenn sich die Spindel nach wie vor oben in der Ruine befand und von einem ganzen, aus fünfhundert Mann bestehenden Feldlager von Soldaten bewacht wurde, hallte Erida immer noch das Knurren ihres Inneren in den Ohren, jene erschütternde Flut aus Edelsteinen und Zähnen.

»Galland zum Ruhme«, knurrte Konegin und legte sich die zur Faust geballte Hand aufs Herz.

Obwohl sie ihn verabscheute, hatte die Königin keine Probleme damit, seine Worte aufzugreifen, den Schlachtruf, der seit ihrer Geburt in ihr widerhallte. »Galland zum Ruhme.«

Die anderen folgten ihrem Beispiel, und die großen Generäle und Fürsten jubelten für ihr Land. Donnernd und laut erhoben sich ihre Stimmen gemeinsam, im Einklang mit dem ersten durch das Tal widerhallenden Aufschlagen von Stahl auf Stahl unten am Fluss.

Nur Taristan blieb stumm, den Blick der rot geränderten Augen starr nach vorn gerichtet und die Finger weich in Eridas Hand.

Das Hauptquartier für den Feldzug gegen Madrence war in Lotha aufgeschlagen worden, der größeren und prächtigeren der beiden Burgen in der Nähe des ersten Kriegsschauplatzes. Sobald die Schlacht siegreich geschlagen war, würden sie weiter flussabwärts ziehen, immer den Rosenfluss zwischen sich und der Gefahr. Weitere Legionen würden folgen, hatten sich bereits von allen Winkeln Gallands her in Bewegung gesetzt, um ihren Eroberungszug durch die sanften Täler von Madrence zu unterstützen.

Erida war noch nie zuvor wirklich auf einem Feldzug dabei gewesen. Der Morgen begann mit der Schlacht, und der Abend endete mit einem Festmahl, bei dem die hohen Herren einander zuprosteten und auf ihre Großtaten auf dem Schlachtfeld anstießen. An den Tischen des großen Saals von Lotha flossen Bier und Wein in Strömen, und allen schwirrte und wirbelte der Kopf vom Trunk, von der Schlacht oder von beidem zusammen. In der Tat, sie hatten im Laufe des Tages tausend Mann verloren, hatten aber mehrere Meilen an Land gewonnen und die Madrentiner aus den Wäldern hinaus und in ihre halb zerfallene Festung hineingetrieben, wo sie sich auf die galländische Belagerung gefasst machten. Der Tag war ein rauschender Erfolg gewesen.

Und der morgige Tag wird neue Erfolge bringen, dachte Erida und führte ihr drittes Glas Wein an die Lippen. Sie ließ den Blick über den Festsaal vor sich schweifen, ihre persönliche Form von Schlachtfeld.

Lotha war kein Palast – die Burg war dafür gebaut, die Grenze zu verteidigen, nicht dafür, Mitglieder des Königshauses zu unterhalten –, aber hinreichend komfortabel, um dort die Tage zu verbringen. Der Saal war winzig im Vergleich zu Eridas eigenem Festsaal daheim in Ascal, und jetzt war er vollgestopft mit galländischen Leuten von Adel, von denen so spät am Abend die meisten über sich selbst stolperten. Viele brachten Trinksprüche auf die Königin aus, riefen ihr Segenswünsche zu und priesen ihre Kühnheit und ihren Mut. Ihr Königreich war seit Jahren nicht mehr auf Eroberungszug gewesen. Sie war hungrig. Sie war bereit; ein ungeduldiges Pferd, das am Tor mit den Hufen scharrt. Erida spürte diesen Tatendrang in sich selbst, wie sie ihn auch in der Krone auf ihrem Kopf spürte.

Ihr Gemahl fand keinen Gefallen an Festen oder dem gesellschaftlichen Gehabe, das von einem Prinzgemahl erwartet wurde. Er saß schweigend da, aß wenig, trank wenig, sprach mit wenigen Auserwählten und das auch bloß, wenn er musste. Heute Abend war es nicht anders, er hielt den Blick starr auf den Teller mit Wildschweinbraten vor sich gerichtet.

»Wird sich Ronin heute Abend zu uns gesellen?«, raunte sie fragend, sorgfältig darauf bedacht, dass ihre Stimme ausschließlich jene Ohren erreichte, für die ihre Worte gedacht waren. Konegin wich ihr nie von der Seite. Er saß in der Regel wenige Plätze von ihr entfernt, und oft suchte er nach Möglichkeiten, sich in ihre Gespräche einzuschleichen, um die eine oder andere Information aufzuschnappen.

Die Mundwinkel ihres Gatten fielen herab, und er zog ein mürrisches Gesicht. »Er kommt, wenn es ihm passt«, antwortete er. Der Schatten in seinen Augen brannte rot auf. »Wann auch immer das sein mag.«

Erida beugte sich dichter zu ihm vor und verbarg den Mund hinter ihrem Kelch. »Stimmt denn irgendetwas nicht?«

»Ich weiß es nicht«, antwortete er, seine Stimme so ausdruckslos wie sein Blick. Es war die Wahrheit, ohne unnötige Ausschmückungen. Dann zog er eine Braue hoch und kräuselte die Lippen. »Wollt Ihr mich etwa wieder tadeln? Mir sagen, ich solle mir unter den Leuten aus dem Kreis Eurer albernen Adeligen Freunde suchen?«

Die Königin schnaubte in ihren Wein hinein und nahm noch einen Schluck. Er schmeckte nach Kirschen. »Verbündete, nicht Freunde. Hier findet man keine Freunde«, sagte sie schnell, und es war fast schon ein Singsang. Es war das Credo, das auch ihr selbst von Kindesbeinen an eingebläut worden war. »Außerdem gewöhne ich mich langsam an Eure maulfaule, introvertierte Art.«

»Introvertiert.«

»Das bedeutet ...«

»Ich weiß selbst, was es bedeutet«, fuhr er ihr über den Mund und lehnte sich auf seinem Stuhl zurück. Auf diese Weise ging er in gewisser Weise auf Abstand zu ihr, und Erida stellte fest, dass ihr das ganz und gar nicht gefiel. Er trug Hitze in sich, ein Stück Trost hier in dem kalten Stein einer alten, tristen Burg. Sie wartete auf das verräterische Aufblitzen des roten Zorns in seinen Augen. Doch der blieb diesmal versteckt, und Taristan hielt den Blick weiter auf seinen Teller gerichtet, seine Augen schwarz und undurchdringlich wie Obsidian. »Auch Waisen können zu intelligenten Menschen heranwachsen, selbst jene, die in Schlamm und Dreck groß geworden sind.«

Ihre Hand lag auf dem Holztisch, wenige Zentimeter von seinen Fingern entfernt. Sie wagte es nicht, sie zu bewegen, weder näher an ihn heran noch weiter von ihm weg.

»Ihr vergesst, dass ich ebenfalls eine Waise bin«, erwiderte Erida hitzig und verspürte die inzwischen vertraute Anwandlung von Verärgerung, die Taristan stets in ihr weckte, sodass es ihr heiß über den Rücken rann. Sie spürte, dass ihre Wangen warm wurden, und wandte den Kopf ab, um ihr Erröten zu verbergen. Wenn es ihm auffiel, so ließ er sich jedenfalls nichts anmerken.

Sie biss sich auf die Lippen und wechselte von einem unangenehmen Thema zum nächsten. »Ich habe heute einen Brief von Bella Harrsing erhalten«, berichtete sie und sah ihn von der Seite an.

Auch wenn Taristan sein Bestes tat, den Abläufen und Prozeduren am königlichen Hof gegenüber Gleichgültigkeit an den Tag zu legen, bemerkte sie das leise Zucken eines Muskels in seiner Wange. Er zwang einen weiteren Bissen Wildschwein hinunter. »Und warum sollte mich das irgendetwas angehen?«

»Sie hat nach unseren Fortschritten gefragt. Was einen zukünftigen Erben betrifft.«

Seine Augen blitzten auf. Diesmal war das Rot deutlich sichtbar. »Das erscheint mir unhöflich.«

»Sie ist eine meiner Beraterinnen«, meinte Erida schulterzuckend. »Es ist ihre Aufgabe, danach zu fragen. Genauso wie es unsere Aufgabe ist, einen zu liefern.« *Ein Kind liefern, als pflückte man die einfach von Bäumen.* Ja, es war die Pflicht einer Königin, Kinder zu gebären, die Pflicht eines Herrschers, die Kette der Nachfolge zu sichern. Das waren Tatsachen des Lebens, so wirklich und unleugbar wie das Glas in ihrer Hand.

Taristan schwieg. Sein eigener Kelch war unberührt, noch immer bis an den Rand gefüllt. Er ließ seinen Blick darauf ruhen, trank aber nicht davon. Erida wünschte, sie könnte ihm den Kopf aufbrechen und hineinschauen. Ein unmögliches Verlangen, schon allein deshalb, weil dank der Segnungen seines Dämonenfürsten jeder Schlag vermutlich einfach von seinem Schädel abprallen würde. Sie würde stattdessen ganz direkt sein müssen. Auch wenn sie bei ihrer Frage eine Gänsehaut überlief.

»Werdet Ihr mich heute Nacht besuchen kommen?«, fragte sie leise und hasste sich dafür, dass sie so offen und aufdringlich war. *Ein derart jämmerliches Manöver ist eigentlich so gar nicht meine Art.*

Und es war eigentlich gar nicht Taristans Art zusammenzuzucken. So wie jetzt. Sein Blick flog zu ihr herüber, und er öffnete den Mund, um überrascht nach Luft zu schnappen.

»Ich ziehe es vor, dort hinzugehen, wo man mich auch haben will«, antwortete er schließlich und sah ihr forschend ins Gesicht.

Erida hätte beinahe laut aufgelacht. Sie hatte noch nie etwas derart Seltsames gehört. Und doch ... Es warf Fragen in ihr auf. Sie spürte noch immer seine Hände in ihrem Haar, seine Nägel auf ihrer Kopfhaut. Wie ihr seine Finger über das Schlüsselbein gekratzt hatten, als er ihr das Hemdkleid in Unordnung gebracht, sie auf das zerwühlte Bett gedrückt und dort hatte sitzen lassen. Die Hitze in ihren Wangen wallte von Neuem auf, und alle Worte flohen ihr von den Lippen, jede Antwort erstarb ihr in der Kehle. Diesmal stellte sie fest, dass sie sich nicht von ihm abwenden konnte, dass sie gebannt an seinem Blick hing, als brenne eine Spindel in seinen Augen, golden und schimmernd und nicht zu verleugnen.

Die Königin von Galland atmete tief durch, um ihren Körper zu kräftigen und ihren Geist zu beruhigen.

»Die Meere füllen sich mit Ungeheuern, die Anhöhen mit Skeletten, der Fluss mit Blut. Unsere Kraft und Stärke wächst, Taristan«, sagte sie und sah all das vor ihrem inneren Auge vor sich. Taristan tat das Gleiche, legte die Stirn in Falten und leckte sich die Lippen. »Ein ganzes Kaiserreich ist für uns zum Greifen nahe.«

»Für *ihn*«, antwortete ihr Gemahl. Plötzlich waren sich ihrer beider Finger auf der Tischfläche näher als zuvor, wiewohl sie selbst die Hand nicht bewegt hatte. »Und für uns.«

Als der Zauberer in den Saal geschlüpft kam, hätte Erida ihm am liebsten ihren Kelch an seinen kleinen weißen Kopf geschleudert. In seinen langen roten Gewändern wirkte er wie eine schwärende Wunde. Er rang die Hände, als er schnellen Schrittes an den überfüllten Tischen vorbeieilte.

Taristan löste den Blick von ihr. Er spürte Ronin und machte Anstalten aufzustehen.

Nur um stattdessen Konegin über sich zu erblicken, der sich vor ihnen breitgemacht hatte. Ihr königlicher Vetter orderte mit einer Winkbewegung zwei weitere Kelche Wein, und das Lächeln unter seinem Schnurrbart war matt und gezwungen. Er neigte den Kopf. Ausnahmsweise einmal war da kein Diadem, nicht einmal eine juwelengeschmückte Kette, die von Schulter zu Schulter hing. Er wirkte kleiner als sonst.

Vielleicht bekommt ihm der Krieg doch nicht so, trotz all seines Geprahles, dachte Erida, und der Gedanke gefiel ihr. *Käme mir sehr gelegen.*

»Euer Majestät«, sagte er und machte eine kaum merkliche, aber anhaltende Verbeugung vor ihr. »So viele unserer hochgeborenen Freunde haben hier heute Abend ihre Trinksprüche zu Ehren der Königin und ihrer Armee ausgebracht, und natürlich zu Ehren unseres heutigen Sieges.«

Jubelrufe erhoben sich von den Tischen, und Männer sprangen auf und schlugen ihre Kelche gegeneinander. Sie verdeckten den Blick auf Ronin, seine roten Gewänder und sein kreideweißes Gesicht wie vom Erdboden verschluckt.

»Ich hielte es für angebracht, noch einen weiteren Trinkspruch auf Seine königliche Hoheit, den Prinzgemahl, auszubringen«, fuhr Konegin fort, seine Hand ausgestreckt. Ein Diener in einer Livree mit den gegeneinander vertauschten Farben von Galland, grüner Löwe vor goldenem Hintergrund, drückte ihm einen kunstvoll verzierten Kelch in die Hand, bis an den Rand gefüllt mit tiefrot schwappendem Wein.

Dann reichte der Diener auch Taristan einen Kelch dar, der ihn mit einem verbindlichen Stirnrunzeln entgegennahm. In einem furchterregenden Versuch zu lächeln verzogen sich seine Lippen. Eine weniger zurückhaltende Frau hätte schallend aufgelacht, aber Erida beherrschte sich.

»Auf Taristan aus dem Alten Cor, Prinzgemahl unserer geliebten Königin, Vater der Zukunft von Galland. Sohn und Zeuger von Kaiserreichen!«, rief Konegin und hob seinen Becher zum Raum hin. Dann sah er mit einem anzüglichen Grinsen Eridas Prinzgemahl an, und seine blauen Augen funkelten. Wie ein Verdurstender kippte er seinen ganzen Wein in einem Zug hinunter.

»Auf Taristan!«, ging der Ruf wie eine Welle durch die Menge, unter der, aschfahl und zornig, sich noch immer Ronin befand.

Erida griff nach ihrem eigenen Glas und hob es ihrem Gatten amüsiert entgegen. »Auf Taristan«, wiederholte sie und nahm einen großen Schluck.

Der Corgeborene hielt seinen Kelch fest umfasst und strich mit den Fingern über seinen reich verzierten Metallstiel.

Eridas Lächeln wurde schwächer, ihre Freude gedämpft von Verbitterung. *Hat er wirklich vor, uns beide zu blamieren? Jetzt? Wegen nichts?* Sie hätte ihm beinahe unter dem Tisch einen Tritt versetzt. *Trink, du Schwachkopf.*

Zu ihrer Erleichterung gab Taristan nach, als sei das Ganze eine Schlacht, in der es Opfer zu bringen galt.

Fürst Konegin strahlte und ließ weinverfärbte Zähne sehen. Der rote Saft tropfte ihm aus dem Schnurrbart.

Taristan zwang sich zu einem ordentlichen Schluck, schob seinen Stuhl zurück und erhob sich zu seiner vollen Größe. Die beiden Männer waren fast gleich groß, obschon Konegin älter war und um die Hüften herum dick geworden. Die beiden Männer bedachten einander mit finsteren Blicken, wie zwei Bogenschützen, die ihre Pfeile hin und her gehen ließen.

Ihre Instinkte flammten warnend auf. Irgendetwas stimmte da nicht.

In der Menge drängte sich Ronin vor und stieß Edelleute aus dem Weg. Einige wichen zurück, während die übrigen gebannt die Szene an der Ehrentafel verfolgten. Ihr Gerede verstummte.

»Taristan?«, sagte die Königin fragend und stellte ihr Glas beiseite. Das Geräusch hallte viel zu laut und vernehmlich für ein Festbankett im Saal wider.

Ihr Mann reagierte nicht darauf. Stattdessen streckte er die Hand aus, den Kelch mit den Fingern umklammert. »Teilt diesen Wein mit mir, mein Fürst«, sagte er. Das Licht der Fackeln glänzte auf dem Kelch und in der Oberfläche des in einem dunklen, sirupartigen Rot schimmernden Weines.

Konegin gab ein Schnauben von sich und drückte seinem Diener den eigenen Kelch wieder in die Hand, dem Mann in der Livree mit den vertauschten Farben von Galland. *Es ist sein eigener Mann*, so viel war Erida klar, während ihr eine Kältewelle von Kopf bis Fuß über die Haut kroch.

»Ich habe genug getrunken, Taristan«, antwortete er und lächelte mit roten Zähnen. »Und Ihr habt jetzt auch genug.«

»Also schön«, antwortete Taristan und kippte auch noch den Rest des Weins hinunter, sodass er ihm übers Kinn und auf die Brust lief. Und die ganze Zeit über zuckte er mit keiner Wimper und löste keine Sekunde lang den Blick von Konegins Gesicht.

Das Lächeln ihres Vetters verflog unter seinem Schnurrbart.

»Was für ein Wesen seid Ihr?«, zischte er aus dem Mundwinkel.

Erida sprang auf, als sich alles in ihrem Kopf zusammenfügte. *Hochverrat. Treubruch. Gift.* Sie schlug ihrem Mann den Kelch aus der Hand und deutete mit zitternden Fingern auf ihren königlichen Vetter. »Setzt ihn fest«, platzte es aus ihr heraus, und es war fast ein Schrei. »In den Kerker mit ihm – legt Fürst Konegin in Ketten.«

Der Fürst erbebte, den Blick noch immer auf Taristan gerichtet, sein Gesicht hin und her gerissen zwischen Verwirrung und Grauen. »Was für ein Wesen seid Ihr?«, wiederholte er und trat von dem erhöhten Podium hinunter.

»Setzt ihn fest«, rief Erida wieder, und im Saal überschlug sich der Lärm. »Er hat versucht, den Prinzen zu vergiften!«

Ihre Ritter kamen herangeströmt, eifrig willens zu gehorchen, selbst wenn die Befehle der Königin sie in Verwirrung versetzten. Konegin erfreute sich unter vielen von ihnen großer Beliebtheit, ein möglicher zukünftiger König gegenüber einer jungen, unerprobten Königin. Er hatte Anhänger unter dem Adel, und viele davon waren jetzt hier in diesem Raum. Viele weitere in der Armee. Eridas Knie begannen zu zittern, als er sich in die Menge stürzte und sein Gefolge sich ihm eilig anschloss. Selbst seinem idiotischen Schwachkopf von Sohn gelang die Flucht, und er raste hinter seinem Vater her, so schnell seine Beine ihn zu tragen vermochten.

Gift, dachte sie abermals, während sie zu sich zurückfand.

Sie spürte Wärme unter ihrer Hand und weitere Wärme an ihrem Rücken. Sie riss den Blick von der in Auflösung begriffenen Gesellschaft im Festsaal los, um nach unten zu sehen, auf ihre eigenen Finger, die sich eng an Taristans Umhang schmiegten, fest auf seine Brust gedrückt waren. Sie blinzelte benommen. Es war sein Arm, der sich da um ihre Taille gelegt hatte, der sie an ihn presste.

Er schaute zu ihr herab, Lippen und Kinn rot. Sie stellte sich ihn als eine wilde Bestie vor, ein Raubtier, das sich an seiner Beute gütlich tat.

»Gift«, sagte sie laut und hob einen zittrigen Zeigefinger.

Er hielt ihn fest, ehe sie seine Lippen hätte berühren können, und schob sie von sich.

»Ich bin dagegen gefeit«, presste er zähneknirschend hervor. »Ihr seid es nicht.«

Die Löwengarde machte sich an die Verfolgung der Flüchtenden. Nur wenige Ritter blieben zurück, während die meisten hinter Konegin und seinen Leuten herstürmten. Sie verschwanden durch die Türen am anderen Ende des Saals und rannten, so schnell sie konnten, Richtung Innenhof und Tore von Burg Lotha. Erida verspürte den Drang, ihre Röcke zu raffen und ihnen zu folgen. Sie wollte Konegin selbst stellen und ihm zur Strafe für seinen Verrat die Kehle aufschlitzen.

Stattdessen blieb sie an der Ehrentafel, wie eine Statue für alle, die sie dort sahen, obwohl sie zitterte bis ins Mark ihrer Knochen.

Ich muss es den Leuten erklären, schoss es ihr unwillkürlich durch den Kopf, und sie ließ den Blick über den Raum gleiten. Ihre getreuen Untertanen waren völlig außer sich, entweder zu betrunken, um zu verstehen, was da passiert war, oder zu verwirrt, um zu irgendetwas anderem fähig zu sein als zu wildem Geschrei. Ihre verbliebenen Ritter hatten sich um den Fuß des Podests geschart und schoben alle zurück, die versuchten, an ihnen vorbeizugelangen.

Alle bis auf Ronin.

Sie waren klug genug, nicht den Zorn des Zauberers zu wecken.

Er blickte finster drein und zuckte auf eine seltsame Art und Weise am ganzen Leib. Erida erinnerte sich nicht, sein Gesicht jemals so bleich gesehen zu haben. Wie frischer Schnee, wie ein blutleerer Leichnam. Das Weiß seiner Augen war von dunklen Blutgefäßen durchzogen, zum Teil rot aufgeplatzt.

Taristan wischte sich mit dem Ärmel übers Gesicht, wischte das Gift weg. »Was gibt's?«, knurrte er und sah mit grimmigem Blick auf seinen Zauberer herab.

Ronin senkte den Kopf und hob die Hände wie ein Priester, der um Vergebung bittet. »Wir haben Mare verloren«, murmelte er leise. »Wir haben eine Spindel verloren.«

Der Kelch aus purem Silber zerbrach in Taristans Händen. Erida spürte seinen wilden Zorn. Er war ein Spiegel ihrer eigenen Wut.

»Verloren«, hauchte sie. *Als hätte sie jemand einfach kurz verlegt.* Das Blut brüllte ihr in den Ohren, und sie fing Taristans Blick auf und hielt seine Handgelenke fest, bevor er den Tisch in Stücke zu schlagen vermocht hätte. »Verloren«, wiederholte sie knurrend.

Er sah sie mit finsterem Blick an, und das Feuer brannte in seinen Augen, ein dumpfes, golden gerändertes Rot. Irgendwo roch Erida Rauch. »Ich werde dieses Mädchen umbringen«, zischte er.

»Ich werde Euch helfen«, antwortete sie.

Danksagung

Dieses Buch zu schreiben war ein reinigendes Erlebnis. Es bot mir eine willkommene Möglichkeit der Flucht aus zunehmend frustrierenden Zeiten, und ich hoffe, dieses angenehme Fluchterlebnis an meine Leserinnen und Leser weitergeben zu können. Aber was zu einer Flucht geworden ist, hat als ein Schritt zurück angefangen, hin zu dem Mädchen, das ich mit dreizehn gewesen bin, das in den gelesenen Geschichten sich selbst gesucht, aber nie gefunden hat. Alles, was ich geliebt habe, schien meine Liebe nicht zu erwidern. Ich hoffe, dass diese Erfahrung im Laufe der Jahre immer seltener wird, bei allen Kindern.

Wie immer muss ich meinen Eltern zuerst danken, die nicht aufhören, mich zu lieben und mich zu unterstützen. Ohne sie hätte ich jetzt nie hier sein können, und sie sind das Fundament, auf dem alles, was ich tue, errichtet ist. Mein Bruder wird viele der Vorkommnisse in diesem Buch wiedererkennen und vermutlich besser als jeder andere die genauen Anlässe benennen können, die mich dazu inspiriert haben. Ich freue mich auf deine Überlegungen, Andy. Und ich hoffe, sie von dir persönlich zu hören. An meinen Großvater, George: Ich hab dich lieb, und ich komme dich bald besuchen. An meine erweiterte Familie von Cousins und Cousinen, Tanten und Onkeln, zu viele, um sie alle namentlich aufzuzählen: Danke für eure beständige Unterstützung und eure unablässige Liebe.

Ich habe das Glück, hier in Kalifornien eine zweite Familie zu haben, die sich aus vielen, vielen Freunden zusammensetzt, die über das ganze seltsame Jahrzehnt nach dem College hinweg engen Kontakt gehalten haben. Ich bin unglaublich froh und dankbar, diesen Kreis zu haben. Und während so viele Dinge sich verändern – wir haben das nicht getan, weder zum Guten noch zum Schlechten.

Ich hätte mir nie vorstellen können, einmal Freundinnen wie Morgan, Tori und Jen zu haben, meine mir so lieben Mädchen, die mich in jeder nötigen Weise sowohl aufgebaut als auch zurechtgestutzt haben. Ich empfinde es als großes Glück, euch alle drei zu haben, und weiß nicht, wie ich eure Liebe verdient habe. Während Morgan den ersten Entwurf von *Die rote Königin* gelesen hat, ist Tori die Erste gewesen, die die Lektüre von *Das Reich der Asche* beendet hat. Ihre unmittelbare Reaktion bedeutete meinen ersten Seufzer der Erleichterung. *Irgendwer* hatte dieses Buch schon mal gemocht. Ich hatte meine Aufgabe erfüllt. Ich kann es gar nicht erwarten, wieder mit euch allen unter demselben Mond zusammen zu sein. Meine Liebe und mein Dank auch an Jordan, dafür, dass du mir über das alles hinweggeholfen hast. Ich bin froh, mit dir unter einem Mond sein zu können.

Wieder einmal muss ich ein kurzes Dankeschön an meinen Sonnenschein von Hündchen einschieben, Indy. Ich schäme mich in keiner Weise, meine Hündin in meine Danksagung aufzunehmen, und das werde ich auch nie tun. Wir hätten sie während der Niederschrift dieses Buches beinahe verloren, und jede weitere Sekunde mit ihr ist ein Geschenk für mich.

Wenigen Menschen ist das Glück beschieden, solche Kollegen zu haben wie ich, die nicht nur hochgeschätzte Freunde geworden sind, sondern auch unglaublich begabte Vorbilder, zu denen ich aufschaue und denen ich, mehr schlecht als recht, nachzustreben suche. Ich werde sie hier nicht alle aufzählen, weil es mir wie Geprahle vorkäme. Aber ich muss meinen Pattys danken – Susan, Alex und Leigh – für ihre Freundschaft, ihren guten Rat, ihren Humor und ihre Anteilnahme. Ich danke auch Soman – ich bin überglücklich, in deinem Schatten leben zu können. Sowie Jenny und Morgan – wir treffen uns in Paris. Emma – wir beide kämpfen zusammen an vorderster Front und werden das auch immer tun. Und Saaba – du bist während dieser ganzen seltsamen Reise immer meine Konstante gewesen.

Ich bin froh, in dieser Branche über viele Schilde und Schwerter zu verfügen, schließlich braucht man auch eine ganze Menge davon. Das schärfste dieser Schwerter ist Suzie Townsend, die nicht müde wird, eine Schneise durch die Welt zu schlagen, sodass ich mir meinen Weg bahnen kann. All meine Liebe und meinen Dank an sie und das übrige Team bei New Leaf. Ihr alle schafft es irgendwie, zugleich die besten und die freundlichsten Menschen im Buchgeschäft zu sein. Pouya, Jo, Meredith, Hilary, Veronica: Ich hoffe, ich werde niemals aufhören können, euch zu danken. Ein Extradankeschön an Dani – ohne Dani wären wir alle nur kopflose Hühner. Meinen Schild, auch bekannt als mein Anwalt, könnte ich auf keinen Fall vergessen: Steve Younger.

Wieder einmal prangt mein Namen auf einem Buch, das im Original von HarperCollins veröffentlicht wird, und ich könnte gar nicht stolzer auf das sein, was wir da zusammen geschafft haben. Ich genieße das Privileg, mit Alice Jerman und Erica Sussmann zusammenarbeiten zu dürfen, und hoffe auf noch viele weitere gemeinsame Projekte. Danke, dass ihr mir den Raum gegeben habt, diese Geschichte zum Leben zu erwecken. Und danke für das zahllose Team aus unermüdlichen und unglaublichen Lektoren, die es irgendwie geschafft haben, alles immer im Blick zu behalten, wenn mir das nicht mehr gelungen ist. Alexandra und Karen, ein dickes Dankeschön an euch. Ich freue mich immer, eure Gestaltungsrichtlinien zu erhalten, aber am meisten war es bei diesem Buch der Fall. Danke an die Marketingmagier bei Harper, die Experten von Epic Read, die Künstler der Öffentlichkeitsarbeit – Ebony, Sabrina, Michael, Tyler, Shannon, Jennifer, Anna und so viele weitere, die es irgendwie schaffen, etwas, das eine lichtscheue Höhlenbewohnerin zusammengekritzelt hat, in etwas strahlend Leuchtendes zu verwandeln, das andere Leute unbedingt bei sich zu Hause haben wollen. Ein spezielles Dankeschön ergeht an meine Covergestalter, die ihre Sache bei meinen Büchern über all die Jahre hinweg so gut gemacht haben und die auch weiterhin einen Volltreffer nach dem anderen landen. Danke an Alison, Catherine und Jenna dafür, dass ihr *Das Reich der Asche* so ein fantastisches Äußeres gegeben habt.

Ein weiteres Dankeschön an meine Sensitivity Reader, die das Buch auf politische Korrektheit überprüft haben. Sie sind sehr sorgfältig gewesen und haben dieser neuen Welt auf eine Art und Weise Tiefe gegeben, wie ich es nie für möglich gehalten hätte.

Mein tiefster Dank geht an euch alle: an Leser und Blogger, Lehrer, Bibliothekare und Buchhändler, an alle, die ein Buch in die Hand nehmen, es weitergeben oder es persönlich verschlingen. Geschichten können nicht ohne euch leben. Danke, dass ihr allem, mit dem ich für kurze Zeit schwanger gehen mag, erst wirkliches Leben verleiht.

Hier wäre jetzt der Ort, um meine Inspirationen aufzulisten, aber die Quellen dieses Flusses strömen von allzu vielen Wasserscheiden herab. Ich möchte an dieser Stelle nur J.R.R. Tolkien danken, weil er mich nach Mittelerde katapultiert hat, und dafür, dass er mir so viel gegeben hat – und dann doch zugleich so wenig. Dafür, dass er ein Verlangen in mir geweckt hat. Dass er mich hungrig gemacht hat.

Ich bin froh und dankbar, dass meine Großmütter noch haben erleben dürfen, wie Bücher von mir veröffentlicht wurden, und auch wenn sie nun nicht mehr bei mir sind, hoffe ich doch, dass diese Geschichte bei ihnen ist, irgendwie.

Liebe Grüße an euch alle,
Victoria

Die über das Schicksal entscheidende Klinge liegt in den Händen einer einzigen Frau ...

624 Seiten. ISBN 978-3-7645-3274-1

Ein Knappe ohne Herrn, eine verstoßene Assassinin, ein trauernder Unsterblicher sowie eine uralte Magierin – sie alle stehen an der Seite der Frau, die dazu auserkoren wurde, die Welt zu retten. Aber Corayne, die Tochter eines gefallenen Helden, ist weit davon entfernt, ihre Rolle als Retterin zu akzeptieren. Dabei ist es ihre eigene Familie, die das Reich Allwacht zu zerstören droht. Doch was Corayne nicht ahnt: Eine weit tödlichere Macht ist im Begriff, ihre Heimat Allward zu verschlingen und jeden Funken Hoffnung für immer auszulöschen. Und das wird Corayne niemals zulassen ...

Lesen Sie mehr unter: **www.penhaligon.de**

Das Finale der epischen High-Fantasy-Saga »Realm Breaker«!

864 Seiten. ISBN 978-3-7645-3278-9

Das Schicksal der Welt steht in der Tat auf Messers Schneide: Dem machtgierigen Tyrannen Taristan ist seine legendäre Spindelklinge abhandengekommen – und liegt nun in den Händen seiner Nichte Corayne. Endlich scheint es möglich, dass mit dieser Waffe die dunklen Kräfte, die Taristan und seine geliebte Königin Erida entfesselt haben, zurück in ihre Spindelwelt gedrängt werden. Zwei Portale sind noch offen, und hinter einem erwartet Corayne ein hasserfüllter Gott – der Lauernde ...

Lesen Sie mehr unter: **www.penhaligon.de**